No Apto para Estrellas

Primera edición: agosto 2024

© Heather del Rey, 2024

Redes sociales: heatherdelrey

© Imagen de portada: vectorpocket en Freepik

Corrección: Melanie Bermúdez

ISBN: 9798335033053

Imprint: Independently published

A quienes creen que nunca tendrán su final feliz.
A los tragos amargos.

1

el gran martini

* * *

Nada rompe más el corazón de una persona que sus propias expectativas.

Para mí, el amor es como el alcohol; tengo una buena resistencia al alcohol. Por lo cual, aún en un coma etílico, puedo mantenerme en pie.

El vacío me golpea. La oportunidad de arruinar mi vida estaba en sus manos, y eso es exactamente lo que hizo cuando me enteré de su compromiso con ella. Es frustrante, pero el mundo no se detiene por mí; tengo una reunión importante a primera hora.

Tirada en el sofá del hotel que alquiló mi padre, sostengo una copa a centímetros del suelo, contemplando si romperla me hará sentir mejor. El espejo a metros de mí me recuerda que el desastre se ve tanto por fuera como por dentro; mis ojeras están llenas de maquillaje corrido.

Me repito: No puede terminar lo que nunca comenzó. El teléfono se enciende y recibo una notificación de Margarita, la actriz estrella del rodaje que no debería estar despierta a las tres de la madrugada.

MARGARITA

> Hola, sé que es tarde, pero me quedé encerrada en el baño. Sí, suena estúpido, pero estaba probando unos juguetes que compré, ¿vale? El punto es que no puedo moverme; estoy enviando esto por el dictado de voz. Por favor, voy a intentar levanta... ¡Amanda! ¡Socorro!

Suelto un largo quejido; mi cuerpo me pasa factura por quedarme en una mala posición durante cuatro horas. Sin encender las luces, busco mis pantuflas arrastrando los pies por el piso fresco. Mis párpados están pesados. Intento enfocar la vista, pero el rastro de las lágrimas no me deja ver nada.

Me veo obligada a ayudarla, no porque seamos amigas, ya que ni siquiera nos conocemos, sino por el riesgo que representa para el rodaje si una de las estrellas principales se lastima tan cerca del inicio. No puedo tener un solo día de paz.

Soñolienta, recorro el pasillo con la esperanza de no toparme a nadie relevante que juzgue el pijama que traigo puesto; este consiste en mi ropa interior y una larga camiseta que me queda como un vestido.

—¿Dónde se supone que está mi maldito final feliz? —musito con los ojos cerrados.

Mi resolución para este año es enfocarme en dar lo mejor de mí en el trabajo y no permitir que mis emociones me destruyan. Aprovecharé mi tiempo de soltería para releer mi saga favorita de romance. Incluso llegué al punto de esconderme debajo de un libro, preguntándome si eso podría ayudarme a atraer a alguien que se pareciera a mi *crush* literario.

Utilizo el estrecho espacio entre el marco de la puerta y la habitación de Margarita como mi escenario personal, donde interpreto el lamentable papel de mí misma. La señora del aseo me observa con desdén, lo cual me lleva a bajar aún más mi tono.

—Si lo pienso bien, ella ya no era mi amiga y él no fue nada mío. Aun así, los detesto. Vale, que se casen, pero ¿invitarme? —Meto la llave en la cerradura—. Estuve trece meses con él. ¿Cómo puede decidir casarse con otra persona en un par de semanas? —Suspiro al empujar la puerta—. Tirar a matar, como siempre.

No describo lo que veo dentro de ese baño porque tenemos un contrato de confidencialidad, especialmente si se trata de la vida sexual de nuestros actores; basta con decir que ella me agradece dándome un pase al bar para estrellas. Es decir, un costoso sitio en el último piso del hotel al que solo ingresan celebridades; pese a que mi padre tiene renombre en la industria, hay cosas que ni mi familia puede comprar. Margarita se queda dormida antes de despedirme y cierro con doble seguro al salir. Observo a detalle la tarjeta dorada entre mis manos, preguntándome si está abierto a altas horas de la madrugada.

La puerta del bar se abre de par en par después de deslizar la tarjeta. Me recibe un amplio salón con estanterías de vidrio rebosantes de botellas, espejos dispuestos tras ellas y una larga barra con lámparas individuales en cada asiento. Los tonos oscuros dominan el ambiente, mientras que las luces, lo suficientemente intensas, logran despertar todos mis sentidos.

Se me olvida lo mal que me veo; de todos modos, nadie más que el barman podría juzgarme. Me siento en la silla del medio y pido un Martini seco mientras limpio los restos de maquillaje debajo de mis ojos.

—¿Necesita ayuda con eso, señorita? —pregunta una voz masculina.

Al principio, creo que es el que me acaba de dar la bebida, sin embargo, no está enfrente. Al lado mío, visualizo de manera difusa la silueta de un hombre en traje, cabello rojizo y gafas; me perturba que apareciera de la nada, asumo que es una alucinación.

«¿Qué le pusieron a este Martini?».

—Mejor tráigame un whisky, por favor —pido al dejar a la mitad mi copa.

La mirada persistente del sujeto sobre mí me irrita. Estiro el brazo y, del susto, casi caigo de mi silla al percatarme de que puedo percibirlo. Es real. Suspiro e intento recordar qué me preguntó, pese a que haya sido solo hace unos segundos.

—¿Se encuentra bien? —insiste.

Esta noche por primera vez en décadas digo la verdad. Es fácil hablarle a un extraño, a alguien que te da igual si te juzga o no.

Tengo la teoría de que cada vez que conoces a alguien, le das un arma con la mira apuntando a tu corazón. Los amigos lejanos tienen pistolas de agua; las personas cercanas, armas de fuego cargadas del poder que les hayas dado para herirte. Y, ¿qué más da darle una cargada a un extraño que no volverás a ver en tu vida?

—No, no me encuentro bien. De hecho, está todo mal. Gracias por fingir que le interesa. —Doy media vuelta para no verlo y termino lo que sobra de mi Martini.

—Lamento oír eso. —Su toque en mi espalda me toma por sorpresa; siento un escalofrío diferente a todos los que he experimentado en mi vida, como si hubiera devuelto a la vida algo dentro de mí con su tacto—. ¿La ayudo a llamar a alguien de su confianza que pueda recogerla? —La calma que transmite su voz me relaja.

—Oh, estoy lucida si esa era su duda —respondo con amabilidad al volver a verle la cara, un poco apenada por hablarle mal a alguien tan atractivo. Su rostro me resulta familiar—. Solo desearía no estarlo.

—¿Quieres compañía? —Ladea la cabeza hacia mi copa vacía.

—¿Por qué querría que un extraño me acompañe en mi miserable sufrimiento?

—Dos son mejor que uno. —Se encoge de hombros—. Dicen que soy bueno escuchando y, la verdad, tengo una noche complicada; escuchar cualquier cosa, además de las voces en mi cabeza, suena a una buena idea. —Me convence al instante.

—Va, pero pagas los tragos si el entretenimiento soy yo. —Bromeo.

—Sin problema.

—Bueno, te cuento. —Agarro el vaso de whisky—. Yo iba en un vuelo, el cual estaba por caerse. —Su cara se pone pálida—. Hey, no te asustes, es que el idiota en cuestión es piloto. —Bebo un sorbo—. El punto es que le di mi número.

—Entiendo...

Soy la persona menos desvergonzada cuando se trata de contar mi vida con lujo de detalles. Uno, porque soy guionista (o lo intento, esta es mi primera vez ayudando en un proyecto importante); dos, porque soy *coach* de intimidad, sé cómo armar una escena; y tres, tengo experiencia en contar tragedias.

No soy la primera, mucho menos la última persona en vivir una experiencia amorosa trágica. Sin embargo, encontrarse con alguien en un avión cayendo en picada es inusual.

El desconocido se muestra maravillado porque rompieran las reglas y me dejaran entrar a la cabina, en lugar de que hayamos sobrevivido al percance gracias al piloto. Se lo cuento con la mayor minuciosidad que puede dar una persona medio ebria. Desde la primera cita hasta que me pidió vivir juntos en el departamento a los nueve meses, nuestras citas, nuestros problemas, nuestras noches, mis nulas dudas sobre si sus palabras fueron mentira.

—Déjame entender —interrumpe temeroso; suelto una carcajada al darme cuenta de lo metido que está en la historia—. ¿Esta mujer con la que se va a casar ahora es tu amiga? —indaga. Incluso el barman se ha quedado escuchando.

Pido un par de botellas más; debo dejar de robarle sus vasos.

—Era mi mejor amiga de la infancia —aclaro—; sin embargo, nos separamos y no mantuvimos contacto. No sé si ella sabía que salí con él. —Coloco sal entre mis dedos antes de lamerlos, luego bebo el *shot* de tequila—. De hecho, ese es el problema, nunca formalizamos, solo vivíamos juntos y pensábamos en adoptar un hámster. —Muerdo el limón.

Sus ojos claros se clavan en mi boca con sorpresa; no me impresiona que no haya probado este tipo de bebidas antes, lo que sugirió de bebida inicial son tragos extravagantes y exóticos, demasiado caros como para su sabor de mierda. Al segundo *shot* me arde un poco la garganta.

—¿Trece meses siendo la novia de alguien que no te dio siquiera ese título? —Eleva ambas cejas—. Dime que al menos le arruinaste la vida.

Es chistoso oírlo, porque hasta su voz es elegante. No tiene la pinta de ser un hombre que desperdicia sus horas de sueño escuchando este tipo de chismes; se ve tan fuera de lugar que me cuestiono si está en el sitio correcto.

—Al contrario —niego con la cabeza—, decidimos "dejarlo hasta ahí" en buenos términos. Así parecía hasta que, bueno, veo que regresa con esa chica y están comprometidos ¡a la semana!

—¿Regresa? —Arruga las cejas—. ¿Ya se conocían?

—Tenían una relación a distancia, pero terminaron y luego regresaron.

—Joder. —Choca su copa vacía con la mía—. Qué trago amargo te has llevado.

—Es que me doy hasta risa. Admiro el descaro de invitarme a la boda, a mí no se me hubiera ocurrido.

—¿Sabes qué sí se te puede ocurrir? Sabotea la boda; si tú no eres feliz, que nadie lo sea. Yo te puedo ayudar —propone animado, lo cual me saca otra sonora carcajada, y él pronto pierde tal iniciativa—. Perdona, dije una estupidez. Estoy enojado, no pienso claro.

—Pff, no más que yo. Eso de arruinar matrimonios no es lo mío; sin embargo, si llega a ser el caso, ¿te llamo?

Hemos logrado pasar de ser completos desconocidos a convertirnos en mejores amigos que parecen haberse conocido desde hace veinte años. La complicidad con la que ideamos planes maliciosos, bromeamos y compartimos nuestras reacciones naturales crea una atmósfera de charla amena y sincera.

Levanto la cabeza y es entonces cuando me doy cuenta realmente de lo atractivo que es este hombre. La razón por la que me interesé por primera vez es que nadie puede lucir así de radiante en la madrugada. Tiene la barba perfilada a la perfección, lentes con un marco plateado fino que resaltan sus ojos, el cabello peinado hacia atrás y un traje sin corbata medio desabrochado que lleva la vista a su cuello rodeado por un collar de oro.

Tampoco parece darse cuenta de nuestra cercanía hasta ese momento; estamos a centímetros el uno del otro. No recuerdo cuándo movimos nuestros asientos hasta estar pegados.

Se aleja de inmediato, cabizbajo.

—¿No deberías venir a este sitio con tu chica? —reprocho, teniendo respeto hacia una mujer que aún no sé si existe.

—No tengo novia.

—¿Y te interesaría tener una que escriba? —Bromeo—. El puesto está vacante, entonces...

La manera en que sonríe me hace sentir cómoda. Es una de las pocas ocasiones en las que alguien ha reído con mis intentos de hacer gracia.

—Oh, no estaba vacante, lo he reservado toda mi vida para ti.

—Lo suponía, tienes cara de que te enamorarás de mí. —Le sigo el ritmo con lo primero que me viene a la mente.

—¡Qué curioso! Lo mismo le dijeron a mi madre cuando era pequeño. —Su actuación es tan realista que dudo si está hablando en serio—. «Cuídalo, tiene cara de ir a los bares a enamorarse». Por esa razón no me deja beber; es más, esta es la primera vez que estoy aquí.

Estallo en una carcajada larga y sonora. Es pegajosa, lo sé porque él no tarda en perder el aire junto a mí.

—Las tres *eses*: soltero, sobrio y saboteador de bodas profesional —cito—. ¿Puedo tomar tu palabra?

—¿Cuándo es...? —pregunta tímido, con el tacto cuidadoso que tiene alguien al tocar una herida profunda.

—Veintidós de febrero.

—Pues que le den al veintidós, suena a una fecha de mierda —dice para hacerme sentir mejor, y lo peor es que funciona con el entusiasmo que le pone—. Con el mayor respeto del mundo, ellos se lo pierden.

—Dios, ¡qué irrespetuoso! —exclamo, esforzándome para que se note la ironía, apenas distingo mis palabras—. No te vayan a arrestar, señor... —Alargo la palabra para que lo complete.

—Mi apellido es tonto, por favor, llámame por mi nombre.

—Qué misterioso eres. Te he abierto mi alma, y ¿así me pagas?

—No, te pago con lo que tomaste —me recuerda—. Me llamo Ron, por cierto… —No termina de pronunciar su frase cuando me vuelvo a reír hasta que me duele el estómago.

Quizás estoy muy borracha, pero ¡Ron! En una barra de tragos, ¿cuáles eran las probabilidades? Dios, no recuerdo haber sido tan feliz con tan poco desde hace años.

—Sí, lo sé, se han burlado de ello toda la vida. Estoy acostumbrado.

—Y no terminará hoy, ¡Barman! Ron saborizado —señalo—. Sí, el de frutos rojos. Muchas gracias.

—Sigue en pie lo de joderles el día —me recuerda. Saca una pluma de su bolsillo y se roba mi servilleta manchada con lápiz labial—. Este es mi número. Puedo conseguir lo necesario; no tengo límites con el dinero. Podemos ir a contar sobre la vez donde te pidió que uses orejas de gato.

Escupo el trago que casi baja por mi garganta porque de otra forma hubiera ocurrido una tragedia. Es mi culpa por beber, aun cuando era obvio que sacaría en cara alguna de las malas experiencias que relaté. Es admirable que de ese escándalo sexual se le haya quedado en la cabeza la menos perturbadora.

—Por fortuna, eso quedó allí —farfullo avergonzada.

—Pienso que te hubieran quedado increíble.

—Ay no, otro rarito.

—Para nada, solo digo que a las chicas como tú todo les queda bien. —Es dulce que lo diga viéndome en mi peor estado, incluso si es una mentira—. Lo de rarito puede ser, me lo han dicho en otras ocasiones.

—Sí, claro. —Se me escapa un bostezo.

—¿Estás cansada?

—Bastante, siendo sincera. Creo que regresaré a mi cuarto. —Él frunce el ceño, levanto ambas manos—. Está en este mismo hotel, no te preocupes. —Salto de la silla.

—Déjame acompañarte —ofrece y desliza su tarjeta negra sobre la barra—. Pago esto y te sigo, estás hasta el tope...

—Amanda —añado antes de que pregunte.

Su mirada se ilumina unos segundos.

Lo espero con los brazos cruzados en la entrada, no porque esté enojada ni porque sienta la obligación de hacerle caso. En mi cabeza estamos jugando, actuando mejor dicho, y esto es una comedia. No puedo desaprovechar la oportunidad.

Termina de pagar, al levantarse de la silla noto que me saca al menos una cabeza de altura. Bostezo otra vez, no hay nadie en los pasillos además de nosotros.

—Solo indícame cuando estemos cerca y te dejo, no quiero que pienses mal; es lo suficientemente sospechoso que acompañe a una desconocida hasta su puerta.

—Ja, apuesto a que no sería la primera vez que lo haces. —Entorno los ojos, divertida—. Sea como sea, gracias. —Tomo la servilleta con su número—. Al parecer, los hombres son horribles siendo pareja; sin embargo, son muy buenos a la hora de ser víboras ponzoñosas.

—No me compares con los hombres. —Se pone una mano en el pecho, fingiendo estar ofendido—. Amanda, yo soy un caballero.

—¿Los caballeros llevan a las damas que acaban de conocer hasta su cuarto?

—En efecto. Me gustaría hablar contigo cuando no estés rebozando en alcohol.

—Seré la misma; puedo soportar conversaciones complejas incluso en las fiestas.

—Sería más interesante saber qué puedes soportar en un día normal. —Me quedo pasmada, pensando si habló en doble sentido o lo malinterpreté. Por su expresión, asumo lo segunda; de todas formas, nadie me había coqueteado así, a la cara.

Sin mencionar que no es cualquier caballero lanzando palabrerío. Es alguien que me llamaría la atención en un salón repleto de hombres; tiene una esencia especial, todavía no descubro qué es con exactitud.

—Descansa, Amanda.

—Lo haré. Duermo en este mismo piso. —Mis llaves tintinean—. Tu compañía ha sido agradable, Ron. —Es imposible que diga el suyo de manera seria.

—Cuando quieras.

—No me digas eso porque podría tomármelo en serio. Ten en cuenta que tengo tu número y una venganza que concretar.

—Cuando quieras —reitera—. Estaré aquí mañana a la misma hora. Siempre lo estoy.

Asiento, da media vuelta al segundo en el que miro qué llave escoger. Camina directo al elevador y espero a que las puertas de este se cierren para abrir. Pongo el seguro con una sonrisa de oreja a oreja, orgullosa de mí porque ese sujeto no lo sabe, pero ha sido la primera vez en la que pude contar lo que ocurrió sin llorar. Tengo un buen sabor de boca, uno dulce. Eso no suele pasar cuando tomo.

Voy directo a pegar mi cabeza contra la almohada, sé a ciencia cierta que mañana la resaca me hará arrepentirme hasta de haber nacido. Dejo la servilleta en mi mesita de luz, está arrugada, dudo que se pueda leer. Rezo por escuchar mi alarma a tiempo, esa reunión lo definirá todo.

Cuando mi padre me comentó que escogió el popular libro del escritor *BestSeller* Tom Collins, no pude más que saltar de alegría. Sus novelas románticas son mis favoritas desde la adolescencia, especialmente por su preocupación en la inclusión de todo tipo de cuerpos femeninos; es de los pocos autores que me han hecho sentir aceptada.

Se preocuparon bastante por contratar actores similares a la descripción de los personajes del libro *Astrológico deseo*, que sin pulir mucho es un *Fakedating* erótico entre un multimillonario agnóstico y su mejor amiga de toda la vida, que es astróloga para cobrar una herencia.

Reconsidero mis ideas antes de salir del hotel; me he arreglado y no queda ni rastro del desastre de ayer. Papá me recibe al ingresar al edificio junto con una queja por ser la última en llegar, aunque falten cinco minutos. El galardonado director Brandy tiene una fama terrible con los horarios; ha despedido a decenas de famosos, incluso a meses de culminar los proyectos, por hacerlos esperar. En sus palabras: «El tiempo es oro. No regalo oro a irresponsables que no saben poner una alarma».

La sala de reuniones está en silencio; una larga mesa rectangular tiene encima varios ordenadores, papeles y cafés. Doy un breve repaso con la vista, controlando que mi rostro no delate mis emociones. Margarita está sentada en el extremo derecho, al lado del escritor; luego está la asistente, el productor ejecutivo, mi padre en su sitio con el cartel de su puesto frente a él, un par de sujetos y... el pelirrojo de la noche anterior, el doble de arreglado que en la madrugada. Trago grueso; ya recuerdo de dónde me es familiar su rostro.

—Amanda, él es Ron Kennedy. Interpretó al Soldado de Cristal en la nueva película *Crossover* de Harvel.

Contengo la respiración. En mi mente aparecen los pósteres gigantes en Los Ángeles con su rostro en portada. Es la estrella más influyente de nuestra generación en el cine de superhéroes. El año pasado quedó en el top cinco de actores más queridos en redes sociales y entre los mejores rostros masculinos del mundo por votación. Ha actuado en varias películas taquilleras y es, sin duda, uno de los mejor pagados.

¿Por qué demonios aceptó el papel protagónico? No solo no es su estilo, sino que es probable que arruine su reputación.

—Kennedy, te presento a mi hija. —Mi padre me señala con la mano abierta. Ron cambia su expresión a una de terror—. Es nuestra *coach* de intimidad de confianza para las escenas y colaborará con Collins en el guion.

—¿Mi qué de qué?

—*Astrológico deseo* contiene varias escenas sexuales —comento enfocada en la pantalla, tratando de ocultar mis nervios—. Podemos quitar las que deseen luego de discutir el guion. Estaría perfecto que nos ayude esta tarde a pautar sus límites. Mi trabajo aquí es que usted se sienta cómodo y que el contenido de la película sea creíble, que actúe de manera adecuada y bajo seguridad tanto física como mental.

Arruga las cejas, y su mirada se clava en el escritor, luego va directo a su representante con el nombre *Ginebra* bordado en plateado en su corbata. Ella le devuelve el gesto con desagrado. No es complicado asumir por la reacción del pobre que no tiene idea de lo que estoy hablando. Suspiro.

—¿Has leído el guion, Ron? —pregunto, mi tono no disimula el cansancio; de hecho, se oye como un reproche.

—Eh...

—Mi cliente, por supuesto, lo hizo —contesta Ginebra antes de que él abra la boca—. Es solo una experiencia nueva, por favor, Amanda, prosiga.

—Sin duda alguna. —Ron finge una sonrisa—. Es que esperaba tener una introducción.

—Disculpa, venimos atareados y tenemos solo un par meses de preparación actoral antes de grabar —explica Tom—. Nosotros ya nos conocemos, pero los demás... ¿Me harían el favor?

—Margarita Flores. —Sonríe la actriz—. Sí, lo sé. Mis padres fueron muy creativos.

Escucho, parada en la punta de la mesa, cómo al menos el equipo de trabajo tiene confianza. Me duelen los pies, ruego porque esta tortura acabe pronto; una tensión invisible crece a medida que intento ignorar la presencia de ese hombre.

«¿Por qué mierda le conté sobre mi intimidad al mayor actor mediático de la década? ¿Eso quedará en privado? ¿Qué debe pensar de mí ahora?»

—Amandita, ven a sentarte —susurra mi padre, indicando el único asiento libre a la derecha de Ron.

Mis mejillas arden; miro al piso en mi desesperado intento de no llamar la atención de nadie hasta que podamos discutir sobre mi trabajo. Los latidos de mi corazón van desenfrenados; su aroma es intenso y no queda casi sitio para moverse entre nosotros.

Tomo valor para verlo a la cara y me encuentro con que él lo estuvo haciendo desde hace rato; el contacto visual dura unos segundos. Se me escapa una bocanada de aire que nadie escucha debido a que todos están atentos a los miembros de producción audiovisual.

—Así que... —susurro.

—Anda, dispara. —me cuesta distinguir si aquello en su voz es pena o diversión.

—Perdona por mi comportamiento poco profesional, no se repetirá. Por favor, olvida que nos conocimos.

—Oh, no iba a mencionar eso.

—¿Entonces?

De pronto, los rumores sobre por qué algunos odian trabajar con las estrellas de Harvel tienen sentido. Me hundo en la silla.

Respirar se me dificulta. Su sonrisa de labios sellados se extiende.

—Iba a decirte que es grato volver a verte.

2
ron con hielo

* * *

RON KENNEDY

Para mí, el amor es como el alcohol: me dan ganas de vomitar.

Todos hacemos performances de roles que no somos. Todos fingimos ser personas que no nos representan. Actuamos día a día como alguien diferente. La diferencia es que a los actores nos pagan. Y yo soy el mejor actor. Aun pretendiendo, tengo una reputación de mierda en el boca a boca de la industria porque no me callo ante las injusticias. Admito que no soy una persona muy fácil de tratar.

—Eres mi peor cliente, te lo juro —exclama Ginebra desde el otro asiento del avión—. Jamás conocí a alguien que sea tan descuidado con sus finanzas, ¿Para qué demonios necesitas tantos carros?

—Ginebra, son las seis de la mañana.

—¡Exactamente porque son las seis de la mañana! Si sigues sin tener un asesor financiero y dejándote llevar por tu obsesión de coleccionar cosas que no necesitas, vas a quedar en bancarrota.

Aquello es una exageración. Desde que empecé a ganar siete cifras para arriba me permití ampliar mi colección de autos, desde algunos usados en carreras importantes hasta modelos viejos invaluables. No hay sitio del mundo donde no tenga uno. Tener dinero y no disfrutarlo no tiene sentido en mi cabeza.

—Esto se arregla fácil, mira. —Recojo las hojas de contrato en la mesa, ordenadas de mayor oferta a menor—. Aceptaré uno que sea el triple de lo que gasté. —Leo los números, hay más ceros de los que puedo contar—. Pásame la pluma.

—¿Hasta cuándo con esta actitud altanera? —Suspira al entregarme el lapicero —. Que sí, que ganaste el premio a mejor actor, ya lo sabemos. —Se burla. Da vueltas alrededor de mi silla para revisar lo que firmaré—. Ah, es de uno de los libros de Tom.

—¿De Tom? —repito emocionado—. Con mayor razón, él es como mi mejor amigo en este país, aunque no he leído nada suyo. —Me fijo en el título—. *Astrológico deseo*. Ginebra, ¿cuál soy yo?

—Ocho de agosto, señor, usted es del signo Leo —informa, fastidiada. Ella odia los viajes matutinos y que se hagan las cosas sin un plan—. Ya envié el contrato firmado. El documento dice que la filmación empieza en una semana una vez aceptado.

—Como sea.

—Le diré a Tom que llegamos a la ciudad, por si quieres hablarle.

—Dile que lleve a su hijita al café. La extraño incluso más que a él.

Tom (no Tomás, ni Thomas, solo Tom) es la primera persona que me abrió las puertas cuando conseguí mi primer papel en América. Él era asistente de un escritor de ficción amargado. No llegaba a la mayoría de edad y mis colegas se la pasaron usándolo como si fuera su marioneta. En uno de los ensayos, me acerqué a hablar con su amiga. Ambos continuaron porque no creyeron que habláramos el mismo idioma. Así fue como me enteré de que él sería padre y que escribía en sus ratos libres, con un gran apoyo en redes pero nada serio.

Hay pocas personas en la vida a las que admiro por seguir adelante; creo que romantizar la adversidad es dañino, sin embargo, Tom es el vivo ejemplo de ello. Estoy ansioso por encontrarme con él y decirle que actuaré en su adaptación. Estoy seguro de que le encantará la idea.

—No te veo nada como Kain Reid —admite Tom cuando le cuento la primicia; Kain es el nombre de su personaje principal—. Creo que lo único que tienen en común es que son pelirrojos y altos.

—Deberías alegrarte porque haya tomado el rol, eres inconformista.

—Realista —se defiende.

—Pesimista —corrijo.

Estamos sentados en el bar del hotel *AstroPlace*; te dejan entrar si traes tu bebida aparte o compras agua en lata. El alcohol no es mi primera opción. Él tiene una gran bolsa con lo que necesita su hija y el teléfono encendido para supervisar las cámaras de su cuarto; está dormida ahora.

Es un sitio agradable; tienen música, y que sea exclusivo lo hace lo suficientemente privado para estar en paz lejos de las cámaras.

—Soy realista. Mis lectoras quieren casi un jefe de la mafia. Tú eres demasiado tierno y tranquilo para eso. —Ladea la cabeza—. O no… ¿Puedes levantarte un segundo?

Lo obedezco de mala gana porque en el fondo siento presión por hacer un personaje diferente luego de haber interpretado a un superhéroe en un escuadrón de vengativos durante cinco años. Llevo los hombros hacia atrás, mantengo la espalda erguida, me siento como un modelo en exhibición ante sus ojos.

—A ver, quítate las gafas y remanga tu camisa —ordena—. Oye, estaba equivocado. Si te pintan los tatuajes y das una buena actuación, te las llevas al bolsillo.

—Yo me llevo a todos al bolsillo, siempre.

Ginebra me informa que una de las personas con las que trabajaremos es el

17

señor Brandy, y la reunión está programada para la medianoche, justo antes de irme a dormir. Esto significa que ahora no puedo conciliar el sueño. El señor Brandy es mi director favorito y una figura de gran renombre en la industria cinematográfica.

El respeto que le tengo es tan grande que pongo cinco alarmas simplemente porque he oído rumores sobre su intolerancia con el retraso. El problema es que tengo ansiedad.

Regreso al bar a mitad de la madrugada por algún jugo sin alcohol que me relaje. Jamás salgo de mi cuarto luego de la medianoche; es imposible llevarme a sitios donde haya gente, mucho menos que hablen. No obstante, alguna fuerza del destino me sacó de la cama.

El barman me dice que si lo que necesito es descansar, tiene pastillas. Las rechazo pese a su insistencia y, justo cuando planeo irme sin comprar nada, entra una chica. Es morena y con el cabello oscuro hasta las caderas. Trae una camiseta larga que la cubre hasta los muslos mientras arrastra sus pies hacia la barra. Su maquillaje está hecho un caos. No hace falta más que oírla para saber que no se encuentra bien.

—¿Necesita ayuda con eso, señorita?

Socializar no es lo mío, pero por una ocasión cada década no muere nadie. Estoy aburrido en esta gran ciudad y puedo reconocer a alguien que tiene mucho que contar con solo verlo. Lo que no puedo reconocer es a alguien que sacará mis mejores dotes actorales por seguir su juego, los cuales siguieron sin ser suficientes para ocultar lo interesante que me pareció y lo apenado que estaba por un par de frases que dije. Con suerte, no la volveré a ver. Incluso mentí sobre encontrarla allí para escapar la otra noche sin dejar rastro.

Le resto importancia a eso porque despierto tarde. Correr por todo el hotel hasta llegar al estudio a un par de cuadras es un deporte de riesgo para el que no me preparé. Saludo en silencio a quienes conozco en espera del director. Mi carrera cinematográfica en este momento está en sus manos; el peso de su nombre es capaz de manchar a cualquiera o catapultarlo a la cima.

Estrecho su mano; Brandy hace preguntas sobre mi desempeño en papeles de acción. Que esté al tanto de mis anteriores trabajos es un halago, aunque sea por completo normal.

Veo la portada del libro en físico en la mesa. Es un dibujo colorido con vectores. Reprimo mi impulso de preguntarle a Tom sobre la trama para no quedar mal ante los presentes por no haberlo leído. Margarita Flores, una actriz amateur, es la protagonista.

Ginebra llega en el mismo instante en el que iba a marcarle. Casi todas las sillas están ocupadas. Los presentes se miran los unos a los otros preguntando lo mismo con la mirada: ¿Quién osa llegar justo a tiempo a una reunión tan importante?

Subo la vista al oír la puerta abrirse, un escalofrió recorre mi cuerpo. Es *ella*.

«Es una coincidencia. Podría ser peor».

—Kennedy, te presento a mi hija —dice Brandy al señalarme.

«Vale, es peor».

—Es nuestra *coach* de intimidad de confianza para las escenas y colaborará con Collins en el guion —agrega.

No tengo la más mínima idea de lo que significa lo que acaba de decir, así que, en efecto, empeoró. Amanda está sonrojada; ni siquiera me mira mientras pasa a sentarse. Intento de manera inútil googlear lo que acaba de decir. No haber leído el guion me pasa factura. Es la primera vez que cometo una cagada tan grande y por seguro la última.

Le ofrecen el sitio al lado mío. La sensación nueva en mi cuerpo que empieza como un cosquilleo para convertirse en calor advierte lo que sea menos seguridad.

—Así que... —susurra tratando de comenzar la conversación. Es conocimiento general que quien lanza la primera pelota tiene mayores posibilidades de ganar el set.

Me toma por sorpresa que empiece ella; tenía mi línea vacía y superficial en la punta de la lengua. Al contrario de mi pacífico planeamiento, Amanda es directa, así que hablo:

—Anda, dispara. —digo, impaciente.

Cambiar el tema a uno laboral parece funcionar, pues no ha resaltado lo que dije ayer. No hay tiempo entre las explicaciones y presentaciones. Tom describe el libro, Amanda habla sobre el guion, yo oigo mi peor pesadilla. Miro anonadado a Ginebra por no haberme advertido de qué se trata realmente esta película. Al principio pude soportarlo; todas las estrellas tienen un trabajo del que se avergüenzan. Fue cuando la historia de la magia y los signos se mezclaron que quedé flipando.

En resumen, un señor millonario se mete en líos de mafia sin mucha justificación —cosa que no voy a mencionar en voz alta para no herir el ego de Tom—. La única manera de salir de ese problema es cobrar una herencia aún más millonaria, para lo cual debe casarse con su mejor amiga, que está pirada por los mambos místicos esos que andan de moda. Esto, por supuesto, incluye un montón de escenas del hombre demostrando cuán hombre es, peleando, follando, cagándola lo suficiente para dar pie a una secuela.

Me llevo las manos a la cabeza, es lo peor que he leído. Y eso que antes, para practicar espontaneidad, hice roles en Facebook.

—¿Qué opinas, Kennedy? —indaga Brandy.

«La verdad, es una puta mierda. Mis líneas parecen escritas por un adolescente de dieciséis años con problemas de ira».

—Es un material interesante con el que trabajar, me saca de mi zona de confort, lo cual siempre es bueno. —Uno mis manos sobre la mesa—. Aunque claro, quisiera discutir qué tanto podemos modificar.

—Lo suficiente hasta que ambos se sientan cómodos —agrega Amanda. Reprimo una sonrisa.

En mis anteriores grabaciones no tenía a alguien que se interesara por cómo me siento con lo que haremos, es bueno contar con ello.

—¿Por qué se están toqueteando en un rascacielos en la página noventa? —Margarita tampoco está conforme, aunque sus quejas van directo al escritor.

—Es una metáfora. —Tom se encoge de hombros.

—Aquí dice que Kain tiene una cicatriz en la cara —recalco.

—Efectos especiales —responde una de las chicas de producción—. En este caso, creo será más fácil colocarla con edición que maquillarla.

—Vale. ¿Cuánto tiempo tengo para... «Leerlo», pienso un segundo— inspeccionar esto? —pregunto con el bloque de hojas entre las manos—. Con los encargados, me refiero.

—Le pedimos a su asistente que nos envíe sus disconformidades y detalles de antemano con el contrato, sin embargo, podemos esperar hasta cuatro días más para pasar a otra etapa —explica Amanda—. Necesitaría una lista de sus requerimientos, le enviaré un documento esta misma noche.

Es increíble lo mucho que puede tardar una reunión donde la conclusión principal es que vas a arruinar tu carrera. No he dicho una sola palabra porque, si Ginebra me odiaba antes, lo hará más ahora. No estoy en condiciones de perder gente de confianza. Lo innegable es que el dinero en juego compensa lo que pueda arruinarse gracias a este proyecto. Solo por eso, empezaré a quejarme con ella recién al segundo mes.

Las puertas del elevador están por cerrarse cuando alguien mete la mano entre el espacio sobrante. Estoy pegado a la pared y la mujer del bar ingresa sin prestarme atención. Eso cambia mi plan de ignorarla. ¿Por qué querría ella ignorarme a mí?

—Hey —saludo, haciendo un gesto con la mano.

—No tenías ni puñetera idea, ¿verdad? —suelta en un murmullo. Sé a lo que se refiere.

Su pregunta es retórica. Ella arquea una ceja. Está tan enojada como debería estarlo yo mismo por mi pésima toma de decisiones.

—Para nada. Pensé que era sobre astrónomos o astronautas —confieso, apenado.

Su expresión se ablanda.

—No pareces el tipo de persona que firma contratos importantes sin leer.

—Soy una caja de sorpresas —carraspeo—. Disculpa, pero no voy a tener el informe que pediste pronto, así que no te molestes en enviarme lo del personaje aún. Tuviste una noche agitada ayer.

—El trabajo se envía a tiempo, no dejo nada fuera de plazo —afirma, y sus palabras me recuerdan que es hija del director—. Tendrás mucho qué leer estos días, limpia bien tus anteojos. —Presiona el botón del último piso—. De todas formas, no puede irte tan mal. Eres un calco del protagonista, si existiera.

—¿Ah, sí?

—Sí, al menos yo lo imaginé tal cual como tú cuando lo leí. —Me escudriña—. Iré a la terraza a terminar el documento, ya verás de lo que hablo.

Sigo picado en lo primero que dijo.

—¿Tal cual? —inquiero.

—Sin cambiar nada —repite. Es la primera vez que creo que alguien de verdad intenta hacerme un cumplido—. Tom va a decir cualquier cosa, así son los escritores. No cambies nada de ti, eres idéntico a como me lo imaginaba.

—¿Qué imaginabas exactamente, Amanda?

La sonrisa se le borra. Esa pregunta suena diez veces peor a mi intención. No lo dije en ese sentido, solo quise que siguiera hablando sin tomar en cuenta el contexto.

—Limítese a actuar, le enviaré lo necesario —farfulla al salir. Una de sus carpetas se cae y me apresuro en recogerla.

Se la entrego antes de mirar alrededor. Este sitio está lleno. Lo sé porque pude sentir el *flash* de la cámara en mi piel antes de visualizar la muchedumbre. Lo primero que pienso es en reservar cada mesa la próxima vez que suba. A juzgar por la expresión de Amanda, ella tiene la cabeza en otro sitio.

Las miradas se clavan en nosotros, lo cual tengo asumido al llevar años en el mundo de la fama, pero ella da un paso hacia atrás. Sostengo la pila de papeles en su mano que ya no puede mantener. Se aparta de mí. No comprendo qué tengo de malo.

¿Qué es lo primero que piensan los extraños al ver a un chico y una chica salir de un sitio juntos?

3
cerveza fría

* * *

AMANDA

Nos volvemos a meter al elevador como si el oxígeno que nos queda se acabara. Tengo en mis manos mi laptop, un cuaderno, lápices y la carga invisible de pena que hunde mis hombros. Mi estómago se revuelve de vergüenza.

—¿Por qué demonios firmarías un contrato tan importante sin estar informado? —cuestiono apenas las puertas se cierran, sin mirarlo a la cara.

—¿Por qué asumes que no lo sé?

—Puedo leer muy bien a las personas. —Me encojo de hombros. Él me pasa uno de los papeles que se me cayó hace un minuto—. El brillante Kennedy no actuaría en una película como la nuestra por voluntad propia.

—¿Brillante? —repite, orgulloso.

—Responde mi pregunta.

—Bueno, soy amigo de Tom —miente.

No miente sobre ser su amigo, miente sobre que ese pudiera ser un motivo. Lo sé porque conozco a Tom Collins, él jamás le cuenta a nadie sus triunfos. Además, aún el público no tiene idea de la producción, y haberle pedido a Ron que fuera actor involucraría hablar.

Además, tanto en el bar como en la reunión, cuando Ron explica algo verdadero usa su mano derecha para ejemplificarlo, esta vez usó la izquierda. Sí, soy el tipo de persona que sobrepiensa todo. No, ser observadora no lo ha mejorado.

—Evité decirlo frente al resto e incluso ahora no debería, pero tienes poder en este filme, Ron —le informo—. Es llamativo, pero que estés tú hará que la venta de entradas antes del estreno incremente. Tienes cierto peso a la hora de negociar qué quitamos o en qué escenas usamos dobles.

—¿Por qué me dices esto?

—Porque no quiero que aceptes hacer nada que vaya en contra de tus principios.

—Oh, ya entiendo. Crees que el rumor de que soy religioso y por ello no vivo como las demás celebridades es real.

—¿Rumor? —Arrugo las cejas—. No hace falta más que compararte con cualquier otra persona con tu exposición. Si tienes tu nombre limpio, asumo que es porque lo cuidas.

—Pues es una buena oportunidad para mancharlo —concluye con tranquilidad—. Con todo respeto a quienes viven de actuar en obras como esta.

—Sí, tienes razón. —Bajo la cabeza—. Nos vemos en la próxima reunión, antes de que empiecen a grabar.

Las puertas se abren en el vestíbulo. No hay nadie esperando además de tres grandes guardias vestidos de negro en la puerta. El sitio está protegido. Planeo regresar a mi departamento hoy mismo.

—Por cierto, Amanda —dice cuando pongo un pie fuera—. Lo que dijiste está a salvo conmigo, excepto lo de arruinarles la boda, eso sigue en pie.

—Olvídalo. No era mi intención darte esas balas en mi contra, no estaba pensando con claridad.

—No voy a disparar a nadie. —Ríe—. Me alegra que hayas podido desahogarte. Tienes mi palabra de que esa noche quedará borrada de mi mente, a cambio de algo claro.

Cruzo los brazos sobre el pecho. No estoy enfadada con él, estoy enfadada conmigo por no haber pensado mejor mis acciones.

—¿Qué podría tener yo que tú quieras?

Me quita el libro con post-its que tengo entre mis manos.

—Te lo devolveré cuando lo acabe.

Los desastres amorosos solo sirven para una cosa: hacer las salidas entre amigas más entretenidas. Invité a Margarita porque me inspiró confianza lo que transmite en redes, lo hice bajo el riesgo de que fuera falso como cualquier persona ante los medios; tampoco es que tuviera un círculo muy amplio al que presentarla.

—Margarita, estas son Belli y Malibú, mis mejores amigas. —Aparto una silla de la mesa—. Chicas, ella es Margarita, es *influencer* y va a actuar en la película que les conté.

—¿La de las polémicas con *Reality shows*? —pregunta sin nada de tacto Malibú.

—Sí, exacto.

La tarde pinta interesante desde el primer momento, la intensidad crece cuando Margarita se entera de los labios de Bellini la razón por la cual estoy "apagada". Es penoso que tantas personas sepan de mi expareja (que no era mi pareja); lo conocen desde mi grupo de amigos hasta mi abuela.

Le doy un mordisco a mi bizcochuelo pensando en que debí hacerle caso a mi padre cuando dijo que ese chico eran malas noticias. No comparto la cultura de quejarme de quienes alguna vez quise, pero un poco de rabia sí que guardo; además las que hablaron fueron mis amigas.

Que haya anunciado una jodida boda a una semana de dejarme no fue lo que mejor parado lo dejaría, es incluso humillante que yo aún no hubiera borrado las fotos con él por si nos arreglábamos cuando la otra tenía el anillo en la mano. O lo peor de todo: no es otra, es su primera novia y, al parecer, el amor de su vida.

Dejé que Margarita se pusiera roja de la rabia y ellas intentaran animarme, lo cierto es que nada me sube el ánimo, estoy mal. Puedo permitirme estarlo un rato.

—¿Tú la conoces? —interrumpe Margarita con timidez.

—¡Es su amiga de la infancia! —contesta Bellini por mí.

—Ya no hablábamos, ella no debe estar enterada de mi existencia, no la culpen —defiendo—. De hecho, él también estaba soltero, así que en teoría no tiene de qué disculparse.

Criticarlos no me va a hacer sentir mejor. Lastimar a otra mujer no va a sanarme.

Aprovecho el rato libre para buscar en profundidad al sujeto con el que hablé ayer; apenas escribo la mitad de su nombre, la otra mitad ya me aparece. Tiene un montón de fotos con sus trajes de Harvel, en la alfombra roja, con un par de modelos donde se le nota terriblemente incómodo; su trofeo al actor del año es la fotografía más reciente.

Entro a la página web de Wikipedia para leer lo que pueda, por simple morbo. Si él sabe de mi vida, yo puedo saber al menos su edad, ¿cierto? El Internet dice que nos llevamos un par de años. Tiene algunas fundaciones benéficas a su nombre y por poco suda oro. Entorno los ojos; por supuesto que no encontraré nada malo ahí.

En sitios de cotilleo sí que hay tela. Paparazzi y trabajadores cercanos afirman que tiene un carácter terrible, frío e impasible; lo llaman robot. Me pregunto si conocimos a la misma persona. Tengo cuidado al revisar sus redes sociales; me sonrojo al pensar en lo acosadora que me veo ahora. Con esperanza, si se me escapa un *like*, no lo notará entre sus millones de decenas de seguidores.

—¿Quieres que pasemos del tema? —ofrece Margarita, con un tono dulce y preocupación genuina—. La próxima vez te traeré un Power Point con todos los escándalos de celebridades que me sé, para que te distraigas.

—Gracias, Margi.

—Lo digo con total seriedad.

La merienda termina luego de horas. Esa noche acabo mis documentos, los envío, hablo con un par de chicos en una aplicación de citas, mi padre avisa que estará muy ocupado como para cenar conmigo como hacemos todos los viernes en la noche. Al cerrar la laptop estoy tan cansada que ni recuerdo la propuesta de reencontrarnos en el bar; caigo desplomada de sueño. El sábado, si soy sincera, no hago más que comer, ver películas de comedia y dormir. Fueron dos décadas las que necesité para aprender a no reprimir mis emociones negativas; esta vez me tuve empatía porque si no soy capaz de mirar las redes por miedo a enterarme de ellos, algo debe ir muy mal.

Necesito un trago y necesito que mis pretendientes dejen de tener cero responsabilidad afectiva. Supongo que en esta madrugada solo puedo optar por la primera.

—Hoy no prestamos servicio. —informa el Barman cuando pongo un pie dentro.

—¿Qué? ¿Por qué?

—Nunca lo hacemos los fines de semana; yo estoy aquí para cuidar el sitio, pero no puedo venderte nada, lo lamento.

—Debe ser una broma.

—De hecho, es una jugada del propietario para que los compradores se vean obligados a bajar a uno de los restaurantes que posee en la manzana. —El hombre lo cuenta como si fuera un secreto de estado—. Lo cual agradezco porque recorta mi jornada. Mi consejo es que pidas *delivery*.

—Gracias —resoplo—. Tenga buen descanso.

Ni siquiera un refresco, ¿la noche podría ser peor?

El sonido de unos pasos hacia mí me hace parar de caminar. Su perfume es inconfundible.

—Ron. —Fuerzo una sonrisa—. Te advierto que no tiene caso, el bar está cerrado.

—Lo sé, lo dice en la tarjeta de invitación que te dan.

—Oh.

—¿Intentaste negociar con el barman?

—Si lo pillan rompiendo las reglas, puede perder su trabajo —vacilo—. No voy a poner en riesgo a nadie por una bebida. Tampoco lo deseo tanto.

Un silencio incómodo se implanta entre la proximidad de nuestros cuerpos; el brillo pegado a mi vestido cae en el suelo cuando me muevo. Me encanta vestirme extravagante cuando estoy feliz (o pretendo estarlo). Llamar la atención es una de mis actividades favoritas. Al lado suyo me veo fuera de lugar; él no trae más que una camisa oscura y el aura de elegancia que no cambia según su outfit.

El barman nos observa, callado, y caigo en cuenta de que debe recordar nuestra conversación entera.

—¿Tienes planes?

—Ninguno más que dormir, esperaré al lunes. —Señalo el pequeño cartel dentro del salón donde indican los horarios de atención.

—Si lo que quieres es un trago, conozco un sitio.

—Genial, diviértete. —Doy media vuelta.

—Te estaba invitando —resalta.

—Y yo te estaba rechazando.

—¿Por qué?

—¿Para qué me invitarías tú? No me apetece encontrarme con niñas de trece años que quieren un autógrafo tuyo.

—Para contarte lo que opino del libro, acabo de terminarlo —dice, mientras yo me recuesto contra la puerta para escucharlo—. Fue atrapante, debo admitir. Consideré renunciar cinco veces, asesinar a Tom cuatro, mudarme a un pueblito donde nadie me reconozca y, claro, declararme muerto. Esa última suena como la opción más fácil.

—Qué sentido del humor, eh.

—¿Humor? Lo digo en serio. Incluso escogí mi nombre falso. Seré Ricardo y venderé conejos.

Cierro los ojos. No es tan gracioso, es la manera en la que lo dice. Lo hace parecer tan real que es hilarante. Sostengo una sonrisa de labios sellados.

—Escuchar el sufrimiento de un hombre en estos instantes donde los odio es tentador. Aun así, quiero evitar problemas con los medios. —Elevo ambas manos—. Sé cómo se mueve este mundillo.

—Amanda, por favor, por supuesto que el lugar al que iré es privado. De todas formas, si no quieres, no insisto.

Su mirada delata que habla en serio sobre estar aterrorizado por el papel de Kain. Eso es lo que de verdad me importa, es mi trabajo. Así que lo considero mientras las llaves de su carro tintinean entre sus dedos.

La soltura en sus palabras no oculta sus nervios. Es extraño que sea así, considerando lo que averigüé sobre él. La intuición predice cosas malas sobre ello y no puedo permitir que eso tenga lugar en mi primer trabajo serio.

—Más te vale que tengan buena comida.

El ascensor nos baja hasta el estacionamiento subterráneo. Una de las zonas resguardadas tiene una larga fila de automóviles brillantes. No hace falta ser especialista en autos para saber que son costosos. De los pocos que logro distinguir con mi básico conocimiento, están un Ferrari, un Bugatti y un Lamborghini. Ese último, para el que él hizo un anuncio en televisión.

Checo la hora en mi teléfono. No tengo a quién avisarle que saldré, al menos nadie de confianza o que no malinterprete la situación.

—¿Cuál es el tuyo? —pregunto, fijándome en cada uno de los vehículos en esa esquina.

—Todos.

Se me olvidaba el pequeño detalle de que él no es un simple actor como el resto del elenco.

—Escoge el que más te guste y nos montamos —propone en voz baja.

Empiezo a entender de dónde vienen los rumores en su contra. No es malo, pero tampoco es humilde ni piensa en cómo pueden juzgarlo.

—El negro.

Las puertas del auto se abren solas. Por dentro está tapizado en rojo y huele a menta. De manera automática, me "ayuda" a subir al asiento del copiloto. No mintió cuando dijo que era raro, porque tener aires de engreído rico en un minuto y ser un caballero en el otro, son actitudes que confunden.

Me coloco el cinturón mientras busco un tema de conversación que borre la incomodidad entre nosotros.

—¿Qué modelo es? —Evito el silencio entre nosotros.

—¿Te interesa?

—La verdad es que me interesa más lo que vamos a comer.

—Quiero pizza. Si esperas un platillo más sofisticado, puedes pedirlo a mi cuenta siempre.

Enciende la música antes de que le responda. Los Black Eyed Peas nunca pasan de moda y el pop tampoco.

El restaurante al que me lleva está ubicado en el último piso de un lujoso edificio. No hay nadie más que nosotros en la mesa del medio, alejada de los ventanales sin cubrir. Hay flores, velas y un reflector especial en rosa en el sitio que pedimos. Los trabajadores lo prepararon sin preguntarnos nada más que por una foto con Ron.

—El *plot twist* casi hace que deje de leerlo —comenta Ron con el libro a un lado—. ¿Él se cree gracioso?

—Tom hace eso en todos sus libros.

—¡¿Todos?! —grita sin darse cuenta—. ¿Por qué la gente los lee?

—Son interesantes. Es mi escritor favorito y lo voy a defender sin importar nada —digo con un trozo de pizza en la boca—. De hecho, mi personaje favorito es el de la película, el mafioso.

—¿Mi papel?

—Sí, aunque ya sabes, Kain te queda muy grande. —Bromeo. Esto no parece hacerle nada de gracia, pues su semblante amigable desaparece detrás de su máscara de seriedad.

—Lo haré increíble para callarles las bocas a ustedes dos —amenaza riendo—. ¿Qué quieres tomar?

—Una cerveza fría. ¿Qué marcas tienen aquí? —Agarro la carta— ¿Tú qué vas a tomar?

—No lo sé, la verdad es que no tomo. O casi no lo hago. No me gusta. Son escasas las ocasiones donde me obligo, como en un brindis o en mi primera comunión.

—¿Entonces qué hacías en un bar a mitad de la noche?

—No podía dormir —ordena desde su teléfono, pidiendo una botella de cada bebida "simple" que ve disponible.

Es la primera vez que dejo que alguien pague por mí. Supongo que es justo porque me ha invitado él. Pienso que debería hacerlo yo la próxima y me regaño mentalmente por asumir que habrá otra ocasión.

—¿Fingiste acompañarme solo para emborracharme y escuchar el chisme de que mi ex me puso los cuernos?

—Muy interesante, por cierto.

—Ay, por amor a Dios. —Bebo un sorbo de la botella—. Oye, ¿te digo la verdad? No esperaba que fueras tan conversador. Las notas que hacen sobre ti dicen que eres tímido.

—No soy tímido. Simplemente no me apetece hablar de vanidades, que es lo único de lo que charlan en este medio. Me gustan más las personas transparentes y el drama, obvio.

Oculto que mirarlo a los ojos me ha dado un escalofrío, arreglando mi cabello. En mi defensa, es un profesional; tiene habilidad para comunicarse con la mirada.

—Puedes hablar conmigo —afirma.

—¿Qué? —Ladeo la cabeza—. ¿Sobre qué?

—Sobre lo que quieras. Sé que tu opinión sobre mí ha cambiado al saber quién soy, pero soy alguien de fiar, no me trates diferente.

—Tiendes a darte mucha importancia, ¿no, Ron?

—Eso dicen.

—Suena a un trato terrible. Mejor sigue hablando de este libro antes de que te dé *spoilers* del segundo.

—Claro. —Abre el mismo en sus últimas páginas y se reacomoda las gafas—. Retomamos en cuando la salva en la fiesta de invierno, después de la escena del rascacielos, antes de que la lleve a vivir a su casa.

Reposo mi rostro entre mis manos, atenta a su leve sonrojo cuando de manera poco disimulada evita hablar sobre las escenas +18 de ese capítulo. Es una charla interesante y, sin darme cuenta, llevo horas sin pensar en...

«Oh… Bueno, llevaba unas cinco horas. Nuevo récord».

—Amanda, casi lo olvido. —Se reacomoda en su silla, me siento acorralada en este inmenso restaurante, puedo sentir los ojos de los trabajadores encima nuestro —. ¿Puedo hacerte una pregunta? Además de esta.

—Depende, ¿qué tipo de pregunta?

—Una privada, esto debe quedar entre nosotros —susurra, bastan segundos para arrepentirme de haberme relajado con él—. ¿Me lo permites?

4
cóctel collins

* * *

RON KENNEDY

—¿Qué es un *coach* de intimidad?

—Uf, eso... —La noto aliviada, como si hubiera esperado otra pregunta—. Es una persona que se encarga de la seguridad de los actores en las escenas sexuales. Esto se implementó hace no muchas décadas. De hecho, hay testimonios de cómo no tener un coordinador les afectó psicológicamente a actores en otras épocas. Por fortuna, el cine ha cambiado para bien en la actualidad. Por eso estaba insistiendo en que dijeras si algo no te gusta, ese es mi trabajo.

—Elabora, por favor.

—Superviso la grabación —aclara—. Soy un intermediario entre los actores y el personal. En este caso, incluso estamos dispuestos a cambiar el guion si esto sobrepasa sus límites. También hay escenas que pueden ser hechas por extras. En general, se trata de qué quieres mostrar, qué quieres hacer y cómo. Yo intento que se haga desde la confianza y comodidad. No doy nada por sentado. —Saca una pluma—. Si quieres mencionar algo...

—No, estoy bien. Ya acepté este papel. Por mi parte no tengo problema, a excepción de un par de cosas que enviaré mañana.

—Genial. ¿Eso significa que ya no odias al personaje? —pregunta con brillo en sus ojos.

—Es un idiota.

—Más respeto a mi marido literario, eh. —Frunce las cejas—. Que sea un libro erótico no lo hace un mal libro. Lo que pasa es que tienes mal gusto.

Mis brazos se cruzan sobre mi pecho y pienso que seguimos bromeando. Sin embargo, creo que si esa es su manera de "fingir" estar a la defensiva, lo hace demasiado bien.

—Como digas, Amanda. —Pongo las manos en alto, rendido—. Tú eres la experta.

—Ay, por favor. —Amanda entorna los ojos—. Te lo leíste en un día entero y son trescientas cincuenta páginas. ¿Crees que un libro malo te provoca eso?

—Vale, quizá me has pillado. Debo admitir que engancha.

—Es que es una muy buena historia —insiste ella. Quedo petrificado ante la pasión con la que lo defiende, quizá porque hasta ese instante no demostró ese nivel de emoción ni hablando de su pasado—. Tiene su propia jerarquía, historias introductorias para cada personaje, pistas que se revelan recién en el libro tres y un manojo de frases increíbles. Que no puedas ver eso solo porque la pareja principal se besa entonces es tu problema.

—No es lo mío.

—Adivino, lo tuyo es el guion repetitivo donde siempre hay un malo pero el bueno siempre gana. —Bebe un largo trago de su refresco—. Ahora estoy más alegre sobre la vez en que el sujeto morado te mató.

Tengo un pedazo de pizza aún en la boca cuando lo dice. Me tapo con la mano para controlar mi risa y no atragantarme. No esperaba que supiera de eso, ni siquiera creí que fuera el tipo de chica que conoce esas películas.

—Oye, que no lo digo en serio. —Bajo el tono a uno suave—. Tom y yo nos llevamos pesado así que me acostumbro. Es entretenido, supongo.

—Si dices una sola palabra negativa sobre mi saga favorita, me largo de aquí.

—Bien. —Suspiro—. La chica me encanta. Me gusta su actitud; es más graciosa que él y no se le da el crédito suficiente. Ah, la tensión también es resaltante. No leo mucho, dudo que lo haga, así que si tenemos en cuenta los siete libros que leí a lo largo de mi vida, sería mi top tres.

—Vale, te creo. No todas las personas son un libro; algunos somos películas: más simples, requerimos menos tiempo. Podemos ser mejores o peores, pero tenemos un solo propósito, el cual es entretener. Para ser un libro, hay que tener profundidad; para ser una película, hay que tener gracia. Ese mundo de leer está lejos de mí, o lo estaba hasta ayer, supongo.

El resto de la cena sigue con normalidad. Pido una porción de cada postre que tienen. En cierto punto, se acaba la excusa de estar comiendo como para hablar. Tiene la mirada perdida en la luna hace rato.

—¿En qué piensas, Amanda? —interrumpo el silencio.

Estuve fingiendo ver las flores en la mesa para que no malinterpretara mis intenciones. Cada vez que está cerca, se ve como una chica distinta. La del pijama, la de la reunión, esta mujer arreglada con sedas. Me dan vibras distintas y solo parece mejorar.

—En el por qué me invitaste a cenar si en Internet dicen que nunca hablas con chicas.

—Seremos equipo de trabajo y no me delataste cuando mi error fue obvio. Además, tú misma lo leíste: la gente no quiere estar conmigo.

—¡Oh, por favor! —exclama—. ¿Quién no querría estar contigo? Aunque sea por interés.

—Está bien, admito que es al revés. No quiero estar con nadie. Odio a todos en esta ciudad.

—¿Debería tomármelo como un cumplido?

—¿Quién no querría estar contigo? —repito sus palabras—. Eres un fenómeno, Amanda.

—No estamos en la misma condición. No hay que ser un genio para saber que tienes una fila larga de chicos y chicas esperando a tirarse a ti.

—Pues yo no me he tirado a nadie —digo y me arrepiento automáticamente al ver su reacción—. Que no estoy interesado en nadie —lo corrijo—, al menos no hace casi ocho años ya. La última vez era un preadolescente; ahora soy insufrible. —Creo que igual he dado información de más.

—Ni te molestes en explicarlo. No me incumbe, lo comprendo —responde de manera automática—. ¿Puedo hacer una pregunta fuera de la norma laboral?

—Dispara.

—En ese panorama, ¿no te sería raro actuar? Es decir, si no estás acostumbrado, puede ser surrealista para ti. Es decir, si no has tenido experiencias similares.

—Pretender es mi trabajo.

—El punto es que, si no, yo podría ayudarte con eso —propone. El cambio en su expresión luego de escucharse a sí misma es chistoso— ¡Enseñarte, es decir! No de ese modo, ¿vale? De una forma profunda. Espera, ay no, creo que eso suena peor. Ya no dije nada, olvídalo. Solo quería decir que, si necesitas algo para el rol o si quieres quitar algo, me lo informes.

Río y me cuestiono si siempre es así, solo tomó un vaso.

—Eres la primera persona en esta industria a la que parece interesarle lo que pienso —sacudo las migajas de mi atuendo al levantarme—. Ten por seguro que no lo olvidaré, Amanda. Por ahora, creo que deberíamos irnos antes de que la temperatura siga bajando.

Toco la puerta del cuarto de Tom dos veces antes de entrar sin permiso. Él se encuentra en una esquina con su hijita en el sofá. Todas las luces están apagadas y la lámpara amarilla en la mesa junto a su libro es lo único que ayuda a que me vea.

—¿Sabes que entrar de esa manera a hogares ajenos es un delito?

—Sí, estoy practicando para la grabación. —Subo el interruptor—. Vine a hablar contigo porque sé que Daiquiri no duerme temprano.

—Quiero creer que es porque tiene horario de México, son dos horas menos allá. —Le aparta el cabello de la cara a la niña—. Habla despacio.

—Me leí lo que hiciste, *Astrológico deseo*.

—¿Y?

—Vine a confirmar si necesitas ayuda psicológica.

31

—Eres un idiota. —Niega con la cabeza—. Lo suponía, tú odias los libros, tienes mal gusto. —Se levanta para cerrar con llave la puerta—. Ya firmaste, gustarte no es mi problema.

—Podrías ser más humilde, ¿sabes?

—¿Me lo estás diciendo tú? —Ríe—. Ronaldo, ten un poco de respeto.

—Cállate, Tomas.

Ni yo me llamo Ronaldo, ni él se llama Tomas. Jugamos a llamarnos por otros nombres cuando "discutimos".

—¿Dónde andabas? Vi que hiciste una entrevista sobre Harvel en la televisión, asumí que no fue en vivo.

—No, estaba cenando, recién llegué. Aún no me acostumbro al horario de esta ciudad. Tengo solo un día más antes de que eso afecte mi rutina.

—¿Con quién? —indaga, sin mucho interés, mientras caminamos hacia la habitación; por ahí tiene su portátil.

Los ratos en los que hablamos suelen ser robóticos: él investiga algo en Internet mientras yo leo lo que Ginebra me informó horas atrás. Tomo asiento en su colchón; su escritorio está justo enfrente.

—Con Amanda —respondo casual, con el teléfono a centímetros de mi cara. La cual, por cierto, aún no me ha escrito. Me pregunto si guardó mi número.

Espero a que se acomode, pero no lo hace. Al elevar la mirada a su rostro, se lo nota sorprendido.

—¿Qué?

—Eso. Iba a ir al bar, creo que olvidé contarte que la conocí antes de la reunión. Me contó un poco de su vida, me cae bien. Entonces, como ya iba a salir, la invité a comer. Le devolví tu libro.

Sigue sin reaccionar, perplejo. En silencio, abre uno de los documentos en su escritorio y conecta la impresora que tiene a un lado. Tarda minutos en emitir palabra.

—Te compro los derechos —farfulla.

—¿Eres un payaso?

—No, soy un visionario. Te compro los derechos de la idea —repite.

—Deja de bromear. Mejor iré a dormir.

—Jamás. Vete si quieres, solo deja la escena hasta aquí —advierte Tom—. Amanda es la hija del director, la única hija de Brandy. Y si la película no sale por tu culpa, te asesinaré.

—Tienes seis años mentales. Somos adultos que tienen una cena y ya. La conozco desde hace un par de días.

—Eso espero. No toleraría que se enamore de otro estúpido. —Me guiña un ojo—. Con Axel es suficiente.

—¿Quién es Axel?

—Su ex, el piloto —explica con calma, pero pronto se lleva la mano a la boca—. Ay, no debí decir eso.

—Da igual lo que digas porque no me interesa. Si tuvo una pareja complicada, me alegro de que esté mejor ahora. Hasta ahí. Quiero tener una buena relación con quienes trabajaré estos meses.

—Ajá —dice incrédulo mientras las páginas impresas salen una tras otra de su máquina—. Toma el contrato de derechos si cambias de opinión. No me hagas utilizar a mi sicario.

Su sicario es Daiquiri, la niñita de rizos que, por cierto, me adora y duerme en el cuarto de al lado. Verlo me hace cuestionarme si soy muy duro al juzgar a mi familia. Hay una diferencia extraña entre las personas que tenían hijos a los dieciocho años décadas atrás y los de ahora. O quizás no, quizás ahora es simplemente más transparente lo complicado que es.

Sea cual sea el caso, nunca vi a un padre que sea tan cuidadoso con su familia. Admiro eso de él, especialmente teniendo en cuenta que lo hace solo, es un hombre agradable excepto por...

—Suerte con caerles bien a todos, por cierto —resalta Tom.

—¿Por qué? ¿Escuchaste alguna queja?

—No, solo que ya sabes, tu coestrella es de esas *influencers* insoportables. Dudo que le agrades solo por ser hombre.

—El día que quites esos pensamientos, será un mejor día. —Apago el teléfono —. Me voy a descansar. —Agarro el bloque de papeles—. Me llevo tu contrato antes de que se lo pidas a Amanda, más te vale no ser detestable con ella. Te admira.

—¿O qué? ¿Un superhéroe va a atacarme?

—Eres insufrible. —Suspiro—. Lo digo de verdad. La chica ya ha pasado por mucho. Trátala bien. De seguro tiene mejores ideas que tú.

El fin de semana pasa sin más, nadie se toma esos días para relajarse, pues los correos no paran ni una sola hora. El lunes por la mañana llegamos a un acuerdo sobre qué quiero grabar y qué quiero modificar del guion. Siendo sincero, solo le di mi contraseña a Ginebra para que ella responda lo que me envían a mí directamente.

Ya empecé el tomo dos de la saga, para molestar a cierta morena. Los primeros ensayos son directos en el *set*. Soy consciente de que vamos contrarreloj. Tengo que darles lo que quieren y aprenderme mis líneas. Releo la copia en mi tablet con una mano porque en el otro brazo están analizando cuál de los "tatuajes" del protagonista van a ponerme en la edición.

El equipo de maquillaje junto con el de efectos especiales son mis favoritos, especialmente porque en mi anterior trabajo casi no podíamos hablar con ellos, eran demasiados.

—Buenas tardes —saluda Brandy—. ¿Cómo se encuentra hoy, Kennedy?

—Señor Brandy, hola. —Intento estrechar su mano, pero no devuelve el gesto, así que disimulo arreglando mi saco—. Bien, bien, esperando a Margarita. ¿Usted se va a quedar? Voy a intentar dar el cien por ciento en este rol.

—Como debe ser, ¿no? Ni modo que menos —comenta confundido—. Ay, la juventud.

—Mmm, sí, lo siento. —Aclaro mi garganta—. Soy muy fan de usted, me encantan sus películas.

Me deja con el resto de las palabras en la boca cuando otro de los señores presentes lo llama. La maquillista que está a mi lado, organizando nuestras cosas, se ríe de mí. Reviso mi bandeja de entrada, pero no hay nadie. Es un tanto aburrido no tener a quién contarle lo que me pasa.

Oigo a la señora susurrar. Al darme la vuelta en la silla, la veo murmurar algo en el oído de Amanda. Ella asiente, nos dejan solos rápidamente y se oye el sonido del seguro ser activado tras su salida.

El clima fresco permanece. Ella trae una chaqueta de cuero negra y rosa. Respira hondo antes de hablarme. Tomo pequeños detalles nuevos de cómo se viste: tiene un collar de estrellas, su cabello no logra ser por completo lacio. Hago contacto visual y me arrepiento de esa decisión al instante.

—¿Hubo algún problema con el guion? —Corto el silencio—. Creí que se resolvió ayer.

—Lo hizo. No estoy aquí por eso. —Cabizbaja, arrastra sus pies hasta mí—. Es por lo que dije sobre ayudarte, sobre que no tuvieras el suficiente...

—Lo recuerdo, acepto igual, sin problemas —digo pensando que se refiere a recomendar otro libro con ese tipo de escenas. Creo que uno puede informarse leyendo—. No tengo una mente cerrada. Me pareció bien desde el primer momento.

—No tenía idea de que pensabas así. —El tono de sus mejillas cambia—. Es decir, por supuesto que eres —se le traba la lengua— llamativo. He hecho esto antes; sin embargo, somos compañeros de trabajo. Lo veo mal.

—Yo no. Me parece lo más normal del mundo.

—Bien. —Retrocede—. Entonces es mutuo, supongo. Que conste que es por un fin serio y puede acabar cuando terminemos de rodar.

—Perfecto. ¿Te espero hoy? ¿Salimos como la otra noche?

Me preocupa que el rosa de sus mejillas ahora sea rojo. No obstante, mejor no diré nada.

—¿Hoy mismo?

—Cuanto antes mejor.

—Vale. —Alarga la última letra en su pronunciación—. Entonces somos ese tipo de amigos —concluye.

—Yo ya te consideraba una amiga.

Mi mano está en el picaporte, se oye el barullo exterior. Tengo un pie fuera sobre el tapete de bienvenida.

—Es atrevido considerar que todas las personas que aceptan salir contigo son tus amigos con derechos, pero supongo que habla de tu ego —ironiza.

«Espera, ¿qué?»

5
licor malibú

★ ★ ★

AMANDA

¡Joder! ¿Qué demonios dije?

Tampoco es como si hubiese dicho que lo voy a matar para que se haya puesto tan pálido. Lo miro a la cara, no es capaz de sostenerme la mirada y yo me cuestiono si debe estar acostumbrado a que todas las personas lo miren de esta misma manera: sin preocupación por lo que piense, con sumo detalle, en busca de una pista de falsedad.

—Eso... no fue lo que entendí —titubea Ron—. Disculpa, te estoy dando una primera impresión terrible. —Ríe con incomodidad.

—Sí, no te preocupes —contesto mirando al suelo y cruzando mis brazos sobre mi pecho—. Veo que nunca entiendes nada, es normal.

—¡Oye!

—Perdón, hay días donde me levanto y no sé mentir. —Consuelo mi imprudente respuesta—. Gracias por aclararlo, si tú no hablabas en serio, yo tampoco, era broma, era un experimento social; tú me agradas por haberme escuchado, eso es todo.

Se levanta para mirarse al espejo, es más alto de lo que recordaba, las luces del tocador se reflejan en el vidrio de sus gafas. El resto de la luz descansa con delicadeza sobre su cabello rojizo, son pocos los segundos en donde mi cerebro escoge recordarme que este sujeto es el mismo de la gran pantalla en los cines y es abrumador.

Este mundo del lado del reflector no es para mí, lo supe desde el día uno en el que me enteré de su existencia. Sin embargo, hay quienes nacen para que les pongan uno encima, Ron es un ejemplo claro.

—¿Siempre haces eso? —indaga Ron.

—¿El qué?

—Disfrazar lo que piensas con dos cumplidos, como un sándwich, dices: «Oh, no te preocupes», por cierto, eres tontísimo, seguido de «Pero hey, me caes bien».

—Dije que me agradas, no me caes bien, me sorprende que tu memoria funcione para algo que dije en tres segundos —corrijo.

—Lo acabas de hacer otra vez.

—No sé de qué hablas.

—Claro. —Entorna los ojos—. ¿Para qué estás hoy aquí si el trabajo de guionista es lejos del estudio y aún no te necesitamos como *coach*?

Lo dijo en un tono tranquilo, aunque es imposible no notar cierto desprestigio sobre ello, está claro que al ser mi padre el director tengo un par de ventajas y las he usado. Que no he tenido que esforzarme por conseguir este puesto es lo que las personas piensan, piensan un montón de cosas equivocadas sobre mí. Eso me da igual.

—Estoy aquí para fastidiar tu día, ¿no? —respondo con su mismo tono pasivo-agresivo—. Es que es obvio, yo me levanté, llamé a mi padre para que complazca mis deseos y pensé: «¿Qué hago en mi día tan aburrido donde no hago nada?». Ah, sí, hacerle el suyo imposible a Ron.

—Aja, ¿Y se puede saber por qué tú tendrías ese poder sobre mí?

Hay cierta magia en que lo primero que haya entre dos desconocidos sea complicidad y no incomodidad en sus silencios. Creo que hay quienes, desde el primer momento, sabemos que son compatibles con nuestra vida.

—¿Por qué? Es bastante simple. —Arrugo las cejas; el papel de mimada vanidosa se me da increíble—. Porque estás enamorado de mí. —Bromeo, y eso no lo incomoda; no reacciona de ninguna forma en especial, lo que me hace sentir segura sobre jugar de esa forma.

—Veo que te gusta alucinar. —Asiente un par de veces—. Debe ser por exceso de alcohol.

—No lo había pensado así. No obstante, tú lo haces sin beber; ese es un nuevo nivel.

—Me gustaría que mencionaras dónde alucino, según tú, Amanda.

—Hace unos minutos, donde estabas seguro de que estoy aquí merodeando por diversión para verlos a ustedes, o la primera noche que hablamos, donde asumiste que, por ser amable, iba a escribirte. De hecho, te sorprende que no lo haya hecho luego de nuestra cena.

El final de esa frase es lo primero a lo que su cuerpo "reacciona", así sea por un instante; la línea en su sonrisa de labios sellados se tensa y vuelve a la normalidad. Es obvio, es dolorosamente obvio que Ron no sale de su papel de actor jamás; me pregunto si otros se dan cuenta.

—Dios, ni lo vas a negar —confronto ofendida.

—No. —Niega con la cabeza—. Es aterrador lo calados que tienes mis pensamientos.

—No calo una mierda, simplemente creo que todos cumplimos ciertos estereotipos. Al leer mucho, puedo encasillarte en un tipo de "personaje" y sé lo que este pensaría.

—O sea que escribirías un personaje sobre mí, ¿no? Has hecho un nuevo arquetipo; te debería caer mejor gracias a eso.

—Ni es uno nuevo, ni es original.

—Entonces, ¿cuál soy yo?

—La estrella.

—¿Me cuentas de dónde sacaste eso?

Saco mi teléfono, me paro a unos centímetros suyo mientras entro a mi aplicación de lectura. Tengo marcado un párrafo perfecto para la ocasión. Aclaro mi garganta, él se inclina sobre mí para leerlo, y subo el brillo de la pantalla.

—*Astrológico deseo*, tomo dos, escrito por Tom Collins, capítulo diecinueve, párrafo tres —cito. Al escuchar el nombre de su seudo mejor amigo, él finge una arcada—. *Todos sueñan con ser la musa de un artista; hay personas que van más allá, hay quienes están convencidos de que haces arte sobre ellos. Lo cual me pareció una burla hacia mi trabajo; puedo tardar años en escribir un poema perfecto, pero si resuena, quién lo inspiró es lo que buscarán. Soy una mujer, estoy completa y no necesito rebuscar creatividad en nadie, suficiente con la que tengo dentro del alma.* —Me detengo a tomar aire, y él me quita el teléfono de las manos.

—*Las estrellas suelen carecer de talento, aparte de ser aclamadas. Su egocentrismo las lleva a querer ser musas o pretender serlo, son exitosos, no piensan mucho y tampoco intentan ser más de lo que son; a ellos sí los consideran suficientes.* —Ron lee la otra parte de la página, sorprendido—: *Las estrellas están en cielo, los artistas tienen los pies en la tierra.*

—Eso, te estaba insultando. —sobreexplico, solo para recalcar que no creo que sea muy listo.

—Voy a decir algo para que me detestes —amenaza con una amplia sonrisa—. Me parece absurdo que los artistas no tomen de "musa" a lo ideal que sería alguien como lo que describes. Si no se inspiran en esos, además de en ellos mismos, ¿en quién les gusta inspirarse?

—En mi caso, en las que son como oscuridad. Es raro de explicar.

—Eso es ridículo, Amanda.

—No lo entenderías.

—Oh, lo entiendo, por eso no me parece correcto. ¿Cómo te ha ido hasta ahora amando a ese tipo de gente?

De pronto, mi ánimo cae al piso. Se puede notar en mi rostro, se puede notar en mi valor esfumándose tan rápido como nuestro contacto visual. Me hago pequeña y el resto del mundo se hace muy pesado. De vuelta, no he olvidado lo que pasó aún.

—Lo que estoy queriendo decir —continúa, baja la voz y hay cierta compasión en su mirada. Odio eso— es que hay que tener mucha luz para ser artista. El libro mismo lo dice: *los artistas tienen suficiente alma que no les alcanza su propio cuerpo, por eso necesitan parejas en las cuales guardar parte.* Creo que tiene sentido que sea así.

Me parece tonto que desperdicien su brillo en otro lado. Lo dije al azar, no lo tomes personal.

—Vale.

—Lo siento. En mi defensa, soy un tonto *que no piensa mucho y no intenta ser nada más* —cita, eso me roba una carcajada.

—Eres lo peor —digo divertida.

—Eres más agresiva en el día que en la noche, está bien, siempre escucho a mis *haters*.

—En la mañana es probable. —Ladeo la cabeza hacia la puerta, ignorando lo que haya dicho luego—. Ya debería irme y tú también, Margarita les debe estar esperando.

—¿Me acompañas?

Respiro hondo, le abro la puerta en respuesta y aunque físicamente esté siguiendo sus pasos a través del set, mentalmente me encuentro en una caja en blanco. Siento como si parte de mi corazón se hundiera profundo en mi torso. La gente alrededor mío es cuidadosa con no herir mis sentimientos, por lo cual sospecho que no suelen decirme la verdad cruda.

Es jodido reconocer que nosotros escogemos con quiénes nos rodeamos, reconocer que hay ocasiones donde nos equivocamos con a quién le dejamos la puerta abierta y tenemos parte de responsabilidad en ello. La respuesta a cómo me ha ido con ese tipo de gente es fatal, no hay por dónde defenderme, aun así, he repetido ese patrón por años.

El sitio es gigante, el techo está demasiado alto y los pasillos entre cada cuarto son estrechos. Nos detenemos en un salón recubierto de verde, apenas se pueden pasar entre los presentes, las luces de las cámaras le agregan temperatura.

—Olvida lo que dije hoy, también —susurro al oído a Ron mientras nadie nos ve.

—Se te está haciendo costumbre eso, y yo que tengo tan buena memoria. —Pone una mano en mi espalda para acercarme a él, trago grueso—. ¿Entonces se cancela lo de ser amigos de ese tipo? Qué tragedia.

—Por favor, lo dices porque ahora sí se te ocurrió qué decir —farfullo.

—No estoy actuando siempre, Amanda.

—Ahora sí.

—¿O sea que se suspende ser amigos con derechos? Yo ya estaba comprando un libro de abogacía.

—¡Que no somos amigos con derechos! ¡Y tienes un humor de mierda! Ese chiste ni da gracia... —Su palma impacta con suavidad sobre mis labios para callarme.

Es muy tarde, el resto está mirando fijo hacia nosotros, con la boca abierta y las cejas levantadas. Un escalofrío recorre mi cuerpo. Ni siquiera me atrevo a apartar su mano. Lo que peor vergüenza me da es que esos señores son socios de mi padre que me han visto crecer; el resto son mis amigas, que no quiero imaginar lo que estén pensando. Todos están perplejos.

Menos Tom, él por alguna razón se está riendo de nosotros mientras anota algo en su cuaderno.

Ron me suelta al escuchar la puerta abrirse; alguien se aclara la garganta.

—Buenos días —saluda mi padre—. Puntualidad y silencio, ¿qué más se puede pedir? ¿A qué se debe este milagro?

Huyo antes de que me delaten, me llevo a Malibú conmigo.

—Deberías dejar el café —propone mi padre en el desayuno.

No mencionó nada sobre ayer, por lo que asumo que nadie le contó, por fortuna. No quiero verme como una *fangirl* hacia alguien a quien apenas reconozco; mi intención es parecer profesional hasta que quiten el estigma de nepotismo sobre mí.

—Dejar no se me da bien.

Él está en la mesa con una taza de té, un alfajor de maicena y su laptop abierta, leyendo correos electrónicos en silencio. El aroma del café impregna nuestra cocina; pese a que el olor sea delicioso, no ha levantado la mirada. Se propuso dejar la cafeína hace cinco años y no lo ha intentado ni en una sola ocasión desde ese momento.

Admiro su determinación mientras sirvo la bebida en un vaso largo. Son las cinco de la mañana, el sol se esconde entre las nubes todavía, no he encendido las luces de la casa; dudo que él se haya percatado.

—¿Cómo te sientes? —rompe el silencio.

—Bien.

—¿Segura?

A paso apresurado, voy a acompañarlo a la mesa; mis pantuflas hacen un ruido chistoso cuando camino.

—Claro.

Eso es lo máximo que decimos en media hora; es incómodo, la sensación es idéntica a cuando rompía un objeto valioso de niña e intentaba ocultarlo. Mi teléfono por fin termina de cargar su batería; lo utilizo como parlante en busca de que *Space Oddity* de David Bowie relaje mis músculos tensos.

Le robo un trozo de su alfajor.

—Amanda.

—¡Hay más en el refrigerador!

—No eso. —Ríe—. Quería decirte que estoy orgulloso de que te hayas separado del piloto ese. Creo que puedo descansar en paz.

Fuerzo una sonrisa.

—Al menos a alguien le ha hecho feliz.

—Es en serio. Era un hombre que no me gustaba para ti y me alivia saber que has pasado esa etapa.

Evito responderle, pretendiendo estar ocupada bebiendo el vaso que me acabé hace rato. Lo único que no le voy a perdonar a Axel nunca es que, gracias a él, me pueden decir «Te lo dije» a la cara aquellos que me advirtieron que era una mala decisión irme a vivir con él.

—Quita esa cara, no siempre puedes tener la razón hija.

—Gracias.

—Ese niño tenía un complejo de superioridad, «puedo hacer esto, puedo hacer aquello», intentó pasar por encima mío —explica—. Debes tener en cuenta que la persona con la que estés debe relacionarse bien con quienes quieres. La próxima vez, búscate alguien que sea mínimo mi fan —dice a modo de chiste.

—Lo tendré en cuenta. —Tocan a la puerta—. ¿Tendrás visitas?

Por la mirilla de la puerta distingo el sombrero de playa de Malibú. Al abrir, ella me tira fuera del departamento.

Sea lo que sea lo que dirá, sé que es algo descabellado. Está arreglada, tiene una maleta en la mano y su cabello largo trenzado con flores encima, lo cual puede ser común en las fiestas, pero son las seis de la mañana. No es un evento tropical. Mi humor cambia por completo, mejora en cuestión de segundos.

—Me das miedo —advierto.

—Te tenemos que hacer una bienvenida de soltera —informa emocionada—. Lo vi en un video.

—¿De qué hablas? —Tomo su maleta por ella. Por el peso, puedo calcular que no trae ropa sino baratijas y botellas.

—Cuando te vas a casar haces una despedida de soltera, tú estás de vuelta, hay que celebrar eso.

—¿Eso es lo primero que piensas al levantarte?

—Pff, ni siquiera me dormí —se jacta—. Quiero organizar una fiesta desde hace semanas, tú sabes, acabo de encontrar una razón.

—No te voy a mentir, me tienta. Sin embargo, estoy ocupada trabajando, deberías hacer lo mismo.

—Eso no es problema, ya invité al resto de nuestros compañeros de trabajo.

—¿Haces esto porque quieres grabar un *blog*, verdad?

Oculta su rostro bajo su sombrero.

—Apóyame en esto, cuando me vuelva exitosa, te mantengo.

Distinguir las fiestas organizadas por una agencia de las hechas se juzga con la cantidad de bebidas que hay en la mesa principal, ni siquiera hay comida. El salón del último piso es donde armó el *show*, parece un cumpleaños. Hay decoración, globos, brillantina y un pastel con la palabra *amor* tachada en rojo.

Traje un largo vestido blanco holgado del cual me arrepiento. Rodeo la piscina con cuidado; hay latas de bebidas energizantes tiradas en el suelo. Me gustan estas salidas; ser el centro de atención es lo que me da ansiedad. Voy a respirar aire en un costado vacío con vistas a los edificios de la ciudad antes de ir junto a mi grupo.

Hay que buscar beneficios a esta situación. Mi intuición me dice que cierto famoso odiaría este tipo de eventos, por lo que no tengo que preocuparme.

—Me sorprende no verte tomando.

Perfecto, en cuestión de una semana, acabo de perder pareja, la razón, la dignidad, la vergüenza y ahora, la intuición.

—Me sorprende que estés aquí.

—Tom me obligó.

—Típico. —Chasqueo la lengua y desvío mi atención al cielo—. Mira las estrellas; se ven hermosas hoy, ¿no?

Él no aparta su mirada de mí.

—Sí, están perfectas esta noche.

6
vino tinto

* * *

RON KENNEDY

Estoy a punto de dormirme en el departamento de Tom. Siempre lo visito cuando estamos juntos, y aún no logro procesar que, gracias a la película, ahora estamos obligados a pasar tiempo juntos. Llego, compro la cena y me quedo jugando con Daiquiri. Hay algo en su vínculo padre e hija que ablanda mi corazón hacia ambos. Es probable que sea porque me hubiera encantado tener eso en mi niñez. Casi me hace olvidar que Tom es un maldito. Por fortuna, él me lo recuerda día a día.

—¿Irás a la fiesta de hoy? —pregunta en mitad de la cena—. Es a medianoche, en este mismo edificio.

—¿De qué fiesta hablas?

—No te invitaron. —Eleva ambas cejas—. Por lo que veo, es que la gente te tiene miedo. Eres raro, no hablas con nadie, no eres amigo de nadie, ignoras los eventos sociales y luego vas a una cita con la hija de nuestro director.

—Fue solo una cena —me quejo, molesto de que conozca mi vida privada, información que yo mismo le conté—. No lo sé, tengo una corazonada positiva sobre esa chica y me dio la impresión de que necesita distraerse. Creo que debe ser difícil vivir lo que ella está pasando a inicios de sus veintes.

—Nadie muere de amor —comenta Tom en un murmullo, cortante y serio—. Creo que la manera en la que ese sujeto llevó las cosas fue cruel. Amanda tiene derecho a estar triste, a pasar por la montaña rusa de emociones que eso involucra, pero es solo otra decepción amorosa, no es el fin del mundo.

—Eres insensible.

—Soy realista —recalca—. Se supone que ella es artista, que cree algo basado en lo que pasó y lo supere. Me parece que, siendo una persona con dinero, oportunidades y belleza, quedarse llorando por un idiota es una pérdida de tiempo. —Bebe un sorbo de su café—. Bueno, ¿quién soy yo para juzgar?

—¿Tú has escrito algo basado en alguien que conozcas?

Él suelta una sonora carcajada que amenaza con despertar a Daiquiri, quien descansa en el sofá junto a sus peluches.

—Es la pregunta que más me hacen en las entrevistas.

—¿Y? —pregunto—. ¿Sí o no?

—Por favor, qué egocentrismo pensar que yo, con mis increíbles personajes, me voy a inspirar en gente estúpida. —Ríe Tom—. Ni siquiera con los villanos. Aunque he de admitir que a veces miento y digo que sí lo hago, porque eso genera repercusión. Las cosas que sepas de mí por redes son marketing.

—¿Ni una sola situación similar?

—Ya quisiera yo que mi vida se pareciera a mis libros. —Niega con la cabeza—. Dios los oiga. Tú, cuando actúas romance, ¿piensas en alguien en particular al hacer las escenas? —contraataca con otra pregunta.

—Nunca he actuado en nada que no sean superhéroes o películas sobre historia, así que no. Tampoco tengo a nadie en quien inspirarme. De hecho, dudo que se me diera bien.

—O sea que el personaje principal del libro de amor no sabe de amor. Increíble. —Hace una mueca—. Estamos jodidos.

—Aprenderé.

—Eso espero. —Se nota que no lo dice con seriedad, pero aun así me molesta que no tengan fe—. Ve a la fiesta, observa cómo se comporta el resto de las personas, lee y mira más comedias románticas, no debe ser complicado. A la gente le gustas, ahora solo debes pretender que la gente te gusta también.

—No me gustan las fiestas, Tom.

—Anda, estará el equipo entero, yo no iré porque no pude conseguir niñera. Me puedes reemplazar —insiste—. Es algo que le organizan a Amanda, no seas mal amigo.

—¿Su cumpleaños? Pensé que era en mayo.

No me pregunta cómo lo sé porque es consciente de que odio estar en una situación de peligro. Al contrario, inventa un montón de razones para aceptar ir hasta que no tengo más remedio. De todos modos, no me cuesta nada. Estoy aburrido y sin otras actividades por hacer además de leer el guion hasta que se me quede en la cabeza. He pasado suficientes horas de esta forma.

La fiesta es sencilla. Desde la decoración en la entrada, puedes suponer que no es un cumpleaños. Hay dibujos de corazones rotos en las paredes, brillo y polvo blanco en las mesas, varias fotos de Amanda donde el sujeto en cuestión está tachado con marcador permanente.

Fingir observar el pastel con la palabra amor tachada con una equis roja. En realidad, solo quiero ver las fotos más de cerca. No se ve mucho más joven que ahora. Diría que incluso no se ve feliz, pero se siente cómoda. Lo puedes notar en cómo su lenguaje corporal deja al hombre hacer lo que desee con ella. En la actuación, sabemos que hay ciertas señales del cuerpo que podemos recrear para darle credibilidad a la atracción entre dos personas. Ella las cumple en las fotos. Él no.

Aprieto la mandíbula. Eso me jode. No hace falta ser un genio para tener claro que ella lo amaba y él ni siquiera era capaz de fingir para una foto. Las injusticias me revuelven el estómago. Esta es una de ellas.

Quizás por eso me interesa hablarle. Parte de mí tiene la tonta idea de que si intento dar la suficiente luz en su vida por el tiempo que trabajemos juntos, puedo contrarrestar la oscuridad que pueda traer encima de experiencias anteriores. Hago eso con todos mis amigos, por alguna razón.

A la primera persona que me pide una foto, voy a escabullirme a un sector vacío. Es una separación de un metro entre el salón y una especie de balcón que conduce a un suministro privado de agua. El cartón desgastado en la puerta indica que solo los trabajadores deben ingresar.

Pero hay personas que hacen las cosas antes que nosotros, piensan antes, mucho mejor, nos demuestran que no somos tan originales y por eso el motivo del festejo está en ese rincón. Trae un vestido blanco. Es la primera vez que la veo en un color claro. Su tela se mancha por la suciedad del piso.

—Me sorprende no verte tomando.

—Me sorprende que estés aquí —dice al darse la vuelta para mirarme.

—Tom me obligó —miento. Iba a venir, aunque no existiera.

«Por la misma razón a la que iba ir al bar, aunque no tomo. O por la que fui a cenar a un restaurante si detesto salir. Por "casualidad"».

—Típico. —De nuevo mira hacia arriba, su cuello se estira y unos mechones de cabello caen sobre su rostro—. Mira las estrellas; se ven hermosas hoy, ¿no?

No dejo de mirarla.

—Sí, están perfectas está noche.

Ella suspira, con el teléfono apoyado en el barandal y la pantalla encendida. Ha cambiado su fondo de pantalla a un chico con máscara y fondo morado. Desde aquí se oyen las conversaciones a gritos de sus amigas por encima de la música. Sigue el ritmo de esta con sus uñas rojas chocando con el metal.

—¿Otro de tus libros? —Señalo la pantalla.

—Oh, no, ese es el amor de mi vida. —Rueda los ojos—. Metete en tus asuntos; además, ¿vives bajo una roca? ¿Cómo es que no sabes quién es?

—No estoy muy metido en Internet, mis redes sociales las maneja otra persona. Lo que tengo que enterarme está en un correo semanal enviado por mi representante, y evito *googlearme* porque sé que no me va a gustar lo que lea. —Me encojo de hombros, Amanda parece no creerme.

—Si no usas redes, no lees, y no tienes otros *hobbies* aparte de actuar, ¿qué haces en tu tiempo libre, Ron?

—Veo películas —respondo, confundido de que siquiera tenga esa duda—. Hago compras impulsivas para mi colección, miro F13 o duermo. Y ya.

—Suena aburrido. Tengo que enseñarte la verdadera vida.

—¿La "verdadera vida" es ser una *fangirl* o...?

—Poder aislarme de mis pensamientos y perderme en un libro me ha hecho sentir menos dolor varias veces, así que sí.

—No lo había pensado de esa forma. En todo caso, era un chiste. Tienes razón, puede que sea aburrido en ese aspecto.

—Eso noto. —Se remoja los labios—. ¿Tienes sed, hambre? —Da media vuelta—. Iré por una copa de vino.

—Con que vuelvas es suficiente —admito con sinceridad. Ante la sorpresa en sus ojos, lo corrijo—: No me apetece socializar con nadie más.

Amanda asiente y deja su teléfono a mi lado. Controlo la hora porque no planeo que pasen las dos sin regresar a mi departamento. El tono de llamada me asusta, así que lo pongo en silencio para que no llame la atención. Es imposible ignorar que en lugar de su fondo ahora está la foto de perfil de un hombre junto a un avión.

«Esto es malo, mucho».

Él deja de persistir. En su lugar, la notificación flotante de un mensaje aparece:

Hola.

Agradezco que Tom me diera contexto porque ahora puedo entrar en pánico a gusto.

No le hará bien saber que la llamó. ¿Qué demonios quiere un hombre a semanas de casarse hablar con su ex?

La veo caminando hacia aquí y dejo el teléfono ahí. Entre la piscina y aquí hay que cruzar una parte resbaladiza. No recuerdo quién fue la chica a la que le susurré al oído «Te pago lo que quieras si la empujas».

Tomo una de las copas de vino sin terminar del piso. Sea quien sea, no lo beberá y yo tampoco. Es solo parte de mi descabellado plan inventado en un par de minutos. Exhalo aliviado de haber tomado clases de improvisación cuando la rubia a la que le pedí el favor finge torcerse el tobillo al lado de Amanda. Ella, por sostenerla, se deja ir hacia atrás sin tener en cuenta que no puede cargar su peso. Se oyen un par de gritos justo después del chapoteo del agua.

Escudriño nuestro alrededor. Nadie me está prestando atención. Regreso corriendo a ver si hay noticias nuevas. Vaya que las hay. Ese mensaje simple se convierte en veintitrés notificaciones del mismo chat. Junto coraje mientras observo en las sombras que la ayudan a salir. El vestido se transparenta, la tela mojada pegada a su piel está arrugada, la parte de arriba un tanto rojiza por la bebida derramada encima suyo.

Esperaba tener más tiempo. Sin embargo, en lugar de ir directo a cambiarse, regresa a nuestro rincón.

—¿Ya conseguiste un trago? —cuestiona, la frustración en su voz me congela—. Ugh, debo ser la menos favorita de Dios.

—Dios da sus peores batallas a sus mejores guerreros. —Bromeo. Mi sonrisa por poco se esfuma al percatarme de que la pantalla de su teléfono se enciende otra vez.

—¡¿Te da risa?! —exclama ofendida—. Invítame lo que sea que tomes, lo necesito.

Un mal movimiento al levantar la copa provoca que choque con el barandal, rompiéndose en el acto. Me exalto y suelto el mango por temor a que los vidrios se incrusten en mi piel. La acción es simple, esquivar el peligro. El resto de mi brazo empuja el teléfono unos centímetros, los necesarios para que tenga una caída libre en un edificio de ciento cincuenta pisos.

La vuelvo a mirar. Tengo la mano izquierda sobre el pecho, la derecha abierta con gotas rojas rodando en mi piel. Mido la forma en la que me muevo y mis lentes siempre están flojos. Es la única noche en donde agradezco que caigan al piso. El vidrio roto no acaba de tiritar aún. Ya el primer acto.

¿Será suficiente para romperlo o tengo que callar a alguien para que lo robe?

—¡Lo siento. Lo... Lo...! —Jadeo—. Dios, lo siento. ¡Mierda! —Entrecierro los ojos, no logro enfocar mis "heridas"—. No veo nada. Ay, lo siento tanto —farfullo—. Voy a morir de vergüenza. Perdona, no soy tan tonto siempre.

—¡No pasa nada! —aclara alterada—. ¡¿Estás bien?! ¡¿Te hiciste daño?! ¡Ya te paso tus lentes! —Se acuclilla a unos metros mío.

—Ten cuidado, hay cristales rotos.

—Tienes suerte, no se rompió —informa con una risa nerviosa, y me los coloca en la cara otra vez—. ¡Es mi culpa, no debí pedirte la bebida! Pude traer otra por mi cuenta, lo hice por joder y ahora —agarra mi brazo—. ¿Te duele? ¿Vamos al hospital? No te puedes accidentar tan cerca de empezar a grabar.

—Creo que ha sido solo un susto. —Dejo que inspeccione mi mano. No sé quién de los dos está más nervioso—. Bueno, un susto, una copa y tu teléfono. —Miro hacia abajo, ni siquiera queda rastro de este—. Te compraré otro.

—Da igual, no te preocupes por eso.

—Me preocupo. Es la primera vez que me encuentro en una situación tan lamentable —digo cabizbajo—. Lo compensaré. Salgamos de aquí, te acompaño a que escojas otro. Entiendo si me odias a partir de ahora.

—Los accidentes pasan, Ron. No te crucificaré por eso.

Sus amigas le entregan un cambio de ropa. Los minutos que tengo de ventaja en lo que se cambia en el baño, mi cerebro los utiliza para crear un plan perfecto. Empiezo a escribir en el chat de Tom. Al primer pedido de ayuda, llama. Me alejo del resto de la fiesta.

—No empieces —advierto al contestar.

—¡¿Qué pasó?! —grita al otro lado de la línea—. Cuéntamelo todo ya mismo, abrí Word desde que te vi escribiendo.

—Olvida eso. Necesito que me hagas un favor —susurro—. En la entrada, cerca de una camioneta blanca, debe estar un teléfono hecho trizas. Necesito que lo escondas o te deshagas de él.

Escucho sus pasos, luego su respuesta.

—Contexto —exige.

—Estaba hablando con Amanda. —Bajo el tono aún más—. Le escribió su ex, que no es su ex. No supe qué hacer, tiré el teléfono para evitar que lo viera. Fue una terrible decisión, sí, ya me di cuenta.

—¿Estás bromeando? —pregunta luego de quedar un rato en silencio—. ¡Es buenísimo! No se me habría ocurrido ni drogado. Te amo, Ron, eres el amor de mi vida. —Hay otro corto silencio—. Ya lo anoté, gracias.

—¡¿Eres imbécil, Tomasino?! Ve por el jodido teléfono.

—¡No me grites, Ronaldinho, yo no soy otro de tus empleados! Ya estoy fuera, voy a... —le corto la llamada porque Amanda por fin sale del baño.

Su abrigo con estampado de guepardo cubre su cuerpo hasta las rodillas. No se ve qué trae debajo, además de una corta tela negra que sirve de top y una falda igual. Su cabello mojado debe de darle bastante frío. La temperatura sigue bajando.

Ladea la cabeza hacia la salida sin decir una sola palabra. Cruzamos la calle donde debió haber caído su móvil, pero no hay rastro de este. Subimos a mi coche. No hay nadie más en las calles. Es probable que sea porque a esta hora hay tres tipos de personas:

Las que están en su quinto sueño.

Las que están bailando en una fiesta.

Las que conducen a toda velocidad con *Midnights* de fondo hacia una tienda de electrónicos que abra las veinticuatro horas.

—¿Ya te he dicho que lo siento? —pregunto al subir el volumen de la música.

—Unas once veces. —Ríe, y por ese instante, eso vale todo el *show*.

Sonrío. Evito decir otra palabra hasta que llegamos a una tienda. No hay ni un alma por las calles. Su cabello mojado se ha secado con el viento del viaje. Ahora está esponjado en rizos salvajes, lo que termina de convencerme de que su mejor atributo es tener una estrella natural pegada en la frente. No tiene siquiera que esforzarse.

Es imposible estar triste cerca suyo. Hay una energía especial que te dice que es una persona feliz encasillada en esta sociedad anti emocional.

Somos el único par en el sitio entero. Pareciera que el guion está a nuestro favor. Una fuerza mayor quiere que estemos en compañía sin disturbios alrededor. Si es que se le puede llamar fuerza mayor al dinero, los actos impulsivos y el poder.

Escojo cuatro teléfonos parecidos al que tenía. Cuatro de los de la estantería de nuevos modelos. Y se los pongo en la mesa. Ella cruza sus brazos sobre su pecho. Hacemos contacto visual. Eleva una sola ceja.

—No.

—Ja, crees que voy a tomar un no por respuesta. —Me burlo—. Escoge uno, Amanda, no te voy a dejar salir de aquí si no.

—El rojo —dice entre dientes.

—Perfecto —Lo meto en la cesta—. ¿Vas a enseñarme lo que dijiste? ¿El drama?

—Es un *K-drama* —corrige—.Y sí, es lo que suelo ver a esta hora.

—Vale, entonces necesitaremos una pantalla más grande. —Agrego una tablet a nuestra cesta—. ¿O quieres una roja igual? —Meto otra—. ¿Sería mejor una laptop?

—Ron, ya vámonos. —Sus manos en mi espalda me empujan hacia la caja—. ¡Ron, suelta esa televisión!

★

47

Cuando dijo «sé de un sitio donde podemos estar a solas», no me imaginé que fuera un arcade viejo y escondido entre el mercado de la ciudad. Es de una amiga de la adolescencia. Hay que conducir cuarenta minutos hasta llegar. Tenemos tiempo de relajar el ambiente.

—¿Sigues pensando en lo que dije la noche que nos conocimos? —indaga de la nada.

—La verdad es que sí, solo porque la historia me parece hilarante.

—¿El qué?

—Que hayas dejado que alguien así te rompa el corazón. —Me detengo en un semáforo—. Es ilógico e injusto.

—Diría que es el karma —confiesa con amargura—. No soy exactamente un buen amor.

—¿Segura?

—Le rompí el corazón a todos los chicos que conocí en mi adolescencia. —Desvía la mirada a la calle—. Estar en una relación no es lo mío, por lo que tuve muchas cosas que no se concretaron y no corté, solo pasé al siguiente.

—En ese caso, te lo merecías —digo a modo de chiste y ella jadea bastante alto.

—Eres de los peores hombres que he conocido, Ron.

—Admite que te caigo bien.

—Ese ego tuyo te ciega, Ron.

—En ese caso, si te caigo fatal, te deja mal parada estar en el auto de un desconocido yendo a quién sabe dónde sin cuestionarlo. —Chasqueo la lengua—. Si no te agrada mi personalidad, te debe interesar otra cosa mía. —De reojo, me observo en el espejo retrovisor.

—Alzar tu autoestima no está en mis planes. —Corta el tema—. Mejor, cuéntame tú sobre tus romances, a este punto estás por saber cada centímetro mío y yo apenas sé tu apellido.

—No hay mucho que contar. —La luz del semáforo se pone verde. Intento recordar mi pasado—. La última vez que hablé con una chica en ese sentido, tenía dieciséis años. No duramos ni un mes. Solo tengo recuerdos vergonzosos con ella y no recuerdo su nombre.

Amanda abre la boca, mas la detengo.

—¡No eres nadie para juzgarme!

—Iba a decir que cuentes qué experiencias vergonzosas pasaste. Me apetece reír esta madrugada.

Estaciono frente al arcade.

—Es lo que te dije en la cena anterior. Habíamos intentado liarnos, de hecho, lo hicimos. Su gato saltó de un mueble a la cama, para evitar que impactara me moví y me caí. —En este punto, se le escapa una carcajada—. El sonido despertó a su abuela, que no sabía que yo estaba en la casa. Sin embargo, vaya que se enteró.

Se tapa la boca con fuerza con una mano. Solo estoy a la mitad. Amanda no sabe el basurero que acaba de destapar.

—Era Semana Santa. Estaba nevando fuera en mi país.

Ahoga un grito entre sus risas. Se tira a un lado contra la puerta del auto.

—Fuera se estaba haciendo un festejo, salí por la ventana del segundo piso, casi me mato. No pude recoger mi camiseta y lo primero que me encuentro es una señora con túnica blanca juzgándome en esa cuadra. A kilómetros de mi casa, me encontré con mi padre jugando Pokémon. Por cierto, la abuela nos delató y al otro día fueron a la escuela a dar "una charla" sobre protección, que era un sermón camuflado.

—Por favor, para.

—Esto continúa para largo —advierto.

—No se me ocurre cómo puede ser peor.

—A mí tampoco —agrego, divertido—. La vida te da sorpresas.

—Ve al punto.

—El gato se escapó conmigo y se perdió. Me acusaron de robármelo. La abuela de ella mandó a su tío policía a mi casa ¡a arrestarme por robarle la mascota! —La fascinación en los ojos de Amanda mientras desenvuelvo el cuento es majestuosa—. Pagué una multa al salir, mi novia me terminó porque "era muy problemático" y se quedó con mi camiseta favorita, mi dignidad y la buena reputación que intenté construir en el colegio.

—¿El gato está a salvo?

—Oh, sí, me lo robé —me jacto—. Pero fue porque lo encontré por el vecindario. Ella negó haberme conocido y yo negué un crimen. Todavía en las noches, pienso que si eso sale a la luz me cancelan. Si sirve de algo, cuidé a ese gato mucho mejor que a nuestra relación.

Está boquiabierta. Su expresión de asombro se transforma en una de felicidad. Se lleva una mano al estómago y limpia un par de lágrimas con el pulgar. Sus mejillas adquieren un tono rosado.

—Renuncio a vivir, nunca me pasará nada tan absurdo como lo tuyo, no tiene caso competir. —dice entrecortada—. Dame un minuto, necesito recuperarme de este recorrido.

—Después de eso, la actuación funcionó y no quise permitir que una pareja tenga el poder de modificar mi carrera, o que cualquier persona pueda manchar mi nombre. Prefiero estar en soledad.

Ella abrocha los botones de su abrigo y saca un labial rojo de sus largas botas de cuero, que aplica con facilidad sin mirarse al espejo. Este lugar parece peligroso; el único local abierto es al que hemos llegado y no hay alma que lo visite, excepto la dueña, que nos saluda con cordialidad.

—Amandita, mi nena. —La mujer le da un abrazo—. ¿Cómo estás? Me enteré de que lo dejaste, gracias a Dios.

Contengo una risa solo porque a ella no le hace gracia. Debe ser difícil haber expuesto tu vida privada a todos los que conoces y haber quedado en ridículo frente a ellos por no escoger al indicado. No conozco al sujeto, sin embargo, que todos agradezcan al cielo que se han separado no es una buena señal.

—¿Con quién vienes? —Oigo que la mujer susurra al oído de Amanda—. Wow, se parece al tipo ese de la película, el de superhéroes.

—Lo dicen seguido —intervengo en su conversación—. Gracias. Ya quisiera yo parecerme a ese hombre. —Deslizo mis pies entre las máquinas de juegos—. ¿Cuál es el precio?

Nos ponemos a jugar, y por supuesto, ella escogió un sitio donde venden alcohol. Aunque no ha bebido en toda la noche, me preocupo cuando agarra una botella de vino del refrigerador.

Las máquinas antiguas me aburren pronto. Soy bueno en los *shooters* porque tuve que practicar para el papel de soldado, pero el baile no es lo mío por mucho que lo intente. La botella permanece sin abrir mientras Amanda trata de encestar todos los balones de baloncesto hasta llegar a cien puntos.

Como dos niños que nunca han estado en un parque de diversiones, probamos todo lo que encontramos en busca de la emoción que nos falta. Amanda toma un taco y la radio cambia a una estación de pop antiguo, del inicio de la década anterior.

Sin preguntarme si sé jugar, me ofrece un turno. Pongo la bola blanca en medio, sostengo el taco del extremo inferior e intento mantener la puntería poniendo el extremo de la punta entre mis dedos. Logro golpear una de las bolas con éxito, lo cual es un logro personal.

—¿Desde cuándo lees? —pregunto mientras ordeno las pelotas con el taco.

—Aprendí a los cuatro años, en el jardín de infancia —imita mi voz en tono burlón.

—Lo sé, me refería a tus preferencias literarias, esos romances falsos y capítulos cuestionables.

—Desde siempre, son emocionantes.

—Deberías poner en práctica lo que lees —comento sin pensar.

Por el rabillo del ojo, veo que se muerde el labio inferior y que sus uñas rasguñan el borde de la mesa.

—En mis metas no está invocar al diablo, gracias.

Con el paso de los minutos, es más incómodo entablar una conversación sin mirarla a la cara.

—O sea que los entes sobrenaturales no son tu tipo. Pff, qué pena no tener oportunidad contigo.

—No eres nada de otro mundo. —El estruendo de las bolas es más fuerte que antes—. Y no eres mi tipo. Mi tipo es Kain Reid.

—¿El personaje que voy a interpretar? Si eso era un intento de rechazarme, no te ha funcionado.

—Actuar, no ser, recuérdalo —arremete con seriedad.

—Voy a hacer ese papel tan bien que las lectoras van a preferir la película al libro, aunque tenga que convertirme en un criminal como ese inútil.

Responde con una risa, lo cual me molesta bastante que cuestione mi capacidad para hacer el trabajo en un rol tan simple.

—Lo prometo.

—No tienes que probarle nada a nadie, Ron. No te alteres. —Otra vez, acierta varias bolas en su turno, entiendo por qué no lo usó para la apuesta, hubiera sido un robo—. Los boletos se venderán por puro morbo. Nadie duda de que seas bueno, solo nos gusta molestar.

—Tom y tú se pueden ir al infierno.

—Oye, ¿qué pasa con ese vocabulario? —Se burla—. Eso no es lo que la gente creería que dices si te sacamos de tus casillas.

—No soy lo que la gente cree, Amanda. —Giro para mirarla.

—Entonces, ¿quién eres, Ron?

Le robo un instante de su tiempo en el que no le respondo; en cambio, me dedico a observarla. Su cuerpo es exuberante, ella lo es.

«¿Qué demonios estoy haciendo a las tres de la mañana con la hija de Brandy?».

—Aún no lo descubro por completo.

Golpea la pelota con la punta del taco, acierta, y todas las bolas terminan en algún agujero de las esquinas. Le aplaudo en silencio. En la tercera partida, me retiro. Me queda poquita dignidad. Amanda no cierra la boca sobre lo mal perdedor que soy. Ignoro sus comentarios en el camino al coche. Mi ventanilla está subida, mientras que la suya deja espacio para ver la calle. Arranco el motor y apago la luz interior. Otro *flash* ilumina la escena.

Por reflejo, tapo mi cara con una mano. Es una adolescente con un teléfono. No creo que me haya visto, así que con cuidado bajo el asiento hasta que esté liso para pasar a la parte de atrás. Le indico a ella que pase al asiento del conductor.

—¿Quién era? —murmuro.

—No lo sé.

—Da igual, viene para acá —anuncio. Aunque las ventanas estén polarizadas, si está lo suficientemente cerca, podrá vernos. No es que tenga nada en contra de eso; solo soy consciente de que ella no es ni quiere ser una figura pública.

Se queda congelada con las manos en el volante.

—¿Qué esperas? Vámonos —ordeno.

—Tengo un problema.

—¡Apresúrate, nos van a encontrar! —exclamo, nervioso al percatarme de que el *flash* se enciende de nuevo.

—Ron, no sé conducir.

★ SE BUSCA ★

GATO NARANJA

GATO MEDIANO NARANJA PRESUNTAMENTE ROBADO POR RON KENNEDY HACE CASI UNA DÉCADA, SI USTED POSEE INFORMACIÓN SOBRE SU PARADERO, HABLAR A @HEATHERDELREY

RECOMPENSA

7
daiquiri de fresa

* * *

AMANDA

Nunca aprendí a conducir. Lo intenté, pero no se me dio.

—¡¿Cómo que no sabes conducir?! —reclama Ron—. Sube la ventana, por favor.

La subo apresurada. Entre los botones, mis uñas presionan sin querer un par más. El motor ya estaba encendido, así que no pasan segundos desde que el automóvil se pone en marcha sin yo saber cómo demonios proceder.

Sostengo el volante con ambas manos y el corazón en la garganta. Había olvidado la velocidad a la que lo dejamos. Juro que se mueve solo, pero no de buena manera. Ron me grita que me detenga porque el semáforo ha cambiado a rojo. Qué audacia la suya creer que sé hacerlo. Jalo la primera palanca que veo.

El auto se detiene, pero no a tiempo. Parte de la delantera choca con el tubo del semáforo. Las luces se rompen y, por expansión, el impacto se siente dentro. El vidrio tiembla, pero no se rompe. No traía puesto el cinturón de seguridad. Me hubiera dado un golpe si su brazo no hubiera rodeado mi torso en tiempo récord, salvándome.

No mintió sobre ser el mejor superhéroe de Harvel.

—¡Amanda! ¿Te has hecho daño?

Mi respiración acelerada crea un vaivén donde su palma presiona mi cuerpo. No la ha movido ni un centímetro. Llega al asiento del copiloto. Una de sus manos toma mi rostro y lo inspecciona en busca de heridas.

Sus ojos son hipnotizantes de cerca debido al contraste entre la pupila dilatada y el iris celeste. Sigo presa del pánico. Sin embargo, saber que no estoy sola es tranquilizador. Tiemblo. No aparto la vista del capó arruinado.

—Este auto debe costar una fortuna. Perdona, debí habértelo mencionado antes. Entré en pánico —farfullo—. Tengo... Perdón, tengo miedo. —Tomo el pulso de mis latidos acelerados—. ¿Estoy bien? —Me observo en el espejo. Mi voz se entrecorta en las palabras largas.

—No podría importarme menos el auto. —Agarra mis hombros—. ¿Te lastimaste? Por fortuna, no se ha roto el vidrio. Pudo ser peor. —Toma mis manos—. No te ha pasado nada. Es solo un accidente. Huyamos de aquí.

Sale a abrirme la puerta desde fuera. Me sostengo de su brazo, aferrada como si el resto del mundo fuera peligroso sin él. No hay nadie alrededor, solo un taxi estacionado. Ni tráfico ni transeúntes.

—Puedo pagarte su arreglo, si es que necesita. —murmuro cabizbaja, sin atreverme a mirar el desastre de nuevo.

—Tengo otro igual en mi casa de Los Ángeles. Olvida eso —pide en un tono dulce—. ¿Estás alterada? ¿Quieres comer? Voy a pedirle a alguien que retire esto con una grúa. Me encargaré de que no salga a la luz.

—No, no está bien. Es mi culpa.

—Es culpa del auto. Se supone que tiene "inteligencia artificial" —Ron dibuja las comillas con los dedos—. Los que lo construyeron son inútiles.

Eso me hace reír. Sospecho que se lo ha inventado. Aun así, me parece tierno que tenga en cuenta hacerme sentir bien, pese a que arruinara uno de sus preciados juguetes de cuatro ruedas.

—Tenemos una reunión mañana a las seis de la mañana —le recuerdo.

—Lo sé, y estamos en medio de... —La pantalla de su teléfono se enciende—. Demasiado lejos del hotel como para dormir lo suficiente. ¿Cómo se duermen ocho horas en cuatro?

—Hay un taxi ahí. —Señalo al otro lado de la calle—. Podemos decirle que nos lleve.

Él asiente. El señor dentro estaba dormido hasta que golpeamos su puerta. Subo al asiento trasero sin preguntar. Ron me sigue en silencio. El taxista enciende su luz interior, cierra las ventanas, y nos observa a través del retrovisor.

—Es mitad de la madrugada. Sea a donde vayan, tendré que cobrar extra.

Ron le pone un fajo de billetes en la mano a mitad de su oración. Es un movimiento rápido, pero hay más de dos mil dólares ahí. El señor cierra el puño y guarda el dinero en su riñonera.

—Usted no nos ha visto aquí, no sabe quiénes somos —ordena Ron. Me percato de un leve cambio en su tono de voz, suena más grave—. Al hotel *AstroPlace*.

—No se diga más. —El taxista sella sus labios con un gesto decidido, arranca el motor y no vuelve a cruzar ni miradas ni palabras con nosotros durante todo el trayecto.

Estoy agotada. Recuesto mi cabeza en la cabecera y cierro los ojos. La última vez que me miré al espejo, vi mi maquillaje esparcido por el sudor. Al menos los brillitos en los ojos no se mueven, es mi parte favorita.

Siento cómo acomoda mi abrigo pensando que estoy dormida. Finjo no notarlo. Mi largo cabello cae sobre mi rostro. Al apartarlo, por mí, el ligero perfume que queda en su piel es todo lo que puedo oler. Ojalá pudiera distinguir cuál es, me gusta.

—Mira el lado bueno —musito—, si comprabas la televisión, iba a romperse en el accidente. —Sonrío sin abrir los ojos—. Lo lamento, por cierto.

La bolsa con el teléfono y la tablet está a mis pies. No la he revisado. Tal vez se quebraron igual.

—Míralo de esta forma —propone Ron—. Rompí tu celular. Tú también echaste a perder algo. Estamos a mano. Duérmete, te avisaré cuando lleguemos —establece él.

—No tengo sueño. —Bostezo. Mi mente busca temas de conversación hasta llegar—. ¿No te da miedo que la gente te reconozca y se arme un escándalo? Soy problemática. Deberías cuidar lo que dicen de ti. Podría arruinarlo.

—Sí, lo que digas, Amanda. Duérmete —responde condescendiente—. Por cierto, sobre...

Se detiene cuando me muevo. Es involuntario. Mi cuerpo no responde y me deslizo hacia su lado. Soy pequeña. Si doblo las rodillas, tengo suficiente espacio en el asiento para acostarme. Uso su regazo como almohada sin pedir permiso.

Él se pega a la puerta. Siento cómo sostiene con delicadeza mi nuca en los inevitables movimientos bruscos del taxista al frenar de golpe o dar vueltas rápidas.

Oigo cómo le envía un audio a Ginebra para pedirle que solucione el choque. Cita los pasos correctos como si fueran una lista de compras: Comprar el silencio de las personas involucradas, retener las evidencias, prevenir cualquier escándalo sobre su nombre con una cortina de humo enfocada en algún rumor sobre otra celebridad de su mismo o mayor alcance. El sonido de un mensaje llega al instante en que acaba. Espero a que terminen su organización para volver a hablar.

Jamás he dejado que nadie tome las riendas en lo que sea que estuviera involucrada, que pueda arreglar nuestros problemas sentados, con la palma de su mano despierta sorpresa y admiración en mí.

—¿Qué ibas a decir? —balbuceo.

—Te iba a pedir que me hables de la película —contesta bajo—. Tengo curiosidad.

—¿Quieres que te hable de tu propia película, donde tú eres el protagonista, sobre el guion que se cambió por ti? Qué considerado, por supuesto. —Lo miro, está atento a la calle—. ¿Qué quieres saber, señor Kennedy?

—Nuestra película —corrige Ron.

—¿Nuestra? —repito—. ¿Desde cuándo estamos juntos en esto?

—Desde el bar, ¿no te acuerdas? —La ironía suena muy bien en su boca, en especial porque no es muy recurrente allí.

—Ya. —Rio—. Tú y yo contra el mundo. Desde el bar.

—Desde siempre.

Saco el teléfono de la caja para personalizarlo, eso me lleva la mitad del camino. Es grato encontrar mis imágenes favoritas del libro de Tom o del *reality* en Internet, aun así, no tengo ganas de saber nada de ambos ahora.

Es más complejo de lo que puede verse, son mis formas de entretenimiento favoritas sin embargo, poseen algún tipo de contenido adulto y desde que Axel me dejó (de manera explicada, justificada y en realidad, sin engañarme) me es imposible conectar en ese ámbito. Cualquier escena subida de tono me hace pensar en sus manos alrededor de la cintura de ella, mi cerebro juega en mi contra y se pregunta: «¿Habrá alguna noche donde pensara en su cuerpo mientras hablaba conmigo?, ¿mientras me miraba a los ojos?»

Me revuelve el estómago, cualquier situación que involucre una infidelidad lo hace. De hecho, cualquier tipo de romance me recuerda a él y lo poco que al parecer me quería. En el fondo, tengo miedo de que el amor se haya arruinado para mí para siempre. ¿Cómo se supone que confíe en alguien ahora?

Ya no quiero que nadie me bese, ya no quiero que nadie se me acerque, mucho menos quiero enamorarme. Me siento tan estúpida por haberlo hecho en un principio.

—¿Qué te pasa? Tienes los ojos llorosos —interrumpe Ron mi momento de tristeza.

—Nada, es el cansancio. Estoy muriendo por llegar a mi casa.

—Yo también estoy cansado y no estoy al borde del llanto.

—No voy a hablar de esto —establezco, apartándome de él.

—Puedes hablar conmigo cuando quieras hacerlo —me recuerda Ron.

—Gracias, lo tendré en cuenta.

La reunión fue un total fracaso, era obvio que dos personas de las trece estaban desplomándose en la mesa, mis ojos lagrimeaban del cansancio. Por fortuna, el increíble Tom Collins llevó la charla por su cuenta con una facilidad impresionante, incluso cubrió por su cuenta las propuestas que olvidé hacer.

En la punta de la mesa, Ron sostiene su rostro con una mano, parpadea lento y solo acepta cualquier cosa que se le pregunte con asentir. Tiene el cabello desordenado, y sus ojeras están hinchadas. En un par de ocasiones ha estado al borde de dormirse en plena plática con mi padre.

Nuestras miradas se cruzan a ratos sobre la mesa, las apartamos, pareciera que hablamos cosas indebidas con los ojos y que nos da pavor que el resto nos escuche. Margarita se ha dado cuenta, lo sé porque de pronto se ha quedado boquiabierta. Esta escena, sumada al grito en el set.

¿Qué deben pensar de nosotros?

Ginebra es una mujer imponente, cuando habla nadie más se atreve a dar su opinión, vende a su cliente como si fuera lo mejor que ha pisado la tierra en los últimos cien años. Se entiende bien con el resto del equipo, me sorprende la facilidad con la que tapa los errores de cierto actor.

—Tenemos otro ensayo hoy —informa Margarita—. ¿No debería estar el resto del elenco aquí también?

—Los conocerán a mitad de la semana, antes de empezar a grabar videos promocionales con el *cast* anunciado —responde uno de los productores.

—¿Ya tienen a todos los personajes? —murmuro al oído de Tom.

—Pude ver a los últimos candidatos, es distinto al libro. —Suspira—. En el contrato todos acceden a cambiarse de look durante los meses de grabación si el rol lo requiere.

—Perdona por no ayudarte lo suficiente, me hubiera gustado participar.

No tengo voz en ese tipo de decisiones, tampoco tengo por qué saber. Sin embargo, camino por el estudio como si me perteneciera, y nadie ha cuestionado mi presencia jamás.

Luego de seis horas nos dejan libres. Los chicos y yo tomamos el ascensor a la terraza. Yo, porque siempre trabajo ahí; él, porque ha dicho múltiples veces que no puede escribir sin café. El espacio entre nosotros es pequeño, estoy al lado de Ron en silencio. Sin la presión de los demás, no nos molestamos en ocultar lo agotados que estamos.

Desde una esquina, Tom nos observa por el rabillo del ojo con una sonrisa. Nada más.

El silencio es incómodo, especialmente porque sospecho que Ron tiene los segundos contados antes de dormirse en mi hombro.

—Gracias por cubrirme en la reunión —murmuro. Tom ríe.

—Es lo mínimo. —Se encoge de hombros—. Tampoco era excesivo.

—De verdad lo aprecio, lamento no entregártelo, estaba... —Me aclaro la garganta al recordar lo del accidente—. Tuve un inconveniente. Si hay algo que pueda hacer para compensártelo, dímelo, por favor.

Él abre los ojos con sorpresa, su sonrisa se amplía, aunque no responde hasta que termina de escribir en su cuaderno de notas. Se percibe cómo su pecho se hincha con aire, como si acabara de concebir la idea del siglo, y nosotros nos quedamos simplemente a un lado mientras esperamos que las puertas del ascensor se abran. ¿No es asombroso cómo alguien puede albergar miles de universos coexistiendo en su mente? Yo apenas puedo recordar mi lista de compras del supermercado.

—De hecho, sí hay algo que necesito —comenta con timidez—. Tenía planeado salir mañana, lo cancelé porque no encontré niñera y no quiero aprovecharme de Ron tampoco. ¿Crees que podrías cuidar a mi hija por un par de horas en la noche?

—¡Claro! Sin problemas.

—¿De verdad? —pregunta él.

—Sí, no será problema. Tengo esa noche libre.

—Perfecto, muchas gracias. —Las puertas se abren—. A Daiquiri le encantará esta noticia, ustedes le caen bien.

—¿Ustedes? —cuestiona Ron—. ¿Cuándo acepté yo?

—Ayer, ¿no te acuerdas? Me debes una. —Le guiña el ojo al salir.

He cuidado de mis primos en las cenas familiares, ayudaba a mis mejores amigas con sus hermanitos, y hace una hora vi un tutorial sobre cómo entender a los niños, así que me siento lista. Aparezco en su departamento puntualmente, literalmente controlando los segundos en mi teléfono para llegar a tiempo. Creo que mi padre me ha traumatizado con eso de ser puntual.

Traigo mi pijama, que consiste en un pantalón y una camiseta rosada con dibujos de *Bye-Kitty*. Ron está en el comedor, visible desde el marco de la puerta. Tom me estaba esperando allí mismo con un maletín en una mano, y me da un abrazo al llegar. Se ve apresurado por salir.

—Gracias por aceptar, Amanda. Guardaré este favor en lo profundo de mi inexistente corazón. —Se despide al darme la llave—. Volveré temprano en la mañana, alrededor de las seis. Escríbeme si ocurre algo, estaré pegado al teléfono.

—Ambos somos adultos, no debes preocuparte por tu niña. Es solo una noche.

—¿La niña? Lo decía por Ron. Ten cuidado con ese lunático. —Me guiña un ojo y su mano en mi espalda me empuja a entrar—. ¡Adiós a ambos, les deseo suerte! —Cierra de un portazo.

Doy media vuelta, pero él ya no está en el comedor. De fondo se oye como el televisor transmite una de las películas de Harvel. Ruedo los ojos, cuyo plan de tiempo de calidad sea ver sus propios trabajos es un poco ególatra de su parte.

Al mirar al sofá, me encuentro a la niña con una camiseta del "Soldado de cristal", sus rizos asomando parte del disfraz de ese personaje y un gran vaso lleno de helado. Niego con la cabeza en silencio. La verdad es que, pese a que estoy físicamente presente a metros de ellos, mi cabeza sigue en el mismo infierno de hace semanas, de hace meses, de siempre.

Mi expresión me delata, Daiquiri me pregunta en qué pienso, y miento. Sus juguetes están tirados en el piso, así que me valgo de las muñecas para cambiar de tema. Es una niña bastante alegre, extrovertida y confiada. Lo puedes percibir como un rayo enceguecedor por el papel que toma en los juegos que hace, escoge ser el centro de atención, le fascina ser "la mejor". Porque lo es, apenas nos deja hablar a nosotros.

Me resulta tremendamente tierno. Me pregunto en qué punto de nuestra niñez perdemos aquella voz en nuestra cabeza que nos cree invencibles, únicos y especiales. ¿Es entre la infancia y la adolescencia que perdemos nuestra confianza? Perder, como si pudiera encontrarse. Me gusta el concepto de usar la palabra perder, porque involucra que puede recuperarse. Pero ese no es el caso de la mayoría de los usos que tiene. A veces perder significa ser arrebatado de aquella cosa. Diría que desaparecer es una mejor palabra. ¿Se podría decir que todos tenemos un tipo de brillo que desaparece mientras crecemos? Necesito anotar eso. Es una idea buena para un disparador de escritura.

—¿Tienes papel? —pregunto al levantar la cabeza luego de unos largos minutos en silencio.

Ron me indica con una seña que guarde silencio, alguien se quedó dormida entre sus peluches.

—Tenemos una hora antes de que despierte. Gaste su energía y ya duerma por completo —informa.

—Qué raro, Tom dijo que dormía temprano. Ya es bastante tarde.

—Te mintió. Es una costumbre suya.

—Pues no me di cuenta.

Lo dejo ordenando los restos de comida. Me llama la atención el estante de libros con una sección entera de veinte libros suyos. Tiene varias versiones, tapa dura, blanda, ilustrados, en diferentes idiomas. Considero robarme uno. Deben tener más valor si le pertenecen. Leo los títulos uno por uno hasta que me detengo en uno con el lomo blanco. Jadeo, ese no ha sido anunciado en físico aún.

—¿Qué haces, Amanda?

—Ron, ¿qué tanto puedo confiar en ti?

Él frunce el ceño y baja la mirada a mis manos en el libro.

—¡¿Le estás robando?!

—¡Tienes que entenderme! —exclamo en voz alta. De vuelta me recuerda con un ligero «Shhh» que Daiquiri duerme en la otra habitación—. Tienes que entenderlo —repito en voz más baja—. Este es nuevo, él tiene dos.

—¿Qué? —Incluso si se tapa la boca, no puede contener una larga carcajada—. Espera, ¿lo estás diciendo en serio?!

—Es imposible trabajar contigo —digo ofendida—. Evita entregarme a la policía y ya. —Camino rápido hacia la puerta con el libro en mis brazos—. Vuelvo en unos minutos.

—Amanda, por Dios, ¿puedes dejar de cometer crímenes por al menos un día?

—Le pagaré el doble, me da igual, le compro mil copias, lo que quiero es no esperar meses por una preventa. —Meto la llave en la ranura—. Si lo piensas, se lo alquilaré, lo puedo devolver, no me tomará más de una semana.

Intento abrir la puerta sin éxito, incluso me lastimo la mano en el intento. Hay un par de cosas ciertas sobre eso, una de las cuales no menciono en voz alta es que alguna vez tuve muy poca consideración con mi cuerpo, lo que me quitó toda la fuerza, entonces solo me esfuerzo en silencio para bajar el picaporte.

—¿Me puedes ayudar? —pregunto resignada, Ron se apresura en llegar.

Trata de abrirla una, dos, tres veces. Compruebo que la llave no se haya trabado. La tarjeta tampoco pasa.

—¿Se averió? —cuestiono—. Estamos en el piso cincuenta, no hay otro sitio por dónde salir.

—Está sellado —comenta Ron al empujar la puerta—. Estamos atrapados. —De pronto, parece percatarse de un detalle importante, le brilla la mirada—. Lo voy a matar.

—¿A quién? —Ladeo la cabeza—. Deberíamos llamar a la recepción, deben enviar a alguien.

—No trabajan en este horario, es a partir de las seis de la mañana. ¿A qué hora dijo que regresaba? —Se queda en silencio, empiezo a especular que Ron es claustrofóbico—. No lo recuerdo.

—Las seis —contesto.

—Ese malnacido —dice Ron entre dientes al marcar un número en su teléfono
—. Mis llamadas no le llegan.

—Quizá está ocupado. ¿Cuál es el problema? Este departamento tiene suficiente
espacio, son solo unas horas. ¿Tanto me odias?

—Voy a seguir insistiendo. —Ignora lo que digo, el tono de llamada suena a
todo volumen—. En su cuarto tiene una copia, puede que el problema sea... —Ron
empuja la puerta de la habitación de Tom, esta no cede—. Joder.

—¿Ves? Puede que sea un problema del hotel entero. —Por probar mi punto,
bajo el picaporte de una puerta cercana, se abre sin problemas—. Oh, pues mira, un
punto positivo, la habitación de invitados está disponible. —Bromeo, estiro el
cuello para echar un vistazo al interior—. Mierda, hay una sola cama.

—Deja de jugar a la mente maestra, estás loco. —Ron sigue dejándole mensajes
de voz.

Me causa gracia la reacción desesperada de Ron, voy a burlarme en el instante en
que suena mi nuevo teléfono. Es mi padre, me he cambiado el número así que
asumo que llama para confirmar que el nuevo funciona.

Me voy a encerrar en el baño para responderle, y pongo el teléfono en altavoz
mientras me hago una coleta.

—¿Amanda?

—Sí, te di el número correcto, no soy tan tonta papá.

—Lo sé, solo quería confirmar dónde estás, fui a verte y no estabas —comenta
—. Hija, sabes que te apoyo en todo, si llegas a estar con...

—Me ofrecí a ayudar a Tom con su hija, estoy bien, no voy a volver con Axel,
¿Por qué todo el mundo lo odia tanto? —Suspiro—. El punto es que no, él está feliz
en su nueva relación, no le voy a arruinar eso.

—¿Tú? ¿Cuidar un niño sola? —Se puede escuchar el inicio de una risa antes de
que silencie su micrófono.

—¡Para tu información, soy muy capaz! Además, estoy con un amigo.

Hay un breve silencio, me pregunto qué estará pensando al otro lado de la línea.
A él le gusta anticiparse a los acontecimientos.

—Me alegra que estés divirtiéndote entonces. Suerte hoy. Hablamos en el set.
—Corta la llamada.

Directo al cuarto de huéspedes, Ron tiene en sus manos el libro que intentaba
robarme. Es curioso ver a alguien que no lee mucho sostener un libro, se nota en la
forma en que lo toma. A pesar de todo, se ve elegante. Debe ser así, siendo emba-
jador de dos de las marcas de ropa masculina más exitosas del mercado. Sospecho
que ni siquiera elige cómo vestirse, es como un robot diseñado por las empresas para
vender. Estar en su presencia es extraño, pero no incómodo. Me siento al borde de la
cama mientras su teléfono se enciende por una alarma, revelando su fondo de
pantalla.

—¿Te tienes a ti mismo de fondo? ¿Ese nivel de narcisismo?

—Me gusta recordar mis buenas decisiones. —Se encoge de hombros—. Me
hace reírme de Harvel.

—¿Por qué? —indago aburrida, distrayendo mi mente con la horrible decoración alrededor.

—¿Nunca te has preguntado cómo tengo un patrimonio neto mayor que los demás actores?

Se acuesta junto a mí, por poco me arrebata el espacio entero en la cama, tengo que acomodarme a un lado. Se quita las gafas, por alguna razón mi cerebro toma eso como íntimo así que de pronto estoy nerviosa por lo que vaya a revelar.

—Cuando empezó, antes de que las películas fueran un éxito, en mi contrato se puso una cláusula que separaba mi imagen del personaje, por lo cual, donde sea que lo representara, debería tener un porcentaje de eso —explica orgulloso—. Lo cual es impensable hoy, en ese tiempo también, solo que no esperaban tener tal impacto.

»Han estado años tras mío para que se cambie, te sorprendería la cantidad de celebridades que no ganan nada por todo su trabajo. Mientras tanto, yo podría retirarme ahora y cada vez que se use un clip donde aparezca seguiría forrándome, también tengo un montón de marcas encima. En la época de la caída de celebridades encontrar a alguien no problemático es como buscar una aguja en un pajar, luego me he comprado un par de acciones en estupideces automovilísticas que sin por qué ni para qué, salieron rentables. Ginebra dice que "tengo una estrella arriba de la cabeza" por la facilidad con la que me pasan cosas buenas.

—Y pensar que los únicos rumores que hay de ti es que te liaste con la bruja Carmesí.

—Que la gente asuma de tu vida privada es molesto, te acostumbras.

—Pff, dímelo a mí.

—¿Sí? ¿En qué sentido?

—Uno simple, no soy como tú —aclaro—. Es solo que cuando era adolescente, especialmente, no ocultaba mi personalidad. A los chicos les gustaba hacer suposiciones sobre mí.

—No entiendo.

—Por ejemplo, con mi primer novio le dije: «Quiero compartir mis primeras experiencias contigo, en todo», y lo único que me respondió fue: «Pensé que no eras virgen» —lo pronuncio con tanto asco que Ron espera unos minutos para contestar.

—Le terminaste, ¿no?

—No me juzgues.

—Ay, no. —Se cubre el rostro con ambas manos—. Amanda, tengo miedo de que algún día me cuentes de un ex que sea un asesino serial y digas que te quedaste porque te gustaban sus valores.

—Escoger pareja se me da fatal, tengo la impresión de que piensan que no quiero nada serio y yo solo quiero casarme, tener dos hámsteres, una casita y ser feliz.

Los minutos no pasan, por más que el silencio nos deje espacio para fingir que no miramos al otro, en cierto punto se vuelve insoportable. Él pone música pop, rap y R&B, su repertorio es idéntico al de una adolescente promedio; es el primer chico que conozco que no le da pena admitir que su género favorito de música es aquel en donde hablan de amor. Menciona a una cantante con alas de hada, otra rubia que "lidera" la industria musical. No conozco a ninguna de las dos.

Mis gustos son diferentes, cambio a una *playlist* de Rock en español, baladas ochenteras de desamor y música en portugués. Lo único que tenemos en común es a David Bowie y un juego viejo de cartas entre las manos. Llevo barajándolas unos cinco minutos. Su mirada permanece quieta, no es casualidad, se puede notar lo mucho que se fuerza en no moverla a otro sitio que no sea exacto para hacer contacto visual conmigo. Hay muy pocas personas que me ganen el concurso de miradas, en mi defensa, tiene talento en no parpadear.

Hay tragos en el refrigerador, no es excesivo, son bebidas energéticas y un par de botellas con el mínimo porcentaje de alcohol. Ron parece disfrutar más de estas, estuvo a nada de que se le derramaran un par sobre las sábanas blancas.

Solo le quedaban dos cartas, y en un momento de burla tan excesiva, terminé lanzando el mazo, esparciendo las cartas en el escaso espacio entre nosotros. Estiro mi cuerpo hacia el suyo para recuperar las cartas, ignorando sus recordatorios sobre la niña durmiendo en la otra habitación. Aprovecho la cercanía para ver sus cartas, sin tener en cuenta que estoy encima de él. Al bajar mi rostro, queda a la altura del suyo. Él respira hondo, y yo, sin moverme, solo bajo mi atención de su cabello a sus labios, y de repente, la proximidad entre nosotros se vuelve más evidente.

Estamos a centímetros, incluso milímetros, y mi cabello cae a un lado, lo que puede molestarlo. Sin embargo, no me aparta de la cama.

—Amanda —pronuncia, y su aliento roza mi piel.

Puedo controlar mi respiración, pero no mis latidos. Me pregunto internamente por qué mi cuerpo reacciona de esta forma.

—¿Sí?

Hay un movimiento, tal vez solo lo imaginé, donde parece que se eleva. Por instinto, cierro los ojos, pero la silueta de alguien en la puerta me asusta.

Soy buena cayendo sin romperme los huesos, tengo experiencia. O eso creía, pues me lastimé la rodilla.

—Quiero chocolate caliente —pide Daiquiri, con su cobija en una mano y su vaso de animales en la otra.

—Voy. —Me levanto del suelo—. ¿No es muy tarde?

—Tiene problemas con el cambio de horario —explica Ron.

—¿Por qué estás en el suelo, Amanda? —pregunta Daiquiri—. ¿Por qué tío Ron no lleva gafas y está —se desordena el propio peinado para expresar la idea— así?

—Nos peleamos —digo sin más—. Vamos, dame tu vaso.

Nos turnamos para entretenerla hasta que se duerma. Es agotador, y admiro el doble a Tom Collins si esto es parte de su rutina diaria. Sin duda, se requiere mucha paciencia, amor y perseverancia para ser padres, cualidades que ninguno de nosotros tiene. Al menos Daiquiri disfrutó su chocolatada.

Son las cuatro de la mañana, y Ron parece a punto de desfallecer sentado en la punta de la cama. En el fondo, me arrepiento de haber aceptado; mi pierna aún me duele, pero no se lo he dicho. Esperar a que los empleados atiendan suena a tortura.

—Puedo dormir en el suelo —propone.

—Estoy segura de que nunca lo has hecho en tu vida. —Bostezo—. Sube, quédate conmigo. Nos vamos a quedar dormidos igual.

—Úsame de almohada si quieres —dice Ron antes de cerrar los ojos.

—Estoy hecha polvo, y aún me falta organizar el cumpleaños de Malibú —me lamento en voz baja—. Odio ser buena persona.

—¿Por qué tú?

—Es solo ir a una discoteca, sé con quién hablar para conseguir beneficios. —Mi cabeza reposa sobre una almohada; no me queda energía ni pensamiento lógico —. ¿Quieres ir?

—Ajá.

Jamás logro conciliar el sueño en los primeros minutos; mi mente necesita desahogarse. Pretendo hacerlo, finjo estar dormida hasta engañarme.

Doy vueltas en la cama con la esperanza de despertarlo, pero no hay resultado, solo consigo quitarle espacio. Esa noche, mi mente tiene una nueva puesta en escena para reproducir antes de dormir: los borrosos segundos en los que creí que iba a besarme.

Me estoy volviendo loca.

8
vesper

* * *

RON KENNEDY

Ese maldito monstruo.

Miro al techo en silencio, mientras el cabello de ella me hace cosquillas, me niego a moverme. Aunque lo más prudente sería no entrometerme, sería inhumano no conmoverse al verla acurrucada en la esquina de la habitación; es notable, se hace pequeña, y dudo que sea un hombre lo que provoque tal rotura.

Le vuelvo a escribir a Tom, con su estado en línea desactivado y el visto también, debe estar riéndose de nosotros. Estoy seguro de que esto ha sido su plan; está loco.

—¿Tienes insomnio? —balbucea Amanda en sueños.

—Algo así.

Envío un último mensaje:

> Más te vale tener una explicación para esto.

Me doy la vuelta y cierro los ojos. Serán cinco minutos.

«*Spoiler*: No fueron cinco minutos».

Desde que nos encontramos, no hemos tenido muchas noches de descanso. Me quedé dormido en algún momento de la madrugada. Al despertar, ni Amanda ni Tom estaban cerca.

Tengo una manta sobre mí, y la alarma del teléfono no para de sonar desde las seis. Son casi las ocho, y para esa hora debería estar con el resto del elenco.

Arrastro mis pies por el departamento. Han dejado un plato con galletas y café para el desayuno, y hay una nota junto a él que dice:

Gracias por cuidar a Daiquiri. ¿Qué haría sin amigos como tú?

Espero que hayas pasado una noche divertida. Con cariño, un inocente nada sospechoso,

Tom.

«Lo voy a asesinar».

—Imbécil —digo mientras agarro la taza y tomo un largo sorbo—. Esto sabe terrible.

Que el edificio esté cerca ha sido una jugada magnífica por parte de Brandy, como toda su carrera desde que empezó en Hollywood. Desde que era un niño, mi madre me enseñó que hay personas que tienen más dificultades para cumplir sus sueños, ya sea por su tono de piel, su género, sus posibilidades económicas o cualquier otra limitación. Aunque la discriminación haya disminuido década tras década, su éxito se explica de una sola forma: es tan bueno que no lo pudieron negar.

Hay años de estudio reflejados en sus planos, en cómo representa a los actores con la cámara, en las secuencias que elige. Sus películas de guerra, terror y drama histórico han ganado premios hasta hartar a los festivales de cine. Ha pasado un par de años en una saga de fantasía que ha devuelto el respeto a ese género. Que de pronto tome un romance juvenil como *Astrológico Deseo* es una decisión inusual por su parte.

Y mía también. Al menos, vamos a dar de qué hablar.

La suerte sigue sin abandonarme. Brandy se quedó unos minutos extras en su oficina antes de vernos, lo que me dio espacio para fingir llegar del baño cuando empezó a saludar.

Al haber leído el libro, puedo intentar suponer quién es quién, como que el sujeto castaño de un metro ochenta es el "villano" que va en contra del "bueno" en la segunda parte del primer acto.

Mi representante se mantiene a mi lado, y a veces damos la impresión de que vamos en conjunto como una familia. Lo que el resto no sabe es que en realidad evita que esté solo en este tipo de actividades porque no confía en mí. Estamos en medio del salón cuando me susurra al oído que la mujer que acaba de entrar es Vesper Jenkins, una importante modelo y actriz juvenil.

El director no tiene por qué hablar con nosotros; la mayoría del éxito en esta industria se logra a través de los contactos. Es imposible no notar que escoge selectivamente a quién hablarle.

—Ron, buen día —saluda Brandy—. Mi asistente no me ha informado de nada nuevo. ¿Se han resuelto los problemas con el guion?

—Ninguno. —Niego con la cabeza—. Confío en los profesionales que están detrás de este proyecto, además de usted, por supuesto.

—Vi en Internet estos días que hablaste de mí en una de tus entrevistas sobre tus directores favoritos.

—Ah, sí. Eso dije.

¿Es eso malo? ¿Bueno? ¿Debería haberme abstenido? ¿Ahora viene la parte en la que se convierte en el hombre despiadado del que advierten sus enemigos, y arruina mi carrera?

¿Se verá en mi rostro que estoy aterrorizado por su presencia? Maldita sea, ¿por qué sigue mirándome?

—Qué buen gusto. —Palmea mi espalda al irse.

Los ensayos son rápidos, y se confirma mi teoría sobre quién es quién, pero estoy muy ocupado con Margarita como para investigar más. Se le da increíblemente bien para ser uno de sus primeros papeles, especialmente por cómo sabe interiorizar a la protagonista al hablar. Ayuda que sus personalidades no sean muy distintas.

Por mi parte, llegué a la conclusión de que la mejor manera de no encasillarme en mis roles anteriores es tomar esto con humor. Tomo la libertad creativa de hacer al personaje más expresivo, de que sonría mientras cuenta sus poco legales planes, de verse encantado por la presencia de Margarita y apagarlo en el resto de las escenas. Eso da frutos; los coordinadores comentan que genera química entre nosotros.

Las escenas que requieren el uso de armas son las que mejor se me dan. De pronto, entiendo por qué fui su primer candidato. Es fácil cuando ya se sabe que tienes un portafolio de experiencia en tomas de acción.

El único problema es cuando llegamos al primer beso de la pareja. Según los presentes, es irrealista porque estamos tensos. En mi defensa, hay una clara diferencia de altura, y es incómodo con tantas personas alrededor juzgándote. Después de eso, hay una larga pausa.

Tal vez no estoy tan preparado como creía. Se me olvidaba el hecho de que habrá gente en círculo alrededor nuestro controlándonos. Recién comienzo a darme cuenta de que en las escenas donde mis manos tengan que estar en el cuello de Margarita o en las que tengamos que fingir tocarnos, entre los que están alrededor estará Amanda.

Necesito un respiro.

Voy hasta la sala de reuniones, donde Brandy está hablando con el equipo de vestuario y decorado. La encargada de Marketing me abre las puertas sin preguntar. Él está hablando sobre su visión para el rodaje, y cómo quiere que *se filtre* quiénes serán los actores como primer movimiento de publicidad, aunque ese no sea su trabajo. Pronto se lanzarán las primeras fotos del elenco, y lleva cinco minutos explicándole al fotógrafo cómo hacer su trabajo.

Me sumerjo en su discurso, notando que nadie viene a buscarme, lo que me lleva a creer que estaré libre por hoy. Al menos hasta la hora de comer.

—¿Vas a la cafetería? —pregunta Margarita después de terminar de practicar.

—Supongo, no tengo nada qué hacer —admito—. No puedo esperar a que la información se haga pública; al menos podré entretenerme leyendo en Internet.

—Creí que no mirabas lo que dicen de ti en redes.

—El aburrimiento en las redes puede llevar a locuras. —Presiono el menú en la pantalla—. ¿Y tú?

—Yo sí, aunque mi terapeuta me lo haya prohibido. —Margarita coge su café helado—. Nunca encuentro nada que no sean insultos. —Baja la mirada—. Cuando empecé a los quince, me molestaba que compararan defender mis derechos con una ideología que mató a miles de personas. Ahora he aprendido a ignorarlo.

Es extraño que alguien tan joven hable con naturalidad sobre recibir toneladas de odio por su pensamiento. En la televisión han trabajado criminales menos odiados.

Margarita, en persona, es lo opuesto a como la pintan en los medios: tranquila, callada y amable. Pero a quienes la critican les interesa más mostrar sus fotos en protestas o los escándalos de su vida amorosa.

—¡Hey! —grita Amanda al entrar al comedor—. Margi, nunca me mandaste el Power Point con el chisme.

—¿Hay espacio en su mesa? —No veo a Tom, pero reconozco su voz—. Buen día. —Roba una de mis papas fritas del plato.

Viene junto con su hijita, así que arrastro una silla extra; estoy en la punta. Hay muchas personas en el comedor muy ocupadas en sus teléfonos como para notarnos; estamos en una esquina sin mucho ruido.

—Hola —saluda Amanda, automática esconde su bolso tras su espalda—. ¿Almorzamos juntos?

—Sin problemas. —Tom acepta mientras se roba mis Nuggets—. Quería agradecerte por cuidar a Daiquiri. Saliste corriendo a las seis, apenas pude dirigirte la palabra.

—Necesitaba cambiarme —se excusa—. ¿Lograste arreglar la cerradura?

—Sí, fue un problema de una noche —bromea el sinvergüenza—. ¿Daiquiri, cómo te fue? ¿Te agradaron tus niñeros?

—Ajá. —Asiente ella—. Solo que no me invitaron a jugar.

—¿A jugar? —indaga Margarita.

—Sí, ellos estaban jugando en el cuarto de invitados. Amanda se cayó de la cama y luego me hicieron chocolate —explica con simpleza. La quiero tanto que ignoraré me estén quitando parte de mi comida.

—¡Jugamos cartas! —se defiende Amanda, lo cual es raro porque nadie cuestionó el relato.

Excepto Tom, que no parece creerse mucho el cuento de su hija. Pasa su mirada de un papel que tiene en la mano a la rodilla de Amanda.

Margarita se ve sorprendida, aprieta los labios para no decir nada. Sin embargo, nos escudriña a ambos en busca de que nos delatemos; no es que finja demencia, es que no percibí un doble sentido en ese instante.

—Espero no te hayas hecho daño jugando con esta arma nuclear. —Ríe Tom al levantar a Daiquiri—. A veces da miedo.

—Fue un accidente —aclaro.

—Como sea. —Amanda toma asiento—. Tenemos que hablar, Margi. —Le toma la mano—. ¿Recuerdas a Axel?

—Ay, no. ¿Qué pasó? —se lamenta Margarita.

De hecho, cada integrante de la mesa lo hace. Con sigilo, le doy una mirada de preocupación a Tom, este la corresponde. Vuelve a fingir leer su documento, yo continúo comiendo.

—Llamó a mi padre —suelta como si lanzara una bomba, en voz baja.

Casi me atraganto; lo oculto actuando como si me hubiera aclarado la garganta. Con cuidado, deslizo mi bandeja hacia Daiquiri, que aún está esperando su combo con juguetes.

—¡¿Qué?! —vocifera Margarita—. ¿Para qué? Que te deje en paz.

—Bueno, tampoco hablemos como si fuera un acosador —lo defiende—. Según su asistente, quería devolver un par de cosas que se me quedaron en su departamento; va por ahí.

—¿Cómo que según su asistente? —indaga Margarita—. Por favor, aquí hay mala energía, y es obvio que es ese sujeto.

—Ya he dicho que no quiero hablar mal de él. ¿Por qué hablaría mierda de alguien a quien... —duda— quise? El punto es que mi padre ni siquiera contestó; cuando le pasaron la llamada, cortó y bloqueó el número.

—No vayas en contra del señor más renombrado de esta ciudad.

—Pudo haberme avisado. ¿Por qué no me llamó a mí? —Se queda un largo rato en silencio; ninguno se atreve a interrumpirla—. Oh, el teléfono. Bueno, sabe mi dirección; me hubiera hablado a mí. No soy *la hija de*; soy un adulto.

—Dime su nombre y cuando nació. —Tom toma un bolígrafo—. Lo haré un personaje insufrible como venganza —ofrece animado.

—¿Lo dices en serio? —Se le ilumina la mirada.

Ruedo los ojos; él es demasiado bueno haciendo conexiones. Me alegra que eso haga sentir mejor a Amanda; al menos la apoya su escritor favorito.

—Por cierto —continúa Amanda—. Pasamos la fiesta de Malibú para la próxima semana. Aunque ya pasó su cumpleaños, ella lo quería en la discoteca Júpiter, y solo tienen esas fechas.

—Lo cambiaré en el calendario —agrega Tom.

—¿Invitaste a este a nuestra fiesta? —inquiere Margarita.

Sé perfectamente cuándo un bosque está por incendiarse. No quiero estar aquí para sentirlo.

—Olvidé que tengo un paquete que recoger —miento, bastante mal porque yo no organizo mi correo—. Amanda, ¿me acompañas?

La gratitud en su sonrisa al levantarse de un salto, tomar su bolso y correr hacia la puerta es suficiente remedio para que mi ánimo inquebrantable regrese.

Los pasillos vacíos son resbalosos, nos hacen deslizarnos; se sostiene de mi brazo en las curvas entre un sector y otro, las risitas pasan a ser sonoras. En las cámaras debe verse segundos de nosotros escapando hacia la salida principal. El sol está en lo alto, ardiendo al instante en que hace contacto con mi piel; empiezo a arrepentirme de haber traído un saco.

A mi lado, ella se está quitando el cabello que le entró a la boca; se ha pegado por la densidad de su brillo labial. Controlo más de lo que debería lo que hace con su boca. Se le forman pequeños hoyuelos al sonreír en grande. Lo sé porque lo hace al regresar su atención a mí; la luz del día le da un brillo especial en las pupilas.

Amanda transmite una energía única; es como si humanizaran las fresas con chocolate o los refrescos helados en verano. Es simplemente imposible de rechazar.

—¿Te puedo contar una estupidez? —pregunta sin esperar respuesta—. Desde que me levanté, tengo una buena sensación. Debe ser brujería de Tom.

—Ni lo dudes. —Reviso la hora en mi teléfono—. ¿Estás ocupada antes del próximo ensayo?

—Voy a ir a mi lugar seguro. Necesito distraerme luego de la llamada con mi padre.

En mi cerebro rebusco el significado de lo que acaba de decir, sin éxito.

—¿Qué es un lugar seguro?

—Es un sitio donde me siento a salvo, donde el peligro o el dolor de la vida no pueden encontrarme. —Desvía la mirada—. Al decirlo así, suena a una tontería.

—Suena muy útil, si quieres te llevo —ofrezco—. ¿Dónde es? Con tal de que no conduzcas, tendré tranquilidad.

—Es la librería, específicamente la que está a un par de kilómetros de aquí. ¿Tú tienes uno?

—Mmm, si lo tuviera. —Me quedo pensando—. Sería el mar, quizá. No sé, hay cierta paz que se encuentra solo en el agua.

—Sí, como un tiburón —dice a modo de chiste, le divierte llevarme la contraria.

—Al menos no es un mafioso europeo de dudosa salud mental —me defiendo, mi ego me dice que he tirado una frase súper fuerte.

—El mar no te va a reacomodar la cérvix.

Si mi mandíbula no estuviera pegada a mi cabeza, se me hubiera caído. Jadeo impresionado. Ella me empuja con ambas manos en el pecho hasta el estacionamiento subterráneo.

No he quitado el asombro de mi expresión, no recuerdo cuánto tiempo lleva riendo.

—Madre mía. —Me tapo la cara con una mano.

—Dijiste que empeoras al entrar en confianza —resalta—. Bueno, yo también. Bienvenido.

—¿En qué me he metido? —Pretendiendo tener fiebre, pego mi palma a mi frente—. Sube al auto.

—¿Sabes a qué me recuerdan los autos? —Se muerde el labio.

Sí, yo también he llegado al tercer libro. No se lo he dicho aún.

—¿Sabes que te voy a echar si no guardas silencio? Gracias.

La librería es una pequeña tienda con cafetería incluida donde puedes quedarte a leer. Como era de esperarse, no hay mucha concurrencia además de un par de adolescentes a los que esquivamos.

Se compra uno por despistar, nos sentamos en un rincón con un par de sillas rodeadas de libreros donde no se nos pueda ver. Como si fuera droga, saca con cuidado el libro robado y lo abre encima de sus piernas.

La yema de sus dedos acaricia la página, se pone a leerlo en silencio. Me cuestiono si debería dejarla sola hasta que quita un par de gafas de uno de los compartimientos del bolso.

—No sabía que usas gafas.

—Es por cansancio —explica sin despegarse de la página—. Suelo bromear sobre que ni con esto podría ver el amor.

—El amor está en todos lados. —La animo—. Los grandes amores siempre están en todos lados.

—No entiendo.

Admiro la capacidad que tiene para concentrarse, hablar y retocar sus pestañas en el espejo al mismo tiempo.

—Que a veces los grandes amores que buscamos están frente a nuestros ojos.

Eleva la mirada a mí, no sé qué le parece tan gracioso.

—Cuéntame cómo te ha ido hoy —insta ella—. Escuché que dijeron que mejoraste lo que planeaban para el protagonista, parece que les pagaran por hablar bien de ti.

—¿Quién dice que no? —Mi único entretenimiento en nuestra conversación es el pasar de las páginas—. Eh, diría que fue fatal; de hecho, me siento como un bicho raro entre esa gente.

—¡Hey! No hay nada de malo en ser un bicho raro. ¿Por qué lo dices?

—Porque tenemos que besarnos como en las primeras escenas; no logro no verme desagradado. Lo peor es que no es problema del equipo, mucho menos de Margarita. Soy yo, yo soy el problema.

—Me hubieran avisado, tal vez los convencemos de cambiarlo o hacer una clase de retoque donde no se note que no eres tú. O grabarlo desde una perspectiva donde no se vea tu cara, no tienen por qué...

—Soy consciente de ello. Es que no quiero provocar mayor trabajo porque no se me da algo completamente normal en el mundo de la actuación.

Ella cierra su libro, se inclina hacia mí. Nuestras sillas están a menos de un metro de distancia.

—¿Qué es exactamente lo que no se te da?

—No estoy acostumbrado a besarme con extraños.

—Oh, ¿Ni el juego de la botella? —Juzga mi reacción—. ¡Dios! ¿No conoces ese juego?

Niego, y ella toma mi teléfono encendido de mis manos. Escribe el término en el teclado, al pasar a las imágenes me lo entrega de vuelta.

—Se usa de muchas formas. Ahora que recuerdo que no tomas o sales, tiene sentido. El punto es que las personas se ponen en círculo, la botella queda en el centro. —Señala la imagen con un dedo, su uña chocando con la pantalla—. En mi caso, era verdad o reto. En el reto, te besabas con quien eligiera la botella después de girarla.

—Vale.

—Es más tranquilo de lo que suena —insiste Amanda.

—Me lo imagino —ironizo.

—¿Puedo decir algo no profesional? Creo que se te da mal adaptarte a estos roles porque estás acostumbrado a soltarte, cómo lo hacen ellos. —Posa su mano en mi pierna—. Deberías trabajar en eso.

—Claro, porque salgo a decir: ¿alguien me puede ayudar a practicar besar extraños? Vendrán en avalancha.

—Que lo digas con sarcasmo no le quitará la realidad, Kennedy.

—Que no me digas así.

—¿O qué? —Se burla al tomar mi rostro. La punta afilada de su uña se hunde en mi mejilla—. Por favor, ¿qué vas a hacer?, ¿besarme?

Una *coach* no debería estar bromeando sobre esto. Así como yo no debería estar tan cerca de la hija del director. Ambos deberíamos estar trabajando en lugar de en un rincón privado de la librería. Ni siquiera es prudente salir sin el equipo de seguridad.

Exhalo a través de la boca, mi aliento no debería rozarle la piel. Pero lo hago.

Y, sin duda, entre los millones de reglas que está mal romper, tener el impulso de hacerle caso está entre las peores.

No puedo jugar mis mejores cartas ni, aunque las tenga en la mano, saco la que siempre me funciona en este tipo de casos.

—Qué forma tan creativa de rogar que te bese, Amandita.

—Agh. —Se aparta, frustrada—. Olvidé que tienes un ego que crece de manera incontrolable, señor Kennedy.

«Y no será lo único si sigues acercándote así».

—Gracias por el apoyo, estoy seguro de que pronto me adaptaré —aseguro mientras me levanto—. Tengo que volver a eso, Vesper debe estar esperando. —Acomodo mi saco, con un pie fuera del rincón—. Por cierto, Amanda, gracias por tu propuesta. La tendré en cuenta.

—Pff, no te tomes lo que digo tan en serio. Quizás solo quiero confirmar que no hay persona que no quiera darme un beso.

Entre nuestras cualidades en común está el narcisismo disfrazado de coqueteo barato.

—Si tuviera que besar a alguien, seguro serías mi opción.

—Se dice *primera opción*.

—No, serías la primera si hubiera más. —Le guiño un ojo—. Eres la única.

9
bellini espumoso

* * *

AMANDA

Es aterrador que tu corazón vuelva a latir.

Logro leer a Ron con facilidad, como si lo conociera de toda la vida. Sé que es porque no se esconde de mí, pero tengo la leve sensación de que, aunque lo intentara, no podría. También tengo la terrible sensación de que le pasa lo mismo conmigo. He notado que trata de animarme desde que se percata de que me pierdo en mi cabeza.

Me quedo viendo la calle por donde se fue y me sorprendo cuestionándome: «¿Por qué no lo besé yo?»

Convivir con él es como cruzarse con cualquier otro extraño en la calle al que miras sin evitar pensar que es atractivo; es como tener una amistad con una persona electrizante, nada más. Este tipo de jugueteo en broma es peligroso y contraproducente, debo pararlo. Está mal hacer chistes así con alguien que debe ser una especie de jefe.

Salgo de la librería hacia un vivero. Planeo comprarle plantas a Malibú por su cumpleaños, incluso si no podemos celebrarlo. Hay que atravesar el parque central para llegar. Hay un pequeño sector en esta gran ciudad que aún conserva su color verde, como los senderos de la manzana que ocupa esta parte.

En el cruce, hay un grupo de niños aprendiendo a pintar. Tienen lienzos en el suelo y las manos llenas de pintura. Sin darme cuenta, me acerco para averiguar qué hacen. Se les nota tan felices que me contagian su energía. Este día me tiene en pura subida de serotonina.

Su maestra está de espaldas. Su cabello es rosa y le llega hasta la cintura. Lo primero que se me cruza por la mente es preguntar cómo inscribir a Daiquiri. Ser una niña sin posibilidad de jugar con otros, sin hermanos, con un padre ocupado, es una historia que he vivido en carne propia. Quizá le guste el arte o pueda descubrir si le llama la atención o no.

Le toco el hombro y la mujer se da vuelta. Palidezco en segundos. Un escalofrío recorre mi cuerpo.

Es ella. Es la chica de la foto con Axel.

—Buenas tardes. ¿Está interesada en el curso de pintura? Soy Emillie Vega, profesora de pintura creativa. —Da un paso para mostrar su lienzo—. Hay clases para los niños, son en las tardes de lunes a viernes; las de adultos, los fines de semana.

Respiro hondo. Es lo opuesto a mí. Tiene ojos claros. Pese a su cabello fantasía, el resto de ella transmite simpleza. Viste de blanco y trae joyería de plata con diferentes decoraciones. Es como ver un hada en la vida real. No logro disimular.

—Señorita, ¿se siente bien? —Toma mi brazo con una suavidad relajante—. Le puedo servir un vaso de agua, ¿o prefieres un jugo? Siempre traigo porque nunca sé cómo funciona el clima. —Pone un vaso entre mis manos. Estoy muy conmocionada para responder—. Si lo deseas, te puedes quedar a vernos. ¿Cuál es tu nombre?

Su voz. Incluso su voz es preciosa. No la recordaba de esta manera cuando éramos niñas.

—Aman... Am, lo siento. Tengo que irme, iba a preguntar para un amigo.

—Pues te doy el folleto. —Me entrega uno—. Espero lo averigües, se nos llenan los cupos rápido —alienta—. Disculpa que te haya mirado así. Es que tu maquillaje me encanta. —Suspira—. Es bonito ver personas que aún cargan amor en los ojos —finaliza en broma.

No me genera gracia, ni siquiera sé qué decir.

—Gracias —farfullo antes de huir.

Como era de esperarse, no fui a comprar las plantas. No recuerdo el trayecto de esa carretera hasta el hotel. Hice una llamada a mi padre en la que le pedí que viera un reemplazo si me necesitaban en el set. Me disculpé con Bellini, quien organizó comprar el regalo en conjunto, y puse el teléfono en modo avión.

Tengo un audio de nueve minutos de mi padre explicando por qué fue lo mejor haber reaccionado de tal forma. Él tiene todo controlado en el set, a excepción de una pelea entre Tom y Margarita que se oyó de fondo.

Desde que llegué a mi habitación, me he hundido en la cama. Me siento asqueada de mí misma, con el estómago revuelto. No puedo evitar pensar que, pese a que yo no supiera que ella salió con él (terminaron a semanas de que nos conociéramos), me convierte en la persona que fue una piedra en el camino de su tan larga relación. Sí, lo quise, pero algo en mi pecho me dice que ella lo quiere mejor. Ellos se van a casar, yo siempre voy a ser la otra.

El pensamiento de nunca haber sido suficiente vuelve a impactarme, especialmente si me comparo con ella. Mi maquillaje perfecto se va estropeando con el pasar de las horas. Cada escenario en mi cabeza es más hiriente que el anterior. Estoy tan molesta conmigo misma por haberme puesto en esta situación.

No me cae mal ella. De hecho, es imposible odiarla. Es de esas chicas que se nota que son un ángel a millas de distancia. A él tampoco lo aborrezco. Entre mentiras, siempre fue claro con lo que quería de nosotros. Es la muerte de mi ego saber que no puedo tener el amor de las personas que desearía.

Emillie es divina, es amable. Estoy segura de que debe hacerle sentir mariposas. Quiero no volver a salir de mi cama.

Mi teléfono vibra en mi almohada. Estaba por quedarme dormida y la luz solar de la ventana es reemplazada por oscuridad. Contesto sin mirar porque de seguro es mi padre con la intención de darme un sermón. Necesito hablar con alguien en este momento. Quien sea. Necesito distraerme.

—Hola, no quiero hablar del tema —chillo—. Dame un día para asimilarlo. ¿Me cuentas alguna anécdota mientras?

—Eh... Hola. —Dejo de respirar al oír a Ron al otro lado de la línea—. Vale, lo entiendo. ¿Anécdotas de terror te valen? En mi pueblito había un cementerio que cruzar para ir al colegio.

Me siento en la cama. El número en la pantalla es desconocido. Lo pongo en altavoz.

—¿Ron? ¿Quién te dio mi número?

—Brandy. Pude avanzar en el ensayo. Quería preguntarte una duda a mitad del último. Él dijo que no estabas, y que, si era de vida o muerte, te llamara.

—No puede ser real. Mi padre nunca es tan amable. —Me limpio la máscara de pestañas en mis mejillas con los dedos—. Debes de caerle demasiado bien. De cualquier forma. —Suspiro—. ¿Cuál es el inconveniente?

—Ninguno, eso fue hace una hora. Te llamo porque no regresaste ni avisaste a dónde fuiste. Pensé que te pudo ocurrir alguna tragedia.

«No estás muy equivocado».

—Estoy bien, gracias por preocuparte. Lo aprecio.

—¿Vas a decirme eso con la voz entrecortada? —indaga él—. Puedes hablar conmigo, lo sabes; o puedes escuchar mi anécdota perturbadora.

—Sería un honor. —Respiro hondo—. Adelante.

—Comenzó en una noche oscura de octubre —empieza a narrar, una pequeña sonrisa va naciendo en mi rostro—. Yo iba a clases por la mañana, caminando. Salía una hora antes para escaparme a comer, debía estar a las cinco de la mañana, y la clase comenzaba a las seis. A esa hora, aún no amanecía. Esa madrugada era fría; los árboles quedaron despojados en otoño, y las hojas secas en el suelo crujían al pasar. Escuchaba mi propio recorrido, lo único que me aseguraba de estar avanzando, pues la niebla espesa no permitía ver mucho.

—¿Ibas por la carretera?

—Sí.

—¿Y si te atropellaban?

—Era adolescente, acababa de ser inculpado de robar un gato y estábamos en época de exámenes. Habría sido un milagro que me atropellaran.

Ruedo los ojos mientras mi desmaquillante pasa suavemente sobre mi piel. Silencio la llamada por unos segundos para reírme de lo que dijo.

—Volvamos a la historia, concéntrate —exige—. El frío helaba mis dedos; la vereda del cementerio estaba en mi camino y, antes de que empezara a sentir un peso extra en mi espalda además de la mochila, no pude mover el cuello para mirar atrás. Lo atribuí a la temperatura hasta que el leve crujido bajo mis pies se intensificó. Minutos después, noté que eran pisadas. Daba la impresión de que un grupo de personas caminaba a mi lado. La cuadra parecía interminable; el peso en mi espalda era tal que aluciné que había alguien trepado a mí. Casi me falta el aire, y cuando me detuve a hiperventilar, me di cuenta de que no veía nada. No gris, negro. Como si me hubieran tapado los ojos.

Tengo unas ganas incontrolables de encender la luz. Lo hago de un salto y corro de vuelta debajo de las sábanas. Va bajando el volumen de su voz a medida que nos adentramos a la historia, ralentiza sus palabras.

—¿Recuerdas que uso gafas? Siempre lo he hecho. Me las quito para limpiarlas. —Toma aire—. Error: el vidrio quedó empañado. Lo arreglo con la tela de mi camiseta, pero apenas levanto la mirada para colocármelas de vuelta, visualizo una silueta a lo lejos que corre en mi dirección. Es alta, delgada, de la oscuridad más intensa que haya presenciado, con dos puntos rojos brillantes como ojos que se agrandan. Esta figura da saltos hacia mí con rapidez, los brazos abiertos se agitan y su grito es similar al lamento de un perro. Ni siquiera parpadeo, no me da tiempo a moverme hasta que se me lanza encima.

Me asusto al visualizarlo, cierro las cortinas de la ventana con el corazón yendo a mil. Toco su contacto; ver su foto de perfil al menos entretiene mi cerebro para no impactarse con la figura del monstruo.

—¿Y luego qué? —murmuro al micrófono.

—Me pongo los lentes, la figura ya no está y la niebla tampoco. Al mirar a mi alrededor, me doy cuenta de que de alguna forma entré al cementerio en lugar de seguir recto. Estuve caminando en círculos entre las tumbas por minutos. Mi mochila no tiene nada malo, excepto que está sucia como si manos llenas de tierra la hubieran tomado. Mis pies están parados sobre arena roja recién removida, y hay una lápida rota.

—Quiero advertir que me estoy quedando sin almohadas que abrazar, Ron.

—Ya casi termino —me tranquiliza—. Pensé «Joder» antes de salir de ahí. Fui a casa a cambiarme de zapatos y regresé a estudiar. Me fue mal ese día, pero al menos conseguí una buena historia.

—Lo dices tan tranquilo. Yo hubiera muerto. Le ahorraba el viaje al cementerio.

—Río—. ¿Pese a esto eres ateo?

—No descarto que lo haya alucinado.

—Estás loco —grito al teléfono—. Oye, ¿Qué hora es? Estuve el día entero evadiendo la realidad.

—Dos menos cuarto. Sí, soy consciente de que no son horas de molestar, pero revisé tus redes y no subiste nada tampoco.

—Dejé de fijarme en redes. No es sano —comento. De un segundo al otro, he olvidado por qué estaba triste—. Tuve un altibajo hoy. Me da vergüenza, si te soy sincera.

—Los procesos nunca son lineales, menos los que tratan de aliviar el dolor —dice, el rechinar de una puerta interrumpe su frase—. Por cierto, ha sido difícil encontrarte en redes. ¿Por qué no usas tu apellido paterno primero? ¿De quién te escondes?

—De la policía. ¿No te he contado que soy una criminal? Mi nombre de pila es *tonta roja*. Robo ilusiones y rompo las mías en el proceso —respondo divertida—. Mi madre era una mujer poderosa que lo decidió así. Lo agradezco, porque quienes no me conocen no pueden encasillarme por mi familia.

—Entre tonta y reina, no hay mucha diferencia. —Sigue el juego—. O tal vez lo digo porque me enseñaron a no ir en contra de criminales peligrosos. ¿Sabías que, en las cartas, la reina roja es la de corazones? Incluso aunque exista la de diamantes.

—Veo que sabes mucho de cartas. Con razón, ya me había lastimado el orgullo que estuvieras por ganarme.

—Te gané —se defiende—. Acéptalo.

—Estuviste cerca —corrijo. Los dos sabemos que saboteé el juego—. ¿Dónde aprendiste a jugar?

—Apuestas en la escuela. Organizábamos partidas clandestinas por canicas o gomitas.

—¡¿Y a mí me dices criminal?! Estabas involucrado en tráfico de dulces, apuestas en contra de la ley y secuestraste el gato de tu ex. Falta que hayas matado a alguien.

—Míralo así, los dos somos terribles —afirma—. Somos Bonnie y Clyde.

—Bonnie y Clyde con brillantina. Más geniales, menos trágicos.

—Entiendo, entonces ¿Cuál es nuestro próximo atraco, querida? —Ron exagera su acento en esa pregunta, pronuncia el «querida» lento.

Aun no le he preguntado de dónde es porque ni las inteligencias artificiales de Internet están seguras. Por ahora, con saber que vivía cerca de un cementerio es suficiente.

—Mmm… ¿Robarle otro libro a Tom? Tiene la versión ilustrada a color, tapa dura, con páginas decoradas y relieve de *Astrológico Deseo*, sumado al extra por separado que está agotado —comento. Él suelta una carcajada ante lo pensada que está esa oración—. Por favor, me haría feliz. Te da justificación para tu mala reputación, porque traicionar a tu mejor amigo por una mujer es de malditos.

—Sabes que se lo puedes pedir, ¿cierto?

—Me da penita.

—Ay, Amanda, eres un caso perdido.

—Somos —le recuerdo—. Ahora sabes mi identidad secreta. Esto es un equipo, ni se te ocurra abandonarme.

—No te voy a dejar sola, nunca lo haría —promete.

Pasamos de tema a películas de terror que nos gustan, a Ron le parece un sacrilegio que no me haya visto todas las obras de mi padre, él sí lo ha hecho. Sus vivencias de época de "cinéfilo" son peores la una de la otra, mi etapa *fangirl* (que por cierto no ha acabado) suena como un chiste comparado.

Hay magia en el momento en que dos personas confían mutuamente por primera vez, contando nuestros miedos y alegrías se siente como si estuviéramos presentando las balas con las que pueden herirnos, puliendo la pistola antes de dársela con los ojos cerrados. Mi teoría de las armas crece. Nunca me he mostrado con tal transparencia a nadie; él no suele hablar de estos temas, y se nota por la manera en la que le cuesta encontrar las palabras correctas.

Es inocencia pura, desnudarte de tus armaduras ante un extraño es peligroso, a sabiendas de que somos asesinos en serie, ladrones de suspiros, estafadores de emociones que saben a la perfección cómo esconder un cuerpo de sentimientos. Le entrego mi mejor arma como si él no fuera capaz de lastimarme, sabiendo por sus papeles anteriores que es lo que mejor se le da: disparar.

—Hay ocasiones en las que todo me agobia —confiesa cuando hablamos de la fama—, y tengo ganas de huir con el dinero que me quede a algún sitio donde nadie me conozca y pueda encontrarme.

Dejo reposar esa confesión. Es extraño, son cosas que yo diría. Son planes que he pensado miles de veces.

—No huyas sin tus cómplices —suelto de manera natural, sin pensarlo demasiado. Me arrepiento apenas hablo.

—Tendrás un asiento especial en el avión —anima, adoro que nunca tome las múltiples oportunidades que le doy para provocar incomodidades—. Te llevo conmigo.

—Está hecho. —Doy vueltas en la cama—. Un día vamos a desaparecer, será lo último que sepan de nosotros. —Bostezo.

—Necesitaremos nombres clave —insiste—. Yo tengo uno, ¿y tú?

—Jamás llegué a ese punto —respondo, aun disfrutando de la conversación, pero sintiéndome cada vez más cerca del sueño con el teléfono en la mano.

—Te puedes llamar Aurora —interrumpe enérgico—, porque... Oh, se me está por acabar la batería.

—Es el gobierno que quiere detener tanto potencial —balbuceo—. Adiós, Ron. Esta bebida tiene mejor sabor ahora. —Corto la llamada.

«¿Por qué estaba llorando antes?».

Estar presente en los ensayos es diferente a lo que esperaba. Es raro rodearte de tantos famosos, como Vesper, una modelo a la que he admirado durante años, deseando ser ella, dando instrucciones como si nada. Ser una de las más jóvenes a veces me intimida; tal vez no debí aceptar tanta responsabilidad para un proyecto de este tamaño.

En la escena en la que cambiamos a la oficina del señor Reid, hay un beso. Margarita es la viva reencarnación de la protagonista: sus gestos, su mirada, su expresión, todo es idéntico a como lo imaginé. Sube a la mesa, estira a Ron de la corbata, lo cual se ve íntimo desde cuatro cámaras distintas, con diez personas alrededor supervisando y yo tomando notas si es necesario.

Ron le pone una mano en la cintura, la otra está en su cuello. Hay un gran trabajo allí en grabar desde la posición correcta para practicar la edición de tatuajes en su piel. No había notado lo grande que es; tiene que doblar los dedos para no cubrir su cuello entero. Tuve que explicarlo un par de veces, aunque no esté presionando realmente. Queremos dar ejemplos seguros a los espectadores.

En lugar de darme nervios como supuse, hay una sensación extraña recorriendo mis venas. Trago grueso. Ron juega con las cámaras; sabe cuáles son sus buenos ángulos, sabe a qué debemos prestar atención. Da la impresión de ser quien dirige en realidad. Su mirada se mueve de entre los ojos de Margarita, a su boca, abajo. No había notado lo largas que son sus pestañas hasta que lo pusieron en una pantalla gigante en la otra habitación.

Toma las riendas de las acciones de ambos, y Margarita no se resiste, como debería ser. Aspira una bocanada de aire antes; ella tiembla de anticipación. Hay otra pausa; es llamativo cómo cambia de estado de ánimo apenas hay un corte. Por milésima vez, se cambia la perspectiva. Le pidieron a Ron que piense en algo que le guste para tener una toma de sus pupilas dilatándose.

Lo hizo en cuestión de segundos; hasta mi padre está impresionado. El premio al mejor actor le queda corto; basta con darle indicaciones una sola vez para que las tome como religión.

Cierra los ojos, y ella estira el cuello de su camisa con ambas manos. El beso es corto; lo alargarán en edición. Es impulsivo, como lo describimos, encaja a la perfección. Lo que sí debemos practicar es la separación después de este. No nos convence que ella sonría y él no. Creo que invirtiendo los papeles habrá un mejor resultado.

Centro mi atención en escribir las observaciones como si no hubiera parado mis actividades en la escena en la que se besaron. Diría que incluso si me hubieran pedido que los guiara, no habría podido hacerlo. Reconozco el problema.

—Mira, ya vales casi el cinco por ciento de lo que se pagó por ti. —Esa es mi felicitación cuando las luces se apagan—. En buena hora.

—Eso que dormí dos horas —se jacta—. Casi lo olvido, Amanda...

—Dime —interrumpo ansiosa.

—Vi cómo me estabas mirando. —Arquea una ceja—. Haces este trabajo más difícil de lo que ya es. —Se escapa al terminar la oración, cobarde e inteligente.

10
brandy

* * *

RON KENNEDY

Siento que estoy haciendo el ridículo en cada escena.

Sin mi coestrella, esta película estaría en ruinas. Es más que obvio que ella dirige el rumbo de las escenas, lo cual viene perfecto porque así mismo funciona en el libro. Es curioso cuánto se esfuerzan en la apariencia de Kain Reid, pese a que su atractivo sea que está por completo loco. Llevo al menos una hora en tomas de él colocándose un traje, un equipamiento especial de militares, unos sacos feísimos que tienen un logo mal hecho del "clan" de la mafia que Tom se inventó.

Noté que Brandy me juzgó cuando dije que no creía poder montar una motocicleta a toda velocidad para el tráiler. No he utilizado una en mi vida, pero mentí diciendo que solo no me es habitual. Tampoco suelo usar dobles de acción en papeles donde hay peleas.

Estuvimos en el set desde la mañana hasta las once de la noche. Esta semana se lanzará todo en Internet y quieren asegurarse de tener suficiente material. No hizo falta que me quedara más tiempo que una jornada laboral; aun así, peleé con mi representante para que consiguiera que pueda quedarme al menos a observar al resto. Es factible que odie menos esta película de lo que lo expreso. Cabe la mínima posibilidad de que sea interesante.

Los *posts* se subirán en horario europeo, lo que cae a mitad de la madrugada aquí y muy tarde en la noche en los países hispanohablantes. Se subirá en ambos idiomas al mismo tiempo. Por más que quiero dormir, no puedo; quiero ver el resultado final. Me he prometido que solo miraré eso si no quiero tener pesadillas con los malos comentarios.

La aplicación de mensajes indica que todos mis contactos están desconectados, excepto uno, lo considero por unos minutos antes de entrar al chat.

¿Qué haces despierta?

AMANDITA

Mirar al hombre de mis sueños (Archivo_adjunto.png)

Es la imagen de ella en la oscuridad con la laptop abierta en su cama. Está viendo el *reality* del que me ha hablado y censura lo que sea que esté haciendo el sujeto de su fondo con una rubia. Tiene una taza con helado encima del teclado, vainilla arriba de sus labios.

RON

¿Y no invitas?

AMANDITA

Odiarías esto, te lo aseguro. ¿Tú por qué no duermes?
Estuviste el día entero trabajando. Debes estar exhausto.

RON

Creo que estoy ansioso por ver si debo esconderme hasta que se olviden de este proyecto o podré vivir con normalidad.

AMANDITA

Mr. Drama King, ¿estás bien? ¿Te llamo?

No me da tiempo de responder cuando mi teléfono vibra entre mis manos. Me froto los ojos; la lámpara en la mesita al lado de mi cama se enciende automáticamente mientras busco mis gafas. Deslizo el botón verde.

Suelo hablar primero porque no me gustan las llamadas. El silencio ahora suena bien. Ella saluda en un tono bajo y suave. No hay rastro de cansancio en su voz. Sospecho que poco a poco nos vamos acostumbrando a robarnos el sueño. La realidad suena mucho más placentera si es charlando juntos.

—¿Me extrañaste? —Bromea al no recibir respuesta mía. Estoy muy enfocado escuchándola.

—Pff, como no te imaginas. Es más, no puedo dormir porque no me has dado las buenas noches.

—Lo suponía. —Ríe—. ¿Qué vas a hacer si mañana los críticos que te dieron el premio empiezan a destrozarte?

—¿Quieres mi opinión sincera?

—Sí.

—Me la suda lo que digan.

Amanda ahoga un grito, o lo intenta. La oigo toser como si se hubiera atragantado. Dudo si activar las cámaras de la llamada.

—¡Ron! ¡¿Desde cuándo hablas así?! Por amor a Jesucristo, compórtate —exclama, el sarcasmo se mezcla con sus risas y su pedido de aire.

—Desde siempre. Me tienen muy idealizado; no soy ese señor elegante que crees.

—Me gustaría saber cómo haces para que no te importe lo que digan. A veces siento que todo lo que hago es para que quienes aprecio piensen que valgo la pena, que soy especial —comenta, ralentiza sus palabras.

—Me da igual la opinión de todos en general; solo si coincide con lo que yo creo lo tomaré en cuenta. Además, las personas a las que sí tomo en cuenta creen que soy especial —digo, haciendo un claro guiño a lo que ella acaba de decir.

—Cállate.

—Es gratificante saber que crees que soy especial.

—Te voy a cortar —amenaza en un farfullo.

—¿Porque te repito lo que me dijiste?

—Claro.

—Amanda, no puedes huir cada vez que pienses que no soy un insoportable. Mejor dicho, no puedes alejarte de mí en las ocasiones donde me encuentres atractivo.

—Cambia de tema o voy a cortar.

—Qué mucho te gusta esto de dar órdenes. —Bromeo—. Cambiando de tema como indicas, puedo recordar la última vez que sí me importó lo que dijeron los demás sobre mi actuación. Meses después de que la chica que te conté me dejara, me fui de la ciudad a la capital por un par de semanas. Nada serio. No me mudé hasta después.

—¿Te llevaste a su gato? —pregunta riendo. La risa de Amanda es tan contagiosa que, pasado un tiempo, ella misma se causa gracia. Es difícil pararla una vez empieza.

—Siguiente pregunta —siseo—. Fui a clases de teatro en un instituto privado de arte. Era el peor según ellos. Dicen que no sé expresar emociones ni memorizar rápido, que no valgo para eso y que debería seguir estudiando idiomas. Lo cual es tonto, teniendo en cuenta que lo que mejor se me da es improvisar. Bueno, molieron mis esperanzas en ese momento.

Estoy seguro de que ya se lo he contado. En ese estado, debe a duras penas recordar su nombre.

—¡¿Fuiste a clases en un centro de arte?! —Eleva la voz. No bajo el volumen del teléfono, solo lo dejo en la almohada al lado de la mía—. Vale, quizá te deje ser un poquitito engreído bajo este contexto.

—¿Por qué?

—He estado en ese ambiente también. Sé lo competitivos, crueles y pesados que pueden ser si no cumples con lo que tienen en la cabeza sobre "la forma correcta" de hacer arte. —El sonido de unas llaves resplandece en su pausa, se oyen un par de vidrios chocar, probablemente copas—. Estoy segura de que estaban intimidados. O quizá sí lo hacías terrible, pero mejoraste.

—Aprender rápido es una virtud —susurro—. ¿Qué pasó con tus compañeros? Suenas disgustada al hablar de eso.

—No tiene nada que ver. Solo diré que esa gente... Me sorprendió a nivel emocional.

—Explícame como si fuera más idiota de lo que crees que soy, por favor.

—Que no te considero así. De hecho, creo que eres muy inteligente —dice. Sonrío en silencio porque ese truco funcionó otra vez. Ella se da cuenta segundos después—. ¡Oye! Joder, da igual, te lo resumo así: Si me gustaba un chico, la mitad de la clase tenía historias de contarme sobre él, era un show de todos tirando indirectas a todos en los poemas. Muy caótico para mí. Salí a la semana cuando alguien me preguntó si no me daba pena trabarme al leer en público mis básicos y clichés textos de amor.

—Joder.

—He probado hacer de cada actividad que se me cruzó por la mente en la adolescencia. Los de artes son desagradables y con experiencias amorosas confundidas; los de informática tienen gustos raros; los de sociales no se deciden —cita en tono jocoso—; los de matemáticas no calculan sus acciones y los de ciencias... De ahí no tengo quejas, la pasé bien.

—Olvidaste el baile, esa industria suena aterradora.

«Fuente: Lo vi en una película de terror».

—Las personas son crueles siempre, sin importar el rubro —concluye Amanda—. Los artistas tenemos más creatividad para serlo. Esa es la diferencia.

—Eso explicaría un par de cosas sobre cierto amigo que tengo. —Silencio mi micrófono antes de bostezar—. ¿Qué opinas de Tom, por cierto?

—No me habla mucho, pese a que intenté sacarle plática. Me cae genial, como es de esperarse, aunque a veces... No sé.

—¿Qué no sabes?

—No sé si yo le caiga bien —admite preocupada. Ruedo los ojos, aunque no me vea.

—Te puedo asegurar que mínimo le agradas.

—Explícame como la persona poco seria, caótica y prófuga de la ley que crees que soy, por favor. —Me remeda. Yo observo el techo con la mente en blanco, intentando imaginarme su imagen.

—Tom es mil veces peor de lo que te imaginas. Ese hombre de serio no tiene un pelo, y de loco, te arma una peluca. —Rio—. Si fuera por él, nos casa. No le digas que te lo dije.

—Entiendo —pronuncia lento—. ¿Y qué nos detiene?

—Eh... —carraspeo—. ¿Qué nos detiene de qué?

—De casarnos —dice entre risas, el mismo sonido de copas otra vez. Esta vez acompañado de un líquido siendo vertido. Debe estar borracha para estar diciendo esto. O quizá no. Creo que la última opción me asusta.

—Pues nos detienen muchas cosas. Por ejemplo, mi madre no quería que me case con nadie antes de los veinticinco. Locuras de ella. Le interesaba el área de salud.

—¿Qué tiene que ver eso?

—No lo recuerdo muy claro. Era sobre el desarrollo del lóbulo frontal y otras partes de la cabeza. Si no le hago caso, quizá viene del más allá a jalarme las patas.

—Pues no te falta mucho, ¿no? En unos meses.

—No, mis veinticinco, el veinticinco de quien fuera la indicada.

—Mierda, los míos. —Suena como si hubiera aprendido algo nuevo. Tengo en la punta de la lengua hacer un chiste sobre lo fácil con que se otorga ese papel, pero me niego a arruinar su momento—. Entonces falta un par de años. No me renta. ¿Y si me caso con otro y me divorcio justo en mayo? En la primera semana. Así, en la segunda semana, lo concretamos.

—Déjame entender. —Me levanto de la cama. Me ha dado sed y conservo una bebida en el refrigerador—. ¿Me vas a engañar con otros hasta que puedas estar conmigo?

—No te engaño si aún no nos casamos. —Se defiende.

—Nos estabas comprometiendo hace un momento.

—¿Lo estaba? —Amanda suspira—. Ah, eso. En fin, tengo quejas hacia mi suegra. Está haciendo mi boda imposible sin conocerme.

—¡¿Tú tienes quejas?! ¡¿Tú?!

—¡Sí, yo! Me han jodido la boda. ¿Quién dice que a los veinticinco sigo viva? No sé ni cruzar la calle, no tengo buen sistema inmunológico. Casi nos mato la última vez que toqué un volante.

—¡Eres la que menos derecho de los dos tiene de quejarse de eso! ¿Tú sabes quién es mi suegro? Y yo tengo que verlo todos los días.

—Hablas como si fuera un asesino. ¿No te cansas de ser dramático?

—Asesino de carreras —contesto en alto—. Ni siquiera vamos a tener esta conversación. Mi rol es peor, lo sabes. No me voy a casar si tienes el descaro de negar eso.

Me atraganto en el primer trago a la bebida. A veces hay que tomar con humor las situaciones para no perder la cordura.

—Hablando de bodas. —Es terreno peligroso sacar el tema. Tengo la leve esperanza de que, si sale mal, no lo recuerde mañana—. ¿Lo de la boda sigue en pie?

—Ya dijiste que no, ya me rechazaste. Déjame en paz —balbucea, debe de tener la copa en los labios.

«No, me refiero a esa boda».

—Quiero decir, lo de sabotear la boda —murmuro. Dejo a la suerte si es propicio que hablemos de eso o no. Desde mi perspectiva, es peor tratarlo como un tema tabú. Amanda ha expresado que está harta de que sus amigas la traten como si viviera un duelo dónde está de luto. Tampoco ha mencionado al señor en cuestión o demostrado tener intención. No es un tópico en el que me competa entremeterme. Y eso no quita mis ganas de saber.

—En ningún momento lo cancelé. ¿Te estás echando para atrás, Kennedy?

—Jamás.

«Estoy muriendo de sueño».

La alarma que puse para el estreno de la noticia se enciende. Ambos paramos de discutir o hablar. Silencio la llamada y escribo el nombre de la cuenta de Tom en el buscador. No uso mis redes, así que no fue un problema ocultar mis interacciones referentes a la película. Tiene una sola historia donde comparte el video. Contengo la respiración.

Dura cincuenta y tres segundos. En la primera toma no se ve mi rostro, solo un acercamiento a la discusión donde informan que el abuelo ha muerto y que para heredar su fortuna dejó como cláusula que el señor Reid debe contraer matrimonio. Hay una transición donde una de las fotos de su niñez de la oficina se vuelve un clip de él junto a la chica jugando de niños, el cual se transforma en la misma pareja en la actualidad, sorprendidos porque ella vuelva a la ciudad.

En los siguientes minutos, el "malote" le explica que ya no pueden ser mejores amigos porque él se ha metido en negocios peligrosos y no quiere que ella salga herida. Como aquello es un libro juvenil escrito por un adolescente, por supuesto que no hacen caso. Me da vergüenza ajena un par de líneas que digo. Aparto la mirada en la escena del beso. Recalculo si el pago mereció la pena en el clip final donde, pese a que no se vea de la mitad del cuerpo para ambos, la pareja se empotra contra uno de los ventanales y mi mano desordena su pelo.

Hubiera sido demasiado que soportar si Ceres, el personaje de Margarita, no rematara diciendo que no deberían estar haciendo eso porque sus signos no son compatibles. Es increíble como Tom sabe ocultar lo insanos que pueden ser sus libros a base de chistes blancos.

Exhalo. Pudo ser peor.

—Los tatuajes se ven realistas —es lo primero que se me ocurre comentar luego de darle like—. ¿Tú qué opinas?

Ella no responde. Sigo a todas las cuentas etiquetadas mientras tanto. Al único que tenía en mi lista es Tom Collins y Brandy. Pensándolo en frío, me resulta curioso que nunca suba nada junto a su hija. De esa forma, hubiera sabido quién era cuando hablamos en el bar.

Han pasado dos minutos exactos desde que se subió. Las notificaciones de mis redes son tantas que mi teléfono colapsa. Las pocas personas que tienen mi número de contacto preguntan en chat por qué no les comenté nada. Las tendencias en Internet son las siguientes:

#1 Ron Kennedy
#2 Astrológico Deseo
#3 AAAAAAAAAAAAA
#4 ESTO ES REAL?
#5 CeresxReid

Paro de revisar al notar que Amanda lleva este tiempo en silencio, más de lo normal. Suele hablar hasta si no es su turno.

—¿Ocurre algo?

—Disculpa —murmura ella—. Es que me emocioné por Tom. Y el vídeo… Mmm, está bien.

—¡¿Está bien?!

—Sí, Margarita sale hermosa.

—¿Solo Margarita?

—Oh, casi lo olvido, Vesper también.

—Pff, todas. Esa frase cringe por nada. —Suspiro—. ¿Puedo empezar a quejarme?

—Negativo. En definitiva, no te vamos a dejar ir a las entrevistas solo. Si no te dicen qué decir, estoy segura de que vas a cagarla.

—Estoy acostumbrado.

—Espera, tus patrocinios te dicen qué vestir, las colaboraciones qué comer, tu mánager dónde trabajar, te guionan lo que dices al público, tus fotos solo son por campañas. Déjame entender ¿Estás dejando que toda la industria te use?

Es demasiado tarde. Dudo que pueda estar en unas horas en el set. Apenas puedo articular palabras. Necesito que esta conversación acabe, a pesar de que ninguno de los dos lo quiera.

—¿Por qué? ¿Estás interesada en usarme?

Me cortó. Otro plan concretado a la perfección.

Ginebra me ha enviado un correo con al menos cien solicitudes de entrevista. Ordenamos por relevancia, pago y duración aproximada. Me he alejado del teléfono, pero hay cosas que son imposibles de ignorar, como el hecho de que al bajar del estacionamiento del set hubiera decenas de personas esperando. Nunca he salido de mi zona de confort donde simplemente saludo a la cámara. Lo atribuyo a que hay un montón de personas que quiero involucradas en este trabajo y siento que les debo ser el "hombre literario" perfecto. Les firmo R.K en sus camisetas y *photocards*. No es hasta que una de las chicas que trae el libro pregunta si es una referencia al personaje que noto que tenemos las mismas iniciales invertidas. Sonrío con amabilidad e invento que sí, que nací para representar a este personaje. Las fans parecen estar contentas porque era el sujeto que usaban para sus videos editados desde antes. Finjo tener idea de eso y digo: «por eso acepté el papel».

No diría que se me da bien mentir. Se me da bien actuar y a veces puedo actuar como un extrovertido enamorado de la saga que no considera retirarse cada vez que lee el guion. Es cierto que las sonrisas de los presentes son reconfortantes. Esto no pasaba en las películas de héroes o guerra.

—¡Hola! ¡Disculpen, permiso! Debo pasar. —Reconozco la voz de Amanda entre el barullo, los gritos y una multitud de diferentes conversaciones—. ¡Perdón por pisarte!

Hay un montón de personas con los brazos estirados grabando con sus teléfonos.

El sol de la mañana es casi tan brillante como los flashes que parpadean sin cesar. Doy media vuelta cuando uno de los guardias la reconoce y la ayuda a entrar. No quiero que nos fotografíen juntos. Ella no quiere estar en el ojo público. Está perfecto porque ambos queremos lo mismo. La multitud me sigue al andar. La barrera de metal es lo único que los detiene. Los guardias de seguridad hacen su mayor esfuerzo por sostenerla. Me apresuro en entrar al edificio como si me molestara estar cerca de los demás. Espero en una esquina de la recepción a que ella llegue. Trae un largo vestido celeste que cubre sus zapatos. La chaqueta de cuero que recuerdo de su foto de perfil. Su cabello está más rizado que ayer. Tiene mechas rojizas que no había notado antes.

—No preguntes, tuve una crisis. —Señala su cabeza—. Recuérdame poner una cerradura a prueba de borrachas en mi armario de productos capilares.

—Te ves increíble.

—¿Cuánto te tengo que pagar? —Me ofrece su tarjeta—. Haces un excelente servicio de novio falso, comenzando por mentir.

Vamos juntos hasta el elevador hasta que un par de cables se conectan en mi cerebro e informo que tomaré las escaleras por pura precaución. Hoy no grabamos nada ni tenemos reunión. Sé que el resto del equipo está haciendo videos promocionales. A mí me queda esperar que Ginebra coordine mis actividades de la tarde. Tom es quien más trabajo ha tenido respondiendo preguntas desde la madrugada. A juzgar por las fotos, está en su salsa. Tenemos incluso una entrevista en vivo para un programa de entretenimiento, a la que estoy llegando cinco minutos tarde si es que quiero que los maquillistas me atiendan.

Han armado su fondo en uno de los pisos. Las cámaras están posicionadas enfrente. Mi neurona de malas decisiones me impulsa a leer una sola vez el texto que me enviaron sobre posibles respuestas que dar. Voy a arreglármelas en cada cuestionamiento para pasarle la atención al escritor. Él sabrá lo que hace. Hay un par de encargados de nuestro equipo de producción hablando con los camarógrafos. Malibú me pone brillo mientras que una persona se encarga de apuntar uno de los paraguas reflectores en mi dirección. Puede que me lo esté imaginando, aunque juraría que vi la silueta de Amanda pasar corriendo hacia la silla de Tom.

—En buena hora, se siente más real ahora —murmura Amanda—. Es un sueño ver a Ceres y Reid así. Es lo que merecen y más. Estoy muy orgullosa.

Una de las mejores cualidades de ella es que intenta reflejar el brillo de los demás con su sonrisa. Nunca está intentando apagar a nadie. Siempre está ampliando su corazón para guardar más amor para los demás.

—Gracias —farfulla Tom.

—¡Mucha suerte!

Se va corriendo al instante en que hacen pruebas de cámara. El asiento de Tom está lo suficientemente cerca para que me escuche. No tanto como para que lo derribe.

—¿Por qué fuiste tan cortante? —le reclamo en voz baja, moviendo mi silla unos centímetros.

—¿Qué? —Frunce las cejas—. ¿Con quién?

Ladeo la cabeza de manera disimulada hacia el sector donde Amanda está hablando con su amiga.

—¿Qué hice qué? —inquiere confundido—. Siempre respondo así. Estaba leyendo un par de notas y no tenemos mucho tiempo para que suelte un discurso de agradecimiento. Eso ya lo hice ayer en redes. Incluso le envié una copia de la nueva edición con el póster de la peli como portada.

—Oh, no sabía eso. Perdón.

—Tranquilo, fiera. Nadie va a ignorar a tu chica. —Se carcajea de su propio comentario, que no es para nada gracioso, por cierto. Lo dijo tan alto que me ha entrado pánico de que nos oyeran—. Ay, qué buen día.

—Terrible, ya no eres humilde.

—Ronaldito, soy la persona más consciente y cercana a mi comunidad que existe. Preví esto antes, que no pueda en este preciso instante hacerle una voltereta de la emoción a tu noviecita no significa que no aprecie sus palabras.

—¿Cómo te enter...? —Me muerdo la lengua, me doy cuenta de la gravedad de lo que iba a decir justo a tiempo—. No es mi novia.

Muy tarde, Tom ya ha saltado de la silla tras mi declaración.

—¡¿Qué?! —exclama.

—¡Estamos al aire! —informa la conductora encargada de la entrevista.

Respiro hondo. Podría adaptarme a este nuevo lado de la fama. No es tan terrible. La señora pregunta sobre mi experiencia con el cambio de acción a romance, la presión de las expectativas por parte de personas que ya han imaginado al personaje en su cabeza y qué pienso sobre la nueva generación de actores. Son inquietudes opuestas a lo que suelen pedir en las entrevistas para mis otras obras. Es una grata sorpresa. Aunque me cuesta concentrarme porque Amanda hace caras raras que me hacen reír cada vez que me toca hablar.

—¿Le molestaría que escojamos una pregunta al azar del público para usted, Kennedy?

—Adelante, por favor.

—Estupendo, pregunta el usuario **AxelMuñoz16**: «¿Qué es lo que más te ha gustado de trabajar en AD?»

Es una pregunta normal. No hay nada sospechoso en ella. Aun así, noto cómo las sonrisas de mis conocidos alrededor se van desvaneciendo. Adler Brandy, parado en medio del gran salón, parece echar humo. No hay que ser un genio para darse cuenta de que le han dado nueva información por el audífono a la conductora porque hasta ella se ha quedado tiesa. Tardo en percatarme por estar muy embobado viendo a Amanda. De pronto, ya no está haciendo tonterías. Por el rabillo del ojo, percibo que hasta Tom se ha tensado. Y de pronto, sé a la perfección dónde he oído ese nombre antes.

Mi cuerpo está en esa silla, pero la voz en mi cabeza es mucho más sonora que ellos: «El plan de arruinarle el día tiene que seguir, porque ahora esto es personal».

11
coñac

* * *

RON KENNEDY

Haber dejado sola a Amanda luego de que ese hombre apareciera me atormenta, pero no tuve opción. La campaña de hoy no podía retrasarse. Los escenarios, la producción, los fotógrafos y los jefes creativos estaban en el sitio desde que mi avión aterrizó en París. Solo faltaba yo. Llegué sin haber dormido en un día entero por quedarme hasta tarde en el bar, con una considerable cantidad de alcohol en el organismo y un odio irracional hacia un sujeto que no había visto en casi diez años.

Axel Muñoz es el nombre que escuché a mi hermanito maldecir durante la mitad de su adolescencia, quizá toda su adolescencia, porque no estuve allí para acompañarlo. Nunca me interesaron sus asuntos, pero había un compañero en sus clases de ciencias que era tan insufrible que lo atormentaba. Y yo tuve el "placer" de conocerlo.

Muerdo mi labio inferior, concentrado, intentando recordar su rostro, su edad, algún detalle más allá de esa voz extraña que intentó explicarme cómo se trabaja en las obras de teatro. A mí. Sí, él sabía quién era yo. No lo consideraba un mal chico, solo un adolescente sin mucha agilidad social y con un ego que debía ser alimentado haciendo sentir inferior a los demás. Ese día di media vuelta para regresar a mi casa luego de servir de chófer a mi hermano. Hoy confirmo que no era malo. Era imbécil, ciego, idiota, estúpido e incompetente. Todos los insultos posibles en mi cabeza. Porque hay que ser realmente tonto, tener el cerebro infectado, estar perdido en la vida para dejar ir a alguien como Amanda. O peor aún, apartarla tú mismo.

Me río en silencio camino a la sesión de fotos pensando qué clase de loco tienes que ser para tener a una mujer como ella a tu lado y no escogerla. Es un chiste, no tiene sentido, no proceso esa información. Quien sea que fuera su ex, me caería mal de todas formas. Porque odio a quienes tienen oportunidades únicas y las dejan pasar.

El equipo de maquillistas me jala al camerino. No tengo ni idea de modelaje; solo me pararé donde indiquen, miraré serio a la cámara y conduciré el coche. Hay una chica rubia a un lado intentando sacarme conversación mientras le colocan los brillos en el párpado. Tengo la rara habilidad de concentrarme tanto en mis pensamientos que bloqueo los sonidos exteriores, así que los primeros treinta minutos ni siquiera presté atención. Luego iba respondiendo en monosílabos entre las pausas de los fotógrafos.

Su cara me suena de algún sitio. Creo que Tom me habló de ella, pero no tengo idea. Mantengo las manos en el volante. Mi trabajo de actuación más complicado de la semana ha sido pretender que no me calcino bajo el sol, las luces, los *flashes* y la ropa de invierno que nos han hecho usar bajo la excusa de que es de un estilo de ropa de familias adineradas de antaño en la ciudad. Odio estar aquí. Quiero estar jugando con Daiquiri, molestando a Amanda. Creo que incluso extraño que Tom intente comprar los derechos de mis imprudentes decisiones.

El descanso para el almuerzo a mitad de la tarde sabe a gloria. Entiendo suficiente francés para captar que están hablando de mí en la barra del restaurante.

—Señor Kennedy, ¿le sirvo una bebida? —cuestiona una voz masculina—. Le puedo recomendar nuestro famoso *French Connection*.

—Sí, suena interesante —balbuceo—. ¿Cuáles son sus componentes?

—Coñac y Amaretto. Podemos hacerlo más fuerte si lo desea.

Ninguno de los dos suena apetecible, ambos nombres son lejanos a lo que sirve el barman de *AstroPlace*. Joder, quiero volver a ver hasta al barman. No llevo ni doce horas lejos.

—Hágalo a su gusto.

Suspiro al abrir mis redes sociales. Aunque desactivé las notificaciones, los mensajes, hasta los comentarios de mis publicaciones, tengo las aplicaciones explotadas por los fans. No hay un día donde no esté en el top de famosos con mayor repercusión. Aburrido, me pongo a ver las historias de mis compañeros en el set.

Margarita ha subido un video corto. Son cinco segundos. Al principio lo paso de largo, pero justo al final reconozco a Amanda entre el elenco. No se expone, está sentada detrás de los actores y alguien le tapa la cara con ambas manos, un chico con tatuajes en los dedos. No recuerdo haberlo visto antes. Detengo el video. Tiene sus manos encima de ella desde antes de que Margarita empezara a grabar. Amanda se ve cómoda, tiene los brazos abajo y frunce los labios cuando gritan «¡foto!». Observo a detalle el movimiento, sus palmas descansando sobre el cabello de ella, la calavera dibujada con tinta en su mano, las cercanías de sus cuerpos pese a que la cabecera de la silla los separa. Trago grueso. Una ligera sensación de fastidio crece dentro de mí. Me quedo viendo esa historia por lo menos cinco minutos. El gorro es del staff, la camiseta sin mangas queda de más porque es obvio que hace frío allá. Me sorprendo a mí mismo crujiendo mis dientes mientras imagino la escena. De inmediato, apago la pantalla. Confuso, me quedo en blanco analizando mi reacción. No es normal que haya pasado del aburrimiento a esta incomodidad avivada. La escena íntima que asumo debió pasar me revuelve el estómago. Según yo, ella no tiene conocidos trabajando allá. Respiro hondo para liberar la tensión.

—Su pedido. —Una camarera deja un trozo de tarta junto con la bebida que pedí—. Puede pagar al terminar.

Asiento, le doy un trago tímido al líquido amarillento con una rodaja de naranja dentro. Frunzo el ceño, esto tiene un sabor extraño. Estoy seguro de que es una combinación de diferentes botellas por el fuerte olor que emana del vaso. Es posible que sea mi paladar sensible, poco experimentado en este tipo de bebidas.

—Mierda —carraspeo—, qué amargo.

Miro otra vez el video. Siento una presión en el pecho, cierto tipo de desagrado nunca antes experimentado.

«Hay tragos amargos peores», pienso al beber otro trago con la mirada fija en Amanda en esa pantalla.

Dios. Esto está tan mal. Es la hija de mi ídolo, mi compañera de trabajo, mi amiga... es demasiado mujer para cualquiera que ose siquiera fantasear con acercarse.

Soy ridículo.

¿Qué mierda estoy haciendo? ¿Qué demonios estoy pensando?

Dudo en escribirle para hablarle de los libros que estoy leyendo, como hacemos casi cada día. Me contengo para no parecer intenso. Esperaré a que ella quiera hablar conmigo, porque, si fuera por mí, querría hablarle todo el tiempo. Me froto el rostro con las manos, frustrado por el calor. Esto no puede ser una buena señal para nuestra amistad.

Cojo mi teléfono en medio segundo cuando siento algo parecido a su vibración. Me trago la decepción al ver el nombre de Tom en una notificación emergente de llamada, junto con otro trago de la bebida. Sigue teniendo un sabor terrible, pero al menos distrae a mi cerebro del foco en el ardor en mi garganta. Deslizo el botón verde hacia arriba antes de salir para que nadie nos escuche.

—Buen día. ¿Cuál es tu problema hoy, Tomasín? —pregunto con calma, mientras veo cómo cambian los accesorios de las fotos. Quedan veinte minutos de descanso.

—¿Mi problema? Tu problema —corrige enérgico—. Está bien, nuestro problema. —Suspira—. Mmm, no sé cómo decir esto. Quizá no te interese, es un chisme del que odias hablar y puede que no sea correcto esparcirlo. Perdona. Mejor dime, ¿cómo es París? ¿La estás pasando bien?

«No puedo creer que voy a hacer esto».

—No, cuéntame lo que vienes a decir.

—Amigo, no estoy seguro. Son ideas mías. Soy creativo, busco cosas donde no las hay. ¿Has escuchado el podcast de...?

—Tomas, no cambies de tema —insisto—. Odio cuando le das mil vueltas a las cosas.

—Oh, no. —Jadea al otro lado, su tono de voz cambia a uno más divertido, jocoso—. También lo viste.

—Fue por accidente —miento al justificarme—. En fin, me da igual lo que haga Amanda. Quiero saber el chisme, así de simple. ¿Sabes quién es?

—Yo nunca mencioné nombres. —Se burla Tom—. Pero sí, era eso. Está coqueteándole de una forma tan descarada que deja de ser atractivo. He hecho lo que pude para alejar al rompe hogares, pero bueno, no puedo entrar a las oficinas.

—¿Oficinas? —repito sorprendido, he olvidado camuflar mis reacciones, así que el grupo a diez metros disimulando grabarme debe creer que estoy en alguna discusión.

—Es el hijo de uno de los socios de Brandy. Fueron a su oficina a hablar de un asunto que no llegué a escuchar en mi misión de espionaje. Ahora ya no estoy allí, tuve que recoger a Daiquiri de la guardería.

—Tuviste que hacerlo hace una hora.

—Pagué una hora extra. ¡Estaba en una misión! —grita, defendiéndose—. En fin, sé su nombre, su edad, su carta astral, su seguro de vida, dónde nació, qué relación tiene con Amanda y no traigo buenas noticias.

Suelto una sonora carcajada que espanta a los pájaros de los árboles. Lo ha dicho a modo de broma, pero tampoco dudo de que es capaz. Me recae un poco de culpa por haberle llamado mal amigo en cada oportunidad. Tom podrá estar desquiciado, sin embargo, es demasiado leal, útil e inteligente como para reclamarle algo.

—Es mentira. Solo sé la última. Son como amigos de la infancia —explica lentamente. Sospecho por el sonido de las ollas chocar que está cocinando—. Lo cual nos viene fatal. Ese *trope* es uno de los más queridos.

—¿El qué?

—Agh, olvídalo. El punto es que no puedes estar por ahí rondando mientras esperas que Amanda te fiche. ¿Entiendes? Tienes que jugar tus cartas. Si te gusta, díselo o tira un par de indirectas lo suficientemente obvias. Léete un poemario y se lo envías. O un romance de doscientas páginas sin mucho argumento. —El teléfono vibra; me ha enviado trece nuevos documentos—. Eso debería servirte, piensa.

—Me estás presionando.

—Por supuesto que lo hago. Mi libro... —Se aclara la garganta—. Digo, tu vida amorosa. No podemos dejar pasar esta oportunidad. Ha pasado casi una década desde que te ha gustado alguien. No sabemos cuándo volverá a suceder.

Pienso en negarle que me gusta Amanda. Cuanto más lo repito, menos sentido tiene. ¿A quién no le gustaría Amanda?

—Vale, muchas gracias. —Descargo sus mensajes—. Perdona por gastar tu tiempo.

—Nada de eso. Estamos juntos en esto. Si me necesitas, me hablas, no importa cuándo, qué ni por qué —asegura Tom—. Cuéntame mejor, ¿has hecho algo, por pequeño que sea, que deje claro que te interesa ella?

—Bueno, no lo sé. —Me rasco el cuello, y paso un largo lapso en silencio, pensando—. Nada, además de regresar al bar la otra noche, aunque no iba a beber o aunque estuviera cerrado, solo para verla. Leerme su libro favorito, asistir a todas sus salidas, terminar la saga para entender de qué habla, investigar sobre danza, escuchar las listas de reproducción públicas que tiene en su perfil, tirar el teléfono con su ex por la borda, comprar otro donde tengo su número, jugar a cosas que no sé para verla ganar, darle una camiseta que dice que me ama, y caminar bajo la lluvia para que ella no se empape. Quizá olvidé más, no están en orden.

—¿Has hecho todo eso para caerle bien?

—Pff, no, no soy un idiota. Lo he hecho para tener más oportunidades de encontrarnos o algo así.

—Madre mía, Ronnan, eres...

—Un rarito. Lo sé. Júzgame si quieres.

—Iba a decir que eres un genio —habla entre risas—. Eres brillante, tienes una mente maestra para esto del amor. ¿Estás loco? Sí, estás loco, por eso te quiero.

—Es posible que esté mal que no sea natural. Simplemente intento ser la mejor versión de mí.

—No está mal. En la guerra y en conquistar a la hija de tu director favorito todo se vale. Bien, perfecto, esto cambia el panorama. Las cosas serán más sencillas entonces. —Lo escucho teclear del otro lado—. Te amo, por cierto.

—Claro. —Ruedo los ojos—. Tengo que cortar. Se acabó mi descanso. Hablamos en la noche si no me quedo dormido. Cuídate y cuida a Daiquiri.

El vaso vacío en mi mano me recuerda que no he pagado la comida. Regreso para dejarlo en el restaurante. En definitiva, el alcohol no es recomendable. Creo que acabo de confesarle mis pecados a la persona menos confiable de Hollywood.

Terminamos a las diez de la noche porque estaban esperando una toma nocturna. También grabamos un par de *clips* para la propaganda en televisión. El tiempo que he utilizado para pensar me ha hecho ver la situación de manera diferente. Tener una reacción a cada cosa que me disguste no es sano. Amanda puede asociarse con quien quiera sin tener que justificarlo, informarme o que me incumba. Yo soy el nuevo sujeto en su vida, no al revés. Soy consciente de mis sentimientos, de cuáles son malos. Dejo que pasen hasta poder entenderlos y no dejo que tengan peso en mis acciones.

Centro mi limitada atención en leer lo que Tom me ha mandado hasta que mis ojos se cansan. Lo cual funciona a medias porque cada poema sobre romance me recuerda a ella, a quien quisiera no pensar tanto. El segundo día es más tranquilo. Salen un par de las fotos que tomamos ayer mientras preparamos contenido extra. Hay una reunión con gente importante de la empresa e industria automovilística. Me he pasado la tarde entera charlando con uno de ellos, que es fanático de *Fórmula 13*. Pongo mi mejor sonrisa, mi mejor máscara y barajo mis cartas hasta tener contactos con aquellos de mayor poder en el edificio. No pronuncio una sola palabra si no es para conseguir un beneficio.

Estoy comentando cómo ha sido mi experiencia con Adler Brandy al dueño (que ha resultado ser un cinéfilo) hasta que mi tono de llamadas especiales suena en alto. Sin prestarle atención, estoy al borde de apagar el dispositivo hasta que veo el inicio de su nombre.

—Disculpen un segundo, es importante. —Lo dejo con las palabras en la boca al escaparme al balcón.

La llamada se ha cortado por tardanza. La devuelvo sin pensar mucho. La emoción recorre mi cuerpo, electrificando mis dedos ansiosos que sostienen el teléfono. El atardecer está precioso, hay un par de brillantes estrellas en el cielo, sin embargo, ni siquiera ellas me distraen.

Las palabras de Tom se repiten en mi mente. Tengo que jugar mis cartas. No soy el primero ni el único con interés en Amanda, es posible que tampoco sea el que ella quiera, pero tengo un turno en la fila de los próximos que pudieran hacerla feliz y no saldré de ahí en ningún caso. Estoy muriendo de nervios. Estoy muriendo, en cualquier sentido posible.

Solo hay alguien que puede devolverme a la vida...

—¿Estoy molestando en un mal momento? —cuestiona ella. Subo el volumen de la llamada al mirar atrás al señor esperándome.

—Nunca es mal momento para que me llames.

—¿Estás ocupado?

—¿Yo? Jamás, iba a dormirme. —Silencio mi micrófono antes de huir de la multitud. Necesito un sitio con silencio.

—Genial. —Suspira ella—. Por cierto, llevamos un día sin hablar y me parece insultante que no estés muriendo. —Bromea—. ¿Has ido a la Torre Eiffel? ¿La pasaste bien en la sesión de fotos?

—No he tenido tiempo y sí, no ha estado terrible.

—Lo noto —contesta cortante, como si solo hubiera esperado que responda sin oír.

—No las he visto —confieso al subir las escaleras—. ¿Te han gustado?

—Mmm…, sí. Tú y Vesper están excelentes como siempre.

—¿Vesper? ¿Así se llama la chica? Qué nombre raro —comento despreocupado—. ¿Ya cenaste?

—Sabes que se llama así, es uno de los secundarios en la película. —Me recuerda sin responder a mi pregunta—. Lleva un par de semanas por aquí.

—No me había percatado.

La escucho resoplar ante mis palabras. Cierro la puerta con llave al llegar para que nadie nos interrumpa. La única luz encendida es la pantalla mostrando su foto de perfil donde abraza un peluche del personaje enmascarado que le gusta.

—Ron, eres la primera persona que miente sobre no notar a una modelo que puedes ver brillar a cincuenta metros de distancia. —Fuerza una risa—. Además, te ha hablado siempre que pudo. ¿No la escuchaste? ¿Ha sido diferente allá?

—Lamento decepcionarte, Amandita. Soy mucho peor de lo que crees cuando se trata de hablar con extraños. Si no es por un objetivo, yo soy un fantasma.

—Ah, vale.

—¿Desde cuándo te interesa con quién hago campañas? —Río—. Me sorprendes.

—Olvídalo, es un pensamiento intrusivo que tuve. —Pese a que ella intente camuflarlo, hay cierta incomodidad en sus palabras—. Se ven bonitos, sus miradas tienen conexión, hay química. Eso es perfecto para la publicidad. ¿Quieren representar que si te compras el coche consigues el amor? Porque, de ser cierto, necesito uno.

—Es falso.

—¿Eh? ¿El qué?

—La conexión, es falsa —aclaro—. Estamos actuando.

«Estaba pensando en ti al mirarla. Siempre estoy pensando en ti».

—Lo sé, sé cómo funciona este mundo.

—Es bueno que lo tengas claro. —Chasqueo la lengua—. Y tú, ¿cómo la estás pasado allá?

—Es aburrido sin ti, no tengo a quién molestar. Tuve que pasar el día entero entreteniendo a uno de mis antiguos amigos hasta que nuestros padres por fin se pusieron al día.

—Ser entretenido por ti suena divertido. ¿Me recuerdas dónde debo firmar?

—En ningún sitio. Al parecer, seré guía turística por un par de días. La paso bien, aunque asumo que no tanto como tú —reprocha a modo de chiste. No puedo evitar reír.

—Amandita.

—Dime.

—Debes aprender a expresarte sin sarcasmos ni bromas. De otra forma, si no te conociera, asumiría que estás celosa.

Hay un corto silencio antes de que una carcajada falsa se extienda. Una tensión extraña crece entre nuestros teléfonos. Hay un innegable cambio entre nosotros, aunque no logro descifrar cuál es el que tiene a mi corazón bombeando en su máxima potencia.

—No estoy celosa, ya quisieras —murmura al micrófono, el aire al golpear este provoca cortes en el audio.

—Sí, quisiera —añado.

Elevo las cejas, impresionado de que no haya sabido qué responder. Lleva cinco minutos en silencio desde que le he dicho eso. Me replanteo irme para atrás, aunque es muy tarde. Ha sido espontáneo. Aprovecho ese instante para quitarme la incómoda ropa que me pidieron utilizar. No tengo pijama aquí, así que dejo el traje a un lado de la cama al taparme con las sábanas.

Controlo mi conexión al pensar que es un error de la aplicación. No es el caso.

—Eres valiente a la distancia, Kennedy —farfulla Amanda, casi sin aire—. No creas que no me he dado cuenta de lo que estás haciendo. La última vez, cuando intenté molestarte y no te quitaste, no sé qué esperas con eso.

—Lo obvio, Amanda.

—Tienes huevos para fingir que quieres besarme cuando estás en otro continente.

—A ver. —Suspiro, siento que mi pecho va a explotar—. No lo digas de esa forma. Ambos sabemos que hemos fingido muchas cosas, menos esto. —Trago saliva—. Te advierto que dejes de mencionar lo de no tener suficiente valor, porque comprar un avión no está fuera de mis posibilidades.

—Sí, sí, lo que digas —su susurro acaba en risitas.

—Estás sacándome de mis casillas últimamente.

«Traducción: Me estás volviendo loco desde que nos conocimos. En el buen sentido».

—Oh, pobrecito, señor Kennedy. Dígame: ¿cómo puedo ayudarlo a encasillarse otra vez?

Tardó en responder porque estoy pidiendo a mi asistente que me consiga un vuelo de vuelta ahora mismo.

—Voy a abstenerme de comentar.

—¿Cuándo no, Kennedy? —Bosteza—. En fin, te quiero. Ten cuidado allá. Les deseo a ti y a Vesper una semana feliz.

—Dulces sueños, Amandita.

—Soñaré contigo. —Bromea—. En una realidad alternativa donde no juegas conmigo.

—Nada de lo que digo lo digo jugando, pero está bien, no discutiré contigo. Ten buena noche. Espero que esos sueños sean tan realistas que no te sorprendas de abrir los ojos y verme.

Respondo el mensaje de vuelta de mi asistente. Me apresuro en tomar la mitad de mis cosas y mis llaves. El tiempo en el reloj no corre más rápido que yo al estacionamiento.

No me detengo a pensar si es una buena decisión, pero es lo que quiero hacer. La adrenalina corre por mis venas. La misma que imagino tendrían los criminales de los que hablamos antes de cometer un atraco.

Creo que tengo claro qué es lo que quiero robar. Si el plan malvado sale bien, estaré en la puerta de su departamento antes de que el café esté en su mesa.

Hay demasiado riesgo en el operativo.

Tengo todo qué perder y, por primera vez, mi cuerpo se siente liviano ante esa posibilidad. Pongo las notificaciones con sonido y conduzco a toda velocidad hacia la dirección asignada para el vuelo.

Cuando dijeron que el amor te dejaría noches en vela, no esperaba que fuera esto.

Pero mierda, estoy perdidamente enamorado de esa mujer.

12
aguardiente

* * *

AMANDA

Si pudiera ser racional y dejarme guiar por mi mente en lugar de mi corazón, me hubiera ahorrado más de lo que puedo contar. Pero también estoy segura de que no estaría viva.

¿Quiénes seríamos si no sintiéramos? ¿No es acaso cultura general que es el corazón lo que mantiene vivo el cuerpo? Me lavo la cara en el baño mientras pienso en la foto de Ron y Vesper de ayer. Me he prometido a mí misma no mirarla otra vez, pero recuerdo el momento exacto cuando apareció en mi *feed*. Al principio, lo único que pude pensar fue: «Se ve increíble». Luego, vi su mano en el brazo de una modelo europea de un metro ochenta, rubia, hegemónica, de ojos claros, perfecta por donde la veas. Me di cuenta pronto de que encajan bastante bien juntos. Ambos se ven inalcanzables en su lujoso automóvil de último modelo. Creo que, hasta ese instante, debido a lo desconectado que Ron está de todos, no me había dado cuenta de que, incluso siendo una persona cercana a mí, está muy lejos de mi liga.

Al pasar la crema por mis labios, recuerdo la última vez que hablamos. El alcohol ya casi no me hace efecto, así que tengo cada fotograma de nosotros a centímetros de esa madrugada. Tragar saliva es como estar tomando un aguardiente intenso. Me sabe mal, me sabe terrible pensar en él de esa forma. Una cosa es que te guste un hombre, otra cosa es que te guste el hombre en el top cinco de celebridades más deseadas del mundo. Resoplo al arrastrar mis pantuflas hasta el comedor. Esto es una idea terrible. Ahora mismo debe haber al menos cien niñas pensando en él con *fotocards* en sus habitaciones. He escuchado cómo Vesper le habla en los ensayos. No tengo oportunidad mínima. No es momento de que me guste. No ahora. No luego de lo que pasó. No en el trabajo. No de un famoso. No otra vez. No de él, maldita sea. Mi existencia se basa en pelear contra mi corazón que toma malas decisiones y mi mente que me impulsa a seguir tras ellas.

Al encender mi teléfono, encuentro un mensaje de buenos días preguntando si sigo en mi departamento. Es inevitable que le sonría a la pantalla. Le respondo un **Sí** cortante. Me sorprende que mi padre no se haya levantado, así que voy a buscarlo al cuarto de invitados, cuando dos golpes en la puerta me alertan. Acomodo la camiseta larga que uso como pijama antes de abrir. Retrocedo de la sorpresa al ver a Ron apoyado en el marco de la puerta. Tiene el cabello revuelto como si hubiera competido en una carrera contra el viento de la ciudad en las mañanas, está sudando y esboza una sonrisa ladina al repasarme con la mirada.

Hago contacto visual, sus ojos se oscurecen al encontrarse con los míos. Da un paso dentro del departamento y mi corazón olvida mi nombre, quién soy o qué quería antes de verlo. Ahora tiene el objetivo peligroso de latir con tal desesperación que amenaza con salir de mi pecho para quedar en sus manos. La conversación de la noche me viene a la mente muy tarde. No tengo excusa. Eran apenas las siete. No fue un impulso de medianoche. Para él, era la madrugada, así que no comprendo cómo ha aparecido aquí. Dubitativa, me cuestiono si es una alucinación.

—Buen día, Amandita. ¿Me has extrañado? —pregunta en voz baja.

Ron toma mi rostro con una mano para elevarme a su altura antes de impactar sus labios con los míos. No he tenido tiempo siquiera de abrir la boca para contestarle. Vale, no es una alucinación. Es tan inesperado que tardo varios segundos en corresponderle, pero me niego a que su primera impresión de mí sea como alguien que no sabe seguirle el ritmo, así que me trago el miedo. Él gira un poco la cabeza, contento, la respiración mientras busco un sitio donde poder mantenerme sin éxito. Sus labios son suaves, el beso es lento. Es como si quisiera saborear hasta el último centímetro de mí.

Hay una ligera pausa entre que pongo una mano alrededor de su cuello y él posa las suyas en mi cintura. Ahogo un gemido dentro de su boca cuando utiliza su fuerte agarre en mi cuerpo para levantarme sin esfuerzo alguno. Una ola de calor me recorre, mi respiración entrecortada acaricia su piel con la misma piedad con la que mis uñas se clavan en su nuca. Nula. Mi espalda choca con la pared con tal fuerza que un par de cosas puestas en el estante de madera caen al piso. El impacto ha hecho tambalear los cuadros. Rasguño su espalda sin pena en busca de sostenerme de él. Ron reafirma su agarre con una mano en mi pierna y la otra detrás de mi cabeza, cubriendo para que no me lastime.

Intento tomar aire sin lograrlo. Está cubriéndome por completo. El único momento en el que se separa es para quitarse las gafas y regresar a lo nuestro con mayor brusquedad. El ritmo ha cambiado. Es más rápido, lo que me da la confianza de morder su labio inferior sin ser suave. Su perfume es todo lo que puedo percibir con los ojos cerrados. Me falla el control de mis piernas alrededor de su cadera. Una necesidad que antes desconocía se instala en la parte baja de mi abdomen. Al palpar con mis dedos sus brazos, puedo notar sus músculos tensarse. Debo estar viéndome como una desesperada que usa como excusa buscar el mejor sitio donde posicionar mis manos para tocarlo. Eso no podría ser más cierto.

Un escalofrío recorre mi espalda al percatarme de los latidos. Está incluso peor que yo. Parte de su barba perfilada es lo suficientemente áspera para rasparme. Esto no es un problema, no me lastima. Es un estímulo sensorial nuevo.

—Ro... —No me deja hablar, empujo su pecho—. Ron...

Olvido por completo lo que quería decir cuando una risita tímida se le escapa. Mis manos se mueven inquietas sobre el cuello de su camisa, generando un ligero vaivén ruidoso. Él gentilmente aparta mi cabello de mi rostro. Durante unos breves segundos, intercambiamos miradas intensas. Observo cómo relaja sus párpados, resaltando aún más su expresión. No puedo ignorar el intenso deseo que se refleja en su mirada, aunque mis propios jadeos apenas disimulan mi propio interés.

«¿De dónde han salido tantas ganas? Juraría que lo teníamos todo controlado hace un par de días».

Lo percibo como si sentir su piel bajo mis dedos confirmara que no importa cómo me vean otras chicas; nadie más que yo puede despertar esta pasión en él. Me agrada engañarme para intensificar el momento.

—No vuelvas a... —su pulgar acaricia mi mejilla— retarme sobre qué no haría por ti.

Las palabras no pasan más allá de mi garganta; no hay claridad en mis pensamientos. Creo que he olvidado cómo hablar.

«¿Debería decirle que mi padre está en la otra habitación?».

—Ron, quiero... —pronuncio la palabra entrecortada, me doy cuenta de que solo traigo una camiseta larga que se ha movido por la posición—. Yo... —Mis piernas desnudas siguen alrededor suyo, su mano permanece sosteniendo mi muslo.

Suelto un suspiro atribulado; sus labios están hinchados. Tiene un poco de mi brillo labial protector por la mitad de su rostro.

«No controlo mi cuerpo ahora mismo. No sé quién tiene el poder sobre mí, es probable que seas tú. Llevamos minutos besándonos y aún no estoy ni cerca de estar satisfecha. Es peligroso».

—Espera —alcanzo a balbucear.

Él asiente y de inmediato me devuelve a la realidad de manera gentil. Me ayuda a colocar la tela arrugada de mi pijama de manera correcta. La adrenalina liberada finalmente me pone la piel de gallina. La sensación que me queda en el cuerpo es imposible de ignorar; parece que me acabo de emborrachar y, a la vez, la euforia se presenta como si hubiera cometido el robo del siglo.

Me fijo en el botón de su camisa; hay un instante en el que tengo un impulso del que podría arrepentirme.

Él me tiene contra la pared; ha sido una catástrofe mezclar la impulsividad con la inexperiencia. Pero ni siquiera puedo calificar el beso, porque por más brusco que haya sido, aquello no le quita lo inigualable. Estoy tan confundida que no hago más que buscar en su expresión algo que delate cómo se siente.

—Amanda... —llama en un susurro con voz ronca al tomarme de los hombros.

—¡Tienes que dejar de acabarte las medialunas! —vocifera mi padre desde la cocina. Ron da un salto hacia atrás y quita su tacto de mí como si yo estuviera hecha de fuego—. Amanda, ¿dónde está la tarta?

Me tapo la boca conteniendo la risa hasta que caigo en cuenta de que el director malvado al que él teme también es mi papá, que ha detestado a todas mis parejas. Entonces deja de ser gracioso; Ron está pálido y yo muda lo guío hasta la puerta de nuevo.

—Buen día —saluda mi antiguo amigo, aquel que ayer estuvo molestando en el set, pero no recuerdo su nombre—. Gracias por permitirme quedarme aquí. ¡No podía creer que no hubiera habitaciones disponibles en ningún hotel! —Se detiene bruscamente al vernos a Ron y a mí.

—Shhh —pido silencio.

—¡¿Eres Ron Kennedy?! —exclama sin consideración—. Hermano, he visto todas las últimas películas de Harvel por ti. ¡Eres increíble! —Lo abraza, y yo contengo una carcajada al ver lo incómodo que se ve—. Eres mucho más alto en persona.

—Gracias —farfulla Ron sin apartar su atención de la puerta de la cocina—. Ya me voy. Adiós. Hablamos luego.

—Sí, será lo mejor —contesto al abrirle.

—No creas que te estoy dejando sin explicaciones —murmura rápidamente—. Estoy —se desliza fuera— huyendo.

Cierro con llave, le lanzo mi peor mirada al chico que nos delató, y uso la cámara de mi teléfono para limpiarme el brillo de la cara. Finjo demencia al entrar al comedor, al igual que el resto de los presentes.

Mi padre ya ha terminado su almuerzo y observa la hora en su reloj. En silencio, me levanto para despedirme de él (aunque en realidad, estoy asegurándome de que no quede ninguna evidencia) antes de que se vaya.

—Ten buen día, hija, cuídate. —Me da la bendición—. Recuerda ir a la reunión de la tarde y… —señala el estante detrás de mí— recuerda devolverle a Kennedy sus gafas.

Se me baja la presión.

Escucho la puerta cerrarse, y me doy cuenta de que se me ha pasado despedirme de vuelta por el impacto. No soy buena disimulando. Lo que dijo es cierto; las gafas de Ron reposan intactas junto a uno de mis trofeos, debe haberse olvidado de ellas por los nervios.

Las tomo con el cuidado con el que coges un diamante; el invitado sigue parado a unos metros de mí, evitando que tenga un colapso de emociones. Continúo desayunando, a base de un bombón con jugo de fresa. No es saludable, pero necesito quitarme el sabor de su beso de la boca.

No sabe mal, no es agrio ni dulce. Diría que tiene el mismo efecto de frescura que las bebidas medicinales que mi padre me hizo probar por su cultura. Lo cual es extremadamente raro; aún sigo aprendiendo a desenvolverme con las palabras. Lo que realmente quiero expresar es que me siento como si su beso fuera una medicina que refrescó aquellas heridas ardiendo que aún no he terminado de cerrar.

Siento como si desaparecieran en tiempo real; algo se reinició desde el instante en que decidió arriesgarse conmigo. No soy creyente de que haya personas que te sanen; confío mejor en que nosotros somos capaces de elegir hacia qué dirigirnos. La mejor forma de expresarlo es: no miras la foto del atardecer cuando lo tienes frente a tus ojos. El pasado empieza a verse como polaroids borrosas mientras me pierdo en la calidez del cielo cada vez que recuerdo sus ojos.

No he sentido esto con ninguna otra persona.

Evito a Tom en los pasillos, no he leído el grupo con mis amigas ni he saludado a Margarita. Casi me ahogo con mi saliva cuando creí haber visto a mi padre entre los camerinos donde no debería estar escondido.

El elevador me lleva a la terraza, mi laptop tarda en encenderse, así que tengo tiempo para recalcular lo que ha ocurrido. Tiene que estar en la fiesta final de la empresa con la que trabajó en la campaña mañana, en un evento de premiaciones pasado mañana en Madrid. Es factible que haya tomado el vuelo para verme y ahora ya esté de vuelta en camino. Eso explicaría por qué no está en línea.

El barman se cruza conmigo mientras como dulces para aliviar mi ánimo. Lo invito a quedarse hasta la merienda porque necesito una distracción. Pero no resulta.

Escucho sus palabras en las frases de los demás, veo su rostro en todas partes. De manera literal, a mi izquierda hay un cartel gigante con el póster de la última película de Harvel, y a mi derecha hay una pantalla inteligente que pasa su publicidad cada media hora. Si entro a Internet, hablan de sus logros, y si entro a las redes sociales, lo aclaman como el nuevo icono del cine juvenil. Está por todas partes, es inescapable.

Esto me genera una nueva inseguridad. Esto es un error por donde se lo mire, y cuando acabe, no podré escaparle. Estará tatuado en el mundo entero.

El barman escucha con atención mis dramas. No me molesto en ocultar los nombres, él me conoce a profundidad. Ambos damos un respingo al ver el contacto **Ron Ilegal** en mi pantalla, es una llamada. No quiero responder. Lo hago a regañadientes al conectar mis audífonos, buscando un método para iniciar esta incómoda conversación. Él me ahorra el sobrepensar eso.

—Mira, yo sé que ha sido malo —susurra—. Estoy en el baño del avión, por si tengo mala conexión. Acordamos que, si fingimos ser algo, no irá más allá. Te aseguro que será así, no entres en pánico. Nadie va a morir por esto.

—Dejaste tus gafas aquí y mi papá las vio —confieso.

—Retiro lo dicho, yo me voy a morir. Yo estoy entrando en pánico. ¡Espera! Ay, mierda, dije lo primero que se me ocurrió. No volveré a ese país, si preguntan, me secuestraron. Recuerda buscarme como Clyde. ¡No escuches los pensamientos feos que tengas, no eres lo que te atormenta, eres mucho mejor que eso!

—Ron, ni se te ocu...

Me cortó. Y ha puesto su teléfono en modo avión.

El trabajo no es suficiente. Me refugio en mis intereses, transmitiéndose las veinticuatro horas en línea. En la reunión se habla de porcentajes, estadísticas sobre el movimiento de la noticia. Hay varias plataformas nuevas de *streaming* que quieren comprar los derechos de transmisión una vez se estrene en cines. Por ahora, una decena de mercaderías relacionadas y versiones del libro son lo que se mueven en el mercado del entretenimiento, pero no es un número pequeño. Ver la sonrisa de Tom al escuchar esto cura parte de mi tristeza interna.

He oído por encima el trato que se hizo. No tiene la mayoría de los derechos, no tiene más que un pequeño porcentaje, eso parece darle igual. No lo he visto ni un poco triste desde que lo conocí. Siempre está emocionado, aprendiendo o enseñando alrededor de la ciudad con cualquier extraño que encuentre. Lo sigo hasta el bar al final de la tarde. No hay nadie, y él toma una lata de refresco de la máquina expendedora en la esquina. Espero sentada a que termine el horario de comida del joven que atiende. Es la primera vez que Tom no trae con qué escribir. Lleva mirando el ventanal veinte minutos sin decir una sola palabra.

Me preocupa de verdad caerle mal y que Ron me haya mentido. No se percata de mi presencia hasta que está por retirarse, la lata cae por accidente al lado de mi asiento.

—Hey, ¿llevas rato aquí? —pregunta como si no lleváramos una hora pensando en silencio—. Disculpa, tengo esta rara habilidad de crear escenarios en mi cabeza que me absorben. Es como una transmisión holográfica de mi imaginación que solo yo aprecio. —Hace una señal con la mano, indicando que "está loco"—. ¿Qué haces?

—Espero al barman.

—He sido sincero contigo pese a quedar como un posible lunático. —Ríe cabizbajo—. Creo que puedes serlo también. No voy a juzgarte.

—Es eso, así de simple. Tengo sed. —Me encojo de hombros.

—¿Y siempre que tienes sed te ves así de deprimida? —Saca otra lata de la máquina—. ¿Quieres? No molestemos al chico del bar, no suele darse descansos largos. Debe estar agotado.

—Tienes razón. —Suspiro y me bajo de la silla hacia el nuevo sofá en medio de la habitación.

Me da el refresco sabor vainilla. Nunca he bebido de esa marca, es posible que lo odie, pero no me quejo. De cerca se ve menos intimidante, sus ojeras moradas son oscuras, deja reposar su cabeza en una de las almohadas del sofá.

—¿Dónde está Daiquiri? —indago como forma de romper el hielo. Me he dado cuenta de que, fuera de la literatura, no tenemos mucho en común. *Que yo sepa.*

—Está en una excursión al planetario de su guardería, van a ver las estrellas.

—¿Todo bien?

—Sí, todo. —Frunce las cejas—. ¿Y tú? ¿Quieres contar qué estabas pensando hace rato que te tiene así?

Detesto nunca poder ocultar lo que siento.

—Me cuesta expresarlo. —Trago grueso—. ¿Qué haces cuando sientes cosas tan fuertes que no puedes... encasillarlas?

—Nada, las siento sin encasillarlas.

—Pff. —Frunzo las cejas—. Pensé que ibas a darme un super consejo. —Me echo a reír, eso ayuda a la charla porque también le hace gracia.

—Todo lo contrario, creo que si sintiera menos podría escribir más. A la hora de ponerte un papel enfrente, debes tener cierta calma que no poseo siempre. —Tom da un largo trago a su refresco—. En especial porque escribo romance, no testamentos tristes de soledad. —Rueda los ojos—. Es una historia muy larga para contar.

Mi teléfono vibra repetidamente por los chats con mis amigas. Lo pongo en silencio porque el único número que me interesa no podrá hablarme pronto.

—Digamos que es como estar frente a una situación pasada de vuelta. —Ladeo la cabeza, sintiendo que tengo su completa atención, lo que me hace sentir segura —. Pero es aún peor porque esta vez, si me equivoco, haré lo mismo que odio: lastimar a quien no se lo merece, además de a mí misma.

—¿Qué papel crees que tienes en la situación que acabas de contar?

—Pues el creador de la historia, obvio. Yo me volví a meter en este lío.

—Es egoísta asumir que tienes toda la responsabilidad sobre cada situación que vives, ¿sabes? Nos guste o no, cuando aceptamos ser parte de la vida de alguien, nos arriesgamos a lastimar o ser lastimados, no porque tú hagas tu realidad, sino porque la vives. —Tom respira hondo, y hay un par de segundos donde siento que "se va" a otro rincón dentro de su imaginación—. Somos protagonistas de nuestras vidas, no dictaminamos casi nada, y una característica clásica de los protagonistas es cagarla.

La última frase me hace soltar una carcajada que se lleva consigo la tensión.

—Desarrollo de personaje —agrego bromeando.

—Ilógico sería no equivocarse.

—Tú pareces saber qué hacer, desde mi perspectiva.

—Porque no me conoces.

Las puertas se abren de par en par ante nosotros. El barman entra sin preocupaciones hasta que nos ve en medio del salón. A paso rápido, va a posicionarse detrás de la barra y finge limpiar un vaso.

—Deberías verlo desde la perspectiva de que a veces la vida te pone en la misma situación dos veces para que esta vez sí hagas las cosas bien. —Se levanta—. Tengo que ir a recoger a mi niña en cinco minutos. Voy a bajar.

El chat eran mensajes de consternación de mis amigas por las nuevas actualizaciones que las cuentas de chismorreo mediático han compartido. El cambio en el nombre que he usado toda mi vida para que no se me relacione con mi padre no se hizo lo suficientemente rápido. A los medios no les interesa mucho que Adler Brandy tenga una hija secreta, sino que ella trabaje con él en una película. Como ya no pueden menospreciar el trabajo de él debido a su trayectoria, ahora han conseguido un nuevo blanco para arrojar su odio escondido en la crítica.

Tampoco es justificado. No han visto mi trabajo como para juzgarlo, pero al parecer, tener una cara bonita equivale a tener habilidades terribles. Ni siquiera sé cómo consiguieron la única foto que nos hemos tomado juntos en los últimos tres años. Sé que no hace falta leer los comentarios para saber que la mitad de ellos no se interesan por mí, sino en cómo me veo allí. Paro al leer el que tiene más *likes*, una broma que pretende ser graciosa desde una cuenta falsa.

No es una noticia grande, pero está creciendo a pasos agigantados. A este paso, hasta mi padre, que no usa redes sociales, se enterará.

Salgo de esas aplicaciones. No tengo cabeza para preocuparme por ello. Tengo problemas peores que quieren arrastrarme esta noche.

—¿Qué te sirvo hoy? —pregunta el barman—. Hoy nos llegó una nueva colección de Ron saborizado. ¿Has probado el de lima verde? El de coco con hielo es una explosión.

—¡No quiero ningún ron! —Escondo mi rostro entre mis manos—. Dame una botella de aguardiente.

—Va-vale, lo siento.

La verdad es que tengo miedo. Estoy temblando de miedo, mucho peor que de anticipación. Es aterrador pensar que pueden volver a hacerme daño. Me trago con aguardiente mis teorías estúpidas sobre las conexiones humanas. No tengo idea de cuándo le di el arma cargada capaz de lastimarme. Tengo la impresión de que la tuvo desde antes de conocernos.

Hay personas que nacen con la capacidad de ver a través de nosotros. Es posible que haya quienes nos conozcan desde antes de habernos encontrado. En ese caso, ¿no siempre podremos escoger quién puede hacernos daño?

Eso es acojonante. Y a la vez, creo que el sitio en donde me sentiría segura de los peligros de la vida es cerca suyo.

Queda un ocho por ciento de batería en el teléfono. Espero un mensaje que no llega hasta que me canso. Quiero saber qué hace, quiero saber qué piensa y si está igual de confundido que yo. Quiero saber si esta catástrofe está solo en mí.

AMANDA

¿Estás?

RON ILEGAL

Buenas noches, usted tiene el número telefónico de Clyde. Ron ya no puede contestarle el teléfono. ¿Por qué? Porque está muerto.

AMANDA

Deja de ser un drama King.

RON ILEGAL

No.

AMANDA

Nadie en el set te va a matar cuando regreses.

RON ILEGAL

Eso dirían unos asesinos justo antes de matar a alguien en un set de grabación. Por fortuna, yo nunca pisaré ninguno. Soy Clyde, el no actor, no famoso, no en peligro.

AMANDA

Lo que eres es un ridículo.

RON ILEGAL

También. A partir de aquí tendrás que usar tu nombre falso, yo no conozco a ninguna Amanda; es más, ¿quién es ella?

AMANDA

Cámbiame el nombre de contacto y yo cambiaré el tuyo.

RON ILEGAL

Hecho Aurora.

AMANDA

Listo. Oye, nunca me has dicho por qué escogiste ese apodo.

CLYDE (RON, SIENDO DRAMÁTICO)

Me da pena.

AMANDA

No, le daría pena a Ron. Clyde es un astuto, sinvergüenza y prestigioso criminal, ¿Por qué le daría pena hablar sobre apodos secretos?

CLYDE (RON, SIENDO DRAMÁTICO)

Te odio.

AMANDA

Quisieras.

CLYDE (RON, SIENDO DRAMÁTICO)

No tengo el suficiente valor de decírtelo y un mensaje suena muy frío.

AMANDA

Escribelo en un papel entonces.

Me rio y apago la pantalla del teléfono por un largo rato. Sin embargo, la próxima notificación hace que mi corazón se detenga por un segundo.

Es una foto. La foto de una hoja de cuaderno.

"¿Recuerdas cuando charlamos sobre el libro de Tom dónde habla fatal sobre las estrellas? Me di cuenta de que tiene razón. Tanto en sentido literal como figurado; los famosos son aburridos, sobreactuados y falsos. Las estrellas son lindas, aunque hay muchas en el cielo, en todos lados, hay algunas que incluso han muerto pero su luz se sigue viendo, en mi (humilde) opinión, están sobrevaloradas.

Según he leído, una aurora boreal es un fenómeno de luminiscencia, es una propiedad que poseen las moléculas de absorber energía, al hacerlo, son capaces de volver a su estado fundamental en el cual emiten luz. Son millones de estas moléculas energizadas que tienen pequeños destellos formando la capa de luz de colores, ¿Has visto fotos de esto? Es precioso. Es algo complicado escribir lo que intento expresar estando borracho, así que espero esto te esté sacando una sonrisa.

El punto es que esas miles de millones de moléculas que brillan hasta crear algo maravilloso se pueden comparar fácilmente con tu anécdota de haber intentado crear todo tipo de arte. Estoy seguro de que todo se te da bien. También estoy seguro de que es imposible encontrar a alguien como tú, aunque se recorra todo el mundo. Incluso si se tiene la dicha de hacerlo, es complicado encontrarte en el momento correcto para que dejes a alguien conocerte, y yo lo he logrado.

Eres un fenómeno natural, un espectáculo de luces de diferentes colores, formas mágicas en el cielo. Eres lo que mantiene despiertos a quienes quieren apreciarte, eres la danza de esa luz verde y eres tan deslumbrante que la gente no comprende cómo puedes ser posible, así que lo atribuyen a los dioses. Así se describe una aurora boreal. Cuando escucho eso, solo puedo pensar en tu nombre. Tengo estas palabras atrapadas en mi mente desde hace varias noches, ahora son finalmente libres en la tinta".

AMANDA

Dame un segundo para recomponerme. ¿Es muy tarde para ir a cambiar mi nombre al registro civil?

CLYDE (RON, SIENDO DRAMÁTICO)

Amanda lo escogió tu padre, yo no me voy a meter en problemas por eso.

AMANDA

Cobarde.

CLYDE (RON, SIENDO DRAMÁTICO)

Usa el nombre secreto para cuando escapemos de esta sociedad, nadie debe saberlo aparte de nosotros dos. Además, tu nombre te sienta perfecto.

AMANDA

¿Por qué lo dices?

CLYDE (RON, SIENDO DRAMÁTICO)

No eres la única que hace búsquedas en Internet, busqué tu nombre en la primera noche de conocerte, pero como es obvio, no encontré mucho. Pero si esto.

Es un collage de capturas de pantalla. En cada página de dudosa procedencia hay un significado distinto, pero hay un par de significados que se repiten constantemente. Según esto, mi nombre significa: **Aquella que sabe amar; aquella que es amada.**

Me quedo con la mirada clavada al teléfono un largo rato. Mi cuerpo destila emoción, tengo la respiración peor que cuando nos besamos y me arde la cara como si fuera una espantosa noche de verano. Una bocanada de aire busca devolverme la capacidad de reaccionar, pero sigo perpleja viendo la pantalla.

Leo los mensajes una, otra y otra vez. Les encuentro diferentes matices en cada pasada, nuevas maneras de interpretarlos mientras los minutos corren. Mi corazón bombea más allá de su máxima potencia. El término morir de amor comienza a tener sentido.

CLYDE (RON, SIENDO DRAMÁTICO)

Por razones de seguridad y para mi tranquilidad, no volveré al hotel. De todas formas, no queda mucha grabación allí; el próximo destino es Nueva York. Irás, ¿verdad? Eso espero. He alquilado una casa en West Village. Puedes recoger las llaves si llegas antes, si quieres visitarme.

Se me olvidan tantas cosas que también se me olvida que tengo miedo.

«Oh, me estoy enamorando. Esto es real».

13

cosmopolitan

* * *

RON KENNEDY

No vuelvo a beber.

Me paso una mano por la cabeza al despertar y recuerdo lo que dije por mensaje. Me replanteo si las acciones que he tomado en las últimas veinticuatro horas han sido las más precipitadas de mi vida. No sé qué pretendo hacer con la obra que estoy armando, y estoy convencido de que no podré ocultarme tras un telón por mucho más tiempo.

Es muy gratificante saber que me gusta la hija de la persona sobre la que he construido mi carrera. No es para nada aterrador pensar que podría no volver a ver sus películas de culto de la misma manera. Para nada me parece peligroso que use de esta forma mi oportunidad de que me reconozcan como actor.

No hay vuelta atrás. No sé qué hacer. Tiempos desesperados requieren medidas desesperadas.

—¡Ya estoy en el aeropuerto! —grita Tom a través del teléfono—. ¿En dónde andas? Estoy perdido. ¿Eres ese que tiene un guardia detrás? Oh, ya. —Me corta.

No lo veo primero, Tom se pierde entre la multitud de personas. Nueva York es una ciudad agitada, superpoblada y caótica. Traigo gafas de sol, un tapabocas largo y gorra. Aun así, sospecho que hay quienes me han reconocido. Mi guardaespaldas sigue de manera discreta todos mis pasos.

No le conté lo que quería hablar, ni que me he besado con Amanda o por qué necesitaba reunirme con él. Eso no lo detuvo de tomar el primer vuelo que encontró, pese a que no sea necesario que esté presente en esta etapa de la grabación. No tengo claro si Tom es un amigo increíble o un psicópata.

—Hola —susurra—. No sabes lo que me pasó. No me querían dejar subir al avión, tuve que pelearme con una anciana.

—¿Y ganaste?

—No, la soborné. Le debes mil dólares.

—Envíaselos —digo al pasarle mi teléfono a Tom—. Necesitamos privacidad. He alquilado una casa a un par de kilómetros de aquí.

—No hay tiempo para tanto viaje —interrumpe eufórico Tom—. Sé de un sitio donde no nos encontrará ni Jesucristo.

Un recorrido de cinco minutos nos deja frente a una antigua escuela privada de escritura. La pintura se cae de las paredes y el polvo se levanta al andar. Hay un par de personas dentro: la recepcionista y una anciana nada amigable junto a su nieto.

Me ofrecen un curso mientras Tom negocia usar uno de los salones de clase para nuestra reunión improvisada. La puerta del pasillo rechina al abrirse. Incluso en la mañana, este sitio es tétrico. La luz solar reemplaza los focos rotos en el salón principal. Aunque no sea necesario, cerramos con llave cuando nos dejan solos.

Estornudo al acercarme a las mesas teñidas de gris por telarañas. El olor es terrible, la humedad ha consumido las paredes.

—Cuéntame lo que ibas a decir en la llamada.

—Bien. —Respiro hondo—. Amanda y yo nos besamos.

Tom ahoga un grito y abre los ojos en grande al sostenerse de la mesa del profesor. Los segundos corren sin que tenga una reacción suya. Sin duda, lo que sea que esperaba que dijera, no era esto.

—¡¿Qué?!

—A ver, hay muchas cosas que no te he contado, pero es momento porque necesito ayuda. Creo que estoy enamorado de ella.

No distingo las emociones de Tom debajo de su expresión de asombro. Tomo el brillo de sus ojos y su creciente gran sonrisa como buena señal.

De forma detallada le cuento la verdad que he venido esquivando, desde el coqueteo esa noche en el bar hasta los mensajes que envié borracho, lo que ocurrió en el ascensor, el juego de billar, las llamadas. Mientras más avanzo, Tom parece estar desconectado de la realidad, extasiado con tener la razón y haber predicho los sucesos.

—Tuve que irme pronto porque estaba su padre en el departamento. No hice mucho yo; la verdad es que Amanda guió la interacción —explico nervioso—. ¿Eso es malo? Quizá ha sido una experiencia incómoda para ella, la noté rara por mensaje.

—Si hay conexión, no hay nada como un "mal beso". Ignora tu mente, te quieres sabotear —amenaza él, tomando un trozo de tiza blanca del cajón del escritorio.

—¿Qué haces?

—Un plan.

—¿Para qué?

—Dijiste que estás enamorado de Amanda —dice al dibujar de forma pésima la silueta de una chica en el pizarrón—. Entonces tenemos que idear una forma de asegurarnos de que ella también se enamore de ti. —Dibuja un corazón frente al título: *¿Cómo conseguir a la chica?*

—Sí, eso fue lo primero que pensé. Sin embargo, hay mucho en contra incluso si se enamora de mí. No quiero comenzar algo que termine en ella lastimada otra vez.

—Eso es cierto. —Usa una regla de madera que separa la pizarra en dos—. Dime lo que no está a nuestro favor, haré una lista.

«Esto ha sido una terrible idea».

—¿Además de que se acaba de separar del amor de su vida? —pregunto forzando una risa.

Él anota **Asume que los amores de su vida son idiotas** en la lista de pros.

—Oye, eso no tiene sentido.

—¡Ronancito, por amor a Dios! ¡Usa la cabeza! Sí, está triste porque "perdió" a ese tonto. Eso nos hace el camino mucho más fácil porque te basta con no ser tan horrible para que se dé cuenta de que alguien así no pudo ser el amor de su vida.

—¿Y yo sí? —inquiero con sarcasmo.

—Sí, tú sí —contesta Tom con total seriedad.

—Vale, siguiente. Ha contado que no se tomaba en serio sus ligues antes y dijo que lo que le pasa es el "karma". Así que hay posibilidad de que tampoco le importe mucho yo.

La mañana entera, lo único que se oye en ese inmenso salón son los golpes de la tiza contra el pizarrón. Línea por línea, avanzamos en nuestra lista de razones por las cuales esto es una locura.

Al acabar, quedan de la siguiente manera las observaciones de mi mejor amigo sobre el tema:

Contras:
1. Tiene problemas de compromiso
2. Aún tiene que lidiar con fantasmas que le ha dejado el pasado
3. Es tauro
4. Su padre es ¡ADLER BRANDY!
5. Es una compañera de trabajo
6. Es una amiga
7. Es lectora de Tom y si terminamos, al intentar olvidarme, seguramente dejará de leerlo, lo que le hará perder ventas (eso lo sugirió él)
8. Ron no tiene experiencia en relaciones amorosas y las primeras veces no suelen ser perfectas
9. Ambos son muy dramáticos
10. A Ron le da miedo

Pros:
1. Al menos nadie puede ser peor que Axel
2. Si se casan, Ron puede tener el apellido de su ídolo
3. Amanda es literal un regalo de la naturaleza
4. Solo ella le ha gustado al insoportable este en como diez años
5. Tolera a Ron (De milagro)

6. *Puede manipular a su padre para conseguir roles y convertir a Ron en un* nepo *novio.*
7. *Accedió a su plan de escapar de la sociedad*
8. *Le gustan los gatitos*
9. *No acusó a Ron con la policía cuando admitió que robó un gato*

«No suena tan terrible».

—Me faltó agregar que, si sale bien, podré escribir un libro feliz. —Se muerde el labio—. Los libros tristes venden muchísimo más. A la gente le gusta llorar, me gusta el dinero pero no soy tan sádico

—Te odio —balbuceo con el rostro entre mis manos.

—Okey, por eso tu personaje será el que muera si ustedes terminan.

—No podemos terminar porque no somos pareja.

—Silencio. Tenemos el comodín de que en serio te pareces bastante a su personaje favorito, al menos sabemos que le pareces atractivo —me consuela Tom—. Ánimo, ahora necesitamos un café y un tatuador.

—¿Para qué el tatuador?

—Estoy seguro de que eso sumaría puntos; Kain Reid los tiene.

—¿Y el café?

—Es para mí, necesito mi máximo potencial. —Quita una laptop de su mochila; no tengo idea de dónde la sacó. Estoy seguro de que acaba de hacerla aparecer—. Escúchame bien, Ronaldito Kennedy, prepárate porque voy a escribirte el guion ¡De tu vida! El más importante de tu carrera para que consigamos nuestro objetivo.

—¿No sería mentir no ser genuino?

—Mira —baja la pantalla de la laptop para hacer contacto visual—, te lo voy a explicar de esta forma: No todos los días vas a conocer personas con las que conectes y sepas que son ideales para ti. Cuando encuentres a alguien que valga la pena, no la cagues. Los seres humanos son tontos; eventualmente la cagan. No es no ser genuino, es esforzarse en ser tu mejor versión para quienes lo merecen.

—Mejor versión... —repito al anotarlo en mi aplicación de notas—. Recuerdo tu discurso sobre eso.

—Cuidar de una persona increíble es tan fácil como no cagarla, y no cagarla es tan fácil como tener un buen plan —continúa tecleando—. Si planeas para fallar, fallarás. Nosotros planeamos para ganar.

—Qué linda forma de decir que estamos desquiciados.

—Bueno, como te guste decirlo; terminé el guion. —Tom se truena los dedos—. Préstame atención, toma apuntes porque luego tenemos que hacer un Power Point.

—¡¿Cómo lo has hecho tan rápido?!

—No subestimes el mayor poder del universo.

—La amistad —completo por él.

—No, la oportunidad de vivir una comedia cliché adolescente.

El nuevo título en la pizarra es:

Guía rápida para conquistar a la persona de tus sueños (con presupuesto) (sin brujería involucrada) (todavía).

Dudo que pueda recuperar mi dignidad luego de esto; he tocado fondo. Las estupideces que uno hace por amor no tienen nombre.

Utilizo el almuerzo para salir a caminar; las calles están repletas. Tropiezo al andar entre los demás pies. La salida a tomar aire hasta que se aclare mi cabeza se convierte en la hora pico pintada de gris por el humo de los cigarros. Tosí con el tapabocas puesto. El sitio menos transitado es la cuadra de una galería de arte a la que entro para relajarme. Pienso en comprarle algún objeto de la tienda de regalos a Amanda; recuerdo que una de sus muchas experiencias fue relacionada con la pintura.

Cruzo la galería con la cabeza baja, recordando esa conversación. Me encanta lo mucho que tiene para contar. Me encanta que sea tan talentosa; es el tipo de persona que puedes presumir ante el mundo entero. Lo cual es obvio, porque estoy rodeado de costosas obras de arte y mi atención la tiene el fantasma de su risa.

Estar enamorado es un horror, pero la sensación en el pecho es más agradable de lo que imaginé por cómo lo describen en los libros. Elevo la cabeza en una sección especial donde hay presentaciones de artistas.

Me mezclo entre los presentes siguiendo una serie de obras expuestas. Son pinturas en dorado que relatan el baile entre una mujer y un hombre que poco a poco va convirtiéndose en una sombra negra que quita el color a los lienzos. Es lo más resaltante de la exposición; en las pinceladas se puede notar cuando se va "desahogando" quién lo pintó por sus trazos desordenados.

En letra pequeña está firmado Emillie Vega. Una chica de cabello rosa interrumpe mi curiosidad al comentar:

—Están a la venta —dice sonriente—. ¿Le interesa? Esta se llama: *Baile con el diablo*.

—Está impactante y eso que yo no sé nada de arte. —Me encojo de hombros.

—Trata de un punto de mi vida donde estaba separada de... —comienza a explicar sin que le haya preguntado. La dejo hablar; hay algo en ella que me resulta familiar, y es probable que sea esa gran sonrisa acompañada de ojos vacíos y tristes —. Oh, espera ¡Axel! ¡Hola!

Da media vuelta y corre hacia un hombre que acaba de llegar, tiene uniforme de piloto. Salta para darle un abrazo, y él la recibe dándole vueltas en el aire.

Tardo unos minutos en reaccionar.

«Axel + Piloto + Una chica que estuvo un momento separada de su pareja = Estas son piezas de una historia que conozco».

Mi atención baja ferviente a sus manos; ambos tienen sortijas de compromiso.

Pese a que fueran años sin ver al sujeto en cuestión, tenerlo a un metro ayuda a que lo reconozca. No hay duda de que es él.

Es el famoso ex de Amanda. Frente a mis ojos tengo a la pareja a la que voy a arruinarles la boda a como dé lugar. Mejoro mi postura; no disimulo estarlos escudriñando. Lo que antes era un par de tórtolos dulces ahora son risas que revuelven mi estómago.

«Amanda no estaría riendo de verlos».

—Disculpa. —Regresa la chica—. Es que mi prometido dijo que no vendría, me emocioné. En fin, este cuadro trata de...

—Da igual —interrumpo—. Solo estaba mirando, disculpa.

—Tío, te pareces mogollón a Ron Kennedy —comenta Axel al sujetarme del brazo; el cuerpo se me tensa—. Tu mirada es clavada a ese actor.

—Se está confundiendo —respondo entre dientes, ahogado en disgusto—. Yo soy Clyde, lo siento, ya tengo que irme.

—Joder, lo has espantado. —Oigo a la artista susurrar al irme.

Axel pronto ignora la presencia de su novia cuando viene alguien a señalar su uniforme; pasa a hablar de él. En la maldita presentación de ella. Respiro hondo, sacudo con una mano la parte de mi abrigo dónde me tocó y me regaño mentalmente por eso; estoy siendo desagradable; ese chico no me ha hecho nada a mí. A Amanda sí.

Escabullido en la tienda de recuerdos, estudio su comportamiento. Es aterrador cómo los ojos de esa muchacha solo se encendieron cuando lo vio. Incluso así, ella no es su prioridad al pisar esta galería. Axel no es un villano, sin embargo, él es el centro de atención de la relación; se nota en cómo ella se cuelga de sus brazos, en cómo sigue sus pasos en lugar de enfocarse en hablar de su trabajo.

Una parte de mí siente alivio de que no se haya quedado con Amanda. Una parte de mí lo odia por existir y haber poseído su amor en algún momento. Y la parte final, se preocupa por Emillie; se ve como una buena chica que por alguna razón ha perdido el brillo en sus pupilas. ¿Qué les hace para dejarlas vacías en lo que ellas lo llenan? Trago grueso; no debería estar pensando esto, no debería estar aquí. Este comportamiento no es sano; no voy a rebajarme a la toxicidad que podría provocar este ambiente.

Tengo la cabeza a punto de explotar al llegar a la casa. Las llaves que me dio la agente de la inmobiliaria se traban al intentar abrir el portón; lo fuerzo porque mi día ya está siendo lo suficientemente caótico. Mis maletas se encuentran encima del sofá; es probable que mi guardaespaldas las haya dejado ahí desde antes, así que recorro las habitaciones en su búsqueda.

—¿A quién se le ocurre escoger la casa de tres pisos? —refunfuño al subir las escaleras—. De seguro estaba borracho; ahora mismo no me vendría mal una bebida.

La cocina en el último piso tiene una botella de jugo de fresa abierta; percibo su perfume desde antes de ver su silueta.

—¡Tú me dijiste que podía entrar! —se defiende Amanda—. Es que el nuevo hotel está muy lejos y tenía sed.

—Claro, no lo olvidaba. —Suspiro—. Buen día.

—Nada de bueno, esto de organizarse para grabar en una nueva locación es un embrollo —farfulla sin aire—. ¿Qué haces aquí? ¿No deberías estar en Washington Square Park en media hora?

Palidezco; no hay una pizca de broma en su tono y no tengo idea de dónde es el sitio que acaba de comentar. Si no llego para ese momento, es probable que muera (metafóricamente) gracias al director.

—¿Debería qué? —frunzo las cejas; ni siquiera recuerdo dónde tengo el teléfono para ver mis actividades pendientes.

—Está a cinco minutos de aquí; se envió al calendario grupal ayer —explica con calma—. ¿Y si pedimos un taxi?

No lo dije en voz alta; sin embargo, no me hubiera gustado que nuestro encuentro luego del beso se trate de la incomodidad entre nosotros y no ha hecho falta aclararlo. Amanda actúa como si nada hubiera pasado; despreocupada, invade los espacios vacíos de mi vida sin consultar antes o hacer de ello un gran evento. Lo cual es peligroso. Sigo el ritmo que ha impuesto; no le doy el regalo al notar que este día debe ser "como cualquier otro". Tomo un vaso de jugo antes de pedir el taxi. En silencio, al otro lado de la cocina, inspecciono sus acciones, rogando en algún instante desarrollar la capacidad de leer mentes.

Por ser el primer día, Margarita nos invitó a un prestigioso bar en el centro de la ciudad; en el atardecer consiguieron traerme uno de mis coches. Llegué solo, sin embargo, luego de que Amanda hiciera una mueca al probar su trago, supe que mi estadía sería corta.

—Sus Cosmopolitan son terribles, quizá nos vieron cara de turistas —comenta en un murmullo al subir a mi auto—. O ricos que no saben de bebidas.

—Acertaron en ambas. —Me encojo de hombros.

—Ron, ¿somos traidores al irnos sin avisar a Margarita o Tom? —inquiere—. Ellos no se llevan.

—Ambos tienen como irse, estoy seguro de que con privacidad se arreglan —miento sonriente—. Tom me ha dicho que en realidad le cae bien.

—Oh, pues entonces no me sabe mal. —Amanda suspira—. Aunque me he quedado con ganas de probar ese cóctel, se supone que aquí es donde mejor los hacen.

—¿Sabes lo que llevan?

—Claro.

—Entonces deberías hacer el tuyo —propongo al encender el motor—. Apenas son las nueve; hay un montón de bodegas cerca.

Ella se me queda viendo, impresionada. Me gusta la expresión en su rostro que eleva sus pómulos y achica sus ojos al reír. Las perlas que utiliza en su maquillaje siguen intactas en sus párpados; nunca podrá luchar contra la teoría que tengo de que es una especie de sirena.

Pongo una película en el monitor del coche mientras espero que ella consiga lo que necesita de un supermercado cercano. Pese a que intente disimular, me expone bastante que las grabaciones que tengo descargadas como favoritas sean veinte, cada una de ellas dirigida por Brandy. Coloco una antigua que ella parece no reconocer al volver.

La bolsa que deja en el espacio entre nuestros asientos contiene una botella de vodka blanco, licor triple seco, un limón, jugo de lima y arándanos rojos. No consiguió copas; el vaso de vidrio tiene dibujos de estrella encima.

Sus carcajadas son suficientes para que deje de importarme lo que pasa en la película. La acidez de la bebida es camuflada gracias al vodka, y la fruta deja un sabor semidulce en mis papilas gustativas. Con el pasar de las horas, bebemos en silencio, intercalando nuestra mirada entre la pantalla sin sonido y el otro; nos detenemos en la escena sexual censurada por la ironía que implica aquello.

—El romance del cine en los noventa —agrega de pronto, lo que me toma por sorpresa, ya que sabe el año en que se hizo esa grabación—. Ojalá vivir algo así, siento que al amor moderno le falta esa esencia.

—¿Hablas desde la experiencia?

—Sin duda —balbucea con el vaso entre los labios—. No te haces una idea, lo juro. Es peor de lo que parece.

—¿Crees que me perdí de algo al no salir con nadie en estos años? —indago curioso. Ella mueve su cabeza sin tragar el Cosmopolitan. Ya hemos tenido esta charla antes.

—Para nada —contesta apurada—. Si pudiera volver al pasado, me alertaría de no hacer ciertas cosas. Salir con muchas personas está bien si eres un robot sin corazón, pero si no lo eres, terminarás...

—¿Enamorándote?

—Desarrollando conexión —corrige—. Depende de si es alguien lo suficientemente decente para hacerlo. —Enciende la luz interior al servir más licor—. O de si tienes estándares muy bajos.

—¿Cómo sabes cuando desarrollas conexión?

—No lo sé. Antes creía que es cuando tu corazón late fuerte y tu cuerpo reacciona a ello —murmura Amanda sin mirarme a la cara—, que era querer a esa persona solo para ti, una atracción extraña.

—¿No es así? —Soy consciente de que la estoy interrogando con preguntas sospechosas; ambos sabemos a dónde va esta conversación y ninguno de los dos sabe dónde están los frenos.

—Tal parece que no. —Se ríe de sí misma—. Al parecer es querer lo mejor para la otra persona incluso a costa de ti, que el miedo que se presenta al conocerlo no sea del encuentro sino de perderlo y un montón de chorradas una más estúpida que la otra. Es eso, sabes que estás enamorado si serías un estúpido por la chance de que el otro te mire al serlo.

—Me interesan —confieso al instante en que ella termina de hablar.

—¿Qué cosas?

—Aquellas a las que llamas chorradas. Me gustan tus ideas. Si quieres contarlas, puedo escucharte, es entretenido —pido con calma, le quito el vaso de la mano, y nuestros nudillos se rozan.

—Conmigo no tienes que actuar como si fueras alguien perfecto para caer bien —dice al poner una mano en mi hombro. Contengo la respiración—. No tienes que ser este "sujeto increíble" todo el tiempo —insiste ella.

—Amanda, no estoy actuando —me quejo al tomar un sorbo—. Eres la única persona con la que soy realmente yo.

Debería dejar de tomar. El alcohol me hace ser demasiado sincero.

—Esta ciudad está repleta de ti. —Cambia de tema gracias a un anuncio electrónico arriba del estacionamiento, es que hice hace unos días—. Estuve la mañana entera huyendo de la publicidad con tu cara, si no eres tú, es Harvel, si no es tu personaje, entonces son promociones de ron. ¿Sabías que hubo un presidente con tu apellido?

—Es historia básica. Mejor dime, ¿qué tiene de malo verme?, ¿no te gusta mi cara?

No responde; me arrebata con cierta brusquedad el vaso. Pido a su chófer desde su teléfono que nos pase a buscar en un par de horas mientras ella sigue con el resto en las botellas. Ninguno de los dos podrá volver a la casa por su cuenta.

—No entiendo a nadie en esta gran ciudad —confiesa al guardar las botellas—, nadie más que tú. Si apareces en cada esquina, es difícil que mi cerebro piense en otra cosa.

—¿Me entiendes? —repito, ignorando el resto.

—Sé que actúas como un señor perfecto por la presión que tienes encima. —Se acurruca en el asiento—. Lo he visto antes. No quiero subirte el ego, pero eres el que mejor maneja ese papel.

—Que me digas perfecto no ayuda a mi narcisismo maquillado con humildad barata.

—Lo sé. —Cierra los ojos; las comisuras de sus labios se curvan—. No digo que lo seas, digo que puedo ver a través de ti. Lo que intentas proyectar al mundo se te da muy fácil.

—Tú también eres así desde mi perspectiva, magnífica.

—Pff… —Ríe bajito—. Casi se me olvida que, como todos los hombres, mientes.

—Hablo en serio.

—Tú no lo entiendes —susurra, las palabras salen lentas—. Quisiera serlo. Desde que tengo memoria, lo único que quiero es que alguien me vea y piense en que no ha visto nada parecido. Supongo que esto entra en tu idea de que nadie es especial.

—Nadie lo es desde los ojos equivocados —reafirmo.

—Por favor, sabes que no hay un ser humano en el país que no crea que, por ejemplo, alguien como tú es perfecto.

Se nota que está borracha; su tono ha cambiado y se comprende cada vez menos lo que dice. No obstante, es como si desarrollara una facilidad nueva para expresar sus problemas. En el silencio, me esfuerzo en buscar una forma de expresar lo que quiero hacerle entender.

—¿Sabías que nadie quiso comprar los cuadros de Van Gogh en su época? —comento a modo de dato curioso—. Los tuvo que vender a un precio miserable.

—¿Cuál es el punto de eso? —Fuerza una sonrisa que apacigua el ambiente. Apago la pantalla y la luz, y me percato de que le molesta.

—Que por qué en cierto momento las personas no te aprecien no significa que no seas invaluable —comienzo, arrepintiéndome pronto porque siento que sueno ridículo—. Si el museo de arte decidiese vender sus cuadros, la subasta empezaría en mil millones de dólares para la mayoría de estos.

—Ya, pero yo no soy un cuadro de Van Gogh, yo soy Amanda. No tendré décadas para que la gente me aprecie. —Bosteza. Al hacer contacto visual, percibo la misma decepción que traía la primera noche en *AstroPlace*—. La belleza tiene cupo de expiración junto a la juventud —me advierte.

—¿Piensas que esa es la única manera en la que alguien pueda decir que no ha visto nada parecido a ti?

Asiente. Mi largo suspiro es su respuesta. Ladeo la cabeza. En verdad, me confunde que no se vea de la misma manera en la que estoy seguro de que el resto del equipo lo hace.

—¿Cuánto tiempo crees que te tome darte cuenta de que estás equivocada? —cuestiono al entrelazar sus dedos con los míos.

—¿Eh?

—Lo que dije. ¿Cuánto crees que necesitas para admitir que no es así? —Me aclaro la garganta—. Mejor dicho, ¿qué necesitas para sentir que no es así?

Ron siempre me hizo sentir como la mujer más hermosa que hubiera visto. Y nunca me hizo sentir que eso fuera algo que tuviera que ver con mi apariencia.

14
refresco simple

* * *

AMANDA

Me siento fuera de lugar en este mundo.

Recuerdo la noche de ayer, lastimosamente. Al levantarme, mi padre me esperaba en el comedor con un desayuno cargado y jugo de banana. Recuerdo el calor de la mano de Ron encima de la mía. Al notar que no había dicho nada, asumí que no vio cuando él se ofreció a traerme hasta la puerta. Nuestros encuentros eran raros, como si solo quisiéramos un segundo de las noches del otro para hablar y hablar por horas.

Tengo la maldita costumbre de que el teléfono sea lo primero que miro en el día. A pesar de haber desactivado las notificaciones de todo, por rutina miro lo que han subido mis amigas primero. Mentiría si dijera que no envidio un poco sus vidas agitadas y emocionantes, mientras que yo sería la misma aburrida de siempre si no fuera por la película.

A la vez, sé que no funciono para esa vida; las emociones intensas me atormentan fácilmente. Se me da fatal salir de mi zona de confort y doy demasiado si alguien lo pide. Parece ser que estoy condenada a ser la segunda, la que no está en el reflector, aquella que tiene talento pero no agallas, y que empieza su día con pensamientos destructivos.

¿Por qué tengo la sensación de haber conocido a la persona correcta en el momento en que yo no lo soy?

No he alquilado sitio en Nueva York. Ron me ofreció su casa, mi papá siempre me deja un cuarto libre, y Margarita dijo que puedo molestarla siempre que quiera. Tomo la última opción por al menos esta semana.

—O sea, ¿te volvió a buscar? —murmura Margarita, como si alguien más pudiera oírnos encerradas en su cuarto—. Qué sorpresa.

—Me escribió en una red antigua que tenía dedicada a libros. Dijo que intentó contactarme, pero como cambié mi número cuando mi celular cayó y lo robaron, no pudo —explico mirando a la ventana; el sol cae directo en mi cara—. No quiso volver, solo hizo un largo mensaje confuso sobre quién sabe qué. Intentó disculparse.

—Ay, qué considerado. —Margarita suelta una carcajada contagiosa.

—En cierto punto dejó claro que escribió porque su prometida se lo pidió. Ya sabes, ella es un amor de persona, debió obligarlo.

—¿Eso piensas?

—Por supuesto, no lo haría si ella no lo hubiera presionado. Axel está aprendiendo a ser un buen hombre para su dulce nueva chica. —Ruedo los ojos—. Es jodido ver a la versión de una persona que siempre quisiste con otra. ¿Con ella sí vale la pena cambiar y conmigo no?

—El problema inicia en el momento en que estás con alguien esperando que cambie —me regaña Margarita—. O quieres por completo a su versión real desde el inicio, o nunca quisiste.

—Es complicado de explicar. Era mejor en el pasado. No es que esperaba que cambiara, sino que esperaba que no empeorara. Es ver lo que construiste desvanecerse.

—Amanda.

—Dime.

—Si él no se hubiera ido con ella, ¿tú seguirías con él?

—Esa es una pregunta tonta, Margarita.

—Es una pregunta para mi investigación. —Se acomoda en la cama—. Porque supongo que no lo dejaron de la noche a la mañana. Un ser humano no puede cambiar de un día para el otro.

—Sí puede.

—No, porque...

—Sí puede —reitero—. Conoces la historia.

—Te prometo que no pueden, lo sé por experiencia —reafirma ella con calma—. Lo más probable es que te estuviera engañando, fingiendo ser una persona que no es. Porque ningún buen hombre se convierte en un reverendo idiota de un día para el otro. ¿Sabes qué hacen bien los idiotas? Pretender que no lo son.

—Elabora —pido, interesada en su teoría.

—Sabemos que tuvo una relación a distancia de años con Emillie antes de conocerte. A los pocos meses, encuentra otra chica y en semanas ya es su amiga con derechos.

—No éramos eso, ni siquiera le pusimos nombre.

—¿Después de años de que alguien te dé su confianza, tú vas y te follas a otra? ¿Eso no te suena familiar?

Mi cuerpo se tensa entre las sábanas de Margarita. Pálida, la escucho con atención y los puños cerrados bajo la almohada. Ella se sienta para explicar más rápido, gesticula bastante.

—Intentaré no meterme en lo cruel que me parece que haya ligado con una de sus pasajeras. Porque es piloto, esta niña debió apoyarlo a lo largo de la carrera, cuando le contaba sus sueños, tuvo su primer vuelo —al citar, cuenta con los dedos—. Debió dudar de alguien que no puede ver todos los días y está en contacto con cientos de personas a la semana. ¿Cómo le paga él? Haciendo exactamente lo que de seguro dijo que no haría.

Me levanto de la cama porque su última frase me ha desestabilizado. El vaso de agua fría no es suficiente para desatar el nudo en mi garganta. Un mal sabor se me aparece en la boca.

—Luego, digamos que ha pasado página y encuentra a la mujer ideal. —Me señala; su tono se oye cada vez más enojado—. Vamos a ignorar que la usa para olvidarse de la anterior, vamos a ignorar que le establece un no te *pilles* aunque la trata de pareja. Incluso paso que nunca —remarca esa palabra—. Nunca te haya pedido formalizar. ¿Por qué no te has cuestionado por qué escogió vivir contigo? Porque necesitaba algo seguro a mano hasta que pudiera tener lo que quisiera.

Me aprieta el pecho. Mi mano temblorosa deja el vaso en la mesa mientras me cuestiono qué tan real ha sido mi discurso de superación.

—Te lo digo de esta forma porque te he oído defenderlo. Amanda, las buenas personas no dañan a quienes quieren de esa manera; no necesitan que nadie se lo recuerde. Uno sabe si tiene la consciencia limpia. Eso no se quita con un tercero diciéndoles "no era tu culpa" porque sí, es su culpa.

—Margui, ¿puedo hacerte una pregunta que quede entre nosotras?

Ella asiente. Con timidez, regreso a la punta del colchón arrastrando los pies en la suave alfombra.

—¿Está mal si no puedo reírme de ello? Es decir, no lo pienso las veinticuatro horas, no me hace llorar en la noche, hay días donde olvido qué pasó, pero luego lo recuerdo y siento enojo otra vez. Lo veo desde un punto de vista nuevo, como el tuyo, y me doy cuenta de que me sigue afectando porque es peor de lo que imaginé.

Ella me jala hacia su lado, sus brazos me rodean con fuerza. Me dejo caer por completo entre su cuerpo y las almohadas. Un largo suspiro entrecortado desprende la tensión acumulada dentro de mí mientras Margarita me soba la espalda.

—Es normal. No tienes por qué perdonar a quienes te han hecho daño, tampoco tienes por qué superar con paz a quien te dejó guerra al irse —murmura.

—Ya no lo quiero, sin embargo, no puedo aceptar del todo cómo acabó. ¿Cuándo se convirtió en el diablo? ¿Podrían haber sido las cosas diferentes si yo hubiera hecho algo diferente?

—Cállate. Deberías agradecer que la cagó. Peor sería gastar el tiempo con alguien que aún no sabes que no vale la pena. Este chico no vale ni un centavo, nadie que te haga brillar menos lo hace.

—No quiero brillar, quiero hibernar.

Nuestra conversación pasa de la tristeza a su discurso sobre tener cuidado con el mundo porque nadie es tan inocente como aparenta, lo que lleva a una hora entera de chismes sobre las personas del elenco, secundarios, productores e *influencers* a los que han contratado para promoción.

Porque todos los *influencers* que promocionan no se han leído el libro; nunca lo hacen. A veces, las celebridades tienen que leer por escrito el nombre de las marcas que les pagan miles de dólares por cinco segundos de video. Margarita ha peleado con la mitad de los hombres en la farándula. Coincido en que en todas esas ocasiones ella tuvo la razón; la injusticia parece perseguirla.

—Soy especialista en darme cuenta de lo malditos que son los hombres, lo sé a leguas.

Mi cabello enredado está sobre mi cara por las volteretas que he dado gracias a las revelaciones que lanza. De pronto, una duda se instala en mí. Me quedo en blanco esperando que ella rellene el silencio así no tengo que hablar.

—Oye… —Tengo miedo de indagar—. ¿Qué opinas de Ron?

Creo que esta es la oportunidad ideal para decepcionarme y frenar el enamoramiento. Respiro hondo, lista para que su infinita información de dudosa procedencia atropelle mi buena fe.

—¿Kennedy? No sé —Se encoge de hombros—. En este par de meses me habrá hablado unas ocho veces contadas, es un fantasma.

Me confunde oír a los demás describirlo de la misma manera aburrida.

—Qué buena eres con las metáforas —digo entre risas.

—No te rías, es en serio. Puede que para ti sea distinto, pero al resto del elenco ni los mira ni les contesta. Eso es muy maleducado, pareciera que le da repelús la humanidad; luego va y participa en un montón de campañas de apoyo a las personas. Es un supervillano de esos carismáticos falsos, solo que no sabemos cuál es su plan malvado.

—¿Qué sabes sobre las campañas? Ya lo has mencionado, no recuerdo bien.

—Lo investigué, hago eso con quien sea. Es la primera celebridad que existe que oculta lo bueno que hace en lugar de postearlo. Eso sí, tiene un historial delictivo.

Jadeo impresionada, sabía que oculta algo.

—A los dieciséis se robó un gato naranja —lo inculpa.

Me muerdo la lengua, conteniendo una risa.

—¿Segura?

—Nada más, Amanda. Si me entero de un dato nuevo te diré.

—Joder. —Hundo la cara en la almohada—. Tenía esperanza en que me dijeras que es mal partido así lo ignoro.

—Ustedes son cercanos, ¿eh? Lo dijeron en el grupo. Malibú se inventó un cuento de citas y encuentros, no te puedes fiar de ella.

—Nos besamos —confieso.

Un escalofrío me recorre al recordar muy tarde que le acabo de confesar un secreto confidencial a la persona más habladora, chismosa y poco confiable que conozco. En mi defensa, me engatusó, y se nota que eso es lo que menos deseo.

—Déjame entender, ¿lo quieres desenamorar? —Que Margarita se carcajee cada cuatro frases no alivia mis nervios.

—Sí.

—Vale, te ayudaré. —Ella salta a buscar su computadora—. Tienes suerte, soy la mejor estratega del mundo en la pérdida de interés, es más fácil de lo que imaginas.

—¿Qué haces?

—Abrir una presentación. Te haré una guía de cómo romper por completo la química que han construido. Necesitaré más información. —Su *mouse* se mueve lento sobre la mesa—. Espera, le estoy poniendo dibujitos a la diapositiva.

Esto es una pésima decisión.

—Dime cómo es él, qué le gusta, qué no le gusta, qué le da miedo y cuál sería tu opinión sobre la situación si fuera un libro en lugar de tu vida —ordena en un tono autoritario—. Ven, acompáñame.

Si ya solté la lengua, planeo soltar el resto de la historia, no sin hacerle firmar un contrato de confidencialidad electrónico con cláusulas flexibles. Me cuesta recordar ciertas escenas de nuestro teatro sin que me arda el rostro. Me siento igual a una adolescente contándole a su mejor amiga sobre su primer *crush* otra vez. Margarita no emite palabra, está muy concentrada en crear su estrategia.

Cosas que le gustan a Ron de Amanda.
(Informe hecho por Margarita Flores):
· *Todo.*
Cosas que no le gustan.
(En general) (Según Amanda):
· *Los riesgos*
· *Su padre (como suegro, no como director)*
· *Los libros de Tom*
· *La atención mediática*
· *Su apellido*
· *Todo, también*

—Qué difícil de analizar, no es específico —resopla Margarita, frustrada—. En vez de borrarle los sentimientos por ti, será más fácil asustarle.

—Rompes mis ilusiones. —Hago un puchero.

—Mira, por mí, te sacudiría y obligaría a que no dejes ir esta oportunidad. Mas no estás rechazándole, solo estás alargando el periodo de odio para luego ir al de amor. —Me consuela—. Tendrás dónde. Iremos a la disco hoy.

—¿Hoy?

—Se dijo en el grupo desde hace semanas, ¿no te acuerdas?

—Obvio, era un chiste. —Tomo el teléfono—. Déjame hablarle a...

Ambas fijamos la mirada en la pantalla. Un perfil desconocido me escribe; se ve la foto de perfil de un avión desde la notificación. Quedo muda. Es decepcionante que siga sin ser Ron. Esperaba que me dijera buenos días como acostumbra, lo cual lleva a un montón de mensajes sobre el nuevo libro que estoy leyendo o la película clásica que acabo de estudiar.

> Hola Amanda, disculpa por molestarte. No respondiste mis mensajes y quería decirte que entiendo que estuvo mal invitarte a la boda. Mi madre te quiere mucho y Emillie te recuerda con cariño. Ambos te apreciamos, por lo cual...

No termino de leer el mensaje antes de bloquear el número, mientras aún está escribiendo. Elimino el chat.

Un nuevo mensaje de **Ron Ilegal** aparece finalmente en la pantalla. Margarita me lanza una mirada inquisidora que desvío al acercar el teléfono a mi pecho para que no vea nuestra conversación. Si supiera que recién cambié un nombre peor.

RON ILEGAL

> Amandita, perdona que te escriba tan tarde, pero ayer tuve que inventarle al chófer que me llamo Clyde cuando preguntó para informar a Brandy con quién llegaste.

AMANDA

> Hola Clyde, número equivocado. Yo me llamo Aurora.

RON ILEGAL

> Aurora, cierto. Disculpa, es que la resaca de ayer me pegó mal. ¿Cuál es el atraco de hoy, mano derecha?

AMANDA

> ¿Mano derecha? Quisieras. YO soy el jefe de los atracos, tú eres mi dama de compañía.

RON ILEGAL

> Mil disculpas, no me atreveré a insinuar tal hecho de vuelta. Dígame, jefe, ¿cuáles son sus órdenes para mí?

Aprieto la mandíbula, espero que mis expresiones no me delaten frente a Margarita.

AMANDA

> No me hables de esa manera.

RON ILEGAL

> ¿Cuál?

AMANDA

> Olvídalo. Dicen las chicas que me comprometí a ir a la disco. Mi padre tiene razón con que debo dejar de beber y pues estoy liada.

RON ILEGAL

> ¿Paso por ti? Por cierto, ¿a dónde fuiste? Creí que íbamos a usar la casa que alquilé.

AMANDA

Hubo un cambio de planes. ¿No crees que es demasiado pronto para que viva en tu casa? Eso es demasiado compromiso.

RON ILEGAL

¿Quién dijo en mi casa? La invitación era para mí cuarto. ¿Eso es menos compromiso o debo achicar el espacio? El baño también está cómodo.

Cruzo las piernas.

AMANDA

Clyde???!!!

RON ILEGAL

Dime, Aurora.

AMANDA

Estás un poco atrevido hoy.

RON ILEGAL

Así es Clyde. En fin, espero que no estés gastando dinero en un departamento en esta costosa y sobrevalorada ciudad o tendré que traerte yo mismo a casa. De vuelta, ¿dónde es la disco? ¿Te paso a buscar?

AMANDA

No, conduciré yo.

RON ILEGAL

Hay mejores formas de ir al cielo, ¿lo sabes?

AMANDA

Nómbrame una.

RON ILEGAL

;)

Apago el teléfono por un instante. Esto es ridículo, un emoji de mierda no debería alterarme tanto. Aprieto con fuerza mis muslos cruzados sobre la silla y bebo el resto de agua, ya tibia, en el vaso.

AMANDA

Es una salida de chicas.

RON ILEGAL

Oh, vale.

AMANDA

Iré a bailar, nada más, tampoco es el gran plan. No te pierdes de mucho Ron. Clyde, perdona, el autocorrector.

RON ILEGAL

Suena divertido, ¿con quién?

AMANDA

Ni idea, sola. Igual mis amigas siempre están. ¿Crees que los neoyorquinos sean buenos bailarines o mejor me quedo en una esquina leyendo la versión digital de mi nuevo libro?

RON ILEGAL

No me has contado del nuevo libro.

AMANDA

Lo olvidé.

RON ILEGAL

No sé cómo bailan. Suerte allá.

AMANDA

Gracias. Tengo que trabajar y luego saldré directo, nos escribimos mañana o en la madrugada, ¿sí?

RON ILEGAL

Okey

AMANDA

No cometas muchos crímenes mientras no estoy.

RON ILEGAL

No puedo prometerlo. Y pido lo mismo de ti; si vas a la cárcel, llámame.

AMANDA

Oh, mi superhéroe, ¿qué haría yo sin ti? (ridículo).

RON ILEGAL

Yo también te quiero, Aurora.

Cierro el chat con una inconsciente sonrisa gigante en mi rostro; mi pecho adolorido ahora rebosa de emoción. Doy asco, lo sé, pero me da igual por unos segundos; me hace feliz escribirle.

Me estoy volviendo adicta a sus buenos días, a sus malos chistes y a sus mensajes incoherentes. Mi cuerpo recuerda que está vivo cuando él aparece, aunque no sea su presencia sino su fantasma.

A Ron le basta con estacionar en cualquier cuadra de mi corazón para tener un sitio seguro.

—Bueno, ¿cómo te fue siendo desagradable para desenamorarlo? —pregunta Margarita—. ¿En marcha?

—Pff, excelente. Deberá pensar que lo odio.

Releo las notas de Tom en el documento, contemplo los agujeros de trama para la posible segunda película, corrijo lo escrito y escucho el dictado de voz durante toda la tarde. Tengo la mente positiva, pero trabajar en lo que te gusta, aunque es un privilegio, puede llevarte a odiarlo, como se evidencia en la agresividad con la que él destruye su propio trabajo.

He aprendido más sobre el proceso creativo, la experiencia editorial y la rutina de escritura escuchando sus quejas por videollamada que en los cursos que compré. Organizo el calendario, reviso las redes sociales y los movimientos de marketing por mera curiosidad, y manejo el día de mi padre. La laptop se cierra sola cinco minutos antes de que termine el horario laboral. Malibú ha llegado.

La disco es privada, pero aun así hay alrededor de cien personas solo en el piso de abajo. Un montón de bolas de espejos cuelgan del techo, haciendo destellar el suelo. Las luces bajas resaltan la zona de bebidas encendida en neón.

Los reflectores parpadean al ritmo de la música que el DJ cambia cada cinco minutos. Nosotras tenemos un sector VIP reservado en el segundo piso, y me aterra la fina baranda que nos protege de caer de un nivel al otro. En el espejo del baño, hay un montón de frases motivacionales escritas con labial rojo que no te dejan verte con claridad. Supongo que es la intención.

La elección de canciones es buena; el humo y lo tranquilo que se siente el ambiente incluso me dan ganas de bailar. Margarita y yo llegamos al centro de la pista principal. Es raro acompañarla sin una copa en la mano, pero me mentalizo en probarme a mí misma que puedo lograrlo.

Uno de los desconocidos me invita a bailar. Es tan alto que apenas veo su rostro, pero sus grandes brazos empapados en brillantina y tatuajes me convencen. El beat pegadizo de la melodía me recuerda lo mucho que adoro bailar, y lo que hace unas horas amenazaba mi felicidad se me ha olvidado.

Mi cadera se pega a la suya, su mano se posa en la parte inferior de mi espalda, pero eso no despierta nada en mí. Sonrío divertida con los remixes que está creando el DJ. Al elevar la cabeza, lo busco con la mirada.

Quedo helada por unos instantes al ver a Ron cerca de esa zona hablando con Tom. Se sabe que su mejor amigo siempre se lo lleva a todos lados y que Malibú se la pasa invitándolo a nuestras salidas para reírse de sus discusiones con Margarita. Por algún motivo esperaba que hoy no fuera así.

Quieta en mi sitio, con el chico aún moviéndose cerca de mí, no le aparto la mirada a Ron. Él está muy ocupado escuchando a Tom. Su expresión delata confusión; no sé qué pueden estar hablando que requiera tanto detalle.

—¿Qué pasa? —me pregunta al oído el desconocido.

Evito contestarle e intento seguir con lo nuestro, aunque sin la misma energía. Me descoloca su presencia, aún más al oír a un par de jóvenes a metros de mí cuchichear:

—Uy. ¿Has visto al pelirrojo de la esquina? Está guapo, hay que ir a hablarle.

—Sí, tiene un aire al Soldado de Invierno, ese de Harvel.

—Anímate, uno nunca sabe. Ese era tu favorito, ¿o me equivoco?

«Soy una maldita hipócrita», pienso al dejar la pista, corriendo en mis resbalosos tacones para "saludar" también.

Es de las pocas ocasiones en las que no trae una camisa; su playera blanca se pega a su cuerpo y tiene **Cinephile** escrito con tinta en el dorso. Su cabello aún está mojado, acaba de llegar, lo hubiera notado.

Está de espaldas a mí. Tomo su brazo sin decir nada. Por arte de magia, Tom termina su discurso justo en ese instante y se va a la barra de bebidas antes de que pueda decirle hola. Estiro el cuello; Ron tarda más de lo habitual en mirarme.

—Creí que no vendrías. —Rompo el hielo.

—A tu salida —aclara Ron—. Tom acostumbra conocer nuevas discos cada mes, me trajo a esta y quedó con un par de conocidas.

«Tom quedó, no "quedamos"»

—Es más tranquilo de lo que esperé. Seguro es porque es un sitio extremadamente exclusivo —informo como si me importara contarle eso—. Dicen que tienen buenos tragos, no te lo puedo confirmar.

—¿No has tomado? —Ron arruga las cejas.

—Hoy no me apetece, lo dije en el mensaje.

—Ya veo, hoy estás distinta. —Se suelta de mi agarre para estar cara a cara y me escudriña sin disimular—. Te ves hermosa. ¿Qué te apetece además de bailar?

—¿Cómo sabes? —Río de los nervios.

—Abandonaste a tu chico. —Señala la pista—. ¿Todo por venir a hacerme compañía? Qué considerada eres. —El sarcasmo le da un toque especial a su voz.

—Tienes razón, debería volver.

—Solo comentaba —agrega cabizbajo—. También puedes bailar conmigo si ponen alguna canción que te guste.

—Pensé que no sabías bailar.

—No lo sé.

Toma mi mano mientras caminamos en dirección a la barra. No es un gran gesto que provoque una explosión entre nosotros, pese a que mi interior esté en llamas. Lo hace por naturaleza, y aquello enternece mi corazón. Lo sigo sin cuestionar. Si mis amigas me ven desde el segundo piso deben estar juzgándome. Están en todo su derecho.

—¡Hey! —Una de las jóvenes que lo fichó hace rato está sentada justo al lado de Tom—. Aún no presentas a tus amigos. —Sacude la mano casi en mi cara. Ella pasa de mí—. Un placer. —Le da la mano a Ron, él se gira hacia mí así que la chica se ve obligada a reconocer mi existencia—. ¡Hola!

—Chau. —Sonrío entre dientes al apartarme, no tengo mucho que hacer en la barra.

Danzo sola en medio de la multitud, sintiendo su mirada fija desde su asiento mientras bebe un refresco en silencio. Tener su completa atención debilita mi valentía. Estoy tan enfocada en hacer buenos pasos que no me percato del momento en que la mayoría de los hombres de la disco se van sin ninguna explicación.

Un hombre con traje le trae unos documentos. Él los firma con su pluma sin leerlos cuidadosamente, algo imposible con el juego de luces. La constante actividad física me da sed, y mi noche es un tira y afloja entre acercarme a él, siendo la Amanda del plan, o hacer caso a lo que en verdad deseo.

Ron me ofrece su vaso incluso sin saber por qué estoy allí; le agradezco con una seña. El desconocido del primer baile está detrás de la barra.

—Tu nombre —pide este.

—¿Qué?

Paso frente a Ron para escucharlo mejor, le devuelvo el vaso después de un largo trago. Que el refresco sea de fresa me hace sonreír.

—No pude preguntarte cómo te llamas en la pista —resalta el muchacho con acento español—. Dime si quieres un trago. ¿Querida...?

—Aurora. —respondo en broma, una que solo dos personas de las decenas presentes entienden.

—Aurora —pronuncia lento—. Un nombre precioso para una dama preciosa. —Anota en un papel—. ¿Y tu apellido, Aurora?

—Kennedy —responde Ron por mí.

Jamás me sonrojé tan rápido. El muchacho no contestó, solo asintió incómodo y se fue a otro lado. La mano de Ron en mi hombro hace que mi corazón lata tan rápido que casi duele. La única razón por la que no le he reclamado es porque me quitó el aliento.

—Acabas de arruinarme una bebida gratis —lo regaño con una timidez impropia de mí.

—Lo dudo. —Tiene su tarjeta negra entre sus dedos y la pone en mis manos—. Ordena lo que se te dé la gana. Excepto alcohol, que dijiste que hoy no quieres.

—¿Y si me quiero comprar la disco? —Mi sonrisa de lado delata que no hablo en serio, pero tiene que aprender contra quién está jugando sus cartas.

—Lo siento, eso será imposible. —Me cruzo de brazos, victoriosa, al oírlo. Ron se aclara la garganta—. Porque la acabo de comprar yo hace unos veinte minutos.

«O quizás soy yo la que no sabe qué oponente tiene».

—¡¿Qué?!

El barman nos deja una botella de refresco de fresa nueva en medio de los vasos.

—Uno tiene que tener propiedades. —Se encoge de hombros—. ¿Te gusta? Aún puedo regalarte la disco.

—Ron, tú no estás hablando en serio. —Subo el tono—. ¡¿Estás loco?!

—Soy un visionario —se defiende.

De pronto, que todos los hombres hayan desaparecido de la fiesta excepto el barman, él y Tom cobra sentido. Boquiabierta, lo observo con la mente en blanco. Él no elimina su sonrisa de idiota al verme; el brillo en sus ojos lo hace tan tierno que casi olvido que está mal de la cabeza.

¿Para qué demonios alguien que odia salir compraría una disco? ¿Por qué mandaría echar a los chicos? ¿Qué demonios tiene en la cabeza?

—Tenemos que hablar, Ron.

—En mi oficina hay privacidad, te guio.

127

«Mi oficina». Acaba de adquirir este lugar. Parte de mí aún no lo procesa, es una instalación gigante y prestigiosa, debió costarle una jodida fortuna.

Cierro la puerta con llave al ingresar. Hay solo una silla en la que se recuesta agotado; no está borracho así que no puede culpar a nadie. Cruzo mis brazos sobre mi pecho. No puedo reclamarle que haga más contacto visual con mis pupilas que con mis caderas porque la verdad es que no podría sostenerle la mirada.

El rosa de sus labios, el cabello enmarañado, el rubor en sus pómulos, todo aquello roba mi capacidad de ser un robot racional. No puedo evitar mirarlo y pensar que me gusta tanto que me duele.

—¿Se puede saber por qué has hecho eso, Kennedy?

—Fue un impulso. No me veas así.

—Agh, ¿y cómo quieres que lo haga? —Cruzo mis brazos sobre mi pecho—. Estás actuando diferente.

Esta versión me intimida, en el mejor sentido posible.

—Puedes buscar el nombre del chico en la lista de invitados si eso es lo que te molesta tanto, Amandita.

—¡Es obvio que no! Ni siquiera estaba pensando en eso, ¿por qué tú sí? —Ladeo la cabeza—. ¿Estás celo...?

—Te haces películas —me interrumpe—. No, no estoy celoso.

—Ah, menos mal.

Un largo, raro e insoportable silencio se instala en la oficina. Estoy frustrada por no poder decir lo que pienso; la estrategia de Margarita sigue dando vueltas en el aire.

—¿Qué pensaste al verme por primera vez? —indago, dando pasos cortos hacia el escritorio.

—Como debes saber, no tengo pensamientos sobre quienes me cruzo; si los tuviera, tendría el cerebro lleno. —Ron suspira—. Pensé en volver a mi habitación, me dio igual hasta que abriste la boca. —Hace una pausa.

—¿Eso es malo?

—Después de que abriste la boca, pensé: es la chica más interesante que haya conocido, siempre quise arruinar una boda, es uno de mis sueños de dramático. ¿No te parece interesante cómo hay quienes entran en nuestra vida para cumplirnos sueños que ya no recordamos?

—Eres más sentimental de lo que esperaba.

—Lo soy. Hago caos por todo, lloro por estupideces y las cosas más pequeñas tienen poder sobre mi humor.

—Entonces no somos tan diferentes. —Tomo asiento en el piso, me duelen los pies—. Por cierto, parte de nuestro trato era que me usarías también para tus eventos. Mis amigas ya creen que tenemos algo así que tenemos el cincuenta por ciento —le recuerdo con intención de comprobar la teoría de Margarita.

Lo cual parece hacer efecto; no se molesta en ocultar su sorpresa.

Tal vez he encontrado su talón de Aquiles: las apariciones ante la sociedad de la que de verdad le interesa la opinión.

Me quito los tacones sin esperar que conteste.

—El próximo viernes hay una alfombra roja —comenta en voz baja—. Dentro habrá una cena, si tienes esa fecha libre, te guardaré un asiento.

—Ay, claro. Allí estaré, sin embargo, tendrás que hacer un gran esfuerzo en actuar como si te agradara.

—Estás hablando con el mejor actor del mundo —se jacta Ron.

—Actuar como si te gustara será difícil, tranquilo, haré un buen guion.

—Es fácil improvisar hasta que te quiero.

«Suficiente. Ya no lo soporto».

Me levanto a confrontarlo, con delicadeza le retiro las gafas y uso el espacio entre sus piernas para sentarme en su regazo. Él me sostiene de la cadera, cuidando que no caiga.

No pienso mucho. Mi intención de darle un pico se desvía al sentir sus dedos hundidos en mi piel. Un largo beso me mueve contra él, su perfume opaca el resto de los aromas, muerdo su labio inferior.

La ruta es de un solo sentido; nuestro auto de escape puede detenerse o avanzar, aquí ningún pasajero se arrepiente. Me aparto cuando los lentes se me caen en el espacio entre nuestros cuerpos; siento su erección contenida en su pantalón.

«Menos mal que hoy traía intenciones de alejarme de él».

—Mmm, yo... —balbucea él con voz ronca, está rojo.

Un par de golpes en la puerta me espantan tanto que me caigo al piso al apartarme.

—Hola, ¿hay alguien ahí? Necesitamos ayuda. —Tocan la puerta de vuelta—. Se nos perdió nuestra amiga.

—Vete —susurra Ron—. No dejes que entren.

Intento devolverle sus gafas, pero estas se trabaron entre las cadenas de mi minifalda. Él me ayuda estirándolas. Forcejeamos con nerviosismo y agresividad hasta que parte de la falda se rompe, incluso así sus lentes siguen trabados.

—Se van a romper si seguimos intentando de esta forma, necesitamos más tiempo. —Mis pulsaciones van a mil. Mis amigas siguen tocando la puerta frenéticamente—. ¿Te los devuelvo luego? ¿O las echamos?

—Quédatelos. —Niega Ron—. Ya veremos qué inventamos.

—Vale. —Recojo mis tacones del piso. Descalza y con la ropa rota tomo consciencia por un segundo—. Espera. Salir ahora es sospechoso.

—¿Lo dices por tu labial arruinado?

—¿Mi qué? Maldita sea —maldigo entre dientes—. Me arruinas la vida, Clyde.

—Vete antes de que arruines la mía —repite sonriente—. Si te preguntan, niégalo todo.

Estamos lejos de concretar el crimen perfecto; nadie nace siendo un buen criminal. Solo tenemos la certeza de poder confiar en el otro para nuestros retorcidos planes.

15
agua

* * *

RON KENNEDY

El amor es ciego.

Literalmente, ¿en qué estaba pensando cuando le di mis gafas? ¿En que me iba a curar la miopía y el astigmatismo por gracia de Dios? Llevo días usando lentes de contacto.

Tengo una junta con Ginebra, acompañada de mi contador, quien no está muy contento con mi nueva *inversión* por la cantidad de papeleo que debe hacer. Necesito retirar la ropa de la marca que me patrocina. Este será un fin de semana largo.

Me detengo en una tienda de cómics a buscar la nueva versión con un dibujo de mi personaje calcado de mí. Es solo una página, una especie de cameo en el multiverso, pero me hace ilusión. La tienda está vacía, salvo por un reducido grupo de artistas en el centro discutiendo sobre diseño de personajes.

Esta vez no tengo nada más que una bufanda para ocultarme, así que con cuidado me escabullo entre los estantes de libros hasta poder apreciarlos. Reconozco su cabello de colores antes de ver su cara; es Emillie, la chica del museo.

—La teoría del color influye mucho en el diseño de los villanos, a quienes se suele dar el opuesto del héroe y... —Se despista al verme—. Eso hace que, desde antes de saber la historia, los espectadores los relacionen como contrarios.

Deja a sus compañeros hablar, y me sorprendo a mí mismo retrocediendo cuando se levanta de su asiento y camina en mi dirección.

—Hey, eres el mismo de la presentación, Clyde —saluda sonriente—. ¿Eres de aquí? ¿Te gusta el arte?

—No, es una casualidad que nos encontremos —balbuceo—. ¿Tú vives aquí?

—Estas son mis últimas semanas antes de mudarme con mi pareja.

«Con ella sí espera para irse a vivir juntos».

—Oh, qué bien. ¿Al final vendiste los cuadros? —pregunto intentando llevar la conversación de manera casual, pese a que mi cuerpo esté tenso.

—¡Sí! Aunque no en esa presentación, sino en otra. Estoy intentando juntar el mayor dinero posible para mi boda. —Emillie juega con su cabello—. ¿Te he dicho? ¡Me voy a casar! —Estira el brazo para mostrarme con una emoción digna de un niño la sortija en su dedo anular.

—Qué lindo.

—Ay, disculpa, ¿te he invitado? —Corre a su bolso—. Quiero hacer algo creativo y no tengo familia en este país, así que invito a todos los artistas que conozco. —Saca una tarjeta dibujada—. La tenida es en todos los colores menos rojo. ¿A qué nombre te la pongo?

El brillo en sus ojos al hablar del evento me hace sentir culpable de querer joderle ese día... por exactamente cinco segundos.

—Clyde, solo Clyde. Tengo una duda: ¿hay posibilidad de que lleve a mi mujer?

—Claro, mientras más, mejor. ¿Cómo se llama la dama?

—Aurora.

Voy a ir al infierno de todos modos por robar un gato.

—Aquí tienes. —Me ofrece la invitación—. No creas que suelo ir por ahí invitando a extraños, es que tú me has dado buena vibra.

Me da pena con ella otra vez. No soy tan cruel. De hecho, no soy para nada cruel. Esto de ser el villano no es lo mío, en especial si la afectada no tiene la culpa.

Me explota el cerebro lo mucho que puede jodernos amar a la persona incorrecta. Si no se elige a quién amar, ¿vamos por el mundo con la posibilidad de darle el poder de destruirnos a cualquier extraño que avive nuestro corazón? Eso es un arma. Al menos, quiero creer que en cierto punto podemos elegir a quién dársela. Que esto sea una buena decisión, eso ya es a la suerte.

—¿Tienes algún otro cuadro a la venta ahora? Me interesa, tengo un amigo al que le encantan tus cuadros de flores, así te ayudo...

A comprar un anillo decente.

Acompaño a la chica a llevar sus cajas hasta su estudio unas cuadras arriba. Bajo la excusa de comprar una de sus obras, voy sacando la suficiente información para hilar su vida con la de Axel y con la historia que Amanda me ha contado. Puedo ver por qué fueron amigas en cierto momento; tienen cualidades en común.

Su estudio es un salón simple en medio de la urbanización, parece ser la sala de una casa de alquiler remodelada lo suficiente como para que haya espacio para moverse. Espero en el marco de la puerta hasta que un hombre sale del angosto pasillo.

—Tú otra vez. —Me ofrece un abrazo de saludo, que esquivo—. ¿Es tu colega, Millié? —Su apodo para ella es una pronunciación abreviada extraña de su nombre.

Sin su uniforme, es mucho menos imponente de lo que parecía. Lleva una camiseta gris grande y el cabello oscuro rapado. No recuerdo haberlo visto sin su sombrero, me escudriña de pies a cabeza sin emoción alguna.

—Soy solo una persona con buen gusto. —Me encojo de hombros—. Acaban de darme pase a tu boda, por cierto.

Emillie se tropieza con uno de los botes de pintura. La única razón por la que no la ayudo es porque estoy ocupado analizando a Axel.

—Sí, me dijo algo sobre lo que quiere hacer. Ella suele dar las ideas y yo las califico —dice sin mirarla, su atención pasa de su móvil a mí, sin más—. Será simple.

—¿Ah sí? —Frunzo el ceño—. ¿Van a contratiempo?

—No, solo nos dimos cuenta de que queríamos estar juntos muy rápido.

—Qué romántico —ironizo, cuidando que solo yo note el verdadero tono.

—Nadie sabe mucho de nosotros, además de esta inesperada dulce noticia. Millié planea contar nuestra historia en la celebración.

La chica me muestra el cuadro desde mi sitio y asiento confirmándole cuando me menciona el precio.

—Qué guay, Axel. Les deseo mucha suerte —digo con un mal sabor de boca—. ¿Crees en las casualidades? Es que a mis padres les pasó algo parecido.

Algo tiene ese sujeto que no me termina de convencer. Lo noto perdido, con la mirada lejana y las decisiones apresuradas e inseguras. Se cruza de brazos por el frío que hace dentro. La despreocupación y ligereza con la que anda me sorprenden un poco.

De verdad hay personas que pueden marcar la vida de otras y que les importe una reverenda mierda.

Si las cosas fueran justas, esto no ocurriría de esta forma. Ellos no tendrían su vida perfecta.

Y a mí me encanta la justicia.

—¿De verdad? Cuéntame —insiste Axel.

—Mmm, es una historia divertida. —Me reclino contra el mostrador—. Mi padre y mi madre fueron pareja desde muy jóvenes, pero se separaron. Mi padre era un cretino, aunque lo adore debo decirlo. —Pongo una mano en mi pecho, denotando culpa—. Esos que, por no estar solos, le hacen ilusiones a la chica que tienen delante hasta llevársela a la cama, ¿sabes?

Es perceptible cómo se le borra la sonrisa.

—Tuvo una amante en los años noventa. Antes de que mi madre estuviera embarazada, estuvo con ella por un año. —Carcajeo, pues me parece "una anécdota graciosa", la cual Emillie escucha aterrorizada—. A la semana se aburrió, volvió con mi madre y se casó antes de que lo descubriera. Ella lo perdonó, obvio. Por amor, uno acepta...

—Eso no es amor —me interrumpe Emillie.

—Pienso lo mismo. —Ladeo la cabeza—. El punto es que al menos tuvieron un buen matrimonio. Aunque, eso sí, la boda fue un caos... Por la mala organización, cuentan que la pasaron bien.

Incómoda, ella se gira hacia Axel, quien está pálido.

—¿Qué pasó con tu papá? —indaga él.

—Murió. —Suelto con naturalidad, dejando el dinero en el mostrador sin llevarme el cuadro. Axel está tan perplejo que no puede hablar—. Murió en un accidente de avión, fue algo con poca probabilidad. —Río al irme.

Camino rápido fuera antes de que Emillie se dé cuenta de que no llevé mi compra. La caminata triunfal de vuelta tiene un aire de victoria distinto a cualquier otro. Estoy mejorando en esto de improvisar.

Saco la tarjeta de invitación de mi bolsillo y le tomo una foto por si se me pierde. Tiene todos los detalles: el lugar, fecha, hora, tenida, nombres completos.

«Los tiempos de Dios son perfectos», pienso mientras calculo cómo convencer a Amanda de comprarnos ropa roja de manera no sospechosa.

Tom ofrece pasar por mí para ir a la grabación. Debe tener la mañana libre o quiere involucrarme en uno de sus planes. Acepto solo porque no me apetece conducir hoy.

Tengo la mente lo suficientemente sobrecargada con las preparaciones para la alfombra y la búsqueda de un nuevo comprador para la discoteca, ya que mis asesores llegaron a la conclusión de que mantenerla será un mayor gasto que beneficio.

La peor parte de tener todo un equipo controlando mi vida es que mis decisiones de mierda serán juzgadas en una mesa redonda. Además, cuando me preguntaron mis motivos, tuve que inventar que estaba borracho.

Pasamos por Amanda, quien se está quedando con Margarita, así que tenemos un cuarto integrante que no emociona mucho a Tom. Desde el asiento del copiloto, pongo una de mis *playlists* de pop para llenar el incómodo silencio creado después de los saludos.

Estoy leyendo un par de ofertas laborales en el teléfono. De fondo, las chicas están hablando de eventos en sus salidas. Tom finge que no las está escuchando, pero lo conozco; él escucha todo.

A pesar de que es complicado leer y escuchar al mismo tiempo, sigo así toda la ruta.

—Te odio, ¿cómo que no le diste tu número al tatuado de la discoteca? —le reprocha Margarita.

—Era interesante, pero no lo encontré cuando salí.

—Llevas ya un par de años tranquila, ¿no? —Margarita habla tan alto que se oye por encima de la música—. Las historias con chicos y chicas que contaste en la pijamada fueron salvajes.

—Estaba borracha, se aprovecharon de que soy chismosa. —Es difícil oír las respuestas de Amanda; me debato si bajar el volumen o no.

—Vale, pero entre los que dijiste, ¿cuál fue tu mejor polvo?

Antes de que la información llegue a mi rostro y pueda evitar tener alguna expresión, un mensaje aparece en mi pantalla.

TOMI

Esto está planeado. Léeme bien, Ronaldo, no hagas una sola expresión, no parpadees, no levantes la mirada del teléfono. Sigue al pie de la letra mis instrucciones.

Nos encontramos ante una trinchera.

RON

¡Tomas, no escribas mientras conduces! ¿Qué demonios estás diciendo?

TOMI

El semáforo está en rojo, pero no lo sabes porque estás mirando el teléfono. Sigue así. Ahora, a mí señal, bajas el brillo de tu pantalla que se refleja en tus gafas, te encoges hacia un lado del auto como escabulléndose, finges escribir algo y luego ríes, no una risa grande sino una tímida, íntima. Luego, me mostraras el teléfono, tapando la visión de atrás de ellas y lo quitas rápido, como si ocultaras algo. No vas a contestar a nada de lo que yo diga, solo vas a guiñarme un ojo cuando acabe de hablar. ¿Entendido?

RON

No entiendo a dónde va el plan.

TOMI

Solo hazme caso.

RON

Me preocupa tu salud mental.

TOMI

Haz lo que dije. Confía en mí.

El mundo de la actuación me ha preparado para este momento. Espero un tiempo prudente antes de reír. Sigo sus instrucciones al pie de la letra, sintiéndome en una extraña especie de comedia.

Supongo que sería tonto quejarme de esto; es como si un atleta no quisiera hacer ejercicio. Tengo extremo cuidado en ocultar la pantalla del teléfono cuando se lo muestro. Al devolverlo a mí, lo dejo sobre mi regazo con la pantalla hacia abajo.

—Pff, si la gente supiera, enloquecerían —dice Tom sonriente, como si le hubiera mostrado algo emocionante y secreto.

Devuelve la mirada al camino pronto, y hago un esfuerzo sobrehumano para no agregar nada.

Finjo no estar confundido sobre cuál fue la intención de aquello hasta que, a través del espejo retrovisor, noto cómo Amanda cambia su expresión. Suspira antes de poner una sonrisa falsa, muy mal actuada.

Un nuevo mensaje aparece en mi pantalla.

AMANDITA

¿Puedes cambiar la música?

RON

Hola, Amanda. Sí, yo también estoy bien, gracias. No, no estoy haciendo nada. Y por supuesto que sí si me lo pides con esos modales.

AMANDITA

Por favor.

¿Ya, Drama King? ¿Algo más?

RON

¿Qué quieres oír?

AMANDITA

Lo que sea menos el pop que lleva media hora en bucle

RON

Para tu información, ese álbum ha ganado un AOTY.

AMANDITA

Te paso el link de la canción que quiero. Deja de chillar.

RON

No estoy chillando.

AMANDITA

Estás haciendo drama.

RON

Yo creo que es otra la que está haciendo drama.

AMANDITA

¿Sabes qué? Devuélvanme a Clyde.

—Me puedes hablar a la cara, ¿sabes? —digo al girarme hacia ellas. Amanda se sobresalta en su asiento, aunque lo disimula bien.

—Quita esa canción ya —exige.

—Si amaneciste de mal humor, no tienes por qué desquitarte conmigo.

—Me puedo desquitar contigo si quiero.

Tom y Margarita reaccionan ante ese comentario, y como no queda otro lugar donde compartir sus miradas cómplices, forzosamente deben hacerlo entre ellos. Amanda se tapa la cara.

—Malpensados. —Maldice entre dientes—. Ya no se puede discutir.

Un largo silencio tiene lugar entre nosotros.

—No entendí —admito finalmente, y el auto entero estalla en una carcajada.

El set está semi vacío; cada vez hay menos personas trabajando de forma presencial con nosotros. La mayoría de la acción se da por medio de Internet. Incluso mi mejor amigo nos abandona para ir a escribir a un café cercano.

Estamos en un punto avanzado de la grabación, pero de vez en cuando el equipo de *marketing* necesita más contenido para mantener viva la noticia. Al menos son solo clips o fotos; he visto que a algunos los hacen grabar bailes ridículos con canciones pagadas para que sean virales.

El ambiente opresivo es mejor hoy. Las luces encima me lastiman la vista, y los ojos expectantes de la producción están sobre nosotros. Margarita me mira con la misma cara de cansancio que yo a ella. En cierto punto nos habremos acostumbrado.

Respiro hondo antes de encorvarme para que estemos en el mismo nivel frente a la cámara.

Lo único extraño de grabar escenas románticas con el interés amoroso de la película es que sé que, en algún punto, en algún sitio que no puedo ver, Amanda está atenta. Debe ser incómodo para ella como lo es para mí; somos lo suficientemente maduros para saber que esto es parte del trabajo, ambos conocemos la industria. Aun así, algo se siente fuera de lugar.

Me tranquiliza levantar la mirada después de hacer el clip besando a Margarita y ver que Amanda se está riendo de que su amiga hizo una mueca de asco al apartarse.

«Me das escalofríos», digo claro, sin emitir ningún sonido, esperando que ella pueda leer mis labios, lo cual parece funcionar porque rueda los ojos, divertida. Le guiño un ojo justo antes de dar media vuelta porque Brandy ha dirigido su atención hacia mí.

—Ni se te ocurra opacarme en las fotos de la alfombra hoy —me amenaza Margarita.

—Es lo que menos debes preocuparte.

—Deberías pedirle a Vesper que nos acompañe, es decir, que entremos al mismo tiempo —propone ella—. Creo que tiene pensado asistir sola; es invitada de Versace.

—Pueden hacerlo ustedes si quieren. —Me desligo de la situación.

Es extraño pararse frente a una persona que acabas de besar por al menos quince minutos y no sentir absolutamente nada. La única adrenalina que experimento es la del grito de ¡acción! junto con la paz en el de ¡corte!

—Perfecto, pero ¿sabes quién nos va a llevar si el chófer de la producción enfermó?

—¿Qué? ¿Cuándo? —exclamo en un tono bajo que no moleste la charla de Brandy con los camarógrafos.

—Ayer; somos los únicos que vamos. Quizá si contratamos a alguien lleguemos a tiempo, porque el bus aún está aquí —informa nerviosa. Los trabajadores que nos están oyendo se ven incluso más perdidos que nosotros sobre la situación—. Necesito tiempo para arreglarme; eso sumado al de viaje y la espera; estaríamos a contrarreloj.

Llevan ya un par de días organizando a los actores de manera terrible. Entiendo que las personas puedan enfermarse y que no se consiga un reemplazo a tiempo. A estas alturas en cualquier otro proyecto, hubiera escrito una queja.

Solo queda una cosa que hacer.

—Si quieren arriesgar sus vidas, por mí genial —exclama Tom al acomodarse en el asiento—. Nunca conduje algo así, y mucho menos en estas calles. Voy a necesitar que firmen un documento digital donde digan que no es mi culpa.

—Hecho —farfulla Amanda al escribir rápidamente en el teléfono un nuevo documento.

—Y si Ron muere, que me deje su dinero; y si yo también muero, pues se lo dejamos a Daiquiri —bromea Tom.

—Hecho también —afirmo riendo—. Espera, termino de ponerme el saco; arreglarse aquí es una idea genial. No entiendo por qué no lo he hecho antes.

—Dilo por ti, que no tienes que maquillarte —murmura Margarita al subir su cuarta bolsa de maquillaje—. Tendremos que terminar de arreglarnos en el camino. Ayúdenme a no sudar.

—¿No tienes personal que te arregle de vuelta allá antes de salir? —pregunto confundido.

—No todos somos tú —responde Margarita.

Voy hasta el final de los asientos, donde Amanda, escondida entre las cortinas, se cambió el outfit por un vestido de terciopelo negro. Tiene un escote en forma de *uve* bastante pronunciado, y la pillo luchando contra el cierre del collar de plata que quiere colocarse.

Le ofrezco mi ayuda, aunque sé que me va a rechazar, solo porque quiero que sepa que siempre tengo la intención.

—Gracias, ya lo resuelvo. —Se precipita apenas abro la boca.

—Que puedas sola no significa que debas hacerlo todo sola —reprocho, y puedo sentir la mirada de Margarita juzgándonos.

¿Será que le caigo mal? Tiene sentido, después de todo, soy el mejor amigo de su archienemigo del set.

—Es más fácil que digas que estás buscando cualquier excusa para tocar mi piel, Kennedy.

En este punto, empiezo a cogerle cariño a mi apellido porque lo usa siempre que se encuentra en una situación de presión, está enojada conmigo o quiere hacerme enojar. En su voz suena increíble, y de sus labios le resta la desdicha que pudiera tener.

—Tienes razón, es una excusa. ¿Vas a aceptarlo o no?

Decir lo primero que se me cruza por la mente de la forma en que explicaron las guías que leí da frutos. Creo que resumiría esa biblia de una manera sencilla: decir lo que roza el límite entre parecer un chiste y parecer un atrevimiento.

Amanda abre los ojos en grande, echa su cuerpo hacia atrás, cuidando con recelo el tacón que aún no se ha colocado.

—Hoy no —establece sorprendida—. A ti no se te puede dar rienda suelta porque haces estupideces.

—Pff, nómbrame una.

—Te compraste la discoteca.

—Ya dije que era una inversión.

—Tomaste un vuelo carísimo y casi incumples esa campaña.

—Eso tiene explicación, me poseyó el diablo.

—Vale, entonces, intentaste llevarte la televisión cuando fuimos a comprar un teléfono.

—Soy actor, no soy economista; además, tengo oniomanía. Es un síndrome complicado de tratar.

—Deja de llamarle así a tomar pésimas decisiones financieras y ser un comprador compulsivo.

—Amanda, si tomara buenas decisiones financieras no hubiera aceptado este papel.

—¡Oye, respétame! —vocifera Tom desde el otro lado del bus.

Ignoraré el hecho de que nos esté escuchando activamente.

—¿Al fin me vas a contar la historia de por qué aceptaste trabajar en esta peli en lugar de dejárselo a algún actor novato?

—¡Gracias por el cumplido, querida! —se queja Margarita desde los asientos del medio.

—Compré no me acuerdo qué, Ginebra se estaba quejando, detesto eso; le dije que se relajara, que tomaba el primer contrato que me ofreciera lo mismo, así lo hice —explico—. No lo leí, solo vi que lo dirigía Adler Brandy. ¿Qué tan malo pudo ser?

—¿Te arrepientes? —Amanda arquea una ceja.

La miro en silencio por un instante, el brillo en sus pupilas es cien veces más resplandeciente que sus joyas.

—Jamás.

Mientras Margarita se retoca la sombra de ojos, nosotros pasamos a la parte del conductor. Amanda no trae más que labial rojo. Creo que no entiende con claridad el concepto de fiesta luego de la alfombra. Pese a que es privado, exclusivo y confidencial, estarán al menos cincuenta de las celebridades que asisten a la gala.

A ratos es notorio que está nerviosa. No hubiera aceptado traerla, pero supe que hizo aquella insinuación en mi oficina solo porque pensó que no contestaría. Entonces puedo tolerar usar un poco las situaciones a mi beneficio.

Nos vamos adentrando a un barrio que no he visto antes. El sol baja con rapidez y los alumbrados se transforman en altos árboles. Las casas modernas en un sector lleno de edificios rentables en mal estado, las calles van perdiendo su color.

—¿Estás seguro de que es por aquí? —cuestiona Amanda al ver las veredas a oscuras y vacías a través de la ventana.

—Eso dice el GPS. —le contesto. Estamos cerca de la dirección correcta, mas este sitio no se ve nada como una alfombra roja.

—¿Estás convencido de eso? —interrumpe Tom—. No lo sé, Roniel, aquí no te ampara ni Dios.

—Espera… ¡Frena!, ¡frena! —grito al ver que la calle por donde vamos es sin salida.

Tom detiene el bus a medio metro de la pared, se oye cómo Margarita lo insulta en un balbuceo por haberle jodido el delineado.

—Esto debe ser un error, hay que regresar. —Pese a qué lo diga en un tono burlón, se nota la preocupación en el rostro de Tom—. ¿Y si llamas a alguien para preguntar? Lo siento, si no es por aquí, ya dudo que lleguemos a tiempo.

—Da igual. —Amanda suspira—. No tenían contrato para eso, fue una invitación, hay que bajar a investigar.

Ella camina en dirección a la puerta a paso decidido. Me apresuro en detenerla tomándola de la muñeca. Se suelta de un estirón.

—No salgas, no sabemos dónde estamos y dudo que sea seguro —advierto.

—Por favor, Ron, eres demasiado miedoso. —Abre la puerta de par en par—. A veces uno debe tener valor para... —Al poner un pie en el suelo, una rata blanca le roza el zapato—. ¡Ay!

—Ven. —La tomo de la cintura y la hago retroceder hacia dentro del bus—. Daremos la vuelta. Voy a llamar a alguien de la organización para preguntar cómo resolver esto.

—No tienes que salvarme —refunfuña, aunque aún sacude su pie, asqueada.

—Si no lo hago, ¿cómo lograré ser tu superhéroe favorito? —respondo, capturando la dulzura con la que me mira unos segundos justo antes de desviar la mirada. Ella pasa por mi lado y de reojo veo que le susurra algo al oído a su amiga.

De lo que menos me quejaré en el viaje es el chófer. Sigo sin entender cómo logró dar vuelta el bus en una acera diminuta de un solo sentido, sin espacio, conocimiento previo y con la gasolina al borde de acabar. El primer paso es buscar una estación de servicio.

Al parecer, Amanda anotó mal la dirección. Solo fue un número equivocado y hay dos direcciones en el país con nombres idénticos que solo varían por el número de calle. Me guardo ese secreto.

Culpar al universo de todos los inconvenientes es siempre mucho más fácil.

Tom baja a llenar el tanque mientras yo me comunico con uno de los encargados de la alfombra roja. Aquello confirma que estamos en problemas; es casi imposible que lleguemos y mi mejor amigo lo escucha. Aseguro que haremos lo que se pueda por participar en el evento, aunque nos perderemos la parte que es televisada.

En realidad no solo no estoy seguro, sino que no me importa lo suficiente. Prefiero estar aquí con ellos que estar aburrido con mi sonrisa falsa frente a una multitud.

Como aún me quedan un par de minutos, le envío a Amanda un par de memes, son imágenes tontas como una pareja de animales en situaciones hilarantes con el texto "nosotros" escrito encima. Se escucha su risa desde fuera y eso me levanta el ánimo.

—Es solo una imagen chistosa —explico cuando Tom me ve raro.

—Esto me recuerda a la teoría de la risa —comenta él—. Pensé que era muy cursi e irrealista como para alguna vez presenciarlo.

—¿Qué es la teoría de la risa?

—Oh, es una teoría que inventé para un libro. Dice:

Para que una relación funcione, una persona debe causarle mucha gracia al otro, y el otro debe tener una risa que haga feliz a la primera persona. Así, de un solo chiste pueden reír ambos, uno por las palabras y el otro porque la felicidad es contagiosa.

Me tomo un pequeño instante para imaginar la escena y suspiro conmovido.

—Eso es tan bonito viniendo del sujeto que escribió cómo un mafioso masturbaba a su mujer con un arma.

—No te olvides del mango del cuchillo —agrega Tom—. Anda, sube de vuelta. Voy a hacer que lleguen, aunque sea lo último que haga.

Hacemos bromas sobre películas de acción automovilística al ponernos el cinturón. No sé a cuántos kilómetros por hora vamos, solo que las luces lejanas pasan como líneas de luz a nuestros lados. No hay casi tráfico, lo que facilita que las ruedas chirríen contra el asfalto al ir.

Hemos puesto la lista de canciones en español que Amanda quiso, estamos recostados en el hombro del otro, comiendo galletitas dulces y hablando de libros. Podrían congelar el tiempo en este instante, sería feliz eternamente.

Nos cuesta escucharnos por los gritos de Margarita, a quien por accidente dejamos sola con Tom. Se puso a criticar sus obras y, a pesar de que en privado él es su peor hater, nunca lo he oído autoalabarse, tampoco le deja pisotearlo. Pareciera que son nuestro entretenimiento; devoramos las galletitas como palomitas y nuestras manos se rozan dentro de la bolsa de plástico gigante.

—Perdona, pero no voy a tomar la opinión de alguien que literalmente vive de escribir cosas como esta película —dice Margarita con sarcasmo.

—Y yo la de alguien que no escribe sus propios posts —contrarresta con tranquilidad Tom.

Amanda se atraganta con una Oreo.

—Al menos lo que me escriben mis *Community Managers* es realista.

—Primero que nada, si no sabes que la literatura puede ser fantasiosa entonces me preocupa que hayan contratado a alguien tan tonta. —Tom da vuelta una manzana, mientras tapo la boca de Amanda para silenciar su reacción—. Segundo, te reto a decirme una sola cosa irrealista de mis libros. Eso debe ser un reto para ti porque dudo que sepas leer.

Me muerdo el labio, Amanda jadea contra mi palma. Estoy arruinando su labial, ella me está manchando, estamos muy metidos en la pelea como para preocuparnos.

—Por ejemplo, lo rápido que las protagonistas acaban, pareciera que lo escribió alguien que...

—Lamento que hayas tenido malas experiencias. No es mi caso —la interrumpe riendo, lo que pone de colores el rostro de Margarita.

—Pues eso revela que todos los hombres son inútiles.

—O tú no sabes escogerlos, ¿eso también es mi culpa?

La habilidad que tiene ese maldito de responder al segundo con un argumento no solo insoportable, sino también certero, me preocupa. Él se lo toma a broma, sé cómo es cuando discute; ella está por saltarle encima y provocar que nos estrellemos.

Aprovecho el momento de no quitar mi mano de encima de Amanda con la excusa de contenerla; sus uñas largas dibujan círculos en mi muñeca.

—Ugh, eres peor de lo que esperé, tú y quienes están a tu alrededor... —mascula Margarita—. Amanda, apártate de ese. —Me señala.

—Estúpida, no vas a arruinar mis planes. —Él la confronta "de verdad" por primera vez y deja de mirar a la carretera.

«Oh. No».

Se cruza un semáforo en rojo justo al lado de una barrera policial. En menos de un minuto, la patrulla nos persigue con sus sirenas encendidas.

De manera responsable, el conductor para el bus a explicar la situación; sin embargo, no tiene licencia para buses, no tiene contrato laboral, no tiene excusa para ignorar la señalización y mucho menos violar el límite de velocidad. Margarita, en silencio, hace caras denotando burla; yo estoy muy preocupado por los estragos que esto pueda provocar.

He de decir que la escena con el reggaetón que Amanda no pudo apagar a tiempo es bastante memorable.

Insisto en pagar la multa, la fianza y lo que tengan para que nos dejen irnos; los policías se niegan a hacer el papeleo que eso necesita a estas horas de la noche. Estamos sentados en la sala de espera mientras un oficial habla con Tom en otro cuarto.

—Mierda —murmura Amanda—. No pueden arrestarlo. Aunque paguemos, saldría mañana en la tarde y en la mañana tenía que viajar con Daiquiri.

No sabía eso. Ahora me siento culpable de haberle cambiado los planes de hoy.

—Esto es un caos. —Margarita se frota la cara, frustrada—. ¿Dónde estamos ahora?

—A dos ciudades de Nueva York —informo—. No tengo idea de cómo pudimos llegar aquí, pero hay que irnos. Ya. Y Tom tiene que venir con nosotros.

—Bueno, ¿qué se supone que hagamos? —Margarita se cruza de brazos.

—Si supiera qué hacer, no estaría aquí estresado.

Los trabajadores aparentan no saber quiénes somos, excepto uno que me ha visto fijo intentando recordar de dónde le parezco conocido. Amanda está sentada a mis pies en el piso, se quitó los tacones y tiene la mirada perdida en la pared hace diez minutos.

Esto es mi culpa. Debí detenerlo. Prestarle mayor atención. Evitar que lo distraigan. Al menos sabemos que no es grave; podremos olvidarnos de esta catástrofe pronto, aunque no conseguiré dormir si privo a Daiquiri de estar con su padre solo por una alfombra roja.

—Tengo una idea. —Amanda se levanta—. Tendrán que poner toda su magia actoral en esto, su voluntad y dignidad, o no saldrá bien.

—Explícame el plan —pide Margarita.

—Cuenta conmigo. No necesito saber nada más.

Aprovechamos que no conocen a Margarita y que Amanda puede esconderse a nuestro favor. Si no podemos apelar a los policías con dinero en sus bolsillos, quizá podamos apelar al corazón en sus pechos.

Desde una esquina, Amanda susurra: «acción». Pienso que si no sale como planeamos, al menos tendremos una pijamada juntos en la celda.

Escena 1: Juicio en la comisaría.

Las hermanas Marcela (Margarita) y Amapola (Amanda) descubren al mismo tiempo que fueron engañadas por el personaje principal, R.

Un teléfono cae al suelo, el grito al aire de Marcela alerta al oficial que dormía en su silla.

«Personaje principal R: Puedo explicarlo».

—¡Puedo explicarlo! —Me aclaro la garganta—. Marcela, relájate, estás imaginando cosas como siempre.

—Como siempre —repite Margarita, con las cejas fruncidas y utilizando el mismo tono de odio que antes—. ¡Cállate! Te la pasas en casa diciendo que estoy loca, ya no más. Acabo de ver cómo ella te abrazó.

—¡No metas a Amapola en esto! —grito, el policía se despierta del susto, perplejo ante la escena.

Amanda corre a "refugiarse" detrás de mí, y eso casi, casi atenta contra mi profesionalidad.

—Los presenté yo, imbécil, yo. —Margarita se golpea el pecho—. En todas las putas cenas familiares los dejé hablar e ignorarme porque eras el primer hombre que mi hermana toleraba. ¿Hace cuánto te estás acostando con él, desvergonzada?

El policía jadea asombrado, boquiabierto, no interviene en nuestra discusión, sino que la escucha desde el borde de su silla.

—Yo... Marce. Yo no... —tartamudea Amanda, y yo escondo una risa tosiendo.

—¡Silencio! Cuando mamá me envió las fotos, tuve que discutir que eran falsas. ¡Incluso acepté que el TikTok que hicieron bailando fue creado con Inteligencia Artificial! Pero explícame cómo le agarraste el brazo, explícalo —vocifera a centímetros de mí, y solo puedo pensar en lo confundido que debe estar Tom oyendo esto.

—Marcela, sabes que lo nuestro nunca tuvo futuro.

—¿Esa es tu excusa de mierda para engañarme con mi hermana? ¿Cómo no se te cae la cara de vergüenza? —Me empuja—. ¡¿Qué dirían los medios si supieran que tu reputación de niño bueno en realidad es la de un rompe hogares?! ¡Amapola, sal de ahí ahora mismo!

—¡Tienes que entenderme! —sacudo a Margarita tomándola por los hombros

—. Lo nuestro se acabó hace mucho tiempo. ¿Quieres saber dónde estaba en nuestro aniversario el veintinueve de abril? Está bien, sí estaba en la cena, pero no contigo, sino con ella. Lorenzo lo sabe todo.

No tengo idea de quién es Lorenzo. No conozco a nadie que se llame Lorenzo.

—¿De verdad quieres que te cuente cómo ella me trajo de vuelta a la vida? —inquiero sin dejarla responder.

—¡Incluyeron a mi mejor amigo en su adulterio! ¡Dios mío! —Margarita tira los papeles del mostrador, el policía encargado de allí ni se enteró, está muy concentrado en nosotros.

—¡Hermanita, cálmate! —pide Amanda—. Te va a dar un paro, tu presión debe estar por las nubes.

—¡Por las nubes te voy a dejar cuando tengas el valor de venir a hablar conmigo, deja de esconderte detrás de ese intento de ser humano!

—Amigo... ¿Necesitas ayuda? —Se mete tímidamente el guardia, que tiene un brazalete de Harvel.

«Bingo».

—Estoy bien, estamos bien. —Mi brazo rodea a Amanda.

—Vas a dejarla. Vas a dejarla o voy a arruinar tu vida —amenaza Margarita, y yo tomo su mano en el aire.

—Sabes bien que no voy a hacer eso, esto se acaba aquí. Terminamos.

—Marcela, perdona. Yo creí que... —intenta disculparse Amanda, pero se encoge en su sitio.

Margarita finge empujarla, como no tiene equilibrio (nunca lo tuvo), se cae, dándole el toque de caos que le faltaba a nuestro teatro. Estoy seguro de que Margarita ni la tocó, recuerdo que dijo lo mismo al caerse siendo bailarina, y estoy por llorar de la risa que no puedo soltar.

Me lagrimean los ojos, muerdo mis labios con fuerza con cuidado de no quitar mi semblante sumido en preocupación. Desde el suelo, Amanda sacude su cabeza, el cabello le queda en la cara. Deja de moverse.

—¡¿Cómo pudiste?! ¡Ella está embarazada, Marce! ¡Estás loca! —Levanto a Amanda entre mis brazos, que saca la lengua como un perro al pretender estar moribunda, claramente es la única que no es actriz—. ¡Ayuda! ¡Ayúdenme!

—¡Por amor a Cristo! —El guardia reacciona, se persigna al pasar junto a Margarita, quien le gruñe agresivamente.

Me acerco junto al guardia a los demás oficiales; este pronto les explica quién soy (mi estatus, dinero y posición de poder), además de lo que él entiende del cuento que acabamos de armar. Las lágrimas que contuve de risa sirven como un llanto desesperado por "salvar" a mi amante de su hermana.

El plantel son señores de cincuenta a setenta años, medio dormidos que no parecen tener acceso a Internet, por lo que no tienen idea de quién es Margarita. Además, ella se tiñó el pelo para el papel, está irreconocible.

—Tenemos que salir de aquí, tenemos que huir —le pido al que nos arrestó—.

Marcela es una bruja, nos va a enterrar en un cementerio, va a bloquearnos los caminos. ¡Tenemos que huir!

Amanda se toca el vientre, hace contacto visual con el del mostrador. Había olvidado, con el calor de la actuación, lo hermosa que está, sus ojos de sirena parecen hipnotizar a quien los mire.

—Quiero volver a mi casa, por favor. —Le brillan los ojos—. Arrestaron a mi chófer. Por favor, él les dará lo necesario. Necesito descansar, señor...

—Harry Johnson.

—Harry. —Se voltea hacia mí—. Cuando nazca, le pondremos así. Qué lindo nombre.

—Por supuesto que sí, Aman... —carraspeo—. Amada mía. ¿me podrías decir el total de la multa y la fianza? Mi mujer podría estar en peligro en este instante, no podemos quedarnos en esta ciudad.

—¿De dónde son?

—De Texas —responde Amanda.

—Está bien, los voy a dejar ir —establece el tal Harry al abrir el sitio donde tiene a Tom—. Pronto, antes de que me arrepienta.

—Toma un poco de agua, niña —le dice uno de los señores mientras le da una botella—. Cuídate.

Por fin respiro con normalidad. Uno de ellos toma el cheque que les hice y se lo guarda. Sostengo a Amanda hasta el bus con la ayuda de Harry, mientras Tom tiene la mayor expresión de confusión que le haya visto.

No es hasta que estamos a varios kilómetros de distancia que Amanda se carcajea, lo que provoca que yo tenga un ataque de risa. Tom insiste en preguntarnos qué pasó o por qué no está Margarita. Me falta el aire al intentar relatarle.

—Perdona, Tom, mira el lado bueno: podrás tener tus actividades normales con Daiquiri mañana.

—¿Mañana? —cuestiona al estacionar—. Es pasado mañana, se lo dije a Amanda, que en la noche del domingo no puedo.

Lentamente, giro mi cabeza hacia ella, quien se esconde tras su abrigo.

—Da igual. —Niego con la cabeza—. Ven, llegamos.

Sostengo su mano. Recuerdo que no trae zapatos, así que la cargo al entrar porque el sendero es de piedra, o uso eso como justificación.

Ella se tira en el sofá. Evito molestarla. Su teléfono en la cartera no para de sonar. Respondo solo porque ya tiene veinte llamadas perdidas.

—Hola, disculpa, ella no puede contestar ahora. Si es una emergencia, se lo puedo informar.

—No hace falta, Ron —contesta Brandy—. Si Amanda está bien, entonces todo en orden. Nos vemos en el set.

16
licor cocoroco

* * *

RON KENNEDY

A veces, por salud mental, uno debe evadir la realidad.

Esto puede implicar cortar la llamada, rezar tres Padres Nuestros, tomarse un vaso de leche con una pastilla para dormir y desearle suerte a tu yo del futuro mientras escribes tu testamento hasta quedar desplomado en la cama.

Estaba flotando de sueño, agotado de la escena de la comisaría con Amanda acostada en mi sofá. No sabría explicarlo, pero su presencia me da tranquilidad. Esa misma tranquilidad se esfuma al pisar el sitio de grabación la mañana siguiente.

—Hola. ¿Has visto a Amanda? —pregunto a Malibú apenas ingreso.

Estoy nervioso. Se nota en cada parte de mí, como en que mis manos torpes no consiguieron hacer el nudo de la corbata o en que me he mordido las uñas de camino. Por alguna razón, Amanda no esperó para venir conmigo, no avisó que se iba ni responde a ninguno de mis mensajes.

—Sí, llegó temprano, está hablando con su padre en el edificio de al lado —comenta con naturalidad, ladeando la cabeza hacia una puerta—. Puedes ir a buscarla.

—Mmm... Estoy bien así.

—¿Seguro? También quería hablar contigo.

Son las seis de la mañana, ¿cómo debe tomarse una persona en su sano juicio esa frase a tal hora? Me quedo tieso en una esquina por unos largos quince minutos, replanteándome si debiera entrar a fingir demencia o huir al primer vuelo en dirección a Japón, cambiarme el nombre a Clyde de forma definitiva y fingir mi muerte. Le escribo un correo de envío automático a Tom para que, si no tomo una decisión en cinco horas, él sea el encargado de mi funeral.

Estoy hecho un manojo de nervios; me siento cada vez más observado pese a que no reciba más atención de lo usual. El recorrido hasta la oficina donde Brandy se ha instalado es sombrío y tormentoso, solo interrumpido por la tétrica música en alemán que tienen puesta en un departamento cercano.

Al abrir la puerta, lo visualizo sentado en su escritorio, sereno, con un semblante serio como siempre. Tiene la mirada fija en su computadora, por lo que dudo que me haya notado. Hay dos sillas enfrente suyo, están vacías. Amanda no está. De hecho, no hay rastro de que nadie además de él haya entrado. Malibú me mintió.

Brandy eleva la vista de la pantalla a mí, con cierta satisfacción en sus ojos.

«Mierda, esto fue una trampa. Y caí».

—Kennedy, el actor del año, ¿cómo estás hoy, muchacho? —saluda con una amabilidad casi sarcástica—. Toma asiento, por favor.

La puesta en escena es siniestra; las paredes de la oficina están pintadas de negro, dos grandes cuadros de leones blancos están a los lados. Él, sentado en medio, baja poco a poco la pantalla de su laptop, dejándome no otra alternativa que mirarlo a la cara. Impasible, extiende la mano señalando el asiento más cercano a él. El cuarto está iluminado por un foco opaco que le crea sombras en el rostro, no hay ventanas ni aire acondicionado, por lo cual el creciente frío de Nueva York se siente diez veces más intenso dentro. Me arrepiento de no haberme puesto el saco. Él carraspea, insistente en que siga sus órdenes. La silla chirría contra el piso cuando la aparto unos centímetros.

—Escuché que quería hablar conmigo, señor —digo en voz baja, temeroso.

—Escuchaste bien. —Ríe, pero no es una risa de felicidad, sino una lenta—. Tenemos mucho de qué hablar, ¿no lo crees?

«¿Finjo demencia o confieso? Ni siquiera tengo nada que confesar. Con Amanda somos... Somos... ¿Somos?».

¿Ella considerará que somos algo más que amigos? Pareció querer evitarme la última noche, aunque aquello pudo ser percepción mía.

—No me gusta que me ignoren, Kennedy —recalca Brandy—. Tampoco me gusta que me dejen hablando solo. Te he hecho una pregunta. Sabes responder, ¿cierto?

Me hundo en la silla. Ha cambiado el tono, no sé por cuánto tiempo más pueda usar mis dotes actorales para ocultar que estoy al borde del colapso.

—S-sí, señor. Perdón, me perdí en mis pensamientos... Eh... Sí, tenemos que hablar. ¡O sea, no! Digo, si usted quiere hablar, yo puedo escucharlo. Nosotros no... Mmm, no tengo claro de qué podríamos tener que discutir —farfullo, trabándome entre las palabras—. Que yo sepa.

—Que tú sepas —repite con desdén, elevando ambas cejas—. Interesante.

«¿Interesante de qué? ¡¿Por qué?! ¡¿En qué sentido?!»,

Se me ha bajado la presión. Creo que estoy perdiendo la visión.

—Podemos hablar de cine —propongo con timidez, como si yo pudiera manipular a Adler Brandy en algo—. Me he visto Tormenta nocturna. Su agudeza visual en el planteamiento de la historia a través de la cámara es reconocible en cualquier lado y...

—Shhh —me interrumpe.

Oficialmente, este es el peor día de mi vida.

—¿Dije algo malo?

—Oh no, estaba oyendo pasos. —Sonríe de oreja a oreja al escuchar a alguien girar el picaporte. Yo me quedo inmóvil—. ¡Amanda! No olvidaste traer mi té, muchas gracias.

—Pasé por la tienda de camino a la librería. Es mejor que no molestes a la secretaria con esto. —Deja una bolsa encima del escritorio, y recién allí se percata de mi presencia—. Ron, ¿qué haces...?

Se ve en su expresión el momento exacto donde se da cuenta de la situación. La sonrisa se le borra al instante, palidece. Yo tampoco soy mucho apoyo moral en que se mantenga calmada. Sin cuestionar ni emitir palabra, toma asiento al lado mío.

En silencio, Brandy se toma el tiempo de abrir la bolsa, colocar la taza de té, servir el líquido del vaso de plástico, y mezclarlo con un par de hierbas medicinales que guardaba en un cajón. Realiza cada paso con una devoción envidiable, denotando tanta tranquilidad que sería difícil pensar que hace un segundo estaba cambiando el tono de voz a uno alterado. Sabe que ambos lo estamos esperando con los ojos clavados en él.

Lo hace a propósito, alarga esta reunión a su gusto y maneja la tensión como se le da la gana cual psicópata. Creo que ayer fui muy positivo. No soy ningún superhéroe, no voy a salvarla de nada. Menos si el supervillano es este señor.

Amanda me lanza una mirada suplicante; el mensaje «¿Qué te ha dicho?» está implícito. Solo hace falta ver mi mandíbula tensa o mi jugueteo nervioso con el reloj para saber que la respuesta es «Nada bueno».

Toma su taza con ambas manos y se la lleva a los labios sin quitarnos la atención. El vapor se puede ver en el aire.

—¿Tienes algo que contarme, Amanda?

Ella no tiene tiempo de verme de reojo para confirmar que no he dicho nada o que lo he negado. Solo confía en que no tengo huevos.

—¿Contarte? Pues nada nuevo. —Se encoge de hombros—. He aprendido mucho al trabajar con Tom, avancé en el manuscrito que te comenté hace unos meses, poco más que eso.

«Y tiene razón».

—Entiendo. También entiendo que eres adulta, por lo cual no me incumbe meterme en tu vida ni mucho menos. Sin embargo, me parece que traer las relaciones sentimentales al set no es propicio —explica él—. Además, he pasado mi vida ocultándote del foco mediático que es esto.

—¿Qué dices? —Ella frunce el ceño. Yo creo que me voy a vomitar encima.

—Ayer te llamé de madrugada porque no nos despedimos como es habitual. Contestó tu querido amigo. —Se voltea hacia mí—. Dijo que estabas bien, por lo cual no me preocupé.

Boquiabierta, ella da vuelta la cabeza en mi dirección. Es complicado descifrar si tiene ganas de gritar, reclamarme o maldecir.

—Eso tiene una explicación —musito. Mi corazón bombea a su máxima potencia.

—¡Papá, estás loco! ¡Por Dios, ¿cómo se te ocurre?! —exclama Amanda—. Qué demonios estás insinuando, ten un poco de respeto.

—Solo digo que este no es un sitio para vincularse.

—Nosotros fuimos a... —no le puedo decir que la invité a la alfombra roja— una fiesta. Nos perdimos. Como era muy tarde, le dije que podía quedarse en la casa que rento en lugar de cruzar la ciudad. Se quedó dormida y respondí por ella.

—No tiene por qué explicarme nada, Kennedy. No hiperventile. —Se burla—. Quería aclarar eso. Como saben, llevo mucho tiempo en esta industria. Sé cómo una producción puede joderse. Si fue una idea mía, me disculpo entonces. No entiendo por qué están tan asustados.

—Oh, claro. —Amanda actúa una carcajada muy mal elaborada, en mi humilde opinión—. No estamos asustados, eres tú que ambientas las cosas como en una peli de terror.

—Sí, qué gracioso —añado.

Me quiero asesinar. Quiero desaparecer. He visto mi carrera acabada pasar frente a mis ojos.

—De igual forma, conozco la trayectoria de los actores con los que trabajo. Usted es de las pocas celebridades que han sabido mantenerse a raya para no manchar su carrera —comenta Brandy—. No ganó los incontables premios en la gala pasada por suerte. Es grato verlo desenvolverse en diferentes roles. He de felicitarlo porque le da vida a Kain Reid de una manera sin igual.

De pronto, he olvidado cualquier emoción negativa que cargaba dentro. Amanda ni siquiera parece escucharlo por su propio monólogo mental; no obstante, él cómo director y celebridad ha sido de mis mayores inspiraciones. Que esas palabras provengan de quien se mantiene como mi ídolo me sube el ánimo y me hace replantearme haber criticado hasta el cansancio este rol.

—Es un honor.

El teléfono de Amanda vibra en su bolso y sale apresurada de la oficina para contestar la llamada. El reloj marca las siete y treinta; es hora de empezar a grabar. Brandy se levanta de su asiento y, mientras se dirige a la puerta, posa un momento su mano en mi hombro.

—Eres un buen profesional, Kennedy, y lo admiro por eso. En la juventud, uno no suele tener la claridad que usted tiene en sus acciones —me susurra al oído—. Por lo cual, creo que está de más decirle que mentir no está bien visto. Mucho menos a mí, ya que no tolero los mentirosos.

—Por eso jamás le he mentido —miento.

—Eso lo sé. He ocultado a mi hija de los peligros de la fama por décadas. Ella no estaría con el Ken de turno —dice al salir.

«Bueno, una de cal, otra de arena».

Podría haberme dicho que me va a acuchillar. Mi cerebro reproduce la parte en

148

donde me felicita. Él es una persona directa, así que, si dudara de nuestro testimonio, lo hubiera dicho.

Amanda sigue en la llamada cuando vamos a la ubicación establecida. Ella no habla, simplemente está escuchando lo que le dicen del otro lado con el ceño fruncido. Evito verla mucho para no levantar sospechas.

Cada vez que tenemos que grabar una escena de sexo, maldigo a Tom por no tener fantasías normales. Es irónico que un coordinador de intimidad deba hacerte sentir seguro y asegurarse de que haya un buen ambiente durante la grabación, pero tener a Amanda a dos metros de mí mientras finjo estar con Margarita es la tortura medieval más catastrófica que se pudiera haber inventado.

Eso sin contar que Adler también está presente, detrás de las cámaras, con al menos diez personas más. Respiro hondo. Es cierto que después de toda la mierda que mi mejor amigo me ha instado a ver o leer, estas escenas me generan menos presión.

Tengo la coreografía grabada en mi cabeza. Margarita es una actriz increíble a pesar de no tener mucha experiencia, y ambos podemos pretender que no estamos lejos de ser el tipo del otro durante exactamente trece minutos. Eso es lo que tarda en pasar de un diálogo de amigos a ir al baño, con dos o tres señores siguiéndonos con sus lentes gigantes.

Siempre detesto tener que trabajar con Amanda, pero esta es sin duda la peor ocasión por un pequeño detalle.

—Corte —grita Brandy—. Hay que rehacerlo, la cámara B estuvo desenfocada en la toma que quiero.

—Señor, es la novena vez que repetimos esto. Llevan tres horas intentando... —susurra su asistente.

—Llevaremos diez horas más si es necesario. No porque sea una producción juvenil vamos a entregarles calidad a medias. —Nuestros compañeros, agotados, regresan al inicio de la escena—. ¡Toma diez, vamos!

Repito los mismos diálogos simples, hago contacto visual con Margarita, le tomo la mano y la jalo del pasillo al baño. Caminata que ya me han interrumpido cinco veces porque "no se ve natural" o "estoy exagerando los movimientos". La transición de una sonrisa juguetona a la expresión completamente muerta que tengo en los descansos debe ser un poema para quienes nos observan.

—Intenta... Mmm, intenta pegar más tu pelvis a la suya —recomienda Amanda—. En el beso, se ve incómodo si tienen tanto espacio entre los cuerpos.

He de admitir que Amanda hace un trabajo increíble. Ha modificado cada escena para hacerla lo menos expuesta e incómoda. Los vestuarios, las acciones, lo que se puede o no enfocar está firmado con el consentimiento de ambos. Es imposible evitar pensar en eso cada vez que mis dedos se posan en la piel de Margarita, sabiendo que todo está hecho a su medida.

La secuencia va así: ocurre una escena de "provocación" entre los amigos, los personajes se encierran en el baño, él sube su mano por el brazo de ella y desliza la tela de su abrigo hacia abajo, ella tira de su corbata para besarlo, lo que lleva a tres fotogramas más de la mano de él en su cuello, la pierna de ella subiendo y el agarre en su cintura. El ángulo cambia a la protagonista con el torso recostado en el lavabo, mirando al espejo y tapándose la boca porque sus amigos siguen fuera. Es menos escandaloso de lo que suena. En la versión original, lo que callaba sus gritos era el puño del protagonista entre sus dientes.

En ninguna instancia se ve más allá de la cintura, excepto en el clip de la pierna. Amanda se mantiene demasiado cerca controlando lo que hacemos. Contengo la risa al notar que, de nosotros, probablemente ella lo esté pasando peor.

¿O no? ¿Y si no contengo la risa? ¿No debería este sujeto mafioso o lo que sea tener al menos una pizca de sentimientos?

En el siguiente intento, sonrío cuando "empujo" a Margarita contra el lavabo. Cortan al instante.

Vale, acabo de cagar otro cuarto de hora.

—Eso —señala uno de los señores cuyo cargo olvidé—, es perfecto. Le da la vitalidad que nos faltaba. ¿Pueden hacer toda la coreografía con esa energía?

—Necesitan un descanso —interrumpe Amanda—. Deberían haber almorzado hace media hora.

—Yo estoy bien —contesta Margarita—. Solo necesito un refresco.

La sigo por un vaso de agua sin responder. Amanda también trata de evitar el contacto visual conmigo, a pesar de que su maquillaje no oculte lo suficiente el cambio de color en sus mejillas. Podemos culpar al calor, que ha subido a treinta grados.

Limpio el sudor de mi frente. Nunca habíamos tenido tantas vueltas en un mismo problema. Juraría que Brandy se divierte presenciando la tensión entre Amanda y yo, como si fuera una especie de reclamo por haberle mentido. Es normal pasar tiempo extra en una escena simple, pero no es normal tener que fingir estar con una chica frente a la mujer que te gusta.

Esto es... complicado. La academia debería dar premios a los actores que han trabajado en las peores condiciones también.

—¿Tienes idea de por qué hoy no les gusta nada de lo que hacemos? —inquiere en un murmullo Margarita al rellenar mi vaso de agua.

—Tendrán un mal día. —Me encojo de hombros—. Hace rato creo que te pisé por accidente. Lo siento.

—Pff, no te preocupes, estaba muy ocupada pensando en verme bien como para notarlo.

—Gracias. —Suspiro—. Siento que estamos bailando, al menos las últimas cinco veces.

—No te preocupes, estamos cerca de conseguir la toma perfecta o de cambiar a otra escena.

Asiento. Volvemos al mismo recorrido por el pasillo, las luces encima nuestro.

En cierto momento, me tropecé con un cable que no sé de dónde salió. En otro, el grifo se abrió solo y mojó el vestuario de Margarita. No es nuestro mejor momento. Terminamos a las cuatro de la tarde con suficientes variantes que al menos dos le gustaron al director. Pasamos a otra escena.

Nos iremos pronto de la ciudad, así que lo que sea que debamos filmar con vistas de Nueva York debe ser pronto o se descartará. En la segunda escena sexual me siento como si me hubieran embriagado, lo que se traduce en que ya me da igual que haya una decena de personas a mi alrededor.

Tom no está aquí, pero estaba enviando *stickers* de gatos riendo por mis comentarios hacia sus ocurrencias. Con el mal humor que tengo, lo bloqueé.

—¿Están seguros de que este ventanal es resistente? —cuestiona Amanda.

Hay mucha creatividad en el cerebro de la juventud. Estar con tu mujer en el último piso de un rascacielos transparente es lo que menos me asombra. El espíritu del personaje se apodera de mí.

—¡Acción! —grita alguien desde el fondo.

Margarita recuesta su espalda sobre el helado vidrio, en el que tengo la palma puesta por encima de su hombro. Desperdicié al menos cuarenta minutos en estúpidos ensayos donde no pude desprender los botones de la camisa con una mano lo suficientemente rápido. Estoy quedando en ridículo a cada minuto que pasa.

No logro descifrar si la mirada de Amanda está cargada con añoranza, deseo o sorpresa. Lo único claro es que le cuesta estar presente sin tener una reacción.

No quiero ser el robot de esta gente. No quiero tener mis manos encima de Margarita.

En este preciso segundo, me tomo el atrevimiento de mirar a Amanda en lugar de a mi compañera o la cámara. Lo único que quiero es ser de su pertenencia. O desempleado. El fastidio en las caras de los presentes empieza a notarse.

—Reid —murmura Margarita a centímetros de mis labios. Ha dicho ese diálogo tantas veces que parece un rezo—. Estás loco.

«Dios. ¿Por qué disfrutas verme sufrir?»,

—Por ti lo he estado toda la vida —recito sin aliento. Mi mirada baja a sus labios mientras me pregunto si debí hacer caso a mi padre y estudiar administración de empresas—. Aquí no tienes que guardar silencio —le recuerdo.

Elevo su mentón. Me muevo como si fuera a besarla, pero la dejo esperando con los ojos cerrados. Mi brazo baja, saliendo de la visión de la pantalla. Esta coreografía es más fácil que la anterior.

—Espera... —Ella da un brinco, porque se supone que están pasando cosas más abajo mientras hablamos—. Van a vernos. Cualquiera en la ciudad podría...

—Déjalos —ordeno animado. Tuerzo mi sonrisa—. Nada me daría más satisfacción que toda esta puta ciudad sepa que eres mía.

Por única vez, consigo desprender los botones a tiempo. Parte del aura de locura en esa toma es por la explosión de serotonina que me generó conseguirlo.

—¡Corte! —vocifera Brandy—. Lo conseguimos.

151

Margarita se desliza con ayuda del vidrio hacia el piso. Una bocanada de aire me devuelve las fuerzas. Me coloco al lado suyo junto a nuestra botella de agua.

—Al fin, mierda —dice tan bajo que el resto no nos oye—. Película estúpida. Tom Collins está jodido de la cabeza. Cuando lo vea lo voy a matar.

—Somos dos —contesto entre risas—. Gracias, por cierto. Cualquier otra persona me habría maldecido las primeras veces que me equivoqué.

—Tú no te quejaste cuando al principio olvidaba mis líneas. Somos un equipo —me anima Margarita—. Antes te odiaba.

—¿Ya no?

—No, aún te odio. Pero menos.

«Es bueno saberlo».

—Mi *community manager* estuvo hablando con los de Marketing. Tenemos que subir una foto hoy para que se inventen algún rumor entre nosotros que mueva las redes —comenta al levantarse—. Estaré en el camerino, quemando mi copia de *Astrológico Deseo*.

—Si te hace sentir mejor, estamos a más de la mitad del libro.

—¡¿Aún?! —protesta al salir.

No le diré que aún faltan dos escenas de este tipo, mucho peores, por el bien de nuestra inexistente amistad.

Bajo a la primera planta donde uno de los guardias se acerca con timidez a mí. No sé cómo debo estar proyectándome desde fuera, pero a juzgar por la actitud de los demás debe ser muy visible.

—Disculpe que lo moleste, Ron. Es que vino una castaña a decir que quería hablar con usted. Le dije que está ocupado y armó una escena.

—¿Quién?

—Era castaña. Dijo que ustedes tuvieron algo.

—Yo nunca tuve ningún tipo de vínculo con nadie. Hizo bien en no dejarla entrar —balbuceo mirando al teléfono. Estoy por salir.

La luna está en alto. No puedo creer que se nos haya ido la jornada en dos míseros momentos que durarán quince minutos en total cuando se descarten los clips que no desean.

«Esto no puede ser peor».

—Dijo que usted le devuelva su gato.

«Mentira. Es peor».

—No tengo idea de quién está hablando. Por favor, cuide que no vuelva a merodear por aquí.

En camino al auto, recuerdo que Margarita me pidió una foto. Me siento como un títere de los medios; cada vez el papel de "Ron Kennedy", ese modelo, actor famoso y exitoso, me queda como una máscara. Estar la mayor parte del tiempo consumido por las cámaras me absorbe las ganas. Que tu compañera te diga que te odia, pero esté obligada a subir una foto contigo para que los fans piensen que tienen química, soportar el carácter de los demás, que tanta gente tenga que lidiar conmigo, tener que controlar mis reacciones por ser una figura pública.

O tal vez es toda una excusa para culparme por la cantidad de atención que tengo encima. Es cierto que con Brandy tenemos mucho en común; por ello, me veo reflejado en su trayectoria. Sin embargo, eso implica que tengo el mismo peso caótico de la fama en mis hombros del cual él quiso cuidar a Amanda.

¿Se resume a que estoy haciendo un drama porque no puedo estar con ella? Sí, en efecto. Estoy haciendo un berrinche interno porque soy un adulto que, si se llega a quejar de su privilegiada carrera, le saltarán cientos de personas a la yugular.

Entro al camerino sin hablarle. Deslizo la pantalla en su teléfono hasta la cámara; ambos sonreímos cuando el *flash* nos impacta. Tengo el brazo alrededor suyo en la *selfie*. Hago dos por las dudas, haciendo caras graciosas. Sin expresión, dejo el teléfono sobre la mesa. En la entrada, me cruzo con Brandy, quien me escudriña de pies a cabeza como si estuviera valorándome.

—Ten un buen descanso, muchacho. —Palmea mi espalda—. Me caes bien.

Menos mal. No quisiera ver si no.

—Es un honor, señor Brandy.

—Dime Adler. —Niega con la cabeza—. Además, deja de verme como si fuera un asesino, no voy a matar a nadie... aún —bromea.

El humor negro del que se jacta en sus entrevistas me deja de hacer gracia. No distingo cuando habla en serio o no.

—Tenga buena noche. —Me despido mirando al piso.

El sendero peligroso por el cual de por sí nuestro auto de escape debe recorrer para estar juntos se vuelve peor. No me veo conviviendo con este señor. Creo que preferiría ser compañero de piso con Tom. Eso es mucho decir.

He tenido un día de mierda debido a mis sentimientos por Amanda y lo único que quiero hacer es buscar un sitio donde escabullirnos para hablar, ver una película que sobrevaloro, existir cerca suyo.

La encuentro en el estacionamiento, sentada al lado del bote de basura, aún con el teléfono entre las manos.

—Hola. —Me pongo en cuclillas al lado suyo—. Una jornada agotadora, ¿no?

—Demasiado. —Me sonríe; de pronto, quizá no fue una jornada tan terrible como imagino.

—¿Estás cansada? Tengo ganas de —«pasar el rato contigo»— comer comida chatarra. Hay un puesto cerca del museo que sospecho te gustará.

—Sabes que me sumo a todos los planes, pero tengo algo que hacer hoy.

—¿A las diez de la noche?

—Una llamada —comenta restándole importancia—. Axel me escribió.

La reunión, el odio de Brandy y las escenas no fueron suficientes; la vida quiere meterme un golpe en el estómago que me reacomode los órganos, sumado a un puñal por la espalda.

—Consiguió la forma de contactarme; lo hizo para recordarme que firmé un par de documentos legales para ayudarlo a mudarse en su momento. Es sobre migración y propiedades, cosas que hace la gente cuando no piensa —continúa ella—. Por lo cual ahora necesita desligarse de ello o, cuando quiera hacer cualquier cosa en este país, necesitará contactarme.

Casamiento, visa, papeleo. La historia con Axel pinta cada vez peor.

—¿Estás bien con ello? Pueden coordinar cambiar el propietario con ayuda de...

—Usaré esta oportunidad para acabar bien las cosas, así no tenemos que volver a hablar —explica cabizbaja—. He estado pensando mucho; de esta situación, lo único que quiero por sobre todo es la felicidad de Emillie. Así que será mejor que nunca deba volver a recordarme una vez se case con ella. Falta muy poco.

—Sí, lo sé.

—¿Cómo? —cuestiona confundida—. Es algo personal. Yo quiero hacer esto, aunque no recuerdo su voz, no sé cómo puede afectarme aquello.

—Claro.

—De todas formas, es eso. Lo acepté porque ya veo que luego me meto en algún problema legal. Lo menos que necesito es ir a la cárcel sin ti.

—No tienes por qué explicármelo, descuida.

—Obvio que sí, así si sale mal tienes contexto. Yo siempre le cuento todo a mis amigos.

Cuando creí que el día no pudo ser peor, lo hizo. Estoy seguro de que no resisto otro golpe. Acaban de dar vuelta el puñal sin quitármelo del pecho.

—Vale.

—Saldremos en otra ocasión —promete.

—Entiendo.

Su teléfono reproduce una canción como tono de llamada. No observo cómo lo haya agregado porque no soy masoquista. De hecho, no observo nada más. Me levanto sin volverla a ver a la cara.

—Cuídate, Amanda. No te hagas daño —me despido—. Cuéntame cómo te fue luego o si quieres compañía.

El teléfono sigue sonando.

—Gracias, Ron. Lo haré. De hecho, puedes quedarte a escuchar el *show* si quieres.

—Lo siento, estoy ocupado. Voy a... —«colapsar si te cambia la voz como cuando hablas conmigo, o por tu forma de hablarle me doy cuenta de que, en realidad, no te intereso siquiera un poco»— ir a cenar. Deberías hacerlo también.

—Pronto.

—Dejaste tus accesorios en mi casa —le recuerdo.

—Los pasaré a recoger en la mañana. ¡Descansa, Ron! Disculpa por hoy; luego hablaremos de esto.

—Sí. Luego.

Pongo el modo avión antes de apagar mi dispositivo. La *playlist* pone una canción triste en automático; pongo la velocidad máxima desde que el motor se enciende. Desaparezco en cuestión de segundos de ese edificio, conduzco al único sitio que conozco en esta jodida ciudad que vende alcohol variado.

La calle donde nos escondimos a probar el Cosmopolitan que ella hizo me parece gris ahora. Busco en Internet una lista de licores lo suficientemente fuertes para borrarme de la memoria cualquier recuerdo de esta semana; con que sea eficiente en despojarme de mi consciencia estaré bien.

Una botella blanca con un dibujo de cocodrilo aparece en el estante de botellas; al parecer es de fabricación en Bolivia y es de sabor dulce. Justo lo que necesito para esta amarga realidad.

—Amigo, ¿estás seguro? —indaga el cajero—. No se recomienda esta bebida si no eres consumidor habitual.

—Métete en tus asuntos. —Dejo tres billetes de cien dólares en el mostrador—. Quédate con el cambio.

—Espere...

—¿Es más caro? Lo siento. —Abro mi billetera.

—No, es que... —Se aclara la garganta—. No pude evitar reconocerlo. No me gusta mucho Harvel, pero eres increíble. ¿Me puedo tomar una foto contigo?

—No —digo con mi peor cara al tomar la botella y pirarme.

Creí que era inteligente, un calculador emocional, un precavido e inalcanzable superhéroe que es el director de su propia película. Resulta que soy solo un idiota que nunca permitió a nadie tener un arma cargada en su contra.

17
barra de bebidas

* * *

AMANDA

Sabía que tarde o temprano tendríamos que grabar las escenas sexuales. Ser coordinadora de intimidad sonaba fácil cuando ayudas a dos extraños a evitar un mal momento o una situación traumática. Lo que no consideré es lo traumático que sería tener a tu padre a unos metros de ti y al chico que te gusta enfrente, pretendiendo que verlo no te provoca nada.

Ron se arremanga la camisa en el pasillo que cruzan antes de llegar al baño. Siempre me han llamado la atención sus manos; se le marcan las venas a lo largo del cuerpo y, debido al calor, la tela blanca fina queda pegada a su piel, transparentándose sobre sus músculos. Trago grueso cuando pone a Margarita contra la pared en la toma del beso.

No me da celos, ni un poco. Entiendo que es su trabajo y que Margarita se vea asqueada cada vez que cortamos me causa risa. Me ha costado mantenerme seria; trato de prestar atención a que no se hagan daño o crucen los límites que se han pautado con anterioridad. Por, sobre todo, soy una profesional.

¿Por qué llevamos tres horas en esta maldita escena?

Conozco la coreografía de memoria; no obstante, con la repetición, Ron se ve cada vez más acostumbrado. Se percibe en la soltura de sus movimientos, en cómo ha perdido el miedo a Margarita. Aun así, controlo a detalle cada intento. Es tortuoso cuando sus labios están sobre los de ella y todo lo que puedo pensar es en lo que ocurrió en la disco.

«Concéntrate, Amanda».

Su mano empuja la espalda de Margarita sobre el lavabo. Tiene la camisa semiabierta y los dedos enredados entre su cabello. Las mariposas en mi estómago bajan peligrosamente más allá del área abdominal. Respiro con cierta pesadez que intento ocultar frente a las quince personas alrededor nuestro.

Margarita es más grande que yo. Me hace pensar en lo pequeña que me veo al lado de Ron, en lo imponente que él se ve, en cómo sería si alguna vez...

«Concéntrate, joder».

Suspiro. Cortan la escena a la mitad. Este caos se reinicia.

—¿Cuál es el problema con la bendita escena? —murmuro al anotar un par de reacciones de los actores en mi cuaderno.

Al menos están bien, cómodos. Voy a parar esto pronto, llevan demasiado tiempo.

—¿Hay algún problema, hija?

—Ninguno. —Me aclaro la garganta—. Me estaba alejando para no molestar a los camarógrafos.

—En marcha, entonces. —Asiente—. Quería pedirte disculpas por el malentendido de la mañana. Es grato saber que son solo rumores. Si no lo fueran, este set sería un caos en lo que resta de la grabación.

«Eso sería catastrófico».

Observo a Ron como un moribundo muerto de hambre observa un plato de comida. Me da tanta pena que dejo de verlo por completo, esperando que el maquillaje y mi cabello cubran el color de mis mejillas.

—Necesitan un descanso —interrumpo con firmeza—. Deberían haber almorzado hace media hora.

—Yo estoy bien —responde Margarita—. Necesito un refresco.

Me molesta que no aprovechen su tiempo obligatorio de descanso. Entiendo que no son ellos, sino el resto del equipo que trabaja día y noche para cumplir con el plazo de estreno. La película no será un horror por una hora donde respiren con calma. O no, no soy directora, no lo sé.

Es idiota subestimar su capacidad de actuación. El mundo sabe que tiene un don para ello y, aun así, mi respiración se detiene en los diálogos (que yo misma reescribí) que salen de su boca. Es muy extraño, diría que es aún mejor que cuando mi imaginación recreaba la escena en mi cabeza. Su voz es mucho mejor, su forma de hablar es cautivadora. Él lo sobrepasa.

¡¿Acabo de pensar que alguien real es mejor que mi *crush* literario?! Urgente, necesito ayuda psicológica.

Axel me llamó hoy. Si hubiera reconocido su número, no habría contestado. Me preocupa que esté buscando múltiples maneras extrañas de contactarme. Diría que es una obsesión, si no fuera consciente de cómo me desechó como basura en su momento. Siendo sincera, eso no podría importarme menos. No lo hubiera recordado en todo el día si no fuera porque insiste en mantener un sitio en mi vida que ya no le pertenece.

Es cierto que en su momento nuestra relación fue buena para ambos: yo le brindaba estabilidad financiera y jurídica en el país; él me hizo ver que hay más en la vida que romances de un mes o líos de una noche en los cuales ni siquiera recuerdo sus nombres. Esa vida tranquila que puede brindarme una pareja a largo plazo no debe ni será por él. Él no es lo que quiero.

Ese pensamiento fue liberador. En medio de la llamada, escuchando su voz, sus «no sé qué decirte» y sus excusas para remarcar que él es lo peor y yo soy lo mejor, lo único que se repetía en mi cabeza era un gran «esto no es lo que quiero, él no es lo que quiero para mí, nunca lo sería».

Entonces, ¿por qué alguna vez estuve con él? ¿Era tan idiota que ni siquiera sabía el tipo de persona que quería conmigo? Lo fui. Ahora lo sé: comienza por alguien que no me deje para casarse con su ex.

El tipo de persona que quiero probablemente no estaría con mi yo del pasado, porque no encajan. Mi mentalidad va cambiando lentamente de «el hombre perfecto» a «la versión ideal mía que atraiga a mi persona ideal».

Estoy sentada en el estacionamiento, entre un par de latas de cerveza, esperando que llame. Si no lo hace a la hora exacta indicada, no responderé. Empiezo a entender la obsesión de mi padre con el tiempo. Quiera darle la razón o no, si alguien quisiera estar a tiempo, lo haría. Si no lo hace, entonces no le importa lo suficiente. Esto, claro, si no hay contratiempos accidentales.

En el fondo, espero que se le olvide. El olor a gasolina en este sector es lo suficientemente terrible para hacerme ignorar mis pensamientos indebidos hacia Ron Kennedy o mis críticas hacia Axel. Intento no ser una maldita con él; no voy a rebajarme a hacerle el mismo daño que él a mí, ni evitar reconocer que hubo tiempos donde me hizo bien.

Eso no quita que falta poco para su boda, y el sueño de Ron es detener una.

—Hola. —Aparece él—. Una jornada agotadora, ¿no?

Trato con todas mis fuerzas de pensar en que tú no te veías agotado físicamente. Trato de restarle importancia, Kennedy, no me mires a los ojos.

—Demasiado.

—¿Estás cansada? Tengo ganas de comer comida chatarra, hay un puesto cerca del museo que sospecho te gustará.

Odio no ser actriz, odio no pertenecer a su mundo, no tener las herramientas necesarias para ocultar que verlo todo el día de tal manera ha despertado cosas en mí. No quiero salir a comer con él, quiero borrármelo de la mente.

—Sabes que me sumo a todos los planes —Doy mi tono más dulce posible—. Pero tengo algo que hacer hoy.

—¿A las diez de la noche?

—Una llamada, Axel me escribió.

Leo a Ron como si fuera un libro abierto; ese comentario no le ha sentado bien y lo comprendo. A mí tampoco me gustaría que su ex, la del gato robado, apareciera queriendo hablar con él.

Lamento que tenga que pasar por esto. Tener fantasmas del pasado que no paran de perseguirte es frustrante, especialmente si también afectan a otra persona. Ron y yo somos dos obsesionados, exclusivos, que no toleran no tener la atención de quienes quieren o perder. En específico, perder; somos muy competitivos. Hay quienes dicen que el amor es un juego.

Quizá estamos ganando los dos, perdiendo ambos, o estoy jugando sola. Tampoco me tengo tanta estima para pensar que él sacrificaría su carrera por lo riesgoso que es salir conmigo. Tiene mucho que perder, nada que ganar, un historial limpio que se puede manchar si tiro mi copa de vino sobre él.

Nos despedimos incómodos en el instante en que el tono de mi teléfono empieza a llenar el denso silencio. Respiro hondo antes de contestar. No hay nadie alrededor; el estacionamiento vacío me hace arrepentirme de no traer una chaqueta contra el frío.

—Hola, Amanda —saluda. Su voz ha cambiado. Creo. No lo recuerdo con claridad.

—Tienes quince minutos —advierto—. Es la cantidad de tiempo que puedo perder esta noche.

—Será rápido.

Por supuesto, no sale del tema. Los primeros diez minutos farfulla explicaciones sobre los documentos, lo que firmamos en migración, los impuestos y demás papeleo que ahora ha cambiado por obvias razones. Le doy mis datos para que lo cancele; anoto en mi chat individual las entidades a las que debo consultar mañana para que nos desliguen.

No emito ni una sola palabra, lo tomo como lo que es: una llamada de negocios. Mientras lo escucho, oigo a un extraño.

Su complejo de superioridad sigue ahí, cuando me explica de manera detallada lo que es cada cosa, muy seguro de que no tengo idea. Lo dejo pasar incluso con los conceptos que me sé de memoria porque no tengo voluntad de luchar contra su opinión sobre mí. Ya no más. Sin embargo, hay un cierto punto al finalizar donde hace una broma. La tensión incómoda era tanta que se sintió absurda. El humor absurdo es mi tercer tipo de humor favorito.

—Ya sabes, si a partir de ahora te llaman a preguntar por mí, dices que no tienes idea porque ese piloto murió hace nueve años en un accidente aéreo.

Una risa corta escapa de mis labios. Es la única vez que ha dado gracia.

—Pff, no le quites el trabajo a los comediantes, Ron.

Al principio no me doy cuenta. Me salió tan natural que no reconsideré mis palabras, ni siquiera me escuché. Di la respuesta automática que mi cerebro entrega cada vez que me hacen reír.

—¿Cómo me llamaste? —cuestiona confundido Axel.

—¿Te llamé de qué? —indago. Frunzo el ceño aún sin percatarme—. Tú me llamaste a mi número.

—No, ¿cómo me dijiste? El nombre —recalca—. ¿Acabas de llamarme por el nombre del actor con el que estás trabajando?

Mi semblante pasa a ser serio.

—Sí, sí, perdona. Yo... —No estoy nerviosa porque Axel pregunte, sino por el poder que tiene Ron sobre mí—. Uff, es que Kennedy es el actor de *Astrológico Deseo*, la adaptación literaria de...

—Sí, sé de la película y sé quién es.

—Pues eso, discúlpame de verdad. Debí haber estado pensando inconscientemente en él o puede que esté acostumbrada a sus estupideces. Te sorprendería, tiene un sentido del humor genial.

—Me sorprende que se lleven bien.

—Ah, eso parece. Creo que nos agradamos. —No era mi intención decirlo con el nivel de sarcasmo con el que lo dije.

—Eso es nuevo en ti. No te veía encajando en ese mundillo. ¿Sabes? Tu padre, que está tan obsesionado con la fama, rodearte de gente similar...

—En fin, ¿ya terminamos con lo que necesitabas? —le interrumpo—. ¿Puedo colgar?

—Déjame rellenar este formulario de anulación.

—Te espero, quedan dos minutos —recuerdo.

Como si de una broma se tratara, la gran pantalla frente al edificio cambia a un anuncio con su cara. Ruedo los ojos y me doy media vuelta hacia el otro lado de la acera, donde un gran cartel de *Astrológico Deseo* está puesto. Niego con la cabeza y entro a Internet para distraerme del aburrido tema de Axel.

Abro mis redes sociales. El algoritmo pone primero los videos o fotos con mayor interacción. Cierto dramático ha ganado tres decenas de millones de seguidores nuevos. Cometí el ligero error de seguirlo, así que ahora las recomendaciones de cuentas *fandom* me aparecen en explorar junto con su montón de contenido.

Es como si se esforzara en tener mis ojos encima de él. El universo conspira a su maldito favor. La suerte nunca lo abandona, es increíble.

Suelto una sonora carcajada cuando hasta en el *reality* que veo lo mencionan. Es mucho más ruidosa que la anterior; me devuelve parte de la vida que me quita el cansancio.

—¿Te estás riendo de mí? —pregunta Axel.

—No, es que me acordé de un buen chiste.

Le escribo a Ron para disculparme por rechazar su oferta de comida chatarra. No le llegan mis mensajes. Eso es raro.

—¿Ya terminamos? —reitero.

—Listo. Ya puedes irte. Se ve que tienes prisa.

—¡Gracias! —exclamo alegre al cortar la llamada.

AMANDA

¿Dónde andas que no tienes señal? Por favor, no me digas que has tomado un vuelo a Japón.

RESPÓNDEME. MAÑANA TENEMOS QUE GRABAR.

Como estés en Japón voy a ir a asesinarte, Kennedy. Ni siquiera hablas japonés.

Mi padre sale del estudio con una barra de chocolate en la mano. Tengo que disimular mi cuerpo tenso por haber hablado con Axel y mi latente preocupación de que el idiota que me gusta ahora mismo esté en otro continente con un traductor, cientos de millones de dólares y un pasaporte falso con el nombre de Clyde.

Estaría mintiendo si dijera que no me divierte que esté tan loco. Iría a Japón junto a él si supiera cómo.

—¿Dónde está Ron? Lo he estado buscando —indaga mi padre.

—Él está... —«Probablemente en Japón, escapando de ti»—. Debe estar en su casa, ha sido un largo día.

—Seguro. —Las comisuras de mi padre se curvan al morder, ni se molesta en ocultar la maldad que transmite su mirada—. Es un profesional, eh. —Ríe—. Como dieciséis horas trabajando sin quejarse. Interesante.

—¿Interesante? —Arqueo una ceja.

—Es un buen chico. —Se encoge de hombros—. Es grato saberlo porque la mayoría de los actores de Harvel se les sube la fama a la cabeza.

—Ron es... agradable. —carraspeo.

—Se nota. —Sonríe mi padre—. ¿Te llevo al departamento? ¿Qué vas a cenar?

—De hecho, quiero pasar por... —¿Tendrá idea de donde vive Ron? Quiero pasar a ver como esta, aunque es tarde—. La casa de una amiga antes.

—Pues te llevo, acompáñame a comprar alimentos y te dejo donde quieras. —Saca sus llaves—. deberías sacar el *carnet* de conducir Amanda, lo digo en serio. —Habla con la boca llena—. Un día de estos vas a ocasionar un accidente.

Pasamos una hora en el supermercado. Un par de señores se detienen a pedirle fotos a mi padre, pero los niños no se preocupan por reconocer al director de películas de culto, así que estamos a salvo. Me aparto discretamente del marco visual. Odio y admiro la calma con la que mi padre se mueve por la vida, como si el tiempo le sobrara mientras juzga uno por uno los tomates de la góndola.

Anda animado, se está divirtiendo con la creación de esta película. Es la primera vez que participa con su equipo entero de amigos cineastas. Tiene tiempo para sus actividades extras y no tiene que disculparse conmigo por no poder convivir lo suficiente. Yo también me estoy acostumbrando. Mis amigas están en el equipo de producción, mi escritor favorito me ha ayudado, y la vida suena con su mejor banda sonora, un pop feliz y pegadizo.

Las calles en la zona donde Ron tiene su casa son bastante transitadas; nos camuflamos entre la multitud. Me desea suerte antes de bajar del coche, recomendándome que tenga cuidado en esta gran ciudad si vuelvo a salir.

Entro como si fuera mi propia casa, sin vergüenza ni miedo a ser juzgada. Conozco dónde deja las llaves y cómo entrar por la ventana. Espero a que mi padre se vaya para entrar. Todas las luces están encendidas; el pequeño robot que las cambia de color las ha puesto en azul.

El lugar apesta a alcohol, hay vasos por todos lados. Lo primero que hago es correr a su cuarto para ver si su ropa y maleta siguen allí, aunque eso es inútil. Podría comprar sus pertenencias una infinidad de veces sin afectar su economía. La cama está desordenada, la laptop bloqueada, junto con un paquete de ropa encima.

Camino lentamente para verlo. Es un traje rojo sangre, tan intenso que se percibe incluso por encima del azul, acompañado de un vestido rojo a juego. Trago grueso al acercarme; huele a perfume de mujer.

¿Lo acaba de comprar y trae ese aroma de la tienda?

No, eso no tiene sentido. ¿Para quién compraría un vestido?

Sé que no es sano ver la peor perspectiva en segundos, pero me cuesta. Incluso si sé que Ron no haría eso ni tiene tiempo de verse con otra chica, lo mismo pensé en mi anterior relación. Cuando alguien rompe tu confianza en pedazos, el resto de las personas que sí la cuiden y merezcan se verán bajo la posibilidad de que alguno de esos trozos los corte si no vas con cuidado, si no te reconstruyes primero.

Un estruendo proveniente de la cocina me saca del trance. Ese remolino de pensamientos negativos desaparece mientras corro a ver qué ocurrió.

—¡¿Ron?! ¿Estás ahí? ¡No me asustes, Es la una de la mañana!

—Mmm, Amanda —balbucea bajito—. Tiré la pizza.

—¿Dónde andas? —Al poner un pie en la cocina, visualizo una botella de un litro de alcohol vacía—. ¿Qué estás tomando?

Jadeo al leer la etiqueta. Es un tipo de alcohol muy fuerte, peligroso si se bebe en grandes cantidades. A unos metros, Ron se sostiene con una mano a la pared, con el cabello desordenado y empapado en sudor.

Él levanta la mirada, abre la boca sin lograr vocalizar nada. La mano le tiembla; percibo que le cuesta respirar. Con cuidado, corto la distancia entre nosotros. Al contacto, percibo su ritmo cardiaco alterado.

—Dios mío, Ron, ¡¿estás loco?! ¡¿Te has bebido esto tú solo?! —Tomo su rostro entre mis manos—. Mierda, esto es malo.

—Me estás clavando tus uñas —balbucea.

—¡Lo siento! —Le suelto—. ¿Cómo te sientes? Joder, Ron, es posible que tengas una sobredosis de alcohol en tu sangre. Esta mierda es como veneno si la consumes mal.

—No preocu... —Su excusa es detenida por una arcada involuntaria.

—¿Quieres vomitar? Ven, vamos al baño.

Lo llevo hasta el lavabo con todas mis fuerzas. No había notado lo grande que es hasta que ni siquiera la mitad de su peso está recargado sobre mí.

Es "normal" que si tienes poca tolerancia al alcohol te pegue mal; hay demasiados factores médicos a tener en cuenta antes de joderse de tal manera con una bebida. Lo sé porque me ha pasado, y eso que yo estaba en fiestas desde antes de terminar la secundaria.

Aún puede sostenerse por sí mismo. Cambio la configuración de las luces mientras él deshecha lo consumido con el grifo abierto. Tengo los nervios a flor de piel, incluso si sé que no va a morir por esto. He tratado experiencias similares con mis amigas por años.

—¿Por qué pusiste la luz azul? Debió ser confuso.

—¿Confuso? ¿Qué cosa? —Se detiene a verme y ladea la cabeza—. ¿Quién es fuso?

—Olvídalo. —Suspiro—. ¿Ya te sientes mejor?

Otra arcada de su parte me confirma que no. Espero a verlo lo suficientemente estable como para no caer y corro a limpiar el plato con pizza que cayó hace rato.

A una velocidad nueva, regreso al baño junto a él. Lo noto débil pero lúcido; su ritmo de respiración ha mejorado. Tiene la piel fría. La iluminación normal me permite notar lo pálido que está. Su tacto es helado y encima no trae las gafas; debe estar completamente perdido.

—¿Tienes frío? —murmuro.

—En Irlanda siempre hace frío.

—No estamos en Irlanda. —Me llevo la mano a la frente—. Ven, bajemos a buscar una manta y un sitio cómodo.

—Tengo sueño.

—¡No es momento de dormir! —Lo regaño—. ¿Cómo se te ocurre tomarte esto? ¿Has perdido la cabeza?

—Hace rato —contesta sonriente al verme a los ojos.

Un escalofrío recorre mi espalda, lo ignoro por continuar arrastrándolo hasta el sofá en su cuarto. Él me sigue sin rechistar. Me frustra bastante que sea tan difícil manejarlo; los tacones no me dan el equilibrio suficiente.

—Me duele un poco la cabeza —murmura.

Su dificultad al hablar no es mucha; es la única razón por la cual no he llamado a una ambulancia. Mientras continúe de esa forma estará bien. El corazón me va a mil por hora del susto, la preocupación y los nervios.

—¿Qué más?

—Nada. —Sonríe—. Tengo sueño, es como si estuviera flotando.

—Vale, vale. —Respiro hondo—. Cuéntame, ¿qué has hecho hasta ahora? ¿Recuerdas qué te llevó a esto?

—Lastimosamente.

—¿Cómo haces para hablar tan bien si hace cinco minutos vomitaste la botella entera?

—Soy actor, yo... —Ríe—. Yo tengo que saber hacer un performance siempre, aunque me desangre.

—No juegues conmigo. Si vamos al hospital, se enterará el mundo entero de esto —lo amenazo—. Necesito consultarlo con alguien. En fin, ¿de qué se supone que estás actuando ahora mismo?

—Amigos. —Recuesta su cabeza en mi hombro.

—¡Siéntate bien! —Lo empujo—. Calma, no pasa nada, todos nos hemos pasado de tragos alguna vez.

—No me grites, Amandita.

—Basta. —Me froto el rostro con ambas manos—. Espera... —de pronto una idea se enciende en mi mente—. ¿Seguro que estás solo aquí? —Observo la caja con el vestido—. No pasa nada si invitaste a alguna chica, me haría mejor saber que no te has acabado la botella.

—Dices cosas extrañas —me susurra al oído—. ¿Tú también estás borracha?

—Apártate de mí, Kennedy. Ahora.

—¿Qué te he hecho? —Bosteza—. No es mi culpa, es culpa de Tom, él escribió el libro —se queda mirando al techo—. Uy, me olvidé.

—¿Qué te olvidaste?

—Desbloquearlo.

—Espera un momento. —Me levanto. La habitación está hecha un desastre; no veo su teléfono por ningún lado—. ¿Dónde está tu iPhone?

—En ese cajón, está llaveado.

—Okey, ¿dónde está la llave?

Ron se encoge de hombros.

«Dios, dame paciencia».

—No entiendo por qué harías algo así.

—Para no hacer tonterías —explica en tono jocoso—. Me conozco, no confío en mí.

Niego con la cabeza. Lo fuerzo a que me ayude a buscar las llaves hasta que recuerdo que no trae sus gafas. Tengo entendido que su nivel de miopía está muy avanzado. Lo peor viene cuando, al reclamarle por no usarlas, dice que las rompió al subir las escaleras.

Podría haber caído, tropezado con el vidrio del plato, resbalado en el baño, perdido el conocimiento, vomitado sin que estuviera aquí, lo cual representa un alto riesgo de asfixia. Y, en lugar de eso, se levantó para intentar calentar pizza en el microondas. Por un lado, envidio su suerte; por otro, estoy extremadamente enojada de que se haya vuelto tan descuidado.

«¿Qué le pasa hoy?».

—¿No tienes gafas de repuesto? Estás a punto de volverte billonario, por favor.

—Nadie que usa gafas tiene repuestos. Son antiguas.

—Deberías haberlo dicho antes. —Los minutos pasan y mi paciencia disminuye. Él señala hacia el armario—. Tendrás que usar estas mientras buscamos tu teléfono. ¿Todavía te duele la cabeza?

Asiente tímidamente, envuelto entre las mantas en una esquina del sofá, escuchando cómo lo mando a paseo. Sus ojos siguen mis movimientos, en silencio, conteniendo la risa cada vez que pierdo el control de mi temperamento.

—Te odio —digo riendo al encontrar la llave en uno de los libros eróticos de Tom.

—Me amas.

Con su ayuda, la basura del piso se limpia con mayor rapidez. Ignora mis dudas sobre el vestido rojo, y tardamos una hora entera en dejar la casa en buen estado. El reloj de mi teléfono anuncia que faltan segundos para las tres de la mañana. De nuevo, otra madrugada en su compañía. No recuerdo lo que era dormir antes de conocerlo.

Le quito la camisa mojada, y en su lugar ahora está un gran abrigo de lana. Él está sediento, como era de esperarse. Pacientemente, espero a que se acabe su vaso de agua. Con una mano en su hombro, lo sostengo en la silla, aunque ya no sea necesario.

Sus pupilas se dilatan al hacer contacto visual conmigo. Tengo que hacer mi mayor esfuerzo para pretender que su mirada no me desarma, que no lo encuentro el hombre más atractivo que haya conocido, o que no sirve de nada culpar a la situación. Mis latidos siempre se aceleran en su presencia.

—En la televisión suelen recomendar pastillas cuando te pasa esto —comenta Ron—. Son una cajita verde.

—La farmacéutica sabrá cuál de las mil cajas verdes es la correcta —ironizo—. No vas a tomar nada ahora, pero sí, hay pastillas para la resaca. Son analgésicos y las necesitarás en un par de horas.

—Me maltratas. —Hace un puchero.

—Te digo la verdad.

—¿Lo haces? —Arruga las cejas—. A ver, ¿qué pasó en la llamada con Axel?

—Vale, casi siempre te digo la verdad. —Tomo su mano—. Ven, vamos a la farmacia. Ahora debe haber menos personas afuera.

—¿Cómo? Yo no puedo conducir y tú no sabes manejar.

—¿Puedes levantarte? —pregunto. Él da un par de pasos hacia mí—. Perfecto, nos vamos.

Una loca con el cabello enmarañado, un teléfono con el brillo al máximo, el GPS activado, un hombre de casi dos metros con un gorro de osito y una botella de plástico en otra mano podrían ser el inicio de un cuento infantil. No obstante, somos nosotros, escabulléndonos por las oscuras calles de Nueva York en busca de una farmacia.

Caminamos lentamente, sostenidos de la mano porque no confío en que él vea bien con los lentes viejos ni en su capacidad motriz en este instante. Hay aún un par de discotecas abiertas con la música a todo volumen, pero también hay cuadras donde ni los grillos se atreven a chirriar.

—Mañana vas a arrepentirte de esto, Ron.

—¿Ron? ¿Quién es ese? Yo soy Clyde.

—Aunque te cambies el nombre, te voy a regañar igual.

—Suenas divertida cuando te enojas.

Paro en seco, y me vuelvo hacia él con los brazos cruzados sobre mi pecho. Intento estar de mal humor, y el cansancio es un buen incentivo, pero no puede competir con lo que me genera su expresión, ni con que sus carcajadas son contagiosas. Muerdo mi labio inferior para concentrarme en no darle tal satisfacción.

—También te ves muy bonita cuando te enojas.

—Vas a lamentar esta noche el resto de tu vida, Ron.

—Clyde —corrige encantado—. ¿Por qué? ¿Es la noche donde me rechazas? Ya me he hecho a la idea.

—Por favor, a ti nadie te ha rechazado en tu vida. Eres un chico tonto.

—Puedes ser la primera. Tendría sentido porque tú no eres de este mundo.

—Lo que me faltaba, me estás diciendo extraterrestre.

—Te estoy diciendo celestial —susurra, y la cercanía de su rostro con el mío hace que me eche para atrás—. Para que sepas, casi compro el boleto a Japón.

—Me lo imaginaba. —Vuelvo a tomar su mano, y el teléfono me marca una tienda tres cuadras arriba—. Vete si quieres, estoy acostumbrada.

—No lo haré —responde con seriedad por primera vez—, hay que ser muy tonto para dejarte, Amandita. Hay que ser tonto para no darse cuenta de que perderte es... —bosteza, y creo ver cómo se le cierran los ojos involuntariamente—. El peor error que alguien puede cometer.

—Ya, sin embargo, te pueden robar —contesto restándole importancia, mientras mantengo la vista fija en el teléfono—. Como a la chica a la que le compraste el vestido rojo.

—Eso no existe, nadie puede robar a nadie; si alguna vez no estoy contigo es porque me secuestraron.

—¿Y yo tengo que ir a rescatarte? —Me río ante la idea, como si fuera una posibilidad real.

—Serás mi superheroína.

—Oye, el superhéroe eres tú, flojo.

—No lo soy, renuncié después de enfrentarme al jefe. —No hace falta que lo diga explícitamente para que sepas que se refiere a mi padre—. Soy un caballero en apuros, ese es tu problema.

—Eres el colmo de los colmos —digo entre dientes, ambos esperamos frente al semáforo, aunque no haya tráfico porque queremos pasar más tiempo juntos—. Ser el buen salvador no va conmigo, yo quiero ser el mafioso loco como en los libros.

—El mafioso de buen corazón, se me olvidaba. —Rueda los ojos—. Entonces me queda ser la chica que no entiendes cómo se ha metido en tantos embrollos.

—Por supuesto, y harás lo que yo diga. —Cambio mi voz a un tono ridículo intentando recrear una *voz gruesa*; paso mi pulgar por encima de los labios de Ron, no es romántico, tengo que estirar el brazo—. A partir de hoy me perteneces. —Me burlo.

Él fija la mirada en mi mano, luego en mis labios. Se me borra la sonrisa, se transforma en mis labios secos siendo remojados por mi lengua.

—Sí, sí, lo que tú digas, lo que quieras —murmulla sobre mi piel.

Retiro mi mano, detesto que haya empezado a responder a mis atrevimientos. No es justo. Así no juego.

Quizá pueda hacerlo retroceder.

—¿Ah sí? —Jalo el cuello de su abrigo—. Ser ese personaje implica que yo doy las órdenes en la cama; tienes que hacer lo que se me dé la gana y quizá tengo la mente más retorcida de lo que imaginas.

166

—Por favor.

—Deja de provocarme.

—Es intencional.

—En definitiva, te odio. —Lo suelto—. Vamos a comprar la maldita pastilla y a dormir, Kennedy.

—¿Conmigo?

—¡No! Claro que no.

—Entonces no vamos a recrear la escena del rascacielos. Aburrida.

—Querré hablar contigo cuando se te pase la borrachera y recuerdes todas estas tonterías que has dicho.

—Diré que no era yo, era Clyde.

La única farmacia de servicio las veinticuatro horas nos recibe junto con un hombre tosiendo como si sus pulmones estuvieran a punto de salirse y una niña comprando compresas. Ron suelta mi mano antes de entrar, y rápidamente me pongo de espaldas a la gente mientras finjo examinar la sección de tintes para el cabello.

Aunque intentamos aparentar que estamos juntos, puedo escuchar cómo se traba al hacer el pedido. Debe haber olvidado el nombre de la pastilla, así que arrastro los pies hasta la caja donde le pido el medicamento correcto a la chica. Ella nos mira extrañamente después de que él le entrega su tarjeta de débito. La mirada de la niña se clava en nosotros, así que me muevo a un lado.

El hombre a mi lado le pide una foto, y no puedo evitar notar cómo, a pesar de que estamos a medio metro de distancia, sus ojos no se desvían ni un poco hacia mí, como si no estuviera allí. Él asiente, sonríe al sentir el *flash* y se aparta sin decir una palabra.

Ron sale feliz con su caja de pastillas en la bolsa, junto con un dulce, un peine, un humectante labial y un oso de peluche que ni siquiera sé de dónde sacó para comprar; lo perdí de vista por un minuto. Espero un tiempo prudente antes de salir para seguirlo.

Lo encuentro recostado en un poste de luz, haciendo burbujas con un juguete que no había visto en su bolsa.

—Tu problema de comprador compulsivo se está saliendo de control.

—Me tienes envidia —dice mientras sopla un montón de burbujas hacia mí—. Era el último que quedaba, en oferta. En realidad, fue una buena inversión.

—Aparte de Ginebra y tu contador, ¿quién maneja tus finanzas?

—Somos un equipo. El contador tiene un asistente, un economista, un administrador financiero, Gine y un analista.

—Me quedo tranquila. —Suspiro—. Suelta esas burbujas... Si me da envidia, ¿me lo prestas?

—También te compré algo —dice mientras mete la mano en la bolsa para sacar el peluche—. Es un conejo.

Es claramente un oso pardo claro.

—Qué lindo conejo.

Pasamos un breve momento riéndonos el uno del otro, sin necesidad de decir nada más, comprendiendo los gustos antiguos y extraños que compartimos.

A mitad del camino de regreso, noto que está perdiendo energía. Camina cada vez más despacio, lo cual es normal, dado que parece haber estado en movimiento desde el momento en que se despertó ayer. Lo peor es que en un par de horas tiene que seguir grabando. La gente siempre habla sobre las grandes sumas de dinero que implica el mundo del entretenimiento, pero no comprenden que, al venderse como producto, pierden el control sobre su tiempo, su cansancio y su creatividad.

Su mano cubre completamente la mía; lo único que sobresalen son mis uñas afiladas.

—Tenemos una cita pendiente, ¿lo recuerdas? —Rompe el silencio.

—¿Cuándo?

—El veintidós de febrero.

—Oh, la boda, cierto. —Chasqueo la lengua—. No tenemos invitación, pero si sabes dónde, cuándo y cómo hay que ir, puedo ser tu acompañante. —Bromeo.

El universo me recuerda que debo dejar de hacerme la graciosa cuando me muestra una foto en su teléfono con una invitación hecha a mano que rellena esos datos.

—No quiero impedir la boda. Me da igual que se casen —confieso—. No quiero que Axel vuelva.

—Quedamos en arruinarla, no en impedirla —corrige Ron—. Podemos colarnos, tirarles el pastel, acabarnos la barra libre de bebidas y exponer al novio. Luego nos vamos antes de que denuncien que alguien prendió fuego al lugar. Ginebra puede conseguirnos identificaciones falsas junto con un vuelo a Asia.

—Me gusta lo de tirar el pastel.

—Por eso compré el traje —explica lentamente, pareciendo un zombi muerto de sueño—. ¿Sabías que existe la creencia de que, si vas de rojo a una boda, fuiste la amante del novio?

—Eres un monstruo.

—Estoy cumpliendo un sueño —corrige—. Recapitulemos. Vamos disfrazados, nos bebemos la barra primero, luego tiramos el pastel mientras habla el padre y después provocamos el incendio.

—¿Cómo crees que te voy a dejar cometer tal crimen? Tienes una reputación deplorable que mantener.

—Estoy seguro de que los policías entenderán si les pagamos.

—O... —Se me ocurre una idea brillante—: Contratamos actores que finjan ser los policías que nos llevan.

Él me observa como si fuera el ser humano más deslumbrante del planeta.

—Eres brillante, Amanda.

—Aurora —le corrijo—. mientras planeamos nuestros golpes, Amanda no existe. En fin, creo que también podríamos colar a gente contratada para los discursos y que digan lo que queríamos contar, como chistes malos o insinuaciones.

—No te olvides de que habrá artistas dibujando. ¿Qué tal si alguno escribe *Isaías 48:22*?

Me da miedo preguntar qué significa ese versículo bíblico.

—¿Estás segura de que no quieres decir «¡yo me opongo!» —inquiere Ron—. Ni siquiera por él; ella no conoce al hombre con el que está a punto de casarse. Me da pena.

—Si quisiera advertirle, lo habría hecho antes para no causarle tal dolor en su día. Además, estoy segura de que debe sospecharlo.

—Aurora, por favor. Sería épico. Si quieres, me opongo yo. ¡Espera! Si prefieres, puedo inventar que yo soy el amante de Axel. Tom nos puede prestar su bandera del orgullo.

—Te vas a ir derecho al infierno. —Niego—. El karma existe, Kennedy.

—Por supuesto que existe. Por eso le pasará esto al idiota ese. Es el karma por lo que ha estado haciendo con las chicas.

—Cuentas conmigo —prometo, lamentándome al instante—. Te advierto que no soy tan buena escribiendo escenas de drama.

La complicidad con la que me sonríe me hace saber que nada bueno puede salir de sus labios. Entrecierra los ojos, y sus pupilas van de izquierda a derecha, como si estuviera controlando que no haya nadie cerca escuchándonos.

—Aún no le he contado esta parte de la historia a tu escritor favorito. Tenemos la escena servida.

Creo que he llevado a Ron a la locura.

Lo bueno de la salida es que Ron está "calmado" ahora. Lo percibo con mayor consciencia. Va recobrando color y acomoda sus almohadas debajo de su cabeza. Tengo planeado quedarme en la habitación de al lado por si llega a necesitarlo.

Puedo ver su lucha contra la naturaleza humana, lo mucho que intenta no rendirse ante el sueño. Por fortuna, va perdiendo la pelea.

Lo arropo junto a sus demás compras y dejo la pastilla en su mesita de luz junto con un vaso de plástico lleno de agua.

—Amanda.

—Dime, Clyde —respondo con ironía.

—¿Te molesta estar cerca de mí? En plan, lo que dijo tu padre, los focos, la fama...

—No. Bueno, un poco. Sin embargo, aún no ha ocurrido nada grave al respecto.

—Gracias. —Da vuelta entre las almohadas—. Si alguna vez decides ser una figura pública, ¿puedo contratarte?

—¿Como qué?

—Como mi novia.

—No hay nada entre nosotros, Clyde. En especial ahora si quieres acabar la película.

—Lo sé.

—Vas a estar bien —le prometo—. Nadie muere de resaca.

—¿Y de amor?

—Tampoco.

No tengo nada de mi pertenencia en su casa. Voy a la sala en busca del abrigo que dejé cuando dormí en el sofá. Amanecerá en un par de horas, la lujosa y vacía propiedad parece cada vez más un hogar al que podría acostumbrarme, con el peluche "conejo" en la mesa, su gorro en el colgante de bolsos y un póster de la primera película de mi padre colgado en el pasillo.

Me divierte que lo tenga cristalizado en un marco porque tiene su firma. Podría pedirle un autógrafo cualquier día de la grabación. Frente al espejo de la sala, trenzo mi cabello antes de dormir, y una servilleta de papel me quita los restos de lápiz labial.

Estoy por tirarme a descansar junto con mi regalo cuando dos golpes en la puerta principal me alertan.

¿Visitas a esta hora? Debe ser un fantasma.

Por la mirilla de la puerta visualizo una silueta negra. Me da miedo que traiga una maleta consigo y no haya saludado. Abro dejando apenas unos centímetros de espacio.

Si no morí en el set, la vida no me matará en manos de un asesino a las cinco de la mañana.

—¿Hola? —susurro.

—Hola, Amanda. Ron me contactó por LinkedIn hace cinco horas, y aquí estoy. Buen día, por cierto.

«¡Es el barman!»

—Ay, lo sabía. —«No tenía ni idea. ¿Para qué demonios Ron quiere un barman personal?»—. Pasa, por favor.

—Le agradezco. —Se limpia los pies en la alfombra antes de ingresar—. Al principio, dudé en renunciar a mi trabajo de media década en el hotel, pero la cifra es... considerable. —Pasa de largo sin preguntar dónde establecerse—. Empiezo mi jornada mañana.

—Bienvenido a nuestro hogar. —Suspiro.

La próxima vez que vea a Ron bebiendo un trago, se lo estrellaré en el piso.

18
mamajuana

* * *

RON KENNEDY

Me voy a morir.

Estoy agotado, la cabeza me va a explotar, me duele todo el cuerpo, tengo una sed preocupante y una gran suma de dinero fuera de mi cuenta bancaria.

«¿Qué demonios hice anoche?»,

Los *flashbacks* me golpean como una pelota de baloncesto en la cara al salir de la ducha con nada más que una toalla alrededor de la cintura y una mascarilla para la piel, al ver a Amanda junto al barman del hotel desayunando huevos en el comedor.

—Mierda... —digo entre dientes.

—Hola —saluda Amanda. Nunca he presenciado tanto mal humor encapsulado en una sola palabra—. ¿Cómo amaneciste, Clyde?

«Ay».

El barman, quien nos observa en silencio, alternando su atención entre ella y yo, agarra su mini libreta para anotar ese nombre. Empiezo a recordarlo todo; espero que la cifra con seis ceros la haya gastado en contratarlo por un año y no en que me estafen por un conjunto rojo.

—Bien, gracias por preguntar.

—Genial, ve a cambiarte. Tenemos que grabar —ordena.

—Ya.

—Y desayuna en el auto, que vamos a llegar tarde.

—Voy.

—Di «hola» al barman, sé educado, por Dios.

No recuerdo qué le hice a Amanda ayer, debió ser lo suficientemente molesto para tenerla en mi contra hoy. Me recuerda a su padre. No creo que sobreviva el día si lo digo en voz alta.

—Hola, Jim.

—¿Te llamas Jim? —Escucho que le pregunta en voz baja.

—No, pero por el jefe me llamo como haga falta.

Tengo demasiado que afrontar, pocas ganas de hacerlo. Este día se hace lo último en la ciudad, luego, si me queda tiempo, asistiré a un evento para el multiverso de Man-Spider y, en la madrugada, hay que tomar un vuelo. No he dejado de alquilar la casa porque, como la boda de Axel será en Nueva York, tendremos un sitio donde quedarnos antes y después del gran evento.

Tengo que ir al set, poner mi mejor cara, actuar como si no le hubiera mentido a mi ídolo de la infancia y como si él no supiera con claridad que le hemos mentido, ponerme en la piel de un personaje que no entiendo en lo mínimo, soportar que Tom me despelleje por bloquear sus mensajes, que Margarita me desprecie, que vendan mi alma al patrocinador de turno de la película y pretender que no jode mi confianza que Amanda haya hablado con ese sujeto otra vez.

Su recuerdo es una competencia, lo quiera o no, así como ella lo sería si por algún error del universo aparece otra mujer. Lo cual veo imposible; no lo de la aparición, sino la competencia. Hay personas que no tienen punto de comparación.

Al salir de mi cuarto, el barman me da un vaso decorado con dibujitos de coches que contiene un té con leche en lugar de café. No tengo idea de por qué viene con nosotros en el asiento trasero del coche, mas no me quejo.

La escena de hoy sigue siendo difícil de realizar, tal vez es la coordinación en mi cuerpo decidido a abandonar el set temprano o que Margarita hoy desayunó pizza. Se nota que podrían mandarnos ir a la hoguera esta mañana y daría igual. Las cosas se vuelven "naturales" cuando sigo el estúpido consejo de Tom sobre imaginarme a alguien más en su papel. Hay una diferencia entre tener los ojos vendados intentando seguir una coreografía con mi compañera e imaginar que las condiciones son diferentes.

Porque, si puedo salir un instante de personaje, si mi capacidad creativa es buena para olvidar que hay un montón de personas alrededor, que Amanda es la persona parada a un lado controlando y no la que sostengo, entonces podría tener un par de trucos de actuación bajo la manga.

—¡Corte! —grita Brandy. Aún no me he quitado la venda—. No lo iba a decir en la primera toma porque nunca estamos seguros, pero ambas están perfectas. Pasamos a otra.

Olvidé hace cuánto no tenemos un almuerzo en horario. Es extraño poder volver a sentarse en una larga mesa junto al resto. De hecho, diría que es incómodo; mi paranoia me convence de que todas las personas tienen la mirada fija en nosotros, en Amanda sentada a un solo lugar de mí. Margarita se puso en medio.

La comida tiene un sabor horrible. Incluso antes de tragar el primer trozo, busco la reacción de Amanda, quien frunce el ceño, pero sonríe al notar que me estoy burlando de ella.

Tomo el teléfono, una mano contiene que la comida no se escape de mi boca (de forma dramática, tampoco está tan mal) mientras la otra desliza los millones de notificaciones en busca de su chat.

¿Quieres salir en busca del puesto que te dije? Antes de que vomites enfrente de esta gente

AMANDITA

Por lo que voy a vomitar es por tener que soportarte

Me levanto sin poder contener la risa, y ella me sigue poco después. Somos un circo: dos payasos haciendo el ridículo frente a nuestra exigente audiencia.

Nos encontramos en uno de los pasillos vacíos. Estoy apoyado contra la pared, revisando los nuevos mensajes de mi mejor amigo. Ella está de pie frente a mí, con sus tacones altos, irradiando una autoridad que hace que olvide lo que estaba pensando antes de su llegada. Paso la lengua por mis labios. Escucho su risa.

—Gracias por ser mi niñera ayer.

—No hay de qué. Me encantaría aceptar tu invitación a comer, pero tienes que ir al evento, Kennedy. Llegarás tarde —me recuerda.

—Es cierto. Gracias. Estás por quitarle el trabajo a Ginebra.

—Ginebra es tu representante. Yo soy algo parecido a una asistente sin sueldo —se cruza de brazos—. Te aprovechas de mí.

—No sé de qué hablas.

—Sabes perfectamente lo que estás haciendo —reclama, acercando su rostro al mío. Siento su respiración acariciando mi piel.

—¿Qué se supone que estoy haciendo?

Aprieto mis dedos contra su cuerpo. Todo lo que hago es nuevo; las acciones, los movimientos, los pensamientos son como si hubieran acabado de encenderse en la oscuridad de mi cabeza. Recojo los destellos de deseo, los ordeno para crear un buen guion que seguir con ella. La improvisación me llama, y sus ojos también. Respiro con pesadez, ella disimula morder su labio inferior.

Le sonrío. El sonido de mis latidos acelerados es más alto que los pasos en la otra habitación que podrían salir en cualquier instante. No puedo apartarme un solo milímetro de la pared, o nuestros cuerpos colisionarían.

—Kennedy, quería felicitarlo por su trabajo aquí. —En el instante en que oigo la primera sílaba pronunciada por Brandy, Amanda ya está a cuatro metros de distancia.

Creo que fui yo quien la apartó. Escuché el resonar de algo chocar con la pared. Aguanto mis ganas de ir a ayudarla para no quitarle la mirada al señor.

—¡Perdón, Jim! —chilla Amanda. Al menos sé que no fue ella.

—Gra-gracias —carraspeo—. Esta es la última, ¿cierto? Nos vemos en Miami.

—Nos vemos en Miami, muchacho. —Asiente él—. Por cierto, aquí, cotilleando entre amigos, ¿le puedo hacer una pregunta fuera de lo laboral?

«Claro, super "amigos"».

—Por supuesto, señor.

—Ya te dije que me digas Adler. —Ríe. Siento que estoy cada día más cerca del juicio final—. Los periódicos están hablando de que pronto serás el billonario más joven del continente. ¿Eso es real?

Si dejo de comprar estupideces y ustedes me pagan la parte del dinero que falta, sí.

—Aproximadamente, ajá.

—Interesante. —Eleva ambas cejas—. En fin, Amanda, ¿vienes conmigo en el avión de mañana o vas con el plantel esta madrugada?

—En la madrugada, estarán mis amigas —explica nerviosa—. Aunque si es un problema, puedo cambiarlo.

—No, solo era curiosidad. —Brandy se encoge de hombros—. Suerte en su viaje entonces, niños. —Inclina su cabeza hacia mí, luego hacia ella—. Disfrútenlo, esta grabación se me está pasando volando. En un parpadeo tendremos la película terminada.

—Eso espero. —Suspiro—. Hasta pronto, seño... —Me aclaro la garganta—. Adler.

El evento está repleto. Olvidé decirle de qué trataba, pero parece que el universo recalca mi suerte: es de sus personajes favoritos. En este preciso instante no tengo mucha potestad para quejarme de no ser su superhéroe favorito, así que me mantengo callado. El gran salón está decorado con la ambientación de las diferentes películas de Harvel hasta llegar a la animada. Aún podemos caminar entre los demás famosos con calma, pues llegamos antes de que se permita acceso a terceros.

Es una ocasión importante donde solo invitan celebridades, *influencers*, personas involucradas en los medios o trabajadores audiovisuales. No será un escándalo. Se colocó una de las máscaras inspiradas en el personaje arácnido que combina con su vestido azul de terciopelo. Nos mezclamos entre los demás invitados, nada fuera de lugar, solo saludos casuales a los que están acostumbrados a que ignore. No es que socializar se me dé mal, es que nadie me cae bien. Excepto un par.

—¡Ron, pensé que no vendrías! —exclama Jack Daniels, el actor de Man-spider —. En el grupo apostamos diez mil dólares a que no venías, ¡me acabas de hacer ganar! Qué bueno verte. —Me da un abrazo—. Vi que estás trabajando con el maldito Adler Brandy, qué locura. No nos contaste nada, te hubiera intentado robar el papel. —Bromea.

—Fue una sorpresa para mí también.

—Pues en buena hora. Aquí... —Se da cuenta de que alguien viene sosteniendo mi brazo y le cambia la cara—. Ay, lo siento, no te había visto, es la emoción por volver a ver a mi amigo —se disculpa. Está obsesionado con lo que las personas digan de él, así que una "falta de respeto" como ignorar a alguien podría ser vital.

—No pasa nada —farfulla Amanda. Arrugo las cejas al notar el cambio en su tono de voz; está incómoda—. Hola, soy Aurora.

—Hey, me asusté por un segundo. —Se carcajea Jack, enérgico e hiperactivo—.

Me recordaste a una chica en una fiesta... Mmm, eso da igual. Un gusto, Aurora. ¿Es tu cita, Ron? Por Dios, te nos pierdes unos meses y eres un hombre nuevo.

—Gracias, me encantan tus trabajos —agrega con timidez Amanda.

—Es mi mujer —respondo restándole importancia. En el fondo, estoy muy complacido con el trato nada beneficioso para ella que aceptó cuando acordamos fingir con sus amigas y en mis eventos—. Nos tenemos que ir, Jack. No queremos perdernos la presentación.

Él le aparta la mirada de inmediato al oír las primeras palabras, como un tipo de respeto, y me sobresalta que ese "respeto" no se lo tenga desde antes. Me alegro de que nos lo hayamos quitado de encima.

Tomamos un camino distinto al del resto de los famosos porque no me interesa cruzar la alfombra roja. La mayoría de los colegas que me conocen (y los que no) se quedan viendo con asombro a Amanda sosteniendo mi mano. No sé por qué hace eso; no era parte del trato.

Entramos a la sala y nos sentamos en los asientos de atrás. Hay un par de personas elegantes hablando frente a la gran pantalla antes del estreno. Llegamos a la mitad de su discurso. Permanecemos en silencio hasta que los colores aparecen frente a nosotros: el rosa, el rojo, el azul. Todos quedan bien sobre su piel. Ella no se quita la máscara en ningún momento; es como si pudiera leer mi mente sobre lo que "quiero que haga". Estamos coordinados en las ideas jodidas que tenemos, como una pareja de criminales.

Cuando por fin el tema de la cinta está claro, me atrevo a romper el mutismo.

—Me hubieras dicho que no soy el primer actor de Harvel en tu vida —digo riendo, quizá no tanto en broma, sino en modo investigación.

Un chisme es un chisme, sin importar si saberlo altera mi humor. Supongo que nada relacionado a Amanda alteraría mi humor si yo tuviera seguridad en lo "que tenemos". No obstante, hay inseguridad incluso sobre la variable de tener algo. Debería tomar acción. Me es imposible tener agallas sin pensar en el control de daño. Funciono mejor borracho. Y odio eso.

—Era una fiesta de fin de año, no recuerdo —masculla Amanda—. Mis amigas me obligaron a jugar a la botella. Eso no importa, fue hace mucho, tenía diecisiete.

—¿Qué hacías con diecisiete en una fiesta con alcohol y personas mayores?

—Nada muy inteligente, al parecer. —Se frota el rostro—. Por fortuna, tengo una identidad secreta que me salva de los problemas.

—No te salva de todo, yo lo sé.

—Tú eres mi cómplice.

—No sé si quiero ser tu cómplice si me guardas secretos —miento. Es que me encanta armar drama innecesario a veces.

—No es un secreto. Es una estupidez que hice hace cuatro años. —Se pone a la defensiva—. He hecho muchas estupideces. Debes saber que no tienes a la compañera más lista.

—Tengo a la mejor.

Su atención baja a mis labios. Como es lo que resalta de su máscara, es lo que

175

me hipnotiza aún más. El café de sus pupilas me mantiene en vela todas las noches desde que la conocí.

—Deja de actuar de esta forma —me amenaza.

—¿Cuál?

—Como si de verdad sintieras...

—¡Cállense! La película va a empezar. Tengan un poco de respeto por el cine —nos regaña un anciano.

Ella rueda los ojos y pasamos una aburrida media hora en silencio porque los desagradables señores que califican no tienen la capacidad de hacerlo con mínimas distracciones. Bostezo. No estoy aburrido; es la oscuridad la que me recuerda que llevo semanas sin dormir las horas necesarias que necesita un ser humano. La razón de mi desvelo me acaricia.

Al girar el cuello, la encuentro observándome en lugar de la gran pantalla. Le guiño y ella corresponde este gesto curvando las comisuras de sus labios. Desliza las yemas de sus dedos con suavidad sobre mi piel, provocándome cosquillas. Yo la molesto desacomodando uno a uno los mechones de su cabello, aprovechando cada mínima oportunidad de bajar a su cuello o clavículas.

Finge pelear mientras juego con sus rizos; sus uñas, siempre afiladas, me rozan. Jadeo cuando, en un intento de pararme, una de ellas me hace una pequeña herida.

—Deberíamos salir de aquí —propone ella.

Asiento.

No hay nadie en los pasillos ni en los demás salones. Una soledad reconfortante para ambos nos da libertad de salir del rol de seriedad que cumplimos dentro. Al poder hablar, compartimos opiniones sobre el evento. Dentro del único baño disponible, ella se arregla el cabello frente al espejo mientras yo limpio el cristal de mis gafas nuevas.

—¡Ya para! —insiste Amanda—. El protagonista es genial, por eso es un superhéroe querido por los fans.

—Si es tan genial, ¿por qué no pudo salvar a su tío?

—Oh, el mundo te odiaría si supiera esta opinión. Eres la persona indicada con la que arruinar una boda; eres la peor persona que conozco.

¿Se acordará que me ha contado sus ligues? Entre el científico loco y el potencial psicópata serial, creo que estoy por debajo.

—Si crees que cambiar de tema te liberará sobre la charla de que mi personaje es mejor, estás equivocada —le reprocho.

—No, Man-spider está escrito mejor. No hay balance en eso. Acéptalo.

—Pff, no saques la carta de la escritura.

—Ya lo hice —Saca la lengua—. ¿Qué tienes para decir, Kennedy?

—A ver, escríbeme un mejor personaje. —La tomo de los hombros—. A eso te dedicas, ¿no? —suelto con mayor provocación de lo que esperaba—. Qué hace un mejor personaje que el mío en este instante.

—Idiota.

—Por favor, deléitame. —Pese a que la intención es estar ofendido, no borro la sonrisa de mi rostro—. ¿Qué hace mi personaje en este instante que podría mejorarlo?

—¿La verdad? —Arquea una ceja, yo acorto la distancia entre nosotros.

—Sí.

—Me besa.

La tomo del cuello y presiono mis labios contra los suyos.

Estoy seguro de que tuvo esa línea en su cabeza desde que empezamos la discusión sobre personajes. Manejó los hilos a su conveniencia hasta poder responderme eso. Es muy complicado jugar al amor contra alguien que se sabe de memoria sus mejores cartas. Pero si Amanda planea intimidarme buscando que demuestre que me gusta, está equivocada. Eso es lo único que no puedo ocultar.

Evitamos ir directo a la sala de cine otra vez. Nos paseamos por las decoraciones, los sitios donde tomar fotografías, donde captura un par. En cierto momento cruzamos una puerta que estaba cerrada. Hay una larga mesa llena de aperitivos coloridos, bebidas de toda clase y un menú variado colocado en charolas portables. El aroma de la comida es cautivante.

En la cinta hay personajes de distintas locaciones de América Latina, por lo cual, en una especie de podio tienen botellas donde señalan el país junto al nombre. Se nota que es un sector privado. La comida está medida para no más que una docena de personas. Una empresa como *Harvel Entertainment* no arriesgaría su reputación ante el público infantil poniendo al alcance de los fotógrafos bebidas alcohólicas.

La botella que contiene corteza y hierbas de árbol es la que obtiene nuestro escepticismo e igual nuestro interés.

—Nunca he probado un trago así —comento—. Se ve exótico.

—Yo tampoco —confiesa Amanda—. Quedamos mal si vamos por la botella, ¿verdad? Aún no acaba la presentación.

—Si nos descubren, sí —propongo. Su gran sonrisa se extiende al oírme.

—Yo la tomo, salgo del edificio y tú nos alejas de la policía —dice a modo de chiste—. Hablando en serio, ellos no han visto mi cara, no me conocen ni saben mi nombre. La única cámara dentro que nos vio es la de la entrada. La única fuera es la de la derecha del estacionamiento. Si salimos por la izquierda entonces...

—Es más fácil pedirle a nuestro barman que prepare una, ¿lo sabes?

—Deja de sobreexplotarlo, es solo un joven con talento.

Es mayor que ella o yo.

—¿Esto te haría feliz?

—¿La posibilidad de manchar tu reputación luego de que estés jodiéndome el día entero? —Se cruza de brazos—. Bastante.

—Perfecto. —Suelto una bocanada de aire, preso por la adrenalina—. Otro día apoyándote en ideas que nos llevarán a la cárcel y que podría pagar.

—Entonces págalo, dejemos el dinero donde estaba la botella. Desde ahí, el punto es que no vean que la llevaste tú y listo.

—Me convenciste. Hagámoslo.

Otra semana cometiendo actos delictivos menores, diciendo mentiras piadosas y siendo un prófugo de la justicia. Le entrego el dinero para que lo deje en la escena del crimen. De manera sigilosa, me alejo de ella hasta llegar al auto, burlando al guardia de la salida que está demasiado concentrado controlando el exterior como para notarme.

Llamo para hacer un reclamo sobre otro sector. El guardia mira a ambos lados antes de dar la vuelta a la manzana para intervenir allí. Con rapidez, llevo el auto hasta la salida de la izquierda y lo dejo con la puerta del copiloto abierta.

Espero treinta y cinco segundos hasta que Amanda sale caminando con calma del edificio. Apenas pone un pie fuera, acelera el ritmo hasta entrar en el auto y cerrar la puerta de un golpe. Arranco sin preguntar, cambio a una de las velocidades más altas.

Es recién a veinte cuadras del sitio cuando nos atrevemos a hablar. Tengo una mano en el volante y otra eligiendo una canción para el viaje.

—Que sepas que llevo días sin beber, esta es una excepción. —Se justifica al abrir la botella.

—Es bueno saberlo.

—Tampoco soy una ladrona serial. Esta es una ocasión excepcional.

—Te creo —me pongo el cinturón y ajusto el espejo retrovisor para verla.

—Y no le pido a nadie que me bese —balbucea con la punta de la botella entre los dientes—. Tú eres una excepci... —Tose—. Uff, esto está fuerte.

—Obvio, porque no debes beberlo directamente del recipiente. Vamos a comprar vasos. —Arranco el motor.

Desvío a una zona de vendedores ambulantes para no tener que bajar. No tengo idea de dónde quedó el vaso de estrellas anterior, necesito empezar a coleccionarlos dentro del auto. En esta ocasión solo conseguimos uno con el diseño de un gato diabólico.

—Lo lamento por mostrarte esta versión de mí —farfulla al llenar su vaso—. En mi defensa, aún soy muy joven, tendré una larga y tortuosa vida.

—Si te refieres a tus intenciones poco legales, no te preocupes. —Le arrebato la botella—. Si te refieres a que dijiste que ya no ibas a tomar, pensé que era una meta temporal. —Cambio mi semblante a uno preocupado—. ¿Lo es?

—Mmm…, eso. —Bebe un largo primer trago—. Estoy mirando en Internet información sobre esto. Dicen que puede servir incluso de afrodisíaco, aunque no he investigado mucho.

Contengo el líquido en mi boca sin tragarlo.

—¿Qué?

Ella estalla en una carcajada. Trago para no atragantarme con la bebida; a mis papilas gustativas les llega la factura por no haber pasado el alcohol pronto. Al menos tiene buen sabor, puedo distinguir el ron acompañado del vino tinto. No tengo claro si lo dulce es miel o no.

—Lo de mi peor versión. —Cambia de tema—. Disculpa por eso.

—No deberías pedir perdón, es solo la versión real de ti.

—Nadie quiere mi versión real.

—¿Por qué lo dices?

—Porque es así. Por ejemplo, tú sabes mucha mierda mía. Nadie me quisiera si me viera en esa versión.

—Eso es tonto.

—Creer que alguien puede querer la versión real de mí es tonto.

«Yo estoy enamorado de ti y es la única que me has mostrado».

—Hay que tener cuidado con cuánto bebemos, aún tenemos un vuelo esta madrugada —le recuerdo—. ¿Sabes si dejan abordar borrachos?

—¡El vuelo! —exclama sorprendida—. ¡Olvidé hacer la maleta! ¡Deberíamos estar allí en una hora!

No contesto. Solo dejo el vaso en el espacio entre sus piernas y doy vuelta al auto en dirección a su departamento.

Dejar de tener privacidad tiene sus ventajas, como que los empleados del aeropuerto te den preferencia al solo verte a cambio de una foto. Mi "acompañante misteriosa" también se beneficia de ello, así que, aunque lleguemos cortos de tiempo, subiremos sin problema a nuestro vuelo.

El tiempo estimado no supera las tres horas y unos cuantos minutos, así que tendremos el sueño mal distribuido cuando lleguemos al hotel. No he indagado sobre mi número de habitación ni ningún detalle crucial, dejo las responsabilidades de lado para vivir el momento.

—Apenas subamos al avión, tienes que explicar a Tom la historia —le pido—. Lo haces mejor que yo, te entenderá mejor.

—¿De verdad crees que alguien tan ocupado y responsable como él va a dejar todo por vestirse de policía en nuestro juego? Ron, dudo que Tom nos ayude, aunque sea tu mejor amigo.

—Lo hará. Tengo una corazonada.

Corremos de un sitio a otro para los registros. Percibo que ha cambiado de ánimo, a pesar de que no ha dicho nada. Me consterna que no haya sido su teléfono u otra estimulación; su mente debe estar trabajando a máxima potencia en un pensamiento lejos de ser positivo.

—Ron, tengo miedo de esto. —Ella para en seco y detengo las ruedas de las maletas.

—¿Qué ocurre?

Una persona se interpone en nuestra conversación justo al final de la terminal de pasajeros, bloqueando la pasarela de embarque. Finjo mi mejor alegría posible, esperando que sea otra persona que quiere una foto. Esa intención se esfuma en segundos.

—Hola, Ron —saluda ella, la dueña del gato, la persona que menos quisiera encontrarme mientras sostengo a Amanda—. ¿Cómo estás? Intenté contactarte en donde graban *Astrológico Deseo*, no me dejaron entrar.

—¿Quién es? —murmura Amanda.

—Una vieja conocida. Ron y yo éramos cercanos en la adolescencia. Un placer. —Le estrecha la mano—. ¿Tú eres?

—Disculpa, ¿nos das un segundo? —le pido a la chica.

Arrastro a Amanda unos metros aparte, escondidos detrás de una máquina expendedora, y suelto nuestro equipaje ligero a un lado. Le tapo la boca antes de que pregunte.

—Mira, hay poco tiempo para explicar. El punto es que no podemos molestarla. Hay periodistas que me tienen en la mira por lo mal que los he tratado. Me destruirán si sale lo de su mascota a la luz. Es de la que te hablé.

Abre los ojos en grande y la suelto cuando estoy lo suficientemente confiado de que no tendrá una de esas escenas en las que hace una locura sin pensar.

—¡Es solo un gato!

—De robar un gato a "estrella de Hollywood es un maltratador, traficante, secuestrador de felinos y enemigo de los animales" hay un solo paso.

—Hay que confrontarla.

—Amanda, ¿qué tal si tú subes al avión y me dejas intentar razonar con ella? Sé que fui yo el que estuvo mal, pronto serán ocho años sin devolverlo.

—¿Seguro?

—Por favor.

—Entiendo. —Asiente con calma—. Intentaremos razonar con ella, confía en mí.

Tengo miedo. ¿Puede mi carrera dejar de pender de un hilo por al menos 24 horas?

—Regresamos —informo cabizbajo—. Perdón, Lucía, de verdad que me arrepiento. Era un adolescente y no lo pensaba. Si hay alguna manera de compensarlo para que esto quede en el pasado...

—Me llamo Ludmila, pedazo de animal. Lucía es mi hermana.

Pálido, observo de reojo a Amanda en su intento lamentable de contener la risa. Menos mal iba a ayudar.

—Claro, claro, era un chiste —me excuso—. Saludos a Lucía, por cierto.

—Murió hace tres años.

«Ay, Jesús».

—Discúlpalo, Ludmi. Sabes que hablar no es lo suyo —interrumpe Amanda—. No entiendo cómo los encargados en el set no te dejaron entrar. Eso fue una irresponsabilidad, y si me dices los nombres, los echaré ahora mismo —miente—. ¿Cómo pudieron faltarte el respeto a ti? Es que son nuevos, te explico...

La entretiene varios minutos hasta que la chica se ablanda. Estoy en parte sorprendido por su habilidad de manipulación, en parte asustado del apellido Brandy.

—Gracias por entender, Ludmi. En unos días te enviaremos tu gato de vuelta, sano y salvo.

—Es un alivio. —Ladea la cabeza—. Por fin me encuentro con una mujer que puede resolver los problemas en lugar de agrandarlos. —Suspira.

—Amanda es genial, lo sé —añado.

—Es lo mínimo que tienes que conseguir. Vaya, que has cambiado tu vida, Ron. —Me escudriña de pies a cabeza—. Con este inconveniente en camino a resolverse, ¿podrías darme tu número para comentarlo?

—Creo que sería mejor que se lo des a Amandita.

—Oh, claro, ella te lo pasará a ti. Es que se me olvida que eres una celebridad. —Asiente—. ¿Es tu nueva asistente?

—Es mi...

—Soy su novia —contesta Amanda por mí. Mi intento de mirarla confundido se corta cuando ella me atrae a sus labios.

He de admitir que no correspondí el beso de la mejor manera. Los primeros segundos los gasté pensando que me ve mi ex, los trabajadores del aeropuerto y los pasajeros con ventanas que dan hacia nosotros. Me aparta pronto, como si besarnos así fuera "casual".

La sorpresa en la cara de la chica fue casi mayor que la mía. La mano de Amanda en mi espalda me empuja con delicadeza a seguir caminando sin contestar más. Vamos dejándola atrás.

Me inclino encima suyo a murmurarle al oído, pretendiendo decir alguna tontería romántica.

—¿Cómo demonios planeas devolver ese gato?

—No lo haremos, tonto. —Ni siquiera detiene su caminata—. Compraremos un gato naranja de la edad que tendría el tuyo y se lo damos. No se dará cuenta y, si lo hace, ya habrá firmado un contrato de confidencialidad que le daremos antes del animal. Si no lee la letra pequeña, no sabrá que luego de eso ya no puede decir nada —explica con rapidez. Boquiabierto, escucho a una de las mentes más inteligentes y retorcidas de su generación—. Además, le entregaremos dinero. En esta vida, todo se puede comprar.

Me quedo quieto unos metros antes de abordar, sin palabras.

—¿Tu cerebro igual?

—Casi todo —aclara.

Le lanza un beso a la chica del gato (olvidé su nombre otra vez) antes de subir al avión. No solo es una maldita, sino que además tiene el mejor sentido del humor.

19
sobriedad

* * *

AMANDA

El sur de Florida es precioso, y agradezco que Tom tuviera la grandiosa idea de filmar escenas en las playas de Miami. La que venimos a grabar en específico es una de mis favoritas: una propuesta de matrimonio al atardecer con fuegos artificiales. El viaje en el autobús del equipo es entretenido; no puedo contar la cantidad de palmeras que hay plantadas en las calles. Los rayos de sol a través de la ventana me queman la piel.

Decidimos quedarnos todos en el mismo hotel. Mi padre es amigo de los dueños de *The Savoy*, así que nos consiguió lugar para más de treinta personas en temporada alta sin problemas. Mi maleta no tiene mucha ropa de verano, solo un par de faldas. Antes de encontrar mi habitación, ya tengo el chat con mis amigas lleno de mensajes sugiriendo que salgamos de compras.

—¿De dónde salió ese sujeto? —pregunta mi padre—. ¿Se ha colado?

—Oh, no. Es mi... —Me aclaro la garganta—. Es el barman personal de Ron, somos amigos.

—Pues deberían habérmelo dicho antes. La cantidad de habitaciones que pedí es justa, y ya no hay nada que hacer si quieren alojarlo aquí.

Asiento y hablo a espaldas de Jim. Sin intercambiar palabra con nadie más, choco con personas del equipo mientras busco a Ron habitación por habitación. No puede estar muy lejos de Tom, llevan tres horas hablando sobre la boda y Tom ya lo ha maldecido por no haberlo comentado antes. No entiendo cuál es su latente interés.

—¡Hey! —exclamo—. Necesito tu ayuda.

—Si es sobre el gato, Tom dijo que tiene un amigo que nos puede conseguir el tono de naranja ideal —responde Ron, muy ocupado acomodando sus tres libros en el cajón como para mirarme a la cara.

—Es que ya no hay sitio para Jim, así que quería pedirte que uses tus poderes de superhéroe famoso y millonario para conseguirle un lugar.

—Amanda, con el dinero que le di podría ir a rentar un cuarto en otro sitio. No estaremos aquí más que un par de días.

—¡Qué desconsiderado eres con tus empleados!

—Averigüé al ingresar al lobby, no hay lugar. Está todo lleno e incluso parte del plantel comparte su estadía por ello.

—¡Cierto! —Una gran idea florece en mi cabeza y chasqueo los dedos—. Pueden compartir cuarto.

—¿Qué? No. No lo conozco lo suficiente.

—¿Y Tom?

—Con su hija.

Frustrada, escudriño alrededor de su habitación. Es la más grande de todas y caben seis personas más a la perfección. No tiene caso, Ron no soporta siquiera cruzar palabra con personas que no conoce a profundidad.

—Bueno. —Me cruzo de brazos—. Le voy a dar mi habitación.

Ron me observa como si estuviera loca, pero no deja de sonreírme. Sigue acomodando sus pertenencias sobre la mesita de luz. Me percato de que trae un par de las chucherías que compramos en la farmacia.

—¿En dónde dormirás entonces? —pregunta divertido.

—Contigo —digo al dejar mi maleta encima de su cama.

Doy media vuelta completamente decidida. Lo oigo estallar en una larga carcajada y espero a que recupere el aire para marcharme. Cruzando el marco de la puerta, su voz me detiene. No hay nada que pueda tener en contra suya, y eso me molesta. Llevo un par de días buscando una forma de generar al menos un ápice de enemistad.

—¿En qué parte de tu imaginación he aceptado, Amandita?

—¿Vas a rechazarme? —Arqueo una ceja, ofendida.

Él permanece boquiabierto, no sé qué le hace tanta gracia hoy. El calor hace que su piel clara se vuelva rosácea en algunas zonas, y el brillo en su piel resalta con el sol.

—¿Qué lado de la cama quieres? —pregunta resignado, negando con la cabeza.

—El que tenga más almohadas.

Ron se quita una de las suyas y la arroja al lado izquierdo.

—Está bien señorita. ¿Desea algo más?, ¿un café?, ¿una pizza?, ¿un masaje? —Se burla—. ¿Le consigo un nuevo puesto?

—Con que consigas que el señor Kennedy se calle, estamos bien.

—En algún momento vas a pagarme todo esto.

—Pásame tu cuenta, sin problemas. —Finjo no entender lo que insinúa.

—Amanda, por favor. —Ríe—. Tú podrías llevarme a la ruina si quisieras.

—Cuando eso pase gracias a tus compras compulsivas, yo puedo mantenernos. Tengo para dos viajes a Japón sin boleto de vuelta y un año de arrendamiento.

Sin comentar más, abre mi maleta por mí y quita el conejo de peluche (que es un oso pardo) para colocarlo en la cama. No recuerdo qué guardé al hacer el equipaje a contrarreloj, así que huyo junto a Jim antes de que vea algo de lo que me arrepienta.

Mi mente bloquea el hecho de que hay una sola cama. He dormido en su sofá varias veces, esto no será una excepción.

«Oh, cómo me encanta mentirme a mí misma».

En el set no hay descanso. La temperatura ha subido y el sudor empapa el atuendo de los camarógrafos, que están metidos hasta los tobillos en la arena de la playa. Esta vez pueden prescindir de mi ayuda en casi todas las escenas, así que observo desde la sombra de una carpa su trabajo.

Podría estar en la piscina del hotel, bebiendo un trago y relajándome. Pero no, estoy bajo un techo de palmeras de dudosa procedencia, tomando un jugo en caja tibio.

Ron viste el traje de la escena de la propuesta de matrimonio. He subestimado el poder que tiene un hombre que nunca se arregla demasiado cuando lo hace. Su camisa blanca está debajo de un chaleco negro; el saco y los pantalones tienen pequeñas cadenas, y los detalles en rojo, como la corbata y el pañuelo idénticos al libro, son un buen toque. Toda mi atención se la llevan sus guantes negros de cuerina. Es notorio cómo se entiende mejor con Margarita en la forma en la que la agarra.

Se supone que esto ocurre luego de que Kain Reid escapa de una misión, así que ahí lo ves, al peligroso hombre con manchas de sangre falsa tomándose un jugo de fresa en cajita en su descanso.

Lo han maquillado de una forma distinta. Asumo que porque no solemos grabar a pleno sol o porque requiere verse como si la protagonista le "devolviera la esperanza". Hay algo distinto en su rostro, en la forma en que me mira, que no puedo tolerar. Ya le he apartado la mirada veintiocho veces hoy, es un nuevo récord.

«Qué estresante es estar enamorada».

En lugar de prestar atención a las recomendaciones de moda de mis amigas, tengo la cara pegada al teléfono viendo tutoriales de conducción en YouTube. Ron quedó en intentar enseñarme otra vez, y me siento culpable por robarle su tiempo, pero aprendería a montar dragones si eso significara pasar tiempo con él. Con los audífonos puestos, recorro los pasillos de varias tiendas en busca de ropa que me haga sentir que pertenezco aquí.

Le dejo mi tarjeta a Malibú, quien, pese a estar ocupada juzgando las prendas que Margarita quiere comprar y mostrándole *outfits* a Bellini para enviarle, mantiene una cesta en su brazo derecho donde deja posibles opciones para mí. Lo único que escojo por mi cuenta es un sombrero capelina.

«¡Asegúrate de que el espacio disponible sea suficiente para entrar y salir, mínimo una vez y media más grande que tu auto! Recuerda señalizar la maniobra al encender las balizas y ubicar el auto al lado del lugar donde vas a estacionar». Dios, me están hablando en chino.

—¡¿Te gusta esta falda?! —me grita Malibú. Saco uno de mis audífonos.

—¿Qué?

—Mira —sostiene un diminuto trozo de mezclilla frente a mí—, esto con este top verde.

—Sí, lo que quieras. Con tal de que no sean más abrigos.

—Me encanta salir de compras contigo. —Suspira—. Tienes que ponértelo hoy. Serás la estrella del bar al que vamos a cenar.

—No estoy interesada.

—¿Qué dices? Si te encanta viajar solo para comprobar tu teoría de que puedes ligar con cualquier nacionalidad. —Ríe Malibú—. Aún recuerdo cuando lo dijiste por primera vez y no te creía. En fin, ven al probador. ¿Qué estás escuchando?

Me arrepiento bastante de haber creado ese alter ego osado para ocultar mi sensibilidad. Me siento interpretando un rol en el que no encajo. Nunca he sido la persona que proyecté ser.

—Nada, ya lo dejo.

Estoy comprometida con la causa, llevo media hora sentada en la barra con mis amigas, leyendo un manual de instrucciones mientras ellas van por su tercera cerveza. Puse mi teléfono en silencio. Encorvada en una esquina, lamento no haber tomado la oportunidad de ir a la escuela de manejo a los 16.

—¿Te ocurre algo? No te has parado a bailar ni una sola vez.

—El espacio es pequeño —me excuso—. Lo que tengo ganas es de comer.

—Al otro lado hay una pizzería.

—Gracias, Malibú. Pues voy a eso, cuídame el teléfono.

Acomodo el escote del top al moverme. La tela es demasiado fina y me resbala al caminar, siento como si estuviera disfrazada. Al menos ya no tengo calor. Al cruzar la calle, un pequeño local de comida tiene mesas instaladas enfrente, y no hay más de diez personas en la fila.

Esta ciudad me trae recuerdos de cuando iba a campamentos en mi adolescencia. Conocí a muchas personas allí. Me pregunto cómo la está pasando Ron; ocupa mi mente, aunque sea un poco cada hora del día, cuando escucho canciones, al entrar a redes o girando a un lado. Por ejemplo, aquí tienen un póster de cuando hizo publicidad para una marca de refrescos.

—Buenas, ¿me puede dar dos mozarellas?

—Claro, ¿para llevar o...? ¿Amanda?

Elevo la vista. El hombre rubio que atiende en la caja me resulta familiar, aunque no logro recordar de dónde. No me importa demasiado; lo único en lo que pienso en este momento es en comer.

—Para llevar. Agréguele un juguete, por favor.

Él toma mi orden, pero no me aparta los ojos de encima en ningún momento. Se le nota concentrado.

—Tú eres Amanda, ¿no? Hace dos años estuvimos en un mismo retiro vacacional.

—¿Ah sí? Qué guay.

—¿No te acuerdas de mí? Nosotros nos... —Es justo cuando baja la cabeza para escribir en su computadora que lo recuerdo. Carraspeo para evitar que termine la frase—. En fin, siempre me pregunté si te di mal mi número porque después de esa noche no me volviste a llamar.

—¿Me diste tu número? Oh, no lo recordaba, se me habrá perdido —miento.

—Una pena. —Se reclina sobre el mostrador—. Si quieres, ahora te lo puedo volver a dar. Mi descanso es en cinco minutos.

—No traje mi teléfono.

De la cocina sale otro chico con mi pedido en las manos. A ese sí lo reconozco; es el mejor amigo de este. Tiene la misma reacción que yo: quedarse tieso en su sitio sin saber qué decir.

—Hola —saludo, apenada.

«Mierda. No debí aceptar ese trío».

—A él sí lo recuerdas. —Se carcajea el rubio—. Uy, Amanda, tú nunca cambias.

Un sentimiento que no tenía desde hace años regresa. Puedo percibir la lujuria en sus pupilas, y me incomoda. Sé que soy nada más que eso para ellos. También fuimos amigos, compartimos ese verano, les mostré lo que en su momento eran los primeros indicios de a lo que quería dedicarme.

Una vez sucedió, las veces que me han hablado solo han mencionado un encuentro sexual, no me han preguntado ni cómo estoy. Tengo la sensación de que no me ven como una persona. Me intimida. Quiero irme de aquí.

—¿Cuál es el precio?

—Te lo regalo a cambio de tu número actual, Amandita.

—No me digas de esa manera.

—¿Un apodo bonito? —ofrece el amigo.

—No hay una sola posibilidad. —Niego.

—¿Tienes pareja? —Frunce el ceño.

—Asumir que la única razón por la que te puedo rechazar es porque estoy comprometida con alguien es machista. Puedo tomar mis propias decisiones y simplemente no querer. —Cruzo mis brazos sobre mi pecho—. Pff, no los recordaba así.

—¿Es ese tal Axel? ¿Al fin se ha decidido por ti? —indaga su amigo—. Pues en buena hora.

—¡No! Y mi vida privada no les incumbe, tiene que...

De pronto, todos a mi alrededor se quedan callados, con los ojos bien abiertos y el rostro pálido. El rubio estira el cuello justo detrás de mí. Es un poco vergonzoso decir que sé a la perfección quién apareció sin siquiera verlo.

—¿Ron Ke-Kennedy? —tartamudea uno de los camareros.

—El mismo. —Es impresionante cómo podemos notar que una persona no está siendo ella misma solo por cómo habla. Al dar media vuelta, completo a Ron observando a toda la multitud por encima del hombro.

Posa su mano en mi hombro. Si las mandíbulas de mis antiguos amigos no estuvieran pegadas a sus cuerpos, se les habrían caído en el instante en que Ron me atrae hacia él. Tomo la caja de pizza, y él me arrebata un trozo, llevándoselo a la boca con una lentitud calculada. No sé cuál sea su plan, pero luce satisfecho.

Con una sola mirada, provoca que el niño que amenazaba con sacar su teléfono para grabarnos lo vuelva a guardar.

—Te estaba buscando. Conseguí un coche que puedas chocar.

—Tonto —digo riendo—. Déjame llevar estas cajas y nos vamos.

—Disculpe —murmulla el rubio—, ¿podemos tomarle una foto en el local? Eso haría que...

—No.

«Tan amigable».

—Bueno, son cincuenta dólares —informa el cajero, inflando el precio al doble —. ¿Efectivo o tarjeta?

Ron se ríe al dejarle un billete en el mostrador. Ni siquiera espera a que le den el cambio. Toma mi mano libre, pero pronto se da cuenta de que las diez personas alrededor pasaron a ser veinte. La noticia de que está en Miami debe de extenderse rápido. Me suelta de nuevo e indica que lo siga al auto.

Malibú ya se encuentra en el asiento de atrás. No tengo idea de cómo nos encontró o por qué fue a recogerme, parece no haber entendido lo que estaba pasando, solo quería ser insoportable en público. Margarita nos ha abandonado por quedarse a tomar más; el resto de nosotros tiene cosas que hacer, como pasar otra madrugada sin dormir.

Primero llevaremos a mi amiga de vuelta al hotel, luego el GPS está activado para ir a una pista de carreras privada. Tenemos la cena en el maletero. Había olvidado que tenemos que practicar, así que las bebidas que trajeron ya no pueden ser utilizadas.

La música es controlada por Ron, que lleva el camino entero reproduciendo la discografía musical de Taylor Swift. La única ocasión en la que se detiene es cuando baja a cargar gasolina. Malibú, con quien estábamos hablando de este viaje, cambia abruptamente el tema una vez estamos solas.

—¿Duermen juntos? —Malibú nunca habla con mala intención. Se nota la emoción que carga, eso me genera la confianza de darle la verdad.

—De hecho, en Nueva York me dijo de quedarme en su casa. Estuve un par de días, ahora compartimos este hotel porque no quise dejar al barman a su suerte.

—Déjame entender, ¿estás casi viviendo con él, adoptaron a alguien y según tú no son nada? ¿No te suena similar eso, Amanda?

Trago grueso, no le respondo.

—Voy a decir algo con un poco de crueldad porque no soy el tipo de amiga que te miente a la cara. —Ella traga grueso—. Estás repitiendo patrones. Se nota que este chico está enamorado de ti, y si a ti también te atrae, ¿qué caso tiene no decirle? Estamos en el siglo XXI, pídele tú que sea tu novio.

—Eso le traería muchos problemas.

—Entiendo, te lo tomo como razón válida. ¿Pero de decirle que también te gusta qué te detiene? Decir tus verdaderos sentimientos no es ser despreocupada, es no guardarse nada.

—Prefiero quedarme con la duda.

—¿Qué es lo que esperas? ¿Que surja una mejor excusa? Es obvio que están enamorados.

—Sí, porque quizá con el tiempo se consigue otra persona, como Axel, y en ese caso significaría que no estuvo tan interesado.

—No, significa que siguió adelante. No puedes esperar que todos esperen por siempre a tu bandera verde que jamás llega.

—Malibú, no lo entiendes, tengo... —paro antes de decirlo, hay un sabor amargo en mi boca— miedo.

—¿De qué?

La puerta se abre. El portazo silencia mis respuestas. Tiene prisa por llegar a nuestro destino. Algo me dice que este juego con Tom es muy importante para él, y voy a apoyarlo. Creo que arriesgar mi vida al ponerme tras un volante solo por la posibilidad de verlo feliz revela todo lo que tengo que saber de mis sentimientos.

¿Por qué no puedo ignorarlo como he hecho con los hombres toda mi vida?

—Cuando quieras hacer un giro, haz un movimiento suave, no muevas el volante de forma brusca —aconseja mientras me muestra el movimiento—. Por cierto, asegúrate de tener las manos limpias; podrían resbalarse si tienen aceite de pizza, como me pasa a mí.

—¿De dónde sacaste este coche?

—Lo compré. Tenían una oferta de dos por uno.

—¿Para qué pregunto? —Me tapo la cara con ambas manos antes de reírme—. Recuérdame no dejarte solo nunca.

—Nada me haría más feliz.

«Tengo ganas de besarte cada vez que dices algo romántico».

—¿Cómo sé si estoy sosteniendo mal el volante? ¿Hay una posición específica que lo haga más fácil?

—Sí, cambiemos de asientos, te indicaré cómo.

—Espera, te acompaño —propongo mientras salgo del asiento del copiloto y trato de hacerme espacio en su regazo. El coche es pequeño, mi cabeza queda a centímetros del techo, y eso que no soy muy alta.

Él reclina el asiento, y prefiero sentarme de costado. Me acomoda con precisión encima suyo. No tiene otras intenciones; una mano acomoda mis piernas y la otra me sujeta como si fuera un cinturón de seguridad. Vamos a la velocidad mínima posible, diría que hay monopatines con mayor potencia.

—Aun podemos desistir —susurra, con la barbilla apoyada en el hueco de mi hombro y cuello. Acaba de acomodar mis brazos que, con inseguridad, guían el coche en línea recta.

—¿No confías en que puedo lograrlo?

—Amanda, eres la mujer más inteligente que he conocido. Por supuesto que confío en ti —hace una pausa—, pero no en un día.

—¿Qué es lo siguiente?

—¿Alcanzas el freno?

Estiro la pierna, la punta de mis pies lo roza, así que ejerzo una ligera presión, pero no se mueve. En el siguiente intento uso toda la fuerza que tengo.

—¡Ese es el acelerador! —grita Ron.

Suelto todo del susto. Por fortuna, él estaba listo para esa posibilidad; controla el coche para que no nos salgamos del carril, me sujeta contra su torso porque el movimiento me tira hacia adelante y frena en el estacionamiento de la pista. Todo esto ocurre en pocos segundos, en los que aún no he logrado respirar del susto.

—¿Por qué demonios el diseñador de esta cosa pondría el acelerador y el freno uno junto al otro?

—Para que puedan hacerse sin utilizar las manos.

—Es peligroso.

—Lo es.

—Soy malísima. —Intento lamentarme, pero al frotarme los ojos uno de mis codos se apoya en la bocina y el fuerte sonido me asusta—. ¡Ay, Dios! ¿Por qué pondrían eso ahí?

—Para que esté al alcance rápido. Hay muchas situaciones en la carretera que requieren bocinar a otros autos. Hacerlo rápido puede evitar un accidente.

—¿Está fatal que lo expliques de la manera más sencilla posible y aun así no lo entienda?

—Es normal, llevamos dos horas.

—Tienes razón. —Respiro hondo—. Me calmaré. Lo siento.

Al recobrar el sentido caigo en cuenta de que estoy encima suyo. Mi corazón no logra tener un instante de tranquilidad; el contacto entre nuestros cuerpos genera calor. Él no me ha soltado a pesar de la molestia que mis rizos en sus ojos representan. Está sudando bastante al igual que yo, aunque la noche sea fresca.

Bajamos las ventanas, el viento hace volar las servilletas de la caja de pizza. De vuelta en el asiento del copiloto, lo reclino para tener donde dejar nuestras sobras.

—Por cierto, tengo algo que comentarte.

—Adelante. —Mi corazón se expande al ver que deja cualquier otro estímulo solo por escucharme—. ¿Es sobre el *reality* del que te pasas hablando?

—Es sobre una idea que tengo —miento. Lo que Malibú dijo me resonó, así que intento buscar una manera de expresarlo—. Una idea para un guion, de romance.

—Me encanta. —Suspira—. Sabes, en este tiempo me he preguntado por qué no has escrito cosas de tu autoría ya. Tienes talento y contactos, lo cual debería ser suficiente para empezar.

—Lo hago, es que nunca muestro nada porque son textos personales. —Desvío la mirada—. En cierta época hice un montón de escritos tristes de parejas que se separaban por distintas razones, cosas aburridas y vacías.

—Dudo mucho que cualquier cosa que tú hagas sea vacía.

—El punto es que la trama trata de una chica a la que le gusta un chico, obvio. —Ríe—. Ella sabe que estar con él acabaría en una tragedia, por muchas razones... místicas. Él es el capitán del equipo en la secundaria, el chico popular, ¿sabes? El típico cliché.

—Me gustan mucho ese tipo de historias.

—Va, entonces la chica sabe que él sería como una condena a muerte.

—¿Hay alguna forma de romper la maldición?

—No.

—Pues muy mal. ¿Cómo va a triunfar el poder del amor?

—El poder del amor no es nada ante situaciones complicadas.

—Boo, eso no vende —se anima a comentar—. La vida está llena de finales tristes e historias buenas sin los resultados brillantes que pudieran tener. ¿Por qué hacer una que refleje la realidad? A nadie le gusta la realidad.

—A las personas que buscan identificarse sí.

—Te daré la razón como siempre. Sigue, ¿cómo se llaman los personajes?

Pasamos el resto de la madrugada hablando de una historia que voy inventándome sobre la marcha con su ayuda. Él no lo sabe, pero que me escuche sana una parte de mí que no sabía que estaba herida. Creo que es la primera persona que se interesa por mis ideas sin otro interés más que escucharme. Me siento segura contándole mis ideas, incluso las que no son lo "suficiente" buenas bajo mi perspectiva.

Él encuentra una chispa en cada detalle que le doy. Hay cierto amor en reconocer el esfuerzo de alguien y demostrarle que te importan sus metas, algo que no encuentras en otro sitio. Me siento como un bosque abandonado hecho cenizas. En este instante, ni mi pasado ni mis antiguos romances tienen la capacidad de encenderme como Ron. Es un mechero. Tanto para lo bueno, recobrar el brillo, el calor; como para lo malo, con la facilidad de incendiarme.

En mala manera.

Y también en una buena.

Sus dedos acarician mi piel, subiendo y bajando por mi brazo. Es un acto natural que hace mientras me presta atención. Su tacto provoca un cosquilleo incesante en mí.

No lo detengo. Se puede leer lo que quiere hacer a kilómetros. Recibo sus labios en los míos con la misma emoción que alguien da su primer beso, la misma preocupación de una persona que lleva un romance prohibido, donde cada beso es una cuenta regresiva. Mi lengua remoja su labio inferior, el espacio parece separarnos y mis ganas me controlan.

Ron tenía el asiento reclinado antes de que me subiera a horcajadas encima de él. Nuestro peso lo tira un poco más atrás, por lo que la mitad de mi cuerpo se apoya contra el suyo. Sostengo su rostro y la aspereza de su barba recién cortada se siente graciosa sobre mi piel. Sus manos libres toman mis caderas. La temperatura incrementa. Creo que nunca había tenido tantas ganas de que alguien conociera cada parte de mí, que un hombre me tocara como lo visualizo mientras devoro su boca.

Ahogo un gemido. Lo siento en todos lados, en mi cintura, en mi cabello, en el bulto en sus pantalones pegado a mi entrepierna. Tengo cuidado de no lastimarlo con mis uñas afiladas. Él se separa por un instante, sonriendo y sin aliento, susurra:

—No sabía que se pudiera desear tanto a una persona. —Hace contacto visual—. Eres en todo lo que pienso, a cada segundo del día, en mis sueños y en los momentos donde no soy dueño de mis pensamientos.

—Deberíamos salir de aquí.

—O podemos quedarnos.

—No tenemos preservativos —recalco—, y no me siento lista.

En parte porque es lo primero en lo que he pensado, en otra porque busco razones para no dejarme llevar. Dios, lo único que reproduce mi mente es un mundo imaginario donde él puede tomarme, donde mi ropa está tirada en algún rincón de este auto. Esa misma adrenalina que recorre mis venas son los nervios que frenan que pueda. En parte, sigo teniendo miedo.

Son miedos que no puedo decir en voz alta, inclusive a la persona con la que más intimidad he tenido. Son pensamientos que se quedaron conmigo como fantasmas luego de lo último que ocurrió en mi vida. En el fondo, siento que nadie me quiere para algo más allá de usarme y me aterra perder esto una vez pase.

Él asiente, moviéndome con delicadeza de vuelta al asiento del copiloto. Odio tener que hacer pagar a las personas buenas por cosas que no hicieron mal.

—Lo siento, Ron.

—No tienes por qué disculparte por tomar una decisión. No lo hagas, lo comprendo.

—Creo que deberíamos volver al hotel.

—Como gustes. —Enciende las luces—. Ha sido un día largo.

—¿Quieres que siga contando mis ideas o mejor ponemos música?

—Escucharte hablar de lo que te apasiona es mi melodía favorita.

La desnudez que creía era entregarte a alguien queda en ridículo al lado de nuestro vínculo. Ningún tipo de intimidad se compara a las conversaciones que tienen dos personas que no tienen miedo a que el otro los conozca. Poder ser uno mismo, con tus inseguridades y bajos, sin endulzarlo es un estado de confianza que no conocía antes. Es posible que me haya equivocado con que mi *trope* favorito sea el de enemigos a amantes.

Es fascinante cómo alguien puede conocer tu peor versión y, sin embargo, seguir amándote, sin necesidad de ningún otro contexto. Creo que eso es lo que me perturba: el pensamiento de que pueda llegar un momento en el que ya no quede ninguna razón para no estar con él.

—Amanda.

—Dime.

—Sabes que me gustas, ¿no?

—Yo...

—No necesitas responderme nada —Ron mantiene la vista en la carretera—. Me gustas tal como eres, sin necesidad de hacer nada más para mantenerlo. Lo siento por decirlo mientras estabas cuidándome. Mereces claridad, así que aquí va: me gustas, desde el primer instante. Lamento si es demasiado pronto para decirlo.

20
champagne

* * *

RON KENNEDY

Estos días se sienten imaginarios, como las noches que pasas con tu prometida antes de la boda: la expectación y la imaginación carcomen el presente.

—¡¿Y qué le dijiste?! —grita Tom, boquiabierto y con el mayor ataque de hiperactividad que le he visto desde que nos conocimos—. Espera, espera, ¿de qué sabor era la pizza? —Teclea en su pequeña laptop a una velocidad perturbadora.

—Catupiry.

—Gracias, te amo. —Se burla—. Vale, esto es perfecto, Ronito. Estoy muy orgulloso de ti, y eso que te creí un idiota. —Ríe, pero al notar mi expresión, su semblante serio reaparece—. Un... idiota enamorado, ejem, sí, eso; la gente enamorada no suele pensar.

—No entiendo a qué te refieres.

—El amor es un juego, Ron. En esta partida que está por llegar a su punto clave, la boda, no quedan más que un par de casillas. —Utiliza el Monopoly de daiquiri tirado para explicar su metáfora, y escoge la pieza del carro plateado—. Digamos que en esta última vuelta se define quién gana o pierde. Al decirle que te gusta, te implantas en su cabeza antes de llegar.

—¿Se supone que eso tiene sentido?

—Es como si estuvieras en una partida con muchas personas. La convences de venderte sus propiedades al simpatizar. Lo cual es bueno porque hay mucho que perder en esta instancia.

—Me perturbas, Tomarino, explícate mejor.

—¿Qué va a pasar luego de que arruinemos la boda? Ella no lo quiere recuperar, ¿o sí?

—No.

—Vale, pero nunca estamos seguros. Ahí es donde cambiamos de juego. —Deja caer los juguetes al piso—. Esa confesión que no tenía sentido es un as bajo la manga. Visualízalo: *entran, hacen un caos, salen victoriosos; ella tiene su venganza, tú tienes a la chica y, al mismo tiempo, lo tienen todo: justicia, dinero, éxtasis, la victoria.* Es el momento donde mejor estén. Tú ya tienes las pruebas de que querías estar con ella antes de estar en la cima. Ya luego hacen lo que quieran.

—Es lo más seguro, ¿qué se hace luego de una boda?

Él me observa con chispas en los ojos, por completo encantado e incluso más feliz que yo.

—La luna de miel.

Llevamos toda la mañana y buena parte de la tarde ultimando los detalles entre descansos. Transcribió lo que Amanda propuso antes. No dejamos que nadie nos oiga ni mire; estamos escondidos en un pequeño balcón de la habitación de Jim, a quien le pagamos para que guardara el secreto, como auténticos criminales planeando su próximo golpe.

Un balde lleno hasta el tope con hielo oculta un par de botellas de champagne. A través de Internet, reviso los horarios, el tráfico y las mejores calles por las cuales un auto a toda velocidad podría escapar. Hemos contratado ya a los actores, él ha terminado el guion para ellos y un PDF con posibles preguntas. Los disfraces, el servicio, los medios, la utilería y demás cosas que necesitemos están siendo cubiertos.

En una hoja aparte anoto tonterías, como el clima de ese día a la hora exacta, cuándo medir el terreno, que no tiene cámaras. La reservación en New Jersey la hizo un amigo de confianza de mi barman solo por cuidar nuestros nombres. El dinero de ese momento será en efectivo. No queda rastro de las transacciones porque, por fortuna, tengo cuentas que no parecen pertenecerme por razones (evasión fiscal) desconocidas.

Es un proceso metódico. Empieza temprano ese día al salir de nuestra casa a unos kilómetros del lugar equis. Esto es demasiado para un simple acto que ni siquiera es un crimen. Si llega a haber un daño material, puedo pagarlo mil veces si así lo desean y no sería ni el menor problema. Es la experiencia, la sensación de adrenalina la que de verdad nos importa mientras estamos estáticos en sillas de madera viendo la playa.

—Es el robo del siglo —se jacta Tom—. Le vamos a robar su cuento de hadas, su boda soñada, su oportunidad. —Ríe con malicia—. Pobre hombre. Qué karma estará pagando.

—Lo mejor que se le pudiera robar lo perdió desde antes. —Me encojo de hombros.

—Adelante, puedes fanfarronear que has robado a Amanda todo lo que quieras. Usémoslo como manifestación.

Abro otra botella. Tom controla la hora ya que daiquiri debería haber despertado de su siesta habitual. Al estar en la playa, de tanto nadar y hacer castillos de arena, debió cansarse el doble.

—¿Cómo dijiste que iban a entrar?

—Tengo una invitación especial.

—¿Cómo demonios conseguiste eso? Subestimarte es el peor error que alguien pudiera cometer.

—No sé si eso es un cumplido, pero lo tomo.

—Vale, recuerda apegarte al plan antes, durante y después en el hotel. Debes dar la jodida mejor actuación de tu vida. Si esto fuera un rodaje, te llevas los Oscars al bolsillo —exige Tom—. Nada ni nadie debe perturbarte.

—Pff, lo dices como si fuera difícil. Soy el mejor actor del mundo en la actualidad.

—La crítica tiene razón. Finges tan bien que se me había olvidado de que hay unególatra nada humilde dentro de ti.

—Sí, sí, ya pásame el documento. Voy a ir a pedirle una piña colada a Jim.

—Me sorprende verte tomando tanto, ¿sabes? —comenta casual—. Cuando te conocí lo odiabas, creí que no lo harías por lo de tu...

—Cállate —interrumpo.

—Vale, lo siento. —Baja la cabeza—. Déjame terminar esto. Perdona traerlo a tema, hubiera sido irrespetuoso.

—Sí.

—Ya, perdona. —Chasquea la lengua—. ¿Van a cambiarse? El rojo es un color muy característico, aunque vayan a otra ciudad.

—Llevaré algo negro en mi maleta.

No es tan complicado, el orden va más o menos así:

Salimos en la mañana de la casa. Desde el mediodía, cuando empieza la fiesta, hasta la ceremonia a mitad de la tarde, tenemos que evitar que los novios vean a Amanda mientras pasamos desapercibidos como maniáticos del arte entre los pintores. No vamos a participar en los bailes ni en nada que incluya fotos. El sector privado y con mayor cantidad de extraños bajo nuestras suposiciones son los invitados de último momento de Emillie. Allí nos sentaremos.

El cura y demás personas que ayudarán en la unión civil tienen una carpa que se vaciará alrededor de las dos, cuando van a comer. Es el momento perfecto para destapar el atuendo rojo que está prohibido. Tenemos treinta y cinco minutos de posibilidades dentro para coordinar a los actores.

Luego de eso no hay descanso. En una boda de colores pastel y blanco, el color de la sangre llama la atención de todos, excepto de la pareja que debe estar al otro extremo en el discurso religioso que se debe hacer antes. Es un evento caótico, extravagante y creativo. Estoy seguro de que la mitad de los invitados tendrán algún tipo de decoración o máscara. No nos quedaremos atrás. Amanda accedió a que me oponga, inventándome que soy el amante de Axel, así que le he alivianado el trabajo a la mitad. Ya cuando sea obvio que es un chiste es donde dejaremos que pueda reconocerla.

Axel no dirá nada, porque es mejor que una lunática aparezca en tu boda que tu amante. Es decir, la historia de lo que ocurrió entre ellos estará, y dejaremos en sus manos si aclararlo y hundirse o fingir demencia. Conociéndolo, sabemos qué escogerá.

Drama, gritos, revelaciones, se cae el pastel, se han acabado los tragos de la barra (eso lo tiramos; no podemos beber porque yo conduzco y ella no tiene tanta maldad borracha). Se cuentan historias, alguien llamó a la policía. Dos patrulleras consiguen entrar a controlar la fiesta. Tom se baja a hablar con ellos, distraerlos mientras nos "llevan" fuera del disturbio. A mitad de camino está estacionado el auto en el que nos vamos en dirección contraria. Los vehículos de la policía en realidad son de venta de dulces que tienen el nombre del lado opuesto al que podrán ver, solo porque "no es muy legal" hacer pasar un auto cualquiera por uno así.

Por supuesto que ese sitio tiene la probabilidad de ser dañado, por eso la mayor parte del presupuesto está en pagarlo si algo ocurre. Es un gran acto de bondad mío hacia Axel.

Sigo pensando que mi idea de escaparnos a Japón era mejor. Sin embargo, nadie entiende mi visión, menos Amanda, que reclama volver a Los Ángeles para la promoción de la película. Queda casi nada para acabar la grabación, lo cual lo convierte en mi rodaje más rápido y complicado a la vez. Es cierto que se recorta tiempo sin las acrobacias locas de los superhéroes o las instalaciones en medio de la nada que se usan en la histórica.

—Si ella quiere venir con nosotros —interrumpe Tom el silencio para hablar de la prometida de Axel— que lo haga. Sigo pensando que el concepto de robarse a la novia es el pico de la literatura.

—Estás loco.

—Hombre, en parte lo has hecho tú. Yo sé cómo funcionan las personas porque las estudio para escribir, y —le da un largo trago a su botella— estoy seguro de que en algún momento se lo propuso a Amanda, pero ella lo rechazó.

—No le propuso ser su pareja, dudo que le haya propuesto matrimonio.

—Quizá está en una etapa donde simplemente quiere casarse y vio que no tenía futuro. ¿Tú crees que Amanda es el tipo de persona que querría pausar su vida para ser la esposa de alguien?

—Para nada.

—Muy valiente no es. Se lo habrá soltado y como vio que no lo agarró, fue a otra chica. —Cierra la laptop—. Me gustaría saber cuál es la razón para que se comprometan tan rápido. Quizá necesita algún tipo de documentación, ambas son del mismo país.

—Lo descubriremos pronto. —Suspiro.

21
el charro negro

★ ★ ★

AURORA

No soy de tener buen humor en la mañana; sin embargo, hoy es un día especial. Es hoy. Después de tanto ensayo, el circo abre sus puertas.

El barman nos está preparando un trago a las siete de la mañana, como si fuera café. Contratamos a Malibú para maquillarnos para la ocasión; ella también nos ha ayudado a hacer identificaciones falsas para Clyde y Aurora. Me regañaron por no haber comentado que conocía a alguien con esas habilidades. Es mi culpa por no asociar el fingir ser quien no eres con algo que no sea entrar a las discotecas siendo menor de edad.

Sus padres eran estrictos y el mío me advirtió sobre no llamar la atención con su apellido porque en mi adolescencia fue cuando la crítica le estuvo encima. Nosotras íbamos por la vida con cédulas hechas en Photoshop. Fue desde allí que adopté el apellido de mi madre. En mis manos comparo el "Amanda M." por Martini junto al "Aurora K." que acaba de imprimir.

—No le pongas mucho limón al mío —le pido en un susurro a Jim.

—¡El mío con mucho refresco! —exige Malibú, quien tiene una foto de referencia en una mano y con la otra maquilla a Ron.

—Odio ser el chófer designado de ustedes, manga de alcohólicos —se queja Tom.

—Así nos quieres. —Ron le guiña un ojo—. Auch, creo que me entró sombra en el ojo.

—Es una bebida mexicana, se llama *El charro negro* —explica Jim—. Es, de hecho, lo primero que me enseñaron en el primer bar en el que trabajé. —Deja la rodaja de limón encima—. Ese nombre viene de una leyenda, ¿saben?

—Me encantan las leyendas —comenta Ron. Esto parece emocionar bastante a Jim.

—Es una larga historia sobre un hombre avaricioso. En resumen, es un señor elegante, vestido con oro, un ente condenado por la eternidad a ser el cobrador de quienes tienen deudas pendientes.

—¿Con quién? —cuestiono.

—Con el diablo.

Ron comparte una mirada cómplice conmigo en lo que las comisuras de sus labios se van curvando cada vez más hasta formar una amplia sonrisa ladina.

—¿Cómo dijiste que va vestido? —pregunta Ron. Yo niego con la cabeza.

—En realidad es muy simple, un traje negro tradicional. No es tan diferente al tuyo ahora. —Jim se encoge de hombros—. El sombrero, un moño de tela roja.

—Es una boda, no tu pasarela de modelaje. —Me cruzo de brazos.

—¿Por qué? ¿Crees que si me visto así no podrás resistirte a mí? —Su tono jocoso y obvia expresión delata que no habla en serio.

Aun así, me veo en la obligación de soltar la carcajada más falsa e irracional que he tenido. Como si no dijera la verdad. Como si eso fuera impensable.

—¿No deberíamos apresurarnos para ir al avión? —Cambio de tema.

—Es mi avión privado, podemos llegar cinco minutos tarde —dice con los ojos cerrados. Malibú sigue aplicándole rubor; ella tampoco ayuda a la causa—. ¿Puede venir con nosotros tu amiga? Por si cambio de opinión una hora antes y quiero ir pintado de calavera.

Nuestras manos se rozan al agarrar los vasos fríos. No estoy muy orgullosa de haber convertido a Ron en este sujeto que bebe alcohol en el desayuno. Ambos bebemos un largo primer trago sin hablar. Está helado, bastante cargado con tequila; el dulce del refresco resalta.

Aun con el líquido en la boca, brindamos con el vaso medio lleno, riendo. Este es nuestro día. Pareciera que estamos en las nubes por la felicidad combinada con adrenalina. Siento que fuera yo quien va a dar un gran paso en la vida hoy. Tengo los nervios a flor de piel cual si fuéramos nosotros los que caminaremos en ese altar. Y de cierta manera, así será.

Es inevitable pensar durante el vuelo qué debe estar haciendo él. Axel debe estar dando ya vueltas por el terreno en su uniforme porque no se lo quita ni para dormir, ignorando lo que ella le diga. La verdad es que es difícil imaginarlo así, listo para casarse. No es alguien a quien me imagine compartiendo una vida, y a veces me pregunto si solo conocí una versión falsa e idealizada suya.

No haberlo visto en meses y que la última vez sea en su boda con otra chica no es la decisión más inteligente que he tomado.

Al pisar Nueva York de vuelta, el auto nos espera fuera del recinto donde aterrizamos. Hace un poco de frío, hay mucho viento. Tengo los audífonos conectados a la playlist de Ron, así que solo oí su música en el trayecto entero. Mis maletas están en mis manos; él ni siquiera se ha levantado de su asiento.

—Jim, ¿puedes conducir tú hasta la casa? —cuestiono al notar que Tom está muy ocupado anotando algo en su teléfono y Ron aún está siendo retocado por Malibú.

—Lo siento, me será imposible.

—¿No sabes conducir?

—Es que me quitaron la licencia hace tres años porque sin querer choqué el monopatín de un profesor de universidad.

—Un accidente le pasa a cualquiera. —Me encojo de hombros intentando animarlo. A mí me ha pasado dos veces.

—Fue en el estacionamiento de su casa. Él había reprobado mi tesis.

—Pff, qué mala suerte. Una coincidencia loca, ¿cierto?

—Oh, no. Lo hice a propósito.

De pronto, nuestros amigos quedan en silencio, mirándolo fijo.

—Ah, vale.

Tom hace tintinear las llaves al bajar. Cada pisada que doy me hace sentir insegura sobre hacer esto. Ron me da la mano en las escaleras y calma mis miedos con rapidez. Lo sostengo al mismo tiempo en el que sostengo mi botella de agua. La jarra está por acabarse desde antes de que pueda subir a nuestro auto de escape.

Así que allá vamos, a detener una boda el grupo de:
· El loquito dramático que se especializa en robar gatos.
· Una anónima con doble identidad y una venganza que cobrar.
· Un barman de dudosa procedencia con antecedentes penales.
· Una falsificadora de identidades.
· Y Tom..., del que no sabemos ningún crimen. De seguro porque no lo
    han pillado.

Nuestros amigos nos bajan en la casa. Ellos tienen su parte del trabajo que hacer, excepto Jim, quien solo nos sigue en silencio a donde vayamos. Le he dado instrucciones para que se cuele entre los camareros a vaciar la barra de bebidas.

Ron y yo no hablamos. Él jura que es algún otro problema fuera de lo impactante que está hoy. Energético, se comporta de la manera más osada e imponente en la que lo haya visto. Sin pena toma todas las oportunidades de malinterpretar la conversación, de bromear conmigo. Pareciera que vive en fiesta constante.

Acomodo mi vestido largo frente al espejo. Es bastante voluptuoso y cargado para que no se perciba el vestido tubo rojo debajo. Me coloco los guantes. No tengo idea de dónde él consiguió tanta ropa o cómo averiguó mi talla. Es distinguible que es de diseñador; incluso los retazos pequeños son de telas refinadas.

—¿Te echo una mano?

—Se me da mal cerrar ganchos con las uñas largas —me excuso—. ¿Crees que levante sospechas que las haya pintado de rojo?

—Para nada, combina con el rosa de tu primer atuendo —me anima. Sube ambas manos a mi cuello—. Listo. ¿Solo usarás un collar?

—Este está bien. —Me aparto como si él fuera fuego—. Jim ya se ha ido, solo faltamos nosotros. No quiero llegar tarde para no llamar la atención.

—Si no quieres llamar la atención en una boda, detenerla no es la mejor idea.

—Sabes a lo que me refiero. —Camino a pasos cortos hacia la puerta. Solo se oyen los tacones chocar con el piso—. ¿Estás listo, Clyde?

—¿Para llevarnos al infierno? Nací listo, Aurora. —Abre la puerta por mí—. Después de ti.

Son dos canciones las que nos tardan en llegar a la máxima velocidad posible. El sol está en alto, el interior del coche apesta a una mezcla entre nuestros perfumes. Me ahogo en silencio. A pesar de la narrativa sobre lo maldita y alocada que soy, se me revuelve el estómago del miedo. Me aterra cometer un error, arruinarlo. Me he repasado la lista de las incontables consecuencias que tendría esto si sale mal mientras él durmió sereno.

Me hice muchas listas, siendo sincera. Un par de ellas incluía comprar preservativos en la mañana mientras nadie me observaba.

Doy el primer paso en el terreno. Hay un pequeño camino de tierra antes de ingresar. La decoración completa está en colores pastel, lienzos blancos, cuadros y baldes de pintura. Hay tantas flores que impiden la vista; las luces colgantes aún no se han encendido.

Trago grueso. Ron le entrega nuestra invitación a la chica enfrente, controlando los invitados. Deposito el "regalo" en una cesta. Hay más muchedumbre de la que esperábamos, lo cual es bueno porque al menos quince están vestidas similar a mí y los hombres nunca se esfuerzan mucho en distinguir su traje negro. Nos camuflamos sin apuro.

Hay veladoras en los centros de mesa con rosas. El pasto está lleno de confeti y los cocoteros se roban el protagonismo al caminar; apenas se puede sin chocar con alguno. Hay un sector rodeado por grandes caballetes, alejado de la música, al que Ron me guía directo. Están repartiendo sombreros, guirnaldas y máscaras artesanales.

Reconozco en la lejanía a la familia de Axel entrando al recinto. Me apresuro a escabullirme detrás de los pintores.

—Buenas tardes, señor Cider, Mai Tai, un gusto volver a verlos —saluda Ron con entusiasmo a un par de señores, con confianza y gran altruismo, como si en verdad fuera un artista—. Emillie no me dijo que ustedes iban a pintar el cuadro de hoy, ¿cómo van preparando el lienzo?

«¿De qué demonios habla? ¿Cómo conoce a esta gente?»

—Clyde, muchacho, llegas justo a tiempo para ayudarnos a decidir —le responde una señora—. Aquí dicen que quieren pintar cuando estén en el altar y yo digo que es mejor saliendo de este, cuando corren en la alfombra, ¿tú qué opinas?

—Opino que no hay que empezar nada antes de tiempo.

—Claro, porque el golpe de creatividad siempre se tiene en el instante de empezar —asiente ella—. Tienes razón, brillante usted como siempre.

«¿Siempre? ¿Clyde? ¿De dónde conoce Ron a esta gente?».

—Mmm, cariño. —A mí me cuesta meterme en el papel, el apodo dulce me ha salido con voz temblorosa—. ¿Por qué nunca me presentas a tus amigos? Hola, soy Aurora —Fuerzo una sonrisa.

—Ni te preocupes niña, aquí la mayoría aún no se conoce. Lo que nos une es el arte —recita uno de los hombres—. Y Emillie, claro, ella siempre tan amigable.

—¿Desde cuándo eres amigo de la novia? —Frunzo el ceño.

—Mi amor, te lo he contado mil veces. —Ríe con naturalidad. Él me rodea entre sus brazos—. En los museos, las presentaciones en tiendas a las que asisto cada semana, Emillie y yo somos colegas desde hace ¡uff!... Ya ni recuerdo.

Encantador, dulce, coqueto y muy realista. Nadie alrededor, nadie de las treinta personas que lo oyen, parece dudar siquiera de una de sus palabras. Tanto que yo dudo de saber la verdad sobre Ron.

—No nos has presentado a tu novia, Clyde.

—Mi mujer, por favor —corrige. Aprieto la mandíbula cuando de pronto me toma de la cintura y me pone en medio de esa gente—. No suele salir mucho y mantenemos lo nuestro en privado. Ella es bailarina.

Reprimo una sonrisa al notar que no se le ha olvidado uno de mis tantos sueños frustrados.

—Aurora —repite la señora—. Qué bonito, como las auroras boreales.

Dejamos a ese grupo a un lado. Un camarero nos guía a nuestra mesa. En cada instante, Ron no se aparta de mí; no desaprovecha una oportunidad para acercarnos y reafirmar que estamos juntos: sus gestos, su mirada, sus palabras, su tono, los pequeños actos como apartar mi silla o acomodarme las cosas de la mesa para que tenga espacio.

Somos el foco de atención al ser la única pareja joven en este sector por ahora. Él lo sabe. En cierto momento, apenas acomodarnos, me despisté y él tomó una rosa del centro de mesa para acomodármela en el cabello. Nuestro "público" está fascinado.

—Que dulce eres, mi cielo —masculló.

—Para ti siempre. —Sonríe—. Pero deja de decirme «mi cielo», me sonrojas. Ya te dije que prefiero «amor de mi vida».

Casi se me escapa un «ridículo» por pura costumbre.

—Amor de mi vida —digo irritada—, ¿tienes hambre? No has ingerido nada más que lo que nos dieron en la mañana, que es líquido.

Los ancianos pintores se instalan justo al lado nuestro, es inevitable que escuchen nuestra conversación. De hecho, creo que por ahora es su mayor entretenimiento.

—Significa que ella tiene hambre. —Les explica como si me conociera desde hace 10 años—. Le da pena pedir.

—No me da pena pedir, es que la mesa de bocaditos aún está cerrada.

—¿Quieres que robe algo para ti?

—Esperaré, ni que fuéramos criminales.

Fingir una relación es complicado; no debí quejarme de los *fake dating* que leí el último año. El karma me golpea con fuerza al erizarme la piel cuando él toca mi mano.

—Olvidé que mencioné que estamos casados y no traes un anillo —susurra—. ¿Quieres uno de los que traigo?

En la mano derecha suele usar dos o tres. Desinteresada, escojo el delgado, que es dorado.

—Ese. —Lo deslizo fuera. Se ve simple. Me sorprende que él tenga algo así—. Está bonito.

—Cuesta quinientos mil dólares.

—Como decía, si preguntan, dejé mi sortija para limpieza. —Le devuelvo el anillo—. Se están tardando en servir, ¿no crees?

Se me borra la sonrisa al percibir el movimiento de las cabezas de la multitud. La novia está recorriendo el terreno; no hay rastro de Axel. Ella pasa mesa por mesa saludando hasta llegar a la nuestra. Pequeño detalle.

—Viniste, Clyde. —No la miro a la cara—. Muchas gracias. Significa mucho para mí. —Su tono es dulce; quien sea que la mire se queda embelesado con su buen ánimo y amabilidad.

Excepto Ron, él está igual de preocupado en que no me descubran.

—No me pierdo esta boda por nada —asegura él—. Aquí andan ansiosos por pintar, les he regañado porque se mancharán antes de hora.

—Ay, déjalos, después de todo, para eso me encargué de hacer este sitio especial. —Ríe—. Mi vestido incluso tiene tantas capas porque quiero que lo pintemos luego.

—Así será. —Veo hacia otro lado porque no quiero que me ubique. Por el rabillo del ojo y en las ranuras de mi pelo noto que Ron mantiene al menos un metro de distancia entre ambos—. Por cierto, disculpa el atrevimiento, a mi esposa se le olvidó desayunar de la emoción. ¿Podríamos tomar un aperitivo mientras? Este será un día largo, no quiero que se quede sin energías.

—Por supuesto, adelante, te llevo —responde riendo—. De verdad, disculpa; es que los de cocina llegaron tarde, los decoradores cancelaron y el mariachi se atrasará —refunfuña Emillie—. Un lío tras otro. ¿Será una señal? —dice a modo de chiste —. ¿Tu esposa es de dulce o salada?

Me da un escalofrío cuando siento que se fija en mí y avanza unos pasos. Ron la detiene.

—Salada. Ya traeré la comida yo, hablamos luego.

—¡Oki! —Emillie sale corriendo hacia la entrada.

«Por fin vuelvo a respirar».

—¿Quieres pizza?

—Ya se me fue el hambre. —Me levanto con el corazón a mil, completamente alterada—. Si el almuerzo cambió de planes, significa que se nos altera el tiempo disputado. Deberíamos ocultarnos. No planeamos estar expuestos por tanto tiempo.

—Vamos a por los bocaditos y entremos a la carpa de los religiosos, la acaban de dejar para coordinarse en el altar.

—Vamos.

En nuestra defensa, no tenemos nada que ver con los demás imprevistos. Esto nos descuadra por completo los horarios planeados, así que escribo un mensaje a Tom mientras Ron agarra un pequeño plato.

Estoy tensa por las miradas de los demás. Me pregunto si lo miran tanto porque se parece a un tal Ron Kennedy, porque es bastante atractivo o porque nos han descubierto. Aún no entro en personaje; es complicado estar a su altura. Él puede cambiar de personalidad como si subiera el interruptor de una luz; sus pupilas azules me persiguen en cada parpadeo.

Hay una carpa en el lado opuesto donde los religiosos dejan su indumentaria, se guarda la utilería extra y un par de cajas de cerveza. Está vacía como esperábamos; cerramos las cortinas por completo, aunque son fáciles de soltar. Es solo una atadura en la parte de abajo. No tiene ventanas, no tiene mucho más que un estante, un par de muebles y elementos religiosos rodeados de pinceles.

—¿Por qué no me dijiste que conocías a Emillie? —reclamo confundida una vez me aseguro de que estamos a solas.

—Porque no la conozco.

—¡¿Qué?! Desde cuándo actúas tan bien.

Ron jadea ofendido. No es hasta decirlo que me doy cuenta de lo que confesé y me parto de risa. Él se contagia de esta, aún boquiabierto por mi declaración sumado al descaro de decírselo sin pelos en la lengua.

—¡Wow! Gracias, Amanda. Es bueno saber lo que piensas de mi trabajo.

—¡No es eso! O sea, sí. Sé que eres el mejor de los mejores de bla, bla, pero eso de afuera… —Señalo—. ¿Cómo carajos puedes fingir algo así?

—Soy un excelente mentiroso. Te sorprendería.

—Ya me has sorprendido —exhalo—. Tengo que felicitarte; me has hecho dudar de mi cordura con tu historia y… —trago grueso—. Parece tan real que quizá empiece a creer en los locos conspiranoicos que dicen que eres un robot.

—No sé cómo reaccionar a que creyeras que soy mal actor. Está bien, no pasa nada. —Rueda los ojos, sonriente, se aleja cuando intento tocarlo.

—Ni se te ocurra empezar un drama ahora, Kennedy.

—Muy tarde, ya empecé. —Da media vuelta . ¿De qué me sirven los premios, los millones, la aprobación de Adler Brandy, si Brandy chiquita no me creía capaz de fingir un guion simple para su venganza?

—Dime Brandy chiquita otra vez y será lo último que digas.

—Aún escucho voces. Es su recuerdo atormentándome, dudando de mí.

—Ron Kennedy.

—Nunca podré… —El muy hijo de puta puede quebrar su propia voz a su conveniencia—. Recuperarme de esto.

—No tienes que actuar conmigo.

Ron regresa a verme; hacemos contacto visual y la distancia entre nuestros cuerpos se rompe. De repente, la adrenalina porque nos pillen pasa a segundo plano. Es peor la sensación catastrófica que recorre mi piel cada vez que él posa su mano sobre mí. Dejo de respirar.

—Contigo no me hace falta actuar.

Él mantiene su mirada fija en mí, se remoja los labios. Siento su respiración acariciarme. Mi intento de alejarme me lleva a chocar con una mesa de madera tan baja que me sirve de asiento.

—Hace un par de minutos actuabas como si me amaras.

—Contigo nunca estoy actuando.

La nueva notificación nos alerta que se ha aprobado la segunda parte del plan. Él se quita el saco, revelando su camisa roja. Es una buena distracción; nos apresuramos en cambiarnos hasta que el cierre de mi espalda se traba en bajar. Otra cosa que no tuvimos en cuenta: ¿qué ocurre si se avería la cremallera de imprevisto?, ¿salimos sin el vestuario planeado?

«Mierda». Emilie tiene razón. Hay señales de que esto está mal.

—¿Qué hacemos? —murmuro.

—Puedo... —Sus nudillos hacen contacto con mi espalda. Yo recojo mi cabello hacia el frente—. ¿Puedo?

Asiento. El sonido de la tela rompiéndose me recuerda que no estoy sola en esto. Tengo un compañero que al parecer es diez veces más inteligente de lo que esperaba. Sonrío; el plan sigue en marcha mientras acomodo el escote del apretado vestido. El labial se me ha esparcido un poco fuera.

—Estás preciosa. —Él permanece a un lado, escudriñándome mientras me desprendo de las medias largas—. El rojo es tu color.

No puedo borrar la sonrisa de mi rostro. De un instante al otro, el eco del exterior se disipa al verle a la cara. Tengo una revelación: esto es lo que quiero. Esta privacidad, ser el cómplice de alguien, ser la prioridad de alguien por primera vez. Y Ron presume de mi presencia como si fuera su tesoro más valioso. No extraño no salir con alguien que sabes tiene al mundo persiguiéndolo, sino sentir en lo profundo de tu corazón que él solo quiere ir tras de ti.

Él limpia el labial con su pulgar, se detiene a acariciar mi mejilla. Es la iniciativa suficiente que necesitaba para jalar el cuello de su camisa hacia mí. No soy nada sutil en la manera de atraerlo para besarle.

La tensión incómoda y confusa se libera con mis labios sobre los suyos. Sus manos en mi cadera levantándome a la mesa. Toma el control del beso sujetando mi cuello. Mis uñas rasguñando con suavidad su nuca hasta subir a su cabello no disimulan lo mucho que he estudiado su cuerpo; sé a dónde ir con los ojos cerrados. Muerdo su labio inferior hasta mancharlo por completo.

Ron deposita uno de sus besos en mi cuello, baja lento desde la comisura de mis labios hasta debajo de mi clavícula. Reprimo un gemido cuando me desliza de vuelta al borde de la mesa con las piernas separadas porque él está en medio. Mi vestido se desacomoda por voluntad propia. Una especie de electricidad recorre mi cuerpo cuando su palma se coloca en la parte interior de mi muslo. No mido el tiempo que llevamos así, solo sé que he perdido mi respiración normal. Me asfixio en su boca y no tengo planes de escapar.

Mi tacto tiene un camino tortuosamente lento de su abdomen a su entrepierna. Ron se aparta jadeante cuando tomo su erección por encima del pantalón. Tiene las pupilas dilatadas, es un caos. Mi maquillaje está alrededor de su cara, de su cuello, sus manos. Remojo sus labios con mi lengua. El sudor hace que se me pegue el cabello encima. Sin apartar el contacto visual, desabrocho su cinturón.

—Estás hecho un sucio desastre —me mofo sin aliento.

—¿No es ese el tipo de sexo que te gusta? —Toma mi cabello en su puño—. ¿O quieres que sea un caballero ahora? Te conozco.

—¿Se supone que has sido un caballero en algún momento?

—De mi mente para fuera, sí.

—¿Y qué pasa en tu mente? —Desprendo un par de botones de su camisa.

—Si quiero mantener mi reputación de chico bueno, no puedo contártelo. —Me besa—. Digamos que algo así. —Pega mis caderas a las suyas, mi gemido es detenido por su lengua.

Echo la cabeza hacia atrás, riendo. Las bocanadas de aire no son suficientes para devolverme la calma. Rasguño su espalda, la firmeza con la que me sostiene provoca un montón de sensaciones que nunca había experimentado, justo cuando creí saberlo todo.

Arqueo la espalda, tengo su peso encima y sus brazos me acorralan contra él. Siento la mesa balancearse debajo mío. Lo único en lo que pienso es en que, a pesar de haber quitado los botones de su pantalón, le sigue faltando espacio; su erección no cabe en mi mano a medida que lo masajeo sin vergüenza alguna. Mi cerebro revive los escenarios que he imaginado a lujo de detalle. Mi ropa interior está mojada y empieza a incomodarme. Sonrío, porque, pese a que tengo el outfit, el maquillaje y el cabello hecho trizas, al menos traje conmigo el bolso donde está lo que necesitamos.

La mesa tambalea otra vez; en esta ocasión hace un extraño sonido.

—Bájame —exijo alterada—. No es momento de meterse en un accidente.

El sudor nos vuelve resbaladizos. Escudriño el interior de la carpa buscando con desesperación un sitio, una superficie sólida que no existe. Bufo, maldiciendo a Axel por no ser capaz de preocuparse de tener al menos una mesa de mejor calidad para que pudiéramos hacerlo allí.

Quiero hablar, pero las palabras no salen de mis pensamientos. Ni siquiera puedo pensar en nada que no sea él. Reviso rápidamente que la carpa esté cerrada y luego me pongo de puntillas para susurrarle al oído: «Aún tenemos tiempo».

Busco con torpeza los condones dentro de mi bolso. No puedo contener la risa cuando, al darme vuelta, él ha hecho lo mismo. No es el acto ni la sincronización lo que me hace gracia, es que ambos sean de fresa.

—Qué romántico, lo recordaste —musito.

—Por supuesto, difícilmente pasa un día sin que piense en lo mucho que quiero follarte.

—Los novios no han montado el mejor sitio del mundo. —Abro el envoltorio con cuidado—. Hay que saber improvisar. —Bromeo mientras me arrodillo frente a él.

Envuelvo mi cabello en una alta coleta, aunque algunos rizos se escapan. Estiro el cuello para verlo y noto que el rubor en sus mejillas se ha intensificado. Baja las manos a su pantalón, pero lo detengo.

—No hagas nada —ordeno—. Tengo el control aquí. —Encierro su miembro duro y erecto entre mis dedos—. Tú preocúpate de no hacer mucho ruido, por ahora. —Le guiño un ojo.

—Eres malvada.

Echo un vistazo alrededor, aún hay un par de cosas del altar en el estante. Aprovecho que tengo su completa devoción para persignarme antes de chupársela, él ríe y maldice algo en mi nombre que no logro escuchar.

—Disculpa, es que tuve que buscar a alguien a quien agradecerle. —Hago un chiste al terminar de persignarme, y él se tapa la cara. Es bastante tierno en este instante.

Sus ojos se oscurecen cuando retiro el condón de su envoltura, saco el aire de la punta antes de desenrollarlo un poco. Él me observa, confundido; con precaución, termino de desenrollarlo hasta la base con mi boca, sintiendo cómo su miembro se endurece aún más dentro de mí.

Mi lengua juega con la punta, hago círculos y lo provoco varias veces antes de empezar. Estoy concentrada en ver hacia arriba, donde su expresión me satisface. Mis piernas no responden. Mis latidos desenfrenados no se detienen en el constante vaivén musical que son sus gemidos para mí.

Lo masturbo con la mano, ayudándome de esta para hundirlo en mi garganta. Escuchar cómo intenta reprimirse sin lograrlo sube la temperatura de mi cuerpo. Lo contengo en mi boca, hago movimientos lentos de arriba a abajo, pierdo el aire en varias ocasiones, mi vista se nubla, pero tener a Ron con las manos atrás, entero a mi disposición y deseo, no me hace querer detenerme ni un segundo.

Se le marcan las venas; me queda un buen sabor dentro. Replanteo mandar por completo a la mierda el plan para seguir aquí, quizá en el suelo, quizá se me ocurra una posición lo suficientemente creativa. Mi cuerpo palpita con ganas de tenerlo dentro. El líquido preseminal tiñe de blanco parte del plástico por el interior.

Dudo en proponerle mi idea; una lágrima se resbala por mi rostro. Me inclino hacia atrás por aire, desde la mesa. Mi teléfono comienza a vibrar.

«Sea quien sea, voy a odiar a Ron si responde».

Él contesta la llamada sin ver el contacto. Me quedo paralizada, la saliva se desliza por mi mentón. Lo pone en altavoz.

—Amanda, soy Axel, no sé qué pienses ahora mismo de mí, entiendo que no quieras hablarme, hoy han pasado tantas cosas malas que muestran que esto es incorrecto y yo quería pedirte una opor...

—Hola —saluda Ron con voz ronca, su respiración hecha un desastre. Baja la cabeza a verme y sonríe aún más—. ¿Necesita ayuda? —Sostiene el teléfono pegado a su oreja con el hombro.

—Sí, ¿me podría pasar con Amanda? —requiere.

Ron se muerde el labio, lía mi cabello en su puño otra vez y lo utiliza para hundirse en mi boca. Gimo en alto. Contengo la respiración; él silencia la llamada un segundo por jadear.

—No te detengas —susurra, me contraigo al oírlo.

Sigo sus instrucciones, sin lograr descifrar qué es lo que se habla al otro lado de la línea.

—Ella está ocupada ahora. —Ron ríe.

—¿Puede insistir? Es urgente.

—Oh, le aseguro que está ocupada en una gran urgencia también.

—¿Esto es una broma? —despotrica Axel, enojado.

—Eso quisieras. —Ron chasquea la lengua—. No llame luego, pondré el teléfono... —se queda pensando— en modo avión. —Cuelga.

La alarma nos interrumpe; él da un par de pasos hacia atrás. No importa lo que pase, el *show* debe continuar.

Ron me ayuda a levantarme mientras limpio la arena de mis piernas. En otras circunstancias, odiaría que esto acabara así. Tenemos algo importante que hacer. Incluso lo que usamos para limpiarnos puede ser evidencia, así que lo guardamos en una bolsa y en un compartimiento de mi bolso.

Me bajo el vestido, uso la cámara del teléfono para arreglar mi maquillaje. Él se lavó la cara con el grifo fuera de la carpa.

—Podemos continuar luego —propongo con timidez, un tanto apenada de no poder tener un encuentro de este tipo normal.

—Vamos a continuar luego —afirma.

Ya casi no queda nadie en las mesas; los invitados están sentados a los lados del altar. Hay una alfombra blanca que guía el camino. Desde lejos, veo a los novios parados uno frente al otro oyendo al cura recitar.

—¿Qué si te digo que ya no estoy segura de querer arruinar la boda? —Apenas puedo hablar con normalidad. Se me pasará, necesito agua.

—No lo veas como una venganza, velo como un servicio.

—¿A quién?

—A mí —contesta como si fuera obvio   . ¿Cuánto quieres que te pague para arruinar el sueño de ese tonto?

—Un millón de dólares. —Bromeo.

—A nombre de Amanda Brandy Martini, ¿no tienes segundo nombre? —cuestiona con total seriedad. Juro que lo perdí de vista un segundo, no sé de dónde sacó una chequera—. Aquí tienes. —Firma antes de entregármelo.

—Vas a ir al infierno. —Niego con la cabeza al tomar el papel. Anoto mentalmente quitarle esa chequera de su poder antes de arrugar el documento.

—¿Y tú vienes conmigo? —Ron ladea la cabeza hacia el altar.

—Hasta que la muerte nos separe, Clyde. —Le doy la mano.

Nos sentamos al final de todo, cada uno en una fila distinta. Las miradas horrorizadas que recibimos de la gente por ser los únicos de rojo me hacen reír. Todas mis dudas desaparecen al ver cómo a Axel se le borra la sonrisa cuando ve hacia el público y me nota allí, aplaudiendo muerta de risa por este espectáculo.

Empieza a sudar más de lo común. Emillie también lo nota y comparten una mirada donde lo incrimina. Él pretende no entender lo que ocurre hasta que la frase que hemos estado esperando por meses, semanas, noches, sale del honorable cura en medio de ellos.

—Si alguien se opone a la unión de estos siervos del Señor, que hable ahora o calle para siempre.

Axel clava su mirada en mí. Emillie lo nota. Hay un silencio sepulcral en la boda, hasta el sacerdote está temblando.

Pasan tres largos minutos de puro mutismo.

—Bueno, en ese caso... —continúa el cura.

Ron se levanta de su asiento, irradia vitalidad y confianza. El público entero da vuelta a verlo, incluyendo la novia. El sol está en lo alto; por unos instantes, su cabello cobrizo refleja el dorado. Eleva la cabeza hacia el altar cual si los mirara por debajo del hombro. No recuerdo haberle visto una sonrisa tan cargada de diversión.

Con un tono fuerte, claro y autoritario, vocifera para que se entere el pueblo entero si hiciera falta.

—Yo me opongo.

22
vodka spirytus

* * *

CLYDE

El Karma es real. Es infinito. Y, a veces, *soy yo*.

—Yo me opongo —vocifero a media ceremonia. Los invitados nos observan aterrorizados, especialmente a mí. Hago contacto visual con Axel, quien parece haber visto al mismo diablo. Pálido y tieso, él finge demencia como si no estuviera viendo a Amanda entre la multitud. Me tomo mi tiempo, bostezo en medio del silencio.

—¿Qué está pasando? —indaga el sacerdote. Me tomo un instante para cerrar los ojos y entrar en papel, justo igual que en cualquier rol.

—Axel, por favor, no cometas este error solo porque peleamos hace un par de meses. —La confusión en las caras de los invitados es lo mejor—. Lo he pensado mejor, sí, yo también te amo —confieso.

—¿Qué? —Emillie se gira hacia él, por completo anonadada.

—Millié, no tengo idea de quién es este tipo.

«Oh, la vas a tener».

—Eso no decías anoche —contradigo al morderme con sutileza el labio inferior.

—Estás loco.

—No, Axel, loco estás tú. Estuvimos saliendo trece malditos meses, todo ese tiempo eras el amor de tu puñetera vida. No puedo creer que de verdad me dejaras solo porque me negué a mearte encima —reclamo ofendido—. Estás mal, *Amour*, pero te entiendo y aun así te aprecio. Por eso no voy a dejar que te cases.

—¿Lo conoces? —me cuestiona una de las niñas cerca mío.

—Somos amantes.

—¡Esto debe ser un malentendido! —exclama el sacerdote.

—No te cases —exijo al caminar con firmeza hacia el altar—. Vine corriendo porque recibí tu llamada hace unos minutos. No lo hagas, no arruines tu vida, escapemos juntos.

—¡¿Esa era la llamada que estabas haciendo?! —le reclama Emillie, dando un par de pasos hacia atrás donde él intenta tomarle la mano, pero ella se retira.

—Millié, ¿Esto es alguna de tus estupideces artísticas? No me hace gracia, ni siquiera soy gay.

—Ahora invisibilizas bisexuales. —Cruzo los brazos sobre mi torso negando con la cabeza—. Increíble, tus mentiras caen cada vez más bajo.

—Yo no le he mentido a nadie.

—Excepto a la recepcionista del motel cuando dijiste que somos primos. —Hago una mueca—. ¿Ella también soporta tus fetiches raros?

El sacerdote está ruborizado, el resto de los presentes observan boquiabiertos el espectáculo y hablo tan alto que me aseguro de que se entere hasta la abuela de noventa años que está al borde de ir a tomar té con Cristo. Esto es un guion muy bien escrito. No tengo nada en contra de la gente con gustos raros; soy amigo de Tom.

—No te odio, *Mon Amour* —Le pongo una mano en el hombro a Axel—. He venido aquí a solucionar las cosas, por eso —me pongo sobre una rodilla— traje esto. —Muestro el anillo que Amanda rechazó ponerse.

—Debe ser una broma. —Él se frota el rostro, nervioso.

—En el mensaje dijiste que te querías casar conmigo. —Le "recuerdo"—. Vengo a salvarte. Soy tu... —aguanto la risa— superhéroe.

Lo que más me gusta de mi personaje es que jamás he interpretado a un francés coqueto sin muchas neuronas. Amanda tiene su teléfono en llamada con Tom. Pronto debemos dar el siguiente paso.

—Mira, no sé quién eres. —Axel me levanta—. Clyde, si es otro de los chistes sin gracia de Emillie es mejor que lo confiesen ya, cariño. —Se gira hacia ella—. ¿En qué demonios estabas pensando al invitar a los lunáticos de tus amigos seudoartísticos?

—¡¿Eso piensas de mis amigos?! ¡Son personas talentosas!

—Están mal del cerebro, Van Gogh se cortó la oreja, por ejemplo.

—Deberías seguir su ejemplo —aconsejo.

—No estuve con este tipo el año pasado —asegura Axel—. ¿De verdad se están creyendo este circo?

—Si no estuviste conmigo... —repito cabizbajo, tiro la flor de su traje al piso, el tono de mi voz se agrava—. ¿Con quién fue, Axelito?

Amanda se levanta de su asiento.

—¿Por qué toda esta gente está diciendo esto? —se queja Emillie—. ¿Qué demonios hiciste en los meses que tuve que viajar?

—¿Viajar? —cuestiono inocente.

—Tuve una beca —explica para sí misma, tiene la mirada perdida—. Estuviste el último año distante y raro —le reclama—. Ya dime la verdad.

—Emillie, yo...

—Dime la verdad ahora mismo o este va a ser el último día donde tengas el privilegio de hablar conmigo.

Él suspira, lo siguiente que veo es al cura desmayarse. Nadie lo atiende, nadie se mueve, ni un solo murmullo. De manera disimulada, me abro paso entre la parejita para tomar asiento en el sitio que era del sacerdote, entretenido con la conversación. Parece que han olvidado que los rodean decenas de personas.

—En los días en que nos separamos conocí a alguien —confiesa—. No es este payaso. —Me señala—. Conocí a una chica y fue algo momentáneo.

—Que duró un año y un mes —Lo interrumpo.

—Algo en lo que no estaba pensando. —Le toma las manos, pese a que ella forcejea para soltarse—. Nosotros estábamos lejos, esa persona era muy tentadora. Te lo aseguro, no vale la pena ni es nada comparada contigo.

—Con el mayor respeto del mundo, discrepo —vuelvo a interrumpir.

—¡¿Qué demonios sabes tú?! —cuestiona Axel.

—No, nada. —Me encojo de hombros—. Prosiga.

—Axel, volvimos de esa pelea ese mismo fin de semana —le grita Emillie, dejando a todo el público con los ojos bien abiertos, incluyéndome—. ¿Me estuviste engañando por tanto tiempo y aun así me pediste matrimonio? ¿Por eso esperaste tanto para publicar nuestro compromiso?

Estoy perplejo, al igual que Amanda, quien seguramente creyó tristemente que había terminado con su novia. Esto se sale del plan.

—Perdonen que me meta —murmuro—, ¿cuándo te propuso matrimonio?

—En agosto.

El mes en el que se fue a vivir con Amanda. Maldito sinvergüenza.

—Emillie, ella no es nadie comparada a ti, no hay nadie como tú en el mundo. —Axel acorta la distancia entre ellos; el velo de ella le roza la mejilla—. Cometí un error, muchos, pero soy un hombre nuevo que muere por...

No termina su frase cuando la mano de Emillie rompe el viento, el sonido de una cachetada resuena en el terreno y el novio queda a tres metros de ella. Se arranca el velo del cabello; los mechones rosas están desordenados frente a su rostro, sus ojos se han oscurecido en ira pura.

—¿Cómo pudiste?

—Fue un desliz —tartamudea Axel.

—Llevamos ocho años de relación, te conozco desde que era una niña —refunfuña entre dientes—. Te he dado casi una década de mi vida sin dudar de ti un solo segundo.

—Olvidé que llevábamos tanto...

—¡¿Esa es tu respuesta?! —Estrella el ramo contra el piso—. ¡¿Cómo demonios pudiste?! ¿Cuántas mentiras más me has dicho? ¡Levántate, joder, no te hagas la víctima ahora! —Jadea—. Ten huevos, idiota.

—Lamento que te tengas que enterar así.

—Eres un caradura. —Lo empuja—. Lamentas que me enterara, ¿qué carajos pasa por tu cabeza además de mierda? ¡¿Hasta el último minuto estabas culpando a mis amistades y mi pasión?! Mejor di que estás podrido por dentro.

Maldita sea. Creo que no hará falta hacer el monólogo de las orejas de gato para dejarlo por los suelos.

Tengo una pierna encima de la otra, bastante cómodo en medio de ellos dos de rojo, como la manzana de la discordia. Amanda se ha sentado de vuelta; si Tom no ha interrumpido esto es porque debe estar escribiendo.

La discusión se torna cada vez más acalorada, hasta que por retroceder sin ver el camino Axel choca contra la mesa de dulces y el gran pastel de tres pisos se estrella contra el suelo. Los niños presentes corren en avalancha hasta allí, tomando las bolsitas, la crema y los trozos como si fuera necesario para vivir. Esto es un chiquero. Un completo desastre.

El pastel de vainilla sabe terrible, por cierto.

—Emillie, tienes que escucharme. Ven, vamos a un sitio privado.

—Quita mi nombre de tu boca —espeta—. Esta boda está acabada, como lo nuestro. Como tú.

—¡¿Qué?! No puedes hacer eso, piensa en nuestra historia.

—No significa nada para mí ahora. —Ríe ella—. Ni siquiera sé quién es la mujer que... —Se le corta la voz—. No quiero saberlo. Da igual, cada pequeño detalle, estos meses, nuestra vida juntos da igual. —Se quita el anillo de compromiso—. Muérete.

La barra de bebidas cae cuando el encargado de atender, contratado por Axel, intenta recoger la sortija, recostándose demasiado en la barra, la cual se desmonta con facilidad.

—Derramaron el Vodka Spirytus. —Se lamenta en voz baja Amanda. Nadie la ha escuchado, solo yo que por razones sospechosas puedo leer sus labios.

Los cuadros a medio pintar permanecen allí, las brochas están bajas, uno de los niños se puso a jugar con las velas y ahora parte de la decoración está chispeando. Las señoras presentes pasan el chisme de boca en boca con su propia versión de los hechos, la música ha dejado de sonar al otro lado de la celebración.

—¡¿Qué demonios miran?! —Axel gruñe a los fotógrafos congelados a metros suyo, un amigo de Emillie pierde la calma.

—Lunáticos seudoartísticos. —Se carcajea uno de ellos—. Espero que esta estupidez sea de tu agrado —despotrica al rociarlo con pintura rosa.

—¡¿Qué tienen mal en el cerebro?!

—¡¿A quién demonios planeas insultar, pitoalegre?! —Lo enfrenta uno de los dibujantes acompañado del resto de amigos.

—Váyanse de mi boda o los voy a sacar yo mismo —amenaza Axel.

—Puede que te creas con mucho poder allá en el cielo —bufa el dibujante con su grafito en la mano—. Te informo que debes pisar tierra, aquí lo que te tenemos es lástima.

La pareja de adultos mayores con los que hablé al principio rompe sin sigilo los cuadros que habían empezado a pintar, los botes de pintura tirados tiñen la hierba alta, los lienzos quedan llenos de huecos, la tela que recubre el recinto ahora es un arcoíris poco estético. Hay una disputa entre los que quieren robar materiales, los que quieren ayudar a la novia y asesinar al novio. Borradores, lápices y tinta vuelan por los aires.

Fascinado, veo a Amanda luego de un largo rato, quien me guiña sonriente y ese es suficiente pago para tal actuación. Yo no me he manchado aún, por fortuna; este traje cuesta más que la boda entera.

—Lo lamento mucho —musito al levantarme de mi asiento— por la novia.

Axel me observa ardiendo en asco mas no se la toma conmigo. Camina a pasos fuertes entre la multitud que corre, chilla y maldice su nombre hasta Amanda, quien apaga el teléfono de manera "casual" al verlo. Significa que la policía vendrá pronto.

Me sorprende que la reconozca aun arreglada, enmascarada y disfrazada diferente. Al parecer, su desliz que no significa nada sí es digno de recordar.

«Agh, ¿por qué pensé eso? Ahora tengo náuseas».

—Esto fue obra tuya —la acusa; hay tanto barullo que apenas los oigo pese a estar a solo medio metro—. ¿Qué haces aquí, Amanda?

—Alex, ¿de qué hablas?

«La amo. Mucho».

—Axel —corrige.

—Eso dije, Abel.

—No me hace ni puta gracia. —Le eleva el tono de voz.

Yo medito internamente recordándome que no puedo cometer asesinato hasta que esté en la élite oscura de Hollywood. Me contengo, a duras penas, viendo cómo pretende amenazarla.

Cuestiono si mi carrera es tan importante como alejarla de ese sujeto.

—Estás dañada, Amanda. Te dejé claro desde el principio que nunca ibas a ser algo más que un polvo.

—Señor, mil disculpas, no le entiendo. —Amanda finge un acento caribeño—. Su amante nos está oyendo, me pongo nerviosa.

—¡Que no es mi amante el pelirrojo ese! ¡Jesús mío!

—Oh, no me pongo nerviosa por vergüenza —aclara—. es que es muy atractivo, me desconcierto. —le suelta a la cara; yo desvío la mirada—. Se está confundiendo conmigo, yo me llamo Aurora.

—Siempre supe que estabas vacía por dentro, ¿por eso buscas tanto a alguien que te quiera? Te tengo una noticia: nunca vas a conseguirlo. Eres una segunda opción con patas.

La felicidad en su mirada se va apagando poco a poco. Su sonrisa se desvanece.

—Eso tú no lo sabes.

—El mundo entero lo sabe —asegura Axel—. ¿Por qué crees que te escogí en ese avión entre tantas otras? Porque eres la más fácil, estás tan necesitada de amor que te pillas por la primera persona que se interese en tu patética vida de niña mimada con problemas idiotas.

—Para. —traga grueso.

—Estás condenada a ser tan tonta que crees que puedes enamorar a quien sea, pero no puedes. No puedes hacer que nadie se quede. Después de pasar una noche contigo, vas a ver cómo pierden el interés. —ríe—. Eres tan poca cosa que te quedaste aferrada a alguien que te demostró de mil maneras distintas que no eres nada para él.

—Me da igual importarte.

—Entonces, ¿por qué estás aquí? —se burla—. ¿Por qué tanto esfuerzo? ¿Quién es el iluso que te ayudó a montar este *show* bajo la excusa de que me superaste? Porque, por supuesto, habrás buscado un nuevo tapón para tus superficiales heridas.

—Deja de hablar como si tuvieras idea de qué he hecho con mi vida.

—¿Tanto te jodió que viniste a mi boda? —frunce el ceño—. Escúchame bien, eres todo lo malo que dice tu cabeza. Vas a ser la dama teñida de rojo siempre, nunca la que llevan al altar.

—¿No tienes una novia a la que buscar, ridículo?

—¿No tienes un poco de amor propio que conseguir? —contraataca—. Debería darte vergüenza aún creer que alguien puede quererte. ¿Cuál era el objetivo? ¿Que corra a tus brazos?

«Olvídenlo. Puedo mudarme a Japón luego del asesinato».

Abro la boca para contarle con poca amabilidad hasta de lo que se va a morir cuando soy interrumpido por un alarido. Las sirenas nos interrumpen. Justo al lado nuestro se estaciona la patrulla principal, aplastando un par de globos.

Tomo a Amanda de la cintura y la aparto de Axel, quien está muy ocupado teniendo un colapso nervioso como para notar ese gesto. Tom baja deprisa con el uniforme completo, sus lentes de sol, y el cabello en el gorro lo hacen ver como una persona distinta. No es buen actor, es buen hijo del diablo, lo cual le basta y sobra.

—Llamaron al plantel por una pelea campal —informa con seriedad—. ¿Quién es el organizador de esto?

—Yo —contesta Axel de mala gana.

—Tendrá que acompañarnos —establece Tom al tomar sus esposas—. Se han puesto tres denuncias, entre ellas perturbación a la paz pública y quema de propiedades —Observa el pequeño montículo de hojas ardiendo—. Tiene derecho a guardar silencio.

En mi teléfono hay una notificación que dice:

> No lo voy a llevar a ningún lado, eso es secuestro.
> Apenas lo espose, ¡CORRAN, HUYAN Y LLEVEN TODO
> LO INCRIMINATORIO! Su carroza está escondida entre
> las patrulleras de fuera, es el auto celeste.

Mis dedos vuelan al chat grupal, donde Jim afirma que avisó a todos que él llamó a la policía para que nadie más lo intente. Paró la idea de llamar a los bomberos porque trae un extinguidor y, lastimosamente, no pudo rescatar el Vodka. Me siento orgulloso de haberlo contratado. Les recuerdo las cuentas en donde dejé el dinero que podrían necesitar.

Paso mi brazo enfrente de Amanda para mostrarle el mensaje, y asiente al terminar de leerlo. Pese a que este último par de horas contenga una tensión tan densa que puede cortarse con un cuchillo, lo que me pone los nervios a flor de piel es su caricia en mi muñeca mientras revisa el chat. No está bien por completo, se nota en cómo se le bajó la adrenalina.

Es horrible pensar que hay personas que utilizarán nuestras peores heridas para hacernos daño cuando una vez dijeron querernos. Amanda tiene la mirada apagada, perdida, al igual que Emillie hace un rato. Eso hace ese sujeto, les quita la vitalidad. No era consciente de cuánto puedo odiar a una persona.

Se me revuelve el estómago, respiro hondo y finjo demencia para no arruinar el momento. Ponerme a pelear con Axel o repetirle a Amanda que él no tiene razón no tiene caso. Además, tenemos los minutos contados.

¿A dónde se habrá ido Emillie?

Amanda toma mi mano. Su sonrisa genuina vuelve por unos instantes, su semblante se ablanda al verme y le guiño. La sostengo con fuerza al empezar a correr hacia la salida. Esto parece un campo de batalla: hay comida, bebidas rotas, personas hechas una furia de lado a lado. La oigo reír por encima de los murmullos de la muchedumbre.

Antes de salir, recojo el ramo que Emillie había tirado y se lo paso como si fuera un balón. Ella hace un gran esfuerzo en tomarlo en el aire. Somos dos tontos enamorados.

He olvidado cuándo hice tanta actividad física. Juraría que llegamos al auto en menos de medio minuto. Amanda tira su bolso dentro y, pese a estar a contrarreloj, le abro la puerta antes de entrar. El motor arranca incluso sin que hayamos terminado de cerrar las puertas.

Salgo del terreno en lo que ella se cambia la ropa en el asiento de atrás. El espejo retrovisor amenaza con hacer que nos estrellemos por su culpa. a ciento veinte kilómetros por hora, un camino, un destino. Este coche en especial tiene la capacidad de ir más rápido. También debo cambiarme y el piloto automático no tiene ese nivel de confianza de parte mía.

—Podríamos morir en cualquier momento. —Me recuerda.

—Ojalá sea juntos. —Bromeo al desabrochar mi camisa, y ella me pasa la nueva guardada en nuestras maletas.

—No me has dicho a dónde iremos.

—Es una sorpresa.

—Que sepas que tengo muchas expectativas al tener la luna de miel con el gran Ron Kennedy y sus millones de millones de cosas buenas.

—Qué mal momento para llamarse Clyde —siseo al acomodar mis otros pantalones—. Tengo la sospecha de que el sitio te gustará. ¿Trajiste tus libros?

—La bilogía de misterio, la bilogía de demonios, la de tormenta y la de invocaciones —cita contenta—. También me compré un CD pirata de las películas de Harvel.

—¿Hablas en serio?

—Sí, ¿nunca te han invitado a ver una? —Acerca su rostro al mío—. Nos besamos cada vez que aparezca un superhéroe. —Deposita un beso en la comisura de mis labios—. Uno —cuenta.

—Eres un fenómeno, de verdad. —Vuelvo al volante—. Tómalo como el mejor de los cumplidos.

—Tú me caes bien, Clyde.

Ambos estallamos en una carcajada.

New Jersey tiene el primer paseo costero del mundo, no muy lejos de nuestro hotel. No dijimos nada en el camino entero para asegurarnos de escapar con la mayor precisión posible. Ella leía en voz alta las actualizaciones de Jim sobre cómo están las cosas allá.

—El corazón se me va a salir del pecho —farfulla Amanda—. No puedo creer que lo hemos hecho.

—Si preguntan, yo te obligué.

—Por supuesto.

Hay un largo, placentero y cómodo silencio mientras dejo el auto en el estacionamiento privado del hotel. Su perfume es lo único que percibo en el auto. Las emociones positivas me inundan, drogan mi experiencia. Es como si estuviera flotando. Muy por encima de cualquier preocupación, solo me ocupo en seguir siendo su centro de atención.

—¿Crees en el destino, Ron?

—Sé a dónde va esto. —Entorno los ojos—. Así que: *No, no mucho.*

—¿Y si no hubieras ido al bar esa noche?

—Nos hubiéramos visto en la reunión de todos modos.

—Ay, cierto. —Se carcajea—. Soy más tonta sobria.

Abro la puerta por ella. Tengo la sospecha de que aprovecha cada oportunidad que tiene para tocarme.

Nos registramos bajo nombres falsos. Reímos de nosotros mismos en el espejo del elevador. Ella lleva una pañoleta floral en la cabeza, gafas negras de corazón y un abanico con el que se cubre la cara. Yo simplemente me pongo una gorra que al parecer oculta mi identidad. Sea cual sea el caso, mis compañeros de Harvel han mencionado varias veces que los hoteles son los únicos sitios donde no los molestan ni aunque los reconozcan si van con una chica.

Tiro las maletas dentro del cuarto. Amanda corre a conectarse a Hisscord con Tom para coordinar que todo haya salido como planearon. Estamos en uno de los mejores penthouses del país. Recorro las habitaciones mientras la oigo reír con mi mejor amigo sobre la expresión de los invitados. Podría acostumbrarme a una vida donde mis noches sean ver a Daiquiri junto a su padre por videollamada mientras la chica que quiero muere de risa.

Tenemos pequeño cine, una piscina, un cuarto de videojuegos y un comedor con servicio especial a la habitación que se encuentra (irónicamente) fuera de servicio debido a una fiesta. Llevamos horas sin probar un bocado.

—Hey, ¿quieres colarte en una fiesta?

—Qué preguntas haces. —Ella cierra su laptop sin mirar—. Contigo siempre quiero arriesgar mi libertad condicional.

—¿Tienes libertad condicional? —repito al tomar mi billetera.

—Es que dijeron que ser fan de un tal Ron Kennedy es un delito, y después de hoy, soy su mayor *fangirl*.

—Pff, no lo hagas. Es un robot hecho por inteligencia artificial. ¿No sabías? Además, nadie lo soporta.

—Me gustan los desafíos. —Se encoge de hombros.

«Se nota».

—Se roba las mascotas de sus parejas como venganza —añado.

—Pues no tengo mascota, perfecto.

—¿Y Jim qué?

—¡Respétalo! —Me empuja fuera—. Tendré que comprarme un gato, por precaución.

—Ten cuidado, si no encuentro nada que llevarme. —Le doy un beso en la mejilla—. Quizá te lleve conmigo.

—¿A Japón? Pues vamos.

La fiesta del hotel no tiene alcohol, ni buena comida, ni servilletas, pero estamos tan hambrientos que la pizza descongelada nos sabe increíble. En una esquina, colados en lo que parece ser una graduación de preparatoria, discutimos sobre temas banales hasta cansarnos.

El humo de sus cigarrillos electrónicos llena el ambiente. Las luces de colores son lo único que ilumina el gran salón a oscuras. Nuestros vasos de plástico rojos contienen un refresco de dudosa procedencia que resulta ser lo mejor de la fiesta. No nos sorprende que nadie nos haya evitado el acceso. Aunque no hay bebidas alcohólicas, he visto menos hierbas en un pastizal, así que dudo que muchos estén muy conscientes.

Vamos juntos de un lado al otro, tomando pequeñas cantidades del bufé. Tampoco somos tan criminales: dejamos un billete de 100 dólares al tesorero del curso.

—¿Cuál dijiste que era tu nombre? —pregunta un chico con los ojos rojos, no debe tener más de 19 años.

—Aurora —reitera Amanda—. Solo guárdalo y añádelo para el viaje de fin de año.

—Gracias. —Toma el dinero—. Es curioso que te llames así, ¿sabes? Por los colores de tu aura… —La mira fijo—: Verde, índigo, rosa. Están alrededor tuyo, son brillantes.

—Está muy drogado, mejor nos vamos —le susurro al oído.

—No, espera, recuerdo esto. Malibú lo comentó una vez. —Se sienta junto al chico—. ¿Cómo son las auras?

217

—Irradian de ti —responde como si fuera obvio. El cigarrillo en su mano derecha está por acabarse—. Yo sé leer eso. —Bosteza—. Eres una persona muy sentimental, tienes una vibra bien bonita.

—Me da miedo él, vámonos —insisto.

—Te da envidia porque sabe mi aura y no la tuya. —Saca la lengua.

—Bah, eso es una tontería. Yo... —carraspeo—. Si me da envidia, dime algo a mí.

—Tú absorbes las energías. Las personas que están destinadas al espectáculo suelen hacerlo, es su forma de sobrevivir en ese medio. —Hace un movimiento raro con la mano, como si quisiera mostrarme algo que no veo—. Por ejemplo, ahora es naranja con un poco del rosa de ella.

—¡Deja de robarme, joder! —me regaña Amanda—. Consíguete tu propia energía.

—Perdona, es que quitarte la tuya suena mucho más divertido. —Le doy un beso en la mejilla. Esta vez estira su cuello y deposito un beso sobre su clavícula—. No te lo he dicho, pero tengo una debilidad por las personas con... Eh...

—Aura —responde el muchacho.

—Auras arcoíris —completo.

—Es preocupante lo mucho que puedes salirte con la tuya con solo ser tú. —Acerca su rostro al mío y suspira a propósito para que el aire acaricie mi piel—. ¿Quieres subir?

Estoy huyendo de la fiesta desde antes de que acabe su pregunta, no sin antes dejarle otro billete al chico loco que nos dio tema de conversación mientras nos acabamos su última caja de mozzarella. Hacemos chistes sobre la juventud mientras corremos por los pasillos en busca de las escaleras, ya que el elevador está ocupado.

—¿Cómo te sientes? —Me preocupo al notar que pierde el aliento a mitad del recorrido.

No fue buena idea subir por nuestra cuenta en un edificio de veinte pisos. Sin embargo, ya vamos por la mitad. Se oye que la parejita encerrada en el elevador está agradeciendo que no los hayamos interrumpido.

—Es una mezcla de emociones —susurra sin aliento—. Diría que estoy agotada, pero no es verdad, es como si mi cuerpo tuviera una sobrecarga de energía. Lo que me molesta es subir con tacones.

—Quítatelos, yo te cargo.

—No me tientes, Kennedy.

—Extrañaba que me dijeras así.

—Lo digo cada día de por medio, dramático. —Toma aire—. Hace un calor horrible aquí. Deberíamos cometer nuestros próximos atracos con ropa más fresca.

—Deberíamos. —Asiento—. No tengo nada de sueño, siendo sincero. La piscina me llama.

—A mí me llama donde sea que vayas.

Al fin de vuelta en el cuarto, ella deja sus zapatos en la entrada. Poco a poco se va quitando la mitad de los artilugios que ha llevado todo el día.

—¿Vas a entrar con ese vestido? Es muy largo, no podrás nadar.

Hay un brillo especial en sus pupilas esta noche. Acorta la distancia entre nosotros al quitarme las gafas.

—Qué problema, ¿no? —Guía mis manos a sus caderas—. ¿No se te ocurre una solución?

—Ni una sola. —Arrugo las cejas—. Tú eres la guionista, ¿qué ocurre luego de una noche de bodas?

—¿Ya estamos casados? ¿Cuándo?

—Desde el cine, dijiste que había olvidado yo la boda.

—Es cierto. —Cierra la puerta con doble seguro—. ¿Ya puedo tener tu apellido?

—¡¿Qué?! Ni lo pienses, hice todo esto para quedarme con el tuyo. —La cargo en mi espalda—. Ven, podemos discutir eso.

23
té de salvia

* * *

AURORA

Hay escasos momentos en los que uno puede sentirse en la cima del mundo, por encima de sus expectativas.

Con Ron no hemos parado de reír desde que llegamos, desde que la boda de Axel se desmoronó hasta quedar en cenizas en el suelo donde caminé con mis nuevos tacones. Sus manos están en mi espalda y me siento como una auténtica ladrona de joyas; el zafiro en su mirada se posa en mí. Incluso he bromeado sobre robarle las gafas y me las he puesto en el cabello.

Siento como si hubiera alterado el destino para obtener un botín. De repente, el peso del rotundo cambio en el rumbo de mi vida en estos meses me pesa lo suficiente como para hacerme perder el equilibrio, pero Ron silencia el sonido de mis cuestionamientos con un beso.

Su cambio de actitud se siente extraño; siento que estoy conociendo una versión única de él en el mundo. Aún me sorprende cada riesgo que toma, su iniciativa, el coraje que tiene para darme un lugar.

—Eres increíblemente brillante —dice en un susurro. Su pulgar está acariciando mi mejilla—. Estoy muy feliz de que estés aquí.

No sé muy bien qué responder a los cumplidos, ya que nunca antes alguien me había halagado por algo más que mi físico. Especialmente después de mi "charla" con Axel hace unas horas, donde debí haberlo callado en la primera palabra, pero no lo hice, solo pretendí que no me importaba que alguien a quien dejé ver mis heridas las volviera a abrir por no incomodar a Ron.

—Eres el mejor cómplice que se pudiera pedir. —Le sonrío—. De película, ¿eh?

—Estás a dos bromas más de hacerme bajar el ego.

—Uy, no queremos eso. —Finjo preocupación—. No los oigas, Ron, tú eres el mejor actor del mundo. —Desabrocho los botones de su camisa—. El más guapo también. —Lo empujo al cuarto con mis manos sobre su pecho—. Y el más exitoso. —Le deposito un beso en la comisura de sus labios—. ¿Ya? ¿Mejor? ¿Satisfecho?

—No. —Desvía la mirada, nervioso.

—¿Te gusta eso? —Doy un paso hacia él, nuestros cuerpos quedan sin espacio que los separe—. ¿Te pone que te idolatren? —digo a modo de chiste. Ron aparta mis manos de él.

—No.

—Ajá. —Llevo mis manos a su cuello—. sigue mintiéndome, no pasa nada. —Río cuando mi pierna choca con la punta de la cama—. Sigo yo… Tú no eres todo lo que quiero en este instante.

—¿En este instante? —pregunta en un murmullo.

Sus manos viajan con timidez hasta mis muslos, donde con delicadeza utiliza sus pulgares debajo de la tela de mi vestido para enrollarlo hasta mis caderas. Ejerzo presión en la parte interior de mis muslos al contraerlos. Ron está sentado en el borde del colchón y me observa como si estuviera sediento de mí.

—Siempre.

Mi desesperación detesta que me trate con tanto cuidado; parte de mí ni siquiera quiere mirarlo a los ojos, solo montarlo. Al subirme encima suyo lo despojo de su pantalón y arrojo mis zapatos a un lado del cuarto.

—No te quites la ropa sin ponerme las gafas. —No distingo si lo dice en serio o no—. Quiero verte bien.

Se las devuelvo a su rostro.

—¿Mejor?

Las sábanas son suaves, la anticipación hace que mis manos tiemblen al acomodarme arriba de él. Su completa devoción me roba la capacidad de respirar; parte de mí se ahoga en su aroma y se pierde en sus ojos.

Ron desliza sus manos por mis piernas, aún tengo el vestido arrugado hacia arriba, y amasa mi piel con suavidad hasta que sus uñas se clavan en mi trasero. Busco el tirador del cierre sin verme la espalda, lo cual es bastante incómodo, aún más complicado teniendo en cuenta la nula concentración que poseo ahora.

—Date la vuelta —pide con voz ronca.

—Es que la ropa está hecha un desastre —me quejo al obedecerlo—. No soy tan torpe.

—No importa el vestido —dice al abrirlo en la espalda—. Lo compré para quitártelo. —Bromea.

Mi ropa interior se pega a mi piel por la humedad en mi entrepierna; no sé cuántas "bromas" más toleraré en este juego. Al despojarme de mi vestido, aprovecha el contacto para acariciarme; es dulcemente notorio el amor con el que trata a mi cuerpo. Sus nudillos rozan mis pechos.

—¿Por qué estás tan nerviosa? —susurra al besarme el cuello.

—No estoy nerviosa.

—Estás tensa —resalta al palpar mis brazos, acomodándome a horcajadas encima de él, con un ligero espacio debajo—. Déjame arreglar eso.

Su mano derecha se desliza en línea recta desde mis pechos hasta la parte baja de mi abdomen, rasgando con moderación mi piel hasta que su anular y medio me acarician por encima de la delgada tela de las bragas. Reacciono al instante arqueando mi espalda; pese a tener su concentración allí, haciendo lentos movimientos con la yema de sus dedos, tiene su atención fija en mi reacción hasta que encuentra el punto exacto donde tocar para que se me escape un gemido.

Mi fuerza se debilita a los segundos; me froto contra su mano que tiene bajo su control mi clítoris, empapándome tanto que el líquido me incomoda. Sus besos en la boca se precipitan a mi cuello, clavículas y más abajo. Boquiabierta, jadeo al sentir la humedad de su lengua en mis pechos.

Lo beso con los ojos cerrados; siento cómo estira mi ropa interior hacia abajo hasta mis rodillas. La punta de sus dedos está mojada.

Muerdo su labio inferior, la excitación cambia mi pensamiento de «tenemos que ser discretos» a «quiero marcar su cuerpo». Con su toque entre mis piernas, rasguño su espalda acortando la distancia entre nosotros.

Escondo mi rostro en su cuello, mi cuerpo palpitando de deseo. Sin nada entre nosotros, en varias ocasiones su mano roza mi zona, como si fuera a meterme los dedos, pero no lo hace; está jugando conmigo. Puedo sentir su miembro crecer contra la parte interior de mi pierna.

—¿Esto te gusta? —Toquetea uno de mis pechos y hunde la punta de sus dedos dentro de mí—. Estás muy callada.

—Te detesto —musito sin aliento, entre risas—. Estoy a otra de tus bromas de sentarme encima tuyo y dejarte seco.

Él se queda en silencio.

—Yo estoy a otra de tus bromas de no soportar mi erección.

Nos movemos de sitio, recuesto mi cabeza en la almohada y elevo las caderas hacia él. Hundiendo por completo su anular en mí, callo mis gemidos al taparme la boca. Ron retira mi mano de mis labios.

Mis pezones están en su boca; sostiene mis piernas bien apartadas para tener espacio en medio. Me contraigo de placer. Su lengua baja por mi abdomen, jadeo al sentir el cambio de temperatura, él mira hacia arriba, sonriendo.

—Ron —llamo—. Disculpa, es que nunca...

—¿Cuál es el problema?

—Me abruma que nos centremos en mí.

—Amanda, aquí solo me importas tú, lo que quiero hacerte. —Separa mis muslos aún más, exponiendo mi desnudez frente a él—. No tienes idea de lo mucho que he esperado tenerte así. Déjanos disfrutar.

Coloca una almohada debajo de mí antes de sumergir su lengua dentro. Mis gemidos se vuelven cada vez más fuertes, echo la cabeza hacia atrás. Siento el constante vaivén con el que me devora, lo empujo con mi agarre en su cabello. Mis piernas tiritan por encima de sus hombros.

De vez en cuando se aparta para jugar con mis labios y utiliza sus dedos también. Es como si estuviera probando cada sucia idea que tiene guardada, y yo soy su víctima. Ha frenado mis intentos de contener mis gritos.

Pronto mis gemidos suenan más a lloriqueos. Cuando pierdo la cuenta del tiempo que lleva provocándome, me duele tanta estimulación; estoy luchando contra mí misma para no correrme, rasgo las sábanas. Trato de sostenerme, pero todo me lleva a él.

Siento un intenso calor apoderarse de mi cuerpo. Al borde del orgasmo, la inminente tensión que me hace delirar por fin se libera; una sacudida de emociones y sensaciones me empalma contra la cama. Oigo mis gemidos, mi energía desbordada y mi respiración, la cual acaba siendo un desastre.

—Qué bonita eres cuando sonríes.

Me tiembla el cuerpo entero por su culpa, nuestras sábanas están mojadas y a él se le ocurre interrumpir el momento para ser romántico. Sonrío aún más.

—Sí, eso dicen. —Bromeo al arrastrarme al borde de la cama, donde dejé mi bolso con los condones.

—¿Dicen quiénes? —indaga Ron.

Contengo una carcajada.

—Un tal Ron, por fortuna él nos dejó a solas, Clyde. —Rompo el envoltorio del preservativo con los dientes.

—Mencionar a otros hombres mientras estamos en la cama amenaza con que pierda mi consideración.

—Haz lo que quieras, yo no voy a tenerte consideración. —Le coloco el condón—. Estoy muriendo porque me folles —le susurro al oído.

—Eres tortuosamente atractiva.

—No tienes que endulzar tus palabras elegantes conmigo, aquí nadie te está grabando.

—Lástima.

—Di que me tienes ganas.

—Estoy… como cada día desde que te conocí. —Me toma de la cintura—: Ardiendo en deseo por ti. Quiero todo de ti. —Me besa—. Quiero tenerte solo para mí.

De un segundo al otro, las frases de pertenencia, de amores que queman y vulnerabilidad que rompe tienen sentido. Es curioso porque me gustaría ser suya, pero a la vez me asustaría si me dice que me ama, especialmente en este momento.

«Mi sospechosa necesidad de que me reclame como su pertenencia no está para nada influenciada por el hecho de que es la primera estrella famosa, exitosa y multimillonaria con la que me acuesto».

Me río de mis propios pensamientos, le brillan los ojos al verme.

Mis piernas se enrollan alrededor de su cadera, él roza en repetidas ocasiones la punta de su miembro en mi entrada. Vuelve a estimular la zona con sus dedos, mi libido está al máximo otra vez. Es increíble verlo desde esta perspectiva; nunca había tenido el tiempo de apreciar las pecas sobre su piel pálida, su abdomen marcado, sus músculos contrayéndose en el leve movimiento de pelvis que tiene.

Sus venas resaltan en sus manos y en la parte baja de su cuerpo, sus rizos naranjas están desordenados. Ron se asegura de que esté lubricada. Por un instante, me da vergüenza que me vea sonrojarme, así que me tapo la cara.

Mantiene mis manos arriba con su derecha; su izquierda sostiene mi rostro, asegurándose de que hagamos contacto visual. Muerdo mi labio inferior con fuerza al sentir cómo me penetra por primera vez. El silencio dura poco, su pulgar evita eso y arregla parte de mi labial corrido.

Sus movimientos son lentos, suaves, atentos a mi reacción. La mayoría del tiempo estamos besándonos o depositando besos fugaces en el cuerpo del otro, como si quisiéramos tatuarlo con nuestro cariño. Nunca había expresado y recibido tanto amor en el acto; es nuevo para mí. Me descoloca.

El cambio de ritmo, la confianza en hundirse más en mí hasta que puedo tomarlo entero, me provoca ligeros espasmos. En el cuarto solo se escucha el choque entre nuestros cuerpos, el sonido de su pelvis contra la mía pasa de ser pausado a una melodía continua, mezclada con sus jadeos. Oírlo gemir me calienta más, le correspondo al mover mis caderas en su dirección. Su mano rodea mi cuello sin apretarlo.

—Tu pulso... ¡Wow! —Se burla.

Gimo en alto. Eso parece gustarle, pues percibo su miembro extenderse y endurecerse el doble dentro de mí.

El espacio apretado se expande con cada embestida, el vestido encima de las almohadas cae al suelo. Su saliva remoja mis labios, no controlo mis manos; la próxima vez que escudriño su cuerpo con el mismo detalle que un escultor a su obra, está lleno de rasguños, chupetones y marcas de labial rojo.

Lo percibo en todo mi cuerpo. Tiene mis tobillos encima de sus hombros, juega con mis pezones mientras aumenta la rapidez con la que me penetra. Escucharlo maldecir mi nombre por lo mucho que lo excito es un nuevo nivel de placer. Otro orgasmo me azota contra el colchón, dejándome sin aire.

Mis piernas no responden, pero aun así me esfuerzo por treparme encima suyo. La cabecera de la cama matrimonial ha golpeado tanto la pared que corremos el riesgo de destrozar parte de la pintura. Ron se recuesta en esta, acompañado de un par de almohadas abolladas.

Cambiamos el condón; el líquido preseminal ha manchado el otro y parte de mis muslos. Su piel está caliente; desenrollo el látex hasta abajo mientras él, con dulzura, me acomoda el cabello detrás de la oreja.

Ron me ayuda a equilibrarme, en ningún momento ha soltado mi agarre. Tiene el control de mis caderas con una mano y se asegura de posicionarse de modo que me sea fácil empotrarlo. Bromeamos sobre eso y muchas cosas más. Me pregunto si, la próxima vez que intentemos hacer reír al otro, esta noche será todo en lo que pueda pensar.

Estoy hecha trizas del cansancio, pero aún me quedan muchas fantasías por cumplir y él no da indicios de saciarse.

Cierro los ojos con fuerza al bajar hasta llenarme de él. Tengo el impulso de pedirle que se quite la protección rondando mi mente. Hago movimientos cortos de arriba a abajo hasta acostumbrarme, me concentro en moverme con cuidado encima suyo, haciendo pequeños círculos en la punta con mis caderas que lo hacen apretar con fuerza mis glúteos. Montarlo es mil veces mejor que lo que pudieran imaginar mis escenarios ficticios.

—Me da miedo lastimarte —admito con timidez—. Llevo tiempo sin...

—Destrózame si se te da la gana.

—Tienes que dejar de ser tan sumiso.

—Si eso te deja así de mojada, dudo que quiera parar. —Me limpia una lágrima de mis ojos llorosos—. Tú sigue.

Sus cejas fruncidas, mandíbula apretada y mirada entrecerrada son dignas de un Óscar. Las grabaciones de la película no le hacen justicia; cualquier cinta que haya grabado fue una estafa porque esta es su mejor toma.

No recuerdo cuándo cambiamos de posición, solo que en cierto momento casi le digo que lo amo entre la mezcla de emociones y lo increíble que me hace sentir. Ni las bocanadas de aire me devuelven la calma; cualquier tipo de dolor pasa a segundo plano por debajo del placer. Sin embargo, mi voz quebrada será lo que no pueda disimular mañana.

Lloriqueo sobre su hombro hasta que me aparta para correrse. La cama huele a nosotros. Descanso unos instantes tirada entre las sábanas usando su torso de almohada. Sigo temblando. Él limpia su semen de la tela al retirar otro preservativo.

—¿Esta es la parte donde te robas mi gato?

«Soy tan romántica».

—Esta es la parte donde te robo a ti, para mí, toda mi vida. —Me besa la mejilla—. Si antes no podía no tenerte, a partir de hoy menos.

—Es justo, fue nuestra boda. —Bromeo.

—¿A dónde quieres ir de vacaciones por luna de miel?

—Donde sea que duermas tú. —Suspiro—. Tenemos que bañarnos, mi cabello se va a endurecer luego.

—¿Nos bañamos juntos? —propone.

—El baño tiene un gran espejo.

Como es obvio, ese baño no nos limpió mucho.

Así que luego de otro baño e inevitablemente acabar las dos cajas de preservativos, tuvimos que parar. Me cuesta caminar; Ron me carga en brazos alrededor del penthouse, sin desaprovechar sus oportunidades de tocarme.

Tiene los labios hinchados de tanto besar; dejó de darme pena que sienta los latidos de mi corazón acelerado hace rato. Me sostengo de él en un abrazo que no acaba mientras comemos el resto de la pizza que robamos.

Damos vueltas al penthouse, a las habitaciones de juegos, los ventanales con increíbles vistas hasta que nos cansamos de profanar cada rincón. Él tiene un mejor sabor sin nada en medio; la alfombra de la sala es mucho más suave a mis rodillas que el pasto de la carpa.

La piscina es lo último que queda. No hemos visto la hora; esta es una de nuestras incontables ocasiones en las que soñamos despiertos y nos restamos descanso a cambio de estar con el otro.

Irónicamente, para entrar allí nos volvemos a vestir. El servicio nos dejó trajes de baño colgados en ese salón.

—Nos falta vodka —comento en medio del agua—. Llevo como media semana sobria, ¿más? —Trato de calcular, manteniéndome en la parte alta para no tener que nadar.

Él se encuentra al borde de la piscina, me observa sin emitir palabra.

—¿En qué piensas? —indago yendo a sus pies.

—En que me siento yo.

—¿Qué dices? —Sonrío y trato de jalarlo dentro conmigo—. Yo siempre te siento tú, más tú cuando estás conmigo.

—Lo he planteado mal. —Hace una seña indicando que no me aparte—. Contigo me siento más vivo. Siento que estoy viviendo mi propia realidad, no un papel.

—De hecho, sí es un papel, Clyde.

—Pues es uno que yo elijo —aclara—. Supongo que, si tuviera elección, tú serías la protagonista de todas mis vidas.

Salgo del agua para robarle un beso, lo cual es una trampa secreta hacia mi verdadero plan: tirarlo al agua. Él se deja llevar.

A pesar de estar sobria, siento que pierdo la razón en su presencia. Floto en un mar de fantasías y un pequeño mundo donde la simplicidad de los finales felices es posible. Salimos cuando, sin querer, bostezo revelando que lucho contra mí misma por seguir a su lado.

No recuerdo cómo acabamos en el cuarto de invitados junto con un peluche. Dormimos juntos un par de horas, a pesar de que cuando nos acostamos el sol ya estaba en el cielo. A mitad del descanso, alguien llamando a la puerta interrumpe el silencio.

—Voy a ver quién es, quizá es Tom —murmuro al retirar mi cabeza de su pecho, extraño el sonido de sus latidos—. O alguien del servicio a la habitación. Tenemos que irnos hoy en la tarde, ¿no?

—¿Quieres quedarte? —indaga sonriente.

—Quién sabe. —Me encojo de hombros.

—Busca el valor neto del hotel.

—No.

—Vale, busca el valor de este piso.

—Si vuelvo y te lo has comprado, voy a quitarte el acceso a tus finanzas —amenazo entre risas al levantarme—. Mierda, ya amaneció —comento al mirar por la ventana de la sala; el reloj marca las ocho de la mañana—. ¿Puedes volver a vestirte? Ya nos bañamos dos veces.

—¿Te incomoda?

—Eh... No, no es eso —carraspeo—. Vístete, Clyde —ordeno—. Ya regreso.

—Te voy a extrañar.

Soñolienta, me cambio de ropa. En las mañanas hace más frío de lo que esperaba, así que me enrollo en la bata blanca del hotel. Los golpes repetitivos pero calmados en la puerta me hacen correr a abrir sin siquiera ponerme zapatos. El piso está helado.

La puerta de nuestro cuarto la dejo cerrada. Entramos con nombres falsos y no quiero que lo primero que se sepa de mí ahora es que estoy enrollándome con Ron Kennedy. De hecho, ni siquiera quiero que se sepa que estamos juntos, si es que lo estamos.

Como esperaba, es Tom. Me sorprende verlo tan temprano en la mañana.

Y me sorprende más ver con quién viene.

—Buen día.

—¿Emilie? —pregunto incrédula—. Tom, ¿qué demonios...?

No hace falta ser el mejor amigo de Tom para ver que se siente disgustado e incómodo. Estoy mucho más confundida que antes. No entiendo qué puede querer Emilie aquí o por qué él revelaría nuestro escondite secreto. Estoy decepcionada también porque esto no es parte del plan.

—Hola —saluda ella con timidez. Tiene la cabeza baja—. Yo sé que no soy la persona a la que más quisieras ver ahora, lo siento. Quería saber la verdad para tomar mis decisiones, y —toma un largo suspiro entrecortado— está claro que él no va a decírmela. Quería pedirte si, por favor, me darías un poco de tu tiempo —suplica, jugando con su brazalete artesanal por los nervios.

Mi corazón cae al fondo de mi cuerpo de la pena. Tom hace contacto visual conmigo antes de dar media vuelta y marcharse. Ladeo la cabeza, aturdida.

—Claro. Pa-pasa —farfullo al abrir la puerta en grande—. ¿Quieres un café? —alargo las palabras.

«Como si fuera una reunión. Dios, obvio no quiere nada. Soy ridícula».

El valor y el coraje para ejecutar el plan se me van disipando a cada paso que doy con ella a la mesa. Rechaza mi café, así que nos sirvo un té de salvia, que es lo único que encontré en la cocina. La hervidora de agua interrumpe el silencio fúnebre entre nosotras.

La mirada de Emilie me perturba cada vez que tengo la valentía de verla a la cara. Sus ojos sin vida reflejan un profundo cansancio. Cabizbaja, se hace pequeña en el asiento. Tiene el cabello enmarañado cubriéndole la mitad del rostro, no trae maquillaje y va vestida de negro, por completo diferente a ayer.

Me quito la bata, siento su mirada clavada en mi espalda. Las manos me tiemblan al servir el té, a pesar de que lo disimulo al fingir un bostezo, culpando al sueño de mi actitud retraída.

Ella no habla, solo me observa a detalle, presa de un mutismo que me altera los nervios. Me cuesta pensar en qué decirle. Reconozco la forma en la que me escudriña; está juzgándome, comparándose, haciendo ideas sobre lo que ocurrió con Axel y no la culpo.

—Lo siento mucho. —Mi intento de romper el hielo me hace sentir una hipócrita porque, en parte, no lo siento.

—No es tu culpa, Amanda. —Niega con la cabeza—. Supongo que ha sido lo mejor.

Dejo el vaso en la mesa, no me molesto en disimular que me ha impactado que me reconozca o recuerde mi nombre. Me pregunto si lo recordó en la boda o si él le inventó alguna historia sobre mí.

—Es lo mejor, te lo aseguro. —Tomo su mano—. Pareces una chica increíble, y él es un idiota. Hay que pensar en positivo. —Intento animarla con un optimismo forzado que ni yo me creo—. Después de todo, ¿por qué te casarías con él? ¿Para que utilice tu ciudadanía? —Bromeo.

Ella toma una larga respiración, se obliga a sonreír. Está más pálida de lo que recordaba, más delgada y menos feliz comparada a la vez que la vi pintar en el parque con los niños. Sostiene su té con recelo, es a lo que presta atención hasta que me contesta.

—Tengo cinco meses de embarazo.

Justo cuando creí que no podía tener peor expresión. Abro la boca para justificarme, explicar o pedir disculpas, pero nada parece tener sentido. Sé que no es mi culpa lo que haya hecho Axel, sin embargo, la parte de mí que ama cargar el peso de todo se reprocha no haber investigado, me siento ridícula por haberle creído. No hay peor traición hacia uno mismo que no irse a tiempo de un lugar donde no te quieren, y yo, de manera patética, me hubiera quedado si él no me dejaba.

—No vine aquí para que tengas pena de mí o que te replantees tu moral. —A pesar de su suave voz, sus palabras mantienen una firme seriedad que, si estuviera hablando con ella por teléfono, juraría no le afecta—. Quiero saber lo que pasó.

—Vale. —Se me ha secado la boca, el primer sorbo de té me hace darme cuenta de lo amargo que está—. En ese caso, comenzó hace más de un año, en vacaciones.

Emilie está interesada en las fechas, pese a que no reaccione era claro cuando encontraba un detalle que uniera cabos en su mente, mientras más hablaba, más sucia me sentía por no tener en cuenta sus sentimientos al interrumpir la boda. Como es obvio, ella sí se quería casar, sí quería empezar una familia y no tenía por qué pagar los platos rotos en la forma en la que lo hizo.

Relatarlo en voz alta me hace caer en cuenta de lo ingenua que fui la mayoría del tiempo, las palabras de Axel en el evento resuenan en mi cabeza. En el mismo avión dio una mirada rápida a todas las personas presentes, él miró a cada una de las chicas, yo fui la única que solo lo vio a él. Debí parecer ridículamente fácil de impresionar.

Sin atreverme a mirarla a la cara, aclarar que "al menos" él no me pintó falsas ilusiones con sus palabras se siente humillante. Porque hice este gran *show* en base a alguien que desde el inicio remarcó que jamás me querría como algo serio y me enfadé cuando pasó justo lo que mis amigas, mis conocidos, hasta mi padre me advirtió.

—No tienes por qué reprocharte por confundir las cosas. Si te trata como si fueras su novia, pero quiere pretender que no son nada, eso no borra sus acciones. —Me consuela Emillie—. No eres una tonta, es una reacción natural ante un comportamiento contradictorio. Ni se te ocurra darle la razón.

—Eh… Yo, lo siento mucho…

—Relájate. —Fuerza una sonrisa, hay cierto enfado en su tono de voz—. ¿Qué pasó en agosto?

—Por su trabajo, nunca se queda quieto —explico de manera miserable, como si no supiera ella mejor que yo. Tengo ganas de vomitar—. Le ofrecí que nos quedáramos en mi departamento de ese tiempo y aceptó, vivíamos juntos cuando él se quedaba aquí.

—Que era más habitual que nunca. —Asiente ella.

—¿Qué…? —Bajo la mirada a su mano posada en su estómago—. ¿Qué vas a hacer?

—Cómo tenga a mi hija no es incumbencia de nadie. —Se reacomoda en la silla —. Una última duda: ¿cuándo terminó lo de ustedes?

—Una semana antes de que postease su compromiso.

—Entendido. —Se acaba su vaso de té—. Mil gracias, Amanda, Y también a tu amigo que me trajo hasta aquí. —Se levanta—. Ten un buen día.

Emilie se comporta como una dama, sin embargo, me es inevitable notar que no ha dicho nada sobre mis incontables disculpas en la última hora y media. La entiendo.

—Si podemos ayudar en… —la detengo a mitad de camino a la salida— estadía, viaje… Lo que sea. Lo que necesites, por favor llámame. —Me apresuro a escribir mi número en una servilleta—. De verdad, sé que es muy imbécil de mi parte pedirte que confíes en las personas que arruinaron tu boda; pero, aun así, haríamos lo que fuera.

Ella rechaza mi contacto, la calma que trató de mantener en este tiempo se desploma, demostrando que, como es de esperarse, tiene una gran carga de resentimiento hacia mí. Vuelve a escudriñarme, como si no entendiera qué pude haber tenido yo que ella no.

Lo cual es una falta de respeto hacia ella. Las personas no te cambian por algo mejor o por lo que necesitan más. Las personas te cambian porque son unos indecisos que no tienen en cuenta que los seres humanos no somos una simple elección. Sea cual sea el caso, yo también estaría confundida. Emilie es lo que yo quisiera ser, pero no lo soy: hermosa sin esfuerzo, apasionada sin miedo a mostrarlo, capaz de decidir tomar sus sueños en serio e ir a por el arte sin titubear.

He repetido ese pensamiento autodestructivo varias veces desde que me enteré.

En el interior cuestiono si ese sujeto tenía razón, quizá siempre voy a ser la segunda comparada con personas así. Si me hubiera pasado lo mismo, estaría quemando el país, sería una maldita con los organizadores de esa catástrofe, no obstante, ella cruza sus brazos detrás de su espalda esperando en silencio que hable.

—Tomaré en cuenta tu ofrecimiento —murmura Emilie—. Tengo cómo comunicarme con el policía.

—¿El policía? —Frunzo el ceño.

—El moreno de gafas —aclara—. Dile que muchas gracias por ayudarme a escapar en su patrulla. Él y el cocinero son unos compañeros increíbles. —Asumo que «el cocinero» es el barman.

—Les haré llegar tu mensaje.

—Ha sido grato volver a verte, Amanda. —Se despide con un gesto en la mano—. Jamás verás un problema ocasionado de mi parte, aunque quisiera advertirte de él —referencia a Axel con una mueca de disgusto—. Odiará que lo hayan expuesto, debes estar segura de que intentará "devolvértelo".

—Estaré bien —aseguro—. Nada que él haga puede dañarme —miento, como si no hubiera repasado unas cuantas veces lo que me gritó—. ¿Irás a tu casa? ¿Cómo vas a volver?

—Voy a ir al médico ahora, luego visitaré a mi familia en el hotel y tengo que volver al trabajo de maestra mañana.

—Déjame pedirte un chófer, por favor.

—Está bien. —Suspira—. Esperaré abajo.

Me dirijo a contarle a Ron lo que pasó, aunque me detengo en el picaporte. No sé si quiero arruinarle el humor con esto, no quiero que sienta la misma culpa ni mucho menos revelar que sigo teniendo en cuenta las palabras de Axel pese a que sea probable que se diera cuenta ya porque me conoce.

Retrocedo en silencio, sintiéndome fatal al darme cuenta de que mi mayor miedo con él es que me diga que me ama, en lugar de preocuparme por no hacerle daño. Reflexiono sobre si estoy haciéndole lo mismo que Axel me hizo a mí, y ese pensamiento me da ganas de vomitar.

Después de lavarme la cara, me observo en el espejo, esperando encontrar respuestas sobre qué hacer. No me importa lo que Axel pueda hacer; lo que realmente me preocupa es dejar de dañar la vida de Emilie. Ya fuimos lo suficientemente desconsiderados al esperar hasta el evento para decirle la verdad, arruinando uno de los momentos más importantes de su vida. Esto afectará su parto, su familia, su futuro... Las cosas se pudieron haber hecho mejor.

El hecho de que Emilie revelara que nunca terminaron en la boda me golpeó fuerte. Nunca quise ser la amante de nadie. La imagen de "la otra" suele ser la de una mujer cruel que se roba a tu hombre por mero gusto, pero rara vez se menciona que la realidad puede ser mucho más miserable. A veces, es solo una chica ingenua que también lo quería y no tenía idea de lo que estaba haciendo.

"La otra mujer" nunca tiene derecho a protestar, estar triste o ser más que un descartable. Me siento como una desconsiderada, y probablemente lo soy. Creo que ni siquiera tenía derecho a buscar venganza.

—Mierda. —Desbloqueo el teléfono para pedirle ayuda a Margarita.

Tengo varios mensajes de diferentes grupos en la aplicación de mensajes; sin embargo, el que más me llama la atención es el de mi padre. Las notificaciones aparecen de seguido, olvidé que quedé en enviarle un documento que olvidé.

Al recuperar la señal al cien por ciento, llega el último suyo:

Me escribió el piloto.

Mi corazón se detiene por un segundo, dejo de pensar en el resto y lo llamo. A estas horas debe de estar en alguna reunión de la película, y el tono de llamada se alarga interminablemente.

—Lo mandé al carajo —dice, sin saludar—. Ese sujeto jamás me cayó bien. ¿Quién se cree que es para amenazarme?

—¿Te amenazó? —pregunto perpleja—. ¿Con qué?

—Con un video de ti y Ron —responde con frialdad—. Le ofrecí dinero, pero no quería eso. Quería que detuviéramos la película.

—No vamos a hacer eso.

—No, no lo haremos. —Me asegura—. ¿Dónde estás? ¿Estás en algún sitio privado?

—Eh... ¿por qué preguntas?

—Soy tu padre, no voy a decirte nada que te cause ansiedad. Recomiendo que no salgas hoy mientras resuelvo esto. —Su tono se vuelve serio—. Podemos hacer cortinas de humo y cambiar la narrativa del video a nuestro favor. Eso es lo único que necesito saber, ¿cierto?

—Eh... —Dudo—. ¿Por qué?

—Porque tú no eres nadie, Amanda. Si ese loco está obsesionado contigo, no puede hacer mucho porque nadie te conoce más allá de ser mi hija. No tienes nada que perder y, con mi influencia en los medios, no podrá hacer mucho. —Se aclara la garganta—. Pero hay alguien en esto que tiene mucho que perder.

Palidezco, la preocupación nubla mi vista. No entiendo el mundo del espectáculo, no sé qué tan grave pueda ser.

—¿Qué pasa si involucramos a Ron?

—¿Qué son tú y Ron, Amanda?

—Nada. Somos amigos.

—Entonces, él está más a salvo —afirma—. Es un hombre que respeto, pero los medios ansían su caída. Tenemos que cuidar su reputación y nuestro nombre si no queremos que esto afecte negativamente su carrera. Si lo que dices es cierto, enciérrate, no veas las redes hoy y hablaremos con él mañana mismo.

—¿Qué es lo que vamos...? —Me corrijo—. ¿Qué vas a hacer?

—Encontrar una solución —responde con calma—. Tengo décadas en este negocio, subir a la cima es fácil. Lo difícil es mantenerse siendo un humano. —Ríe—. Informaré al equipo que tenemos una reunión, tú no te preocupes.

—¿Seguro?

—Claro, no te alteres, hija. No le han hecho daño a nadie. —Cuelga.

Encerrada en el baño, me ahogo en mis mentiras, recordando que no sirvo para la actuación. Un sinfín de opciones para arreglar este caos surgen en mi mente, pero ninguna pinta bien para Ron, quien menos merece mancharse en esta mugre.

Por eso hui de ese hotel sin comentarle a nadie. Necesito resolver esto sin arruinarle la vida a otra persona más.

En el fondo, no debería ser un misterio que hice eso. Huir de lo que me abruma es lo que más hago. Debería pensar en el lugar donde estaba la primera vez que me conoció.

Astropaper

Vol 1. N.1   2032

AUTO DE ESCAPE

"Si planeas para fallar, fallarás"

Nada es casualidad. El destino está escrito. La venganza es siempre la solución. Nada sana un corazón roto como un buen compañero del crimen. Todo es causalidad. Todo está planeado. Cada detalle está escrito en tinta dorada. Cada movimiento está pensado para avanzar hacia el gran tesoro. El cual siempre es el romance. Larga vida a los únicos combustibles eternos: El amor y la locura.

Nada es casualidad. El destino está escrito. La venganza es siempre la solución. Nada sana un corazón roto como un buen compañero del crimen. Todo es causalidad. Todo está planeado. Cada detalle está escrito en tinta dorada. Cada movimiento está pensado para avanzar hacia el gran tesoro. El cual siempre es el romance. Larga vida a los únicos combustibles eternos: El amor y la locura.

Nada es casualidad. El destino está escrito. La venganza es siempre la solución. Nada sana un corazón roto como un buen compañero del crimen. Todo es causalidad. Todo está planeado. Cada detalle está escrito en tinta dorada. Cada movimiento está pensado para avanzar hacia el gran tesoro. El cual siempre es el romance. Larga vida a los únicos combustibles eternos: El amor y la locura.

24
heidsieck 1917

* * *

RON KENNEDY

Cuando despierto, Amanda ya no está. Al principio no me parece extraño; no suelo pensar lo peor de inmediato. Me siento en las sillas de la cocina y utilizo el tiempo extra para preparar un desayuno para dos. Dejo un par de audios en nuestro chat, preocupado por su paradero, considerando que podría estar abajo robando pizza.

Vago por los rincones del pent-house. Las horas se hacen largas, y los rayos del sol se convierten en estrellas que tampoco me dicen dónde está. A mitad de la noche, después de pagar para alargar la estadía esperándola, entiendo que se ha ido.

Aun así, escojo no pensar mal de Amanda. Me convenzo de que habrá tenido una urgencia, a pesar de que no responda mis mensajes o mis llamadas, incluso si está en línea. Al menos sé que está viva.

A la mañana siguiente, Adler Brandy se comunica conmigo para una reunión. Al parecer, han cambiado ciertas fechas y necesitamos volver al set principal. Incluso allí sigo informando a un chat vacío desde que tomo el avión hasta mi entrada al edificio.

Aunque los nervios me carcomen, mi primer paso en la sala es aún peor. El aire frío me congela en el momento en que miro a Amanda y no encuentro ni un poco de nuestra complicidad habitual. Me mira como a un extraño, antes de apartar la mirada con una expresión seria. Confundido, tomo asiento enfrente de la silla principal de Brandy.

—Gracias por regalarnos su tiempo, Kennedy —saluda uno de los ejecutivos—. Verá, hemos tenido un inconveniente con terceros a estas alturas y queremos resolverlo lo más pronto posible. Sabemos la dedicación con la que usted se ha comprometido, y queremos seguir ese camino.

—¿De qué hablan?

—Por favor, tome asiento —pide un asistente—. ¿Le ofrezco un café? ¿Desea alguna cosa?

—Que me digan de qué trata esto —digo, tenso—. ¿Ha ocurrido algo malo? ¿Un problema con la grabación?

—Oh, no, eso marcha a la perfección —asegura uno de los productores—. Ayer recibimos un contenido audiovisual acompañado de una extorsión. Axel Muñoz proporcionó un video de usted en una boda, presumiblemente con nuestra coach de intimidad. Alega que causaron destrozos en su celebración y exigió que se le quitara de *Astrológico Deseo*.

Palidezco. Amanda no reacciona hasta que pronuncian su nombre. Contiene la respiración bajo la atenta mirada de su padre.

—Lo cual no va a pasar —respondo con calma.

—Por supuesto que no. —Sonríe el productor—. No obstante, es poco conveniente que esta información salga a la luz de tal manera, especialmente al haber sido alguien que trabajó para las fuerzas aéreas del estado. Hemos creado un plan de acción para evitar dolores de cabeza. —Una de las computadoras se desplaza frente a mí, con un documento abierto.

Acerco la laptop a mí y reacomodo mis gafas.

—Esto es para mantener a raya la posible polémica, sin dañar la reputación del estudio ni el nombre de la familia Brandy —explica el asistente—. Será un beneficio común. Lamentamos involucrarlo en esto, pero el hombre está obsesionado con una de nuestras trabajadoras.

Me impacta que se refieran de esa manera a Amanda y que tuviera que hacer esto sin decírmelo. Pudo haberme contado en el mismo instante en que se enteró; estábamos juntos.

Leo el documento con cuidado. Reconozco la forma de redactar de Amanda; he visto estos mismos estatutos en contratos anteriores. No es la primera vez que quieren involucrarme en una polémica similar. Lo que me deja un mal sabor de boca es que está detallado paso por paso cómo serán mis próximas semanas, mis accioncs, mi forma de vivir, como si fuera una marioneta.

Actuar no significa que quiera hacerlo siempre. Dejé claro que la fama y las exigencias me despersonalizan. Llevo tiempo luchando contra la idea de que no soy un personaje, de que no me siento como una persona real. Ella sabe eso, por lo cual no entiendo que apoye esto. Hay soluciones más difíciles que no involucren que siga fingiendo ser quien no soy.

—¿Se supone que acepte esto? —interrumpo ofendido—. ¿En qué momento se decidió que esta es la solución?

—Es lo mejor. Todos los presentes lo hemos aprobado, y ahora se lo estamos presentando.

Sin disimular, miro a Amanda, quien me evita la mirada, incómoda.

—Como usted no tiene pareja, buscaremos el modo de callar las locuras que este señor pueda esparcir —agrega un señor rubio—. No se preocupe, ni usted ni la guionista recordarán estos rumores disparatados en un par de semanas.

235

Veo a Amanda distante, en silencio, mientras estos señores que no me conocen repiten sus frases estudiadas sobre nuestro caso. No puedo creer que haya tenido un problema y lo primero que hiciera fuera pedir ayuda profesional en lugar de decirme, especialmente cuando involucra mis sentimientos. Me siento un producto, otra vez.

No les contesto ni una sola de sus preguntas. Espero que Brandy diga su conclusión, asiento y me levanto con el mismo ánimo de mierda con el que llegué, sin disimular mi expresión de asco, y me dirijo al elevador. El silencio colma cada espacio del estudio.

Escucho los tacones de Amanda contra el suelo persiguiéndome camino al elevador. Respiro con pesadez. Las palabras de esos hombres se repiten en mi cabeza y rompen cada barrera que he construido en años para que las opiniones de los demás no me afecten. Me pego a una esquina, esperando que las puertas se cierren para dejarme solo, pero no lo consigo.

—Ron —llama Amanda—, espera, tenemos que hablar.

Siento un torbellino recorriendo mi pecho, irritando cada parte de mi cuerpo. Aprieto mis puños dentro de mis bolsillos y evito mirarla.

—Ron, no me ignores.

Respiro hondo, pero la pesadez no desaparece. Mientras más lo pienso, más me enfado. No quiero responderle así.

—No tenemos que hablar. Se dijo lo necesario en la reunión —contesto cabizbajo. Aunque intento ocultarlo, hay más tristeza en mi tono de la que me gustaría transmitir.

—Lo sé. Me refiero a nosotros.

—No, gracias.

—¿Qué te ocurre? Ron, sabes que lo que dijeron es lo que debemos hacer por ti.

—¿Por mí? —repito fastidiado—. Qué curioso. Se hizo toda una junta para mí y, al parecer, fui el último invitado. —Río amargamente—. ¿De verdad, Amanda? Esta mierda es lo que no quería. ¿Por qué esta gente tiene que meterse en nuestros problemas, en mis problemas? En ningún momento les pedí ayuda. Eso lo decidiste tú.

—Lo hice para evitar daños.

—Si realmente quisieran haber hecho eso bien, primero se hubieran comunicado con mi representante.

—Ella lo sabe.

—Perfecto. Así que soy el único sin enterarse. —Vuelvo a reír—. ¡Wow! Gracias. Lo aprecio, qué considerada.

—Ron...

—Amanda, me dejaste solo en el hotel sin decirme adónde fuiste, armaste este operativo para cubrir mi vida sin decirme, me expusiste, mi privacidad, mis sentimientos, frente a esta gente diciendo que no somos nada. —Acorto el espacio entre nosotros, ni siquiera me molesto en bajar el tono y ella en bajar su guardia—. No soy un proyecto de *marketing*, ¿cómo demonios crees que me siento? Llevo dos horas sentado en silencio viendo cómo deciden quién seré.

—Tuve una crisis, Emillie vino y... No me siento segura, estoy fatal. En este instante, lo único que quiero es que este incidente no afecte tu carrera. —Se aclara la garganta—. No eres tú, es la película que puede ser una catapulta para Margarita. Es el libro más valorado de Tom, es el trabajo de Brandy en un nuevo género. No podemos dejar que lo que pasó lo joda, ¿o vas a dejar de lado esa parte de tu fama por mí?

—No —contesto al instante, desanimado y seco. Sus ojos esconden la ligera esperanza de que hubiera respondido distinto.

El ascensor está por llegar a nuestro destino. Presiono el botón del último piso.

—Pensé que éramos un equipo —reclamo.

—No entiendo qué te molesta tanto, Ron.

—Que estás dejando que esa gente siga dictaminando tus acciones, ahora incluyéndome a mí. —Exhalo—. Confié en ti, confié en que me entendías.

—Y lo hago, por eso...

—Nadie que me entienda pensaría en mí como celebridad antes que como persona. —Los nervios me hacen reír; trago grueso—. ¡Tenía derecho a elegirte y no me has dejado hacerlo! ¿Qué se supone que pase ahora? Por si no entendiste, su maldita cortina de humo es emparejarme con la primera persona que encuentren para diluir la posibilidad de que estemos juntos, como si fuera un animal del que quieren crías.

—Ellos lo toman como un rumor falso, por eso es una forma rápida de disiparlo.

—Rumor falso —resalto, elevando las cejas. Una ligera presión en mi pecho crece a pasos agigantados—. Te lo preguntaron —caigo en cuenta—, necesitan contexto de una de las partes. —Elevo la cabeza y hacemos contacto visual—. ¿Qué les dijiste sobre nosotros, Amanda?

—La verdad. —Suspira—. Cómo nos conocimos, nuestro plan, lo que concretamos.

—Nos negaste.

Un «Cómo pudiste» queda varado en la punta de mi lengua. Todo lo que he construido durante meses sobre mi verdadero yo, sobre la verdad, sobre nuestra conexión, se reduce a añicos. Soy bastante patético al pensar que, por fin, al menos una persona me veía como un ser querido y no como un robot adaptable a su escenario.

—¡¿Qué voy a negar, Ron?! Nosotros no somos pareja.

Haberme caído de alguna de las plataformas móviles de Harvel en la peor escena de acción hubiera dolido menos. Aprieto la mandíbula. Pese a que ira sea todo lo que siento, me siento humillado por mí mismo, porque tiene razón: no hemos establecido ningún título y, si las cosas van mal, no tenemos una razón para quedar juntos.

Más allá de que estoy perdidamente enamorado de ella.

—¿Qué hiciste al irte? —indago porque soy masoquista.

Amanda se remoja los labios, juega con el sonido de sus uñas postizas impactando en el cristal. Espero una respuesta que no llega. Me acerco a la esquina que habita y bloqueo el paso, poso una mano por encima de ella, reclinándome un poco.

—Amanda, por favor.

—Quería arreglar las cosas. Te-tenías que arreglar lo que pasó con Emillie —tartamudea, decaída—. Es complejo, Ron. No es lo que quería hacer. No sé cómo solucionarlo y... —toma aire, mortificada y evitando el contacto— tuve que tratar de pensar en ella. Pedí un chófer al hospital, entonces...

—Ve al grano —exijo.

—Debía hacerlo, Ron. Emillie no tiene a nadie más que responda por ellos.

—¿Qué?

—Le hablé a Axel.

Boquiabierto, trato de convencerme de que lo que acabo de oír no es real. Mi mueca de disgusto sale a flote antes de que recuerde que debería protegerme. Un escalofrío me recorre.

¿Qué me falta para ser un payaso oficial? Con esto ya debería tener el título. Estoy tan avergonzado de mí mismo que quiero desaparecer.

¿Qué sentido ha tenido todo lo que hice? ¿Los payasos del circo se burlarán de mí?

—Aquello fue con la intención de...

—No quiero saber —espeto.

—¿En serio vas a cerrarte ahora? Hay una razón para...

—No necesito saberlo. —Me aparto.

—Lamento haber ignorado tus mensajes.

—Da igual. —Mi voz grave regresa. Pese a que vea al espejo, no estoy enfocándome, disocio como lo hago antes de cambiar de rol—. No te preocupes. Disculpa si he malinterpretado algo. No volverá a pasar.

—Sé que las cosas entre nosotros son complicadas. —Suspira al intentar tomar mi mano, pero me quito.

—¿Nosotros? —Arqueo una ceja—. ¿Qué nosotros? Acabas de decirlo: no somos nada. Nos hemos liado y ya.

Sus manos, que buscaban tocarme, bajan lentamente a los lados. Retrocede un paso y yo regreso al otro extremo del ascensor. Ni siquiera le estoy mirando porque no sé si soportaría ver tristeza en sus ojos, o peor.

—Vale —farfulla Amanda.

Tengo ganas de dejar de existir.

—Ginebra te enviará un acuerdo de confidencialidad en la tarde. Fírmalo. Tendrás la privacidad que quieres.

—Perfecto.

Cierro los ojos, echo la cabeza hacia atrás, completamente aturdido. La impotencia que esta situación me genera no la había experimentado. La tensión es tanta que apenas puedo moverme. Va más allá de que Amanda no sienta lo mismo; creo recordar muy bien lo mucho que me he quejado de la exacta situación en la que me ha entregado. Que esto sea gracias a su ex, que haya dejado que Axel tenga poder sobre lo que teníamos, tampoco ayuda.

Y no, no estoy poniéndome en su lugar porque queda claro que no se puso en el mío.

—Podemos acordar una forma en la que te sientas cómodo con esto.

No le respondo. Solo puedo pensar en lo poco que falta para terminar de rodar *Astrológico deseo*. Dios, que se pase pronto.

—No podremos parar que Axel hable. Lo que haremos será restar su credibilidad. Es un sujeto común contra un equipo que domina el ochenta por ciento de los medios —explica nerviosa—. Diremos que fue una grabación y que es imposible porque tú estás en otras cosas. No tendrás que salir a hablar.

Fijo mi mirada en los números de la pantalla moviéndose. Tres pisos más.

—Ron, no me ignores —pide con la voz entrecortada. Juraría que mi corazón se estruja al oírla.

—Debes tener trabajo que hacer. Es temprano. —Finjo mirar el reloj—. Ya puedes irte.

—¿Puedes dejar esa actitud un segundo? Si tan solo me escucharas.

«Tú no me escuchaste».

—Como digas, Amanda —susurro de mala gana.

—Tampoco la estoy pasando genial. También me duele que las cosas deban ser así, lo sabíamos. —Se defiende—. A mí me gustaría tener una conclusión real. Dime algo, por favor.

Las puertas se abren de par en par. Está hablando, aunque ya he dejado de prestar atención. Necesito con desesperación estar a solas. Camino hacia una de las salas privadas. Ella toma mi muñeca entre sus manos.

Mi cerebro repite las cintas desde la boda, el momento en el que habló con él, y pese a que lleven meses sin verse ni quererse —supuestamente—, ella no le apartó el contacto visual. Me irrita que no haya confiado en mí primero para discutir esto, buscar resolverlo. La observo por primera vez en un largo rato y no puedo evitar percatarme de lo diferente que me mira comparado con anoche. Una persona que me ame o me deseche de un día al otro no suena a alguien con quien me apetezca hablar ahora.

—No quiero discutir contigo. Estoy enojado. Dudo que pueda responderte con coherencia. —La esquivo—. Si te contesto, no tengo el control sobre lo cruel que puedo ser y no voy a hacer algo a sabiendas de que puede dañarte. —Como no tengo escapatoria, regreso al ascensor, asegurándome de estar solo esta vez—. Soy diferente a ti, Amanda.

—¿Por qué demonios crees que lo hice para dañarte? No soy tu enemiga, Ron.

—Ajá.

—Será en otro momento, lo comprendo. Podemos esperar.

—No hará falta —masculло—. No tenemos ya de qué hablar. Si me necesitas, le puedes hablar a mi representante o mi asistente. Ambas se encargarán de manejarlo.

—¿Estás hablando en serio?

—Dejémoslo claro. —Me cruzo de brazos—. Si ninguno de los dos siente nada por el otro, aquí queda una petición que te hice y no cumpliste. Nosotros no somos amigos. —Niego con la cabeza—. Y no soy de socializar con mis empleados. Despreocúpate, no tenemos nada que arreglar ni solucionar. No te preocupes, guionista, seguiré tu libreto al pie de la letra apenas me indiquen las pautas.

Las puertas por fin se cierran. Un suspiro atribulado se escapa de mis pulmones mientras la tensión que cargaba se desploma al suelo, revelando el verdadero cansancio. Me froto el rostro con ambas manos, frustrado. Tengo tanto en qué pensar y desearía poder mandar a la mierda este proyecto e irme a un sitio donde esta gente no pueda localizarme.

Limpio el par de gotas que rodaron por mi mejilla mientras llamo a mi representante. Necesito acomodarlo todo. Que se recorten las escenas que deba hacer yo, que pongan un doble en las tomas faltantes, apretar la agenda a costa de doblar las horas de trabajo con el objetivo de tener la menor cantidad de días posibles.

Creo recordar que queda una toma que deba supervisar ella, así que después de eso no tiene por qué presentarse al set más allá de lo que inmiscuya el guion. Planeo pedir reducir la presencia del personal porque sé que esos recortes la quitarán de mi vista. No porque la odie, sino porque no voy a tolerar verle la cara si es que debo cumplir lo que se estableció. El teatro se me caería.

Ginebra, la chica con la que trabajo hace ya varios años, insiste en preguntarme si necesito un médico o un descanso.

—Sobreviviré —aseguro—. ¿Te han pasado el contrato para las próximas dos películas de la saga? ¿Ya han hablado de eso? —Pongo el altavoz.

—Estamos en negociaciones. El proyecto se ha puesto sobre la mesa, señor.

—Recházalo —dictamino al salir del set—. Comunícate con Harvel y el estudio que quería hacer esa adaptación de ciencia ficción que mencionaste la semana pasada. Diles que la única condición es que sea fuera de este país.

—Disculpe que me entremeta, ¿está seguro de su decisión?

—¿También lo quieres decidir por mí? —Me burlo—. Podemos concordar lo segundo luego. Lo primero lo quiero resuelto para mañana mismo. Quiero acabar *Astrológico Deseo* antes de que acabe el próximo mes, ¿entendido?

—Haré lo posible.

—Lo que sea necesario. No me importa pagar una multa o joder cómo me vean este grupito de cineastas —refunfuño al meterme al auto—. Resuélvelo. Compra al mismo diablo si es necesario. Quiero mis guardias de seguridad de vuelta las veinticuatro horas. Reafirma mis límites al personal del set, por favor.

—Sin problemas.

—Retírame de las campañas publicitarias extra o aumenta el presupuesto al triple.

—Anotado.

—Dile al *community manager* que informe cada movimiento que tenga en mis redes sobre este proyecto y cambie la estética de vuelta al soldado de cristal. Asistiré al estreno de la serie del multiverso de locura —hablo al mismo tiempo que archivo los chats que no sean relacionados con trabajo—. Además, dile a Tom que mi nueva dirección le será entregada por si tiene una emergencia.

—¿Desea algo más, señor Kennedy?

—Sí. —Me quedo mirando el chat con Amanda. Mi dedo se detiene sobre el botón de eliminar conversación—. Cámbiame la especificación para la gala de alfombra roja en Harvel. Iré solo.

Es de conocimiento público que Ron Kennedy no es un actor fácil de tratar.

Jamás he sido alguien a quien se le dan fácil las rupturas, incluso de una relación inexistente. No empaqué mis libros al irme de la casa en West Village, llevé solo lo esencial. Las propiedades en la calle Cornelia han sido demasiado costosas sin justificación alguna.

Los próximos días parecen ser un recordatorio constante de quién soy, empezando por mí mismo. Se me había olvidado quién era. Me veo tomando un par de cursos prestigiosos enfocados en la actuación, no porque los necesite para interpretar a Kain Reid, sino porque necesito toda mi habilidad para fingir que no siento nada al estar allí cada mañana.

El primer día, la maquillista salió pálida del camerino cuando intentó conversar conmigo y me puse los audífonos. La mala reputación que llevo años arrastrando no es infundada; mis compañeros en Harvel o me detestan o han aprendido a convivir conmigo tras largos años. Fuera del set, cuando las cámaras se apagan y los focos dejan de apuntarme, ignoro el mundo a mi alrededor.

Esta actitud no ha sido bien recibida. Mi publicista me informó que ya despidieron a tres personas por quejarse. Les respondí que el día que me paguen por ser amable con ellos, las cosas cambiarán. La relación falsa discutida en la reunión está en marcha. Están dando indicios en redes sociales a través de *likes*, comentarios y nuevos seguimientos, de los cuales no me entero porque no manejo mis cuentas.

El único que ha sabido comportarse es Tom, quien ha preguntado por mi bienestar cada dos días a Ginebra. No es sorpresa que sea mi mejor amigo; solo él me conoce. Es un abuso alterar los horarios por el capricho de un actor, pero soy lo que más capital le ha costado al rodaje, y las decisiones son aprobadas por una junta. Entre los muchos hombres a cargo, Adler Brandy ha aceptado mis condiciones.

Pasa una semana hasta que accedo a encontrarme con Tom, influenciado porque Daiquiri dice extrañarme. Fijo el encuentro para la noche, después de ir al gimnasio. Mi nuevo coach y las cuatro horas diarias que dedico a ver películas, aprender nuevas técnicas de actuación o consumir contenido relacionado ocupan mi día.

Acabo mi copa de Heidsieck 1917 antes de abrir la puerta. Mi guardaespaldas debió comprobar que era la visita esperada antes de dejarlo tocar el timbre del departamento. Terminé de entrenar en el mini gimnasio del balcón y le indico a Tom que pase mientras armo la mesa.

—¿Cómo estás, Ron? —pregunta con un tono sincero apenas pone un pie dentro—. Fuera de tu sistema de defensa, ¿te sientes bien con esto? ¿Qué te pasa?

Intento forzar una sonrisa, pero me es imposible. Bajo la mirada y niego con la cabeza. Tom me ofrece su caja de palomitas.

—Detesto esto —confieso—. No quiero seguir ahí. Tengo una mezcla de emociones, ninguna es buena.

—¿Han hablado?

—No salió muy bien. —Me rasco la nuca—. Francamente, no quiero hablar, solo quiero procesar lo que ha pasado estos meses. —Me llevo otro puñado de palomitas a la boca—. Me siento traicionado, la verdad.

—¿Traicionado? —Frunce el ceño.

—Creí que tenía algo propio, algo más allá de la fama. Pero creo que se comportó como cualquier persona del medio lo haría. —Observo la botella de champagne en la mesa—. Lo cual entiendo. Esperaba un resultado distinto y al parecer, estaba imaginando en soledad.

—Estoy seguro de que ese no es el caso. —Me anima—. Ya sabía el chisme entero, te lo pregunté por respeto.

—Sinvergüenza. —Ese comentario es lo primero que me hace reír en días.

—Sinvergüenza, pero con contexto. En serio, ¿has estado durmiendo bien? Tienes las ojeras más pronunciadas.

—Estaré bien.

—Ron, no puedes encerrarte a deprimirte porque tu casi relación fue un fracaso.

—Puedo y lo haré. Ustedes no me dicen qué hacer —hablo con la boca llena—. Lo dice un contrato, el cual no he roto porque jodería tu sueño.

—Más te vale. —Me empuja suavemente—. Cuento contigo, y si todo esto sale mal, tú también cuentas conmigo.

—Gracias. —Sonrío—. Eres un gran amigo.

—¿Amigo? ¡Pff! Oí que quieres ponerme en tu herencia. —Salta de un cojín a otro—. Quiero la casa en Los Ángeles también, si no es mucha molestia.

Nos servimos un par de copas. Intento no hablar de lo ocurrido a toda costa, pero él se las ingenia para mantenernos en ese punto.

—Me jode que sea por él —digo a mitad de la historia—. La chica también podría tenérnosla jurada, ella tiene mayor peso. No hemos hablado desde esa ocasión, ni siquiera por correos.

—Es normal que no tengas ánimos. Sobre exigirte justo en estos momentos es poco considerado; no eres un robot.

—Lo seré. ¿Te he comentado el papel que acepté para Jupiter Studios?

—Ron —Tom me interrumpe—, ¿vas a dejar que sigan escribiendo tu vida por ti? Estás siendo miserable debido a eso.

—No tengo opción. —Bebo un largo trago—. Si sale la verdad, se arruinan un montón de cosas. Si sigo mintiendo, al menos tendremos controlada mi imagen, tu película y la privacidad de Amanda. No quiero que se sepa de ella; la atención de Internet no le gustaría.

—Volvemos a mi primera duda, ¿en qué estás metido?

—Vesper quiere lanzarse como solista, ya tiene público. Me contrataron para aparecer en su video. Dejaremos que se diga lo que es obvio que dirán —explico con la copa en los labios—. Me gusta esa propuesta porque no tengo que involucrarme. Se lo llevará el viento, así como esta experiencia.

—¿Esperas estar enamorado de una persona y que lo que sientes se lo lleve el viento?

—Ajá.

Tom carcajea.

—Dios te oiga, Ronaldiño. Dios te oiga. —Se levanta—. Si tú estás de acuerdo, prosigue. Pero si te veo deprimido por mucho tiempo, te obligaré a hacer las cosas a mi manera. Te lo advierto.

—Es un trato.

—Es frustrante. —Se tapa los ojos con las manos—. Los dejé solos un día, uno, y me harán reescribir la idea otra vez.

—¿Qué?

—O-olvídalo. Siguiendo con la línea temporal, ¿qué ocurrió luego de que huyan de la boda? En ese hotel.

Lo miro a los ojos con la mayor convicción y dotes de actuación, miento.

—Nada. Cuando desperté, ya no estaba.

—¿La extrañas?

«Cada segundo».

—Se me pasará. Con que tenga su existencia arreglada y tranquila, es suficiente. Para lo cual, no debo estar ahí.

A mitad de la madrugada, estoy solo, como lo he estado mi vida entera desde que tengo memoria. En las tardes me convenzo de que soy un genio por trabajar con tal madurez. La voz que repite que tomo las decisiones correctas pierde volumen en la noche, cuando me quedo mirando el teléfono, deseando que me llame como antes.

Que alguien te diga que te quiere y luego asegure que lo que tienen no es signifi cativo me golpea duro. Es mi ego, no acostumbrado a que lo rechacen; mis falsas expectativas que se inventan libros donde el romance es recíproco. Hay que tener una gran habilidad para amar a alguien y ocultarlo del resto de las personas, incluso de uno mismo.

Tengo un entrenamiento excelente, mi autopercepción no me falla. Soy cons ciente de que, si veo a Amanda, mi barrera de hielo se derretirá, así que ni siquiera me permito eso. No veo a nadie, no hablo con nadie. Entro, me meto en el papel, salgo cuando gritan "Corte" y me encierro en el camerino hasta que acabe el trabajo. Una rutina que llevé por más de media década sin queja alguna porque así soy.

Sin embargo, sigue siendo extraño no levantarse a responder sus mensajes, no almorzar con ella. La vida solitaria es aburrida y, a pesar de lo que creía, no es tran quila. Una mente vacía hace eco de los recuerdos.

No sé qué hacer. Observo el techo, encajando la historia pieza por pieza en busca de una versión donde no me sienta con una resaca interminable.

«He perdido la cabeza. Debería dejar de tomar alcohol».

Hasta a las catástrofes se les puede encontrar el lado positivo. En este caso, he perfeccionado mi capacidad de entrar en personaje. He eliminado las microexpresiones o miradas que pueden escaparse. Tengo un nuevo control sobre mí. Aprendí a congelar los sentimientos, dejar el interior vacío. Sería ideal para el rol de un asesino o un arma biológica.

Esa es la actitud a la que me aferro con la salida del sol.

Tom no tiene en cuenta lo mucho que dicen sus silencios. Bajo un par de suposiciones y, después de *stalkear* a las amistades de Amanda, asumo que el coma etílico es mutuo. Haya sentido lo mismo o no, la conexión que desarrollamos es demasiado fuerte; solo el odio podría sobrepasarla.

Es complicado superar a alguien cuando no tienes razones para hacerlo. Puedo fingir un par de motivos o, mejor dicho, estoy bastante seguro de que si me hubiera conocido como todos los hacen; si hubiera ocupado más tiempo para meterse bajo mi piel, en mi cabeza, Amanda se habría cansado como el resto de las personas.

Entiendo a quienes me detestan, tanto en mi forma "natural" como en la que decidí ser con ella. Yo tampoco me tolero en estos instantes. La narrativa de ser un sujeto inteligente se perdió por completo.

¿Cómo no lo vi venir? Era dolorosamente obvio. Apenas hubo migajas que alimentaran la esperanza de que terminara bien. ¿Alguna vez nos lo planteamos siquiera?

Ella no quiere tener focos encima y yo no planeo apartarme del reflector. Desde el inicio, esto no tiene sentido. Amanda no quiere una relación y yo no quiero una persona que me haga dudar de mi cordura solo por quererla.

Conduzco mi coche hasta el estacionamiento privado. He dejado de reproducir música en mis viajes. Disocio mis emociones, aun así, el abrupto choque con la realidad me sigue mareando.

No entiendo qué estaba haciendo.

Estoy harto de esta vida falsa.

Quiero abandonarlo todo. Me planteo seriamente tomarme un descanso por primera vez en mi carrera.

La reunión, la boda y el hotel vacío se repiten en un bucle que forma un torbellino hasta hacerme colapsar cada hora. La paz que tardé en construir se desploma bajo el inmenso peso de actuar como si no estuviera lastimado.

«No puedo más».

—¡Ron, bienvenido! —Me recibe uno de los encargados de mercadotecnia—. Es grato verte tan temprano, ¿cómo estás?

—Increíble, cada día mejor —miento con la mejor sonrisa que he fingido en varios años—. El clima está divino hoy.

—Lo está. Por eso los paparazzi han... —No termina su frase cuando el *flash* de sus cámaras me ciega. Pretendo que no me molesta. Reavivo la alegría inexistente en mí para sus fotos.

—¡Hola, chicos! Espero les paguen extra por estar fuera con este calor. —Saludo con la mano—. Estaré en mi camerino por si Brandy me necesita. —le informo a los guardias.

Cruzo apresurado los pasillos. Mis guardaespaldas me siguen de cerca, cubriendo el angosto espacio disponible. Uso la excusa del sol para llevar gafas oscuras que oculten hacia dónde miro o la decepción en mi mirada al ver algunos rostros.

En esta ocasión, reviso mi bandeja de correos mientras camino. Al atravesar el comedor, pasamos junto al grupo de amigas de Amanda; ni siquiera miré si estaba con ellas. Podría haber estado a medio metro y no lo habría notado. Me encierro bajo llave en el camerino.

«Pronto esto se acabará. Podré huir apenas se estrene la película. Falta poco», pienso.

A través del espejo, noto una silueta nueva. El mundo va perdiendo la capacidad de sorprenderme. Necesito un trago, el resto podrá esperar. No debí haber despedido a Jim.

—¡Holi! Ya se ha subido el video, el *single* ha sido un éxito si me preguntas. Estoy muy contenta de que hayas aceptado —saluda Vesper, la modelo rubia con la que suelo hacer publicidad. Le queda una última participación en la cinta—. Te he traído un detalle de celebración.

Hay una caja roja en la mesa de mi camerino. No tengo idea de cómo la dejaron entrar. Evito discutir antes de grabar y tacho otro día más en mi calendario virtual.

—Es un postre de fresa —admite sin poder contenerse—. Trae un jugo del mismo sabor, son mejores que los de la cafetería.

—Gracias.

—Ay, ¿eres alérgico? —Se espanta.

—No.

—¿No te gustan las fresas? Debo estar loca, juraría que te he visto varias veces cargando un vaso por el estudio.

—No.

—Tengo otra caja de chocolate amargo. La podemos compartir —ofrece—. Sé que puedes comprarte la fábrica si quisieras, pero intento que no me odies.

—No —reitero, sintiendo la culpa por ser tan desagradecido. Me esfuerzo por ser más amable—. Esto está genial, lo valoro. —Aunque con tal falta de entusiasmo que ni yo me creería—. Lo siento, Vesper.

—¿Estás pasando por una racha difícil?

—Digamos que estoy de luto. —Le tomo una foto a la caja y a su nota escrita a mano—. Eso no afectará mi desempeño, empezando ahora.

Ella se ríe de mí; mi humor pende de un hilo.

—Déjame tomar la foto por ti —sugiere Vesper.

—¿Disculpa?

—Tomas las fotos como lo hacen los ancianitos, sostienes el teléfono así —me remeda.

—Es que no acostumbro a hacerlo, tengo gente que trabaja para mí. —Intento sacar otra—. ¿Mejor?

—Permíteme. —Me arrebata el teléfono de las manos. Sus dedos presionan una configuración diferente que da mayor luz a la imagen—. Así, ¿planeabas publicarla?

Asiento y Vesper se encarga del proceso entero por mí. Es bastante rápida al manejar las redes sociales, lo que me recuerda que la mayoría de los *influencers* se han hecho a sí mismos antes de incursionar en otras áreas.

Su maquillaje de hoy tiene brillitos. Estoy obsesionado con Amanda; miro a Vesper y me acuerdo de ella, hasta en las pequeñas cosas. Esto es frustrante.

—¿Vamos junto al resto del elenco? —propone Vesper—. Brandy llegará pronto, ¿listo?

—Ya te sigo.

—¿Quieres participar en la fiesta de la canción esta noche? —pregunta con timidez—. Me dijeron que lo odiarías, lo entiendo, debes estar cansado del trabajo, pero es que estarán muchos actores que conoces y pensé que quizá te interese.

—¿A qué hora?

—A las once, luego de salir de aquí. Si gustas, puedo mandar un chófer.

Me da pena ser hostil con ella. No ha hecho otra cosa que soportarme. No me interesa ir a una fiesta ahora mismo.

—Lo consideraré.

25
fernet

★ ★ ★

AMANDA

Desde que me enteré de la verdadera razón por la que se orquestó la boda, mi perspectiva dio un giro de ciento ochenta grados. No debí haber aceptado arruinarla. Mis ganas de venganza se volvieron infundadas al ver el dolor en el rostro de Emillie, y me siento sucia.

Ella tenía que enterarse, pero no de esa forma. No merecía que le arruinara aquel día, que la hiciera pasar por una experiencia traumática que pudo haberle ocasionado un problema de salud, aunque no tuviera forma de saberlo.

Salí del hotel para seguir al chófer que pedí en camino al hospital. Después de todo, era una muchacha confundida en una ciudad que no conoce, con un probable desbalance hormonal y pasando uno de los peores momentos de su vida. Sumado a ello, Axel amenazó la carrera de Ron con un video, y esa información debía estar recorriendo los correos de los productores. Sigue arruinando a quien tenga a su paso.

No puedo dejar que se salga con la suya.

—¿Cuánto falta para llegar a urgencias? —pregunto al chófer, con las manos temblando de coraje al sostener mi teléfono.

—Unos treinta minutos.

Suspiro. Eso es suficiente para una llamada.

Desbloqueo su número y me quedo viendo un largo rato el contacto. Quiero decirle tanto, mandarlo al diablo, defender con uñas y dientes a Ron de sus estúpidos rumores. Sin embargo, no voy a empezar con esa actitud. Tomo una amplia bocanada de aire buscando llenarme de una calma inexistente.

—Amanda —me contesta al instante—, qué sorpresa volver a saber de ti. —Ríe.

Me hierve la sangre. Silencio las notificaciones del teléfono para que los correos de trabajo y los cuestionamientos de mi padre no molesten. Aprieto los ojos con fuerza; un horrible cosquilleo se apodera de mi cuerpo. La impotencia de que este sujeto aun tenga control sobre mi vida me da ganas de vomitar.

Tengo que llegar a un acuerdo con él. Yo arruiné esto, yo tengo que arreglarlo.

—¿Cómo la has dejado sola? —reclamo—. Eres una persona de mierda, Axel. ¿Dónde demonios estás mientras la mujer que aceptó ir al altar está sola en un hospital? ¿Cómo se te ocurrió engañarla? ¡Le propusiste matrimonio cuando aún nos estábamos conociendo!

—¿Ahora te importa mi matrimonio? —Vuelve a reír—. Ay, no tienes que pretender interesarte por Emillie para verte bien. Ambos sabemos para qué llamas.

—Estás podrido.

—Estamos —corrige—. ¿Me vas a negar que convenciste al mismísimo Ron Kennedy de meterse en tu patética venganza? —el nombre de Ron en su boca lo odio, siento como si lo manchara—. En fin, hablemos de negocios, que para eso estamos.

—¿Me podrías dar el contacto de la familia de Emillie? ¿Podrías dejar de ser un ególatra loco por un segundo? Ni ella ni Ron merecen estar en medio de esto. Tu problema es conmigo, ¿no? Cobarde.

—Pff, ¿tú en serio crees que ustedes pueden interrumpir mi final feliz y yo les permita tener el suyo? Podías escogerte a alguien no tan desagradable. Lo fácil que será hacer que el mundo odie al actorcito ese...

—Estás alucinando si piensas que tus delirios tendrán efecto.

—¿Lo estoy, Amandita? —Se me revuelve el estómago cuando utiliza ese apodo —. ¿Entonces por qué estás tan desesperada? Debes estarlo para pedir clemencia al mismo que quisiste joder. ¿Quién está peor?

—No entiendo cómo puedes compararlo siquiera. No le das ni un poco de importancia a tu familia —refunfuño—. Te odio. Te odio tanto. Emillie no se merece alguien como tú. Nadie lo hace.

—Me estoy aburriendo. —Bosteza—. Te propongo acabar esto en paz: si yo no tengo mi boda, ustedes no tienen su película.

—Lo dices tan calmado, como si fuera a dejarte arruinar nuestros planes.

—Te lo dejo simple porque eres tonta. —Se burla—. Y te lo digo así porque va a ser mucho más divertido que sepas cómo voy a arruinarte la vida sin que puedas evitarlo.

—Sigues creyéndote dios, ¿no?

—Soy un buen samaritano. —Se excusa—. Por cierto, de buena fe te daré un consejo: le harás un favor a Kennedy si te alejas de él. Lo conozco.

—No conoces una mierda —gruño al micrófono—. ¿Tú te oyes? Soy guionista. ¿Qué demonios tendré yo que ver con la película? No la cancelo si me da la gana y, aunque pudiera, sería sobre mi cadáver.

—Encontrarás la forma.

—Ni siquiera sé por qué intento razonar contigo. —Suspiro—. Esto fue un error.

—Imaginar que puedes ser más inteligente que yo lo fue. —Él no parece querer terminar la conversación, su tono jocoso permanece—. En serio vas a arriesgar la fama de tu chico, tu película y tu trabajo por un capricho... Uff, gracias a Dios te dejé a tiempo. Das miedo.

Tiemblo de la rabia en un costado del asiento, mi cerebro busca posibles soluciones que no existen. Mi padre tiene razón; por el lado profesional solo queda hacer un plan de control de daños. Por el lado personal, no sé cómo voy a sobrellevar esto.

Las emociones me sobrepasan. Siento una gran presión en el pecho que se intensifica a medida que lo oigo hablar.

—Estoy esperando, querida.

—El proyecto no es mío —repito en un murmullo—. Es la película del estudio, del escritor, de los actores. Es de la gente que lleva meses trabajando. Eso no puede detenerse porque en tu cabeza desquiciada es una especie de pago.

—Qué pena que será opacado por una polémica a tan poco de su finalización.

—Si lo que quieres es hacerme infeliz, salgo yo.

—¿Qué gracia tiene eso? —inquiere—. Tu galán se veía muy valiente en el evento. ¿Dónde está? ¿Ya te ha dejado o decidiste no joderle la puta existencia a él? Pásamelo al teléfono, que soy su fan. —Bromea.

—Deberías estar en la cárcel —me froto el rostro, aturdida—. ¿Cómo es que no te cansas de ser tu peor versión cada día?

—En la cárcel están quienes se hacen pasar por agentes policiales —comenta de pronto—. ¿Tom Collins se llamaba el moreno? Oh, no, en la cárcel deberían estar aquellos que se meten en propiedad privada a causar destrozos. ¿Eso lo sabe el pelirrojo? Debiste enfadarte con alguno de tus romances fallidos que no supiera leyes. —Boquiabierta, me hundo en el asiento—. Amanda, estoy siendo considerado.

Es increíble cómo no terminamos de conocer a alguien hasta que lo dejamos ir. Aprieto el puño contra mi bolso. Las puntas de mis uñas me hacen daño; necesito un estímulo físico que alivie el dolor que cargo dentro.

Lo peor es que él no me importa ni un poco. Incluso no me importa lo que pase conmigo, pero quienes tienen la desgracia de estar bajo su radar no necesitan la lluvia ácida que él conduce sobre sus vidas.

Corto la llamada porque no tiene caso seguir intentándolo. Axel me detesta y parece no tener consideración por nadie. Ni siquiera su prometida.

Bajo en la puerta principal del hospital. Las tarifas en esta zona son caras, y me preocupa que absolutamente nadie esté velando por Emillie. Mientras recorro los pasillos en su búsqueda, me pregunto qué tipo de malas decisiones han tomado las niñas que eran mejores amigas para estar diez años después en esta situación.

Mi batería está por agotarse. Guardo mi teléfono y pido ayuda a una enfermera para llegar al ala C del edificio.

Las sillas en el pasillo de espera están vacías. El aire acondicionado me congela, pues salí con lo que traía encima. Emillie lleva mirando un punto fijo en el suelo desde hace cinco minutos. Nerviosa, me aclaro la garganta para romper el silencio.

—¿Qué harás luego de este chequeo? —pregunto—. No tienes que responderme si no quieres, entiendo que...

—Ver dónde quedarme —farfulla Emillie—. No deseo regresar a ninguno de los lugares donde los recuerdos son fantasmas en cada rincón.

—Te conseguiré un departamento.

—Jamás te permitiría derrochar tu dinero de esa forma.

—Por favor —insisto—. Lo mismo con esta visita. —Alzo la mano, señalando la puerta de la doctora—. Si no fuera por mi culpa, no estarías aquí, sino en tu luna de miel.

—Amanda. —Me toma del brazo, su toque suave y cuidadoso me paraliza—. Escúchame bien: no es tu culpa. Tú no lo sabías.

—P-pude haber investigado más. Era crédula. —Mi voz se quiebra—. Soy patética. Lo siento, lo siento tanto. No debí siquiera haber pensado en presentarme en tu boda como una descarada.

—Lo hecho, hecho está. —Ella fuerza una sonrisa—. Al menos no debo pasar por un divorcio. —Se consuela con un humor incómodo y falso.

—Por favor —persisto.

—Ocupo un mes, quizá menos, hasta que vuelva a estabilizarme —explica—. Quizá si tienes algún conocido que necesite un *roomie*.

Que ella no pierda su amabilidad me destruye. Mi autopercepción se torna peor con el pasar de los minutos. ¿Qué derecho tenía de cambiar el rumbo de sus planes? ¿Cómo hubieran sido las cosas si hubiera hablado a tiempo?

—Conseguiré un sitio perfecto —aseguro—. Disculparme me hace ver estúpida. No tienes por qué perdonar a nadie. Solo quiero recordarte que desde aquí no vas a pasar esto sola. —Tomo su mano—. He estado intentando contactarme con tu familia. Buscaremos gente, buscaremos lo mejor para ti.

—Aprecio tus intenciones. —Me suelta cuando la doctora dice su nombre—. Que sepas que las tendré en cuenta. Por ahora, con pasar el día me conformo. —Se levanta—. Han sido unas cuarenta y ocho horas agitadas, ¿no crees?

Uno de los pasantes se acerca a mí a preguntarme si necesito que me guíe a urgencias. No recuerdo desde hace cuánto estoy temblando. Rechazo su ayuda, sin embargo, aprovecho para pedirle prestado un cargador portátil.

Este no funciona con éxito. El poco porcentaje que logro contener lo utilizo para enviarle mi ubicación a mi padre porque, pese a que le haya tratado de mentir sobre lo que me ocurre, es el primer hombre al que corro cuando no sé qué hacer. Él me informa que está en camino antes de que pueda seguir detallando el problema.

Emillie sale del consultorio con un par de recetas. Contengo un largo respiro de alivio al escuchar que se encuentra sana.

¿Cómo no vi venir este caos? Las pistas de que el abismo se acercaba estaban frente a mis ojos, comenzando por la actitud de Axel hacia sus enemigos. ¿Cómo pude esperar que se quedara de brazos cruzados aceptando "su destino"? Lo cierto es que no esperaba que fuera así.

Busqué ayuda del mayor hijo de puta de Hollywood, el que he visto joder hasta al diablo y salir ileso.

—A ver, esto es un desastre —comunica mi padre al mirar su laptop—. Desde los noventa no había un drama así de retorcido alrededor de una película. No somos un drama, somos una comedia romántica. Esto afectaría la taquilla en el caso de salir a la luz.

—Es que no entiendo por qué debe desquitarse con esto. Su problema es conmigo. —Me llevo las manos a la cabeza.

—Bueno, el actor principal es el protagonista del video que envió. Tú sales de acompañante —aclara.

Paro mi caminata en círculos alrededor de la mesa. Un colega suyo nos deja quedarnos a discutir aquí bajo la excusa de tener "una reunión importante". Es una casa vieja a un par de cuadras del hospital. Emillie escoge quedarse en el otro cuarto, se vale de un lápiz y su cuaderno para intentar lidiar con la realidad.

—Él fue porque quería ayudarme a detenerlos. Es mi culpa.

—Amanda, lo volveré a preguntar: ¿estás en una relación con él? Sabes que puedes hablarme, no voy a juzgarte. Necesito entender el panorama completo.

—No somos nada, no te he mentido —repito—. Estamos... Somos cercanos. No hemos puesto etiquetas ni oficializado nada —confieso.

Él hace una mueca de preocupación. Sin duda, no son buenas noticias para el plan. Que yo esté enamorada de Ron empeora el panorama. Pese a que mi padre endulce sus palabras, no hay que ser una experta para entender que la hemos cagado. Esto es malo. Muy malo.

—A ti de verdad te importa Ron, ¿no es así? —inquiere al escribir.

—Más que cualquier otra variable en juego ahora mismo. —Me cruzo de brazos —. Es lo único que me importa.

—Es bueno oír eso porque necesitaremos toda tu voluntad —informa—. El primer paso es apartarlo de esta narrativa. Si tu ex obsesionado no te suelta y quiere inventar rumores sobre ti, entonces no deberías tener relación alguna con Ron. —Busca un documento entre sus carpetas—. Debemos fingir que ustedes no se conocen; si van a manchar una imagen, que sea la de alguien que no se encuentra bajo el ojo público.

—El apellido —recalco—. Saben que soy tu hija.

—Que digan lo que quieran de nosotros. —Ríe—. Sus opiniones no me quitarán mis galardones ni a ti tu trabajo porque tu jefe soy yo. Solo hay una persona que podría perder si esto se hace público.

—Debí pensarlo antes. Fui una desconsiderada. —Me seco las mejillas, tengo la vista nublada—. Me da la impresión de haberlo llevado a su posible ruina.

—Involucrar a alguien con su alcance en tu idea no ha sido inteligente, hija.

—No fue mi idea —murmuro.

—¿Qué? —Frunce las cejas.

—Nos conocimos en el bar de *AstroPlace*, le conté lo que pasó y él propuso la idea —relato en voz baja, me apena verlo a la cara—. Acepté porque no creí que hablara en serio, ni siquiera sabía quién era, estaba en otra dimensión en esos días.

Mi padre se detiene un segundo de su investigación, eleva la mirada hacia mí con una ceja levantada. Reprime una sonrisa de labios sellados que no logro devolverle porque bastante me ha costado no seguir lagrimeando por la angustia, no tengo ni un poco de ánimo.

—Qué rápidos son los europeos —dice en broma—. Lamento ser quien te lo diga, pero si quieres que esto se solucione pronto, ustedes no pueden estar juntos, ni de cerca —establece—. Tenemos que hacerles creer al mundo que no se conocen. Nos inventaremos una historia donde la mujer con la que ha estado ligando este rato es otra, de preferencia alguien del estudio que calle las sospechas y una los cabos sueltos.

—¿No hay otra solución?

—Las hay, pero contienen márgenes de error más grandes. —Me muestra su plan—. Haremos una estrategia bien estudiada. Podrán volver a estar juntos, pero tomará un largo rato.

—Deberíamos llamarlo. Cuando se entere de que sabes, él va a... —Trato de tomar mi teléfono, pero él me detiene.

—No. Contáctate con su representante.

—Soy consciente de que requerimos profesionalismo, pero él tiene buenas ideas, te lo prometo.

—Las llamadas de larga duración son peligrosas. No sabemos quién tiene acceso a la línea y, más importante, si está en un sitio privado es mejor que no salga de allí hoy. Las celebridades nunca tienen voto sobre este tipo de procedimientos. —Desliza el documento—. Porque no son redactores ni saben de esto. Jamás verás a uno dirigir cómo limpiar sus cagadas. Lo mejor que podemos hacer por él es un plan que lo beneficie, requiera el menor esfuerzo y esté abierto a cambios si así lo desea.

—Entiendo. —Borro un par de párrafos—. Permíteme modificar esto. Él odia pasar tiempo con desconocidos, hay que tener alternativas para que la prensa se entere.

—Tú lo conoces mejor que yo. —Se encoge de hombros—. Haz lo que debas hacer, lo corrijo y luego explicaré lo que ocurre al resto de la junta, maquillando la situación, por supuesto. Nunca sabemos quién es un traidor que nos venderá a los medios.

—¿Eso qué significa?

—Que tienes prohibido repetir que han tenido algo fuera de estas cuatro paredes. Una vez se pone en marcha el control de daños, nada debe interferir. Ya le explicarás cuando tengan privacidad. —Controla su reloj—. Acomódate, no saldremos de aquí hasta la noche por el vuelo de vuelta al estudio.

—Está bien, gracias. —Mantengo la vista en la pantalla—. Papá, lo siento por no contarte. Era un secreto y él no quería que lo supieras.

—Él me lo quiso ocultar —resalta—. Qué sorpresa ese muchacho, uno les da la mano y ellos agarran a tu hija. —Niega con la cabeza, riendo—. Era obvio de todas formas, juraría que los encontré enrollados al menos siete veces en el estudio.

—¡Papá!

—Digo lo que veo —se justifica—. Ron Kennedy no me cae mal, de hecho, es el único actor de su generación que me cae bien. Llevo queriéndolo contratar para mis films desde hace ya cinco años. —Chasquea la lengua—. Ninguno encajaba con su perfil. Además, ¿darle la oportunidad a un novato? Eso hubiera subido su ego. Le hace falta humildad.

—Me estás distrayendo —reclamo mientras ablando las cláusulas ya prescritas.

—Entre el maniático piloto que llamó a amenazarme y este, no hay discusión. —Me sirve un vaso de agua. Me arrepiento de haber confesado porque no pinta a callarse—. Tiene un patrimonio excelente gracias a haberle dado vuelta la tortilla a Harvel. Maneja excelente su imagen, no hay esquina donde no lo vea. Diría que incluso le estamos robando al tener su publicidad gratis. Ja, yo que creía que lo hacía para darme una buena impresión

—Auxilio —susurro.

—Se merece su renombre, hará un buen trabajo con esto. —Señala lo que estoy redactando—. Soy uno de los mayores interesados en que no lo salpiquemos. Su valor está en la pulcritud. Podrá ser un dolor de muelas, pero es un tipo correcto. Me gustaría hablar serio con él cuando esto pase, me interesa.

—No sé si él quiera seguir conmigo cuando esto pase.

—Todos te adoran, Amanda. —Posa su mano en mi hombro—. Más le vale, nadie le rompe el corazón a mi niña y vive para contarlo.

—En definitiva, no te hubiera dicho.

—Como si no los hubiera visto comerse la boca en tu departamento. Un poco de respeto.

Es agridulce saber que a mi padre no le disgusta la idea de nosotros justo en nuestro peor momento. Tengo esperanza en que esto se solucione luego de la reunión. Es horrible tener que pasar por esto. Aceptaremos la decisión de Ron sea cual sea, tenemos mucho de qué hablar.

Empezando por, por si acaso, contratar un abogado.

Pese a que mi padre me había regañado por dar la mínima pista de que los rumores eran reales, no pude evitar salir detrás suyo cuando se levantó sin decir nada. Al principio, me confundió que no protestara; él es el único que puede cambiar las pautas que pusimos. Aunque pasé toda la noche hablando con ejecutivos, investigando y repasando lo que sabía de él para agradarle, estaba segura de que encontraría fallas.

—Ron —lo llamo con timidez—, espera, tenemos que hablar.

Más allá de ignorarme o no querer hablar conmigo, me sorprendió que me viera como la causante de que debiéramos proceder de esa manera. Si bien yo informé del problema, fue porque no quería preocuparlo en ese instante; de todas formas, lo hubieran obligado a lo mismo: no hay una solución que no sea mentir.

Que la película se viera afectada no era una opción. A partir de ahí, solo nosotros podíamos pagar los platos rotos. Creí que era sabido que las cosas se podrían tornar así de oscuras desde el principio, por eso dudaba de ejecutar nuestra idea, por eso no quería sentir algo por él.

Aunque que fuera "el último" en enterarse era lo normal, intenté disculparme. Sospecho que no me escuchó. Estaba muy cerrado en sí mismo desde que entramos en el elevador.

Detesto que mis acciones se malinterpreten sin que me den oportunidad de explicarme. Que lo entendiera no significa que pudiera cambiar el rumbo que esto tomaría. Es mi responsabilidad; yo dejé que Axel se metiera en mi vida, acepté seguirle el juego de detener la boda, yo miré primero por su carrera que por nosotros porque eso es lo que me interesa.

La tensión me impactó contra la pared, el frío de la mañana me hizo tiritar al tenerlo cerca. Jamás había visto a Ron así de enfadado. Tampoco quería discutir, pero fue hasta que me acorraló en una esquina con sus preguntas que le respondí.

—¡¿Qué voy a negar, Ron?! Nosotros no somos pareja.

Lo cual no fue una mentira. Pero desee que lo fuera.

Hubiera sido más sencillo explicárselo a mi padre de esa forma. Ni siquiera me permitió contarle que ahora su director favorito lo sabe.

Lo cierto es que no tenemos mucho que nos una fuera de lo que sentimos. Otra vez yo, enamorándome de hombres con los que no tengo una sola garantía; evitando asustarlos al exteriorizar mi deseo de estar con ellos. Pareciera que Ron ha olvidado que yo también lo quiero, y como es obvio, tampoco me gusta distanciarme de él.

Se tensó cuando le comenté que había hablado con Axel. No tengo idea de qué tan malo sea lo que asumió. Me interrumpió en cada ocasión en la que quise comunicarle lo que ocurrió. Aun así, Ron estaba en su derecho. Sabía que lo hice al ver primero por el lado profesional que el amoroso. Íbamos a superar eso en un mes, ¿no?

—¿Nosotros? —Arquea una ceja, la soberbia perdida en sus ojos regresa—. ¿Qué nosotros? Acabas de decirlo, no somos nada. Nos hemos liado y ya.

No. Pintaba que no.

Lo que me dolió más fue que, por algún motivo, creyó que lo hice a propósito para herirlo, como si no hubiera reescrito una y otra vez los párrafos en busca de un método distinto, uno donde no tuviera que fingir estar con otra. Tengo menos potestad en esto que él. Soy un eslabón más de las cadenas que tiene una persona en el mundo de la fama.

Ninguno resulta ser el criminal libre que presumimos. Es como si nuestra carroza al final de un cuento perfecto se hubiera estrellado contra una pared.

Como si el riesgo de perderlo no me quitara el aliento, toma mis acciones precipitadas de ofensas cual si fuera su enemiga. Estoy convencida de que un enemigo no te contaría sus mayores inseguridades, no intentaría ayudarte ni seguirle el ritmo a una vida en la que le cuesta encajar, no te diría que te quiere, no hubiera estado dispuesta a huir contigo.

Las puertas del elevador se cierran y yo repienso cada mínima decisión que he tomado desde que lo conocí. Cada latido de mi corazón se partió al notar el brillo en sus ojos cristalizados. La compostura que intenté mantener al fin puede caerse cuando ya no me ve.

Sollozo frustrada. A veces la vida parece un rompecabezas muy complicado el cual nunca me enseñaron a armar.

La experiencia me enseñó a no ocultar que no estoy pasando un buen momento. No tengo esa habilidad dentro de mí, no obstante, Ron se ve más feliz y radiante tras el pasar de los días. En el fondo, las acusaciones de ser el problema que han repetido mis exparejas concuerdan con esta narrativa, así que me trago mi deseo de acercarme porque se lo nota mejor.

Tener que lidiar con un corazón roto, que a quien quieres actúe como si no hubieras existido, que el sujeto obsesionado contigo amenace tu vida privada y laboral, hacerse cargo de tus propios errores que han afectado a otros solo puede empeorar de una forma: Jim desapareció.

Mis amigas han intentado hablar conmigo. No hay demasiado que quiera compartir. Ellas no tienen idea de la realidad; lo que saben es que ya no estamos juntos porque es tortuosamente obvio que hay un asiento vacío en el comedor o que de pronto el actor más importante de nuestro rodaje, acompañado de sus guardaespaldas, ha dejado de compartir palabra con ninguno.

Pretender que estoy bien frente a mi padre en la última escena que tuve que coordinar con ellos fue un golpe duro. Fuera de que haya o no contenido de él con Vesper en las redes, lo que me inquieta es que no me extrañe ni un poco como yo a él. La añoranza en mis ojos es difícil de disimular. Intento mantener la vista en el guion la mayoría del rato.

—¡Corte! —vocifera uno de los señores—. Excelente, Kennedy, está en su *peak* —se jacta—. Este tipo de concentración, esta energía es la que necesitamos siempre.

Lo observo de espaldas recibiendo halagos de esa gente. Es irónico tenerlo a medio metro y que el sitio en el que lo puedo ver cuando lo extraño sea una pantalla. Subestimé lo mucho que nos podemos acostumbrar a tener a alguien al lado las 24 horas. Es extraño no tenerlo presente como primer pensamiento al encender el teléfono o último luego de cenar. Dormir temprano nunca me disgustó tanto.

Regreso a mi departamento arrastrando los pies con el ánimo por los suelos. Emillie aceptó quedarse conmigo. Lleva ya un par de noches evitando hacer preguntas que me incomoden; incluso ella se percata de mi decadencia.

—Regresaste —comenta al verme—, creí que esta noche te quedarías con el actor. Llevan rato sin encontrarse, ¿cierto?

—Nos vemos en el trabajo. —Fuerzo una sonrisa—. Estamos por finalizar las grabaciones.

—¿No viene a tu casa? Oh, ¡ya sé! Te pasa a buscar. ¿Es real lo de que tiene la colección de autos costosos más grande del continente? ¿Has visto alguno?

Adoro su optimismo. En lugar de desearme lo peor en mis relaciones, como podría ser justo, le interesa la historia. Sospecho que es fan de Harvel; en su maleta se trajo cómics con un estilo de dibujo similar.

—Sí... —Respiro hondo, doy media vuelta para que no vea mi expresión—. Eso.

—Qué romántico. —Suspira encantada—. ¿Es distinto a salir con alguien normal? ¿Se ponen apodos bonitos?

«¿Qué karma estaré pagando?».

Abro la boca para responder, un nudo en mi garganta traba mi contestación cortante. Dos golpes en la puerta nos interrumpen. Ella se levanta con rapidez a recibir a los visitantes; sin embargo, la detengo, insisto en que tome asiento de nuevo porque no esperamos a nadie.

No tengo la esperanza de que sea él. Si no quiere volver a verme, asumo que tendrá su justificación. Por la mirilla veo una figura familiar. Confundida, le abro la puerta.

—¿Jim? ¿Qué haces aquí? Son las doce de la noche.

—Ron me despidió —dice cabizbajo—. En el contrato decía que era para servir a él y a ti, así que vine. —Deja su maleta en el suelo—. Por si tú no me quieres echar.

—¡¿Qué hizo qué?! —Lo insto a pasar—. Espera, te puedes quedar conmigo, tengo un cuarto extra. —Cierro la puerta con llave—. ¿Cómo se atreve a despedirte? ¿Le dijiste algo feo?

Jim niega con la cabeza. A juzgar por su expresión, lo ha tomado por sorpresa.

—Pues ni te inmutes, pasa. —Lo abrazo al saludarlo, cojo su maleta en mi izquierda—. Siéntate, hemos pedido nachos. Por cierto, ¿qué decía lo que firmaste con Ron?

—Lo que mencioné. Me pagó varios meses por adelantado así que no he buscado otro trabajo. ¡Si no necesitas mi servicio...!

—Olvídalo, Jim. Él no estará pensando con claridad. —Pongo un platillo enfrente suyo—. Casi se me pasa, Emillie, él es Jim, es nuestro barman. —Lo señalo —. Jim, ella es Emillie, es artista.

—Un gusto. —Le estrecha la mano—. Tu cabello es muy bonito.

—Gracias.

Los dejo solos en lo que termino de abrir las salsas. Tengo el teléfono con las notificaciones activadas en todo momento por si él me escribiera. Sin embargo, no tengo seguro si eliminó su número o me bloqueó. Sus redes sociales tienen un movimiento distinto; debe ser su *Community Manager* porque él no tomaría una fotografía con tal precisión ni con entrenamiento.

No tengo idea de dónde esté ahora y luego de este día tenemos un corto receso de puras escenas donde no aparece.

Muero por saber si soy la única idiota que lo echa de menos a este nivel.

Jim y Emillie han puesto música. Al parecer, a ella le gusta la bachata y él es el servicio completo de entretenimiento. Están animados bailando mientras cuentan chistes; me consuela que al menos ellos estén alegres.

La mini fiesta en mi departamento me hunde en el sofá con una botella de fernet barato de dudosa procedencia. Dudo que exista una cosa que pueda consolarme.

¿Pasé de tener que olvidar a Axel a tener que hacerlo con Ron? ¿Cuándo aprenderé? ¿Voy a morirme dejando que cada persona que ame se lleve un poquito de mí de recuerdo? Sí, es lo más probable.

¿En qué momento me pareció buena idea pillarme del famoso que aparece hasta en las publicidades molestas de mi aplicación de lectura? He tirado mi teléfono a un lado del cuarto y bajado las cortinas para que el póster de Harvel del cine de enfrente no me haga gritar.

En silencio, controlo los libros que tengo pendientes en mi librero. Son de Tom, su mejor amigo. Ron está en las redes, en la TV, en los libros, en las bebidas y cuando cierro los ojos.

Me enrollo en una manta a un costado del sofá, enfadada conmigo misma. Se me da fatal olvidar; creo que este es mi descenso a la locura.

—¡Anímate, Amanda, vamos! —Malibú me jala del brazo mientras Bellini me empuja suavemente por la espalda hasta que logramos entrar a la discoteca—. ¡No voy a dejar que llores por un hombre otra vez! ¡Muévete, ya!

—No, déjenme ser infeliz. —Me lamento por encima de la música.

Me dijeron que me arreglara para salir a comprar libros, me metieron al auto bajo falsas excusas y ahora estamos en un lugar que no había pisado nunca, en la zona más concurrida de la ciudad. Malibú me limpia el rímel corrido, y le dan instrucciones específicas al de seguridad de no dejarme salir sin ellas.

—Esta canción es horrible. —Critico una melodía de amor—. No quiero estar aquí, quiero un kilo de helado y reencarnar en un gato.

—Amanda, mi vida, no puedes dejar que una ruptura te corrompa —me anima Bellini—. ¡Mírate! Eres la reina del planeta tierra.

—Quizá mi alma gemela es un extraterrestre. —Bromeo.

Tiro mi cabeza en la barra de bebidas como si fuera una almohada y ordeno una botella de refresco de cola y una Fernet Branca. El cabello me cae en la cara y sospecho que el laborioso maquillaje azul en el que se empeñó mi amiga terminará dejándome como un payaso pronto. La mitad de los brillos han quedado en una servilleta.

—Mejoraré, lo prometo —mascullo.

—¿Está ocupado? —Un rubio se entromete en nuestro grupo—. Oye, ¿tú no eres la hija de Adler Brandy?

«Odio aquí. Odio a la gente. Odio esta disco».

—Ella no habla —responde Malibú—. Estamos en medio de un asunto importante, necesitamos privacidad, por favor.

—¿Qué puede tener mal a alguien como tú? —indaga el chico—. Vamos, si me regalas una sonrisa te doy la bebida —Estira el cuello hacia el cartel—. ¿Te gustaría un ron?

Suelto un quejido tan alto que espanta al que estaba trayendo las botellas, al rubio y a unos adolescentes que acaban de entrar. Malibú sostiene con dulzura mi cabeza y reacomoda mi cabello con paciencia mientras suelta un discurso sobre el romance juvenil del cual no presto ni una pizca de atención.

—Ay, Dios —resopla frustrada—. El amor es una mentira, Amanda. Es una estrategia del capitalismo, ¡es una condena interminable!

—Me gustan las mentiras —hablo entre dientes.

Bellini mezcla mi pedido detrás nuestro. La suerte que no tengo en el amor, el universo me la compensa con amistades que me demuestran su cariño incluso en mis momentos más vergonzosos. No me han reclamado, solo soportan mi desastre emocional hasta que me recomponga, lo mismo han hecho durante años.

—Te lo juro, nómbrame un romance que haya sido para siempre —insiste Malibú—. Es una farsa hecha por los artistas para tener un concepto del cual sacar ideas interminables, como libros. —Me agita—. Hablando de libros, pronto llegarán Tom y Margarita, los he invitado.

—Esa gente se detesta.

—Eso dicen —Malibú rueda los ojos—, pero he leído muchos mangas, así empieza.

—Extraño a Ron. —Me recargo en su hombro—. Ya no iremos a Japón.

—¿Dónde? —Bellini frunce el ceño—. Ya basta, Amanda, llevan como una semana o dos sin verse. No te vas a morir.

—Me voy a morir si se me da la gana. —Me cruzo de brazos—. Pásame la botella.

—¡No! —Me aparta de un manotazo—. Toma este vaso, lento y moderado, que te conozco.

—Te conocemos —recalca Malibú—. ¿Cuánto has bebido hoy?

—Uno o dos... «litros». Combinados con refresco.

Quedo varada en la zona del bar en el momento del baile. A cada hombre que intenta llevarme a la pista le respondo peor, enojada en un rincón lleno mis tragos al tope hasta que se me congelan los labios.

Después de unas horas me largo al baño, la larga fila es un detonante peligroso para mi cerebro. No recuerdo la contraseña de mi teléfono. No he hecho el *show* suficiente que mi cuerpo exige, aun así, soy orgullosa. Actúo de tal manera porque no hay forma en la que él sepa de mí.

El baño está lleno de chicas arreglándose. Al salir del cubículo me quedo parada tiesa en medio de ellas, escudriñando mi reflejo. El vestido de lentejuelas negras, las estrellas en mi *look*, el spray que hace brillar mi cabello, ni las joyas devuelven la luz en mi mirada. Diría que esto es lo más bajo que he caído por alguien, pero mentiría.

Está en el top dos, justo después de mi ruptura a los catorce años. Me cortó por un audio de WhatsApp en Navidad.

—Querida, quita esa cara —me anima la mujer en el baño—. Los hombres no valen la pena.

No le respondo, me acerco al espejo a limpiar mi labial corrido. La música de afuera ha cambiado a un reguetón lento. Tengo la impresión de que me he descompuesto porque ni aquello me anima a bailar.

—¿Necesitas ayuda? Pareciera que vas a un funeral.

—Mmm.

—¿Quién te tiene así de triste? —inquiere. Supongo que debo de verme lamentable ante ojos ajenos.

—Ron Kennedy —exhalo.

—¡Oh, joder! —Queda boquiabierta—. Pues sí, sí tiene sentido. —Se lleva las manos a las caderas, preocupada—. ¿Quieres un pañuelo?

—Lo que quiero es salir de aquí, la fiesta me aburre —bufo.

—Llámale, ¿no? —propone ella—. Arréglense.

—¿Puedes ayudarme a escapar? —Hago un puchero—. Será rápido.

—¡¿Te quieres ir sin pagar?!

—Es que mis amigas me secuestraron. —La tomo del brazo—. Están intentando que se me pase la tusa.

La muchacha me acompaña a agarrar las bebidas, un postre y limpiar la máscara corrida de mis ojeras. Sus tacones son inmensos; es tan alta que apenas le llego por encima del hombro con mis zapatos normales. Nos escabullimos entre la multitud para que mis amigas no nos vean.

Al cruzar enfrente de los de seguridad, uno se nos queda viendo como si hubiera captado un fantasma. Preocupada, le recuerdo que no me dejarán irme si me pillan. Ella disimula tratar de besarme hasta que los señores nos apartan la mirada.

Corro la mitad de una cuadra con mi bolso rebotando en mis muslos. Ninguna tiene espíritu deportivo. Victoriosa, estiro el cuello y elevo la vista para sonreírle en agradecimiento.

—Estoy en deuda contigo —digo riendo, sin aire—. Muchas gracias... —No me ha dicho su nombre.

—María. —Me da la mano—. No hay de qué, para eso estamos.

—María dice. —Ríe otra mujer detrás suyo; esta aparece por arte de magia—. Ya vámonos, ¿ya conseguiste lo que querías?

—Así es. —Me arrebatan las botellas de los brazos—. ¡Gracias! Cuídate, esta ciudad de noche es caótica, hay raritos sueltos.

De eso no me queda duda. ¿Por qué carajos su acompañante iba vestida de mariposa? ¿O era un hada? Estaré muy borracha.

Doy vuelta en busca de un taxi, grito del susto al encontrar a Margarita. Retrocedo con las manos en alto, lento. Mis amigas han salido corriendo detrás suyo en mi búsqueda, al final Tom carga sus bolsos riéndose de ellas. Hay latas vacías en el piso, los transeúntes chocan conmigo sin clemencia y el olor de afuera me recuerda por qué no salgo sola. Toso asqueada del humo.

Estamos reunidos en un semáforo. Una Malibú harta se aproxima a mí mientras Bellini abre la puerta de su auto. Las luces se tornan rojas. Solo distingo sus gritos al cruzar la calle. Llego a la acera sana y salva. O eso creía.

Un gran salón tiene decoraciones de superhéroes en su entrada. Al principio supongo que es un cumpleaños infantil. Sin embargo, me tiemblan las piernas al toparme con un hombre vestido como el soldado de cristal, luego otro, tras otro.

Margarita logra atraparme, me asfixia en su fuerte agarre. No reacciono a eso, anonadada permanezco de piedra observando a la gente salir. Son decenas de personas disfrazadas de personajes de Harvel. Para mi desgracia (o bendición), el último estreno de la saga ha triplicado la popularidad del de Ron.

Hay un par con cosplay idénticos a los cuales me cuesta ver a los ojos. Consigo de alguna manera soltarme, hipnotizada por tantos imitadores.

—Es una convención —explica Tom—. Déjenla, un local repleto de frikis es el sitio más tranquilo que encontrará abierto.

Con cautela, me cuelo en la fila de regalos. Hay un grupo pequeño de adolescentes hablando sobre él. Los sigo en secreto alrededor del salón hasta que por fin los consigo oír en su salida. Uno tiene su tablet encendida enfrente del grupo, andan revisando un video musical.

—¿Será que Vesper colaborará en el *soundtrack* del *spin-off*? —pregunta al aire uno de ellos—. Se ven bien juntos.

—Pues tienen química.

—Duh, ni siquiera la mira en el videoclip entero. —Ríe la niña—. No se entiende de qué va, igual él me gusta, ojalá se deje la barba.

Margarita pone una mano en mi cintura, atrayéndome junto a nuestro grupo de amigos. Me miran con cierta pena. Trago mi orgullo.

—Escribí el plan, yo misma pedí la colaboración. —Me cruzo de brazos—. ¿Tengo algo en la cara o qué? No me vean así.

—Qué alivio. —Suspira Malibú.

—Repite esa parte —piden los fanáticos que estaban viendo el video. De reojo, noto cómo Ron pone su mano en el cuello de ella y se acercan. La imagen se torna oscura—. Hacen linda pareja.

—Amanda. —Bellini corre hacia mí—. No sabes cuánto nos tranquiliza eso, intentamos todo el día que no lo vieras.

Repito el clip en mi mente.

«Ese es su trabajo. Ni que se hubieran besado».

«Está perfecto».

«Si quisiera besarla, está perfecto».

«Si ella le atrajera, está genial».

«Está bien».

«Estoy divina. Fina. Divertidísima».

«Todo muy bien».

Incluso si, por alguna razón, se enamorada de ella...

—¡Sosténgala! —grita Malibú—. ¡Amanda! ¿Cuánto has bebido? Joder, ¿cómo vas a vomitar aquí? Nos van a multar.

—Jesús —farfulla Margarita—. Ven, sostén su cabello, ¡ten cuidado con tus zapatos! ¿Deberíamos ir al médico?

—¡Cállense, mierda, da igual! —les grita Tom—. ¿Habrá comido un alimento podrido?

—No. —Tengo una arcada—. No he comido casi, perdón. —Otra arcada, ellas se alejan de mí—. Me dio asco de repente.

—Al auto ahora mismo —exige Malibú—. ¿De quién fue la idea de sacarla de fiesta? Para que no lo dejen opinar nunca más.

—¿Por qué los fans de Harvel existen? —rezongo mareada—. ¿Por qué de pronto les gusta tanto ese maldito personaje? —Me froto los ojos—. Lo odio, espero que el monstruo morado chasquee los dedos de nuevo.

—Métanla al auto, ya —gruñe Malibú—. ¿Cómo es que tiene más fuerza que ustedes? Está loquísima hoy.

La resaca de la mañana siguiente me hace caer de la cama; el dolor de cabeza nubla mis pensamientos. Estoy tan débil que el teléfono me pesa. Sedienta, me dirijo a la cocina mientras reviso mis correos.

Considero seriamente inventar que estoy enferma para no ir a trabajar. No diré "no vuelvo a beber" porque sé que volveré a hacerlo de peor manera si se me presenta la ocasión.

Me acabo el jugo de fresa leyendo largos correos sin sentido, hasta que un contacto que no había visto aparece arriba de los demás; acaba de ser enviado. Es un texto largo proveniente de **GinebraUW@Astromail.com** en respuesta a **TomCollins@Astromail.com** enviado ayer a las tres de la madrugada.

@Tom Collins:

"¡Hola Ginebra! Disculpa, ¿tienes idea de dónde se ha metido Ron? No está en su casa, en ninguna de ellas, eliminó su número y faltan 95.000 dólares en su cuenta clandestina".

@GinebraUW en respuesta a **@TomCollins:**

"JAJAJA cuenta clandestina, tú y tus bromas. ¿Sabías que los correos son considerados pruebas legales? Tan chistoso. Pidió una semana libre, ¿no está con ustedes? Dio a sus guardias vacaciones, creí que tendría un momento propio".

«Oh, no».

Correo de **@GinebraUW** reenviado a **@AmandaBrandyM:**

"Perdona que te moleste, Amanda. Tengo entendido que ya no tiene trato con mi cliente, de ser el caso, ¿nos lo notificaría, por favor? Estamos preocupados. Igual si sabe dónde podría estar. Lo necesitamos aquí, ya lleva dos días desaparecido.

Desde ya, gracias. Perdona si esto es imprudente.

Le desea buena jornada,
Ginebra".
Apago la pantalla.

Preparo mi desayuno con precaución de no hacer ruidos fuertes que despierten a mis *roomies*; necesito energía. Aún tengo que ir a la farmacia por algún medicamento que me ayude a sobrellevar la resaca. Releo cuatro veces más lo que me escribieron.

Controlo precios en línea; hay detalles que coinciden, otros que no. Lo que tengo claro es que sí, sí tengo idea de dónde puede estar.

26
limonada sin azúcar

* * *

RON KENNEDY

Nada de lo que hago para alejar mi mente de ella funciona.

—Bienvenido. —Vesper me guía dentro del edificio—. La barra de bebidas está arriba. Aquí es para tomarte fotos, y en el segundo piso está la pista de baile —se aclara la garganta—. Por si quieres acompañarme.

—No, gracias.

—Claro, no es lo tuyo. —Suelta una risita nerviosa—. ¿Te apetece un trago? He visto que Jack se quedó allá, tengo entendido que ustedes son amigos.

—Sí.

Vesper es el centro de atención; mientras el resto de los invitados va de negro, ella está vestida de rosa. Su perfume se percibe más allá del aroma de los aperitivos. Entramos juntos porque no me gusta ir solo, pero esto hace que quieran interactuar conmigo. Sin embargo, esto es lo opuesto a pasar desapercibido: las miradas de las celebridades presentes están clavadas en nosotros.

Releí el contrato cláusula por cláusula doce veces; en ninguna tengo que hacer algo que exceda mis límites simples como que no me toquen sin consultarme.

Disimulo lo ocurrido comentando que hace frío dentro, pese a que estoy sudando. Este tipo de fiestas hechas para personal del medio son bastante aburridas si no vienes a posturear o drogarte.

—¿Has visto que las cuentas de cotilleo resubieron nuestras *stories*? —pregunta Vesper.

—No.

—¿Quieres bailar?

—No, gracias.

—Es duro tratar de hablar contigo, ¿sabes?

—Es que no me gusta hablar.

—Oh, entonces ¿quieres escucharme?

Tampoco. Quiero volver a mi departamento. Esto fue una mala idea.

—Tengo sed, subiré un rato. —Ignoro su pregunta.

Creo que prefiero pasar esta noche encerrado viendo la película de mierda que recomendó Tom.

Esta es la única situación donde fingir demencia no me ha funcionado. Me afecta más la pelea con Amanda que haber tenido que firmar esta tontería. No es que me muera si no estoy con ella (eso a medias), sino que siento que mi vida vuelve a ser aburrida como antes, algo que me encantaba, pero ahora se siente vacía. Como si le faltara una ficha al juego para disfrutarlo.

Ambos somos esas fichas que no terminan de encajar donde deberían, como un dúo con complicaciones de fábrica. Gente que escoge el lado equivocado, como Bonnie y Clyde.

Repensando, bajo la resaca de un par de libros de romance y podcasts de autosuperación, creo que no hemos actuado de la mejor manera. Ignoro el pequeño detalle de que ese plan tuvo que haber pasado bajo la aprobación de Adler Brandy; es más, debe ser él quien lo haya propuesto en primera instancia.

Lo que no me cuadra es por qué intentaría negar lo que no es real. Me gustaría saber qué le dijo Amanda. Me gustaría saber lo que pasó desde su perspectiva y, como está claro, es tarde para preguntar.

Observo el mini tatuaje que nos hicimos. El profesional tenía razón; al ser una línea fina, clara y un dibujo pequeño, es probable que se estropee. Ya se ve distinto al primer día en que se hizo.

Subo al piso que me indicó. Hay muchas partes que me agradan de tener una "mala reputación" entre los famosos. Por tenerme miedo u odiarme, nadie se me acerca. Eso no evita que me vean en silencio como un bicho raro; estoy acostumbrado.

Tomo asiento en la barra semi vacía, ya que todos los invitados están abajo bailando. Respiro hondo. Al menos estoy tranquilo.

—Ron, al fin te vuelvo a encontrar —Jack choca su copa con la mía—. ¿Y tu novia? A... Mmm, Aurora o algo así.

Hablé muy pronto. Ugh, este tipo. Incluso la empresa lo detesta por andar filtrando tantos secretos.

—Terminamos.

—Oh, qué pena, hombre. Parecía una buena chica. —Palmea mi hombro—. Mira el lado bueno, estar soltero es un mundo de oportunidades.

—Ajá.

—Aunque ni tan soltero, que te he visto entrar con Vesper. —Me da un codazo —. No pierdes el tiempo ni un día, ya quisiera ser como tú. —toma asiento al lado mío.

—Supongo.

—Entonces, Aurorita está libre. Interesante. —Bromea. Sé que es apropósito para molestarme y lo peor es que sí, me enfada—. ¿Tienes su número?

—No tengo teléfono.

—Para que no te reclamen. —Se asombra como si le hubiera revelado el secreto para convertirse en buen actor—. Pff, quisiera aprender de ti. —Jack pide otra botella—. Tú sí que eres impredecible, ¿quién lo diría? Con esa cara de yo no fui.

Suspiro triste. Solo demuestro lo desganado que estoy porque sé que a nadie alrededor le importa.

—Eso dicen.

—Entre nosotros, ahora que se ha acabado, qué buena está la Aurorita. —Ríe Jack—. ¿Te jodes si le hablo luego? Necesito alguien que me acompañe a las galas también. El rollo de enmascarados secretos me va bastante.

Debo haber cambiado mi expresión porque la sonrisa divertida de Jack se desvanece. Bebo el largo trago amargo que me ha ofrecido, sintiéndome estúpido porque está claro que no estoy ni cerca de superar a Amanda. ¿Qué estoy haciendo pretendiendo que ya no me importa?

¿Debería llamarle? No tengo idea de cómo, desactivé mi número porque me conozco.

¿Recordaré su número de memoria? Su foto de perfil, hace dos semanas la cambió a ella con un peluche del gato que le gusta y su nuevo libro favorito del mes.

—¿Has visto a Vesper? —Cambio de tema.

—En la pista.

—Gracias. —Me levanto—. Por cierto, estaré en la alfombra roja del próximo estreno, no he confirmado la fiesta.

—Oye, no me has dicho nada de la modelo esa. Incluso la intenté buscar, no sigues a nadie llamado Aurora. —Saca su teléfono, sonriente e ingenuo como siempre—. Tengo un recuerdo borroso de haberla visto antes. En los primeros años, cuando me contrataron, iba de fiesta en fiesta y todas las mujeres en este país se parecen.

—Nadie es como Aman... —carraspeo—. Lo dudo, nadie se parece a ella.

—Como digas, hermano.

No hay problema, gusto en verte. —Finjo una sonrisa—. Por cierto, yo que tú me buscaría más papeles. ¿Te has enterado de los rumores de que quieren echarte? —le susurro al oído—. Ya sabes, no les gusta que estés filtrando. Al principio es chistoso, es *marketing*. —Río de verdad—. Luego es preocuparse por ti.

—¿Eh? ¿De qué hablas?

—Yo también me preocupo por ti, hermano. —Pongo una mano en su hombro —. Nosotros en el estudio nos preocupamos por tu... Mmm... ¿cómo lo digo sin que suene mal? Tu capacidad mental. Nos preocupa que seas así por naturaleza y no por tu personaje.

—¿Por qué nadie me lo ha dicho?

—No se dicen a la cara —me encojo de hombros—, como el cuarto Spiderman. Planean traer al animado a *live action*. ¿Te has enterado? Lo bueno que tiene Man-Spider es que podemos tener tantos como queramos, le damos uno nuevo a la gente y nunca se quejan.

Jack se nota consternado y yo me siento un poco culpable. Dentro de todo, es solo un idiota. No habla con malicia, no habla con la cabeza.

—Un día eres Peter, el otro eres el viejito que sale en el *crossover* —lo animo—. Mira el lado bueno.

—¿Cuál?

—Eso sí ya no sé, soy miope. —Reacomodo mis gafas—. Mirar no es lo mío.

Dejo el vaso medio vacío en la barra. Más personas están entrando a este sector y ya no me apetece quedarme. Las luces se apagan, es mi señal para huir. Me pregunto si en algún punto voy a dejar de entrar a una habitación y sentir que no pertenezco a ese ambiente.

—En fin, ya regreso —le aseguro a Jack.

«No voy a regresar».

Bajo a la entrada. Uno de mis guardaespaldas me espera apenas salir con su teléfono en la mano. Me lo ofrece sin hablar. Confundido, veo que tiene una llamada entrante de un contacto llamado **Tomás**. Sigo en camino al auto mientras respondo la llamada. Supongo que será importante para que me lo pasen. Ni siquiera sé de dónde consiguió el número de mi guardia.

Espero hasta subir al auto para contestar. Él se para frente a la puerta del piloto controlando alrededor. Deslizo el botón verde.

—¿Aló?

—Aló ni una mierda, ¿dónde andas? —exclama Tom—. ¿Se puede saber para qué desactivas tu número? ¿Te estás volviendo loco?

—Sí, pinta que sí.

—Ron, por amor a Dios. —Suspira—. Mira, te conozco y te diré que ni se te ocurra tomar decisiones precipitadas por hacerte el chistoso. Tienes que regresar, acabar de filmar y seguir. ¿En qué andas? Son las doce de la noche y si no estás conmigo, tu equipo o tus amistades, no puede ser buena respuesta.

—En la fiesta de no sé qué de Vesper.

—Oh. —Cambia el tono a uno sorprendido—. ¿Y la estás pasando bien?

—No, ya me voy. —Enciendo el auto—. Déjenme en paz, quiero estar en soledad.

—Lo entiendo, llamaba para asegurarme de que sigues con vida porque... —Se aclara la garganta—. Porque he visto a una de las partes involucradas y, como tú eres peor, me asusté.

—¿Partes? —Arrugo las cejas—. ¿Estás con Amanda? ¿Cómo está ella?

Hay un corto silencio cuando desactiva el micrófono. Me percato unos segundos antes del ruido de la carretera.

—Ha tenido días mejores.

—Me refiero a qué está haciendo. ¿Está feliz?

—Creí que eso no te interesaba más.

—Respóndeme, Tom.

—Está distinta. —Chasquea la lengua—. Aunque es lo que me esperaba, ya se la llevaron sus amigas. Estará bien, espero.

«Distinta», sobreanalizo. Odio que los escritores nunca dejen las cosas claras. No está "bien" o "mal", está "distinta".

«¿Qué demonios significa eso?».

—Vale, hablamos pronto. —Corto.

Le devuelvo su teléfono a mi guardaespaldas. Le doy instrucciones precisas de que bloquee a todos los individuos que intenten hablar conmigo a través de él. De todas formas, planeo darles un par de días libres debido a un viaje personal.

Me siento fatal ahora mismo. Necesito huir a un sitio donde cada cosa que conozco no grite su nombre. Tengo la impresión de que si esto no se soluciona y ese hotel fue la última vez que estuvimos juntos, nunca podré volver a hacer todas las actividades que compartíamos.

Voy a escapar al único lugar donde sé que me sentiré peor.

«Mucho peor».

El sur de Dublín es en realidad un área algo peligrosa. No tengo recuerdos nítidos de la última vez que estuve aquí; ya han pasado varios años. Me hubiera perdido de camino a casa si no recordara que hay una escuela y un cementerio unas cuadras antes.

Este es el último sitio donde me buscarían, por eso tomé mi maleta, un vuelo sin regreso, y dejé al personal de vacaciones. Soy consciente de que no esperan mucha inteligencia de mí, pero ¿ir al lugar donde he mencionado múltiples veces que quiero escapar? Tampoco soy tan idiota. Además, no quiero asociar un futuro viaje con un recuerdo triste. Tenía otros planes. Y quizá ya nunca pueda cumplirlos.

Aunque el barrio se haya modernizado, los grafitis en ciertas tiendas siguen allí, y el clima gris de esta temporada también. Es un cambio notorio conducir en la tranquilidad de estas calles comparadas con las de Nueva York. Apago la música para que mis pensamientos ruidosos tengan más espacio en el auto vacío.

La casa está en un sector poco concurrido. En cierto momento, me cuestiono si estoy en el camino correcto, ya que no hay nadie más. Lástima que sea tarde para volver atrás. Golpeo la puerta un par de veces sin ningún efecto. Dudo sobre regresar al auto y buscar un hotel. Otra vez, llamo a la puerta.

—Hola, Ron —saluda un señor mayor cuya barba le cubre el cuello—. ¿Qué quieres?

—¿Puedo entrar?

—No lo sé, ¿puedes? —Sacude sus manos en el pantalón, su voz es áspera, y suelta una risita—. Pensé que nos habías dado por muertos hace más de media década.

—Quiero entrar a mi casa un segundo —farfullo.

—Que hayas aportado lo que hayas aportado no cambia que los papeles están a mi nombre —informa—. Me toma por sorpresa que recuerdes que tienes una familia. —Abre la puerta—. Apresúrate.

Con las manos en la espalda, echo un vistazo al salón principal. La sala sigue teniendo la misma decoración rústica vieja. Oigo la radio sintonizar una emisora local con mala señal y a mi padre bajar mis bolsos del maletero. Ninguno de esos sonidos termina por agradarme.

Solo queda una foto grupal nuestra, arrugada en un fino recuadro entre el resto. No hay ni una sola mía en individual. Lo veo cruzar el largo pasillo que conecta la sala con las habitaciones. Hacia el patio, hay un quincho moderno que resguarda su armario de bebidas. Entre lo que me ha ayudado a cargar, está una botella de champagne. No recordaba haberla traído, debí armar la maleta borracho. Se queda mirándola; sabrá más que yo sobre la botella.

—La compré hace unas dos semanas, no la he acabado —explico sin mucho interés—. Quédatela.

—Esto es nuevo. —Mi padre destapa la botella—. Creí que odiabas el alcohol. ¿Qué te ha hecho cambiar de opinión? ¿Por fin has dejado esa tontería de "yo no tomo"?

—No te incumbe.

—Como sea. —El sonido del líquido llenando la copa rompe el silencio entre los largos lapsos que tardamos en contestarnos—. ¿A qué has venido, Ron? ¿Es uno de esos ejercicios locos que hacen los actores para prepararse para un rol de psicópata? Supuse que, luego de hacer ese *show* e irte, no volverías.

—No lo hice. No lo haré, así que sí, es un tipo de ejercicio.

—Debes estar muy miserable en tus grandes ciudades brillantes para regresar a esta granja.

—El plan no es venir a socializar contigo. —Corto la conversación—. Necesito un par de días, no los molestaré. Estaré en mi cuarto.

Él asiente. El sol está poniéndose y no hay rastro de que haya otra persona en la casa. De reojo, reviso su colección de botellas. Ha crecido el doble; hay mínimo unas treinta. No es sorpresa; este señor siempre ha sido un alcohólico.

Y yo siempre había tenido un odio irracional hacia las bebidas alcohólicas porque creía que era aquello lo que me impedía tener un buen padre. Pensaba que, si en algún momento conseguía mantenerse sobrio, podría ver una mejor versión de él que sí quisiera estar conmigo. Fue un tanto agrio empezar a beber y darse cuenta de que el alcohol no es un veneno mágico que cambia a las personas. Aún tienes control sobre ti, en especial si estás acostumbrado a tomar, sigues siendo tú.

Así que todo este tiempo el problema fue otro. Mi madre hubiera estado decepcionada de descubrirlo.

—Tu cuarto no está disponible —avisa—. Tu hermano lo convirtió en su taller desde que te fuiste.

—¿Está aquí? Pensé que se habría mudado hace rato.

Subo al piso de arriba sin responderle. Nada queda de lo que era mi cuarto más que la ubicación. Tengo la impresión de haber atravesado la puerta equivocada. El taller está lleno de elementos decorativos, poliestireno, madera, muñequitos, plástico. Aún huele a pegamento. Hay dos maquetas reposando en el lugar donde debía haber estado mi cama. Una de ellas es una pista de carreras; la otra, un edificio a base de palitos de helado.

Es un desastre. Hay papeles tirados por el piso; me cuesta recorrerlo sin pisar uno de los planos. Las paredes están repintadas con diseños extraños y fórmulas matemáticas a medio borrar cual si fuera un pizarrón. No distingo una sola de las operaciones matemáticas.

Un montón de libros apilados amenaza con tambalearse. Distingo un par de títulos de Tom. No hay cintas, posters o máscaras. Habrán tirado mis pertenencias. Camino de espaldas admirando la vista hasta que mi hombro choca con una superficie sólida.

—He-Hey —habla una voz masculina una vez la puerta del dormitorio rechina —. Mmm, mi papá no me avisó que vendrían visitas, lo siento si interrum...

Doy media vuelta, reconozco esa manera de hablar. Parece haber visto un fantasma, retrocede un par de pasos, pasmado y tan pálido que me preocupo. Boquiabierto, su mirada revela lo mucho que está intentando recordar. Tiene un poco del asombro que suelen demostrar mis fans apenas conocerme; eso me habla de lo desconectados que hemos estado.

—Perdón por no avisar, estaba mirando, no toqué nada —aclaro nervioso—. Hola, buenas tardes.

Mi hermano no termina de creérselo. Con los ojos bien abiertos, no disimula al escudriñarme. Cierra la puerta con torpeza, golpeándose el dedo en el intento. No aparta el contacto visual conmigo y aprovecho para tratar de acomodar el vago recuerdo de un adolescente en el hombre enfrente; no tengo mucho éxito en ello.

—¿Qué haces aquí? —murmura.

Me esfuerzo en no verme tenso. Tengo un modelo a seguir en las reuniones sociales y es el mismo que uso ahora. Como si ser carismático pudiera cortar la tensión.

—Un ejercicio de actuación —respondo animado, lo más animado que puede estar uno en su peor semana del año.

—Ah, claro. —Ríe—. Pues bienvenido. Supongo que también es tu casa; pagaste la mitad. —Aparta una silla de su escritorio—. ¿Quieres tomar asiento? ¿Tienes hambre? ¿Prendo el aire?

—Estoy bien, gracias.

—Perfecto. —Controla su teléfono de manera fugaz, como si quisiera ver si tiene notificaciones en su pantalla de inicio y lo apaga al instante al comprobar que no—. ¿Estás de incógnito? ¿Son como vacaciones? ¿Nadie te ha visto? —indaga confundido—. ¿Te han pagado para viajar? Escuché que el nuevo presidente ha intentado atraer turistas a Irlanda, pero esto me parece demasiado.

—¿Qué es lo trascendente en que venga por mi cuenta? —pregunto riendo, un tanto incómodo ante la reacción de mi familia.

—Bueno, dijiste que no ibas a volver ni aunque el diablo te lo pidiera, los cerdos volaran o estuvieras al borde de la muerte —cita contando con los dedos—. Que nos odiabas y que dejáramos de responder a la policía sobre el gato que robaste.

—No me lo robé.

—Eso no lo recuerdo, apenas estaba por terminar primaria —le resta importancia—. Si no fuera por Harvel, hubiera olvidado tu rostro. —Aquello no suena a un reclamo, sino un agradecimiento a la franquicia.

—¿Cómo ha ido eso? —Ladeo la cabeza hacia las maquetas, es mi acto de buena fe cambiar el tema—. ¿Proyectos inútiles de último año?

—Estoy a mitad de carrera —comenta con calma—. Estudio arquitectura, eso lo tengo que llevar esta noche a la universidad.

De pronto, la diferencia de edad entre que huyera apenas terminar el instituto y que él esté cerca de conseguir un título me hace ruido. Un montón de detalles que he ignorado regresan como una bola de nieve cayendo de una montaña.

—¡Wow! ¿A cuál vas?

—¿La de la capital? —cuestiona como si fuera obvio. A mí eso me da vueltas. No comprendo cómo ha podido sobrellevar compartir techo con el lunático de nuestro padre y estar cuerdo, alegre. Es como si una pieza no encajara.

—¿Papá te ha ayudado en eso?

—Él me ayuda a transportar las maquetas dos veces a la semana —agrega. No es hasta ahora que noto el cansancio en su voz, el sudor corriendo bajo su cabello corto —. Es esta hora la que tengo libre. Acabo de llegar de mi trabajo caminando; él también me pasa a buscar. Creí que le pasó algo hoy; veo qué es lo que lo entretuvo. —Clava su mirada en mí.

Trago grueso.

Me resulta inaudito que sus sueños encajen con su estilo de vida y con esta familia. Siento como si me hubieran quitado el abrigo en medio de una tormenta de nieve; parte de mi consuelo era pensar que este hogar era un ambiente tóxico en el que nada podría florecer. Devuelvo mi mirada a las maquetas. Tienen figuras hechas de forma artesanal en madera; eso solo lo hace mi padre. Arquitectura es un camino con mayor seguridad a sus ojos, ¿es uno en donde no se ríen al escuchar sus metas?

«Quizá lo que no apoyan es el arte».

«Al que no quieren era a mí».

Da igual.

La alarma de su teléfono suena. Es la hora en la que debe salir si quiere llegar a tiempo a su trabajo. Tiene un horario corto, de medio tiempo, en lo que a juzgar por el uniforme es una tienda de comida. No insisto en emitir palabra; él tampoco. Desaparece igual de fugaz a cómo llegó. Cruzo con mi padre en varias ocasiones al ir y venir acomodando mi equipaje, que consiste en mi pasaporte, tarjetas, teléfono, tres camisas, una caja de papas fritas y otra de dulces.

En el sofá de la esquina del ático, busco en modo incógnito las redes sociales de nuestro círculo de amigos. Por medio de una cuenta falsa, trato de unir cabos sobre qué pasó ayer. Margarita y Bellini subieron fotos en la misma disco; Tom en un café de la zona a las dos de la mañana; Malibú tiene la cuenta privada.

Amanda, como siempre, parece no existir en las redes sociales. Sin embargo, esta vez publicó una cita literaria que dice: *Es difícil predecir cómo serán las cosas que nos harán felices*. Hay un párrafo después de eso, pero me detengo ahí.

Espero que esté mejor. Me autoconvenzo de ello. Lo necesito. Tampoco tiene su vida resuelta allá, y detesto que Axel siga arruinando sus días. Tiene demasiada carga con la que lidiar como para que él y su prometida sean otro problema más. No entiendo cómo alguien tan enérgica y brillante como Amanda quiere esconderse, pero quizás ha sentido la presión a través de su padre. Me falta información.

Estaría mejor si nunca hubiera conocido a ciertas personas. Después de la discusión, me aterra un poco entrar en esa lista. El ambiente es incómodo, me recuerda que no encajo aquí de ninguna forma. Bajo a la cocina por un vaso de agua cuando mi batería se agota. No tengo noción del tiempo; la puerta que da al patio ya no trae sol y la mitad de la luna no ilumina mucho.

Me siento diferente en este suelo, y no consigo descifrar si este yo me cae mejor o peor. Al menos es distinto. Termino de servir el agua cuando alguien irrumpe en la cocina. El aroma de tostadas se siente antes que su presencia.

—Regresaste.

—Acabó mi clase. —Mi hermano saca un par de aperitivos de una bolsa de papel—. Me sorprende que sigas aquí, te traje un sándwich.

—¿Por qué te sorprende? Tengo una buena capacidad para lidiar con quienes no pueden soportarme.

—No es eso, Ron.

—Pues entonces actúan genial, es como si les importara una mierda, desde hace tiempo.

Estoy a la defensiva, aunque no recuerdo muchas ocasiones en las que no esté así. Hay un patrón tóxico en no dejar entrar a nadie y, si lo hacen, no dejar que rompan mis murallas, tener un arma contra cualquiera que pueda hacerme daño; soy lo suficientemente profesional en mostrar lo contrario, hay un personaje entrañable que flota por encima de mis flaquezas.

—Actúas como si fueras el único al que se le murió la madre —responde con calma, su actitud impasible hace que nada de lo que diga suene agresivo   . Era un niño y un señor con un matrimonio complicado sin entender lo sucedido. Apenas comprendía la tecnología, el mundo del espectáculo menos, por supuesto que no iba a entenderte.

—Sus acciones no me consternan.

—Lo hagan o no, no deberían. Dudo que alguno de los dos te entienda aún; hablamos diferentes idiomas.

—Ya.

—Eso no es malo —susurra mientras limpia la vajilla, dando la impresión de tener estudiado qué decir—. Eras diferente, tenías una visión sobre el arte, el mundo y tu lugar en él mucho más ambiciosa que la nuestra. Es bueno porque ahora eres el mejor actor, sí. No fuimos de mucha ayuda, pero de todas formas no hubiéramos podido hacer mucho.

—No quería que hicieran una mierda por mí —digo apático—, quería que no me trataran como si no hubiera podido lograrlo, ni siquiera se interesaron en escucharme.

—¿Y eso te detuvo?

—En fin, no lo entenderías —concluyo, queriendo acabar la conversación—. También sé que queremos y vivimos experiencias distintas. No intentes explicarme mis vivencias, no puedes ponerte en mis zapatos.

—Tú tampoco en los míos.

—*Touché.* —Tengo medio pie fuera de la cocina, pero él sigue sin quedar satisfecho.

—Vale, en ese caso, como entiendes que también tengo derecho a hablar sobre esto; solo quería pedirte que no alteres a nuestro padre en medio de tu ejercicio creativo. Está ya bastante mayor.

—Pff.

—Él está orgulloso de ti.

—¿Entonces por qué no me buscó?

—Dime que no lo hubieras negado o rechazado, adelante —pide cansado. No niego sus acusaciones—. ¿Ves? Te conocemos, con que estés bien de lejos es suficiente. Nosotros estamos estables.

Tomo un largo tiempo para respirar hondo hasta calmar por completo mi interior y tono.

—Vale, sí hubiera hecho eso.

—Lo entiendo, tampoco hemos hecho todo perfecto, no lo somos. —Se sirve un vaso de limonada—. No te ensucies de odio por eso, por ti, no tiene caso. Las cosas son mucho más fáciles de sobrellevar cuando te das cuenta de que nadie se equivoca para hacerte daño; se equivocan porque no saben hacerlo mejor. Nos hemos disculpado por eso.

Río molesto. No es el primero que me dice eso; Tom lo intentó cuando le conté sobre mí. Sin embargo, es más simple decirlo cuando no lo has experimentado.

—Provecho.

—Gracias. —Me ofrece su platillo con un sándwich cortado en triángulos—. Te aseguro que serás mucho más feliz cuando dejes de creer que toda la gente busca dañarte. —Deja el vaso en mi mano—. Tienes premios, dinero, éxito, fama, ¿cuál es el problema? Conseguiste lo que querías.

—Me faltan aprender un par de cosas. —Chasqueo la lengua—. Es complejo.

Como convertirme en el actor favorito de Adler Brandy, romper récords con los Oscars, diseñar mi propio coche, mover mi carrera al mundo cinematográfico y guiar a los actores desde mi perspectiva única. Fuera de la ambición, considero que lo que hago es poner metas cada vez más altas. Si no estuviera corriendo por conseguir la cima, desecharla y desear lo próximo, no sé a dónde iría. Creo que lo único en lo que no me comporto de esa manera es con quienes quiero.

—Eso se sabe. Una vez, un director vino a dar una charla en la universidad y reconoció mi apellido; dijo que eras difícil de tratar.

—En teoría.

—Dijo que te aislabas como si quisieran aprovecharse de ti.

—Créeme, lo hacen.

—Yo creo que es imposible que todo el mundo sea malo. Yo soy demasiado positivo. —Se encoge de hombros—. No entiendo a qué le tienes tanto miedo.

—No tengo miedo, me cae mal toda esa gente que es distinta. Siempre son lo mismo, siempre me tratan igual, es mucho más sencillo si te armas una coraza que no pueden traspasar.

—¿Toda? —repite curioso.

Rememoro a Amanda con Tom escribiendo en una esquina de la cafetería.

—Un noventa y ocho por ciento.

—¿Eres tú con ellos? —habla por su experiencia, pero sus palabras me chocan—. Es bueno oír eso, espero que la pases genial allá, la verdad. Nadie aquí te desea el mal, aunque no lo creas.

—Como digas.

—Descansa, Ron, es muy tarde. —Guarda sus pertenencias, excepto un nuevo vaso lleno de limonada—. Que tengas buena noche.

Pasar una madrugada sin dormir no es nada nuevo, siempre a causa de la misma persona, esta vez con nuevas voces de fondo. El ático es acogedor, no se oye mucho además del serrucho cortar trozos de madera terciada. Acaba de entregar dos proyectos y ya está trabajando en otro sin dormir. Por fortuna, traje audífonos.

Descartando las canciones de amor, desamor, amigos con derechos, romance platónico, amor no correspondido, tristeza, odio, melancolía, extrañar, soltar y las letras que se presten a interpretación... De mi *playlist* de trecientas cincuenta canciones, se salva *Shake it off*. La cual no es la más adecuada para el momento.

Revivo lo que dijimos en el elevador, me reprocho no haber parado un segundo a escuchar, aunque no supiera qué hacer. A pesar de que lo intentara, hay un par de cosas que dije que no fueron reales ni las pensé ni siquiera en ese instante. Detesto aun tener que grabar la película como si su apellido no estuviera alrededor de mi casa en los posters, en las películas que me gustan, en los premios, en quien dirige mi trabajo, como si nuestras bebidas favoritas no se encontraran en todos lados, como si mi propio mejor amigo no me recordara aquello que ella ama.

¿Por qué no tuve en cuenta el peligro? Recuerdo haberlo hecho, lo que no tengo claro es cuándo se me olvidó, cuando el placer fue por encima de las consecuencias.

Es tarde para arrepentirse, no es como si ella fuera a aparecer enfrente de la puerta, esto no es una película. Y soy muy orgulloso para llamar a intentar arreglarlo... O no.

—¿Me prestas tu teléfono? —Aparezco en su taller. Tiene las luces opacas y unos lentes extraños al soldar un par de barras de aluminio.

—¿Por qué no usas el tuyo?

—No tengo tarjeta SIM, no puedo llamar.

—Vale, está en la mesa.

Corro escaleras arriba al ático de nuevo, bajo la luz de una lámpara. Con mi memoria selectiva y una captura de pantalla mal recortada, intento marcar su número en la aplicación de llamadas, el **+1 0808 2024** o algo parecido.

🐌: *Hola, Amanda. Entiendo que no contestes a un número extraño, así que te dejaré un mensaje. Mmm…, por cierto, soy Ron.*

🐌: *Creo que no envié correctamente el anterior, debería tomar un curso de tecnología. Como decía, creo que nosotros…*

🐌: *Ya, perdón, me fui por las ramas. El punto es…*

🐌: *Entonces así fue como Tom consiguió un gato naranja gordo de reemplazo, sigo pensando que sería peor esa noticia a la de Axel…*

🐌: *Me cago en los muertos de ese imbécil.*

🐌: *Te extraño, pero si no me extrañas, entonces no te extraño tanto.*

🐌: *En mi defensa, estoy borracho. Déjame explayarme…*

🐌: *Me arrepentí, mentir no es sano. En realidad, no estoy borracho.*

🐌: *Las limonadas sin azúcar, tienen un sabor ¡ASQUEROSO! Debería no haber despedido a Jim…*

🐌: *Me arrepiento de las cosas que dije. Quiero hablar, aunque sé que tu decisión es la más inteligente.*

🐌: *Hay una isla aquí en donde se puede ver auroras boreales, ¿sabes? Te encantarían, son tan preciosas como tú.*

Detengo mis intentos cuando se le acaba el saldo. De todas formas, cada llamada termina en el buzón de voz. Regreso a devolver el teléfono y veo a mi hermano, igual a un zombi, haciendo todo en automático. Decido sacar tema de conversación para que no se quede dormido y empiezo a repasar sus álbumes de recuerdos, año por año, recolectando memorias. Es grato verlo así, es como si pudiera retroceder en el tiempo a esas etapas suyas.

Me detengo abruptamente en una de las muchas fotografías en ferias de ciencias y elevo la mirada hacia mi hermano. Sin cuestionar, le señalo al hombre a su lado, sonriendo a la cámara.

—Ah, ese es Axel, ¿lo recuerdas? —Bosteza—. Hacíamos investigaciones juntos. Dejamos de hablarnos cuando se graduó y las ferias internacionales pararon. Eso fue hace años.

«Quiero desaparecer».

—Qué tierno, ya no recordaba su nombre —miento, esforzándome por no maldecirlo—. ¿Qué sabes de él?

—Lo último que supe fue cuando terminó su Trabajo de Fin de Grado —balbucea—. Eso fue un *show*. Yo le ayudé porque soy bueno en escribir mierda, y Axel hizo la mitad plagiando una tesis rusa y la otra con ayuda de **ChatGPT-13**.

Boquiabierto, trato de disimular mi interés y sacar más información.

—¿Cómo funciona eso? ¿Es malo? —Me rasco la nuca—. Ni idea de eso, no fui a la universidad.

—A ver, le pueden quitar el título si se enteran. Bah, eso fue hace bastante. Si no lo pillaron hace tres años, no lo harán ahora. —Se frota los ojos—. Guardé los documentos y papeles por si los necesitábamos.

—Sigo sin entender, ¿eso podría afectar su trabajo?

—Es ilegal hacer plagio, Ron. —Se burla de mí—. Se me había olvidado incluso. No soy de tirar nada, por eso este lugar es un chiquero. Disculpa por tomar tu cuarto.

—Olvídalo, te mereces un sitio donde estudiar. —Palmeo su hombro, calculando cómo voy a robarme sus archivos y documentos, seleccionar el correcto e irme —. ¿No deberías dormir?

—Pronto, estaba esperando a que quisieras huir para acompañarte al aeropuerto.

—Voy a quedarme un par de días más. —Respiro hondo—. Tenemos mucho que hablar y esta será de las pocas oportunidades que tenga de disponer de mi tiempo en años. —eso lo digo en serio, y se le ilumina el rostro.

—¿En serio?

—Ajá. —Me dirijo a la salida—. Lo siento por hoy. Espero que puedas descansar.

No es mentira, compartir con él me ha hecho darme cuenta de que no soy el adulto que lo sabe y domina todo. Quiero muchas de las cosas que él tiene, como su capacidad de perdonar y su tranquilidad al resolver conflictos. Aun me quedan dos días hasta que Ginebra intente rastrearme.

La mañana siguiente, sigo sin poder confrontar los diversos callejones sin salida que representa el pasado aquí. El lado positivo es que puedo realizar actividades que ocupan mi mente, como llevar a mi hermano al trabajo o hacer una fila de treinta minutos por un pan.

Espero pacientemente que el semáforo cambie de color, tratando de ordenar mis pensamientos. ¿Qué puedo planear con la información que mi hermano sabe de Axel? No soy bueno escribiendo, necesito ayuda. Abro la boca para pedir de nuevo el teléfono cuando un ligero golpe a la camioneta nos silencia. El cinturón de seguridad nos mantiene en el lugar. Es tan suave que ni siquiera se activa ningún mecanismo, pero el crujido del vidrio trasero es obvio. Me giro y veo la mitad del vidrio del maletero tiritando; el estruendo deben haber sido las luces.

Suelto una risita.

—¿Qué es lo chistoso? —pregunta alterado mi hermano.

—Tuve un *déjà vu*, lo siento.

Él baja la ventana del copiloto.

—¡¡Por qué no miras por dónde vienes, imbécil come mier...? —Corta su grito, y la expresión le cambia al fijarse en el conductor—. ¡Perdone, señorita, ¿se encuentra bien?!

27
sheridan

* * *

AMANDA

Es pretencioso esperar que alguien que no sabe tomar el control de un vehículo tome el control de su vida. Mucho menos de su vida amorosa. En ningún momento he negado que soy un desastre: hago las cosas mal, actúo sin pensar y, en especial, me meto con la gente equivocada. Pero al menos tengo el valor de enfrentarlo. No de arreglarlo, sino de enfrentarlo. Por eso compré el pasaje más caro posible para llegar allá.

Iría a donde fuera. Estaba preparada para un viaje largo porque nadie tiene idea de a dónde fue Ron. Ni siquiera yo conozco ese país. Arrastro la maleta y la confianza por los suelos cuando una superficie sólida se interpone en mi camino.

—Buen día, disculpa que no haya despertado antes. ¿Ya has desayunado? —saluda Jim—. Te puedo preparar un té que mejore tu resaca.

—Estoy bien. —Desvío la mirada y sujeto con fuerza el mango de la maleta—. Debo salir.

—¿A dónde vas? —Jim frunce las cejas al bajar la mirada—. ¿Por qué tienes tu pasaporte en la mano? ¡¿Tú también nos vas a abandonar!?

—Volveré —murmuro—. Jim, por si acaso, ¿conoces algún traductor de japonés que tenga disponibilidad inmediata? Es… para una amiga.

—Bueno, yo llegué al último semestre en idiomas. Sé un poco. —Se rasca la nuca—. Es el único idioma del que no he perdido el hilo porque veo mucho… contenido audiovisual en japonés.

—¿Por qué no terminaste la carrera?

—Me peleé con el rector.

—Oh, ¿otro que juzgó mal tus trabajos prácticos? Eres bastante inteligente. El sistema educativo apesta.

—No, me tiré a su esposa.

Me muerdo la lengua. Supongo que no soy nadie para juzgar, pero eso me agarró desprevenida en una mañana donde todo me parece mucho más gracioso.

—El punto es que puedo ayudarte si me necesitas —agrega.

—¿En serio? —indago sonriente—. ¿Y qué tienes que hacer hoy?

—Trabajar —me recuerda—. Sigo bajo contrato contigo. —No se nota muy animado; debe ser que acaba de levantarse.

—Pues perfecto, tienes diez minutos para armar una mochila con tus cosas. ¡Espera! ¿Has desempacado? Reutiliza la que trajiste.

—¡Hola! ¿A dónde van tan madrugadores? —Emillie despierta con una gran sonrisa, la piel perfecta y el cabello brillante, acercándose a nosotros aun en pijama.

Ambos nos quedamos en silencio, viéndola. Me sabe mal dejarla sola, así que giro hacia Jim en busca de aprobación.

—*A dónde vamos* —corrijo.

Sin duda es diferente a lo que esperaba. Kioto fue la primera ciudad en la que conseguí un vuelo con tres boletos libres. Tuvimos que correr por el aeropuerto entero para conseguir abordar. Se podría esperar que un vuelo que te ocupa más de medio día junto con la ex de tu casi ex y un completo extraño sea incómodo. Sin embargo, ambos dieron lo mejor de sí para que no me deprimiera de camino.

Me han arrebatado mi teléfono. Traté de empezar un libro de romance y me dieron ganas de gritar cuando el protagonista dice que está enamorado de alguien con quien no podrá estar. El reproductor de música me ataca con canciones que cuentan amores entre personas que no son más que amigos. El silencio es aún peor.

Es entendible que los pasajeros se queden dormidos; no hay mucho que hacer. Debemos llegar con energía. El quedarme sola con mi mente es mucho peor que un cruel estímulo exterior. Recuerdos divertidos se reproducen en mi cabeza. Me hacen reír, pero se me borra la sonrisa al ser consciente de que no son reales, de que esa conversación solo ocurre en mi imaginación.

Cierro los ojos. Hay diferentes formas en las que podría haber respondido a la discusión. Es más larga, profunda, aburrida y luego dramática. Es un teatro retorcido hasta que se me ocurre una forma de finalizarla de una buena manera, donde se arregle. Es falso. El inminente pensamiento de que nada pueda volver a ser igual me hace morderme las uñas.

No sé por qué sigo siendo la ilusa que cree que las cosas buenas pueden mantenerse así para siempre. Otra vez, se siente tan terrible terminar algo que no empezó. Ese es el problema. No tengo nada que escarbar. Enamorarte de alguien sin tener una justificación *socialmente aceptada* para que duela tanto su partida se siente como ir al cementerio a llorar y no encontrar la tumba de su amor.

Así que solo te quedas allí, parada en medio de esas fosas, observando cómo algunos reciben flores y otros reciben oraciones. Confundida, te preguntas en qué punto no te diste cuenta de que estabas aferrándote a alguien que no era tuyo. Nadie alrededor parece entenderte. Te miran raro porque mientras ellos van de negro como en un elegante funeral al romance, tú aún no te has quitado el rojo de la última cita.

El idiota ese tenía razón. Siempre voy a ser la dama de rojo, con un vestido ensangrentado, viéndose ridícula, buscando señales de humo en búsquedas de un tesoro que no existe.

En algún instante me quedé dormida sin notarlo. Recuerdo haber tenido un sueño donde el estreno era un horror. Todos odiaban la película por estar envuelta en un escándalo. Mi nombre junto al de mi padre en las televisiones. Ron nos odiaba por meterlo en una polémica y se iba, no recuerdo a dónde. Desperté sudando cuando anunciaron después de una semana que estaba comprometido con una chica random que conoció en Internet.

—Amanda, arriba. —Jim me jala del brazo—. Llegamos hace veinte minutos. Somos los últimos en bajar, anda.

—Estoy emocionada —farfulla Emillie en voz baja—. No suelo viajar mucho. Jamás he estado en Asia.

—¿Tenías un novio piloto y no has viajado? —Jim pregunta espantado—. Mierda.

—No me podía llevar en sus vuelos laborales.

—Eso te dijo.

—Cállate —lo regaño en un susurro—. Ven, ayúdame a bajar. —Mi brazo rodea sus hombros—. Me duele la cabeza, recuérdenme no volver a tomar tanto.

—Lo haré —asegura Emillie—. Y no te quiero molestar, Amanda... ¿A qué vinimos exactamente?

—A buscar a Ron.

«*Spoiler*: No estaba en Japón».

Kioto es cálido, templado y perfecto para ir si estás harta de ti misma porque llueve tanto que puedes culpar a la lluvia de tu maquillaje corrido. Mi vestido se siente pesado y húmedo. Le he dejado mis maletas a Jim; Emillie también ha hecho lo mismo. Ninguno de los tres habla. Sé que buscan darme mi espacio, pero el espacio me está consumiendo.

De manera estúpida, busco en los miles de santuarios un rostro conocido que me devuelva la fe. En parte cuido de mi corazón, lo busco en sitios donde estoy casi segura de que jamás pondría un pie porque manejo mejor la decepción que la sorpresa. El barrio Higashiyama es donde pasamos más tiempo, perdiéndonos entre sus preciosas calles repletas de historia. Cruzamos varios templos en busca de la estación de tren. Quedo maravillada con cada detalle; pareciera que sus obras de arquitectura son piezas de arte hechas pedazo por pedazo. Es un gran choque comparar las calles de piedra, repletas de transeúntes silenciosos haciendo compras, con la ajetreada Nueva York y sus gigantescos edificios.

El aire es distinto. La naturaleza cobra vida en los sitios cercanos a construcciones antiguas. Árboles con hojas de colores cálidos se mezclan con el distintivo verde. No hay mucho ruido, no hay quienes molesten. El cielo, pese a ser gris, me parece mucho más interesante que varios atardeceres. En lo alto se pueden ver las puntas de los demás santuarios. Jim está explicando qué camino seguir, pero no estoy oyendo nada de eso.

A Ron le hubiera encantado esto.

—¿Cómo te sientes? —interviene Emillie cuando se percata de que me he quedado mirando un pequeño bar—. Ya hay que irnos, jamás lo encontraremos. Este sitio es inmenso y ni siquiera es la capital.

—Lo fue alguna vez —comenta Jim—. No podemos irnos, aún nos falta ver el palacio.

—Estoy bien —aseguro—. Estoy muy bien, cansada. No me importa conocer más.

Otro tren, otro viaje, otras tres horas perdidas. Otro intento de escribirle, otro mensaje de error, otra llamada que no contesta.

—De Tokio sé un poco más —balbuceo, con la intención de entretenerme con un recuerdo que no sea tan deprimente—. Una vez conocí a un chico que había vivido aquí la mitad de su adolescencia.

De todas sus mentiras, pareciera que lo único sobre lo que no mintió es sobre la metrópolis de la capital. De noche es un espectáculo de luces. Los edificios por dentro están cargados con tecnología nueva a mis ojos. Hay que cruzar muchas plataformas angostas y escaleras entre sitio y sitio.

Nos quedamos en un pasillo con una máquina expendedora de comida. Tanto esta como las bebidas salen en perfecto estado. Hay pocas mesas frente a lo que pareciera un patio de un café abierto las veinticuatro horas.

—¿Ese cuál es? —pregunta sin mucho interés Jim—. ¿Con cuántos chicos has salido?

—¿Salir... de relación? No lo sé, pocos. Ese fue de dos meses.

—¿Y lo querías?

—Obvio, ¿por qué me vería con alguien que no quiero? —digo como si fuera obvio, al abrir la botella con los dientes—. ¿De qué sabor es esto? —Le doy un largo trago—. Da igual, está fuerte. Me gusta.

—Es un refresco con alcohol de frutos rojos, sí, eso. —Se aclara la garganta.

—Volviendo a la historia, ¿qué pasó con el chico que dijiste? —cuestiona Emillie—. No vive por aquí, ¿cierto? —Gira la cabeza a ver a los lados como si nos estuvieran siguiendo.

—No me incumbe, lo último que recuerdo es que se fue a vivir con su novia a otro país.

—Oh, lo siento.

—Es normal, la gente sigue su rumbo. —Me encojo de hombros. No tengo idea de qué es el aperitivo que estoy metiéndome en la boca. Tengo una mano en la comida y la otra en las redes—. Supongo que para ellos es más fácil. Soy suficientemente entretenida para pasar el rato, pero no para quedarse —hablo sin terminar de masticar—. Mi problema es que soy tontísima.

—¿Es decir que tú sí te has enamorado de cada chico que has conocido? —inquiere Emillie. Me da risa su tono de preocupación.

—Y chicas también —agrego riendo—. Es culpa del contenido que consumo. Desde que aprendí a leer creo que el amor perfecto puede golpear a tu puerta, así que estoy alerta. Ajá, eso nunca pasa.

—¿No te da miedo? —Jim se mete en la conversación.

—Antes de... —Evito nombrar a ese idiota—. No, antes no. Me daría miedo perder una oportunidad única por estar cerrada a aceptar que esa persona es el amor de mi vida. —Me acabo la botella. Arrebato la otra de las manos de Emillie—. Eso solo cambió cuando hubo alguien con quien la pasé tan mal que no sé... como que me congelé.

—¿Congelarse? —repite él. Su ceño fruncido revela que claramente no me está entendiendo. Emillie menos. Finjo que hablo sola, así no me da pena.

—Es como que se roban la frescura de conocer a alguien nuevo. Entonces, cuando hablas con otra persona increíble, simplemente no sientes nada —balbuceo—. Me ha pasado un par de veces, ha sido pasajero. Esperaba que fuera así esta vez. —Me aclaro la garganta—. De hecho, esperaba que al menos me sirviera de lección: no volverme a enamorar de nadie.

—¿Y qué te hizo cambiar de opinión? —cuestiona ella.

No aparto la vista de la notificación de mi teléfono sobre que han alzado el *making of* del videoclip de Vesper. Ron está en primer plano en la miniatura. Por supuesto que lo está. Es lo único que importa ver.

—¿Por eso lo estás buscando? ¿Quieres arreglar las cosas con Ron? —indaga Jim.

—Quiero hablar —musito cabizbaja—. Escuchar su voz. No me hago muchas expectativas, siendo sincera.

—¿No te parece que buscarlo en el sitio más obvio es riesgoso? —la pregunta de Jim me despierta de golpe—. Digo, si lo que quiere es escaparse.

—¡Jim, ¿por qué no dijiste eso antes?! —Me levanto de la mesa, haciendo tambalear nuestras botellas—. Joder, ¿por qué no me pudo gustar un sujeto normal que si quiere despejar su mente va al parque a pasear su perro? ¿O a un hotel barato? ¿Cómo voy a recorrer el mundo tan rápido?

—¡Calma! Perdona, se me ocurrió en el hotel. ¿Qué otra oportunidad tendría de viajar gratis?

—¿Tú lo pensaste también? —Señalo a Emillie.

—Disculpa, pensé que era un chiste y cuando subimos al avión no tuve corazón para contradecirte.

Con amigos así, ¿para qué enemigos?

Mi padre tiene contactos, dinero y una gran paciencia conmigo. Cuando le dije que viajaría por unos días más, simplemente me deseó suerte. Diría que esto es lo más alocado que he hecho por alguien de quien estoy enamorada, aunque en cuarto grado me vestí de nutria y salí a vender sándwiches a las cuatro de la mañana.

«Siempre se puede caer más bajo».

—Este es su coche. —El hombre de la tienda me entrega una tarjeta—. Aquí están las especificaciones. ¿Lo rentará por un día?

El gaélico es uno de los idiomas más comunes en Irlanda, así que encontrar a alguien que pueda atenderme completamente en inglés fue un golpe de suerte. El sol en lo alto me incomoda, pero hay algo en esta ciudad que me resulta acogedor y no deja que se me baje el ánimo.

—Eso mismo. —Tomo las llaves—. Una duda, sobre el chófer...

—¿Qué chófer? No contamos con chóferes. Además, es el único coche que nos queda.

Echo un vistazo al carro despintado. Está sucio y no se parece a ninguno de los que he usado antes; tiene una forma más cuadrada. Me recuerda a los juguetes de colección por su simpleza exterior. Desde aquí se puede ver que la ventana del asiento trasero está rota y pegada con cinta adhesiva.

—Es nuestro modelo económico. —Palmea la cajuela—. No te arrepentirás, en realidad es bastante veloz. Debes firmar esto. —Me entrega un montón de papeles.

—Lo que sea. —Voy a la última hoja, directa a garabatear mi nombre—. Le deseo suerte, señor. Gracias.

—Suerte para ti. —Se despide con un gesto en su gorra.

El interior también es diferente comparado con los autos que Ron usa. No encuentro dónde poner el piloto automático. Mantengo el volante recto para salir del local. Recuerdo el movimiento de manos que hace al girar, así que trato de replicarlo para ponerme en carril.

Voy en la mitad de una carretera de doble sentido, intentando no apartar la vista del camino mientras me pongo el cinturón de seguridad. El auto hace un sonido raro al andar, hace calor dentro y la tela del asiento se siente extraña en mi piel. Mantengo la velocidad mínima; no estoy tan demente.

—Tú puedes, es un camino recto —me animo en voz baja—. Esta gente es más considerada.

Apenas hablo, un gran camión detrás de mí empieza a tocar la bocina como un loco. No sé cómo cambiar la velocidad, así que me muevo a un costado. Los nervios crecen en mí a medida que avanzo. Tengo que cruzar media ciudad en esto y casi choco contra un arbusto por andar mirando a los lados.

Mantengo el volante en posición. Fuera de mi percepción, voy igual que los demás conductores con licencia y experiencia. Orgullosa, me permito sonreír.

Hasta que llega el semáforo y recuerdo muy tarde cuál era el freno. Esta vez no me confundo: lo presiono fuera de tiempo, provocando que el espacio que debería quedar sea inexistente. Oigo el sonido de vidrios caer al suelo. Al levantar la mirada, el vidrio del maletero del coche de enfrente se ha llenado de líneas disparejas.

—¡¿Por qué no miras por dónde vienes, imbécil come mierd...?! —grita una voz masculina. El sujeto se detiene al sacar su cabeza por la ventana y verme—. Perdona. —Cambia su expresión—. ¡¿Señorita, se encuentra bien?! —completa, preocupado.

—Me cago en mis muertos —murmuro al dejar mi cabeza caer en el volante, agotada.

Eso provoca que una bocina horrible espante hasta a los gatos de la calle. Con el corazón a mil, desprendo mi cinturón. Debo salir a arreglar las cosas. «Al menos traje dinero en efectivo», trato de consolarme. Sin embargo, el pensamiento de «¿Y si son secuestradores?» aparece en mi mente, volviendo mi nerviosismo pánico.

—Lo siento, lo siento, yo no, eh... —El muchacho se aproxima a mí, se ve tan confundido que sospecho que no entiende lo que digo—. No quiero problemas —repito lento—. No problemas, les pagaré lo que haga falta.

—Hermano, ¿qué es lo que tienen que...? —Diría que no lo reconocí a la primera palabra por resguardar mi ego.

—Hola, Ron. —Trago grueso—. Oye, espera, ¿hermano? —cuestiono, girándome hacia el otro joven—. ¿Qué?

—¿La conoces? —le pregunta, sorprendido.

—Trabajamos juntos. —respondo sin pensar. Sigo procesando lo que dijo. No les encuentro mucho parecido físico.

—Entonces sabrás cómo es. Pues sí, somos hermanos. —Me estrecha la mano—. Pero no es algo que se diga a los cuatro vientos. Un placer...

—Amanda —responde Ron por mí—. Es la hija del director.

Es curioso cómo la misma boca que estuvo en medio de tus piernas hace unas semanas puede ni siquiera saludarte.

—En fin, mil disculpas. —Nos devuelvo al tema señalando los destrozos—. Deberíamos movernos o estos idiotas nos van a dejar sordos con sus bocinas. ¿Fueron solo los vidrios? Si me dicen el valor estimado, se los puedo dar y listo.

—¿Segura? —insiste el hermano—. Los muevo yo, tampoco nos moriremos por una ventana rota y media magulladura. Tranquila.

—Gracias. —Le doy mis llaves cuando veo que Ron toma el primer coche y lo estaciona a un lado—. Otra vez, lo siento.

Espero en una esquina a que terminen. La vergüenza me arrastra por el suelo como el peor de mis enemigos. Siento el calor en mi rostro, así que evito mirarlos a la cara. Con los brazos cruzados encima de mi pecho, maldigo a mi yo adolescente que no insistió en sus clases de manejo.

«Ni siquiera me ha mirado. Pareciera que le doy asco».

«Quizá borró su número porque ya no quiere saber de mí».

«Estoy haciendo el ridículo».

Apresuro el paso para interceptarlo apenas baja del coche. Trato con todas mis fuerzas de leer más allá de su impasible expresión. Nada. Aprieto los puños.

Mierda, ¿por qué carajos tuve que enamorarme del jodido mejor actor del mundo? ¿Cómo voy a saber qué demonios sucede?

¿Y si pierdo la fe, termino esta maldita película y me voy a vivir a un pueblito de Latinoamérica?

—Dime un número y te lo transfiero, por favor —farfullo, esperando que mi cabello cubra mis mejillas rosas.

Quiero gritar.

—No hay problema, Amanda.

—Lo hay, esto no es tuyo ¿o sí? —Ladeo la cabeza—. Si es de tu hermano, él va a odiarme. Déjame pagar por las reparaciones, al menos la mitad. —insisto.

—Le compraré otro. —Ron se encoge de hombros—. Déjalo.

—Déjame hacerme responsable de mis actos. Por suerte, no nos ha visto la policía —reitero—. ¡He mejorado en el manejo, eh! Es que se me olvidó cómo frenar.

Su semblante serio se desploma en pedazos por un par de segundos en los que no puede contener una risa.

Apenas se percata de que no le he quitado la atención, vuelve a lo anterior. Es como si reprimiera los músculos de su cara. Es extraño y perturbador de cerca. Pareciera que puede apagar la emoción de sus ojos, volviéndolos fríos y sin vida como uno de esos robots de inteligencia artificial.

—¿Qué haces aquí, Amanda? —Cambia su postura, está tan a la defensiva como yo—. En medio de la nada, en otro continente.

—Vine… Mmm, vengo a… —La intensidad en su contacto visual fijo me arrebata las palabras. Me observa como si quisiera escarbar dentro de mí—. Mmm, ¿qué te importa? No es tu asunto.

—¿No me vas a decir?

—No.

—¿Y a dónde estabas yendo? Porque con esas habilidades, esa basura. —Se reclina sobre el auto que alquilé—. Y este tráfico no pinta fácil.

—Pediré un taxi.

—No hay taxis en la zona, menos a esta hora. Están ocupados.

—Iré en bici.

—No sabes andar en bici, Amanda.

—¡¿Cómo te acuerdas de eso?! —Me cubro la cara con las manos—. Dios, ¿qué tienes en contra de mí? —Miro al cielo.

—¿A dónde vas? —reitera Ron.

—Usaré patines.

—¿Sabes dónde comprarlos? ¿Al menos cambiaste los dólares a euros para poder pagarlo?

—¡Ya! No, no hice nada, soy idiota. Mi padre me dijo que viniera y sé cómo más que eso, debo llegar a una agencia al otro lado de esta ciudad —Resoplo—. Si no me vas a dejar pagarles, te deseo suerte. —Doy media vuelta—. Intentaré manejar. Si no hay más semáforos que me arruinen la vida, entonces saldré ilesa.

Doy tres pasos en dirección a la puerta cuando su mano, puesta con suavidad en mi cintura, me detiene. Dejo de respirar.

—Te llevo.

—Lo siento, no puedo aceptarlo.

—No era una pregunta. —Utiliza su agarre para subirme al coche.

Es muy extraño cómo puede tener tanta delicadeza al cargarme hasta el asiento del copiloto. Me coloca el cinturón de seguridad y solo lo veo moverse en silencio.

Me pregunto si este encuentro lo hace detestarme más. En mi defensa, no era mi intención encontrarme con él, al menos no aquí.

Fuera de su ropa diaria se lo ve incluso más elegante, ya que no se vale de costosas camisas o trajes. Con un suéter verde y el cabello peinado hacia atrás, me escudriña de pies a cabeza con una mano en el volante y la otra en su teléfono.

Si tiene teléfono. Vale. Me ha estado ignorando.

—Una duda, ¿tu número era...? —cita una serie de números idénticos al de mi SIM; no obstante, se equivoca en el final.

—Qué buena memoria, pero no, es 0024 en lugar de 2024.

—Vale —contesta aliviado. No le entiendo nada.

—¿A dónde se fue tu hermano?

—A trabajar —contesta al poner en marcha el vehículo. No sé cómo sabe a dónde iremos si no lo he dicho, pero va por el camino correcto—. Es una larga y complicada historia que ni yo quiero saber, así que sí: tengo una familia aquí. O bueno, dos personas que es lo que queda de ella.

—Entiendo.

La tensión dentro es tan densa que un cuchillo podría cortarla. Pareciera que tengo que luchar contra mi cuerpo para que no se acerque al suyo. Él toca cualquier cosa con su mano libre para distraerse. Ron tiene razón, el tráfico se ha puesto peor. Se mete entre los automóviles y cambia de carril un par de veces para avanzar.

Ron intenta prender la radio. Están poniendo *Lover*. Apaga la radio.

Lo observo de manera descarada: sus venas remarcadas en sus manos cuando gira, su mandíbula tensa. El silencio es tal que juraría que puedo escuchar sus dientes chirriar de la presión. Sus lentes resbalan con delicadeza por su nariz. Nunca ha mantenido la vista tanto tiempo en la carretera; incluso mira por su ventana a la acera, donde solo hay casas y árboles.

Dejo escapar el aire de mi pecho. Mi maquillaje está hecho un desastre.

—¿Qué has estado haciendo? —pregunta de la nada.

—Viajando y saliendo de fiesta.

Aquello no es mentira; lo que es mentira es lo divertido que suena eso. No es tan divertido sin él.

Mi imaginación crea un corto escenario donde lo llevábamos a esa disco. Le hubiera hecho mucha gracia que nos hayan ofrecido un Ron. Tal vez hubiéramos podido bailar. No hemos tenido un momento normal así alrededor de los demás.

Sonrío. Me recuerdo que es probable que no lo tengamos. Dejo de reír.

¿Cómo se hace para olvidar a alguien a quien quiero recordar el resto de mi vida?

—Debo ir al baño. ¿Hay alguna gasolinera cerca? —indago. Ron tarda más de lo habitual en contestarme.

—Como digas.

Me siento extraña, como si no tuviera las herramientas necesarias para reparar esta conversación y, si las tuviera, no sabría usarlas. A pesar de tener un montón de experiencia hablando con personas, en este tipo de situaciones, en diversos contextos sentimentales, parezco una adolescente en una pelea con su primer amor, confundida sobre cómo comenzar a hablar.

Nos detenemos en una gran casa en medio de un pueblo solitario, a unas cuadras de un cementerio. Ron abre la puerta por mí. Dudo de si nos estamos metiendo en propiedad privada sin permiso. No sería lo peor que hemos hecho. Él apunta a un pasillo que da a un baño.

Al salir, él ha pasado a la cocina. Aprovecho los segundos para husmear entre los cuadros familiares. Me cuesta encontrar uno con su cara; sin embargo, tienen el mismo tono de cabello, así que hago mis suposiciones. Un señor de tercera edad se cruza conmigo en camino a la salida.

—Hola, señor —saludo nerviosa—. Señor Kenne...

—Ese —responde, interrumpiéndome. Se ve cansado pero alegre—. Tú debes ser Amanda.

¿Cómo sabe mi nombre?

—Nos vamos —anuncia Ron—. ¿Quieres algo más? Podemos llevar agua.

—¿Él es tu padre? —indago—. ¿Esta es tu casa?

Sin una respuesta, Ron se limita a cargar agua del refrigerador en un pequeño termo de plástico.

—Discúlpalo, ya debes saber cómo es él —habla el señor—. No ha amanecido de buen humor. Nunca lo hace.

—Sí, lo que digas —balbucea Ron sin siquiera mirarlo a la cara.

—Tú ya no cambias, hijo. ¿De verdad vas a tratar así a tu novia?

Esa última palabra nos saca de nuestro sitio seguro. Los dos compartimos una mirada presa del pánico antes de volver al señor. Trago grueso, fuerzo una sonrisa.

—¿Mi novia? —repite Ron.

—Yo...

—¿Para qué traerías a una mujer a la casa si no es para presentarla? Además, no lo sé, como es la primera que te acompaña.

—Pff, en realidad ella es...

¿Por qué ninguno de los dos tiene el valor de negarlo?

—En fin, eso no es mi asunto. —Nos salva el padre—. Ron, voy a usar el coche un segundo para comprar medicamentos, serán cinco minutos.

—Tenemos que marcharnos ahora —exige Ron.

—Son para mi presión arterial —explica el hombre—. Lo debo tomar una vez al día; no me percaté de que se me acabó la caja.

—Eso es más importante. Mi padre me esperará —aseguro—. Su salud es más importante.

De mala gana, Ron acepta. No tengo idea de qué habrá pasado entre ellos, pero para que los niegue y trate con tal desprecio, debió ser grave. Me preocupa; lo que tenga que ver con él me preocupa. No me agrada esta versión seria y aburrida que debe estar agotándole por dentro.

Me acomodo en el sofá de la sala vacía. Hay varias repisas con un par de bebidas, pareciera una colección. Él toma la botella que más me ha llamado la atención, es una partida a la mitad de negro con blanco, y llena dos vasos de hielo.

—¿Qué es? —murmullo, un tanto triste recordando cómo sonaban las palabras «mi novia» viniendo de él.

—Sheridan, es muy popular aquí. —Al servirlo, ambas partes del líquido se unen en el vaso—. Lo oscuro es licor a base de café con whisky envejecido, lo claro es crema de chocolate con leche. Creo recordar que tiene un poco de vainilla, tal vez me estoy confundiendo.

—Suena bien.

—Tiene buen sabor —dice Ron. Me entrega mi bebida; tengo cuidado especial en que no se rocen siquiera nuestros dedos—. Es dulce, te encantará.

Le doy un sorbo. Maldigo a los irlandeses por hacer bebidas tan buenas. Incluso con lo poco que distingo el whisky por debajo de los demás ingredientes, noto que es mucho más fuerte que el que estoy acostumbrada.

Toma asiento al lado mío, dejando una almohada de barricada. Trato de ahogarme con el alcohol, lo cual es inútil, es demasiado suave.

«Tú puedes. Para hablar lo estabas buscando. Date un cierre y regresas a casa. Ron no es como los demás. Estarás bien».

—¿Te puedo hacer una pregunta?

—Ya lo estás haciendo, Amanda.

—Comprendo. —Me remojo los labios—. ¿Ahora me odias?

—No.

—Es desagradable que esté aquí, ¿cierto?

—No exactamente.

—Estás enojado conmigo.

—Sí, estoy enojado.

—Y no me has dejado hablar para defenderme.

—Estoy enojado. No quiero hablar con nadie. Quiero estar solo.

—Estás hablando conmigo.

—Sí.

—¿Por qué?

—No lo sé.

Esto fue una terrible idea. Mejor me voy.

Me levanto sin emitir una palabra más, decidida a irme caminando si hace falta, aunque su agarre firme en mi muñeca me devuelve al sofá. No entiendo por qué me sigue queriendo de su lado, prácticamente me acaba de echar.

—Dijiste que quieres estar solo.

—Sí.

—Entonces déjame irme.

—No, gracias.

—¿Por qué no?

Ron se ve cansado de mí, de mis preguntas. Eso hace que me apriete el pecho. Me trago mi corazón al borde de romperse con lo que me queda en el vaso.

Mas de un momento a otro, su suspiro tiene el mismo alivio que en el estudio cuando sale de personaje. Toma aire, y el frío en sus ojos desaparece convirtiéndose en la misma mirada enamorada de siempre.

Y me besa.

Es corto, rápido. Se aparta en el instante en el que reacciono intentando corresponderle. Mi corazón, latiendo descontrolado, pensaba que no podría empeorar. Ahora juraría que el retumbar dentro mío es capaz de derrumbar esta casa cual terremoto.

—Eres la excepción. —Se encoge de hombros—. Ven, tengo que enseñarte algo.

Reconozco el patrón que utiliza para huir de tocar el tema y, siendo sincera, lo entiendo.

—Es sobre el imbécil ese. —Me hace gracia que ya ni le digamos por su nombre—. Tengo noticias.

—Ay, eso no puede ser nada bueno.

—De hecho, lo es. Necesito tu ayuda.

—¿Para eso me trajiste a tu casa? —Entramos a una especie de taller con un montón de utilería tirada por el piso—. ¿Qué es lo que quieres hacer?

—Robar. Necesito que entres a este computador y te envíes una copia del contenido. —Me entrega una laptop—. Mientras tanto... —Ladea la cabeza hacia una pila gigante de papeles—. ¿Crees que mi hermano necesite esto para su carrera o nos lo podemos llevar?

Voy a preguntar de qué trata esto cuando veo una foto de su hermano con aquel monstruo. Mis manos tiemblan al pasar la página. El odio reaparece.

—¿Qué estamos buscando? —pregunto con determinación al encender el computador—. ¿De verdad vas a hurtar de tu propia sangre?

—Claro, dicen que el sujeto raro copió su tesis de un ruso y de ChatGPT13. Si podemos comprobarlo, le quitarán el título.

Jadeo impresionada, y la comisura de sus labios se curva. Es una sonrisa cómplice, contagiosa.

—¿Hablas en serio?

Él asiente. La emoción se apodera de mí.

28
café amargo

* * *

CLYDE

—Eso es todo. —Me limpio las manos al pasar la última pila de hojas al maletero —. ¿Puedes subir a revisar una vez más? Tenemos que irnos antes de que llegue mi hermano o mi padre.

—Ya he revisado, no queda nada —anuncia exhausta.

—¿Dónde dijiste que está tu padre?

—Dijo algo de Donegal, fue a grabar auroras boreales.

La miro, esperando que sea una broma, pero ella no quita esa extraña expresión de incomodidad y dolor. Es confuso ver sus ojos brillar al mirarme mientras su cuerpo lucha por rechazarme.

—Eso es un viaje de tres horas en auto, Amanda.

—Oh. —Traga grueso—. Ahora entiendo por qué me dijo que pidiera un conductor.

—Qué inteligente eres —murmuro riendo—. Bueno, como sea, sube. —Le abro la puerta del copiloto.

Ella se queda quieta en su sitio, parada a medio metro de mí, y desvía la mirada cuando intento hacer contacto visual.

—¿Qué dices?

—Te llevo, sube —reitero—. Apresúrate, nos van a pillar.

—Ron, no puedo permitir eso, ¿cuánto gastarías, seis horas? Tu casa está aquí, puedo ir sola. Pediré un conductor.

—¿Pensabas que me quedaría aquí luego de robarle la información? Obvio no, Amanda, eso me haría un criminal idiota. —Tomo su brazo—. Es mejor que no nos vean huir. Adelante.

Ella accede. Si bien el plan era buscar un hotel para el día de hoy, cambiar de ciudad suena a una buena idea si no quiero que nadie me encuentre. He oído rumores sobre los próximos proyectos de Adler Brandy, uno de ellos es sobre astrónomos, así que no me sorprende que tenga que hacer ese tipo de tomas. Él odia el CGI.

El viaje es silencioso. Ninguno de los dos se atreve a sacar tema de conversación. Escuchamos las mismas tres canciones de pop en bucle. La distancia entre nosotros, pese a estar a centímetros, no es incómoda, es triste. Amanda sabe que puedo notar la tristeza en su forma de actuar, en su falta de chistes, en su poca iniciativa a cambiar la radio. Todo me revela que la está pasando terrible cerca de mí.

«Y eso me está matando».

Pierdo la chispa que se había creado con nuestro beso. Ni siquiera sé por qué hice eso. Quizá es porque a mi cuerpo no le importa lo que ocurra en mi cabeza. Mi corazón tiene el control sobre mí una vez salgo de personaje. Este personaje de mierda, donde Ron Kennedy es un avaricioso obsesionado con la fama, el dinero y él mismo, se me hace cada vez más insoportable.

Aquello es extraño. He pasado toda mi vida de esa forma, con ese rol, en el cual, por supuesto, soy el más capacitado para el papel, pero cerca de Amanda...

—Es aquí —anuncia al mirar el mapa digital en su teléfono.

Cerca de Amanda, el mundo se siente tan real que mi propia falsedad me golpea en la cara. Esta vida sin margen de error es una tortura.

Hay personas por las que vale la pena equivocarse.

Está hospedado en el mejor hotel del noroeste, cerca de la costa con una vista increíble del atardecer. Tiene pocas habitaciones. Se han negado a darme sitio hasta que, con una tarjeta negra y mi identificación, una de las asistentes descubre que tengo el mismo rostro del póster que tienen para su cine personal.

Amanda también pidió una, para una noche. Nos han puesto en habitaciones contiguas. Me pregunto por qué no se queda en la de su padre. Hoy no estamos para pequeñas conversaciones ni preguntas curiosas.

Brandy llega justo después de que nos dieran las llaves. Está abrigado hasta los huesos, apenas se ven sus ojos a través de sus gafas de protección. Parece que ha escalado una montaña. El resto de su equipo va dejando utilería en la entrada, al menos unas diez personas, todas vestidas de negro con el logo de Neptune Studios, lo rodean.

No puede llegar primero a saludar a su hija. Tiene que hablar con sus ayudantes, entregar sus indicaciones al director en conjunto, firmar un autógrafo a un huésped que acaba de entrar y dejar que las trabajadoras del hotel le hablen emocionadas a pesar de que no tienen idea de quién es. Se han tomado al menos cuatro fotos con él.

Me pregunto por qué no me las han pedido a mí. Luego recuerdo que salió una nota que dice que odio hablarles a extraños, se me pasa.

Tiene su mirada fija en Amanda durante todas estas acciones, que le toman unos veinte minutos. En una esquina de la habitación, ella solo cruza las manos detrás de su espalda, callada y con una sonrisa de labios sellados, esperando. La emoción de verlo se va apagando mientras otros le roban su tiempo. De pronto, su latente rechazo al mundo de la fama tiene sentido.

Dios, me siento un idiota por todas las estupideces que dije en el elevador. Como si fuera el único afectado, como si el problema del sujeto loco obsesionado que ha destruido casi todo lo que consiguió no fuera también de ella.

Tengo un escalofrío recordando su mirada cuando las puertas se cerraron.

Evito responsabilizarme en su totalidad. Tengo ideas fantasiosas donde podríamos haber vivido como criminales ocultos ante la sociedad, donde en cierto punto encontráramos el equilibrio porque es mucho más fácil culpar a Axel. Mi odio hacia él, la situación y este estilo de convivencia incrementa.

—Buenas tardes, Kennedy —saluda Brandy con rapidez, como si fuera uno más de sus pendientes, hasta que estuvo libre de ir corriendo a abrazar a Amanda.

El frío recorre mi cuerpo. Mis planes no concuerdan en su totalidad. Tener una familia, un grupo de amigos, un sitio al que llamar hogar no concuerda si siempre soy el elefante en la habitación. Boquiabierto, me cuestiono cuántos años llevo actuando en piloto automático del gran Ron Kennedy. De reojo, noto que la recepcionista me está grabando con disimulo.

Respiro hondo. Debo concentrarme en descubrir a Axel, no hay tiempo para crisis existenciales.

El abrazo de los Brandy dura bastante. Amanda se hunde en su pecho haciéndose más pequeña, y el huésped que entró detrás suyo tiene el maldito descaro de tomarse una *selfie* con ellos detrás en un momento íntimo.

Aprieto los puños en los bolsillos de mi pantalón.

«No puedes meterte en una pelea ahora».

«Solo vas a empeorar las cosas para ellos. Respira».

—Disculpa. —Me acerco, derrotado—. ¿Cuánto quieres por borrar esa fotografía?

Por fortuna, tiene un precio. Me cercioro de que la haya eliminado de todos los sitios existentes antes de darle el dinero en efectivo. Para cuando doy vuelta, se han ido la mitad de las personas, incluyéndola a ella.

—No tenías que hacer eso —murmura Brandy en mi oído.

—Es una tontería. Pidió muy poco, me tocó un nervio, no lo sé... —farfullo nervioso—. Lamento que esto deba ser así.

—Es porque estamos en otro sitio. Aquí no están acostumbrados a tener muchas celebridades corriendo en los pasillos. —Bromea—. A ti te dejan en paz porque todo en ti grita que quieres matar al resto de los presentes. —Ríe—. ¿Cómo estás, muchacho?

Ahora que no estoy con su hija: Mal. Ni cambiarme de nombre e irme a Japón podría mejorarlo.

—Bien, señor. Gracias por preguntar.

—Adler —corrige—. Te he dicho que me llames Adler.

—Señor Adler. —Suspiro—. No quiero molestarle. Debo irme a mi cuarto.

—Oh, no. De hecho, la noche apenas comienza. —Eleva su cabeza para verme a los ojos. Siento que está leyendo mi alma. No tengo suficiente coraje como para retirarle el contacto visual—. Era contigo con quien quería hablar. Qué coincidencia encontrarte al otro lado del mundo, ¿no?

—Sí, lo es. —Cabizbajo, retrocedo un paso—. ¿Nosotros tenemos algo pendiente? ¿Hubo un inconveniente en el rodaje?

—Creo que será mejor que me acompañes a un sitio donde podamos sentarnos. Te guío, la terraza tiene una vista maravillosa.

Subimos al último piso del hotel. El comedor de arriba está vacío y no tengo claro si él lo ha pedido así. Hace un pedido en la barra antes de acercarse a la mesa de la esquina que escogí porque es la que mayor resguardo tiene de las heladas brisas de la noche.

Estoy ganando más confianza al hablarle. Aquello me calma. Tal vez por fin pueda tener una relación cordial con él.

—Sé que tú y Amanda han estado saliendo.

Se me ha bajado la presión.

—¿Desde...? ¿Desde cuándo?

—No vas a negarlo. —Eleva las cejas—. Interesante.

¡¿Por qué a este señor todo le parece interesante?! ¡¿Negarlo?! ¿No sabía ya? ¿Y si era una pregunta de prueba?

«Joder, Amanda va a matarme. Yo quiero hacerlo conmigo mismo ahora».

—No. —Tomo aire—. Amanda no es una persona a la que pueda negarse, pero no somos... pareja.

Me aprieta el pecho. Estoy seguro de que es uno de los síntomas de un paro cardiaco. Veo borroso. Si no estuviera sentado, me habría caído.

—Qué interesante, Kennedy.

«Este hombre quiere matarme».

—S-sí, supongo.

—Supones —repite ofendido—. Es decir que no estás seguro de que mi hija sea interesante.

—¡No! ¡No he dicho eso!

—Despreocúpate. No vine a arruinarte la existencia... hoy. Tenemos asuntos más importantes que discutir porque, como te has enterado, tu imagen y la de la película están en juego.

—Lo sé.

—Mira, Ron, te voy a hablar como a un individuo del medio porque eres alguien a quien admiro —comunica, y yo contengo mi sonrisa—. Como debes saber, la decisión de lo que haríamos para crearnos terreno si esto sale a la luz la tomé yo. Esto es sobre mi película y sobre mi hija. —La misma que desaparece, llevándose su rastro de felicidad.

Asiento en silencio, lo dejo hablar mientras un mesero nos trae las bebidas.

—Tenemos que adelantarnos a los hechos. Pase lo que pase, lo primero es desviar la atención: si por algún motivo no se pudiera ocultar lo que ocurrió en la boda con los rumores de noviazgo con Vesper, haría que ustedes estén juntos justo después. Los consumidores viajan del punto uno al punto tres con una facilidad increíble. Se les olvida la película que vieron ayer si hoy hay una mejor, y eso mismo harán con esto. Allí, si en el peor de los casos Amanda queda en el ojo público, no estará mucho rato.

—Tu representante es encargada de informar esto. Como debes saber, Axel llamó a amenazarme. Luego lo hizo con Amanda mientras ella trata de ayudar a Emillie, quien está embarazada. Este sujeto se ha empecinado en resaltar que podría denunciar a Tom, a ti, a más involucrados en lo que pasó ese veintidós.

—Si lo que quieres son palabras de aliento, este no es el sitio. Creo entender que leíste y firmaste lo que te propusimos, por lo que estás informado de que el trato dura hasta el estreno de *Astrológico Deseo*. Si a partir de allí este problema resurge, habrá que buscar otra estrategia. Y si quieren mantener esto... lo que sea que esté ocurriendo, lo tienen complicado.

—¿Se supone que solo tengo que ver cómo deciden por mí sin estar en la discusión?

—Bueno, Kennedy, cuando decidiste involucrarte en este tipo de escándalo, con actividades ilícitas involucradas y personas a las que no puedes mostrar al público sin medir las consecuencias, eso es lo que ocurre.

Tengo un sabor amargo en la boca.

—Entiendo.

—No me malinterpretes, no te estoy diciendo que no salgas con quien quieras. —Se aclara la garganta—. Como jefe y como padre tengo muchas cosas que decir, pero no es el momento.

Bebo un sorbo del vaso que pidió. Es de fresa.

—Esta industria es cruel —continúa—: cizañera, calumniadora y terrorífica mientras más creces. Tú eres alguien demasiado joven con un potencial gigante, aunque debes notar desde ya que el éxito no trae amigos. O que tus "amigos" no tienen los mismos valores que tú.

—¿Por qué me estás advirtiendo esto?

—Porque van a ir tras lo que más quieres. —Su tono es como si contara una historia de terror, su sonrisa me da escalofríos, no es de felicidad—. Van a buscar una forma de bajarte porque te darán poder hasta donde quieran que lo tengas.

—¿Eso es...?

—Eso me pregunto. ¿Es tu reputación lo que más aprecias? ¿Qué harás cuando se den cuenta de que no pueden frenarte con eso y vayan a por algo más? No engañas a un mentiroso. No eres huérfano, ni el sujeto sin amigos, y mucho menos alguien a quien no le importa nada.

Siento mi pulso acelerarse, exhalo una bocanada de aire que me deja sin aliento.

—Nadie puede caminar sobre la cuerda floja toda su carrera. En algún momento uno se resbala, y ahí debe tener cuidado con lo que ha puesto abajo. —Coloca sus codos sobre la mesa, al inclinarse hacia mí baja el tono de voz—. También hay una razón para que no haya presentado a mi familia a la cámara, o mantenga mis asuntos privados.

—Esto suena horrible.

—Todo tiene un precio. La fama a niveles tan grandes lo tiene y tú no vas a dejar de ser una estrella, así que tienes que escoger cómo vas a llevar esto. Es un camino difícil o es un camino solitario, no hay otro atajo que tomar.

Con la cabeza en blanco, me pierdo en mis pensamientos por un largo rato antes de contestar.

—¿Y la gente siempre tendrá ese riesgo si está cerca mío? ¿De que en algún momento las cosas salgan mal y los arrastre también?

—Si te importa más tu imagen y tus aspiraciones, sí. Si no, podrías buscar la forma de equilibrar la caída. Yo te diría que aproveches tus años, tienes mucho que construir todavía. —Se levanta—. Solo no te pongas a ti por debajo de tus metas, recuerda que es admirable luchar por lo que quieres, pero si te pierdes en busca de lograrlo, no quedará nadie que luche.

La noche es una pesadilla. No tengo cabeza para leer los textos aburridos sobre aparatos que no entiendo cuándo ni él los leyó. No puedo ver mis películas favoritas para distraerme, no me da sueño, ni siquiera tengo ganas de recostarme.

Salgo a caminar en la oscuridad de la noche. Hace mucho frío y no hay nadie fuera. Apenas puedo ver mis huellas en la arena. Mientras más me acerco a la costa, un espectáculo de estrellas se asoma en el cielo. No me deleito con ellas, mis pensamientos pesan, no me dejan levantar la vista.

Me coloco en un rincón con grandes rocas donde el agua poco a poco amenaza con mojar mis zapatos. Lamento no haber traído una bebida y, a la vez, no comprendo cuándo el alcohol se convirtió en lo primero que busco para afrontar un momento complicado. Amanda saca una versión mía increíble que nunca antes había visto y, por otro lado, presenta cada una de las cosas que temo o hago mal.

—¿Cómo estás? —pregunta con timidez.

No la vi llegar, está envuelta en un manto claro que sacó de la habitación. El terreno es inmenso, no tengo idea de cómo me ha encontrado.

—No es mi mejor momento. —Bromeo—. ¿Y tú?

—Tampoco.

Parte de mis defensas se hacen trizas. Amanda tiene las ojeras más pronunciadas y no puedo devolverle la sonrisa. El viento fuerte sacude su cabello, intento no mirarla tanto, intento salir de lo que estoy acostumbrado con ella. Me es imposible.

Odiaría que las cosas terminaran así. Si se supone que ya estoy amargado, me convertiría en un trago amargo viviente hasta el día de mi muerte.

—Odio que... —No completo la frase, no sé a qué quiero maldecir, es solo el odio dentro que no sé cómo liberar.

Tengo que volver a leerme cada ley, cláusula, todas las pruebas. Necesito algo en contra de ese idiota.

—¿Qué es lo que odias? —musita.

—Odio que me gustes tanto.

Al contrario de lo que esperaba, escuchar eso no ayuda a su ánimo. Se abraza a sí misma con la ayuda de su manta, la temperatura baja.

—Lo siento, soy muy complicada.

—De lo único que eres complicada, es de olvidar.

Oculto mi rostro entre mis manos. Hemos llegado a cierta confianza miserable donde ninguno sabe ocultar lo mal que nos hace este distanciamiento, lo frustrante que es no tener forma de arreglarlo y lo desconcertante que es saber que esa podría ser nuestra nueva realidad.

—¿Por qué escogiste hablar conmigo? —Su misma pregunta de siempre rompe el hielo—. Este tiempo... Viendo cómo eres realmente, ¡lo cual está perfecto! Sé lo que establecí, lo merezco, es que me hace darme cuenta de que quizá conocí a alguien que no eras tú. Por fin entiendo a qué se refería el resto del mundo cuando hablaba de ti.

«O conociste al verdadero yo».

Doy bastante asco por haber actuado como si no la conociera. Hay un montón de cosas que hice y seguiré haciendo mal porque no sé cómo accionar. Esto es nuevo para mí. Pareciera que quiero armar un rompecabezas sin todas las piezas.

—No lo escogí, tú apareciste y comenzaste a hablar. —respondo desganado, no porque no quiera hablarle, sino porque estoy cansado.

—¿Qué fue lo que lo hizo distinto?

—Empezaste a dar un montón de datos que no pedí. —Sonreí al recordarlo, su apariencia ese día—: Divertidos, extraños, me hizo mucha gracia.

—Te quedaste por entretenerte.

—Me quedé porque me gusta escucharte hablar. Nadie había conseguido hacerme así de feliz apenas conocerla.

Su próximo suspiro se oye como un sollozo. La siguiente voz en mi cabeza suena más a un verdugo que a un consejero. Recién allí noto que Amanda trae una pequeña taza de café entre sus manos, no sale vapor del recipiente, debe estar congelado.

—Supongo que lo que tenemos —mi voz entrecortada lucha por expresar lo que siento— no es apto para alguien como yo, en este mundo, con estos peligros.

—Lo sé.

—No quiero hacerte daño y sé que voy a hacerlo. Lastimosamente, nunca podría darte más que este espectáculo.

—Vas a encontrar a alguien —afirma ella—. Vas a encontrar a alguien que no te meta en problemas, que sea acorde a lo que quieres a futuro, que pueda quererte sin que los fantasmas que guarda le atormenten. —Se limpia una lágrima de la mejilla.

—Al parecer, el amor no es apto para gente como yo.

—¿Para estrellas? —Bromea.

—Estoy considerando una alternativa para...

—¿Qué? No, no voy a permitir eso. No consideres nada, tú puedes. Yo confío en ti —me anima con la risa más fúnebre que he oído en mi existencia—. Confío en que eres el mejor de todos los tiempos, aún tienes que recordárselo a los demás. Lo siento por meterte en esto, Ron.

—No digas eso.

—Es mi culpa, si yo no hubiera salido con él, si yo no hubiera empezado a hablar contigo, si me hubiera alejado de ti, tú no...

—¿Te estás disculpando por enamorarme? —inquiero ofendido—. ¿Te oyes, Amanda?

Ella se queda callada ante tal declaración. Bebe un sorbo, la mueca que le sigue hubiera sido graciosa en cualquier otra situación; el café debe estar amargo.

—Es que conmigo nunca hay un final feliz —dice a modo de chiste. Amanda tiene la autodestructiva costumbre de verse como la solitaria culpable de sus tragedias.

Mi cerebro no funciona, no tiene sentido que me repitan mil veces lo inteligente que soy si no encuentro una maldita forma de que estemos juntos.

Voy a encontrar una manera. O al menos, voy a demostrarle a Axel que si yo no puedo tener el final que quiero, él mucho, mucho menos.

—Si esta es la última vez que nos vemos, quiero que sepas que compararme con esto es lo más hermoso que alguien ha hecho por mí. —Señala el cielo, los colores desvanecidos de antes ahora son un azul, verde y morado intensos.

Los colores de la aurora boreal son hermosos. Ondulante, cubre el panorama dejando a las estrellas tan simples e insignificantes que desaparecen de la vista. Es un fenómeno increíble. Los alrededores son iluminados por su brillo. Boquiabierto, me quedo hipnotizado por su belleza.

Pese a ser un sitio donde se pueden ver, es raro tener la oportunidad de apreciar una, en especial en esta época. Los tonos van haciéndose notar el doble, el morado se torna rosáceo, el verde lucha contra lo demás, es como si se apoderara del cielo. Es un espectáculo extraordinario, en su especie.

—Amanda, trabajamos en el mismo sitio —le recuerdo—, nos volveremos a ver.

Ella se carcajea. Esos segundos son los únicos en los que mi corazón vuelve a latir.

—Cierto. —Chasquea la lengua, utiliza mi cuerpo para levantarse.

—Bueno. —Me pongo de pie a su lado—. Volveremos a...

A no ser nada.

Prefiero quedarme en silencio que admitir esa verdad.

—Es lo mejor que he visto en mi vida —comenta fascinada con el movimiento de la luz.

Está mirando el paisaje hermoso e irrepetible. Un fenómeno natural.

Y yo la estoy mirando a ella.

—Opino lo mismo.

Acomodo su cabello detrás de su oreja. Mi mano queda en su hombro. Mis latidos ruegan que corte la distancia entre nosotros. Su mirada en mi boca y su movimiento inconsciente de remojarse los labios.

«No quiero que esto acabe y tampoco quiero ser solo otro de los chicos que te ha hecho daño».

★

El viaje de vuelta al estudio es incómodo. Me siento vacío por dentro y mi cuerpo reacciona solo a los estímulos exteriores. Sonrío, me tomo fotos, hablo con los trabajadores, socializo siendo el mejor hombre que he sido en años sin siquiera tener un pensamiento que cruce mi mente. No siento nada, no pienso nada, no existo más allá del personaje.

Ella solo está allí para acompañar a su padre de vez en cuando, lo cual hace que levantarse cada día sea menos llevadero. Vesper no es una mala chica, no es desagradable, es educada y ha intentado con toda su voluntad que nuestra convivencia forzada sea ideal para mí, incluso aunque la ignore. Soy un imbécil insensible al que no le importa el resto.

No puedo. La miro y me acuerdo de Amanda. Veo a Amanda en cada una de las personas. La oigo en cada una de las canciones. La encuentro en cada cosa que leo.

Mi mejor versión quedó enterrada en un cajón, no tengo ánimos de estar allí, lo demuestro con cada ser humano que se atreve a acercarse. Salgo todos los días a la calle a comprar tonterías en busca de encontrarme con ella, pero nunca está.

Sospecho que Malibú me odia porque le pregunté por su amiga y lo que recibí a cambio fue una mirada fulminante. A pesar de que sé que no hay forma de arreglarlo ni una solución, intento tomar lo poco que queda de nosotros antes de que acabe.

Lo cual es inevitable: es el último día de grabación.

—¿Qué haces tú en una biblioteca? —pregunta Tom, quien estaba en la sección de misterio.

—Estoy esperando que sea la hora exacta para ingresar al set.

—¿No te preocupa llegar tarde y que Brandy lo sepa?

—A estas alturas, no.

—Joder, estás fatal. —Tom me guía a la sección de "autoayuda"—. Mira, este tiene dibujos, quizá te sirva.

—Ya me voy.

—Oye, ¿cuál es tu drama? Ya, te di tu espacio, si no vas a solucionar tu lío tampoco puedes ir por ahí ignorando al resto del mundo. ¿Por qué Amanda te dejó?

—Técnicamente yo la dejé, creo. No sé, no entiendo esto.

—Ron, ¿Tú estás bien?

—Antes de que aparecieras a recordármelo, sí —miento, como si eso no ocupara mi mente el noventa y nueve por ciento del día—. Iré a trabajar.

—Ronaldo. —Me detiene Tom, tirándome a la sección de romance—. Basta, esta situación te está haciendo perderte. No tengo los detalles, pero nada vale tu salud mental.

—Estoy como siempre, exagerado.

—¿En serio? No le has hablado a Amanda, aunque medio plantel sabe que quieres saber de ella, Vesper parece estar en un funeral, olvidas que existo y también el cumpleaños de Daiquiri.

—¿El cumpleaños de Daiquiri?

—Fue ayer.

—Dios. —Me llevo la mano a la frente—. Lo siento, dile que soy un idiota, estaba ocupado. Tengo mucho que hacer.

—¿El qué? Hoy termina esto, Ron. Si te das cuenta de que se te acaba el *show*, ¿verdad? Entra en razón, hermano, las experiencias con otros deberían darte ánimos para cambiar, no para volver a lo mismo con lo que es obvio que no eres feliz.

Contradigo mis propias reglas al contarle esto a Tom. Supongo que ya me da igual si lo pone en su libro. Solo quiero una historia alegre, con un estúpido final feliz y dulce.

—Vale, necesito que me ayudes a comprobar un plagio —susurro—. Necesito poder negociar con ese repugnante, llegar a un acuerdo donde lo que pasó en la boda no existió y pueda empezar a construir sobre estos escombros.

—Sospecho que lo que sale mal es que creen que pueden solucionar esto hablando.

—¿Qué se supone que hagamos?

El brillo común en su mirada se apaga, sus párpados se relajan y sus comisuras suben. Tiene esa expresión cuando se le ocurre una idea maniática de la que nadie puede escapar. Y por primera vez, deseo escucharla.

—Juntamos balas —suelta emocionado—. Si cada persona que lo conoce tiene algo en contra suya, si unimos fuerzas y planeamos adónde apuntar, podemos hacer que nos tenga miedo hasta que se olvide de esta "contra venganza". Lo primero sería que Emilie y Brandy acepten.

Respiro hondo. La alarma de mi reloj digital suena, debería estar enfrente de las cámaras.

—¿Y si solo lo empeoramos?

—Vestimos a Amanda de gato, tú la secuestras, yo llamo a mis contactos de Brasil y nos escondemos allí hasta 2040.

«¿Por qué demonios esa noticia se ha esparcido?».

Corro al edificio pensando en que en serio debí estudiar administración de empresas. Las puertas habituales están cerradas. Estoy a dos minutos de llegar tarde, estoy seguro de que Emillie debe odiarme por arruinarle la boda, Brandy me verá como un ridículo que no sabe dónde está pisando. Quien dijo que la esperanza es lo último que se pierde no mintió, solo le faltó agregar que la dignidad es lo primero.

Choco con una mujer en el trayecto. Iba a ignorar que eso ocurrió, sin embargo, ella me gritó y reconocí su voz.

—¡¿Tú no te cansas de ser un desconsiderado?!

Lupe, o Luisa, ¿Luna? ¿Luanna?

—Lo siento, perdona...

¿Lucia? ¿Lucero? En fin, la del gato. La de la abuela loca.

—Ni siquiera te acuerdas de mi nombre, no me sorprende —espeta enojada—. En fin, no vine aquí a hablar contigo. Salió en las noticias que ahora sales con otra, así que vine a agradecerle a Amanda por ser la única con la decencia de devolverme a mi mascota y encima, tú la cambias por otra, animal. ¿Algún día tendrás una novia a la que no deseches?

—Mira, Lu... —carraspeo—. Eso no es así. Es manipulación mediática.

—Uff, pues déjame dudar que el sujeto que se acostó conmigo, me hizo pelear con mi familia, ¡se robó mi maldita mascota, hija de generaciones de gatas en mi casa! Y luego hizo como si yo no hubiera existido sea buena persona. Vete a la mierda, vine a darle mi apoyo a Amanda.

—¿Desde cuándo ustedes son amigas?

—Tenemos el mismo enemigo.

—¡Que eso no es así! —grito—. Yo no le terminé a Amanda, fue su ex que no es su ex el que amenazó así que tuvimos que distanciarnos. ¡Yo jamás la hubiera dejado! Joder, basta. —Tiro la cabeza hacia atrás, quiero desaparecer.

A la chica se le borra la sonrisa, el gato naranja (que no es su gato original) en sus brazos también se pone serio. Ella avanza hacia mí con cautela, como si tuviera miedo de que me lo robe otra vez.

—¿Hablas en serio? ¿El piloto?

—¡¿Tú cómo sabes eso?!

—Somos amigas en redes sociales.

—¿Por qué te agregaría ella? Agh, como sea, no importa. Sí, ese, tengo mucho con lo que lidiar así que hazme el favor de no contar lo de nosotros. —Bajo la mirada al felino—. Por ahora.

—¿Crees que soy capaz de hacer eso? Imbécil, ¿Qué conseguiría? ¿*Hate* de las niñas obsesionadas contigo? Ya tengo lo que quería. —Abraza a su mascota—. Espera, ¿Eso significa que Amanda está mal? Tengo que buscarla, pobrecita.

La mitad de mi ser se sorprende de que le caiga bien a ella, la otra piensa: «Por supuesto, ¿quién no quiere a Amanda?». Desde su perspectiva, Amanda es la dulce chica que le devolvió lo que quería y a la que ahora tiré como si fuera basura.

—¿Me firmarías un documento que diga eso...? —Soy un sinvergüenza, solo pregunto por lo que me conviene—. Te pago si quieres, es importante para mí.

Ella asiente. Su gato me gruñe cuando intento estrecharle la mano.

—A nombre de Ludmila —aclara ofendida—. Con la condición de que estés siendo sincero, si no, nosotras nos uniremos en una campaña ANTI-Ron Kennedy.

—Hecho —farfullo aliviado—. Pasa, adelante, te dejaré con mi representante para ese papeleo. —Le abro la puerta del set—. Será rápido.

—Ya, pero ¿dónde está tu exnovia?

«A mí también me gustaría saberlo».

Las copas se elevan en el aire, champagne salpicando el suelo, gritos y festejos cuando el último grito de «¡Corte!» resuena en la oficina donde acaba la película, en un negocio ilegal que deja la puerta abierta a una secuela. Están estallando de felicidad.

Estoy esperando a que sean las siete de la tarde.

No voy a dejar que este sea el final de la historia. He convocado a Tom, Jim,

Emillie y Brandy a una reunión. Ninguno tiene idea de por qué les quiero hablar ni de que habrá más gente. Ludmila (sospecho que ese es su nombre correcto) se ha quedado junto con mi mánager en la sala y no tengo valor para echarla, así que ella estará también.

Ni siquiera sé qué diré. Planeo echar la mitad de la responsabilidad a Tom a cambio de posar para su bendita portada, si eso es lo que quiere. Lo que tengo claro es que, si verme como un imbécil es necesario para revertir esta maldición donde Amanda y yo no podemos ganar, lo haré.

Brandy fue el único al que le expliqué el motivo porque es un hombre ocupado. Mi correo, mal redactado, se resume en: *Voy a escoger el camino difícil, si me dieran mil oportunidades de vivir esto, mil veces voy a tomar el camino difícil.*

—Ron, ¿para qué nos has citado aquí? —cuestiona Emillie al ingresar. Se queda perpleja al notar a Jim en otra silla.

—¿Tú también? ¡Qué guay! —exclama Jim. Él está aquí porque es uno de los posibles afectados si el sujeto raro hace la denuncia.

Tom llega antes, con una saga de libros de criminales. Su iPad, computadora, cuaderno, la tesis y una botella. Brandy es el invitado final, llega justo a tiempo, no se ve contento de estar aquí, pero percibo la curiosidad con la que me observa.

A estas alturas, si esto no funciona no será una anécdota. Será un evento traumático. Pero al diablo, no voy a irme sin dar batalla. No voy a permitir que me arrebaten lo que más me importa.

«No a ella».

—Se preguntarán por qué estamos aquí reunidos. —Acomodo el cuello de mi traje al levantarme de la silla. Una diapositiva horrenda se proyecta en el pizarrón—. Surgió una idea, les quiero hablar de la iniciativa *Vengativos.*

29
sed

* * *

RON KENNEDY

—Como deben saber, el carro se ha estrellado —digo mientras cambio la diapositiva a una imagen de un auto accidentado, seguida de una explosión, que resume los eventos de los últimos meses—. No tengo la capacidad de solucionarlo solo, por eso los he reunido aquí. —Poso ambas manos sobre la mesa—. Son los mejores en su área, confío en que podemos juntar nuestras habilidades y deshacer esta fuerza del mal.

Oigo a Brandy reír. No sé si se está burlando o si le causo gracia, pero no me detengo ante ninguna de esas posibilidades.

—Tenemos esto. —Tom levanta sus documentos del trabajo final de grado—. No me ha tomado más de media hora comprobar que es un plagio, sin embargo, realmente creo que es un idiota al que no le importaría perder por "cobrarles" a Ron y Amanda lo que pasó en la boda.

Emillie se encoge en su asiento, y siento un nudo en el estómago al ver cómo intenta ocultarse entre los papeles. La vergüenza en su mirada me deja helado, y parte de la culpa me pesa en la espalda. Joder, si tan solo se lo hubiéramos dicho antes. En mi defensa, es mi primera vez (y espero que la última) arruinando una boda.

—Necesitamos encontrarle una debilidad, así como él ha hecho con nosotros —propone Jim—. Emillie, tú lo conoces desde hace unos ocho años, ¿cierto?

—Mmm, sí —murmura—. Aunque no sé qué información podría ser útil.

—¿Su estadía aquí? —indago—. ¿No se quería casar contigo por el pasaporte?

—Oh, no. —Ella frunce el ceño—. Él tiene eso en orden desde hace siglos, no es eso. Asumo que fue mi... —Se le corta la voz—. Fue una decisión mutua por la noticia. —Se lleva una mano al estómago, aún no es notorio, así que los presentes que no estaban enterados quedan boquiabiertos—. En definitiva, fue esto y no otro motivo.

—Claro. —Jim chasquea la lengua—. ¿Su carrera?

—Como a cualquier otro, sí. Aunque debería ser algo grave para asustarlo, siempre se las arregla para no salir afectado en lo que hace. Supongo que esta es la primera vez porque me pierde a mí. —Ella se muerde el labio inferior, cabizbaja no logra volver a levantar la cabeza. Jim le pone una mano en el hombro e intenta animarla—. Y tampoco lo veo muy afectado —completa.

Sigo con mi presentación en un intento apresurado de cortar la tensión. Explico cuáles son los elementos que tenemos. El plan es encontrar una forma de tener una tregua en lo que se estrena la película. Lo cual es falso, porque pronto me he dado cuenta de que, si quiero hacer que pague, no puedo salir limpio de esta situación. Si Amanda quiere quedarse conmigo, tampoco. Pase lo que pase, las probabilidades de salir ilesos son nulas, como en el amor, ¿no? Como sea, con que Axel desaparezca me conformo. El resto es avaricia.

—Disculpa, hijo, ¿cuál es tu intención con esto? —interrumpe Brandy.

—Eh, bueno... —Decirlo en voz alta me da un poco de vergüenza, porque por mucho que aprecie a Tom y Brandy, me importa una mierda su película—. Por varios factores: esta producción a la que le hemos puesto tanto esfuerzo, la reputación que he construido y todas las empresas con las que trabajo que necesitan a alguien intachable. No me gustaría involucrar en un problema así a la guionista o mucho menos exponer a Emillie en estos momentos. Esa situación no puede salir a la luz bajo ningún término.

«La guionista». Vamos, hazte el pendejo.

Brandy sonríe triunfal, y veo cómo cambia su semblante amenazador a uno feliz. Es de las pocas ocasiones en las que he podido presenciar eso. Suelta un suspiro de satisfacción que deja el salón en silencio.

—Muy bien.

«¿Muy bien?». ¿Qué se supone que eso significa?

—Los ayudaré —establece Brandy—. Estoy orgulloso de ti, Ron. Has reunido a esta gente para ayudarte a pensar, no eres tan tonto como creí. Te felicito, hay que tener agallas para tomar las riendas.

¿Pensaba que soy idiota, cobarde, y encima me lo dice a la cara?

—Siéntate, quiero aportar algo a la presentación. —Se levanta de su silla, yo me muevo a un lado de la punta de la mesa—. Como es de conocimiento general, el sujeto en cuestión me llamó a amenazarme apenas ocurrió lo de la boda.

»Planeaba denunciarlo, por supuesto, porque el inteligente muchacho no tuvo en cuenta que obligar a una persona a realizar u omitir una actividad con fines de lucro por medio de la intimidación se llama extorsión y es penado por ley. Siempre tengo las conversaciones de ese teléfono grabadas, por seguridad.

»El inconveniente es que se debe tener el consentimiento de ambas partes para ello, o al menos haberlo notificado. Cosa que no ocurrió, pero con el de una de las partes involucradas, yo y un buen abogado sumado a una gran suma de dinero, se consigue. Diciendo esto, a lo que quiero llegar es que necesitamos grabarlo de la misma manera, extorsionando y amenazando de una manera en la que podamos usarlo en tribunales porque a ese loco lo quiero fuera de mi trabajo, lejos de mis trabajadores y a un continente de distancia de mi hija. Para pedir una orden de restricción hay ciertos requisitos que creo cumple este caso.

»Como sea, quiero que él mismo se hunda por su peso, por lo cual lo que me parece más prudente es tener grabaciones de cámaras de seguridad de un sitio al que se las podamos solicitar para el juicio. O para que acceda a firmar un documento con todas mis peticiones. Lo cual no debería ser tan complicado teniendo en cuenta que el tipo es un imbécil.

»Conclusión: Iba a hacerlo por mi cuenta, a mí manera, pero me gusta la iniciativa que tienen. Si quieren hacer un plan, las indicaciones son las siguientes: creen un escenario realista, hagan que confiese, acorrálenlo y háganle creer que les ganará incluso bajo sus condiciones, luego le quitan el "premio" que fuera a tener. Que esté la chica en esta reunión nos ayuda mucho, la verdad, es un gusto.

—Gra-gracias. —Emillie casi se atraganta con su agua, observa maravillada al director, así como cada uno de los presentes—. Soy Emillie Vega, por cierto.

—Adler Brandy. —Le estrecha la mano—. Te quería felicitar, por cierto.

—¿Por qué?

—Por no casarte.

La reunión siguió por horas. Tom estaba poseído, se puso sus audífonos y tecleó en su laptop como si su vida dependiera de ello. Jim ayudó a que Emillie se aliviara, interactuó con las preguntas capciosas de Brandy e incluso se hizo amigo de... Lu... Ludmila, la dueña del gato. Ella ha sido muy comprensiva con lo que ocurrió. En algún punto me habré perdido su reciente amistad virtual con Amanda porque a ambas les gusta el mismo personaje del *reality* extraño que ven. Quizá mi hermano tenía razón y el mundo no es mi enemigo. En este sitio, seis personas incluyendo a Ginebra están dándolo todo para ayudarme. O ayudarnos, claro, no soy el centro del universo.

Centro del universo... Universo... ¿Dónde está Amanda?

Miro de reojo mi teléfono. He activado mi número otra vez, pero no tuve suficiente valor para hablarle. Sé que está en esta misma ciudad y Tom dijo que la oyó hablar de tomar un curso de escritura creativa, nada más. Tal vez, por puro accidente, vi cuando Emillie checó una *story* que subió a Mejores Amigos leyendo. Quizá, por casualidad, me he enterado de en qué departamento está, con Jim como *roomie*. Es posible que Brandy haya comentado sobre que acaba de desayunar con alguien y los labios le hayan quedado rosa, el mismo efecto que provoca el jugo de fresa en la cafetería de la esquina. Esas son solo suposiciones.

—Bien —dice sin aliento Tom al apartarse de su computadora, agotado—. Lo tengo, aunque necesitaremos muchos actores. No pude hacerlo sin al menos cinco personajes.

—Adelante —murmuro emocionado.

—A ver. —Él se aclara la garganta—. Debe ser en un bar, por lo cual necesitamos al menos una persona que no conozca que atienda el sitio. El personaje "HDP" fue allí a citarse con el personaje "Millié". Allí, donde cree que irá a manipular, necesitamos quitarlo de su zona de confort. Ingresa el personaje "Caballo de Troya", que es alguien que le coma el oído un rato hasta que se sienta en confianza y luego lo haga enojar hasta que hable.

—No vamos a involucrar a Amanda en esto —interrumpo.

—Pff, obvio que no, tonto. Quien hace eso tiene la difícil tarea de engatusarlo con su actuación. —Reprime una sonrisa—. Es un trabajo complicado porque sabe que lo tenemos en la mira, es un trabajo para... el mejor actor del mundo.

—Ese tipo me odia, no va a funcionar.

—¿Dudas tanto de tu capacidad? —Tom arquea una ceja—. Uy, ahora pienso que los críticos que dicen que Jack Daniels es mejor que...

—Cállate, lo haré —farfullo—. Sigue explicando.

—En fin, mientras eso ocurre, dos personas se asegurarán de que el audio y la imagen de las cámaras, para nada sospechosas, estén en orden. Estará tan distraído que no lo notará. Una vez tengamos eso, le presentamos un clip y le ofrecemos el trato. Emillie dirá que acepta regresar con él solo si soluciona esto, aunque en realidad algo así no puede ponerse en un contrato.

—¿Y si incumple el contrato? —indaga Jim.

—Lo dudo. Quiero tener fe en la humanidad y creer que no es tan poco agraciado —contesta Brandy—. Sin embargo, tendrá un cierto lapso de tiempo para darse cuenta de que lo engañamos, lo cual coincidirá con el estreno. Lo que queremos es que este caos, si sale, lo haga después.

—De todas formas, eso no le conviene a mi cliente —interfiere Ginebra.

—Ahí es donde entra la segunda parte, en caso de emergencia —continúa Tom—. Esta parte es problemática, así que por favor no me interrumpan mientras hablo.

Todos asentimos. Tom bebe un trago de su taza antes de hablar.

—Si sale mal, hay que contar la verdad. Para eso, obviamente, alguien que sepa cómo contar esta historia a su favor debe hacerlo, y esa es Amanda.

—Sí, y los cerdos vuelan —interrumpe Brandy.

—Escuchen, ¿por qué detestamos a este sujeto? Porque sabemos el contexto: es un infiel, mentiroso y manipulador. Sabemos lo que hizo con ambas chicas, cómo dejó a una y luego engañó a otra, sus amenazas, sus errores. Es el villano, y la única forma de que no lo sea es que se haga la víctima. —Golpea la mesa—. No lo permitiremos, tenemos mejores recursos, él no cuenta con nuestros ases bajo la manga.

—¿Cómo cuáles?

—Como que el sujeto al que quiere arruinar. —Se gira hacia mí—. Es, en realidad, el dulce, atento y solidario superhéroe de este cuento. —Ríe—. Piénsalo, Amanda no ha hecho nada malo; confió en quien no debía, aprendió de sus errores y ayudó a quien no debió pagar por esto. Tú... Tú eres solo un "pobre hombre enamorado" que ayudó a su "ingenua dama en apuros" y salvó a otra más de las garras del monstruo para que el monstruo no arruine su nido de amor.

Se me va a caer la cara de vergüenza. Él tiene una sonrisa de oreja a oreja, lo está disfrutando.

—Tomás, cállate.

—¡Hablo en serio! Ron, si contamos lo que realmente sucedió, tienes todas las de ganar. Piénsalo, el mundo te ama. Lo único que gusta más que un hombre "bueno" —dibuja las comillas con los dedos— es un hombre bueno que puede volverse malo por amor. ¿No has leído los clásicos? La pareja siempre se consolida en el momento de la tragedia.

—Definitivamente no es la forma en la que quería que se enteraran.

—Ay, por favor, todos lo sabemos. Desde el día uno —responde Jim.

Boquiabierto, busco que alguno de los presentes lo niegue. Ninguno lo hace.

—Además, ahora que el escándalo del gato que robaste no explotará, no hay nada que tengan contra ti —agrega Tom.

—¡¿Para eso querías ese acuerdo de confidencialidad?! —exclama Ludmila.

—Lo importante es que somos amigos. —Pongo mi mano en su hombro—. Y que hay salud. La salud siempre es importante.

—Lo hago por Amanda, tú me caes mal. Te confié mi cuerpo y hurtaste mi mascota. —Acaricia a su gato falso—. ¿Ella no debería estar enterada de esto?

—Ese es el plan B. Le contaremos si el plan A falla —explica Tom—. Ahora debemos perfeccionar el primero. Necesito escribir un guion creíble. Denme cuatro litros de café y hablamos mañana a la misma hora.

—Define un día, alquilaré el bar de un amigo —ofrece Brandy—. No harán preguntas, asumirán que es una producción.

—Necesitamos gente extra, de confianza —recalca Tom—. Al menos una nueva.

—Si quieren, puedo unirme. —Ofrece la chica del gato—. No sé actuar, pero estoy enfadada con mi novia y no quiero volver a mi ciudad aún. Puedo tomar un curso en *Actualinguo*.

—Contratada —acepto.

—Ojo, que luego te despiden sin justificación —murmura Jim.

—Recontratado también.

—¿Y quién dijo que yo quiero volver a trabajar para ti?

—¿No quieres? —Frunzo el ceño.

—Por supuesto que sí, era broma, jefe.

—¡Una última cosa! —exclama Tom—. Si el plan B sale a la luz, deben dejarme patentar la idea y los derechos antes, no vaya a ser que se roben mi trabajo.

Tom ha ingresado en contra de mi voluntad a mi propiedad. Lleva aquí unos días; dejé de intentar que se vaya cuando llamé a seguridad y tacleó a uno de ellos. No hago mucho más que "concentrarme en lo mío" mientras espero, impacientemente, que termine el guion.

Brandy consiguió el bar del Hotel Methvin por más de un mes entero, el plazo acabándose justo un día antes del estreno. La película se ha estado editando desde hace bastante. No tiene muchos efectos especiales como en Harvel o un gran juego de ángulos y tomas como las históricas, así que el proceso es diez veces más rápido de lo que estoy acostumbrado. Lo que hicimos las últimas semanas fueron escenas que debían cambiarse o arreglarse, poco más.

Pronto las salas de cine estarán repletas. Mi rostro, o mejor dicho el de "Kain Reid", estará en las carteleras del país y del resto del mundo. Eso no me emociona, nunca lo hizo, pero en este momento menos. Lo que sea que digan de mí en ese trabajo me da igual. Quiero que las cosas vuelvan a ser como antes.

—Ron, me preocupas —dice él sin apartar la vista de sus documentos.

—Estoy bien.

—Tirar la radio por la ventana porque pusieron Taylor Swift y te acordaste de ella no es la definición de "estar bien".

—Vale, quizá he exagerado un poco.

—¿Qué es lo que te atormenta? ¿Perder contra ese sujeto, perder la tranquilidad, el estatus, la experiencia de enamorarte de alguien o la adrenalina que tenían?

Ninguno. No es la sensación, es la persona.

—¿Has avanzado? —Ignoro sus preguntas—. Quiero leer el prototipo antes que el resto.

—Estoy en ello. He pospuesto una entrega de manuscrito, dos ediciones, una presentación y el cumpleaños de mi abuela para ayudar en esto. —Sube el brillo de la pantalla de la laptop—. No me presiones.

—Si me mudara a otro continente, ¿me visitarías?

—Mejor vete a dormir, son casi las doce. —Bosteza—. Te enviaré lo que he hecho a cambio de que te encierres allí y no salgas hasta mañana.

Hasta mis amigos están cansados de mí.

Leo mi libro favorito una y otra vez toda la noche. Es lo único que me hace sentir algo, de cierta forma esas hojas con tinta son las únicas que me entienden. Aunque ese ejemplar me lo regaló Amanda, así que tampoco me ayuda mucho a ignorar las voces de mi cabeza, que están igual de confundidas que yo.

Estoy por dormirme a las dos de la madrugada cuando una notificación hace vibrar mi teléfono. Es un largo mensaje de voz. Voy a ignorarlo hasta que noto que la primera letra del contacto es la *A*.

🎙: *Hola, perdona si no quieres escuchar mi voz. Es que estaba pensando en ti. La verdad es que te extraño, mucho, todo el rato. Quiero mostrarte los nuevos libros que he comprado, quiero contarte de qué van, quiero obligarte a leerlos conmigo... Quiero ir en tu auto y quejarme de la estúpida música pop que pones. Quiero decirte que me sorprende que sepas actuar como si no vieras tu foto con el trofeo de oro cada día.*

Estos días los he pasado del curso a mi cuarto. Estoy desempleada, por cierto. Las clases son divertidas, pero me da pena contarte porque siento que soy molesta, aunque luego recuerdo que me has dicho que te gusta eso y entonces me da pena que no estemos cara a cara ahora. Voy a decir muchas cosas, estoy algo borracha, perdona.

Estuve escribiendo como ejercicio y, en una de esas veces, exterioricé algo que pienso: La vida, al menos mi vida, que es bastante caótica, se siente como si entrara a un bar del cual no puedo salir. Es como una cárcel, sé que en algún punto me hará mal y aun así no me retiro hasta hacerme daño. En el bar, a veces puedes escoger con qué saciar tu sed, aunque la mayoría de las bebidas son obligatorias.

Diría que los romances pasajeros son como un shot: puedes pedir cuantos quieras, pero no duran mucho. Las amistades son como un vaso de agua que ayuda a que no se te suba el alcohol; los ex son una lata que ya no te contenta. Hay otras bebidas que son parte del menú, que uno debe probar para seguir bebiendo.

Los tragos amargos son las situaciones que debemos pasar para llegar a nuestro verdadero objetivo. Son personas que no resultaron ser lo que esperabas, aquello que te deja un mal sabor de boca y un ardor desagradable en la garganta que baja hasta tu pecho. Entrar al bar es saber que puedes pasarla bien, puedes tener agua, dulces, shots, pero en algún momento tendrás que pasar por cierta amargura si quieres seguir participando.

Siempre pensé que aquello era una mierda, ¿no? Tener que sufrir para ser felices, lastimar a la persona equivocada y hacerlo bien con la incorrecta, aprender a levantarnos a base de caer mil veces, tener que tomar bebidas así. Sin embargo, creo que por primera vez me siento distinta sobre ello. Supongo que, si lo nuestro fuera un trago que me quemara por dentro en cada sorbo o que luego de este vaso ya no pudiera volver a sentir el sabor de otro o ya nada me pareciera igual, lo aceptaría.

Si acabara mal el 99% de las veces que lo intentamos, lo intentaría una vez más sin esperar un resultado distinto. Si supiera cómo va a terminar desde el principio porque era bastante obvio, aun así, escogería amargarme el amor para siempre contigo, antes que tener un final dulce con alguien más.

No has tomado mucho así que no debes saberlo, pero la gracia de los tragos amargos es que el sabor se te queda pegado cada vez que tragas. No se borra fácil con otro.

He odiado por años este momento: ese instante en que te das cuenta de que tus planes de papel son frágiles y provocan cortaduras. Donde, como debería haber aprendido, "el amor no lo cura todo". Detesto esta etapa donde ya nada tiene sentido. Sin embargo, ahora es interesante, contigo todo es nuevo y arrasador, incluso un corazón roto. ¡Y sé de lo que hablo! Creí que ya se me había acabado el mío por ser reducido a cenizas.

Pero creo que no tengo problema en hacerme otro para dañarlo contigo, eres, probablemente, la única persona que se merezca romperme el corazón. Eres mi bebida favorita, incluso si la amargura de que esto no fuera como quisimos vaya a arruinarme el resto de amores que jamás tendré.

¿Esta es la parte donde confieso que en realidad no estoy borracha?

Extraño mucho arruinarme la vida contigo, extraño hacer cosas que no deberíamos. No puedo haberme vuelto adicta a tu compañía en tan poco tiempo, pero lo hice. Y se me da fatal la sobriedad, no soy capaz de rehabilitarme por mi cuenta porque no quiero hacerlo.

Te digo esto porque tengo la esperanza de esconderme bien para ya no tener que verte a la cara. O bueno, que tú no me veas a mí, yo te veo en todos lados. Esta ciudad grita tu nombre.

Dios, treinta minutos hablando... Qué formas extravagantes y aburridas encuentro para decir que esta es mi estocada definitiva, no doy más: Si en verdad este infierno es nuestro final, no volveré a enamorarme. Nunca más. Mi corazón ha dejado de latir.

🐌*: JAJAJAJA creí que se lo mandé a mi profesor de escritura por error y casi muero. Con suerte, estás durmiendo y no te enteraras. Voy a borrar esto enseguida.*

🐌*: Por cierto, hoy una compañera se enteró de que trabajé en la peli, me preguntó si te conocía. Sé que quedamos en que no dijera nada; sin embargo, le dije que éramos amigos...*

Qué cruel decirle amigo a quien se suponía sería tu esposo... Jim me preparó una bebida hace unos minutos, sabe a algo que te gustaría.

¿Qué se supone que haga con toda esta información flotando en mi cabeza? Como que en realidad no te gustan las pelis de Harvel donde no sales. —Ríe—. O que tu álbum favorito es Fake Crystal, que te gusta mucho ser esa versión de ti que podría costarte tu carrera, o que siempre que vas a comer prefieres comprar una pizza a las extrañas comidas de aquí... O que te encanta vivir todo a lo grande, por lo cual, esta tampoco debe ser la mejor noche para ti.

Lo sé, te conozco, lo siento.

Espero que la estés pasando mejor que yo, la verdad. Espero que no escuches esto. Y, en el fondo, espero que baje del cielo un superhéroe a salvar el día.

Son las cuatro de la mañana y ella sigue enviando cosas cuando decido responder.

RON

> Buenas noches, Amandita. ¿Otra madrugada donde no vamos a dormir?

AMANDITA <3:

> Me hackearon.

Luego me bloqueó.

No me desbloqueó hasta una semana después y, al notarlo, le envié una dirección, un par de indicaciones y el horario para el show más importante de mi vida: el día en que por fin alguien le corte las alas de villano a Axel.

30
hennessy

* * *

AMANDA

La resaca del amor es interminable.

Mirando al techo del cuarto, siento un sabor agridulce: pena por mí misma en esta situación y satisfacción de que al menos sea él. Prefiero estar sola con su recuerdo que conocer a alguien más.

Si alguien merece destrozar mis esperanzas en el amor, es él. Si esto no funciona, ¿acaso algo lo hará? ¿Tendrán razón mis amigos cuando dicen que el amor es una mentira? Tal vez deba aceptar que los mejores romances de todos los tiempos ya no existen en la actualidad.

Por eso me quedé extrañada cuando me envió una dirección junto con un evento marcado en el calendario. Casi se me sale el corazón. Y por lo visto, a él casi le pasa lo mismo cuando le dije que conduciría hasta allá.

—Buen día —hablo primero, pese a que él me haya llamado. Contengo la respiración.

—Hola, Amandita. ¿Pensaste que te ibas a librar de mí?

Es bastante vergonzoso que tan temprano en la mañana esté moviendo mis pies en el aire, girando en la cama y tapándome la cara con una almohada para no hacer ruido por dos simples palabras. No es el saludo, es su voz, el tono con el que lo dice, y que esté sonriendo mientras habla, porque puedo distinguirlo en su forma de pronunciar.

—¿Amanda? ¿Me oyes? —insiste luego de que hayan pasado unos dos minutos sin contestar.

—¡Sí! Perdona, tengo mala señal.

—¿Quieres que te mande un chófer? —Ignora mi pregunta, va directo al punto. Se oye nervioso.

—Puedo conducir yo, es en línea recta y no está muy lejos de mi departamento. O le puedo pedir ayuda a Jim.

—Jim no está en tu departamento.

—¿Cómo sabes?

—Tengo espías en tu casa. —Bromea—. Un escuadrón, las veinticuatro horas, han puesto cámaras. Saluda desde la de tu cuarto. Sonríeme.

—¿Y me veo bonita?

—Preciosa.

Suelto una carcajada.

Luego recuerdo que Ron tiene demasiado dinero y se me borra la sonrisa, la cual vuelve al recordar que está loco; si quisiera verme, probablemente hubiera entrado por la ventana.

—Voy a mandarte un chófer —reitera con seriedad.

—Ron, pediré un taxi entonces, no se molesten por mí, que ni siquiera sé a qué voy.

—Es un evento privado y confidencial, no pueden verte entrar —explica él—. Hagamos algo, me retiraré de mi junta más temprano y te paso a buscar yo, ¿sí?

—¿Estás seguro? —inquiero—. No estoy en... las mejores condiciones. Probablemente tú... —trago grueso—. No quiero arruinarte el viaje.

—Solo hazlo.

—Vale, ¿en la noche?

—Deberías entrar antes para que no estés cuando el sitio esté concurrido. ¿Nos vemos en dos horas?

Un ligero «sí» sale de mis labios justo en el momento en que corta. Es como si pensara que ni siquiera se me cruza por la cabeza rechazar su invitación. Y está en lo correcto.

Me levanto de la cama de un salto, y cada producto de maquillaje sobre mi piel viene acompañado de los recuerdos sobre los consejos de mis amigas. Desde que vomité en la fiesta, me dijeron que debía dejar de quemarme en el fuego, no me aconsejaron alejarme.

Malibú dijo que esperaba que los otros fueran quienes me escogieran a mí y que esta vez salió como lo quise, así que yo debía escogerlo a él. Por supuesto que aún estoy herida, pero ¿será esa suficiente excusa para no luchar por lo que quiero?

Parte de mí está aterrada, siempre lo he estado, tanto del daño que esto pueda hacerme si se arruina, como de no intentarlo. Ni siquiera me cuestiono si quiero que esto sea una triste anécdota de "No volví a buscarlo, dejé que ese fuera el final". Los chismes pasan rápido, ¿no?

Puedo salir con Ron, que los medios me conozcan, echarme toda la culpa hasta limpiar su imagen, fingir mi muerte justo una semana después y quedarme en Chile donde nadie me encuentre.

Realmente quiero estar con Ron. Mientras eso no lo perjudicara, haría lo que fuera. Ya le he dado la vuelta al mundo.

Joder, esto sería tan fácil si tan solo no me hubiera enamorado.

Un mensaje aparece en la pantalla del teléfono:

> Estoy en la entrada.

Estoy a mitad de camino cuando acabo de leer la última palabra.

—Olvidaste decirme el código de vestimenta —farfullo al entrar al auto. No me dijo cuál era su coche, solo entré al que se viera más costoso—. ¿Está bien de negro?

Voy en el asiento de atrás. Estuve al borde de abrir la puerta del copiloto, pero el pánico de verlo a la cara de vuelta me convenció de que esto era mejor idea. Sin embargo, teniendo en cuenta que lo único que aprecio a través del espejo retrovisor es su mirada escarbando en mi alma, me arrepiento.

Su vestimenta es elegante; trae un traje negro sin corbata. No oculta los relojes caros en sus muñecas como suele hacerlo, cambió sus anillos plateados a dorados, tiene el cabello rizado sin peinar. Pareciera listo para actuar de un villano millonario.

—Da igual.

—¿Cuál es el plan? ¿Vamos a atracar un banco? —Bromeo—. Solo traje un labial, mi teléfono y la billetera. Me hubieras pedido un arma.

—No hace falta.

—Oh, vale. —Respiro hondo; el interior está impregnado de su perfume—. ¿De qué era la junta? ¿Tienes próximos proyectos en marcha? Recuerdo que te ofrecieron un montón de papeles. ¿Es la adaptación de los 8 maridos que mencionaste?

—S-sí.

—¿Qué te pasa? Estás raro.

—Perdona, estoy algo nervioso.

¿Qué es lo que vamos a hacer? Empiezo a sospechar que el problema es que yo esté en este auto, no el plan malvado que vaya a desarrollar después. Extraño los momentos donde era más sencillo, yo molestando al lado suyo mientras conduce, cantando, fingiendo que no amaba esos instantes más que cualquier otra parte del día.

Una canción de Sabina se reproduce en la radio. Es melancólica como casi todas, de desamor. No lo culpo: aquello que desgarra el corazón siempre será el mejor tema para escribir; es lo único que la humanidad tiene en común: la esperanza de que lo que alguna vez fue perfecto se mantenga así.

Llovizna en la ciudad. La carretera no es un buen sitio para que tus sentimientos te arrastren hasta lo más profundo del caos mental. Estoy limpiando las lágrimas a mitad de la canción, encostada en una esquina del asiento en silencio.

—¿Puedo confesar algo? —pregunta Ron, sin apartar la vista de la carretera. Es hora pico y los coches parecieran querer arrollarnos por diversión—. Si me hubieran dicho hace unos meses que estaría en esta situación, me habría reído.

Suspiro. Se me vienen a la cabeza un montón de respuestas de las cuales no escojo ni una. Trato de tranquilizarme para que mis emociones no se noten en mi voz.

—Has cambiado la forma en la que veía las cosas para siempre. —Fuerzo una sonrisa—. Empiezo a creer que eres el primero que... —Tengo que parar; no soy buena actriz, no sé pretender que estoy bien cuando no lo estoy.

—¿Qué? —me mira de vuelta. Aclaro mi garganta y me acerco a él, inclinándome hacia adelante en el asiento.

—No había sentido esto, nada parecido; es inmensurable. Yo... —Me tapo la cara entre las manos—. Esto no era parte del plan de la primera noche, ¿recuerdas? Nos salimos de lo establecido.

—Soy conocido por improvisar a mitad de escena, aunque tenga el guion perfecto, así que no es sorpresa que haya cambiado el rumbo de esta venganza.

—Lo siento.

—Nunca te disculpes por cambiarle la vida a alguien, Amanda.

—Lo siento por hacerte las cosas más difíciles —repito sin aliento—. Si no estuviera tan enamorada de ti desde el principio, llevo tiempo intentando convencerme, ¿sabes? De que no sentía nada real, pero lo fue. Lo sigue siendo.

Ron no responde, tampoco vuelve la atención al volante. Petrificado, me observa como si lo que acabo de decir fuera una gran revelación y no lo más obvio del mundo desde el día uno. Lo estaba *stalkeando* en redes, riendo con sus chistes y hablándole de lo que más adoro.

Abre la boca, pero ninguna palabra sale. El silencio me obliga a decir lo primero que se me viene a la cabeza, además de la confusión de por qué está tan impactado.

—Lo que quise expresar antes es que estoy segura de que en realidad eres mi primer amor. Creo que antes solo pretendía que la costumbre y la tensión fueran el romance, pero no es así. Estoy enamorada de ti; es algo totalmente distinto. —Mientras más hablo, más perplejo queda; empiezo a creer que debería callarme—. Me disculpo por lo que te he hecho pasar solo por quererme un poco.

—¿Por...? —Ron se remoja los labios. Está pálido—. ¿Por qué no me dijiste antes cómo te sentías?

—Supuse que era notorio. Sabes que te amo, ¿no? —Río nerviosa—. Te amo. ¿No es lo peor que has escuchado? —Me carcajeo, pero él no lo hace.

Ron vuelve a hacer eso de cambiar por completo su expresión, incluyendo la chispa en sus ojos que regresa al instante cual si saliera de personaje. Boquiabierto, busca un indicio de que lo que dije fuera una broma. Nunca he dicho algo tan verdadero. Sonríe por primera vez desde que entramos al auto. Cabizbajo, trata de desviar mi atención de sus mejillas, que están cambiando a un tono más rosado.

Hay un pequeño silencio en donde ambos reímos, asustados de hacer contacto visual, como dos adolescentes viviendo su primer amor. Con timidez, tomo su mano y él aprieta la mía.

—Yo te amo más, Amanda.

Mis ganas de llorar vuelven, esta vez por un motivo distinto. Con los latidos a mil, me inclino a darle un beso y de pronto...

Recuerdo que nadie está conduciendo el automóvil.

Grito al ver cómo se desvía de la carretera a mitad del puente, apuntando contra una de las grandes vigas que sostienen la estructura. Es mi reacción la que lo alerta.

Tomando el volante justo a tiempo, seguimos a medio recorrido y aún no logra estabilizar el auto. El cinturón de seguridad es lo único que me sostiene de golpearme contra el asiento delantero.

La mitad derecha roza las vallas de seguridad. Se oye el chirrido del metal raspando la puerta. No íbamos a mucha velocidad. No se oye nada más que las bocinas y gritos hasta que por fin logra detenerse.

—¡¿Estás bien?! —exclamo aterrada—. ¡¿Ron?! ¡Dios! ¿Te has hecho daño?

Sigue sin responder. Se me forma un nudo en la garganta.

—¿Ron...?

Da vuelta a verme. No tiene ni un rasguño. El auto por dentro tampoco, ni siquiera los cristales. Sin embargo, él está paralizado.

—Estoy muy asustada, no bromees conmigo... —pido en un murmullo entrecortado.

—¿Por qué no me dijiste antes? —reitera Ron.

—¿Decir qué? Estuvimos al borde de morir. —Señalo el puente—. ¡¿Eso te importa?! ¡Pude haberte matado!

—Lo único que has hecho hasta ahora es traerme de vuelta a la vida.

Mis miedos se disipan con un simple comentario. Me tapo la boca al sonreír. Él retira mi mano de allí. La delicadeza con la que toma mi brazo me hace desear verme a través de sus ojos. Me observa como si fuera su película favorita vista por primera vez en cada mirada que arroja.

—Idiota, ¡no es gracioso! No es romántico, un día de estos se nos va a ir la suerte —me pongo una mano en el pecho—. Debes ser serio a veces. Esto no es una comedia romántica donde todo sale bien por arte de magia.

—Desde que dijiste que me amabas, he dejado de oír el resto —su sonrisa de lado se lleva toda mi atención—. Disculpa, estoy embobado por ti.

—Este momento es hermoso, no me malentiendas, pero el peligro sigue ahí. ¿Qué vamos a hacer al respecto?

Su sonrisa se agranda.

—Te mostraré. Estarás en primera fila.

Ron no me comentó para qué me trajo, solo me dio instrucciones de no bajar del quinto piso hasta las ocho de la noche. Con tanto tiempo libre, releo mis escenas favoritas de los libros de Tom. El comedor está vacío y la pizza, fría. Me siento como en esos proyectos escolares donde todos los alumnos participan, menos tú.

No me responde Margarita, ni Jim, ni Emillie. Entiendo que mis mejores amigas estén de vacaciones, pero ¿Tom? Él siempre está en línea. Ignorándome.

Pido mi cuarta rebanada de pastel cuando un hombre ingresa al salón. No le presto atención porque estoy leyendo comentarios en redes sociales sobre mi programa favorito. Está a punto de terminar y el equipo que me gusta llegó a la final; el resto del mundo no existe para mí.

—Aurora, qué sorpresa encontrarnos otra vez.

Salto de emoción con la primera palabra, pero el resto borra mi alegría. Reconozco esa voz: es el mismo superhéroe de la gala en Harvel. ¿Jack se llamaba? Lo saludo con la mano y vuelvo mi atención a la pantalla de mi teléfono.

—Te ves aún mejor de negro, ¿he mencionado que es mi color favorito? —Él toma asiento frente a mí—. Te ves feliz, por cierto, me alegra.

—¿Por qué no lo estaría? —Arrugo las cejas.

Apago el teléfono cuando su mirada baja a mis manos. Prefiero morir antes de que sepa lo que consumo.

—Pues me enteré por ahí que cortaste con Kennedy. Luego lo vi salir con Vesper a la semana. Eso debió ser duro.

—Ah, eso.

—Ese desinterés... —Chasquea la lengua—. Entonces es cierto que solo lo acompañabas. ¿Te gustan ese tipo de eventos? Porque yo tengo varios este mes.

—No.

—¿A dónde te gustaría ir entonces? Es curioso, no te he visto antes. ¿Eres nueva? ¿Te muestro las instalaciones? Hay un jacuzzi gigante.

—No, gracias. Muy amable.

—Ya entiendo por qué ustedes se llevaban bien —se queja Jack—. ¿Siempre son así de secos?

Si lo conociera un poco más, haría un chiste de doble sentido con la palabra seco y su antónimo.

—Somos complicados, por eso nos llevamos bien. Lo siento si he sido descortés contigo, tengo la mente en otro lado.

—Si se llevan bien, ¿por qué terminaron?

—¿Eso te dijo él? ¿Que terminamos?

—Ajá.

—Pues no, ahora él acabó lo de Vesper y yo estoy soltera. Es más complicado de lo que parece.

—¿Por qué el mundo es tan complicado? Parejas falsas, secretos, no poder revelar detalles de la película... ¡Luego los *spoilers* son mi culpa! —Se queja en voz alta, pareciera que habla consigo mismo—. Las cosas serían sencillas si las personas no se pusieran trabas. ¿A ti qué es lo que te impide pedirle que sea tu pareja?

—¿Qué?

—Ay, estamos en el siglo veintiuno, Aurora.

—¡Por supuesto! Lo que quería decir es, ¿crees que sea buena idea?

—Si a un chico le gustas, lo sabrás. Si te rechaza, te puedes olvidar de su existencia. Si acepta, entonces no perdiste nada. ¿Qué es lo complicado de eso?

—Nada, supongo.

—¿Ves? Ugh, es que ustedes me caen mal. Actúan como si el mundo conspirara en su contra.

—Lo siento, vale —murmullo—. Perdona por pasar de ti. Tienes razón, puede ser que el problema es que estemos enfocados en ellos.

—Si tu problema persiste estés o no con él, entonces no tiene caso sufrir sola. Escoge lo que te haga feliz, la vida es corta, la gente está loca.

—Gracias, Jack. Te subestimé. A partir de hoy serás mi man-spider favorito de las 3000 variantes.

—No hay de qué. Si te acabas de mudar aquí, siempre me verás metiéndome en las mesas de la gente a hablar. No te aconsejo hacerlo —se acerca a mi oreja a susurrar—. Hay algunos loquitos que se creen criminales.

Nos interrumpe una llamada. Es Tom y contesto, ofendida de que haya ignorado mis reclamos para que suba un nuevo adelanto.

—Piso dos, pasillo tres, la puerta al lado del bar. No pases más allá de ahí, que nadie te vea, cierra la puerta con llave al ingresar.

Luego me corta.

«¿Por qué no pude conseguirme amigos normales? Siento como si estuviéramos por matar a alguien». Dejo botada la conversación con el otro actor. Tampoco hay muchas personas en los pasillos como para que pueda confundirme. Hago el menor sonido posible pese a que caminar con mis tacones sobre la alfombra de pelo sintético sea resbaladizo. Me los quito cuando ya no queda sitio donde pasar sin que resuene la punta de aguja de estos.

Entro apresurada al cuarto, está a oscuras. Cierro la puerta con doble seguro antes de encender la luz. Con la oreja pegada a la madera, oigo dos sujetos pasear enfrente justo después de mí. Trago grueso, ¿estoy entrando de manera ilegal?

Doy un par de pasos atrás, mi mano palpa el tapiz en busca del interruptor.

—No hagas ruido —susurra una voz femenina; su aliento en mi cuello me inmoviliza.

—La vas a asustar. —Jim enciende las luces—. Amanda, habla bajito. Ven, te hemos dejado un sitio.

Asiento. Tom está parado a un lado de una pantalla que contiene distintas vistas de lo que parece ser un bar. En cada sección de la pantalla hay un ángulo diferente; es un sitio elegante e incluso las botellas se ven costosas. Jim entra en escena detrás de la barra antes de que pueda darme cuenta de que se ha escapado del cuarto.

Sin explicar nada, Tom se coloca al lado mío y me da uno de los audífonos conectados al dispositivo. Sube el volumen al máximo, las luces bajan otra vez, él selecciona uno de los pequeños cuadros a pantalla completa. Recién ahí reconozco a los sujetos en la grabación.

Ron está sentado de espaldas a la cámara, tiene una botella sin abrir en la mesa. El alma me sale del cuerpo cuando veo a Axel en la mitad de la barra. No conoce a Jim; ambos están riendo mientras él limpia los vasos.

Emillie también está en el cuarto. Ella tiene una caja de palomitas dulces entre los brazos.

Antes de que pueda preguntar, Tom abre un documento en su teléfono y me lo entrega. Distingo que es un guion. Mientras leo la primera línea, el audio se reproduce y una luz roja indica que están grabando.

—Veo que no es de por aquí —comenta Jim—. ¿Está de vacaciones?

—Debo atender unos asuntos. —Se me suele olvidar cómo suena Axel. Cada vez que lo oigo me parece más desagradable—. Aún no tengo planes fijos.

—Esta es una ciudad muy atareada, no le recomiendo quedarse —agrega Jim—. Yo trabajaba en Colorado antes, es más agradable. En las épocas frías, el paisaje es precioso.

—¿Ah sí? Lo tendré en cuenta. —Axel revisa su teléfono—. Una duda, ¿ha visto a una mujer por aquí? De este tamaño. —Gesticula la altura con sus manos—. Es llamativa, tiene el cabello de color fantasía y siempre parece que vomita arcoíris.

Miro a Emillie, que se hunde en su silla, avergonzada.

—Nada, llevo aquí el día entero —responde Jim—. Le avisaré si la veo, señor.

—Gracias. Me llamas, estaré en esa mesa. —Axel se levanta y se dirige al centro del cuarto—. ¿Me da una botella de coñac?

—A la orden.

—Disculpe, ¿está ocupado? —Ron aparece frente a Axel. Reviso el guion nuevamente. Todo va bien, pero este texto... se nota que lo ha escrito Tom y no sé si sea prudente.

—¿Qué hace usted aquí? —inquiere Axel.

—Vine a verme con una chica.

Tom tiene el pulgar sobre la lista de tareas que dice **Primer paso: Negarlo**, listo para marcarlo como hecho.

—¿Con Amanda?

—¿Aman...? ¿Qué? ¿Quién es esa? —Ron se sienta en la silla libre, deja la botella sin abrir en medio de la mesa—. Pff, no suelo saberme sus nombres. —Ríe—. ¿Quieres? —Le ofrece una botella de Hennessy.

Axel se sirve un vaso. El lenguaje corporal de Ron es impecable, nada parecido a lo que suele hacer. Tiene los brazos abiertos, ocupa más espacio del que se le ha dado, sus piernas están separadas y mantiene una postura encorvada, fija su mirada en Axel, sin rastro del odio habitual.

—¿Por qué se supone que debería aceptar esto? —Axel huele el alcohol—. ¿Cómo sé que no es veneno?

—¡¿Veneno?! —pregunta Ron entre risas—. *Chill out, bro.* Te reconocí y vine a tomar, si te molesta me salgo, no hay ningún problema entre nosotros.

—Eso no parecía cuando te plantaste en mi boda.

—¿Era una boda real? —Ron queda boquiabierto—. Me dijeron que era la grabación de un video musical, lo siento mucho, estaba drogado —explica apenado—. Joder, qué tipa loca, eso pudo haber sido un escándalo. —Se limpia el sudor de la frente—. No entiendo, ¿qué te dijo sobre mí?

—A ver, yo entendí que están saliendo —dice Axel al darle un largo sorbo a su bebida.

—¿Con esa? Nah, Amalia no es mi tipo.

—Amanda —le corrige.

—Sí, esa. —Ron entorna los ojos—. Como sea, eso fue hace como un mes, ¿más? Ya ni idea de dónde esté. Para mí, las mujeres son como los autos: da igual si se jode uno, saco otro de mi colección. Sigo sin recordar de quién hablas. ¿Seguro no era Vesper? Es una rubia.

Tom marca la tarea como hecha y pasa a **Segundo paso: Ganar confianza**.

—Ya veo, me mintió, no es sorpresa —bufa Axel—. Después de todo, un actor de Harvel está muy por encima de su nivel.

—Oh, ¿te gustan las pelis? —Ron se inclina hacia él, sin apartar la vista. Incluso desde aquí puedo sentir cómo está hipnotizándolo—. Es mi trabajo preferido, ahora que lo mencionas no nos hemos presentado. —Le ofrece estrechar las manos—. Kennedy, hago del soldado de cristal, aunque pronto tendré un personaje más relevante, así que da igual.

—¿Vas a dejar Harvel?

—Están enfocados en otros personajes ahora, luego de acabar la película de mierda de Adler Brandy, qué familia insoportable. —Contengo una risa porque se nota que le costó decir eso—. Voy a regresar a los roles históricos, que es lo que da premios. ¿Te enteraste? Harán un *remake* de Flyboys.

—Lo conozco, es de combate aéreo.

—Es mucho mejor que la basura que debí hacer, no te imaginas lo que soporté. Ahora las cosas están tranquilas, llevo ya un rato estudiando cómo funcionan los aviones... —Arruga los labios—. Es más complicado de lo que esperaba.

—Lo captarás rápido, tampoco es como que te pongan a volar a ti.

—Eso aún no lo sé. —Ron se encoge de hombros.

—Ánimo. —Choca su vaso vacío con el de Ron, que solo ha tomado un trago y no ha probado una gota—. Saldrá bien, nada puede ser peor que trabajar con esa gente.

Marco por mi cuenta el paso dos y paso al siguiente. **Tercer paso: Confesión**.

Ron se levanta de su asiento y da vueltas a la mesa buscando una de sus tarjetas en su billetera. "Paga" la botella a Jim, finge estar interesado en la historia de los vinos y controla la hora en su teléfono. Está ganando tiempo. Sigo sin comprender por qué quiso que yo estuviera aquí, ¿para verlo actuar? Me asusta lo bien que lo hace de manera natural.

—Tú pareces un buen hombre, ahora no entiendo en qué mierda me obligó la chica esa a participar. —Ron, fuera de la vista de Axel, eleva la vista directo a la cámara y me guiña, sonriendo.

—Un lío que hubo hace mucho tiempo. Esa niña piensa que es muy inteligente. Ellos, su padre solo se rio cuando lo llamé a amenazarlo, como si nada pudiera afectar su privilegiada, rica y básica burbuja.

—¿Llamaste a Brandy? —repite Ron, sorprendido—. ¿Y qué le dijiste?

En este punto, no sé si estoy más sorprendida por la capacidad de Ron, los poderes mágicos de Tom en predecir lo que pasará y ponerlo en papel o que Jim lleve una hora preparando un batido.

—La verdad, lo que pasó y lo que haré con esa información si no cancela su proyecto barato. —Desde el otro lado, vemos a Ron contener la risa ante la última palabra. Axel sigue quejándose—. Ahora que lo pienso, pude haber negociado por dinero, pero eso no me importa. Lo que quiero es que se les arruine lo que construyeron, igual que con mi boda. Amanda es muy valiente para creer que puede contra el mundo, en realidad no puede ni consigo misma. Se mataría si esto sale a la luz y las redes se la comen viva.

Ron cambia su semblante a uno serio. Lo escucha en silencio, evitando estar a la vista de Axel porque no oculta su disgusto.

—Suena a una buena venganza, yo no la conocía —agrega Ron—. ¿Por qué están enemistados? ¿Le hizo algo a tu prometida?

—Oh, no. Fue un polvo aburrido que se obsesionó conmigo. Es de esas chicas que solo son bonitas por fuera, vacías por dentro. Tú debes conocer varias en tu medio. Es una tonta sentimental que no está hecha para querer.

Jadeo, ofendida. ¿Polvo aburrido? ¿Yo? Descarado.

Ron echa la cabeza hacia atrás, fastidiado. Le cuesta más tiempo volver al personaje que de costumbre.

—¿Eso hiciste? —indaga Ron.

—Era una pérdida de tiempo, ahora solo la quiero ver en el suelo. Y regresar a mi vida, quién sabe de qué mierdas le habrá llenado la cabeza a mi prometida.

Paso tres, listo. Tom abre otro documento con las siguientes indicaciones. Hay un contrato dentro. Emillie, detrás nuestro, se levanta de la silla y acomoda su vestido blanco. La "zona de confort" está en marcha.

—Debió ser un agobio —regresa Ron a sentarse—. Yo no tengo idea, mis guardaespaldas no dejan que nadie que no deseo regrese. Aunque sí, eso de la boda fue un error. Es a ellos a quienes la tienes jurada, ¿no? No quiero que se me relacione con alguien así.

—Mmm, eso podríamos arreglarlo —ofrece Axel.

—Siempre tengo a mi asistente conmigo. Déjame llamarla, no te robo más tiempo —balbucea Ron al volver a salir de su vista. Se lo nota asqueado. Recobra la compostura apenas Axel lo ve de reojo, luego regresa él mismo, al siguiente está de vuelta en personaje.

Ni siquiera está pendiente de cuándo lo mira Axel. Es como si supiera por naturaleza cuándo parar y empezar, como si un mal manejo de cámara le diera unos segundos donde su cara no está en primera plana. Fuera del juego, es impresionante. Si no lo conociera y no estuviera leyendo el guion palabra por palabra, me hubiera creído que en realidad no le importo. No cuestioné que Axel le creyera. Es como si reencarnara en otra persona. No sabía que los actores tienen tal control sobre su cuerpo hasta que lo conocí. Es maravilloso. Va más allá con cada papel que se le da, se come al personaje, al guion, el trabajo entero. El sujeto central es otro y ni siquiera eso le aparta mi atención pese a que no esté hablando ahora. Suspiro, mi cerebro no procesa que aquello no pueda ser real. Esa es la magia.

Emillie llega a escena, Jim se esconde detrás de la máquina expendedora. El silencio entre los presentes grita: «Respeten, estamos viendo al mejor actor del mundo en escena». Y es jodidamente magnífico.

—¡Amor! —Emillie llega corriendo a los brazos de Axel—. Te extrañé, gracias por venir.

—Evitaste mis correos antes —le reclama.

—Estaba pensando, confusa. —Se excusa ella—. Lo tengo definido: no les creo, creo que solo hicieron eso para arruinar nuestra felicidad y no voy a permitirlo.

—¿Hablas en serio, Millié?

—Como nunca. —Respira hondo—. Necesitamos charlar, hay mucho que discutir, arreglar. —Acaricia su palma—. No te has quitado el anillo —resalta emocionada.

—Me gusta cómo se ve.

—A mí me gustas tú.

—No lo sé, querida. ¿Viste cómo se comportaron los salvajes a los que llamas amigos? Quizá tenemos que irnos de este país, lejos de este show.

—Los dejaría por ti. —Ronronea Emillie—. Da igual, el resto no me importa.

—Mmm, creo que interrumpo algo aquí —carraspea Ron—. Les daré privacidad. —Arrastra su silla hacia atrás—. Solo debes firmar esto. Es lo que te comenté, no quiero estar involucrado en este caos. —Desliza una pila de hojas en la mesa—. Como es obvio, nada es gratis. Te he dejado cincuenta mil dólares en compensación, si lo aceptas, obvio.

No miente. Parte de las notas es que el contrato debe ser un intercambio, sin embargo, lo he visto comprar botellas más valiosas. Lo está intentando comprar.

—Quiero irme de aquí —insiste Emillie al dejarle un beso en la mejilla a Axel —. Apresúrate.

—Dame un segundo para leerlo.

—Estoy agotada. —Hunde su cara en el cuello de él, su mano se cuela debajo del saco—. Quiero mi vida de vuelta, ¿has pensado que podemos quedarnos aquí hoy? Necesitamos una noche para... —Se ríe, no completando la frase.

Ron está haciendo caras a la cámara oculta. Me tapo la boca para no reírme. «Es un maldito y está loco. Lo amo. Mucho».

—Como sea. —La sonrisa de Ron se ensancha al ver que Axel firma apresurado —. Es un placer hacer negocios con usted.

Observa la firma a detalle. Tom me comenta por encima que estuvieron averiguando cuál es la real para que no hubiera variaciones sin cubrir. Hace una señal con el pulgar levantado. Es la correcta, lo tenemos.

Tom festeja en silencio. El guion acaba justo allí. Según lo indicado, Ron debería irse pronto y dejarle el resto del proceso a mi padre.

—Es más inteligente de lo que esperaba, señor Kennedy —agrega Axel, con Emillie sentada en su regazo—. No esperaba menos. Sería ilógico cambiar la mitad de su carrera a cambio de una zorra. —Hace referencia a mí.

Ese comentario queda flotando en el aire. Nadie responde. Jim, desde su sitio, cruza los brazos, exasperado. Emillie se retira de su lado, pasmada, como si la acabara de abrazar un monstruo.

No se me revuelve el estómago, mi corazón ya no sangra. No me importa lo que alguien que no me conoce ni me aprecia diga de mí. Quien tiene la peor reacción aún no se ha movido; el que no conoce a Ron diría que ni lo escuchó. Pero yo lo veo en primera plana.

—Mierda, supongo que no podemos anticiparlo todo —resopla Tom—. Ni modo, plan B.

—¿Plan B? —repito en voz baja.

—Ron es bueno controlándose, mas no tanto. —Cambia a un PDF con el nombre: *segunda opción*. Es un resumen que indica que Axel podría decir algo fuera de lo planeado y todo se iría al diablo—. Toma, colócate ambos audífonos y ponte los zapatos —ordena.

—¿Por qué los zapatos? —Lo obedezco—. ¿A dónde iremos?

—Presta atención a lo que ocurra y ya, tengo un par de teorías. Solo prepárate.

«Tengo miedo».

Jim pasa a la mesa a recoger los vasos, llevándose el documento en la bandeja. La tensión está tan alta que Axel ni siquiera lo nota; la confusión en su expresión lo delata.

—Veo que se han quedado cortos al contarme de ti. —Ron rompe el silencio—. Eres patético. Que rebajes a las personas con las que estás no te va a hacer mejorar, te lo digo de corazón, recapacita. —Se acerca a él lento, con sigilo y determinación, y tira la botella a un lado.

Emillie se fuga del cuarto por la misma puerta por la que salió Jim.

—¿Cuál es tu problema? —Axel eleva una ceja, perdiendo su aire de superioridad cuando Ron lo toma del cuello de su camisa.

—No le vuelvas a faltar el respeto a mi mujer. No quiero que vuelvas a hablar de ella, buscarla o siquiera pensar en ella. No alguien como tú.

—¿O qué, idiota?

—Voy a arruinarte la vida —refunfuña—. Todavía no sabes con quién estás lidiando si crees que no dejaría mi fama, mi dinero y mi poder a su disposición para hacerte trizas. Voy a quitarte cada puta cosa que te dé felicidad, justo como ya lo he hecho. Tu boda, tu obsesión, tu prometida, fue mi momento —recalca enfadado—. Puedo arrebatarte lo que te mantiene en pie y aun así no estaría satisfecho, cerdo.

Se le olvidó agregar: *tu título*.

Axel se suelta y busca a Emillie a su derecha. Ella no está.

—¿Qué has hecho?

—Lo que debí hacer hace tiempo. —Ron lo empuja cuando intenta acercársele —. Dentro de esto, quiero agradecerte. Me has enseñado que hay cosas más importantes que lo que un imbécil pueda soltar a los medios. Mi mayor miedo es ser alguien como tú, y para ti... tu mayor miedo debería ser yo.

—Sabes que aún puedo decir lo que ocurrió, ¿no?

—Te quiero ver hacerlo —lo alienta Ron—. Me da igual, esto lo podemos jugar dos y yo soy mejor en cada área. Escúchame bien, intento de ser humano. —Ríe—. Esta va a ser la última vez que alguien te deje pasar por encima suyo. Es más, quiero que sueltes lo que tienes, quiero una justificación para emplear cada ventaja que tengo en destruirte.

—Ya veo por qué le gustaste a Amanda, ambos son ridículos.

—Has elegido el enemigo equivocado, Axel.

—¿Sí? —Su tono burlón es alto, golpea mis oídos—. ¿Qué se supone que harás? ¿Ponerte a llorar en televisión? ¿Cancelarme con tus seguidores de trece años?

Ron no responde. Le sonríe y controla que la salida esté abierta de reojo. Lanza una última mirada a la cámara. Por alguna razón, sé que me está hablando a mí, así que me levanto.

Lo siguiente que captura la grabación es cómo lo tira hacia atrás de un duro puñetazo que hace a Axel perder el equilibrio. Ron se ve encantado, lo próximo en su expresión es pánico.

—¡Vámonos, Aurora! —grita al salir corriendo de allí.

Joder, por esto me deben avisar. Correr en tacones es complicado.

—¡Vete! —Tom prácticamente me arroja fuera del cuarto.

Estallo de risa a mitad del pasillo del primer piso, intercepto a Ron en medio y él toma mi mano arrastrándome al auto. Quien nos ve nos juzga; probablemente esto se convierta en un circo. Pero estamos juntos.

Carcajadas son todo lo que se oye por encima del ruido en la ciudad. Me tiro al asiento del copiloto y él arranca antes de que pueda cerrar la puerta.

Sospecho que él puede escuchar mis latidos retumbar en mi pecho. Contengo un chillido cuando su fuerte agarre en mi cintura me lleva a besarlo. Deposito un montón de besos cortos en sus labios, su barbilla, mejillas, donde sea. Sigo riendo, la felicidad no me cabe en el cuerpo.

—Vamos, vamos, vamos —farfullo—. Hay que huir.

Estamos en la carretera a la máxima velocidad antes de que pueda acomodarme. Me pongo el cinturón, no puedo dejar de verlo, no puedo dejar de sonreír. Estamos mal de la cabeza.

—Deja de mirarme así, me pones nervioso —me regaña al desviar varias veces de ruta.

—¿Cómo?

—Te brillan los ojos, Amandita.

—Es que estoy viendo una estrella.

Enciende la radio; está sonando su artista favorito. Subo el volumen.

—¿A dónde vamos? No tengo un plan —vocifera Ron—. ¿Tienes hambre?

—A donde tú vayas está bien. —Suspiro. El aire libera la tensión que cargaba—. Ron, ¿puedo pedirte algo?

—Claro.

—Estaciona antes —requiero. No quiero otra confesión que acabe en catástrofe.

Me observa intrigado, sin embargo, accede sin hacer preguntas. Se quita el saco; hace mucho calor dentro, incluso aunque el sol haya bajado. Estamos en un barrio desconocido que aún conserva las luces de Navidad.

—La única condición es que digas que sí, sin saber lo que te pediré —establezco. Me tiemblan las manos y mi dificultad para respirar me hace replantearme si es buena idea.

¿Es demasiado pronto para hacer esto? Soy consciente de que la situación es delicada. Tal vez debería esperar.

—Hagamos esto: contamos hasta tres, tú preguntas rápido y yo acepto —propone él—. Dame la mano.

Su toque me devuelve las esperanzas, en el amor, en las personas buenas, sobre todo en nosotros. Es irónico que en los momentos donde más terror debería tener, me siento más segura sobre lo nuestro. Esto puede funcionar, no, esto va a funcionar.

—Cuenta tú —murmullo nerviosa.

—Va. Tres..., dos..., uno...

—¿Puedo ser tu novia?

—Sí.

31
mojito

* * *

RON KENNEDY

Hay un breve silencio cargado de emoción, festejos y chillidos. Aún tengo su mano entre la mía, aún tengo el corazón acelerado, todavía espero que diga que todo es una cámara oculta. La sonrisa de Amanda se ensancha, capturo la felicidad en su mirada y la guardo en mi cajón de recuerdos. Hay pocas ocasiones en que sus ojos brillan de esta manera.

«¿Me morí en el accidente y todo esto es un producto de mi imaginación en el coma?».

Un cosquilleo recorre mi cuerpo. Ambos rompemos el hielo con una carcajada, como si fuera un chiste. Mi cerebro no procesa tantas cosas. Me siento más liviano, más vivo, más yo mismo que nunca. Uso mi agarre en su muñeca para atraerla hacia mí.

—Me manipulaste. —Finjo quejarme.

—¿Cuándo no? —Saca la lengua—. ¿Creíste que fue accidental que te enamoraras de mí? En realidad, pudiste haberme *ghosteado* a la semana de conocernos, Ron.

—¿Me hiciste brujería?

—Pff, no, eso es para desesperadas. Yo te hipnoticé, establecí patrones nuevos en tu cerebro, te emborraché y tracé un plan para que te obsesionaras conmigo. —Bromea, pero con Amanda, siempre me creo la mitad de lo que dice—. Luego me relacioné con cada uno de tus pensamientos en la música, la lectura o las bebidas.

—De lo que dices, lo único que me parece una falta de respeto es que nos hayamos casado y luego me propongas ser tu novio. —Arrugo las cejas—. ¿Quién te dijo que quiero dejar de ser tu esposo?

—Lo que no sabes es que también nos acabamos de casar otra vez.

—¿Sí? ¿Y no lo recuerdo por el alcohol? No te sirve, estoy sobrio.

—No lo recuerdas porque juntarse mucho con idiotas afecta el cerebro y perdiste la memoria.

—Te recordaría —aseguro.

—¿En un fallo cerebral? —indaga divertida, se pasa de su asiento a mi regazo.

—No pueden quitar del cerebro lo que está en el corazón.

—Eres tan lindo cuando dices frases sin sentido. —Ella se acerca para besarme, pero la rechazo.

Confundida, Amanda retrocede con el ceño fruncido, buscando con la mirada qué es lo que está mal.

—Me quitaste la oportunidad de pedírtelo yo —reclamo—, así es la vida, caras vemos, traiciones no sabemos.

—También lo hice de la forma menos romántica posible. —Contiene la risa—. No te preocupes, ya aparecerán los mariachis vestidos de directores con las flores y fuegos artificiales. Están esperando que no me rechaces.

—Mariachis vestidos de directores sería algo que me encantaría ver, la verdad.

—Lo sé. Te leo la mente.

—No me cabe duda. —Remojo los labios—. Ahora déjame hacer algo a mí.

—¿Qué quieres?

Mi mano alrededor de su cuello la acaricia con suavidad. Siento su respiración entrecortada sobre mi piel. Cierro los ojos antes de que su boca esté sobre la mía. Amanda mordisquea mi labio inferior, y con ella encima de mí pierdo la noción del tiempo.

—Ya.

—¿Ya qué? —murmura sin aliento al separarnos.

—Ya llevamos mucho tiempo de pareja. —Bromeo—, hay que casarnos.

—Vale, pídele mi mano a mi padre.

—Como decía, el matrimonio es una idea anticuada, totalmente innecesaria para que dos personas puedan estar juntas.

Suelto un largo suspiro y vuelvo a encender el automóvil. Otra ocasión en que hemos conducido hasta un sitio desconocido, otra noche que parece mitad de la tarde. Ambos tenemos los teléfonos apagados. Siento el retumbar de mis latidos junto con el retumbar de la música dentro. No traemos nuestras pertenencias, ni ropa, ni comida, ni un hotel cerca. Cruzamos de barrio en barrio, Amanda sigue riéndose bajito en el asiento del copiloto. Tengo una mano en el volante y la otra en la suya.

—¿Podemos quedarnos esta noche fuera? No quiero volver a mi departamento.

—Por eso me detuve aquí. —Ladeo la cabeza hacia la acera—. Baja, cómpranos ropa donde no se nos reconozca y vamos a comer.

—Supongo que esto hay que aclararlo desde el principio —balbucea cabizbaja—. ¿Quieres mantener esto en privado? ¿O anunciarlo cuando llevemos un tiempo?

—Oh, no. Es que mentí sobre estar enfermo para faltar a un evento esta noche y no quiero que me pillen.

—Dios. —Se tapa la boca—. ¿Era importante?

—Bueno, es una premiación en la que me adelantaron que ganaría tres premios...

—¡Ron!

—El único que quiero eres tú —aseguro—. No tengo problema con que nadie sepa de nosotros, eres una persona magnífica. ¿Por qué alguien no querría decir a los cuatro vientos que está contigo?

—Creo que este tipo de cosas te hacen el hombre de mis sueños.

—¿Que recicle un montón de frases románticas de pelis, libros y canciones?

—Que no tengas miedo. Es muy difícil encontrar a alguien que no tenga miedo de amar. Y también pensé que sería difícil encontrar algo así para mí.

—Amanda, amarte es lo que más fácil se me ha dado en toda mi vida.

Deposita un beso en mi mejilla antes de bajar corriendo a la tienda de utilería. Desde fuera se pueden ver los distintos disfraces a la venta. Mis ojos la siguen a través de los ventanales. Sale con dos bolsas llenas, abrazándolas contra su pecho, y mira a ambos lados antes de cruzar hacia mí. Arranco apenas cierra la puerta, ella junta su cabello en un pequeño moño. Hay un par de pelucas en el fondo de las compras, por encima de los abrigos.

—Mira, podemos intercambiar nuestras identidades —dice al acomodarse la peluca roja y alcanzarme una con rizos negros.

—Me voy a ver ridículo.

—Te vas a ver increíble.

—Se verá forzado, como cuando editas una imagen en Photoshop y no adecuas lo demás —me quejo, pero tomo la red que viene de regalo—. ¿Al menos escogiste algo que combine?

Me arrojó un bigote falso.

—¿Sabes qué? Creo que prefiero quedar como un mentiroso.

—Póntelo, nadie te juzgará. Excepto yo, me gusta mucho el cabello oscuro, así que te conviene.

—Tienes la habilidad de convencer bien afinada.

Un puesto de comida rápida en medio de un callejón es nuestra mejor opción. Hacen una especie de tacos donde puedes agregar lo que desees dentro. El aroma de la carne se siente desde varias cuadras antes. Amanda y yo jugamos a quién se burla primero del otro porque una enfermera pelirroja en tacones a las dos de la mañana no parece lo más creíble del mundo. Por mi parte, solo me puse la peluca con unas gafas oscuras sin graduación ocular. Choqué con un cartel de parada a los primeros cinco pasos. Me sostengo de su brazo para que me guíe por el camino sin luz. Ella se sostiene de mi hombro para mantener el equilibrio. El hombre duda en atendernos, pero deslizo un par de billetes en la mesa, eso es suficiente para probar su menú clásico.

La comida se le cae encima de la ropa, entre los dedos, arruinando su labial más de lo que ya estaba. Paso un buen rato mirándola, sin arrepentirme ni un segundo de mis decisiones. No estoy diciendo que no me importe mi carrera, pero supongo que hay mejores maneras de sentirse en la cima del mundo, por encima de los reconocimientos, de la fama, de todo, excepto de ella. Noto que su atención se la ha robado un pequeño gato con manchas que ronda alrededor de la parrilla, con el cuello estirado mirando a la carne. Está bastante delgado y sucio, y su expresión se entristece mientras más lo mira. Dejo mi comida a un lado y espero a que el cocinero salga del área para acercarme. El animal no tiene ningún daño visible.

—Dale un poco, espera. —Se arrodilla al lado del gatito—. ¿Si le compramos uno de carne crees que lo coma? ¿De pollo?

—No tiene collar —resalto.

—Está muy mal, con el frío que hace afuera. —Amanda lo sostiene entre sus brazos, con los ojos vidriosos al ver cómo el pequeño felino come de su mano—. ¿Crees que sea de alguien de por aquí? Está desnutrido.

—Da igual, llevémoslo.

—¿Qué? Ron, no nos podemos meter en más problemas legales.

—Agh, está bien. —Me cruzo de brazos—. Preguntaré al dueño del carrito si sabe de quién es. Si no, ahora es nuestro.

—No nuestro, lo quiero adoptar yo. Siempre quise un gato.

—Nuestro —corrijo—. Si sigues insistiendo, será solo mío.

—Ladrón —murmura divertida al poner el gato en la mesa.

El dueño del sitio dice que es un gato callejero que suele venir a pedir un bocado en la noche. Huimos de allí con nuestro nuevo integrante antes de que apareciera alguien a reclamarlo, pese a que no tuviera pinta de ello. Una caja llena de comida se coloca en medio de los asientos. Terminamos nuestra cena dentro del auto. Los abrigos nuevos le sirven de cama al gato, cuyo pelaje largo impide que lo veamos con claridad. No debe tener más que unos pocos meses y se duerme rápidamente encima de Amanda, lo cual entiendo bastante bien.

—¿Cómo se va a llamar? —pregunto encantado.

—Dame tiempo —murmura acariciándolo—. Lo llevaré al veterinario en la mañana. ¿Tú tienes planes para hoy?

—Una reunión. Luego quiero ir a hablar con Tom. Tengo que darle una noticia.

—¿Puedo ir con ustedes? —pide en un tono dulce . Hace rato que no lo veo. Imagínate que tiene un nuevo manuscrito y no lo puedo robar.

—Es algo personal, lo podemos visitar luego. Lo siento.

—Entiendo. ¿Es sobre su hija?

—Sí, claro.

Si alguien merecía saberlo, era el loquito ese. Se tomó la noticia con más calma de la que me imaginé.

—¡¿Qué me estás contando, Ronquesito?! —Tom salta a su sofá, tiene la extraña costumbre de saltar cada vez que se sorprende—. ¿Y me lo sueltas así? ¿A las diez de la mañana, animal sinvergüenza degenerado?

—Solo te he dicho que somos novios.

—Lo cual es una amenaza a mi tiempo libre. —Tom saca su laptop de su mochila; no tengo idea de cómo la metió allí, estoy seguro de que es al menos el doble de ese tamaño—. En fin, cuéntame, adelante.

—Simplemente salimos y me lo pidió. No hay que hacer un escándalo de ello.

—Pff, sacaré mi gelatina más fina para la celebración.

Tom deja un documento sobre la mesa. Lo reconozco, es la copia del mismo contrato por derechos de autor que me ofreció cuando le comenté por primera vez que salí a cenar con Amanda. Saco mi bolígrafo mientras él deja los postres en el comedor. Le debo una por sus planes, su apoyo y el guion que hizo gratis, así que voy a la última hoja y firmo con mi nombre en letra cursiva.

Él coloca un par de vasos enfrente de una botella de leche con chocolate que su hijita nos invitó. Estamos jugando al Jenga clásico desde hace media hora.

—¿Lo firmaste? —indaga al mirar por encima.

—Sí.

—Son siete páginas, Ronaldín.

—No lo leí. —Me encojo de hombros.

Lo siguiente que siento es un empujón que casi me tira a un lado.

—¡Idiota! Deja de hacer eso. Un día de estos vas a firmar que cambias toda tu fortuna a cambio de una salchipapa. No vuelvas a hacerlo, jamás.

—Ya no se puede ser un buen amigo.

—En fin, se lo pasaré a tu representante para que lo archive en la larga lista de contratos que firmas sin pensar. No te preocupes, usaré un par de cosas y el resto de la trama la cambiaré a algo turbio que se adapte a mi estilo.

—Es bueno saber que el protagonista no morirá.

—Eso no lo sabremos hasta el final. —En la sala solo se oyen sus dedos chocando con el teclado—. En fin, ¿cómo es tu vida de ex soltero? —Ríe—. ¡Wow! Creí que moriría antes de preguntarte eso.

—Déjame en paz.

—Ya, en serio, ¿cómo son las cosas? ¿Es como lo imaginabas?

Aún mejor. O al menos eso se cruza en mi cabeza cuando entro a un edificio donde se presenta el mismo Adler Brandy a dar una conferencia. Me invitó alguien externo. Estar ahí y saber que tendrá que soportarme por el resto de su vida es satisfactorio.

El gran día está repleto de emociones. Desde la mañana, Margarita y yo estamos en un camerino, encerrados con varias personas del equipo de maquillaje, vestuario y peinado. No hablamos mucho porque no somos cercanos, sin embargo, lo intento.

—Me sorprende que no se haya filtrado ningún clip —comento rompiendo el silencio. Ella está al otro lado del cuarto; yo tengo a alguien encima arreglando mis rizos.

—Esto es una película cliché para adolescentes, no lo que estás acostumbrado.

—No diría que el público son adolescentes; dice que es para mayores de dieciocho. Pero sí, supongo que hay menos riesgo de que se filtre algo aquí que en una de superhéroes.

—Por cierto, no me interesa seguir alimentando el emparejamiento falso entre los personajes. Pasaré por la alfombra sola.

—No te preocupes. Ya tengo acompañante de todos modos.

—¿Ah sí? ¿Vas con Vesper? Pensé que podían cancelar el acuerdo luego de su video.

—Ajá, no es eso. —Es difícil hablar con un montón de brochas encima; espero a que terminen de retirar el polvo—. Estaré con mi novia.

Malibú, quien estaba en una esquina preparando el brillo de ojos para las chicas, suelta un jadeo al oírme. Nerviosa, tira un par de labiales al suelo y toma su teléfono de inmediato, pese a que está prohibido usarlo en horario laboral.

—Tienen que posar juntos de todas formas; son los actores principales. —Se entromete la mujer que está ayudando a Margarita a mantener su cabello liso—. Al menos grupal.

—Sí, eso seguro —balbuceo.

Le escribo un mensaje casi sin mirar al teclado.

RON

> ¿Te veo el edificio, o te paso a buscar? No sé si me dé tiempo con las entrevistas que quieren hacer antes.

AMANDITA

> Ntp, conduciré hasta allá.

La pasaré a buscar.

Desde que subo al auto, hay un nuevo aroma en el ambiente, una nueva energía. El sol está más radiante y el viento más fresco. Es la primera vez que no salgo por el estacionamiento del lado con menos gente, no subo las ventanas polarizadas ni me escondo.

No pongo mala cara cuando poco a poco se forma una pequeña multitud frente al departamento de Amanda. Estoy allí sin guardias, disfraz ni la necesidad de correr a protegerme. Sereno, me mantengo de pie mirando a la puerta, y checo la hora en mi reloj.

Amanda baja las escaleras lentamente, y los *flashes* que ya estaban alrededor se intensifican.

Se ríe al notar que escogí el traje que me dio en lugar del que debería llevar, pues este tiene un par de estrellas bordadas en el cuello que combinan con su vestido de seda. Yo me río porque su risa me causa mucha gracia, y mi agarre en su cintura la atrae hacia mí.

Ella me guiña el ojo antes de besarme. Los paparazzi se vuelven locos. Si hay algo seguro, es que la cámara nos ama.

32
screaming eagle

* * *

AMANDA

Mi corazón muere y revive unas ocho veces en ese beso. Los *flashes* de las cámaras son nuevos para mí; al volver a abrir los ojos, un par de manchas quedan en mi campo de visión por un rato. Quizá ahora entiendo por qué Ron usa gafas.

Corremos al auto; él me abre paso entre la multitud. A pesar de que él es la celebridad, supongo que debe llamar la atención que esté públicamente con una chica por primera vez en su vida. Reconozco a uno de los fotógrafos; es amigo de mi padre y, boquiabierto, también me reconoce a mí.

—Aún no le he dicho a mi padre —susurro entre risas cuando el auto arranca, dejando a la gente atrás.

—Mmm, tengo la impresión de que lo sabe.

—Claro. —Entorno los ojos—. Él lo sabe todo, es todopoderoso. En fin, ¿cuáles son los planes para hoy, Clyde? —pregunto mientras me pongo el cinturón de seguridad.

—Ir a la alfombra, escaparnos en medio del estreno porque me niego a verme a mí mismo por tres horas haciendo el ridículo, y huir contigo a donde sea. Fin.

—¡Oye, que yo quiero ver la peli! Lo he estado esperando igual o con más ganas que el resto del *fandom*. Estoy ansiosa.

—Amanda, eres parte del equipo de guion. —Se gira para verme—. Sabes qué pasará en cada instante; además, estuviste presente en casi todas las escenas.

—¿Amanda? ¿Quién es Amanda?

—Aurora, entonces. No voy a entrar en esa sala de proyección —dice con seriedad—. Prefiero morir. Prefiero enfrentarme a tu padre.

—Mi novio me odia. —Hago un puchero—. Ya entiendo, el problema debe ser que estaré viendo por un rato a la persona que más me gusta interpretar al personaje al que más ganas le tengo —digo de forma dramática, poniendo una mano en mi frente—. Con el calor que hace hoy y en la sala, estaré sola, triste y solitaria junto con los demás invitados insoportables.

—¿A quién invitaron?

—A quienes pudieron. Tom invitó a un montón de famosas de Latinoamérica, Margarita a su terapeuta, y Vesper a la mitad del elenco de Harvel. —Chasqueo la lengua.

—Te detesto —dice riendo—. Sabes que podría secuestrarte ahora mismo y simplemente seguir conduciendo, ¿no?

—Me devolverías a la media hora porque solo hablaría de lo mucho que me gusta el libro.

—Estaría encantado de oírte, te lo aseguro.

—Y de lo mucho que me quiero tirar a Ka... —Ron me tapa la boca con su mano.

—Se entendió el punto.

—Una vez estaba leyendo el tercer tomo de noche y...

—Vale, veremos la peli —me interrumpe—. Será increíble.

Lamo su palma para que me suelte. Ron aprieta sus labios, negando con la cabeza. Hago bailecitos de emoción en el camino; nada puede arruinarme este día. Quiero llegar, felicitar a Tom, decirle a mi padre que somos novios y estar al lado de Ron cuando las personas aclamen su nombre, o cuando lo cancelen por lo turbio y maquiavélico de su personaje.

No importa lo que digan, yo lo defenderé hasta la muerte porque lo amo. A Kain Reid, no a Ron, que ha hecho cosas cuestionables como lo del gato. Tengo un límite. No puedo defender lo indefendible, aunque me tranquiliza saber que pude hacerme amiga de su ex y que ese problema quedó atrás. Ella es, de hecho, una chica bastante amigable con quien es difícil no encariñarse. Solo quería su mascota de vuelta.

—¿Cómo he caído tan bajo en mi gran carrera profesional? —exclama con sarcasmo al estacionar justo en la entrada.

—Mira, si vamos a tener una relación sana, tenemos que establecer algo. —Me aclaro la garganta—. A mis novios literarios me los respetas, conoce tu lugar.

—Amanda, yo soy tu esposo.

—Serás mi exesposo si vuelves a faltarles el respeto. ¡Alégrate, anda! Es un día perfecto para todos. Has trabajado con tu director favorito, tu mejor amiga y tu exesposa, eso debe significar algo al menos.

—Mensaje entendido, dramática.

—¡¿Y me lo dices tú a mí?! Eres el descaro hecho hombre.

En pocas ocasiones he visto a Ron tan entretenido. Unos guardias nos abren las puertas. Oigo antes el griterío del público que el saludo de uno de los guardaespaldas de Ron. Me sorprende que me reconozcan por nombre y apellido.

Me acomodo el vestido. Hay al menos seis sujetos alrededor nuestro. La caída de la tela es tan larga que se me arruga entre los tacones con decoración de mariposa que escogí. Me agacho a despegarlos, acomodo mis joyas en línea. Soy consciente de que el video de nuestra entrada será tendencia en las redes sociales al menos por un par de semanas.

Elevo la cabeza, esperando que Ron esté haciendo lo mismo, pues el viento de las ventanas bajas le desacomodó el cabello, pero no, él está parado en silencio, observando mi cuerpo sin disimular. Tiene la concentración al máximo. Donde sea que vayan mis manos levantando el vestido, él mueve un mechón de mi cabello detrás de mi oreja.

—Tienes la corbata mal puesta —susurro al acercarme—. ¿No nos están grabando aún, cierto? —le susurro al oído.

—Ni idea. Da igual, te ves radiante.

—Eres tú el protagonista. —Jalo el cuello de su camisa hacia abajo para que se incline un poco a mi altura—. Tienes que dar una buena impresión, tienes que salir allí y desfilar por esa alfombra como si este proyecto fuera el más importante de tu vida.

—Puedo hacer eso —farfulla mirándome a los ojos.

—Tú puedes hacer lo que sea, Ron —le recuerdo—. Eres el mejor actor del mundo.

—No estoy tan seguro de eso.

—¡Vas a poder! —reafirmo al terminar de abotonar su saco.

—No puedo hacerlo todo. —Su mano quita el cabello que tenía a un lado de mi cara y lo tira hacia atrás; se posa en la parte baja de mi espalda—. No puedo actuar como si no estuviera enamorado de ti.

—Te amo. —Le doy un beso corto, olvidándome de que hay cientos de personas a un lado de la alfombra. El griterío y las luces de los teléfonos encendiéndose me lo recuerdan.

Aprieto los ojos, incómoda y desconcertada por esa atención. Estoy al borde de quedarme ciega.

—Te acostumbrarás.

—No veo nada, y no sé cuál es mi ángulo bueno.

—Sujétate, yo te guio. —Me ofrece su brazo.

Él se transforma cuando sale a escena. Es una persona distinta; sus movimientos elegantes, cabeza alta y mirada llena de brillo atraen a quien lo observe. Lo observo anonadada; es un tanto vergonzoso que a ambos se nos note tanto, es imposible de ignorar. Se siente como si hubiera un aura dorada alrededor nuestro que nos ilumina.

Hace paradas en medio de la alfombra roja, se toma su tiempo. Me cuesta sentirme parte de eso, pero él no me hace sentir como un accesorio extra. Tiene cierta habilidad para que sus mínimas acciones resalten. Casi entro en pánico cuando en cierto momento se aparta de mí, pero pronto entiendo que necesita fotografías solo. Paciente, espero con las manos detrás de la espalda que acabe. Sin embargo, él regaña a los fotógrafos al señalarme.

Maneja la atención hacia mí como si yo fuera a quien vienen a ver. Nerviosa, me doy cuenta de que, si te enfocas en lo correcto, estos instantes no se sienten demasiado pesados. Por ejemplo, yo me enfoco en que se ha colado entre ellos y trata de tomar una fotografía con su teléfono. El resto del mundo desaparece.

Hay cierto calor en mi pecho por la forma en que me sostiene frente a ellos con orgullo.

Nos apresuramos en movernos cuando llega el resto del elenco. A pesar de que no quieran ignorar a Ron Kennedy por ir con los otros actores, deben hacerlo. Nos quedamos pacientes al final de la alfombra, queriendo entrar con nuestros amigos. Faltan las chicas y Tom, que se trajo a un montón de lectores consigo.

Margarita llega a nosotros. Al parecer, está grabando un blog, el cual no va muy bien porque Tom se entromete en las tomas cada cinco minutos.

Es extraño no tener que preocuparse por las *selfies* porque tendrás tu presencia digitalizada por siempre en cualquier sitio de Internet que busques. Este estilo de vida es distinto, eso es obvio. Rodeada de personas que me hacen sentir segura, me doy cuenta de que no es la pesadilla que había imaginado.

—No —espeta Ron cuando una mujer con micrófono se nos acerca, su mano haciendo la señal de que se detenga y su cuerpo retrocediendo hablan mucho antes que su boca.

—¿Por qué no podemos? —murmuro—. ¿Es peligroso responder preguntas?

—No hago entrevistas —responde con naturalidad, aunque de pronto se queda callado un largo rato, pensativo—. Bueno, esta podría ser una excepción, ¿cierto?

«Ay no. Reconozco ese brillo en su mirada. No ha tenido una buena idea».

—Disculpe, señor Kennedy, ¿nos podría hablar de su experiencia en la nueva película de Adler Brandy? ¿Cómo se siente al saber que ha trabajado con el director que más ha nombrado a lo largo de su carrera?

La sorpresa en su expresión revela que esperaba algo distinto. Su sonrisa, que antes era fingida, pasa a ser genuina en un par de segundos.

—Es una eminencia. El señor Brandy es una leyenda y lo seguirá siendo en cada uno de sus proyectos. Estoy agradecido por esta oportunidad, muy contento con el resultado. Él puede crear obras de arte con cualquier cosa. —Su sonrisa se ensancha—. Creo que me enamoro de cada cosa que hace. —Desvía su mirada hacia mí, un segundo, o tal vez menos.

—Nos alegra mucho oír eso. Vemos que está acompañado por primera vez en todos sus eventos. Vemos que se adecua al equipo y...

—Amanda no es mi equipo —la interrumpe, toma su micrófono y eleva la atención directo al lente—. Ella es mi mujer.

Dejo de respirar; su tono es incluso amenazante, así que me pregunto cuál era su intención. Mas no me disgusta.

Pese a que quiera ocultar mis nervios con humor, me sonrojo cuando pasa su brazo alrededor mío y me sujeta a su lado. Estoy impresionada por la cantidad de cámaras que cuelgan, rondan y aparecen frente a nuestros ojos. Eso no lo desconcentra.

—Amanda entonces, es un gusto conocer a la afortunada —agrega con amabilidad la entrevistadora—. ¿Es nueva en la industria? Juraría que me suena de algún lado.

—Oh, de hecho, mi padre es...

—Gracias por la entrevista, Miriam, estamos llegando tarde —corta Ron al arrastrarme dentro del edificio.

Oigo la risa de Tom justo detrás nuestro.

En todo este gran *show*, no he mirado las redes. Lo inevitable llega: al querer hacer un *boomerang*, veo la notificación de la representante de Ron por correo. No tiene texto, solo un *link* a una página de cotilleo y el asunto puesto como **"PLAN B"**. Se me borra la sonrisa. Ron, quien tenía su cabeza en el hueco entre mi cuello y hombro, lo leyó al mismo tiempo que yo.

—Meh —dice al apagarlo por mí.

—¿No deberíamos preocuparnos?

—Que la gente diga lo que quiera de mí. No es como que sus malos comentarios arruinen mis sueños cumplidos. —Bosteza—. Tenemos una estrategia que emplear luego. Saldrá bien.

—¿Y si no lo hace?

—¿No quieres hablar sobre lo que ocurrió?

—¡Sí! Por supuesto.

—Siempre podemos hacer como que nada pasó y mudarnos al otro lado del mundo juntos. —Bromea—. Siendo sincero, creo que vivir en base al personaje que me creé ya no era vida y tú me has sacado de eso. Te lo agradezco.

—No dejaré que esta tontería escale por sobre ti.

—Escalar... —repite divertido. Su forma de pronunciarlo es distinta. Su aliento sobre mi piel me deja paralizada—. Sobre mí.

—Amandita, hija, qué suerte que has llegado temprano —saluda alegre mi padre, saliendo de un salto de la sala de cine. Ron se aparta al instante.

—¿Estás orgulloso de mí? Incluso dormí temprano —le presumo.

—Veo que te están llevando por el buen camino. —Clava su mirada en Ron—. Salude, Kennedy, para eso tiene boca.

Ron se oculta detrás mío.

—¿Sí? Hola, señor... —carraspea—. Hola, Adler.

—Mucho mejor. —Asiente—. Me imagino que ya te habrán informado de lo que quieren hacer para sabotearnos.

—Lamentablemente, sí.

—Que sepas que las críticas que recibamos a partir de hoy son porque nos tienen envidia —dictamina con seguridad mi padre—. Recuerda, nadie con menos de tres Oscars debe ser tomado como una opinión seria. —recita mientras se aleja porque sus colegas lo reclaman.

—Le caes bien.

—No bajaré la guardia. —Ron sigue escondido detrás de mi cabello suelto—. Tal vez solo está fingiendo porque estamos en público.

—No te asesinará, Ron.

—Es que él no sabe que casi nos hemos matado en el auto como ocho veces, ni todo lo que hemos vivido, ni le habrá dado tiempo de ver la transmisión de la alfombra.

—Te aseguro que sabe hasta tu tipo de sangre en este instante —reafirmo.

—¡Hey, regresaron! —exclama Jack a lo lejos. Ron suelta un quejido.

—Compórtate —ordeno en voz baja.

—Es un gusto encontrarte otra vez. —Le estrecho la mano. Jack se queda observando el póster afuera—. ¿Has oído que es la adaptación de un...?

—¿Tú no te llamabas Aurora? —indaga confundido—. Vi que la gente estaba hablando en redes de ti con otro nombre.

—Te estarás confundiendo de persona —responde Ron por mí—. En fin, ¿cómo van las cosas en Harvel? ¿Ya te han reemplazado por una versión más joven del mismo personaje con la misma historia otra vez?

Lo regaño con la mirada.

—Perdona, Jack, estamos llegando tarde —miento—. Con permiso. —lo arrastro a la sala de una buena vez.

Vamos a los últimos asientos de arriba, donde el aire acondicionado es mucho más frío. Tenemos una visión completa de la sala y un balde de palomitas en su regazo.

Aprovecho los comerciales del inicio para rozar mi mano con la suya al retirar la comida. Él lo nota y entrelaza sus dedos con los míos cuando termino de robarle su pedido.

Contengo la respiración cuando la imagen cambia a una mansión. La banda sonora de pop es todo lo que se oye en la silenciosa función y hay un primer plano de un sujeto con el brazo lleno de tatuajes revisando unos mensajes de texto. La toma se aleja; Ron en la película sonríe. Lo primero que vemos de él como Kain Reid es el momento en el que sale de ducharse y se entera de que la protagonista vuelve a la ciudad.

Emocionada, miro a Ron en la pantalla, luego a Ron a mi lado, y de vuelta a la pantalla.

"El señor Reid" recarga las armas de fuego antes de su reunión. Son unos cinco minutos de mucha acción; la presentación del personaje debe ser cruda y desagradable. La imagen fría, en tonos oscuros, lo es. El disparo resuena en la sala y se oye a uno de los presentes jadear ante la escena. De pronto, todo cambia: los colores son vibrantes, cálidos nuevamente, y vemos al personaje encantado seguir con la mirada a la chica, su expresión satisfecha cuando aparece en la puerta de su casa. No puedo evitar fijarme en los pequeños detalles: las miradas de Ron, lo convincente que es, y la química instantánea que tiene con Ceres (el rol de Margarita) en escena.

Al voltear mi cabeza, me encuentro con Ron sentado a mi lado fingiendo una arcada. No odia la película, se nota que lo hace para molestarme, ya que solo reacciona así cuando le presto atención.

—Perdón por hacerte esperar —farfulla Margarita en la pantalla.

Yo chillo porque sé lo que sigue. Sé el diálogo. Sé en qué página estaba. Ron se ríe de mí.

—Puedo esperar. Después de todo, te he esperado toda la vida, ¿no?

Suelto un largo suspiro. Esto era lo que quería: esta felicidad, esta simpleza, este momento.

Ron aprieta tres veces mi mano y, cuando le presto atención (cosa muy complicada porque la pareja de la cinta se lleva mi completa devoción), veo que está comprando dos pasajes de ida a Japón.

Le quito el teléfono. Aunque en el fondo, eso se adecua con lo que siento. También quería esto: alguien como él. Finalmente, parece que mi pieza encaja en el rompecabezas.

«*Spoiler,* por cierto: Ron odia esa película».

Salir de fiesta la madrugada antes de tener que presentarse en un programa de televisión internacional para "mentir" no fue la decisión más inteligente de nuestra parte. Malibú nos regaña en el camerino, maquillándonos las ojeras a última hora.

—¡¿A qué hora duermen ustedes?! —se queja en voz baja—. Pensé que al terminar la producción iba a dejar de levantarme a las seis.

—En nuestra defensa, no hemos dormido aún. —Se ríe Ron, tomando un largo trago de su botella de agua.

Definitivamente, hablaré yo. No puedo estar cien por ciento segura de que se le haya pasado el alcohol. La *Screaming Eagle* vacía está en el piso, junto al cambio de vestuario. Me muerdo la lengua, debo ahorrarme mis comentarios y repasar una vez más el documento que nos envió mi padre con instrucciones claras de qué hacer.

—El señor Brandy quiere hablar con ustedes —informa la representante de Ron al colocar una tablet enfrente de nosotros—. Es un video, no una videollamada.

Subimos el volumen, nos dejan solos en el camerino y él reprime su sonrisa antes de darle clic para reproducir.

—¿En qué piensas? —Ronroneo, recostada en su hombro.

—Esto era lo que quería —admite ilusionado.

—¿Nosotros?

—Pff, no. A Adler Brandy de familiar. Creo que este es el *peak* de mi carrera.

—Estás en tu *prime* —digo a modo de chiste—. Shhh, silencio. Veamos cuál es la misión imposible.

Es un tanto cómico cómo mi novio cree meterse en el papel o yo adaptarme; mi padre nos arrastra por los suelos. Con su traje negro, la ambientación del cuarto como un corto de mafia, su sombrero negro le cubre la mirada, y un largo silencio nos quita el aire desde antes de que él emita una palabra.

—Buenos días. Iré al punto: mientras ustedes están escuchando esto, la notificación judicial ya le habrá llegado a ese intento de muchacho. Tengo a los mejores abogados del continente y no soy alguien que tenga la palabra perder en su vocabulario. —Se le tuerce la sonrisa—. Estuve hablando con Emillie por mi cuenta; no hay nada mejor que el testimonio de la protagonista defendiéndolos y hundiendo al amor de su vida. Eso saldrá en la página web de un colega apenas terminen la entrevista.

»El proceso de revisión del trabajo final de grado está en marcha. En un par de meses, ese niño no se podrá escapar ni volando. En el momento más jugoso de preguntas, asegúrense de mencionar los próximos proyectos firmados de Kennedy. Aquí nada es gratis, el rating que subirá tampoco. Recuerden mencionar que se conocieron en el set de *Astrológico Deseo* y que se acaba de estrenar, por supuesto.

»Amanda, independientemente de cómo te comportes, no lo pienses mucho. Los pseudoanalistas van a tomar cualquier movimiento como una señal, y si les servimos el papel de buena persona con mala suerte, lo tomarán con ambas manos. Ron, evita mencionar a Harvel porque eso asociaría el pensamiento colectivo con lo que han dicho de ti antes. Hay que usar los pequeños detalles psicológicos a nuestro favor; por eso ambos van de blanco.

»Sean ustedes mismos, yo no dejaría a dos personajes en escena que creyera inca-pacitados para el trabajo. Espero no hayan bebido antes de esto, pero los conozco, así que espero que aprovechen el reflector para ahorrarnos el mayor dinero en promoción posible. Facturen, del resto me encargo yo.

»Y cuando tengan el coraje de presentarse como pareja en mi casa, las puertas están abiertas. Si el trabajo fuera para guardar secretos, se morirían de hambre. Mucha suerte. Tú puedes, Amanda, eres una mujer inteligente, maravillosa y mucho más fuerte que cualquier idiota que te haya hecho dudar de ello.

»Kennedy, te recuerdo que mi cumpleaños es el veintiocho de diciembre y que soy talla Veyron 16.4 Grand Sport.

El video se acaba. Boquiabierto, Ron está mitad fascinado, mitad impresionado por la verdadera actitud de mi padre. Le cierro la boca levantando su mentón; en la puerta nos llaman a salir.

Respiro hondo. La seguridad de estar junto con los mejores profesionales en el área me hace sentir que, al menos si la cago, se podrá arreglar. Soy mejor contando historias que conduciendo y eso es todo lo que necesito este día.

Es extraño ver los sitios de grabación desde dentro. La mayoría de las veces son tres paneles de pared con un asiento enfrente, escenografía donde no se sale de cierto cuadro y se nota por los límites de la decoración. Cuchicheos se oyen cuando pisamos ese sitio. Ron pasa su brazo por encima de mis hombros, nos sentamos a milímetros del otro.

El conductor es educado. Hicimos una lista de temas sensibles sobre los cuales no queremos hablar antes de entrar en vivo; nos recomendaron no decir su nombre para evitar líos legales que pueda tener el canal. Allí sí tengo que contar quién soy y la mayoría de los presentes se sorprenden al enterarse de que su director favorito tiene familia.

Relato el suceso desde el principio, me detengo en la parte donde mintió a las dos personas que lo querían, apresuro la parte donde Ron y yo hacemos nuestro plan maligno. Resalto la convivencia, el comportamiento de ambos. Soy muy buena pintando a Ron como un antihéroe que, con sus comentarios agregados, pasa a ser el príncipe. Incluso puedo predecir lo que dirán sus fans, yo lo haría.

El presentador está de nuestro lado, pese a que sea obvio. Una vez dejamos al sujeto ese como alguien a quien no hay que hacer caso, pasamos a enfocar el tema en nuestra relación (sin mencionar que llevamos menos de una semana). Eso es lo que quería el programa. Me sorprende caer en cuenta de que, si Ron matara a alguien o se casara en secreto, a los medios les interesaría más el matrimonio por la forma en que construyó su imagen.

Es impresionante cómo alguien puede ser tan bueno en su trabajo, su habilidad para comunicarse. La persona que tartamudea o es un manojo de nervios desaparece al encender el reflector. Ron tiene brillo propio, su energía opaca al resto y me parece perfecto. Mi mayor interés es ser su apoyo.

—¿Cuál es tu visión sobre lo ocurrido ahora, Amanda? —cuestiona el conductor—. Luego de que haya pasado, explotado y el video de usted junto a Ron Kennedy esté esparcido en las redes sociales.

—Lo que hicimos en la boda fue una decisión precipitada, como todas las que hacemos por amor con la adrenalina encima. Me arrepiento de no haber llevado las cosas mejor con la novia; aún somos jóvenes, aprender y reivindicarse es parte de madurar.

—Lo volvería a hacer. Y esta vez con más ganas —agrega Ron.

Se me detiene el corazón.

—¿Lo del video o lo que relatas del bar del hotel? —indaga el conductor.

—Oh, no, no, la película. ¿Ya les he comentado? Nos conocimos en la grabación de *Astrológico Deseo*. Volvería a hacer esa peli mejor y con el doble de ganas —carraspea, suele hacerlo cuando quiere reírse—. Hay descuentos especiales por su estreno en todas las salas de cine del país.

«Este hombre es lo mejor y peor que le ha pasado al mundo».

Finalizamos porque el tiempo al aire acaba; hubiéramos seguido por un par de horas más sin problema. Ginebra, la representante que además se ofreció a llevar por su cuenta mi imagen pública a partir de ahora, asiente con satisfacción una vez apagan las cámaras; eso es buena señal.

Un policía nos escolta de regreso al auto, los fans están impidiendo el paso fuera del estudio. Estoy por entrar sin hablar con nadie cuando reconozco el rostro del señor. Es uno de los oficiales de cuando arrestaron a Tom. Su mirada cómplice me devuelve un montón de recuerdos que me llenan de felicidad; no sé cuánta dicha más pueda soportar.

—Al fin es público, mi esposa no me creyó cuando le conté —comenta al abrir la valla de salida.

—Ha sido un proceso. —Suspiro—. Un saludo a tu esposa.

—Solo tengo una duda: ¿No estabas embarazada?, ¿qué pasó con el niño?

Un día sin inventar falacias a la autoridad. Pido un día.

—Mojito está en el departamento —responde Ron por mí—. Vamos junto a él ahora.

El policía frunce las cejas ante tal nombre, pero no lo critica. El motor va de cero a cien apenas arrancar. No le mentimos, vamos a mi casa para recoger a mi gato. Tenemos una cita con el veterinario, lo cual no es lo más romántico luego de esta mañana, pero es algo que puedo vernos haciendo de aquí a diez años en el futuro.

Los audífonos inalámbricos tienen *1989 (Taylor's Version)* en su volumen máximo. Ambos los tenemos puestos de un solo lado para seguir hablando. Pese a que insistí en recoger rápido a Mojito, él se mete conmigo hasta el último piso. Tengo la impresión de que nuestro amor es un chiste silencioso que solo nosotros entendemos porque no hay otra razón para que existir a su lado sea tan revitalizador.

Paro ante una caja rosada gigante en el marco de la puerta. Me giro a verlo; Ron desvía la mirada como si no supiera qué hace ese paquete allí. La nota no tiene nada escrito además del dibujo de una aurora boreal y el sello de una florería.

—¿Qué harás si ahora abro esto y soy alérgica a las flores que escogiste? —Bromeo.

—Tengo la corazonada de que te encantarán.

Retiro el papel envolvente. No son rosas, es un ramo de libros, de la nueva edición coleccionista de mi saga favorita, en tapa dura, con la firma del autor.

—¿Cómo lo conseguiste? —Me tapo la boca—. Dios, este es el mejor regalo que me han hecho en la vida.

—Lo sé. Te conozco. Recuerdo que dijiste que los querías hace un par de meses.

Apenas puedo sostenerlo; el peso de seis libros de 160,000 palabras cada uno es alto. Las hojas están marcadas, tienen dibujitos y están subrayadas sus frases favoritas. Rompe el silencio cuando nota que se me cristalizan los ojos.

—No creas que es porque te amo —resalta—, es para que te cases conmigo y me pueda robar tu apellido.

33
sake

* * *

RON casi BRANDY

La vida es bastante increíble una vez dejas de verla con los ojos incorrectos. Jamás me cansaré de la sensación de superioridad que me genera entrar a un evento con Adler Brandy de un lado y ella del otro. Todos se nos quedan mirando como si fuéramos un equipo invencible, uno de superhéroes. En lugar de ayudarme a mejorar mi ego, creo que nunca he estado peor.

«Y se siente increíble».

—¿De qué están hablando? —me susurra Amanda al oído.

Los conductores de los Globos de Plata se encuentran en el escenario, hablando para rellenar el tiempo de pantalla, con el sobre en sus manos desde hace veinte minutos. Estamos en los asientos del medio en primera fila, hay una cámara solo para nosotros, y es un tanto gracioso que seamos los únicos vestidos de morado, combinados.

—Es sobre un cortometraje. A nadie le importa.

—¿Cuándo darán los premios?

—En unos minutos, es por un trabajo viejo que hice el año pasado y es en la única categoría por la que estoy nominado. Los otros candidatos también lo han hecho bien, no creo que gane.

—¿Acabas de ser un poco humilde? —Ella se pone una mano en el pecho—. Creo que este es el día del juicio final.

—Eres insoportable. —Bromeo—. En realidad, sé que debería ganarlo yo, pero no creo que quieran darme ese reconocimiento luego de *Astrológico Deseo*.

—En fin, ¿cuál de todas tus caras de sorpresa vas a poner cuando digan tu nombre?

—¿Te has memorizado mis expresiones de sorpresa?

—¿Qué quieres apostar a que ganas?

—Lo que sea.

—Vale, si pierdes el viaje será a ver auroras boreales en Chile y lo pago yo; si ganas, vamos a Japón y lo pagas tú.

—En cualquiera de las dos opciones salgo ganando. —Estrecho su mano—. Que el viaje sea esta semana. No puedo esperar.

—¿Podrían guardar silencio? Estoy intentando escuchar el discurso de un colega —nos regaña Brandy sentado una fila detrás.

Me hundo en el asiento, avergonzado. En silencio, esperamos otros veinte minutos más entre anuncios, presentaciones aburridas y tópicos que le han pagado por mencionar al aire. Este año se ha roto un récord de audiencia viendo la premiación en vivo porque se anunció que estaríamos juntos.

Contrario a lo que pensamos, a las personas les encantó la narrativa de "una lectora" saliendo con el chico que interpreta a su personaje favorito. Tom subió una fotografía de su primera firma de libros donde ella estaba de fondo. No me cabe duda de que es a propósito, aunque eso da igual; dejamos de tener una relación privada, y ahora los sitios que frecuentamos son *trending* cada vez que vamos a una cita.

Por supuesto que hubo una reacción negativa de parte de quienes esperaban que cometiera un error para atacarme. Luego de escuchar toda la historia y ver la versión de Emillie defendiendo a Amanda, afirmando que ella no tenía idea de lo que había pasado y explicando lo que han hecho la una por la otra las últimas semanas, defender la otra parte sería quedar mal públicamente. Ese sujeto no ha aparecido por ningún lado, al parecer sí le tiene miedo a los fans que estaba criticando. Aunque no haría falta, con mi nueva versión a la que no le importa cómo lo muestren en los medios, debería tener miedo de mí.

Amanda me saca de mis pensamientos al apretar mi mano en el momento en que están enlistando a los candidatos del Globo de Plata a Mejor Actor. Todos están mirando a la pantalla, nerviosos, pero yo la estoy mirando a ella porque estoy listo para ver cuál de nuestros destinos vacacionales será el próximo.

—El premio a Mejor Actor de este año va para... La mujer hace una pausa dramática, abre el sobre secreto y se queda viéndolo por unos segundos con su compañera. Ambas sonríen, acercan el micrófono a sus bocas—. ¡Ron Kennedy!

—Felicidades, don humildad —susurra Amanda—. Ahora te jodes, te hubiera escrito un discurso en cinco minutos si me lo pidieras hace rato —me dice al oído. En la grabación parece que está diciendo cosas bonitas por su amplia sonrisa y el beso que deposita en mi mejilla antes de soltarme.

—Algo me inventaré.

Subo las escaleras rápido, hay muchas razones por las que estoy sonriendo en este momento y la última de ellas es haber ganado. Sin embargo, sigue siendo una meta que tengo, sigue siendo emocionante. Evito mirar al público, sostengo el premio con la izquierda e intento formular un par de oraciones coherentes en la derecha que sostiene el micrófono.

—Kennedy, esta es la quinta gala consecutiva en donde se presenta y lleva uno de estos a casa. —La presentadora sacude el premio en sus manos—. ¿Cómo se siente con ello? ¿Diría que ya está acostumbrado?

—Siempre es una sorpresa y una bendición poder seguir trabajando en lo que me apasiona, con personas talentosas en sus maravillosos proyectos, y que me elijan parte de su equipo. —«Hipócrita, no te lo crees ni tú»—. Estoy agradecido con la directora, el resto del elenco que me ayudó a adaptarme al rol; gracias a quienes se esforzaron antes que yo por inspirarme, a los fanáticos, a la academia y agradezco a...

Amanda está haciendo caras entre el público para intentar que pierda la concentración. Y lo logra, contengo las ganas de reírme, trato de disimularlo como una pausa para tomar aire. Remojo mis labios. Mis ojos recaen en su atuendo. Ella escogió nuestros trajes, su vestido en especial está hecho de tela morada con un efecto tornasolado en naranja. Divertida, porque sabe que la estoy mirando, baja la cabeza para reírse. Tiene muy en cuenta hacerlo cuando no la están filmando.

—... A Amanda, por ponerse ese vestido esta noche.

Le paso el micrófono a la presentadora antes de que puedan reaccionar. Apresurado, bajo del escenario sin responder más preguntas. De un instante a otro la mitad de los camarógrafos está alrededor suyo, ella trata de ocultar su rostro sonrojado debajo de su cabello.

«Finge demencia sobre qué has dicho eso delante de Brandy. Ese señor no existe, fue un invento de los *aliens*. Todo estará bien».

Aparto a los trabajadores alrededor suyo cuando vuelvo a mi asiento. Pese a tener mi actitud de siempre, al menos diez personas se han detenido a comentar que me notan mucho más feliz, más amigable y abierto a los demás desde que me conocieron. Son gente que conozco desde hace años. No puedo evitar ser yo mismo alrededor suyo y esa versión mía es menos insufrible, he de admitir.

Ella aún sigue intentando ocultarse, apenada, le quito el cabello de encima. Se está hablando de otro tópico, tenemos un par de minutos sin que nos enmarquen.

—Maldito —murmura en un tono más agudo de lo normal.

—Te voy a confesar esto: *Siempre quise decir eso.*

—Ojalá tu novia te deje, por atrevido.

—Lo dudo mucho. —Acaricio su mejilla—, ella sobrevivirá a esto. Solo le hice un cumplido.

—Voy a vengarme.

Se me borra la sonrisa.

—No seas caótica, Amandita, ¿no te han dicho que la venganza nunca es buena, mata el alma y la envenena?

Tenemos que retirarnos porque su carcajada casi se oye por encima del artista que está interpretando a pocos metros de nosotros. Antes de que acabe la premiación, escapamos en una de las pausas comerciales sin decirle a nadie a dónde vamos. Corremos al automóvil sin saber a dónde vamos y no pregunto hasta cruzar la mitad de la ciudad.

Amanda cargó el premio consigo durante el viaje entero por miedo a que se rompiera. Apenas estacionar, intentó dármelo, pero en lugar de eso la atraje a mí.

Sentada con las piernas abiertas, separadas encima de mi regazo, me calla con un beso antes de que pueda hablar.

Llevamos una hora en su departamento sin hacer nada más que sus maletas. Nos quedaremos una o dos semanas en Japón, y un bolso grande está reservado para libros, otro para ropa, y otro con todas las pertenencias del gato. Estoy tirado en su cama viendo lo que dicen las redes sobre el evento, mientras ella está parada en una esquina metiendo con agresividad sus zapatos en la cuarta maleta. Está con los nervios a flor de piel por el final del *reality* que le gusta; no he preguntado porque eso me recuerda que se lleva bien con mi ex. Y que tristemente, quizá no me pueda robar a Mojito si fuera necesario.

—Amanda, si nos separamos, ¿te puedo robar a ti?

—Sí, como desees, Ron.

—Gracias.

Bueno, una preocupación menos.

Ha cambiado el perfil de todas sus redes a una foto nuestra. Se siente bastante extraño verlo, irreal, pero me gusta que se sepa y aprecio que lo tome en cuenta.

Después de una hora, ella se recuesta a mi lado, agotada. Paso mi brazo por su cintura y compartimos una almohada. Su cabello huele a flores; no veo nada más que la pantalla de su teléfono, donde lee artículos sobre actividades turísticas en nuestro destino. El gato está caminando encima nuestro. El cuarto está en completo silencio, las luces están apagadas porque aún no ha oscurecido del todo. Tengo un pensamiento al azar vagando en mi cabeza, y no puedo evitar exteriorizarlo:

—Qué tontos, ¿no?

—¿Quiénes? —indaga ella al dar media vuelta, haciendo contacto visual.

—Aquellos que te tuvieron y te dejaron ir.

—Cuando nos conocimos, no imaginé que fueras el tipo de persona que soltara frases así. —Amanda se reacomoda, su rostro queda encima de mi torso—. Me gustas, tú me gustas. Solo no se lo digas a mi otro novio, Clyde.

—Digo lo que pienso.

—Yo no. —Ríe—. Quedaría muy expuesta.

—A mí me interesaría saber que...

Un estruendo proveniente de la cocina me interrumpe. Esperamos a que se oiga algo más; no puede ser la mascota, está con nosotros. Lo que empezó como si se cayera una mesa, pasó a ser un golpeteo continuo cercano a la pared.

Nos levantamos a mirar, esperando que quizá sean los vecinos. Sin embargo, es un lienzo de cuatro metros de largo y ancho apoyado en uno de los rincones, pintado por completo en color dorado con manchas negras. Emillie está subida a una escalera dibujando lo que parecen ser dos rostros. Jim, servicial, la sostiene por ella. El piso tiene papel de periódico encima, cubriendo los sitios donde pudiera manchar. El sonido otra vez, en esta ocasión mucho más fuerte, parece ser que hay dos capas en su obra y va clavando el pincel cada cierta distancia.

Confundido, le arrojo a Amanda una mirada de «No soy artista, explícame qué está pasando» y ella responde con otra de «Yo entiendo menos que tú». Se acerca a ellos a indagar. Ella carraspea; ninguno de los dos parece notarnos antes de eso.

—¡Hey! —Emillie baja con cuidado escalón tras escalón—. Ahí estás, no te vi entrar. ¿Cómo fue su movimiento de PR? La reunión con Brandy es recién en unos días, yo no he tocado el teléfono.

—Bien, muy bien —balbucea Amanda, de forma nada disimulada, lo único que mira es el cuadro—. Esto es muy bonito. ¿Qué...? ¿Qué es?

—Es un proyecto que estoy haciendo. ¿Conoces el toque de Midas? Pues al revés, que todo el oro se convierta en ceniza. Me gusta mucho hacer cuadros interactivos, es terapéutico.

—Por supuesto, sí, debe serlo —farfulla. Yo contengo la risa porque estoy cien por ciento seguro de que no sabe a qué se refiere—. Eres muy talentosa.

—Busco formas de expresar lo que siento. —Emillie se encoge de hombros—. El arte es mi tortura, pero a la vez también mi terapia.

—Si en algún momento también quieres un terapeuta, yo te puedo recomendar...

—Te avisaré —la interrumpe en un tono suave. Pese a que estuviera apuñalando un lienzo, Emillie nunca deja de verse impasible—. Sé que es difícil de entender para quienes no compartan esta pasión. Yo vivo el luto a través de la pintura; es como si pudiera quitar lo que tengo dentro.

—Te admiro mucho y, de vuelta, lo sient...

—Ya cállate. —Ríe Emillie—. Tú no eres la que se tenía que disculpar, y nunca vas a ser la mala del cuento, aunque te quieran cambiar la narrativa. Aprecio lo que has hecho por mí. La situación es una mierda, sin duda, pero es más afrontable con mujeres como tú.

—Gracias.

—Con amigas como tú —agrega.

—Encontrarás a mucha más gente increíble a lo largo de tu vida. Te lo aseguro.

—Esa no es mi meta ahora. —Emillie regresa a la cima de la escalera, Jim la ayuda a subir—. Yo quiero ser esa persona buena para mí, para mi futura familia. —Hace un largo trazo de pintura—. Y creo que voy por buen camino.

Hay una diferencia entre la mujer que habla y la que pinta. Pero la que controla a ambas parece tenerlo todo bajo control, todo menos el equilibrio.

—¡Ten cuidado! —pide Jim cuando ella mueve el lienzo gigante hacia el frente.

Voy a una esquina a escribir un mensaje de texto mientras terminan de hablar de la pintura.

¿Y si nos vamos ahora mismo y le damos privacidad? Jim puede quedarse para que no esté sola. Siento que le sería más cómodo.

Cuando ella pudo tomar su teléfono y revisar nuestro chat, respondió:

AMANDITA

Toma mis cosas y al gato. Ya bajo.

RON

¿Y si les dejamos al gato?

AMANDITA

¿Ir de vacaciones sin nuestros dos hijos? Aww, eso me recuerda a nuestra época romántica en la juventud, los tiempos dorados.

Literal somos novios hace menos de una semana.

RON

Por supuesto, hay que revivir esos tiempos.

Y como es de esperarse, le sigo el juego.

Osaka es un paraíso. De noche, cada calle deslumbra con sus colores, y la arquitectura moderna arrasa con el centro de la ciudad, convirtiéndolo en uno de los sitios más impresionantes que he visitado. Nos quedamos cerca del barrio Shinsekai, que tiene un ambiente retrofuturista en cada metro cuadrado. Usamos la gran torre como referencia para no perdernos. Llevamos horas dando vueltas, probando comida de distintos puestos y tomándonos fotos tontas que ninguno va a postear.

Podemos ver cómo preparan nuestros pedidos, y el aroma de diversos platillos se apodera de las calles. En hora pico hay mucha gente cruzando, y Amanda se sostiene con fuerza a mi brazo. Nos detenemos en lo que parece ser un bar sin sillas ni mesas. Ella se acerca al sujeto que trabaja allí y ordena algo en japonés. Boquiabierto, no sé si me impresiona más que sepa el idioma, me intriga que reconozca bebidas que no ha probado en su vida o me preocupe que no haya barrera que la detenga de probar un trago en cualquier sitio.

Al dar media vuelta, tiene una botella de sake y otra roja con un nombre que, por obvias razones, no puedo leer.

—Recoge los vasos por mí, voy a abrirlas —ordena al salir cargada del sitio.

—Estoy orgulloso de que te adaptes tan bien en este viaje.

—No es mi primera vez en Japón. —Se encoge de hombros.

—¿No? —Frunzo el ceño—. ¿Qué?

—Esto es como vino de arroz, lo investigué —dice al levantar una de las botellas—. Y esto es ron de frutos rojos, lo de siempre, pero más bonito. —Me guiña un ojo.

—Amanda, tú me das miedo.

—Tarde, ya no me puedes dejar. Tenemos un contrato. Nos casamos tres veces.

—Joder, me he perdido la tercera también. —Me llevo una mano a la frente—. Soy un esposo terrible.

—La primera vez estabas borracho, la segunda te borré la memoria y la tercera estabas dormido —justifica. Estallo de risa, asombrado de lo rápido que se inventa cosas así—. La próxima será bajo hipnosis.

—¿Qué tal una donde pueda recordarte con el vestido blanco?

—¿No te basta con recordarme sin él?

Alterado, miro a todos lados en pánico. Nadie nos está observando, no entienden nuestro idioma (aunque tengo la sospecha de que tampoco les importaría si lo hicieran). Inconscientemente, remojo mi labio inferior.

—No hagas esto en público.

Ella levanta la cabeza, su mirada irradia una nueva malicia.

—¿Por qué no? —pregunta con tono falso de inocencia.

—¿Sabes qué? Nos vamos. Tomaremos en el hotel.

—No me voy a ir a ningún lado.

—Sí, claro. —Le arrebato la bolsa en la que guardó las botellas y su billetera—. Quizá esto sí se escape conmigo.

—¡¿Qué?! ¡No! ¡Ron! —exclama—. Tengo tacones, no puedo correr. ¡Oye, no es divertido! —ríe—. ¡Maldito!

No puede alcanzarme, me conozco mejor el camino de vuelta. No soy quien lleva la comida que podría caerse si hace una mala maniobra. Está claro que irrumpimos el ambiente; nuestras carcajadas se oyen por encima del sonido de los utensilios y la música de algunos locales. El viento golpea mi rostro, pero llevo gafas, mi vista está protegida. Ella, por su parte, lucha con su larga melena. Me detengo a media cuadra del hotel para ayudarla. Hemos estado jugando, bromeando y riendo de nuestras propias tonterías desde que llegamos. Incluso en las ciudades más grandes y pobladas, sobresalimos como un gran elefante en la habitación. Las piezas sin sitio en su rompecabezas parecen tener sentido una vez juntas; eso es lo que más me gusta de mi relación con Amanda.

Siento que pertenezco a un sitio. Siento que todo lo que recorrí para llegar hasta aquí, hasta tenerla en mis brazos, tiene sentido. Es la persona ideal para mí. Es normal que una luz sea aceptada en el paisaje que pertenece a las auroras boreales; el cielo que representa su vida es apto para estrellas, y allí estoy yo, en cada pequeño espacio suyo donde me permita pertenecer.

Tirados en el suelo de nuestro cuarto, sin zapatos ni abrigos, entrelazados, ella sostiene una copa entre sus labios. Nos hemos acabado una de las botellas y no hacemos más que hablar de todo lo que se nos cruza por la cabeza hasta que nos aburrimos. Ella besa el cristal de mi copa, dejando la marca de sus labios rojos en el borde. Suspiro y elevo la vista a su cara, inspeccionando cada centímetro de mi boca. La tensión me seca la garganta.

—¿Te cuento un secreto? —propongo cuando nos acomodamos para servir lo último que queda del sake.

—Adelante.

—Desde que te conocí, intenté por todos los medios acercarme a ti. —Le acaricio la mejilla—. A mitad del plan tuve que improvisar, pero fue exitoso, salió como esperaba.

—Ajá, como digas.

—Los libros, la cena, las bebidas, el teléfono, las salidas de noche, las coincidencias.

—Te creo. —Asiente—. Te creo capaz de lo que sea.

—Hablo en serio.

—Ron, ¿y tú crees que yo no? Comenzando por el hecho de que no te mandé al diablo cuando tiraste mi teléfono de ese edificio.

—Eso fue un accidente —miento.

—Sí, por supuesto. ¿Y la disco?

—Ya te dije que me poseyó un ente. Tengo pruebas. Si no crees que estoy loco, te las mostraré.

—A mitad de este viaje me arrepentí y quería desenamorarme de ti —dice entre risas—. Supongo que ya era muy tarde; tu plan macabro para que te ame dio frutos.

—Exacto. Solo tardó escuchar audiolibros durante cinco semanas.

—¡¿No te los leíste de verdad?!

—¡Sí! Pero tengo la vista jodida. Una cosa es leer por dos horas y otra por doce. Además, respeta a los que escuchan audiolibros, no somos menos que tú. Discriminadora.

—¿Tengo que vivir el resto de mi vida sabiendo que el hombre al que quiero es, en realidad, una extraña especie de mente maestra y buen actor que me manipuló para que lo acepte?

—Básicamente.

epílogo

AMANDA casi KENNEDY

—¿Crees que sea buena idea invitar a nuestros amigos para el primer trimestre?

En la mañana, nunca hacemos más que rondar por el cuarto. Ron está tirado entre las almohadas, cubierto solo por una ligera manta y con su pijama sin abotonar. Yo recién salí de la ducha. Tiene un libro en las manos. Al volverlo un lector, me sorprende que se levante temprano para leer en lugar de desvelarse para terminar el capítulo. Empiezo a sospechar que está desconfigurado; me llevará más tiempo del que planeé introducirlo a este vicio.

—Trimestre. —Ron ríe—. Como si fuéramos una universidad.

—¿Qué sabes de las universidades?

—Nada. —Se encoge de hombros—. Sé que mi hermano va a terminar pronto; es la única información que poseo. Quisiera ir a visitarlo antes de la graduación. A toda la familia, en general. Ya no detesto ese pueblito.

—Cuando vivamos juntos, podríamos tener una casa allí —propongo.

—Cuando vivamos juntos —repite emocionado, con un brillo especial en los ojos—. Quiero una casa grande.

—¿Con piscina? ¿Cerca del mar? Recuerdo que te encanta.

—Preferiría que tuviera una biblioteca para ti.

Dejo mi mente en blanco para poder imaginar mi vida en ese futuro, recorriendo el hogar de mis sueños. Una hermosa sensación invade mi pecho, una plenitud que nunca había experimentado. Es un sentimiento de felicidad intensa al mirar hacia arriba, sin ansiedad, solo una voz que me dice: «sí, este es el camino correcto».

—Una sala de cine —cito, es una de las habitaciones que veo en mi imaginación.

—Sí, eso sería útil. También necesitamos muchas habitaciones. Es más, voy a empezar a buscar terrenos.

—No te apresures. Además, buscar terrenos es complicado.

—Tienes razón, voy a comprarnos una isla. —Toma su teléfono—. Dame cinco minutos.

—¡Ron, basta! —Le arrebato el dispositivo—. Solo necesitamos un sitio con suficiente espacio para nuestros hámsteres y Mojito. —Bromeo.

—Y para nuestros hijos.

Estallo en una carcajada. No lo tomo muy en serio, pero me hace muy feliz hablar de este tipo de planes cursis y soñadores con alguien que corresponda mi energía.

—Ajá, se llamarán Manhattan y Singani —contesto en tono jocoso, entornando los ojos.

—¿Esos son nombres de tragos? —pregunta riendo.

—No...

Nuestros amigos asistieron a la "reunión" llenos de entusiasmo. Tom trajo a su hijita, Malibú y Bellini nos dieron más aperitivos, Margarita nos regaló su presencia, Emillie está en un chequeo médico y Jim no ha salido de la cocina en media hora, ocupado con las bebidas. La reunión transcurre como cualquier otra ocasión que hayamos compartido: Margarita se pelea con Tom, Ron juega con Daiquiri y esta vez los acompaño yo. Ella aún no se enteraba de que nos hicimos novios; le gustó la idea y me preguntó si no consideraba peligroso salir con un superhéroe. Respondí que sí, aunque los villanos deberían temerme más a mí.

Se nos quemó la pizza por estar besándonos en la cocina. Tuvimos que pedir un *delivery*.

—El batido nos quedó genial —me consuela Ron.

—Claro, lo hice todo yo —Se entromete Jim.

—Como decía, somos muy buenos cocineros.

—Yo me comería la pizza quemada —aseguro, tomando un pedazo con el pan casi negro—. Se hizo con amor, no puede ser veneno.

Muerdo un trozo, pero ni siquiera logro tragarlo antes de tener una arcada.

—Exagerada —murmura Ron—. Déjame probar.

Hace lo mismo y tiene la misma reacción. Es un asco. Apenas logramos mantener la comida en nuestras bocas sin estallar de la risa. Para mi sorpresa, él lo digiere.

—Sobreviviremos —alienta.

—¿Y si te mueres por intoxicación?

—En ese caso, fue un placer conocerte.

—Te amo. —Le estiro el cuello de su camiseta hacia mí para besarlo—. Igual nos vamos a morir ambos porque yo también lo probé.

—Nadie se va a morir, hay gente que come cosas peores. No les hubiera dejado comerlo si fuera dañino —comenta Jim.

—Exacto. Amanda se comió a Ax... —Malibú no logra terminar la frase porque Jim la detiene.

A ninguno de los presentes le molesta. Al contrario, ahora es una anécdota que recordamos como: **"Top uno peores decisiones"**.

El plan de la noche fue ver otra vez la película, hablar sobre noticias locas que nos habíamos enterado y comer encima de la alfombra de la sala frente al gran televisor. Las chicas se quedaron en el sofá. Yo me moví de un lado al otro con la cámara que mi novio me regaló para el trimestre.

Mi idea de un regalo no fue original. Fracasé, aunque al menos pude confirmar que estamos conectados. Le estuve sacando fotos Polaroid con el oso que es un conejo hasta que se me cansaron las manos. Él se acostó a continuar la nueva película psicodélica sobre sueños que ha estrenado su futura directora a mitad de la fiesta.

La madrugada cae suave y ligera como una pluma. Ya no hay nadie de pie excepto Tom y yo; Daiquiri duerme en nuestro cuarto de invitados. En el balcón, somos solo él con su aplicación de notas abierta y yo con mi trozo de pastel en la mano. Hace frío, el viento fuerte me desordena el cabello, estamos riendo de un chiste que ya no recuerdo.

—Entonces, tienes un nuevo manuscrito —le recuerdo lo que dijo en la cena.

—Es uno en el que vengo trabajando mucho tiempo —aclara Tom—. No tenía el final listo.

—¿Termina bien? —Es lo primero que me importa. «Lo único que me importa».

—Sí, termina bastante bien. Apenas salga te envío una copia, tengo la leve sospecha de que te gustará.

—Sería un honor.

—Lo pude hacer gracias a esta experiencia, así que ustedes están en los agradecimientos. A quienes escogieron *Astrológico Deseo* para la adaptación, a Brandy... Hay muchas personas involucradas.

—Es la mejor noticia de mi vida. —Bromeo—. No puedo esperar. ¿Cómo lo vas a llamar? ¿Ya tienes opciones?

—Oh, se me ocurre una idea. —Asiente sonriendo.

—¿Cómo se llamarán los protagonistas?

—Eso es confidencial. Como es obvio, no puedo poner nombres reales por cuestiones legales. —Se rasca la nuca—. Pondré algo raro, algo básico con lo que nadie pueda protestar. Una tontería como nombres de bebidas alcohólicas. ¿Te imaginas a alguien llamado *Cerveza*?

Casi me atraganto con el pastel de la risa.

Esa noche apenas puedo dormir sabiendo que la próxima semana se estrenaría el dichoso proyecto. Sin embargo, al verme en vela, Ron se encierra en nuestra oficina junto a su impresora y no sale hasta dentro tres horas después. Trae un montón de papeles anillados. El título y el autor están tachados, pero leo la sinopsis y puedo reconocer el estilo de su mejor amigo. ¿Cómo logró robarse el libro tan rápido?

Agotado, Ron se tira a dormir a mi lado de vuelta. No lo despierto; me valgo de una pequeña luz nocturna para alumbrar el primer capítulo. El manuscrito trae una nota rosada escrita por mi novio que dice:

Aquí está tu merecido final feliz,
Aurora Boreal.

Próximamente en papel:

acerca del autor

HEATHER DEL REY

Heather del Rey es una apasionada de las comedias románticas, el misterio y los romances paranormales. Empezó en el mundo de la escritura cuando se dio cuenta de que las novelas que te ponen los pelos de punta también pueden ser las que te hacen reír y lo implementa en sus libros. Gracias a ello, ha formado una gran comunidad de lectores, autodenominados Astros.

Cuando no está escribiendo, se dedica a diseñar, escuchar pop y evitar que su gato use el teclado como cama.

★

OTRAS OBRAS DE HEATHER DEL REY:

Un templo encantador:
Una chica, una invocación accidental, tres demonios.

★

 instagram.com/heatherdelrey

 tiktok.com/@heatherdelrey